Alle handelnden Personen in dieser Ausgabe sind frei erfunden.
Ähnlichkeiten mit lebenden oder verstorbenen Personen wären rein zufällig.

Der Preis dieses Bandes versteht sich einschließlich
der gesetzlichen Mehrwertsteuer.

Umwelthinweis:
Dieses Buch wurde auf chlor- und säurefreiem Papier gedruckt.

Daniel Silva

Der englische Spion

Thriller

Aus dem Amerikanischen von
Wulf Bergner

HarperCollins®

FSC
MIX
Papier
FSC® C014496

Genehmigte Sonderausgabe 2019

für BEBUG mbH/vip Verlag
HarperCollins Germany GmbH
Valentinskamp 24, 20345 Hamburg

Originaltitel: The English Spy
erschienen bei: Harper New York

Published by arrangement with
HarperCollins *Publishers*, L.L.C., New York

Umschlaggestaltung: HarperCollins Germany, Sarah Salem
Redaktion: Thorben Buttke
Titelabbildung: © vwalakte / GettyImages, © vvvita / GettyImages
Satz: GGP Media GmbH, Pößneck
Druck und Bindearbeiten: GGP Media GmbH, Pößneck
Printed in Germany
Dieses Buch wurde auf FSC®-zertifiziertem Papier gedruckt.
ISBN 978-3-86789-617-7

www.harpercollins.de

Für Betsy und Andy Lack
und wie immer für meine Frau Jamie
und meine Kinder Lily und Nicholas.

Genug der Tränen; ich will auf Rache sinnen.

Maria Stuart

TEIL EINS

TOD EINER PRINZESSIN

1

GUSTAVIA, SAINT-BARTHÉLEMY

Nichts von alledem wäre passiert, hätte Spider Barnes sich nicht zwei Abende vor dem Auslaufen der *Aurora* im Eddy's betrunken. Spider galt als der beste Schiffskoch der gesamten Karibik, cholerisch, aber unersetzlich, ein verrücktes Genie in weißer Jacke und Schürze. Spider, müssen Sie wissen, hatte eine klassische Ausbildung. Spider hatte einige Zeit in Paris gearbeitet. Spider war in London gewesen. Spider hatte New York, San Francisco und einen unglücklichen Zwischenstopp in Miami absolviert, bevor er endgültig aus dem Restaurantgeschäft ausgestiegen war, um die Freiheit der Meere zu genießen. Jetzt arbeitete er auf den großen Charterjachten, wie sie Filmstars, Rapper, Moguln und Angeber charterten, wenn sie imponieren wollten. Und wenn Spider nicht an seinem Herd stand, war er unweigerlich auf einem der besseren Barhocker an Land anzutreffen. Das Eddy's gehörte zu seinen Top Five im Karibischen Meer, vielleicht zu seinen Top Five weltweit. Er begann den Abend um sieben Uhr mit ein paar Bieren, zog sich um neun Uhr in dem schattigen Garten einen Joint rein und starrte um zehn Uhr grübelnd in sein erstes Glas Vanille-Rum. Mit der Welt schien alles in Ordnung zu sein. Spider war angetrunken und im Paradies.

Dann entdeckte er jedoch Veronica, und der Abend nahm eine gefährliche Wendung. Sie war neu auf der Insel, eine junge Frau, die sich hierher verirrt hatte, eine Europäerin ungewisser Herkunft, die in der Kneipe nebenan Tagesausflüglern Drinks servierte. Aber sie war hübsch – hübsch wie ein Blumenbouquet, bemerkte Spider seinem unbekannten

Saufkumpan gegenüber –, und er verlor sein Herz in nur zehn Sekunden an sie. Er hielt um ihre Hand an, was seine bevorzugte Anmache war, und als sie ihn abwies, schlug er ihr stattdessen vor, mit ihm ins Bett zu gehen. Irgendwie hatte er damit Erfolg, und die beiden wurden gesehen, als sie gegen Mitternacht in einen tropischen Wolkenbruch hinaustorkelten. Und dies war das letzte Mal, dass jemand ihn zu sehen bekam: um 0.03 Uhr in einer regnerischen Nacht in Gustavia, nass bis auf die Haut, betrunken und mal wieder verliebt.

Der Skipper der *Aurora*, einer 47 Meter langen Jacht aus Nassau auf den Bahamas, war ein Mann namens Ogilvy: Reginald Ogilvy, ehemals Royal Navy, ein gütiger Tyrann, auf dessen Nachttisch ein Exemplar des Betriebshandbuchs neben der King-James-Bibel seines Großvaters lag. Er hatte sich nie viel aus Spider Barnes gemacht – aber nie weniger als am folgenden Morgen, als Spider nicht zu der für neun Uhr angesetzten Besprechung von Besatzung und Kabinenpersonal erschien. Dies war keine Routinebesprechung, denn die *Aurora* wurde auf einen Törn mit einer prominenten Persönlichkeit vorbereitet, deren Identität nur Ogilvy kannte. Er wusste auch, dass zu ihrem Gefolge zwei Leibwächter gehören würden – und dass sie gelinde ausgedrückt anspruchsvoll war, was seine Besorgnis wegen der Abwesenheit seines berühmten Kochs erklärte.

Kapitän Ogilvy informierte den Hafenmeister in Gustavia über die Situation, und der Hafenmeister informierte pflichtgemäß die örtliche Gendarmerie. Zwei Beamte klopften an die Tür von Veronicas Häuschen in den Hügeln, aber auch sie schien spurlos verschwunden zu sein. Als Nächstes suchten sie die Handvoll Orte auf der Insel ab, an denen Betrunkene oder Verzweifelte nach einer Nacht voller Ausschweifungen gewöhnlich strandeten. Ein rotgesichtiger Schwede in Le Select behauptete, Spider an diesem Morgen ein Heineken gezahlt zu haben. Jemand anderer wollte ihn als Strandläufer in Colombier gesehen haben, und es gab einen Bericht – der allerdings nie bestätigt wurde –, in der Wildnis von Toiny habe eine untröstliche Kreatur den Mond angeheult.

Die Gendarmen gingen pflichtbewusst allen Hinweisen nach. Dann suchten sie die Insel von Nord nach Süd, von der Luv- bis zur Leeseite ab, ohne fündig zu werden. Kurz nach Sonnenuntergang trommelte Reginald Ogilvy die Besatzung der *Aurora* zusammen und teilte ihr mit, Spider Barnes sei verschwunden und müsse schnellstens durch einen geeigneten Mann ersetzt werden. Die Besatzungsmitglieder schwärmten über die Insel aus, suchten in den Hafenrestaurants von Gustavia und fahndeten in den Strandhütten am Grand Cul-de-Sac. Und um neun Uhr abends entdeckten sie an einem ganz unwahrscheinlichen Ort den richtigen Mann.

Er war mitten in der Hurrikansaison auf die Insel gekommen und hatte in Lorient das kleine Holzhaus am Ende der Bucht bezogen. Sein gesamter Besitz bestand aus einem Seesack, einem Stapel Bücher, einem Kurzwellenempfänger und einem klapprigen Motorroller, den er in Gustavia für ein paar Euro und ein Lächeln erstanden hatte. Die Bücher waren dick, gewichtig und gelehrt; das Radio war von einer Qualität, die heutzutage selten geworden war. Saß er spätabends auf seiner baufälligen Veranda und las im Licht einer Petroleumlampe, übertönte Musik das Rascheln der Palmwedel und den Wellenschlag der harmlosen Brandung. Vor allem Jazz und Klassik, manchmal etwas Reggae von Sendern jenseits des Wassers. Immer zur vollen Stunde ließ er sein Buch sinken und hörte aufmerksam die BBC-Nachrichten. Anschließend durchsuchte er die Ätherwellen wieder nach etwas, das ihm gefiel, und bald pulsierten Palmen und Brandung wieder im Rhythmus seiner Musik.

Anfangs war unklar, ob er hier Urlaub machte, auf der Durchreise war, sich versteckt hielt oder die Absicht hatte, auf der Insel sesshaft zu werden. Geld schien keine Rolle zu spielen. Wenn er morgens in die Boulangerie kam, um Brot zu essen und einen Kaffee zu trinken, gab er den Mädchen immer reichlich Trinkgeld. Und wenn er nachmittags in dem kleinen Supermarkt beim Friedhof deutsches Bier und amerikanische Zigaretten kaufte, machte er sich nie die Mühe, das Kleingeld mitzunehmen, das die Registrierkasse automatisch ausspuckte. Sein Französisch war einigermaßen gut, aber er sprach mit einem Akzent, den niemand recht einordnen konnte. Sprach er mit dem Dominikaner, der im JoJo Burger hinter der Theke stand, war sein Spanisch viel besser, aber der Akzent blieb. Die Mädchen in der Boulangerie hielten ihn für einen Australier, aber die Jungs im JoJo Burger tippten auf einen Südafrikaner. Die waren in der gesamten Karibik anzutreffen. Die meisten waren anständige Leute, aber manche von ihnen hatten geschäftliche Interessen, die nichts weniger als illegal waren.

Seine Tage verbrachte er ohne bestimmten Plan, aber doch mit gewisser Regelmäßigkeit. Er frühstückte in der Boulangerie, kaufte am Kiosk in Saint-Jean einen Tag alte englische und amerikanische Zeitungen, joggte ausdauernd am Strand und las unter einem tief ins Gesicht gezogenen Sonnenhut seine dicken Werke über Literatur und Geschichte. Und einmal charterte er ein Angelboot und verbrachte den Nachmittag damit, vor der kleinen Insel Tortu zu schnorcheln. Aber seine Untätigkeit schien nicht freiwillig, sondern erzwungen zu sein. Er wirkte wie ein verwundeter Soldat, der sich danach sehnt, aufs Schlachtfeld zurückzukehren, wie ein im Exil Lebender, der von seiner verlorenen Heimat träumte, wo immer sie liegen mochte.

Wie Jean-Marc Andrée, Zollbeamter am Flughafen, zu berichten wusste, war er aus Guadeloupe kommend mit einem gültigen venezolanischen Pass eingereist, der auf den seltsamen Namen Colin Hernandez ausgestellt war. Offenbar war er das Produkt einer kurzen Ehe zwischen einer anglo-irischen Mutter und einem spanischen Vater. Die Mutter hatte sich als Dichterin geriert; der Vater war in irgendwelche dunklen Geschäfte verwickelt gewesen. Seinen Alten hatte Colin gehasst, aber von seiner Mutter redete er, als sei ihre Heiligsprechung nur noch eine Formsache. Ihr Foto steckte in seiner Geldbörse. Der schwarz gelockte Junge auf ihren Knien sah Colin nicht sehr ähnlich, aber das war dem Lauf der Zeit geschuldet.

In dem Reisepass war sein Alter mit 38 Jahren angegeben, was ungefähr zu stimmen schien, und sein Beruf als „Geschäftsmann", was so ziemlich alles heißen konnte. Die Mädchen in der Boulangerie vermuteten, er sei ein Schriftsteller auf der Suche nach einer Inspiration. Wie sollte man sonst die Tatsache erklären, dass er fast nie ohne ein Buch anzutreffen war? Aber die Mädchen im Supermarkt stellten die wilde, durch nichts bewiesene Theorie auf, er habe auf Guadeloupe einen Mann ermordet und warte hier auf Saint-Barthélemy den Sturm ab. Der Dominikaner aus dem JoJo Burger, der sich selbst versteckt hielt, fand diese Hypothese lachhaft. Colin Hernandez, behauptete er, sei nur ein weiterer antriebsloser Tagedieb, der von dem Erbe seines Vaters, den er hasste, recht angenehm lebte. Er würde bleiben, bis er sich zu langweilen begann oder seine finanziellen Reserven dahinschmolzen. Dann würde er anderswo hinfliegen, und sie würden zwei, drei Tage später Mühe haben, sich an seinen Namen zu erinnern.

Eines Tages, exakt einen Monat nach seiner Ankunft, kam es zu einer kleinen Veränderung seiner Routine. Nachdem er im JoJo Burger zu Mittag gegessen hatte, ging er in Saint-Jean zum Friseur, und als er den Salon verließ, war seine zottige schwarze Mähne gekürzt, modisch gestylt und frisiert. Als er am Morgen darauf in der Boulangerie erschien, war er frisch rasiert und trug zu seiner Kakihose ein blütenweißes Hemd. Er aß sein gewohntes Frühstück – zwei Scheiben grobes Landbrot mit Butter zu einer großen Schale Milchkaffee – und studierte dabei die Londoner *Times* vom Vortag. Statt dann wieder nach Hause zu fahren, setzte er sich auf seinen Motorroller und raste nach Gustavia hinein. Und spätestens gegen Mittag wurde endlich klar, wozu der Mann namens Colin Hernandez nach Saint-Barthélemy gekommen war.

Als Erstes sprach er in dem luxuriösen alten Hotel Carl Gustaf vor, dessen Küchenchef nicht mal mit ihm reden wollte, als er hörte, dass er keine Kochlehre gemacht hatte. Die Besitzer des Maya's wiesen ihn höflich ab, was auch die Inhaber dreier weiterer Restaurants – Wall House, Ocean und La Cantina – taten. Er versuchte es im La Plage, aber das La Plage hatte kein Interesse an ihm. Ebenso erfolglos blieb er im Eden Rock, dem Guanahani, La Crêperie, Le Jardin und Le Grain de Sel, einem einsamen Vorposten über den Salzgärten der Saline. Selbst das La Gloriette, das doch einem politischen Flüchtling gehörte, wollte nichts mit ihm zu schaffen haben.

Ohne sich entmutigen zu lassen, versuchte er sein Glück bei den noch unentdeckten Perlen der Insel: der Snackbar auf dem Flughafen, dem kreolischen Restaurant auf der gegenüberliegenden Straßenseite und der Pizza-und-Panini-Bude auf dem Parkplatz des Supermarkts L'Oasis. Und dort lächelte ihm das Glück endlich, da er erfuhr, dass der Koch des Le Piment am Vorabend nach einem lange schwelenden Streit wegen langer Arbeitszeiten und schlechter Bezahlung fristlos gekündigt hatte. Nachdem er seine Fähigkeiten in der winzigen Küche des Restaurants demonstriert hatte, war er ab vier Uhr nachmittags auf Probe angestellt. Die erste Schicht absolvierte er gleich an diesem Abend, und die Gäste waren des Lobes voll.

Tatsächlich dauerte es nicht lange, bis die Nachricht von seinen erstaunlichen Kochkünsten auf der kleinen Insel die Runde machte. Le Piment, das früher nur Einheimische als Stammgäste gehabt hatte, war bald voller neuer Gäste, die alle ein Loblied auf den geheimnisvollen neuen Koch mit dem merkwürdigen anglo-spanischen Namen sangen. Das Carl Gustaf wollte ihn abwerben, aber es blitzte ebenso ab wie das Eden Rock, das Guanahani und das La Plage. Deshalb war Reginald Ogilvy, Kapitän der *Aurora*, pessimistisch gestimmt, als er am Abend nach Spider Barnes' Verschwinden im Le Piment aufkreuzte. Weil er nicht reserviert hatte, musste er eine gute halbe Stunde an der Bar warten, bevor er einen Tisch bekam. Er bestellte drei Appetithäppchen und drei Vorspeisen. Nachdem er von allem gekostet hatte, ließ er den Koch bitten, kurz an seinen Tisch zu kommen. Zehn Minuten verstrichen, bevor sein Wunsch in Erfüllung ging.

„Hungrig?", fragte der Mann namens Colin Hernandez mit einem Blick auf die Teller vor Ogilvy.

„Eigentlich nicht."

„Wozu sind Sie dann hier?"

„Ich wollte sehen, ob Sie wirklich so gut sind, wie die Leute sagen."

Als Nächstes streckte Ogilvy ihm die Hand hin und stellte sich mit Dienstgrad, Familienname und dem Namen seiner Jacht vor. Der Mann namens Colin Hernandez zog fragend eine Augenbraue hoch.

„Die *Aurora* ist Spider Barnes' Schiff, nicht wahr?"

„Sie kennen Spider?"

„Ich habe mal ein Bier mit ihm getrunken."

„Da sind Sie nicht der Einzige."

Ogilvy musterte den vor ihm Stehenden prüfend. Der Mann war kompakt, hart, durchtrainiert. Der scharfe Blick des Engländers erkannte in ihm einen Mann, der auf rauer See zu Hause war. Seine Brauen waren dunkel und dicht; sein kantiges Kinn wirkte energisch. Ein Gesicht, das einiges aushalten konnte, fand Ogilvy.

„Sie sind Venezolaner", sagte er.

„Sagt wer?"

„Sagen alle, bei denen Sie sich erfolglos als Koch beworben haben."

Ogilvys Blick wanderte von dem Gesicht zu der auf der Stuhllehne gegenüber ruhenden Hand. Kein Anzeichen für irgendwelche Tätowierungen, was er als positives Signal betrachtete. Für Ogilvy waren moderne großflächige Tattoos eine Form der Selbstverstümmelung.

„Trinken Sie?", fragte er.

„Nicht wie Spider."

„Verheiratet?"

„Nur einmal."

„Kinder?"

„Himmel, nein."

„Laster?"

„Coltrane und Monk."

„Schon mal jemanden umgebracht?"

„Nicht dass ich wüsste."

Das sagte er mit einem Lächeln, und Reginald Ogilvy lächelte seinerseits.

„Ich frage mich, ob ich Sie von alledem weglocken könnte", sagte er mit einer Handbewegung, die das bescheidene Lokal unter freiem Himmel umfasste. „Ich bin bereit, Ihnen ein großzügiges Salär zu zahlen. Und wenn wir nicht auf See sind, haben Sie reichlich freie Zeit, um zu tun, was immer Sie tun, wenn Sie nicht kochen."

„*Wie* großzügig?"

„Zweitausend pro Woche."

„Wie viel hat Spider verdient?"

„Drei", antwortete Ogilvy nach kurzem Zögern. „Aber Spider war schon in der zweiten Saison bei mir."

„Jetzt ist er weg, nicht wahr?"

Ogilvy dachte angelegentlich nach. „Also gut, drei", sagte er dann. „Aber Sie müssten sofort anfangen."

„Wann laufen Sie aus?"

„Morgen früh."

„Dann", sagte der Mann namens Colin Hernandez, „werden Sie mir vier zahlen müssen."

Reginald Ogilvy, Kapitän der *Aurora*, betrachtete die vor ihm stehenden Teller, bevor er sich erhob. „Acht Uhr", sagte er. „Seien Sie rechtzeitig da."

François Soubies, der quecksilbrige, in Marseille geborene Inhaber des Le Piment, nahm die Kündigung nicht gelassen hin. Er reagierte mit einer Flut von Flüchen und Verwünschungen im maschinengewehrartigen Patois des Südens. Er drohte sogar mit Vergeltung. Und dann passierte es, dass eine ziemlich gute Flasche Bordeaux an einer Wand der winzigen Küche in tausend Scherben zerschellte. Später leugnete François, sie seinem hinausgehenden Koch nachgeworfen zu haben. Aber die Serviererin Isabelle, eine Augenzeugin des Vorfalls, widersprach seiner Version der Ereignisse. François, schwor sie, habe mit der Flasche direkt auf den Kopf von Monsieur Hernandez gezielt. Und dieser sei dem Wurfgeschoss mit einer so blitzschnellen Kopfbewegung ausgewichen, dass das Auge ihr kaum habe folgen können. Anschließend habe er François mit einem langen kalten Blick gemustert, als denke er darüber nach, wie er ihm am besten das Genick brechen könne. Dann habe er gelassen seine fleckenlos weiße Schürze abgelegt und sei mit seinem Motorroller davongefahren.

Den Rest dieser Nacht verbrachte er im Licht seiner Petroleumlampe lesend auf der Veranda des Holzhauses. Und zu jeder vollen Stunde ließ er sein Buch sinken und hörte die BBC-Nachrichten, während die Palmwedel in der Nachtbrise raschelten und harmlose Brandungswellen sich am Strand brachen und wieder abliefen. Am Morgen duschte er nach einem erfrischenden Bad im Meer, zog sich an und packte seine Habseligkeiten in den Seesack: seine Kleidung, seine Bücher, sein Radio. Außerdem packte er zwei Dinge ein, die auf Île de la Tortue für ihn zurückgelassen worden waren: eine 9-mm-Pistole der russischen Marke Stetschkin mit aufgeschraubtem Schalldämpfer und ein dreißig mal fünfzig mal zehn Zentimeter großes rechteckiges Paket. Dieses Paket wog genau fünfzehn Pfund. Er steckte es in die Mitte des Seesacks, damit er ausbalanciert blieb, wenn er getragen wurde.

Um halb acht Uhr verließ er die Bucht von Lorient zum letzten Mal und fuhr, den Seesack auf den Knien liegend, nach Gustavia hinein. Die *Aurora* lag in der Morgensonne glänzend am Ende des Hafens. Er ging um zehn vor acht an Bord und bekam von seinem Sous-Chef, einer mageren jungen Engländerin mit dem ungewöhnlichen Namen Amelia List, seine Kajüte gezeigt. Dort verstaute er seine Habseligkeiten – auch die Stetschkin-Pistole und das fünfzehn Pfund schwere Paket – in dem Wandschrank und zog die gestreifte Hose und die weiße Kochjacke an, die auf seiner Koje für ihn bereitlagen. Als er die Kabine wieder verließ, wartete draußen Amelia auf ihn. Sie begleitete ihn in die Kombüse und führte ihn durch die Vorratskammer, den Kühlraum und den klimatisierten Lagerraum für Wein. Dort im kühlen Halbdunkel des Weinkellers dachte der Mann namens Colin Hernandez erstmals lüstern an die junge Engländerin in der leicht gestärkten weißen Uniform. Er tat jedoch nichts, um diesen Gedanken zu verdrängen. Er hatte so viele Monate enthaltsam gelebt, dass er sich kaum erinnern konnte, wie es war, das glänzende Haar einer Frau zu streicheln oder eine dargebotene Brust zu umfassen.

Wenige Minuten vor zehn Uhr kam eine Durchsage aus den Bordlautsprechern, die Besatzung solle auf dem Achterdeck antreten. Der Mann namens Colin Hernandez folgte Amelia List nach draußen und stand neben ihr, als zwei schwarze Range Rover am Heck der *Aurora* hielten. Aus dem ersten stiegen zwei kichernde junge Frauen, die beide einen Sonnenbrand hatten, und ein blasser, schwammiger Mann Anfang vierzig, der die Riemen eines rosa Beach Bags in einer Hand und den Hals einer offenen Champagnerflasche in der anderen hielt. Aus dem zweiten Rover sprangen zwei sichtbar durchtrainierte Männer, denen wenig später eine Frau folgte, die an lebensbedrohlicher Melancholie zu leiden schien. Sie trug ein pfirsichfarbenes Kleid, das sie halb nackt wirken ließ, einen breitkrempigen Hut, der ihre schmalen Schultern beschattete, und eine riesige dunkle Sonnenbrille, die große Teile ihres Porzellangesichts verdeckte. Trotzdem war sie unverkennbar. Ihr Profil verriet sie – das Profil, das Modefotografen und die Paparazzi, die sie auf Schritt und Tritt verfolgten, so bewunderten. Aber an diesem Morgen waren keine Paparazzi anwesend. Sie hatte es ausnahmsweise geschafft, ihnen zu entwischen.

Sie kam an Bord der *Aurora*, als steige sie über ein offenes Grab hinweg, und schritt an der angetretenen Besatzung vorbei, ohne sie eines Wortes oder Blickes zu würdigen. Dabei kam sie dem Mann namens Colin Hernandez so nahe, dass er den Drang unterdrücken musste, sie zu berühren, um sich davon zu überzeugen, dass sie kein Hologramm war, sondern wirklich existierte. Fünf Minuten später legte die *Aurora* ab, und mittags war die verzauberte Insel Saint-Barthélemy nur mehr ein braun-grüner Klumpen am Horizont. Topless in einem Liegestuhl auf dem Vordeck ausgestreckt, mit einem Drink in der Hand, ihre makellose Haut in der Sonne bräunend, lag die berühmteste Frau der Welt. Und ein Deck unter ihr war der Mann, der sie ermorden würde, damit beschäftigt, Kanapees mit Thunfischsalat, Essiggurken und Ananas zuzubereiten.

2

VOR DEN INSELN UNTER DEM WINDE

Jeder kannte die Story. Und selbst diejenigen, die sich angeblich nicht für sie interessierten oder sich verächtlich über die Verehrung äußerten, die ihr weltweit entgegengebracht wurde, kannten alle schäbigen Einzelheiten. Sie war das schüchterne schöne Mädchen aus einer mittelständischen Familie in Kent, das es geschafft hatte, in Cambridge studieren zu dürfen, und er war der blendend aussehende, etwas ältere zukünftige englische König. Die beiden waren sich auf dem Campus bei einer Diskussionsveranstaltung über den Klimawandel begegnet, und der Thronfolger – so wollte es die Legende – hatte sich augenblicklich in sie verliebt. Ihre dann folgende längere Beziehung verlief still und diskret. Das Mädchen wurde von den Leuten des Kronprinzen unter die Lupe genommen, der zukünftige König von ihrer Familie. Schließlich brachte eines der übleren Boulevardblätter ein Foto, auf dem die beiden Hand in Hand das alljährliche Sommerfest des Herzogs von Rutland auf Schloss Belvoir verließen. Der Buckingham-Palast bestätigte in einer dürren Pressemitteilung das Offenkundige: Der Thronfolger und das Bürgermädchen ohne blaues Blut in den Adern waren ein Paar. Und einen Monat später, als die Boulevardpresse sich mit Gerüchten und Spekulationen überschlug, gab der Palast bekannt, der zukünftige König und das Mädchen aus dem Mittelstand würden heiraten.

Die Trauung fand in der Londoner St.-Pauls-Kathedrale an einem Junimorgen statt, an dem in ganz Südengland schauriges Regenwetter herrschte. Als die Ehe dann später scheiterte, schrieben einige englische Journalisten, sie habe von Anfang an unter einem schlechten Stern gestanden. Nach Temperament und Herkunft war das Mädchen ganz ungeeignet für ein Leben im königlichen Goldfischglas, und der Kronprinz war aus genau denselben Gründen ungeeignet für die Ehe. Er hatte zahlreiche Affären – mehr, als man zählen konnte –, und seine junge Gattin rächte sich dadurch, dass sie mit einem ihrer Leibwächter ins Bett ging. Als der Thronfolger von dieser Affäre erfuhr, sorgte er dafür, dass ihr Liebhaber auf einen einsamen Außenposten in Schottland versetzt wurde. Die verzweifelte junge Frau unternahm einen Selbstmordversuch mit Schlaftabletten und wurde mit Blaulicht in die Notaufnahme des St.-Annes-Krankenhauses eingeliefert. In einer Pressemitteilung gab der Buckingham-Palast bekannt, sie habe nach einem grippalen Infekt an Flüssigkeitsmangel gelitten. Als Journalisten nachfragten, warum ihr Gatte sie nicht im Krankenhaus besucht habe, murmelte der Palastsprecher etwas von Terminüberschneidungen. Somit warf die Pressemitteilung mehr Fragen auf, als sie beantwortete.

Bei ihrer Entlassung konnten die Beobachter der Royals sehen, dass mit der schönen Frau des zukünftigen Königs keineswegs alles in Ordnung war. Trotzdem erfüllte sie ihre ehelichen Pflichten, indem sie ihm zwei Kinder schenkte, einen Sohn und eine Tochter, die beide nach schwierigen Schwangerschaften vorzeitig geboren wurden. Zum Dank dafür kehrte der Kronprinz zu einer früheren Geliebten zurück, der er früher einmal die Ehe versprochen hatte, und die Prinzessin revanchierte sich dafür, indem sie zu einer Weltberühmtheit aufstieg und damit sogar die Königin, ihre heiligengleich verehrte Schwiegermutter, in den Schatten stellte. Obwohl Rudel von Reportern und Fotografen jedes Wort und jede Bewegung aufzeichneten, während sie im Dienst humanitärer und ökologischer Projekte die ganze Welt bereiste, schien niemand zu merken, wie oft sie am Rand eines Nervenzusammenbruchs stand. Schließlich erschien mit ihrem Einverständnis und unauffälliger Mithilfe ein Enthüllungsbuch, das alles preisgab: die unzähligen Affären ihres Gatten, ihre anfallartigen Depressionen, die Selbstmordversuche, ihre Essstörungen als Folge des ständigen Drucks der Medien und der Öffentlichkeit. Der wütende Thronfolger versorgte ausgewählte Journalisten mit Informationen über das oft erratische Benehmen seiner Gattin. Dann folgte der entscheidende Schlag: die Veröffentlichung der Aufzeichnung eines leidenschaftlichen Telefongesprächs der Prinzessin mit ihrem gegenwärtigen Liebhaber. Nun hatte die Königin genug. Weil sie die Monarchie in Gefahr sah, forderte sie das Paar auf, sich schnellstens scheiden zu lassen. Vier Wochen später waren die beiden geschieden. Der Buckingham-Palast sprach ohne die geringste Ironie von einer Scheidung „in freundschaftlichem Einvernehmen".

Die Prinzessin durfte ihre Wohnung im Kensington-Palast behalten, war aber nun keine Königliche Hoheit mehr. Die Königin bot ihr einen zweitrangigen Titel an, den sie jedoch ablehnte, weil sie lieber wieder ihren Mädchennamen tragen wollte. Sie verzichtete sogar auf ihre Personenschützer von Scotland Yards Abteilung SO14, in denen sie mehr Spione als Leibwächter sah. Der Palast beobachtete weiter unauffällig ihre Reisen und die Leute, mit denen sie sich umgab; das tat auch der britische Geheimdienst, der sie allerdings als zwar lästig, aber für die Monarchie nicht wirklich gefährlich einstufte.

In der Öffentlichkeit war die Prinzessin das schöne Gesicht globaler Mildtätigkeit. Hinter geschlossenen Türen trank sie jedoch zu viel und umgab sich mit einem Gefolge, das ein Vertrauter der Königin als „Europack“ bezeichnete. Auf dieser Kreuzfahrt war ihr Gefolge allerdings kleiner als gewöhnlich. Die beiden jungen Frauen mit dem Sonnenbrand waren Freundinnen aus ihrer Kindheit; der Mann, der mit der offenen Champagnerflasche an Bord der *Aurora* kam, war Simon Hastings-Clarke, der grotesk reiche Viscount, der ihr den Lebensstil ermöglichte, an den sie sich gewöhnt hatte. Es war Hastings-Clarke, in dessen Privatjets sie durch die Welt flog, und Hastings-Clarke, der ihre Leibwächter bezahlte. Die beiden Männer, die sie in die Karibik begleiteten, waren Angestellte eines privaten Sicherheitsdiensts in London. Vor dem Auslaufen aus Gustavia hatten sie die *Aurora* und ihre Besatzung flüchtig inspiziert. Dem Mann namens Colin Hernandez hatten sie nur eine einzige Frage gestellt: „Was gibt's zum Lunch?“

Auf Wunsch der ehemaligen Prinzessin gab es ein leichtes Büfett, für das sich jedoch weder sie noch ihre Begleiter sonderlich zu interessieren schienen. An diesem Nachmittag tranken sie alle viel und sonnten sich auf dem Vordeck, bis ein Regenschauer sie lachend in ihre Kabinen flüchten ließ. Dort blieben sie bis neun Uhr abends, um sich dann wie für eine Gartenparty in Somerset gekleidet und zurechtgemacht auf dem Achterdeck einzufinden. Nach Cocktails und Kanapees wurde im großen Salon das Dinner serviert: Salat mit Trüffelvinaigrette, danach Hummer-Risotto und Lammkarree mit Artischocken, geriebener Zitronenschale, Zucchini und Nelkenpfeffer. Die ehemalige Prinzessin und ihre Begleiter fanden das Dinner köstlich und verlangten, den Küchenchef zu sehen. Als er endlich kam, feierten sie ihn mit kindisch wirkendem Applaus.

„Und womit verwöhnen Sie uns morgen?“, fragte die ehemalige Prinzessin.

„Das ist eine Überraschung“, antwortete er mit seinem seltsamen Akzent.

„Oh, gut“, sagte sie und bedachte ihn mit dem Lächeln, das er von unzähligen Magazintiteln kannte. „Ich liebe Überraschungen!“

Die *Aurora* kam mit einer nur achtköpfigen Besatzung aus, daher mussten der Koch und seine Assistentin sich um das Porzellan, die Gläser, das Silber, die Töpfe und Pfannen und die Küchengeräte kümmern. Als die ehemalige Prinzessin und ihre Begleiter längst zu Bett gegangen waren, standen sie noch nebeneinander an dem langen Spülbecken. Ihre Hände berührten sich gelegentlich in dem warmen Wasser, und Amelias knochige Hüfte drückte an seinen Oberschenkel. Und als sie sich einmal an ihm vorbeizwängte, um an den Wäscheschrank zu gelangen, zogen ihre aufgerichteten Brustspitzen zwei Linien über seinen Rücken und schickten einen Stromstoß in seinen Schritt. Sie zogen sich allein in ihre Kabinen zurück, aber wenige Minuten später wurde leise an seine Tür geklopft. Sie nahm ihn, ohne den geringsten Laut von sich zu geben. Er kam sich vor, als liebe er eine Stumme.

„Vielleicht war das ein Fehler“, flüsterte sie ihm danach ins Ohr.

„Wie kommst du darauf?“

„Weil wir noch lange zusammenarbeiten werden.“

„Nicht so lange.“

„Du willst nicht bleiben?“

„Kommt darauf an.“

„Worauf?“

Er sagte nichts mehr. Sie legte den Kopf auf seine Brust und schloss die Augen.

„Du kannst nicht bleiben“, sagte er.

„Ich weiß“, antwortete sie schläfrig. „Nur für ein paar Minuten.“

Während Amelia List mit dem Kopf auf seiner Brust schlief und die *Aurora* sich kaum merklich unter ihm hob und senkte, lag er noch lange unbeweglich wach und ging in Gedanken seinen Plan für die bevorstehenden Ereignisse durch. Um drei Uhr stand er schließlich auf, ohne Amelia zu wecken, und trat nackt an den Wandschrank. Er zog sich lautlos an: schwarze Hose, schwarzer Wollpullover und dunkle Gore-Tex-Jacke. Dann packte er das Paket aus, das dreißig mal fünfzig mal zehn Zentimeter große Paket, das genau fünfzehn Pfund wog, schaltete die Stromversorgung ein und aktivierte den Zeitzünder. Als er das Paket in den Schrank zurücklegte und nach der Stetschkin-Pistole griff, hörte er, wie Amelia sich hinter ihm bewegte. Er drehte sich langsam um und starrte sie im Halbdunkel an.

„Was war das?“, fragte sie.

„Schlaf weiter.“

„Ich habe ein rotes Licht gesehen.“

„Das war mein Radio.“

„Wieso hörst du um drei Uhr morgens Radio?“

Bevor er antworten konnte, wurde die Nachttischlampe angeknipst. Amelias Blick streifte seine dunkle Kleidung, bevor sie erschrocken die Pistole mit Schalldämpfer in seiner Hand anstarrte. Als sie schreien wollte, war er bereits heran und bedeckte ihren Mund mit einer Hand, sodass sie keinen Ton herausbrachte. Während sie darum kämpfte, sich aus seinem Griff zu befreien, flüsterte er ihr beruhigende Worte ins Ohr. „Keine Angst, Liebling“, sagte er leise. „Es tut fast nicht weh.“

Ihre Augen weiteten sich erschrocken. Dann drehte er ihren Kopf mit einem scharfen Ruck nach links, sodass ihre Halswirbelsäule brach, und hielt sie sanft in den Armen, als sie starb.

Reginald Ogilvy übernahm üblicherweise nicht die unbeliebte Mittelwache, aber die Sorge um das Wohl seiner berühmten Passagierin hatte ihn an diesem frühen Morgen auf die Brücke der *Aurora* getrieben. Er saß mit einem Becher Kaffee in der Hand am Computer und sah sich die Wettervorhersage für den kommenden Tag an, als der Mann namens Colin Hernandez ganz in Schwarz den Niedergang heraufkam. Der Kapitän hob den Kopf und fragte scharf: „Was machen Sie hier?“ Aber die einzige Antwort waren zwei Schüsse aus der schallgedämpften Stetschkin, die sein Uniformjackett und das Herz darunter zerfetzten.

Der Kaffeebecher zerschellte am Boden; Ogilvy, der bereits tot war, sackte daneben zusammen. Der Killer trat ruhig an das automatische Navigationssystem, nahm eine kleine Kursänderung vor und stieg wieder den Niedergang hinunter. Das Bootsdeck war verlassen, weil sonst niemand Dienst hatte. Er ließ eines der Zodiac-Schlauchboote zu Wasser, stieg die Strickleiter hinunter und legte von der Jacht ab.

Unter einem Nachthimmel mit leuchtend weißen Sternen dümpelte das Schlauchboot in der leichten Dünung, während er beobachtete, wie die *Aurora* nach Osten ablief, wo die Schifffahrtsrouten im Atlantik vorbeiführten: steuerlos, als Geisterschiff. Er sah aufs Leuchtzifferblatt seiner Armbanduhr. Als der Stoppuhrzeiger auf null stand, sah er wieder auf. Fünfzehn weitere Sekunden vergingen, in denen er Zeit hatte, über die unwahrscheinliche Möglichkeit nachzudenken, die Bombe könnte defekt sein. Endlich sah er einen Lichtblitz an der Kimm – das grelle Weiß einer Sprengstoffdetonation, dann das Orangerot weiterer Explosionen und des anschließenden Brandes.

Übers Wasser kam ein Grollen wie von fernem Donner. Danach war nur noch der Wellenschlag an der Außenhaut des Schlauchboots zu hören. Er drückte den Anlassknopf des großen Außenborders und beobachtete, wie die *Aurora* zu sinken begann. Dann ging er mit dem Zodiac auf Westkurs und gab Gas.

3

KARIBIK – LONDON

Der erste Hinweis auf mögliche Probleme war die Meldung von Pegasus Global Charters in Nassau, eine Routineabfrage bei einem ihrer Schiffe, der 47 Meter langen Luxusjacht *Aurora*, sei unbeantwortet geblieben. Die Einsatzzentrale der Reederei alarmierte sofort alle Frachter, Kreuzfahrtschiffe und Jachten im Seegebiet vor den Inseln unter dem Winde und erhielt binnen Minuten die Nachricht, der Rudergänger eines unter liberianischer Flagge fahrenden Öltankers habe im betreffenden Seegebiet morgens um 3.45 Uhr einen ungewöhnlichen Lichtblitz beobachtet. Wenig später entdeckte die Besatzung eines Containerschiffs eines der Schlauchboote der *Aurora*, das etwa hundert Seemeilen südsüdöstlich von Gustavia unbemannt im Meer trieb. Fast zur gleichen Zeit stieß eine Segeljacht wenige Meilen weiter westlich auf Schwimmwesten und anderes Treibgut.

Das Pegasus-Management, das nun das Schlimmste fürchtete, rief die Britische Hochkommission in Kingston an und teilte dem Honorarkonsul mit, die *Aurora* werde vermisst und sei vermutlich gesunken. Anschließend übermittelte die Reederei eine Passagierliste mit dem Mädchennamen der ehemaligen Prinzessin. „Sagen Sie mir, dass sie's nicht ist", verlangte der Honorarkonsul ungläubig, aber die Reederei bestätigte, die Passagierin sei tatsächlich die Exgattin des zukünftigen Königs. Der Honorarkonsul rief sofort seine Vorgesetzten im Außenministerium an, die den Vorfall für so schwerwiegend hielten, dass sie Premierminister Jonathan Lancaster wecken ließen, womit die Krise ernstlich begann.

Der Premierminister benachrichtigte den Kronprinzen um halb zwei Uhr morgens, wartete aber bis neun Uhr, bevor er das britische Volk und die Welt informierte. Mit grimmiger Miene vor der schwarzen Tür des Hauses Downing Street Nr. 10 stehend, rekapitulierte er die bis dahin bekannten Tatsachen. Die Exgattin des Thronfolgers war mit Simon Hastings-Clarke und zwei Jugendfreundinnen in die Karibik geflogen. Auf der Ferieninsel Saint-Barthélemy waren sie zu einer einwöchigen Kreuzfahrt an Bord der Luxusjacht *Aurora* gegangen. Nun war der Funkkontakt zu der Jacht abgerissen; andere Schiffe hatten Treibgut gefunden, das von ihr zu stammen schien. „Wir hoffen und beten, dass die Prinzessin lebend aufgefunden wird", sagte der Premierminister ernst, „aber wir müssen aufs Schlimmste gefasst sein."

Am ersten Tag der Suche wurden weder Tote noch Überlebende gefunden. Auch am zweiten und dritten Tag nicht. Nach einem Gespräch mit der Königin gab Premierminister Lancaster bekannt, seine Regierung gehe davon aus, dass die geliebte Prinzessin tot sei. In der Karibik konzentrierten die Suchmannschaften sich jetzt darauf, Wrackteile statt Leichen zu finden. Durch einen glücklichen Zufall dauerte die Suche nicht lange. Nur achtundvierzig Stunden später entdeckte ein Tauchroboter der französischen Marine die *Aurora* in sechshundert Meter Wassertiefe. Ein Fachmann, der die Videoaufnahmen ausgewertet hatte, stellte fest, die Jacht sei eindeutig als Folge einer Explosion an Bord gesunken. „Die Frage ist nur", sagte er, „ob das ein Unfall oder Absicht war."

Eine Mehrheit der Bevölkerung – das zeigten verlässliche Umfragen – weigerte sich zu glauben, die Prinzessin sei wirklich tot. Ihre Hoffnung beruhte auf der Tatsache, dass nur eines der beiden Zodiacs der *Aurora* gefunden worden war. Bestimmt trieb es noch auf hoher See oder war auf einer unbewohnten Insel gestrandet. Eine übel beleumundete Webseite berichtete, sie sei auf Montserrat gesehen worden. Eine andere behauptete, sie lebe zurückgezogen in Dorset am Meer. Wilde Verschwörungstheorien besagten, ihre Ermordung sei vom Kronrat der Königin beschlossen und vom britischen Geheimdienst MI6 ausgeführt worden. Dessen Chef Graham Seymour stand zunehmend unter Druck, diese Behauptungen öffentlich zurückzuweisen, was er jedoch hartnäckig verweigerte. „Das sind keine *Behauptungen*", erklärte er dem Außenminister bei einem Krisengespräch in der weitläufigen Zentrale seines Diensts direkt an der Themse. „Das sind Märchen, die sich Verrückte ausdenken, und ich werde sie keines Kommentares würdigen."

Für sich selbst war Seymour jedoch schon zu dem Schluss gelangt, die Explosion an Bord der *Aurora* sei kein Unfall gewesen. Dieser Ansicht war auch der Direktor des sehr fähigen französischen Auslandsnachrichtendiensts DGSE. Die Auswertung der Videoaufnahmen durch die Franzosen hatte ergeben, dass die *Aurora* durch einen unter Deck gezündeten Sprengsatz versenkt worden war. Aber wer hatte ihn an Bord geschmuggelt? Und wer hatte den Zeitzünder eingestellt? Die DGSE verdächtigte vor allem den Mann, der am Abend vor dem Auslaufen als Ersatz für den verschwundenen Koch der *Aurora* angeheuert hatte. Die Franzosen übermittelten dem MI6 ein unscharfes Video von seiner Ankunft auf dem Flughafen St. Barth und ein paar körnige Aufnahmen privater Überwachungskameras. Alle zeigten einen auffällig kamerascheuen Mann. „Ich finde, er sieht nicht wie ein Kerl aus, der mit dem Schiff untergehen würde", erklärte Seymour seinen engsten Mitarbeitern. „Er ist irgendwo dort draußen. Stellt also fest, wer er wirklich ist und wo er sich verkrochen hat – im Idealfall natürlich *vor* den Franzosen.“

Der Unbekannte glich einem Flüstern in einer halbdunklen Kapelle, einem losen Faden am Saum eines abgelegten Kleidungsstücks. Sie ließen die Fotos durch die Computer laufen. Und als die Computer kein Ergebnis ausspuckten, fahndeten sie auf altmodische Weise nach ihm: zu Fuß und mit Briefumschlägen voller Geld – natürlich mit US-Geld, denn in den Niederungen der Geheimdienstwelt war der Dollar weiter die Universalwährung. Der MI6-Resident in Caracas konnte keine Spur von ihm finden. Auch nicht von einer poetisch veranlagten anglo-irischen Mutter oder einem geschäftstüchtigen spanischen Vater. Die Adresse in seinem Pass gehörte zu einem unbebauten Slumgrundstück in Caracas; seine letzte bekannte Telefonnummer war längst anderweitig vergeben. Ein Informant bei der venezolanischen Geheimpolizei sagte, er habe gerüchteweise von einer Verbindung nach Kuba gehört, aber eine Quelle beim kubanischen Geheimdienst verwies auf die kolumbianischen Kartelle. „Vielleicht früher mal“, sagte ein unbestechlicher Polizeibeamter in Bogotá, „aber die Verbindung zu den Drogenbaronen hat er längst gekappt. Meines Wissens lebt er mit seiner ehemaligen Geliebten Noriegas in Panama. Er hat mehrere Millionen auf einer dortigen Bank und eine Eigentumswohnung an der Playa Farallón.“ Die ehemalige Geliebte wollte ihn nie gekannt haben, und der Leiter der entsprechenden Bankfiliale, der sich mit zehntausend Dollar hatte bestechen lassen, konnte kein verdächtiges Konto finden. Sein Nachbar in Farallón konnte sich kaum an sein Aussehen erinnern, aber an seine Stimme. „Er hatte einen komischen Akzent“, sagte er. „Als käme er aus Australien. Oder war’s Südafrika?“

Graham Seymour überwachte die Fahndung nach diesem schwer zu fassenden Verdächtigen in seinem behaglichen

Büro, dem luxuriösesten Dienstzimmer der Geheimdienstwelt, mit einem englischen Garten als Atrium, einem riesigen Mahagonischreibtisch, den alle seine Vorgänger benutzt hatten, den wandhohen Fenstern mit Blick auf die Themse und der wuchtigen Standuhr, deren Werk kein Geringerer als Sir Mansfield Smith-Cumming, der erste „C" des britischen Geheimdiensts, konstruiert hatte. Die Pracht seiner Umgebung machte Seymour ruhelos. In früheren Jahren war er ein guter Mann im Außendienst gewesen – nicht beim MI6, sondern bei dem weniger glamourösen Inlandsgeheimdienst MI5 – und hatte sich dort bewährt, bevor er den kurzen Weg vom Thames House nach Vauxhall Cross gegangen war. Beim MI6 gab es Leute, die weiter Ressentiments gegen einen Außenstehenden hegten, aber die meisten betrachteten Seymours Wechsel als eine Art Heimkehr. Sein Vater war ein legendärer MI6-Offizier gewesen, der die Nazis in die Irre geführt und später im Nahen Osten vieles bewegt hatte. Und nun saß sein Sohn auf dem Höhepunkt seiner Karriere hinter dem Schreibtisch, vor dem Seymour der Ältere mit der Mütze in der Hand gestanden hatte.

Mit Macht geht jedoch oft ein Gefühl der Hilflosigkeit einher, und Seymour, der strategisch denkende Edelspion, fiel ihr bald zum Opfer. Als die Fahndung ergebnislos weiterlief und Downing Street und Buckingham-Palast immer mehr Druck ausübten, wurde er zusehends reizbar. Ein Foto der Zielperson lag auf seinem Schreibtisch neben dem viktorianischen Tintenfass und dem Parker-Füller, mit dem er Anmerkungen auf den Rand von Schriftstücken kritzelte. Etwas an diesem Gesicht kam ihm bekannt vor. Seymour vermutete, irgendwo – auf einem anderen Schlachtfeld, in einem anderen Land – hätten ihre Wege sich schon einmal gekreuzt. Dass die Datenbanken seines Diensts diese Möglichkeit ausschlossen, spielte keine Rolle. Seymour traute dem eigenen Gedächtnis mehr als dem irgendeines staatlichen Computers.

Und während seine Agenten falsche Fährten verfolgten und trockene Brunnen aushoben, betrieb Seymour die eigene Fahndung in seinem goldenen Käfig auf dem Dach des Dienstgebäudes im Vauxhall Cross. Als Erstes durchsuchte er sein erstaunliches Gedächtnis, und als es ihn im Stich ließ, forderte er einen Stapel seiner alten MI5-Unterlagen an, die er ebenfalls durcharbeitete. Aber auch darin wurde er nicht fündig. Am Morgen des zehnten Tages schnurrte dann das Telefon auf seinem Schreibtisch unaufgeregt. Der unverwechselbare Klingelton sagte ihm, wer der Anrufer war: Uzi Navot, der Direktor des viel gepriesenen israelischen Auslandsgeheimdiensts. Seymour zögerte, dann hob er vorsichtig den Hörer ans Ohr. Wie immer vergeudete der israelische Geheimdienstchef keine Zeit mit Höflichkeitsfloskeln.

„Ich glaube, wir haben den Mann gefunden, nach dem Sie fahnden."

„Wer ist er?"

„Ein alter Freund."

„Von uns oder von Ihnen?"

„Von Ihnen", antwortete der Israeli. „Wir haben keine Freunde."

„Können Sie mir seinen Namen sagen?"

„Nicht am Telefon."

„Wie bald können Sie in London sein?"

Aber Navot hatte bereits aufgelegt.

4

VAUXHALL CROSS, LONDON

Uzi Navot traf an diesem Abend kurz vor 23 Uhr in Vauxhall Cross ein und wurde sofort mit dem Expressaufzug ins Büro des Direktors hinaufbefördert. Er trug einen grauen Anzug, der an seinen breiten Schultern spannte, ein aufgeknöpftes weißes Oberhemd, das seinen säulenförmigen Hals sehen ließ, und eine randlose Brille, die Druckspuren auf dem Sattel seiner Boxernase zurückließ. Auf den ersten Blick hielten nur wenige Navot für einen Israeli oder auch nur für einen Juden, was ihm im Lauf seiner Karriere schon oft genützt hatte. Begonnen hatte er sie als *Katsa*, wie sein Dienst verdeckt arbeitende Geheimagenten bezeichnete. Navot, der mehrere Sprachen beherrschte und mit einem Stapel gefälschter Pässe ausgestattet war, hatte Terrororganisationen unterwandert und ein weltweites Netzwerk aus Spionen und Informanten aufgebaut. In London war er als Clyde Bridges, europäischer Marketingdirektor einer obskuren Softwarefirma, aufgetreten. In einer Zeit, in der es Seymours Aufgabe gewesen wäre, solche Aktivitäten zu verhindern, hatte er in Großbritannien mehrere erfolgreiche Geheimdienstunternehmen durchgeführt. Trotzdem verübelte Seymour ihm das nicht, denn wechselnde Allianzen waren in der Branche üblich: heute Gegner, morgen Verbündeter.

Navot, der das SIS-Gebäude von häufigen Besuchen kannte, äußerte sich nicht neiderfüllt zu Seymours großartiger Bürosuite. Er ließ sich auch auf keinen Schwatz über Themen von beruflichem Interesse ein, der den meisten Besprechungen unter Geheimdienstchefs vorausging. Seymour wusste recht gut, was hinter der Wortkargheit des Israelis steckte. Navots erste Amtszeit als Direktor näherte sich dem Ende, und sein Ministerpräsident hatte ihn aufgefordert, seinen Sessel für einen anderen zu räumen: einen legendären Agenten, mit dem Seymour schon unzählige Male zusammengearbeitet hatte. Gerüchteweise hieß es, dem Legendären sei es gelungen, Navot zu weiterer Mitarbeit zu bewegen. Seinen Vorgänger im Haus zu behalten war unorthodox, aber der Legendäre hielt wenig von Orthodoxie. Sein Wagemut war seine größte Stärke – und manchmal sein Verderben, fand Seymour.

Navots rechte Pranke umklammerte einen Aktenkoffer aus Edelstahl mit Zahlenschlössern. Jetzt klappte er ihn auf und nahm einen dünnen Aktenordner heraus, den er auf den Mahagonischreibtisch legte. Der Ordner enthielt ein einziges eng beschriebenes Blatt Papier; die Israelis waren stolz auf die lakonische Kürze ihrer Geheimdienstberichte. Seymour las die Betreffzeile. Dann betrachtete er das Foto, das neben seinem Tintenfass lag, und murmelte einen Fluch. Navot, der vor dem Schreibtisch saß, gestattete sich ein flüchtiges Lächeln. Es kam nicht oft vor, dass man dem MI6-Generaldirektor etwas erzählen konnte, das er nicht schon wusste.

„Aus welcher Quelle stammen diese Informationen?“, fragte Seymour.

„Vielleicht von einem Iraner“, antwortete Navot vage.

„Haben wir normalerweise Zugang zu seinem Produkt?“

„Nein“, sagte Navot. „Er gehört uns allein.“

Der MI6, die CIA und der israelische Geheimdienst arbeiteten seit über einem Jahrzehnt eng zusammen, um den Iran daran zu hindern, Atomwaffen zu entwickeln. Die drei Dienste waren gemeinsam gegen die nukleare Beschaffungspolitik der Iraner vorgegangen und hatten sich Unmengen technischer Daten und weiterer Informationen geteilt. Nach allgemeiner Überzeugung hatten die Israelis die besten Quellen in Teheran, die sie jedoch zur Verärgerung der Briten und Amerikaner eifersüchtig abschirmten. Wegen der Wortwahl des Berichts vermutete Seymour, Navots Agent gehöre dem iranischen Geheimdienst VEVAK an. VEVAK-Mitarbeiter zu führen war berüchtigt schwierig. Manchmal trafen die Informationen zu, die sie für westliche Währungen verkauften. Und manchmal dienten sie der *Taqiyya*, dem altpersischen Brauch, eine Absicht zu demonstrieren, während man eine ganz andere verfolgte.

„Glauben Sie ihm?", fragte Seymour.

„Sonst wäre ich nicht hier." Navot machte eine Pause, dann fügte er hinzu: „Und irgendetwas sagt mir, dass auch Sie ihm glauben."

Als Seymour sich nicht dazu äußerte, zog Navot ein weiteres Schriftstück aus seinem Aktenkoffer und legte es neben das erste. „Die Kopie eines Berichts, den wir MI6 vor drei Jahren übermittelt haben", erläuterte er. „Wir wussten schon damals von seiner Verbindung zu den Iranern. Und dass er mit der Hisbollah, al-Qaida und allen zusammenarbeitet, die Verwendung für ihn haben." Navot fügte hinzu: „In Bezug auf die Leute, mit denen er umgeht, ist unser Freund nicht besonders wählerisch."

„Das war vor meiner Zeit", stellte Seymour fest.

„Aber jetzt ist er Ihr Problem." Navot tippte auf einen der letzten Absätze. „Wie Sie sehen, haben wir damals vorgeschlagen, ihn aus dem Verkehr zu ziehen. Das wollten wir sogar freiwillig übernehmen. Und wie, denken Sie, hat Ihr Vorgänger auf unser Angebot reagiert?"

„Er hat es offenbar abgelehnt."

„Er war ungeheuer voreingenommen. Er hat uns nachdrücklich davor gewarnt, ihm auch nur ein Haar zu krümmen. Er hat befürchtet, dadurch würden wir eine Büchse der Pandora öffnen." Navot schüttelte langsam den Kopf. „Und nun sitzen wir hier."

In dem großen Raum herrschte Stille. Das einzige Geräusch war das Ticken von Cs alter Standuhr. Zuletzt fragte Navot ruhig: „Wo waren Sie an diesem Tag, Graham?"

„An welchem Tag?"

„Am fünfzehnten August neunzehnhundertachtundneunzig."

„Dem Tag des Bombenanschlags?"

Der Israeli nickte.

„Sie wissen verdammt gut, wo ich war", sagte Seymour. „Ich war beim MI5."

„Sie waren Chef der Terrorismusbekämpfung."

„Ja."

„Was bedeutet, dass Sie dafür zuständig waren."

Seymour äußerte sich nicht dazu.

„Was ist damals passiert, Graham? Wieso ist er nicht gefasst worden?"

„Fehler wurden gemacht. Schlimme Fehler. Schlimm genug, um Karrieren zu ruinieren, selbst heute noch." Seymour schob die Blätter zusammen und gab sie Navot zurück. „Hat die iranische Quelle Ihnen gesagt, warum er's getan hat?"

„Vielleicht hat er den alten Kampf wieder aufgenommen. Oder er hat im Auftrag anderer gehandelt. So oder so müssen wir uns um ihn kümmern, besser früher als später."

Seymour gab keine Antwort.

„Unser Angebot steht nach wie vor, Graham."

„Welches Angebot?"

„Wir erledigen ihn", antwortete Navot. „Und dann vergraben wir ihn so tief, dass keines der alten Probleme jemals wieder an die Oberfläche kommt."

Seymour verfiel in nachdenkliches Schweigen. „Es gibt nur einen, dem ich einen Job dieser Art anvertrauen wollen würde“, sagte er zuletzt.

„Das könnte schwierig werden.“

„Wegen der Schwangerschaft?“

Navot nickte.

„Wann soll das Kind kommen?“

„Das ist geheim, fürchte ich.“

Seymour rang sich ein Lächeln ab. „Glauben Sie, dass er sich dazu überreden ließe, den Auftrag zu übernehmen?“

„Alles ist möglich“, sagte Navot ausweichend. „Soll ich ihn in Ihrem Auftrag ansprechen?“

„Nein“, antwortete Seymour. „Das tue ich selbst.“

„Allerdings gibt's noch ein Problem“, fügte Navot hinzu.

„Nur eines?“

„Über diesen Teil der Welt weiß er nicht viel.“

„Ich kenne jemanden, der sein Führer sein könnte.“

„Er arbeitet nicht mit Unbekannten zusammen.“

„Tatsächlich kennen die beiden sich sehr gut.“

„Ist er beim MI6?“

„Nein“, antwortete Seymour. „Noch nicht.“

5

FLUGHAFEN FIUMICINO, ROM

„Wieso, glaubst du, hat mein Flug Verspätung?“, fragte Chiara.

„Vielleicht liegt’s an einem technischen Problem“, antwortete Gabriel.

„Vielleicht“, wiederholte sie, aber das klang wenig überzeugt.

Sie saßen in einer stillen Ecke der Lounge für die Passagiere der Ersten Klasse. Die sehen auf allen Flughäfen der Welt gleich aus, dachte Gabriel. Ungelesene Zeitungen, halb leere Fläschchen mit zweifelhaftem Pinot grigio, CNN International ohne Ton auf Großbildschirmen. Gabriel hatte geschätzt ein Fünftel seiner Karriere an solchen Orten verbracht. Im Gegensatz zu seiner Frau konnte er außergewöhnlich gut warten.

„Geh und frage das hübsche Mädchen an der Information, warum mein Flug verspätet ist“, verlangte sie.

„Ich habe keine Lust, mit dem hübschen Mädchen an der Information zu reden.“

„Warum nicht?“

„Weil sie nichts weiß und mir einfach etwas erzählen wird, das ich vermutlich hören will.“

„Wieso musst du immer so fatalistisch sein?“

„Das bewahrt mich vor späteren Enttäuschungen.“

Chiara lächelte und schloss müde die Augen. Gabriel sah auf den Großbildschirm. Ein britischer Fernsehreporter mit Helm und schusssicherer Weste berichtete über den neuesten Luftangriff im Gazastreifen. Gabriel fragte sich, wieso CNN eine so große Vorliebe für britische Reporter entwickelt hatte.

Vermutlich lag das an ihrem Akzent. Reportagen mit englischem Akzent klangen immer glaubwürdiger, selbst wenn kein Wort davon wahr war.

„Was sagt er?“, fragte Chiara.

„Willst du’s wirklich wissen?“

„Dann vergeht die Zeit schneller.“

Gabriel kniff die Augen zusammen, um den in kleiner Schrift mitlaufenden Text lesen zu können. „Er sagt, dass ein israelischer Kampfhubschrauber eine Schule angegriffen hat, in der mehrere Hundert Palästinenser Zuflucht gesucht hatten. Er sagt, dass es mindestens fünfzehn Tote und mehrere Dutzend Schwerverletzte gegeben hat.“

„Wie viele davon waren Frauen und Kinder?“

„Anscheinend alle.“

„War die Schule das eigentliche Ziel des Luftangriffs?“

Gabriel schrieb eine SMS auf seinem BlackBerry und schickte sie verschlüsselt in die Zentrale des israelischen Geheimdiensts am King Saul Boulevard in Tel Aviv. Er hatte einen langen, absichtlich irreführenden Namen, der nichts mit seinen wahren Aufgaben zu tun hatte. Für seine Mitarbeiter war er immer nur „der Dienst“.

„Das eigentliche Ziel“, sagte er und sah auf sein Black Berry, „war das Haus gegenüber.“

„Wer wohnt dort?“

„Muhammad Sarkis.“

„*Der* Muhammad Sarkis?“

Gabriel nickte.

„Lebt Muhammad noch?“

„Leider nicht.“

„Was war mit der Schule?“

„Die ist nicht getroffen worden. Die einzigen Opfer waren Sarkis und Mitglieder seiner Familie.“

„Vielleicht sollte jemand dem Reporter die Wahrheit mitteilen."

„Was würde das nützen?"

„Wieder fatalistisch", sagte Chiara.

„Keine Enttäuschungen."

„Bitte stelle fest, weshalb mein Flug Verspätung hat."

Gabriel schrieb eine weitere SMS auf seinem BlackBerry. Die Antwort war fast augenblicklich da.

„Eine Rakete der Hamas ist in der Nähe des Flughafens Ben Gurion eingeschlagen."

„Wie nahe?"

„Gefährlich nahe."

„Glaubst du, dass das hübsche Mädchen an der Information weiß, dass mein Zielort unter Raketenbeschuss liegt?"

Gabriel gab keine Antwort.

„Weißt du bestimmt, dass du dir das antun willst?", fragte Chiara.

„Was antun?"

„Soll ich's wirklich laut sagen?"

„Fragst du, ob ich in solchen Zeiten noch immer Direktor werden will?"

Sie nickte.

„In solchen Zeiten", sagte er und beobachtete weiter die Rauchwolken und Detonationen auf dem Großbildschirm, „wünsche ich mir, ich könnte im Gazastreifen Seite an Seite mit unseren Jungs kämpfen."

„Ich dachte, du hättest die Armee gehasst."

„Das habe ich."

Chiara wandte sich ihm zu, öffnete ihre grün-golden gefleckten karamellbraunen Augen. Die Jahre hatten ihrer Schönheit nichts anhaben können. Wäre sie nicht hochschwanger gewesen und hätte keinen Ehering am Finger getragen, hätte sie das junge Mädchen sein können, das er vor vielen Jahren im alten Ghetto von Venedig kennengelernt hatte.

„Passend, nicht wahr?“

„Was denn?“

„Dass Gabriel Allons Kinder in Kriegszeiten zur Welt kommen werden.“

„Mit etwas Glück ist dieser Krieg vorbei, bevor sie geboren werden.“

„Da bin ich mir nicht so sicher.“ Chiara sah wieder zur Anzeigetafel hinüber. Hinter dem El-Al-Flug 386 nach Tel Aviv stand weiter VERSPÄTET. „Wenn die Maschine nicht bald startet, werden sie hier in Italien geboren.“

„Kommt nicht infrage.“

„Was wäre daran so schlimm?“

„Wir hatten einen Plan. Und an den halten wir uns.“

„Wenn ich mich recht erinnere“, wandte sie ein, „war geplant, dass wir gemeinsam nach Israel zurückkehren.“

„Richtig“, bestätigte Gabriel. „Aber die Ereignisse wollten es anders.“

„Das tun sie meistens.“

Erst vor drei Tagen hatten Gabriel und Chiara in einer gewöhnlichen Pfarrkirche am Comer See eines der berühmtesten gestohlenen Kunstwerke der Welt aufgespürt: Caravaggios *Christi Geburt mit den Heiligen Laurentius und Franziskus*. Das stark beschädigte Gemälde befand sich jetzt im Vatikan, um restauriert zu werden, und Gabriel – ein Mann mit einer einzigartigen Kombination von Talenten – wollte die ersten Arbeitsgänge selbst übernehmen. Er war Restaurator, Meisterspion und Auftragsmörder, eine lebende Legende, die einige der erfolgreichsten Unternehmen in der Geschichte des israelischen Geheimdiensts geleitet hatte. Bald würde er wieder Vater und ungefähr gleichzeitig Direktor des Diensts werden. Über Direktoren werden keine Storys geschrieben, überlegte er sich. Storys werden über die Männer geschrieben, die von Direktoren ins Feld geschickt werden, um deren schmutzige Arbeit zu tun.

„Ich weiß wirklich nicht, warum du wegen dieses Gemäldes so stur bist", sagte Chiara.

„Ich hab's gefunden, ich will's restaurieren."

„Wir haben es gemeinsam gefunden. Aber das ändert nichts an der Tatsache, dass du unmöglich fertig werden kannst, bevor die Kinder geboren werden."

„Ich muss nicht unbedingt damit fertig werden. Ich will eigentlich nur ..."

„Du willst deine Spur darauf zurücklassen?"

Gabriel nickte langsam. „Vielleicht ist die Geburt Christi das letzte Gemälde, das ich restaurieren kann. Außerdem bin ich's ihm schuldig."

„Wem?"

Er gab keine Antwort; er las wieder den in kleiner Schrift mitlaufenden Text.

„Wovon redet er jetzt?", fragte Chiara.

„Von der Prinzessin."

„Was ist mit ihr?"

„Die Explosion, nach der die Jacht gesunken ist, scheint ein Unfall gewesen zu sein."

„Glaubst du das?"

„Nein."

„Warum behaupten sie dann so was?"

„Um Zeit und Spielraum zu gewinnen, vermute ich."

„Wofür?"

„Für die Fahndung nach dem Täter."

Chiara schloss die Augen und lehnte den Kopf an seine

Schulter. Ihr kastanienbraunes Haar mit rötlichen Glanzlichtern duftete zart nach Vanille. Gabriel küsste es leicht und atmete seinen Duft ein. Plötzlich wollte er sie nicht mehr allein fliegen lassen.

„Was steht auf der Anzeigetafel neben meinem Flug?“, fragte sie.

„Verspätet.“

„Kannst du nicht etwas tun, um die Sache zu beschleunigen?“

„Du überschätzt meinen Einfluss.“

„Falsche Bescheidenheit steht dir nicht, Darling.“

Gabriel schrieb eine weitere SMS und schickte sie zum King Saul Boulevard. Wenig später vibrierte sein BlackBerry, als die Antwort eintraf.

„Nun?“, fragte Chiara.

„Sieh auf die Anzeigetafel.“

Chiara öffnete die Augen. Hinter dem El-Al-Flug 386 nach Tel Aviv stand weiter VERSPÄTET. Dreißig Sekunden später wechselte die Anzeige auf BOARDING.

„Zu schade, dass du den Krieg nicht ebenso leicht stoppen kannst“, sagte Chiara.

„Das kann nur die Hamas.“

Sie sammelte ihr Kabinengepäck und einen Stapel Hochglanzmagazine ein und stand schwerfällig auf. „Sei ein guter Junge“, sagte sie. „Und denk an die vier goldenen Worte, wenn dich jemand um einen Gefallen bittet.“

„Such dir einen anderen.“

Chiara lächelte. Dann küsste sie Gabriel überraschend dringlich.

„Komm heim, Gabriel.“

„Bald.“

„Nein“, sagte sie. „Komm jetzt mit.“

„Beeil dich, Chiara. Sonst verpasst du deinen Flug."

Sie küsste ihn ein letztes Mal. Dann wandte sie sich ohne ein weiteres Wort ab und ging an Bord der Maschine.

Gabriel wartete, bis Chiaras Flugzeug sicher gestartet war, bevor er das Terminal verließ und zu dem chaotischen Flughafenparkhaus weiterging. Seine anonyme deutsche Limousine stand am Ende des dritten Parkdecks – für den Fall, dass er eilig wegfahren musste, rückwärts eingeparkt. Wie immer suchte er den Unterboden nach einer versteckten Haftladung ab, bevor er sich ans Steuer setzte und den Motor anließ. Das Radio plärrte einen italienischen Popsong, einen der seichten Schlager, die Chiara immer vor sich hin trällerte, wenn sie glaubte, niemand höre sie singen. Gabriel stellte einen Nachrichtensender ein, der aber lauter Meldungen aus dem Krieg brachte, sodass er das Radio ausschaltete. Der Krieg hatte Zeit bis später, fand er. In den kommenden Wochen würde er sich nur dem Caravaggio widmen.

Er überquerte den Tiber auf dem Ponte Cavour und fuhr weiter zur Via Gregoriana. Die alte sichere Wohnung des Diensts lag am anderen Ende der Straße unweit der Spanischen Treppe. Er quetschte sein Auto in eine Parklücke entlang des Kantsteins und nahm die 9-mm-Beretta aus dem Ablagefach mit, als er ausstieg. Die kühle Nachtluft roch nach Kochdüften und schwach nach feuchtem Laub – der Geruch von Rom im Herbst. Irgendwie musste Gabriel dabei immer an Tod denken.

Er ging am Eingang seines Gebäudes vorbei, unter der Markise des Hotels Hassler Villa Medici hindurch und bis zur Kirche Santa Trinità dei Monti. Nachdem er sich davon überzeugt hatte, dass er nicht beschattet wurde, kehrte er dort um und ging zu seinem Apartmentgebäude zurück. Im Eingangsbereich brannte eine einzige schwache Energiesparlampe; er durchquerte ihren Lichtkreis und stieg die halbdunkle Treppe hinauf. Auf dem dritten Treppenabsatz machte er ruckartig halt: Seine Wohnungstür war nur angelehnt, und drinnen wurden Schubladen aufgezogen und geschlossen. Gabriel zog ruhig die Beretta, die hinten in seinem Hosenbund steckte, und stieß mit dem Lauf langsam die Tür ganz auf. Anfangs war kein Eindringling zu sehen. Dann ging die Tür noch etwas weiter auf, und er erkannte Graham Seymour, der mit einer Flasche Gavi in einer Hand und einem Korkenzieher in der anderen an der Arbeitsfläche in der Küche stand. Gabriel steckte die Pistole weg und trat ein. Dabei dachte er wieder an die vier goldenen Worte.

Such dir einen anderen …

6

VIA GREGORIANA, ROM

„Vielleicht übernehmen Sie das lieber, Gabriel, bevor es einen Verletzten gibt."

Seymour überließ ihm Flasche und Korkenzieher und blieb an die Arbeitsplatte gelehnt stehen. Zu einer grauen Flanellhose trug er ein Sakko mit Fischgrätenmuster und ein hellblaues Oberhemd mit Umschlagmanschetten. Die Abwesenheit von Assistenten oder Personenschützern legte den Schluss nahe, er sei unter falschem Namen nach Rom gereist. Das war ein schlechtes Zeichen. Heimlich reiste der MI6-Generaldirektor nur, wenn er ein ernstes Problem hatte.

„Wie sind Sie hier reingekommen?", fragte Gabriel.

Seymour angelte einen Schlüssel aus der Hosentasche. Er baumelte an einem der schlichten schwarzen Anhänger, die die Hausverwaltung des Diensts, die sichere Wohnungen kaufte und betreute, so liebte.

„Woher haben Sie den?"

„Den hat Uzi mir gestern in London gegeben."

„Und den Code für die Alarmanlage? Den haben Sie vermutlich auch."

Seymour sagte die achtstellige Zahl auf.

„Das ist ein Verstoß gegen unsere Geheimhaltungsvorschriften."

„Es hat mildernde Umstände gegeben. Außerdem", fügte Seymour hinzu, „gehöre ich nach unseren vielen gemeinsamen Unternehmungen praktisch zur Familie."

„Selbst Familienmitglieder klopfen an, bevor sie ein Zimmer betreten."

„Das sagen ausgerechnet Sie!“

Gabriel zog den Korken aus der Flasche, schenkte zwei Gläser voll und gab eines davon Seymour. Der Engländer hob seines kaum merklich und sagte: „Auf die Vaterschaft.“

„Es bringt Unglück, auf Kinder zu trinken, die noch nicht geboren sind, Graham.“

„Worauf sollen wir sonst trinken?“

Als Gabriel nichts vorschlug, ging Seymour ins Wohnzimmer hinüber. Ein großes Fenster gab den Blick auf den Kirchturm und das obere Ende der Spanischen Treppe frei. Er blieb einen Augenblick dort stehen und sah über die Dächer hinaus, als bewundere er die sanften Hügel seines Landsitzes von der Terrasse des Herrenhauses aus. Mit schiefergrauen Locken und energischem Kinn war Graham Seymour der Prototyp des britischen Spitzenbeamten: ein Mann, der durch Herkunft, Erziehung und Bildung für Führungspositionen bestimmt war. Er sah gut aus, aber nicht allzu gut; er war groß, aber nicht übertrieben groß. Bei anderen, vor allem bei Amerikanern, rief er Minderwertigkeitskomplexe hervor.

„Wissen Sie“, sagte er jetzt, „Sie sollten sich in Rom wirklich was anderes suchen. Alle Welt kennt diese sichere Wohnung, die folglich keine mehr ist.“

„Mir gefällt die Aussicht.“

„Ich verstehe nicht, weshalb.“

Seymour starrte wieder über die dunklen Dächer hinaus. Gabriel spürte, dass ihn etwas bedrückte. Irgendwann würde er damit herausrücken. Das tat er immer.

„Wie ich höre, ist Ihre Frau heute abgeflogen“, sagte er zuletzt.

„Welche weiteren vertraulichen Informationen haben Sie vom Direktor meines Diensts bekommen?“

„Er hat irgendwas von einem Gemälde gesagt.“

„Das ist nicht irgendein Gemälde, Graham. Es ist der …“

„Caravaggio“, ergänzte Seymour rasch. Dann fügte er lächelnd hinzu: „Sie verstehen sich darauf, Dinge zu finden, nicht wahr?“

„Soll das ein Kompliment sein?“

„Ich denke schon.“

Seymour trank einen Schluck Wein. Gabriel erkundigte sich, was Uzi Navot nach London geführt habe.

„Er hatte Informationen, die er mir zeigen wollte. Ich muss sagen“, fügte Seymour hinzu, „dass er für einen Mann in seiner Lage recht gut gelaunt war.“

„Welche Lage meinen Sie?“

„Die gesamte Branche weiß, dass Uzi auf dem Weg hinaus ist“, antwortete Seymour. „Und er hinterlässt ein schreckliches Chaos. Der gesamte Nahe Osten steht in Flammen, und alles wird noch weit schlimmer werden, bevor es vielleicht besser werden kann.“

„Uzi hat dieses Chaos nicht verursacht.“

„Nein“, stimmte Seymour zu, „das waren die Amerikaner. Der Präsident und seine Berater haben sich zu rasch von den starken Männern Arabiens losgesagt. Jetzt steht der Präsident vor einer aus den Fugen geratenen Welt und hat keine Ahnung, was er dagegen tun soll.“

„Und was würden Sie dem Präsidenten raten, Graham?“

„Ich würde ihm empfehlen, wieder starke Männer aufzubauen. Das hat einmal funktioniert, also kann es noch mal funktionieren.“

„Und auch der König mit seinem Heer rettete Humpty Dumpty nicht mehr.“

„Was wollen Sie damit sagen?“

„Die alte Ordnung liegt in Trümmern und lässt sich nicht wieder aufrichten. Außerdem“, fügte Gabriel hinzu, „hat sie uns Bin Laden und die Dschihadisten beschert.“

„Und wenn die Dschihadisten versuchen, den jüdischen Staat aus dem Haus des Islams zu vertreiben?“

„Das *tun* sie bereits, Graham. Und falls Sie’s noch nicht gemerkt haben sollten: Auch das Vereinigte Königreich ist ihr Feind. Ob’s uns gefällt oder nicht, wir müssen gemeinsame Sache machen.“

Gabriels BlackBerry vibrierte. Er sah auf das Display und runzelte die Stirn.

„Was gibt’s?“, fragte Seymour.

„Einen weiteren Waffenstillstand.“

„Wie lange wird der wohl halten?“

„Bis er der Hamas lästig wird, nehme ich an.“ Gabriel legte sein Smartphone auf den Couchtisch und musterte Seymour neugierig. „Sie wollten mir gerade erzählen, was Sie in meiner Wohnung machen.“

„Ich habe ein Problem.“

„Wie heißt er?“

„Quinn“, antwortete Seymour. „Eamon Quinn.“

Gabriel überlegte, aber er konnte sich an keinen Mann dieses Namens erinnern. „Ire?“, fragte er.

Seymour nickte.

„IRA?“

„Von der schlimmsten Sorte.“

„Wo ist also das Problem?“

„Ich habe vor langer Zeit einen Fehler gemacht, durch den Leute gestorben sind.“

„Und Quinn war dafür verantwortlich?“

„Quinn hat die Lunte angezündet, aber letztlich war ich der Verantwortliche. Das ist das Wundervolle an unserer Branche. Unsere Fehler holen uns immer ein, und alle Schulden werden irgendwann fällig.“ Seymour hob sein Glas. „Können wir darauf trinken?“

7

VIA GREGORIANA, ROM

Der Himmel war schon den ganzen Nachmittag wolkenverhangen und düster gewesen. Jetzt, kurz vor halb elf, verwandelte ein Wolkenbruch die Via Gregoriana für kurze Zeit in einen venezianischen Kanal. Graham Seymour, der am Fenster stand und beobachtete, wie dicke Regentropfen auf die Terrasse klatschten, war in Gedanken bei dem hoffnungsvollen Sommer des Jahres 1998. Die Sowjetunion existierte nur mehr als Erinnerung. In Europa und den USA herrschte Hochkonjunktur. Die Dschihadisten der al-Qaida waren Themen für Weißbücher und tödlich langweilige Seminare über zukünftige Gefahren. „Damals haben wir uns eingeredet, wir seien am Ende der Geschichte angelangt“, sagte er eben. „Im Unterhaus gab es Abgeordnete, die tatsächlich Security Service und MI6 abschaffen und uns alle auf dem Scheiterhaufen verbrennen wollten.“ Er sah sich über eine Schulter nach Gabriel um. „Das waren Tage voller Wein und Rosen. Und eine Zeit der Illusionen.“

„Nicht für mich, Graham. Ich war damals nicht mehr in der Branche.“

„Ja, ich weiß“, sagte Seymour und beobachtete wieder den Regen an der Fensterscheibe. „Sie haben damals in Cornwall gelebt, nicht wahr? In diesem kleinen Cottage am Helford River. Ihre erste Frau war in Stafford in der Psychiatrie, und Sie haben das Geld für ihre Behandlung verdient, indem Sie für Julian Isherwood Gemälde gereinigt haben. Und dort hat’s einen Nachbarsjungen gegeben, dessen Name mir entfallen ist.“

„Peel“, sagte Gabriel. „Timothy Peel.“

„Ah, richtig, der junge Master Peel. Wir wussten wirklich nicht, warum Sie so viel Zeit mit ihm verbracht haben. Aber dann ist uns klar geworden, dass er genauso alt wie Ihr Sohn war, der in Wien bei der Detonation einer Autobombe umgekommen war.“

„Ich dachte, wir wollten über Sie reden, Graham.“

„Das tun wir“, antwortete Seymour.

Dann erinnerte er Gabriel unnötigerweise daran, dass er im Sommer 1998 Chef der Terrorismusbekämpfung im MI5 gewesen war. In dieser Funktion war er dafür verantwortlich gewesen, Großbritannien vor den Terroristen der Irish Republican Army zu schützen. Aber selbst in Ulster mit seinen jahrhundertealten Konflikten zwischen Katholiken und Protestanten keimte gewisse Hoffnung. Nordirlands Wähler hatten das Friedensabkommen vom Karfreitag ratifiziert, und die Provisorische IRA hielt sich an die Bedingungen des Waffenstillstands. Nur die Wahre IRA, eine kleine Gruppe von Hardlinern, führte den bewaffneten Kampf fort. Ihr Anführer war Michael McKevitt, der ehemalige Generalquartiermeister der IRA. Seine Lebensgefährtin Bernadette Sands-McKevitt leitete den politischen Arm, das 32 County Sovereignty Movement. Sie war die Schwester von Bobby Sands, einem Mitglied der Provisorischen IRA, der 1981 bei einem Hungerstreik im Gefängnis Maze den Tod gefunden hatte.

„Und dann“, sagte Seymour, „gab es noch Eamon Quinn. Quinn hat die Einsätze geplant. Quinn hat die Bomben gebaut. Er war leider gut. Sehr gut.“

Ein krachender Donnerschlag ließ das Haus erzittern. Seymour zuckte unwillkürlich zusammen, bevor er fortfuhr.

„Quinn war ein fast genialer Bombenbastler, der höchst

effektive Sprengsätze gebaut und dann selbst angebracht hat. Allerdings wusste er nicht", fügte Seymour hinzu, „dass ich jemanden hatte, der ihm ständig über die Schulter gesehen hat."

„Wie lange war er dort?"

„Mein Agent war eine Frau", antwortete Seymour. „Und sie war von Anfang an dabei."

Die Agentin zu führen und ihre Informationen zu managen, fuhr Seymour fort, habe sich als komplizierter Balanceakt erwiesen. Weil sie zur Führungsebene der Organisation gehörte, wusste sie oft von bevorstehenden Anschlägen: Sie kannte das Ziel, den Zeitplan und die Größe des Sprengsatzes.

„Was hätten wir in solchen Fällen tun sollen?", fragte Seymour. „Die Anschläge verhindern und dadurch unsere Agentin gefährden? Oder sie verüben lassen und versuchen, dafür zu sorgen, dass es keine Toten gab?"

„Letzteres", antwortete Gabriel.

„So spricht ein wahrer Spion."

„Wir sind keine Polizeibeamten, Graham."

„Gott sei Dank."

Diese Strategie habe meistens funktioniert, berichtete Seymour weiter. Mehrere Autobomben wurden entschärft, und bei der Detonation anderer gab es nur minimale Verluste, obwohl im Februar 1998 eine die High Street der Loyalisten-Hochburg Portadown praktisch dem Erdboden gleichmachte. Kaum ein halbes Jahr später meldete die MI5-Agentin, die Organisation plane einen großen Anschlag. Irgendwas Gewaltiges, warnte sie. Etwas, das den Karfreitags-Friedensprozess torpedieren würde.

„Was hätten wir tun sollen?", fragte Seymour.

Draußen zuckten Blitze über den Nachthimmel. Seymour leerte sein Glas und erzählte Gabriel den Rest der Geschichte.

Am Abend des 13. August 1998 verschwand ein brauner Vauxhall Cavalier, Kennzeichen 91 DL 2554, aus einer Wohnanlage in Carrickmacross in der Republik Irland. Er wurde zu einer einsamen Farm in Grenznähe gefahren und bekam dort gefälschte nordirische Kennzeichen. Dann baute Quinn den Sprengsatz ein: zweihundertfünfzig Kilogramm Kunstdünger, ein auf einer Drehbank hergestellter, mit Sprengstoff gefüllter Initialzünder, ein Zeitzünder, eine Batterie in einer Frischhaltedose aus Kunststoff und ein Zündschalter im Handschuhfach. Am Sonntag, 15. August, fuhr er mit dem Wagen über die Grenze nach Omagh und parkte ihn vor dem Kaufhaus S.D. Kells in der Lower Market Street.

„Natürlich", sagte Seymour, „hat Quinn die Autobombe nicht allein in Position gebracht. In dem Vauxhall ist ein weiterer Mann mitgefahren, zwei Männer sind mit einem anderen Auto vorausgefahren, und ein Mann hat das Fluchtfahrzeug gefahren. Sie haben sich über Handys verständigt. Und wir haben jedes Wort mitgehört."

„Über den Security Service?"

„Nein", antwortete Seymour. „Wir vom MI5 konnten nur Telefongespräche innerhalb des Vereinigten Königreichs abhören. Der Anschlag in Omagh ist von der Republik Irland ausgegangen, also mussten wir das GCHQ für uns mithören lassen."

Das Government Communications Headquarters, kurz GCHQ, war die britische Version der NSA. Um 14.20 Uhr fing es einen Anruf eines Mannes ab, der wie Eamon Quinn klang. Er sprach nur sechs Wörter: „Die Ziegel sind in der Wand." Aus Erfahrung wusste das MI5, dass dieser Satz bedeutete, dass die Autobombe an Ort und Stelle war. Zwölf Minuten später ging bei Ulster Television eine anonyme Warnung ein: „Achtung, Bombe, Gerichtsgebäude, Omagh,

Hauptstraße, zweihundertfünfzig Kilogramm, Detonation in dreißig Minuten." Die Royal Ulster Constabulary begann die Straßen rund um das Gerichtsgebäude in Omagh zu räumen und verzweifelt das Auto mit der Bombe zu suchen. Aber sie konnte nicht ahnen, dass sie am falschen Ort suchte.

„Die telefonische Warnung war irreführend", stellte Gabriel fest.

Seymour nickte langsam. „Der Vauxhall hat weit von dem Gerichtsgebäude entfernt gestanden. Er war einige Hundert Meter weiter in der Lower Market Street geparkt. Durch ihre Evakuierung hat die RUC die Leute in den Gefahrenbereich geschickt, statt sie aus ihm wegzuholen." Seymour machte eine Pause, dann fügte er hinzu: „Aber genau das wollte Quinn. Er wollte, dass Menschen starben, deshalb hat er den Wagen absichtlich anderswo geparkt. Er hat die eigene Organisation hintergangen."

Um 15.10 Uhr detonierte der Sprengsatz, wobei es neunundzwanzig Tote und etwa zweihundert Verletzte gab. Das war der tödlichste Terroranschlag in der Geschichte des Konflikts. Das allgemeine Entsetzen darüber war so stark, dass die Wahre IRA sich zu einer Entschuldigung gezwungen sah. Der Friedensprozess überlebte irgendwie. Nach dreißig Jahren voller Blut und Bomben hatte die Bevölkerung Nordirlands endgültig genug von Terroranschlägen.

„Und dann begannen die Medien und die Opferfamilien, unangenehme Fragen zu stellen", fuhr Seymour fort. „Wie konnte die Wahre IRA ohne Wissen der Polizei und der Sicherheitsdienste ein präpariertes Auto mitten in Omagh abstellen? Und warum gab es keine Verhaftungen?"

„Was habt ihr getan?"

„Was wir immer tun. Wir haben uns eingeigelt, die Akten verbrannt und darauf gewartet, dass der Sturm sich legt."

Seymour stand auf, ging in die Küche hinaus und holte die Flasche Gavi aus dem Kühlschrank. „Sie haben wohl nichts Stärkeres da?"

„Zum Beispiel?"

„Etwas Destilliertes."

„Ich würde eher Azeton trinken als Schnaps."

„Azeton mit etwas Zitrone wäre jetzt nicht übel." Seymour schenkte sich reichlich nach und ließ die Flasche auf der Arbeitsplatte stehen.

„Was ist nach Omagh aus Quinn geworden?"

„Quinn hat sich selbstständig gemacht. Quinn war international tätig."

„Was hat er gemacht?"

„Das Übliche", sagte Seymour. „Personenschutz für Gangster und Potentaten, Bombenbastlerseminare für Revolutionäre und religiöse Fanatiker. Wir haben ihn ab und zu geortet, aber die meiste Zeit ist er unter unserem Radar geflogen. Dann hat der Chef des iranischen Geheimdiensts ihn nach Teheran eingeladen – und in diesem Augenblick ist der King Saul Boulevard ins Spiel gekommen."

Seymour öffnete seinen Aktenkoffer, nahm ein einzelnes Blatt Papier heraus und legte es auf den Couchtisch. Gabriel betrachtete es stirnrunzelnd.

„Ein weiterer Verstoß gegen unsere Dienstvorschriften."

„Nämlich?"

„Transport eines geheimen Dokuments in einem nicht speziell gesicherten Aktenkoffer."

Gabriel griff nach dem Schriftstück und begann zu lesen. Es besagte, Eamon Quinn, ehemals Mitglied der Wahren IRA und Chefplaner des Terroranschlags in Omagh, sei vom iranischen Geheimdienst dafür engagiert worden, hochwirksame Sprengfallen zum Einsatz gegen britische und amerikanische

Truppen im Irak zu entwickeln. Das hatte derselbe Eamon Quinn schon für die Hisbollah im Libanon und die Hamas im Gazastreifen getan. Außerdem war er im Jemen gewesen, wo er der al-Qaida geholfen hatte, einen kleinen Sprengsatz mit Flüssigsprengstoff zu konstruieren, der sich an Bord amerikanischer Verkehrsflugzeuge schmuggeln ließ. Zusammenfassend hieß es in dem Bericht, Eamon Quinn sei einer der gefährlichsten Männer der Welt und müsse sofort liquidiert werden.

„Ihr hättet Uzis Angebot annehmen sollen."

„Im Nachhinein ist man immer klüger", antwortete Seymour. „Aber Sie sollten nicht so vorschnell urteilen. Uzi hätte den Auftrag wahrscheinlich Ihnen gegeben."

Gabriel zerriss das Schriftstück methodisch in kleine Fetzen.

„Das genügt nicht", sagte Seymour.

„Ich verbrenne es später."

„Tun Sie mir einen Gefallen, verbrennen Sie Quinn gleich mit."

Gabriel schwieg zunächst. „Meine Tage im Einsatz sind vorüber", sagte er zuletzt. „Ich bin jetzt ein Bürokrat, Graham, genau wie Sie. Außerdem war Nordirland nie mein Revier."

„Dann muss ich wohl einen Partner für Sie finden. Jemanden, der sich dort auskennt. Jemanden, der notfalls als Einheimischer durchgehen kann. Jemanden, der Eamon Quinn persönlich gekannt hat." Seymour machte eine Pause, dann fragte er: „Kennen Sie zufällig jemanden, auf den diese Beschreibung passt?"

„Nein", sagte Gabriel knapp.

„Ich schon", stellte Seymour fest. „Aber da gibt's ein kleines Problem."

„Welches?"

„Er ist tot", sagte Seymour und lächelte dabei.

8

VIA GREGORIANA, ROM

„Oder vielleicht doch nicht?“

Seymour nahm zwei Fotos aus seinem Aktenkoffer und legte eines davon auf den Couchtisch. Es zeigte einen mittelgroßen, schlanken Mann, der auf dem Flughafen Heathrow die Passkontrolle passierte.

„Erkennen Sie ihn?“, fragte Seymour.

Gabriel sagte nichts.

„Das sind natürlich Sie.“ Seymour zeigte auf das am unteren Bildrand eingedruckte Aufnahmedatum. „Das Foto ist letzten Winter während der Affäre um Madeline Hart gemacht worden. Sie sind unangemeldet nach Großbritannien eingereist, um ein paar Nachforschungen anzustellen.“

„Ich war dort, Graham. Ich erinnere mich gut.“

„Dann erinnern Sie sich bestimmt auch, dass Sie Ihre Suche nach Madeline Hart auf Korsika begonnen haben, was der logische Ausgangspunkt war, weil sie dort verschwunden war. Kurz nach Ihrer Ankunft haben Sie einen Mann namens Antonio Orsati aufgesucht, der den mächtigsten Verbrecherclan der Insel führt – eine auf Morde spezialisierte Familie. Er hat Ihnen wertvolle Informationen über ihre Entführer gegeben. Und er hat Ihnen gestattet, sich seinen besten Killer auszuleihen.“ Seymour lächelte. „Sagt Ihnen das etwas?“

„Offenbar haben Sie mich beobachtet.“

„Aus diskreter Entfernung. Schließlich hatte *ich* Sie gebeten, nach der Geliebten des britischen Premierministers zu fahnden.“

„Sie war nicht nur seine Geliebte, Graham. Sie war …“

„Dieser korsische Auftragsmörder ist ein interessanter Typ“, unterbrach Seymour ihn. „In Wirklichkeit ist er gar kein Korse, auch wenn er wie einer redet. Er ist Engländer, ein ehemaliger SAS-Offizier, der im Januar 1991 im Irak nach einem Zwischenfall mit Beschuss durch eigene Truppen untergetaucht ist. Das britische Militär hält ihn für tot. Seine Eltern betrüblicherweise ebenfalls. Aber das wissen Sie natürlich längst.“

Seymour legte das zweite Foto auf den Couchtisch. Wie das erste zeigte es einen Mann, der auf dem Flughafen Heathrow unterwegs war. Er war fast einen Kopf größer als Gabriel, war blond und braun gebrannt, hatte athletisch breite Schultern.

„Wie Sie sehen, ist diese Aufnahme am selben Tag, aber ein paar Minuten später gemacht worden. Ihr Freund ist mit einem falschen französischen Pass eingereist – einem von mehreren, die er besitzt. An diesem Tag war er Adrien Leblanc, aber in Wirklichkeit heißt er ...“

„Danke, das genügt, Graham.“

Seymour schob die Überwachungsfotos zusammen und hielt sie Gabriel hin.

„Was soll ich damit?“

„Behalten Sie sie als Andenken an unsere Freundschaft.“

Gabriel zerriss die beiden Fotos und legte sie neben die Papierschnitzel. „Wie lange wissen Sie das schon?“

„Britische Geheimdienstkreise haben seit Jahren gerüchteweise von einem Engländer gehört, der als Auftragskiller in Europa unterwegs sein soll. Aber sein Name war nie zu erfahren. Und wir hätten uns nie träumen lassen, er könnte gegen Honorar für den Dienst arbeiten.“

„Er ist kein bezahlter Agent.“

„Wie würden Sie ihn sonst beschreiben?“

„Als ehemaligen Gegner, der mein Freund geworden ist."

„Gegner?"

„Ein Konsortium aus Schweizer Bankern hatte ihn angeheuert, um mich beseitigen zu lassen."

„Dann haben Sie Glück gehabt", stellte Seymour fest. „Bei Christopher Keller kommt's selten vor, dass er einen Vertrag nicht erfüllt. Er macht seine Arbeit sehr gut."

„Er spricht seinerseits lobend von Ihnen, Graham."

Seymour machte eine nachdenkliche Pause, während unten auf der Straße eine Sirene vorbeiheulte. „Keller und ich haben uns immer gut verstanden", sagte er zuletzt. „Ich habe die IRA komfortabel vom Schreibtisch aus bekämpft, und Keller war mein verlängerter Arm. Er hat die Dinge getan, die für die Sicherheit Großbritanniens nötig waren. Und zuletzt hat er einen schrecklichen Preis dafür gezahlt."

„Welche Verbindung hat er zu Quinn?"

„Diesen Teil der Story soll Keller Ihnen selbst erzählen. Ich weiß nicht, ob ich alle Details kenne."

Ein plötzlicher Windstoß ließ Regentropfen an die Scheiben trommeln. Das elektrische Licht flackerte kurz.

„Ich habe noch nicht zugestimmt, Graham."

„Aber Sie werden es tun. Denn sonst", fügte Seymour hinzu, „schleife ich Ihren Freund in Ketten nach Großbritannien zurück und lasse ihn vor Gericht stellen."

„Was wollen Sie ihm vorwerfen?"

„Der Mann ist ein Deserteur und Berufskiller. Uns fällt bestimmt etwas ein."

Gabriel lächelte nur. „Ein Mann in Ihrer Position sollte auf leere Drohungen verzichten."

„Das ist mein Ernst!"

„Christopher Keller weiß zu viel über das Privatleben des britischen Premierministers, als dass er als Deserteur oder sonst was vor Gericht gestellt werden könnte. Außerdem", fuhr Gabriel fort, „habe ich den Verdacht, dass Sie etwas anderes mit ihm vorhaben."

Seymour äußerte sich nicht dazu. Gabriel fragte: „Was haben Sie sonst noch in Ihrer Aktentasche?"

„Ein umfangreiches Dossier über Eamon Quinn."

„Was sollen wir für euch tun?"

„Was wir schon vor Jahren hätten tun sollen. Ihn so schnell wie möglich aus dem Verkehr ziehen. Und während Sie dabei sind, sollen Sie feststellen, wer die Ermordung der Prinzessin in Auftrag gegeben und finanziert hat."

„Vielleicht hat Quinn den Kampf wieder aufgenommen."

„Den Kampf für ein vereinigtes Irland?" Seymour schüttelte den Kopf. „Dieser Kampf ist vorbei. Ich tippe darauf, dass er in fremdem Auftrag gehandelt hat. Und die Hauptregel bei Auftragsmorden kennen wir beide. Es kommt nicht darauf an, wer den Schuss abgibt. Entscheidend ist, wer für die Kugel gezahlt hat."

Ein neuer Windstoß ließ die Fensterscheiben erzittern. Das elektrische Licht flackerte, dann erlosch es ganz. Die beiden Spione saßen einige Minuten lang schweigend im Dunkeln beisammen.

„Wer hat das gesagt?", fragte Gabriel schließlich.

„Was gesagt?"

„Das mit der Kugel."

„Ambler, glaube ich."

Danach herrschte wieder Schweigen.

„Ich habe andere Pläne, Graham."

„Ja, ich weiß."

„Meine Frau ist schwanger. Hochschwanger."

„Also werden Sie rasch arbeiten müssen."

„Uzi hat die Operation bereits genehmigt, nehme ich an."

„Sie war seine Idee."

„Erinnern Sie mich daran, Uzi einen miesen Auftrag zu geben, sobald ich meinen Eid als Direktor abgelegt habe."

Ein Blitzstrahl beleuchtete Seymours selbstzufriedenes Grinsen. Danach herrschte wieder Dunkelheit.

„Ich glaube, ich habe auf der Suche nach einem Korkenzieher in der Küche ein paar Kerzen gesehen."

„Mir gefällt die Dunkelheit", sagte Gabriel. „Sie hilft mir, klarer zu denken."

„Worüber denken Sie nach?"

„Ich überlege, was ich meiner Frau erzählen soll."

„Sonst noch was?"

„Ja", sagte Gabriel. „Ich frage mich, woher Quinn wusste, dass die Prinzessin auf dieser Jacht sein würde."

9

BERLIN – KORSIKA

Das Savoy Hotel Berlin stand am weniger eleganten Ende einer der elegantesten Straßen Berlins. Vor seinem Eingang lag ein roter Teppich; entlang seiner Fassade standen rot gedeckte Tische unter roten Markisen. Am Nachmittag zuvor hatte Keller einen prominenten Schauspieler gesehen, der hier seinen Kaffee trank, aber als er jetzt aus dem Hotel trat, waren die Tische leer. Bleigraue tiefe Wolken jagten über den Himmel, und ein kalter Wind riss die letzten bunten Blätter von den Bäumen entlang der Straße. Der kurze Berliner Herbst ging dem Ende zu. Bald würde wieder Winter herrschen.

„Taxi, der Herr?"

„Nein, danke."

Keller drückte dem Hoteldiener einen Fünfer in die ausgestreckte Hand und ging die Straße entlang davon. Im Savoy war er unter einem falschen französischen Namen abgestiegen – das Personal hielt ihn für einen freiberuflichen Journalisten, der über Filme schrieb – und nur eine Nacht geblieben. In der vorigen Nacht hatte er in dem bescheidenen Hotel Seifert gewohnt, und davor hatte er eine schlaflose Nacht in einer preiswerten kleinen Pension verbracht, die sich Bella Berlin nannte. Alle drei Herbergen hatten eines gemeinsam: Sie lagen in der Nähe des Kempinski Hotels Bristol, das jetzt Kellers Ziel war. Dort würde er mit einem Mann, einem Libyer, zusammentreffen, einem ehemaligen Vertrauten Gaddafis, der nach der Revolution mit zwei Schrankkoffern voller Geld und Juwelen nach Frankreich geflüchtet war. Der Libyer hatte zwei Millionen Dollar bei zwei französischen

Geschäftsleuten angelegt, die ihm einen ansehnlichen Gewinn versprochen hatten. Die Franzosen bedauerten bereits, sich mit dem Libyer auf Geschäfte eingelassen zu haben. Und sie machten sich auch Sorgen wegen seines gewalttätigen Rufs, denn es hieß, er habe sich früher damit vergnügt, Feinden des Regimes die Augen auszustechen. Die französischen Geschäftsleute hatten sich Hilfe suchend an Don Antonio Orsati gewandt, und der Don hatte den Auftrag an seinen besten Berufskiller weitergegeben. Keller musste sich eingestehen, dass er sich darauf freute, diesen Auftrag auszuführen. Er hatte sich nie etwas aus dem nun toten libyschen Diktator oder den Verbrechern gemacht, die sein Regime gestützt hatten. Gaddafi hatte Terroristen jeglicher Couleur gestattet, sich in seinen Wüstenlagern ausbilden zu lassen – auch Angehörigen der Provisional Irish Republican Army. Und er hatte die IRA mit Waffen und Sprengstoff beliefert. Tatsächlich war fast alles Semtex für IRA-Bomben direkt aus Libyen gekommen.

Keller überquerte die Kantstraße und ging die Zufahrt einer Tiefgarage hinunter. Auf der zweiten Ebene, in einem Winkel der Garage, die nicht von den Überwachungskameras erfasst wurde, hatte ein Mann aus Orsatis Organisation einen schwarzen BMW für ihn abgestellt. Im Kofferraum lag eine 9-mm-Pistole von Heckler & Koch mit aufgeschraubtem Schalldämpfer, im Ablagefach eine Schlüsselkarte für die Türen aller Gästezimmer im Hotel Bristol. Diesen Generalschlüssel hatte ein Gambier, der in der Hotelwäscherei arbeitete, für fünftausend Euro verkauft. Der Gambier hatte Orsatis Mann versichert, die Schlüsselkarte werde noch achtundvierzig Stunden lang funktionieren. Dann würden die Codes routinemäßig geändert werden, und alle wichtigen Mitarbeiter würden vom Sicherheitsdienst des Hotels neue Schlüsselkarten erhalten. Keller konnte nur hoffen, dass der

Gambier die Wahrheit gesagt hatte. Sonst würde es in der Hotelwäscherei bald eine freie Stelle geben.

Keller legte Pistole und Schlüsselkarte in seinen Aktenkoffer. Dann warf er seine Reisetasche in den Kofferraum des BMWs und ging die Rampe hinauf. Das Bristol lag hundert Meter entfernt an der Fasanenstraße: ein großes Hotel mit Glitzerlampen wie in Las Vegas über dem Eingang und einem Restaurant im Pariser Stil mit Blick auf den Kurfürstendamm. An einem der Tische saß der Libyer mit einem Mann von etwa sechzig Jahren und einer verblühten Schönheit mit rabenschwarzem Haar und Kleopatra-Make-up. Der Mann sah aus wie ein alter Gefährte von Gaddafis Hof; die Frau wirkte sehr elegant, sehr gelangweilt. Keller vermutete, dass sie dem Freund gehörte, denn der Libyer hatte eine Vorliebe für blonde, professionelle und teure Frauen.

Keller betrat das Hotel in dem Bewusstsein, dass er jetzt von mehreren Überwachungskameras beobachtet wurde. Aber das spielte keine Rolle, denn er war mit einer dunkelbraunen Perücke und einer schwarzen Hornbrille getarnt. Vier Gäste, offenbar gerade angekommen, warteten auf einen Aufzug. Keller überließ ihnen die erste freie Kabine, fuhr dann allein in den fünften Stock hinauf und hielt dabei den Kopf gesenkt, damit die Überwachungskamera sein Gesicht nicht deutlich erfassen konnte. Als die Tür sich öffnete, trat er mit der Miene eines Mannes, der sich nicht auf ein weiteres einsames Hotelzimmer freut, aus dem Aufzug. Ein einzelnes Zimmermädchen, das ihm begegnete, nickte ihm träge zu, aber ansonsten war der Korridor leer. Die Schlüsselkarte steckte jetzt in der Brusttasche seines Mantels. Er zog sie heraus, als er vor Zimmer 518 stand, und führte sie in den Schlitz ein. Das grüne Lämpchen leuchtete auf, und die Tür wurde entriegelt. Der Gambier würde weiterleben. Das Zimmer schien frisch gemacht zu sein. Trotzdem hing der Gestank des widerlichen Herrenparfüms des Libyers in der Luft. Keller trat ans Fenster und sah auf die Straße hinunter. Der Libyer und seine Begleiter saßen noch an ihrem Tisch im Restaurant, aber die Frau wirkte jetzt unruhig. Seit Keller sie vorhin gesehen hatte, war das Geschirr abgetragen und Kaffee serviert worden. Noch zehn Minuten, schätzte er. Vielleicht weniger.

Er wandte sich vom Fenster ab und begutachtete in aller Ruhe das Zimmer. Das Bristol nannte es „Superior", aber tatsächlich war es ziemlich gewöhnlich: ein Doppelbett, ein Schreibtisch, ein Flachbildfernseher, ein königsblauer Sessel. Die Wände waren dick genug, um keine Geräusche von nebenan durchzulassen, aber nicht dick genug, um ein 9-mm-Geschoss aufzuhalten, selbst wenn es zuvor einen menschlichen Körper durchschlagen hatte. Deshalb war Kellers Pistole mit 124 Grain schweren Hohlspitzgeschossen geladen, die sich beim Einschlag pilzförmig ausbreiteten. Und falls Keller sein Ziel verfehlte, was unwahrscheinlich war, würde das Geschoss mit einem dumpfen Schlag in der Wand stecken bleiben.

Als er wieder aus dem Fenster sah, waren der Libyer und die beiden anderen aufgestanden. Der etwa sechzigjährige Mann schüttelte dem Libyer die Hand; die verblühte Schönheit mit dem rabenschwarzen Haar sah sehnsüchtig zu den exklusiven Geschäften auf beiden Seiten des Ku'damms hinüber. Keller zog die schweren Vorhänge zu, setzte sich in den königsblauen Sessel und nahm die H&K aus seinem Aktenkoffer. Auf dem Korridor rollte leise quietschend der Wagen des Zimmermädchens vorbei. Dann herrschte wieder Stille. Er sah auf seine Armbanduhr, merkte sich die Zeit. Noch fünf Minuten, dachte er. Vielleicht weniger.

Korsika lag in mildem Sonnenschein, als die Nachtfähre aus Marseille im Hafen von Ajaccio anlegte. Keller ging mit den übrigen Passagieren von Bord und erreichte den Parkplatz, auf dem sein klappriger alter Renault Kombi stand. Scheiben und Kühlerhaube waren mit einer dünnen Staubschicht bedeckt. Keller hielt den Staub für ein schlechtes Omen. Vermutlich hatte der Scirocco ihn aus der Sahara übers Meer getragen. Er berührte unwillkürlich die kleine rote Korallenhand, die an einem Lederriemen an seinem Hals hing. Die Korsen glaubten, dieser Talisman schütze vor dem *Ochju*, dem bösen Blick. Keller glaubte das auch, aber der nordafrikanische Staub auf seinem Auto einen Tag nachdem er den Libyer ermordet hatte, schien zu bedeuten, dass der Talisman diesmal versagt hatte. In seinem Dorf lebte eine alte Frau, eine *Signadora*, die es verstand, das Böse aus seinem Körper zu ziehen. Aber Keller freute sich nicht auf eine Begegnung mit ihr, denn die Alte konnte auch in Vergangenheit und Zukunft blicken. Sie gehörte zu den wenigen Menschen auf der Insel, die wusste, wer er wirklich war. Sie kannte die lange Litanei seiner Sünden und Missetaten und behauptete sogar, den Zeitpunkt und die Umstände seines Todes zu kennen. Das war das Einzige, was sie ihm nicht sagen wollte. „Das steht mir nicht zu", flüsterte sie im Halbdunkel ihres von Kerzen nur schwach erhellten Empfangszimmers. „Und dein Leben wäre nur halb so spannend, wenn du wüsstest, wie es enden wird."

Keller setzte sich ans Steuer des Renaults und fuhr die zerklüftete Westküste der Insel entlang, sodass er das türkisblaue Meer rechts und die hohen Berge im Inselinneren links von sich hatte. Um sich die Zeit zu vertreiben, hörte er Radio. In den Nachrichten gab es keine Meldung über einen ermordeten Libyer in einem Berliner Luxushotel. Keller bezweifelte, dass der Tote schon entdeckt worden war. Er hatte fast geräuschlos gearbeitet und beim Verlassen des Zimmers den Anhänger *Do Not Disturb* außen an die Türklinke gehängt. Irgendwann würde jemand von der Direktion des Bristols es auf sich nehmen, an die Tür zu klopfen. Und wenn keine Antwort kam, würde jemand das Zimmer betreten und einen geschätzten Gast mit zwei Einschusslöchern in der linken Brustseite und einem dritten in der Stirnmitte auffinden. Die Direktion würde natürlich sofort die Polizei benachrichtigen, die eilig nach dem Dunkelhaarigen mit Schnauzer fahnden würde, den eine Überwachungskamera beim Betreten des Zimmers aufgenommen hatte. Sie würde seine Spur unmittelbar nach der Tat verfolgen können, aber dann würde seine Fährte sich im bewaldeten Halbdunkel des Tiergartens verlieren. Der Polizei würde es nicht gelingen, seine Identität zu klären. Manche würden ihn verdächtigen, ein Libyer wie sein Opfer zu sein, aber einige erfahrene Veteranen würden auf den teuren Berufskiller tippen, der seit Jahren in ganz Europa mordete. Und dann würden sie nichts mehr damit zu tun haben wollen, weil sie wussten, dass von Profis verübte Auftragsmorde nur selten aufgeklärt wurden.

Keller folgte der Küste bis nach Porto-Pollo, wo er ins Inselinnere abbog. Es war Sonntag; auf den Straßen herrschte wenig Verkehr, und in den Bergdörfern läuteten die Kirchenglocken. In der Mitte der Insel, unweit ihrer höchsten Erhebung, lag das kleine Dorf der Orsatis. Alten Überlieferungen nach existierte es seit der Zeit, in der die Küstenbewohner sich vor den Vandalen in die Berge geflüchtet hatten. Hier schien die Zeit stillzustehen. Kinder spielten zu allen Tageszeiten auf den Straßen, weil es keine Sexualverbrecher gab. Es gab auch keine illegalen Drogen, weil kein Dealer es gewagt hätte, sich den Zorn der Orsatis zuzuziehen, indem sie in ihrem Dorf mit Drogen handelten. Hier passierte nie sehr viel, und manchmal gab es nicht genug Arbeit für alle. Aber das Dorf war sauber und schön und sicher, und seine Bewohner schienen damit zufrieden zu sein, gut zu essen, ihren Wein zu trinken und das Leben mit ihren Kindern und der älteren Generation zu genießen. Keller sehnte sich stets nach ihnen zurück, wenn er längere Zeit nicht in Korsika war. Er kleidete sich wie sie, er sprach ihren korsischen Dialekt, und wenn er abends mit den Männern auf dem Dorfplatz *Boule* spielte, schüttelte er wie sie angewidert den Kopf, wenn jemand von Franzosen oder – Gott bewahre! – Italienern sprach. Früher war er für die Einheimischen „der Engländer" gewesen. Heutzutage nannten sie ihn nur noch Christopher. Er war einer von ihnen.

Der alte Herrensitz der Familie Orsati lag knapp außerhalb des Dorfs in einem kleinen Tal mit Olivenbäumen, die das beste Öl der Insel lieferten. Das Einfahrtstor wurde von zwei bewaffneten Männern bewacht, die respektvoll an ihre flachen korsischen Mützen tippten, als Keller von der Straße auf die Zufahrt zur Villa hinauf abbog. Schwarzkiefern beschatteten den Vorhof, aber in dem von einer Mauer umgebenen Garten schien die Sonne auf den langen Tisch, der für das traditionelle Sonntagsmahl der Familie gedeckt war. Vorerst saß dort noch niemand. Der Clan war noch in der Messe, und der Don, der keine Kirche mehr betrat, war oben in seinem Büro. Als Keller anklopfte und eintrat, saß er an dem wuchtigen Schreibtisch aus Eiche und studierte sein in Leder gebundenes Hauptbuch. Daneben stand eine Zierflasche mit eigenem Olivenöl, denn Produktion und Verkauf von Olivenöl war das legitime Geschäft, durch das Don Antonio die Profite des Todes wusch.

„Wie war's in Berlin?", fragte er, ohne aufzusehen.

„Kalt", sagte Keller. „Aber produktiv."

„Irgendwelche Komplikationen?"

„Nein."

Orsati lächelte zufrieden. Mehr als Komplikationen hasste er nur die Franzosen. Er klappte das Hauptbuch zu und musterte Keller mit seinen dunklen Augen. Wie gewöhnlich trug Don Antonio ein frisch gebügeltes weißes Hemd, eine lockere helle Baumwollhose und Ledersandalen, die aussahen wie auf dem hiesigen Markt gekauft, was tatsächlich stimmte. Sein buschiger Schnauzbart war sorgfältig gestutzt, sein eisgraues kurzes Haar glänzte von Haaröl. Sonntags achtete Don Antonio immer ganz besonders auf seine Kleidung. Er glaubte nicht länger an Gott, aber er bestand weiterhin darauf, den Sonntag zu heiligen. Er verzichtete darauf, am Tag des Herrn zu fluchen, versuchte gute Gedanken zu haben und bestand vor allem darauf, dass seine *Taddunaghiu* sonntags keine Aufträge ausführten. Sogar Keller, der als Anglikaner aufgewachsen war und folglich als Ketzer galt, musste diesen Befehl des Dons befolgen. Erst vor Kurzem hatte er einen Tag länger als geplant in Warschau bleiben müssen, weil Don Antonio ihm keinen Dispens erteilt hatte, die Zielperson, einen russischen Gangster, am Tag des Herrn zu liquidieren.

„Du bleibst zum Mittagessen", sagte Orsati knapp.

„Danke, Don Antonio", antwortete Keller förmlich, „aber ich möchte nicht stören."

„Du? Stören?" Der Alte winkte ab.

„Ich bin müde", sagte Keller. „Die Überfahrt war etwas ruppig."

„Du hast auf der Fähre nicht geschlafen?"

„Man merkt", sagte Keller, „dass du schon lange auf keiner Fähre mehr warst."

Das stimmte allerdings. Don Antonio Orsati verließ seinen von bewachten Mauern umgebenen Besitz nur noch selten. Die Welt kam mit ihren Problemen zu ihm, und er ließ sie verschwinden – gegen gutes Honorar, versteht sich. Er griff nach einem prall gefüllten braunen Briefumschlag und legte ihn Keller hin.

„Was ist das?"

„Eine Weihnachtsgratifikation."

„Wir haben erst Oktober."

Der Don zuckte mit den Schultern. Keller öffnete den Umschlag, sah hinein und stellte fest, dass er mit Euros, mit Fünfhundertern, gefüllt war. Er schloss ihn wieder und schob ihn in die Mitte des Schreibtischs.

„Bei uns in Korsika", sagte Orsati stirnrunzelnd, „gilt es als unhöflich, ein Geschenk zurückzuweisen."

„Dieses Geschenk ist nicht nötig."

„Nimm's, Christopher. Du hast's verdient."

„Du hast mich reich gemacht, Don Antonio, reicher, als ich mir je hätte träumen lassen."

„Aber?"

Keller saß schweigend da.

„Ein geschlossener Mund schnappt weder Fliegen noch Feigen", sagte der Don und zitierte damit aus seinem anscheinend unerschöpflichen Vorrat an korsischen Sprichwörtern.

„Was soll das heißen?"

„Sprich, Christopher. Erzähl mir, was dich bedrückt."

Keller starrte den Umschlag mit dem Geld an, wich dem Blick des Dons bewusst aus.

„Langweilt dich deine Arbeit?"

„Das ist's nicht."

„Vielleicht solltest du mal Urlaub machen. Oder du könntest dich auf die legitime Seite unseres Geschäfts konzentrieren. Auch damit ist gutes Geld zu verdienen."

„Olivenöl ist nicht die Antwort, Don Antonio."

„Also gibt's ein Problem."

„Das habe ich nicht gesagt."

„Das war nicht nötig." Orsati betrachtete Keller abwägend. „Zieht man einen eiternden Zahn, Christopher, schmerzt er nicht mehr."

„Außer man hat einen schlechten Zahnarzt."

„Schlimmer als ein schlechter Zahnarzt ist nur ein schlechter Gesellschafter."

„Es ist besser, einsam zu sein", sagte Keller philosophisch, „als schlechte Gefährten zu haben."

Der Don lächelte. „Du bist ein geborener Engländer, Christopher, aber du hast die Seele eines Korsen."

Keller stand auf. Orsati schob ihm den Umschlag wieder hin. „Du willst wirklich nicht zum Essen bleiben?"

„Ich habe etwas anderes vor."

„Was immer es ist", sagte Don Antonio, „es wird warten müssen."

„Warum?"

„Wir haben Besuch."

Keller brauchte nicht zu fragen, wer der Besucher war. Nur eine Handvoll Menschen wusste, dass er noch lebte, und nur einer von ihnen würde es wagen, hier unangemeldet aufzukreuzen.

„Wann ist er angekommen?"

„Gestern Abend", antwortete der Don.

„Was will er?"

„Das durfte er nicht sagen." Der Alte beobachtete Keller wachsam wie ein Fuchs. „Bilde ich mir das nur ein", fragte er schließlich, „oder hat deine Laune sich schlagartig gebessert?"

Keller ging, ohne zu antworten. Don Antonio sah ihm nach. Dann fiel sein Blick auf den Schreibtisch, und er fluchte halblaut. Der Engländer hatte vergessen, den Umschlag mitzunehmen.

10

KORSIKA

Christopher Keller war mit seinem Geld immer sorgfältig umgegangen. Nach eigenen Berechnungen hatte er in Don Antonio Orsatis Diensten etwa zwanzig Millionen Euro verdient, die ihn klug angelegt zu einem sehr reichen Mann gemacht hatten. Die Masse seines Vermögens lag auf Genfer und Züricher Banken, aber er hatte auch Konten in Monaco, Liechtenstein, Brüssel, Hongkong und auf den Cayman Islands. Ein kleinerer Betrag lag auf einem Konto bei einer angesehenen Londoner Bank. Sein britischer Account-Manager hielt ihn für einen zurückgezogen lebenden Korsen, der seine Insel wie Orsati nur selten verließ. Dafür hielt ihn auch der französische Staat. Keller zahlte Steuern auf seine legalen Investitionen und das ansehnliche Gehalt, das er von der Orsati Olive Oil Company als Verkaufsleiter für Mitteleuropa bezog. Er beteiligte sich an französischen Wahlen, spendete für französische Wohltätigkeitsorganisationen, feuerte französische Sportmannschaften an und musste manchmal auch seine französische Krankenkasse in Anspruch nehmen. Er war niemals wegen irgendeines Vergehens angeklagt worden, was für einen Mann aus dem Süden eine beachtliche Leistung war, und hatte als Autofahrer eine makellose Bilanz ohne Strafpunkte. Sah man von einer Ausnahme ab, war Christopher Keller ein mustergültiger Staatsbürger.

Als begeisterter Kletterer und Skiläufer war er seit einiger Zeit unauffällig auf der Suche nach einem Chalet in den französischen Alpen. Im Augenblick hatte er nur ein Domizil: ein schlichtes Landhaus in einem Paralleltal zu dem der Orsatis.

Es hatte lehmbraune Wände, ein rotes Ziegeldach, einen großen blauen Swimmingpool und eine weitläufige Terrasse, die Morgensonne bekam und nachmittags im Schatten mehrerer Pinien lag. Die großzügigen Räume waren rustikal möbliert und in Weiß, Beige und verblasstem Gelb gehalten. In den vielen Bücherregalen standen ernsthafte Werke – Keller, der kurz in Cambridge studiert hatte, las viel über Politik und Zeitgeschichte –, und an den Wänden hing eine bescheidene Sammlung moderner und impressionistischer Gemälde. Das wertvollste Werk war eine kleine Landschaft von Monet, die Keller über einen Mittelsmann bei Christie's in Paris ersteigert hatte. Vor diesem Gemälde stand jetzt Gabriel, den Kopf leicht zur Seite geneigt, das Kinn in eine Hand gestützt. Er leckte die Spitze seines Zeigefingers an, fuhr damit über das Bild und schüttelte den Kopf.

„Was ist damit?"

„Es ist mit einem Schmutzfilm überzogen. Du solltest es von mir reinigen lassen. Das dauert nur ..."

„Mir gefällt es, wie's ist."

Gabriel wischte den Finger an seiner Jeans ab und wandte sich Keller zu. Der Engländer war zehn Jahre jünger als er, zehn Zentimeter größer und zwölf Kilo schwerer, was vor allem an der imposanten Muskelmasse seiner durchtrainierten Arme und Schultern lag. Sein kurzes blondes Haar war vom Meer gebleicht, sein Teint von der korsischen Sonne dunkelbraun gebrannt. Er hatte auffällig blaue Augen, hohe Wangenknochen und ein energisches Kinn mit einem Grübchen in der Mitte. Sein Mund schien ständig leicht spöttisch zu lächeln. Keller war ein Mann ohne Loyalität, ohne Angst und ohne Moral, außer wenn es um Freundschaft und Liebe ging. Er hatte sein Leben nach eigenen Vorstellungen gestaltet und war damit irgendwie erfolgreich gewesen.

„Ich dachte, du seist in Rom", sagte er jetzt.

„Das war ich auch", antwortete Gabriel. „Aber Graham Seymour hat mich dort aufgesucht. Er hatte etwas, das er mir zeigen wollte."

„Was denn?"

„Ein Foto von einem Mann an der Passkontrolle auf dem Flughafen Heathrow."

Kellers schwaches Lächeln verschwand, und er kniff die Augen zusammen. „Wie viel weiß er?"

„Alles, Christopher."

„Bin ich in Gefahr?"

„Das kommt darauf an."

„Worauf?"

„Ob du dich bereit erklärst, einen Job für ihn zu übernehmen."

„Was will er?"

Gabriel lächelte. „Was du am besten kannst."

Draußen lag Kellers Terrasse noch im Sonnenschein. Mit einem kleinen schmiedeeisernen Tisch zwischen sich saßen sie in bequemen Gartensesseln. Auf dem Tisch lag Seymours dickes Dossier mit den professionellen Untaten eines gewissen Eamon Quinn. Aber Keller hatte es noch nicht aufgeschlagen, noch nicht mal angesehen. Er hörte sich gespannt an, was Gabriel über Quinns Rolle bei der Ermordung der Prinzessin zu berichten hatte.

Als Gabriel fertig war, hielt Keller das Foto hoch, das ihn auf dem Flughafen Heathrow zeigte. „Du hast mir dein Wort gegeben", sagte er. „Du hast geschworen, Seymour niemals zu verraten, dass wir zusammengearbeitet haben."

„Ich habe ihm nichts verraten. Er wusste's schon."

„Woher?"

Gabriel erklärte es ihm.

„Hinterhältiges Schwein“, murmelte Keller.

„Er ist Engländer“, sagte Gabriel. „Das liegt in seiner Natur.“

Keller musterte Gabriel einen Augenblick lang scharf. „Komisch“, sagte er, „aber dich scheint die Situation nicht besonders aufzuregen.“

„Vielleicht ist sie eine interessante Chance, Christopher.“

Vom Dorf herauf erklang das Mittagsläuten. Keller legte das Überwachungsfoto aufs Dossier zurück und zündete sich eine Zigarette an.

„Musst du?“, fragte Gabriel und wedelte den Rauch weg.

„Welche Wahl bleibt mir?“

„Du kannst mit dem Rauchen aufhören und dein Leben um einige Jahre verlängern.“

„In Bezug auf Graham“, sagte Keller irritiert.

„Na ja, du könntest hier auf Korsika bleiben und hoffen, dass er nicht beschließt, die Franzosen über dich zu informieren."

„Oder?“

„Du kannst mir helfen, Eamon Quinn aufzuspüren.“

„Und dann?“

„Dann kannst du heimreisen, Christopher.“

Kellers Handbewegung umfasste das kleine Tal. „Dies ist mein Zuhause“, sagte er.

„Dies ist nicht real, Christopher. Es ist eine Fantasie. Eine Illusion.“

„Genau wie du.“

Gabriel lächelte, ohne etwas zu sagen. Die Kirchenglocken waren verstummt; der Pinienschatten begann allmählich, nach der Terrasse auszugreifen. Keller drückte seine Zigarette aus und betrachtete das ungeöffnete Dossier.

„Interessante Lektüre?“, fragte er.

„Sehr.“

„Hast du jemanden erkannt?“

„Einen MI5-Mann namens Graham Seymour“, sagte Gabriel, „und einen SAS-Offizier, der nur unter seinem Decknamen erwähnt wird.“

„Unter welchem?“

„Merchant.“

„Griffig.“

„Das finde ich auch.“

„Was steht über ihn drin?“

„Dass er Ende der Achtzigerjahre etwa ein Jahr lang verdeckt in West Belfast operiert hat.“

„Warum hat er aufgehört?“

„Weil er enttarnt worden war. Dabei scheint eine Frau eine Rolle gespielt zu haben.“

„Steht ihr Name auch drin?“, fragte Keller.

„Nein.“

„Was ist dann passiert?“

„Merchant wurde von der IRA entführt und in ein abgelegenes Farmhaus gebracht, um verhört und liquidiert zu werden. In ein Farmhaus in South Armagh. Quinn war auch dort.“

„Wie ist's ausgegangen?“

„Schlecht.“

Ein Windstoß bewegte die Pinienzweige. Keller blickte über sein korsisches Tal hinaus, als entgleite es ihm. Dann zündete er sich eine neue Zigarette an und erzählte Gabriel den Rest.

11

KORSIKA

Es war Kellers Sprachbegabung, die ihn vor anderen auszeichnete – nicht für Fremdsprachen, sondern für die verschiedenen Dialekte, die auf den Straßen von Belfast und in den sechs nordirischen Counties gesprochen werden. Die Nuancen lokaler Akzente machten es SAS-Offizieren praktisch unmöglich, in den kleinen, eng zusammengewachsenen Gemeinden der Provinz verdeckt zu operieren. Deshalb mussten die meisten SAS-Angehörigen einen „Fred" engagieren – so nannte das Regiment örtliche Helfer –, wenn es darum ging, IRA-Mitglieder aufzuspüren oder auf den Straßen zu kontrollieren. Nicht jedoch Keller. Er entwickelte die Fähigkeit, die in Ulster gesprochenen Dialekte fließend und selbstbewusst wie ein Einheimischer zu sprechen. Er konnte sogar blitzschnell zwischen ihnen umschalten, sodass aus einem Katholiken aus Armagh im nächsten Augenblick ein Protestant aus der Belfaster Shankill Road und dann ein Katholik aus den Wohnsiedlungen im Belfaster Stadtteil Ballymurphy wurde. Seine einzigartige Begabung fiel auch seinen Vorgesetzten auf. Und dann dauerte es nicht lange, bis „ein ehrgeiziger junger Geheimdienstoffizier, der beim MI5 für Nordirland zuständig war", davon hörte.

„Vermute ich richtig", fragte Gabriel, „dass der junge MI5-Offizier Graham Seymour war?"

Keller nickte. Dann erläuterte er, Seymour sei Ende der Achtzigerjahre mit den Informationen, die er von MI5-Spitzeln in Nordirland erhielt, nicht zufrieden gewesen. Er hatte angestrebt, einen eigenen Agenten in die IRA-Hochburg West

Belfast einzuschleusen, um Meldungen über die Bewegungen und den Umgang bekannter IRA-Kommandeure und -Freiwilliger zu erhalten. Das war kein Job für einen gewöhnlichen MI5-Angehörigen. Der Agent würde wissen müssen, wie man sich in einer Welt behauptete, in der jeder falsche Schritt, ein einziger falscher Blick den Tod bedeuten konnte. Keller traf in einem sicheren Haus in London mit Seymour zusammen und erklärte sich bereit, den Auftrag zu übernehmen. Zwei Monate später war er in Belfast, wo er sich als Katholik namens Michael Connelly ausgab. Er nahm sich eine Zweizimmerwohnung in dem Apartmentkomplex Divis Tower in der Falls Road. Sein Nachbar gehörte der West Belfast Brigade der IRA an. Die britische Armee hatte einen Beobachtungsposten auf dem Dach des Gebäudes und Büroräume und Unterkünfte in den beiden obersten Stockwerken. Auf dem Höhepunkt der Unruhen wurden die Soldaten mit Hubschraubern ein- und ausgeflogen. „Total verrückt", sagte Keller bei der Erinnerung daran kopfschüttelnd. „Der blanke Wahnsinn."

Während ein Großteil der Belfaster Einwohnerschaft arbeitslos war und von staatlicher Unterstützung lebte, fand Keller bald Arbeit als Ausfahrer für eine Wäscherei in der Falls Road. Dieser Job gab ihm die Möglichkeit, sich in allen Winkeln und Enklaven von West Belfast frei zu bewegen, ohne Verdacht zu erregen, und verschaffte ihm Zugang zu den Wohnungen und der Wäsche bekannter IRA-Mitglieder. Das war ein bemerkenswerter Erfolg, aber kein Zufall. Eigentümer und Betreiber der Wäscherei war der britische Inlandsgeheimdienst.

„Das war eines unser geheimsten Unternehmen", sagte Keller. „Nicht mal der Premierminister wusste davon. Wir hatten eine kleine Flotte von Lieferwagen mit Abhöranlagen und einem Labor im Laderaum. Wir haben jedes Wäschestück, das wir in die Hände bekamen, auf Sprengstoffspuren untersucht. Und immer wenn wir fündig wurden, wurden der Besitzer und seine Wohnung unter Beobachtung gestellt."

Keller begann allmählich, Freundschaften mit Angehörigen der zerfallenden Gesellschaft um ihn herum zu schließen. Sein IRA-Nachbar lud ihn zum Abendessen ein, und in einer IRA-Bar in der Falls Road bedrängte ihn ein Werber, der ihn für die IRA gewinnen wollte, was Keller höflich ablehnte. Er ging regelmäßig zur Messe in der Kirche St. Paul's – zu seiner Vorbereitung auf diesen Einsatz hatte es gehört, sich mit den Ritualen und Doktrinen der katholischen Kirche vertraut zu machen –, und an einem regnerischen Sonntag in der Fastenzeit lernte er dort ein schönes Mädchen namens Elizabeth Conlin kennen. Ihr Vater war Ronnie Conlin, ein IRA-Kommandeur in Ballymurphy.

„Ein Schwergewicht", sagte Gabriel.

„Allerdings."

„Du hast beschlossen, die Beziehung zu seiner Tochter zu intensivieren."

„Mir ist nichts anderes übrig geblieben."

„Du hast sie geliebt?"

Keller nickte langsam.

„Wo habt ihr euch getroffen?"

„Ich bin heimlich in ihr Zimmer eingestiegen. Wenn die Luft rein war, hat sie einen violetten Schal ins Fenster gehängt. Die Familie Conlin hatte ein winziges Reiheneckhaus mit Rauputz und papierdünnen Wänden. Ich konnte ihren Vater im Zimmer nebenan hören. Das war …"

„Wahnsinn", sagte Gabriel.

Keller äußerte sich nicht dazu.

„Wusste Graham davon?"

„Natürlich."

„Du hast's ihm gesagt?“

„Das brauchte ich nicht zu tun. MI5 und SAS haben mich ständig überwacht.“

„Er hat dich vermutlich aufgefordert, diese Beziehung zu beenden?“

„Sehr nachdrücklich.“

„Was hast du getan?“

„Ich habe zugestimmt“, sagte Keller. „Aber nur unter einer Bedingung.“

„Du wolltest sie ein letztes Mal sehen.“

Keller verfiel in Schweigen. Als er dann weitersprach, klang seine Stimme verändert. Sie hatte die gedehnten Vokale und rauen Kanten eines Angehörigen der Arbeiterklasse in West Belfast angenommen. Er war nicht länger Christopher Keller; er war Michael Connelly, der Ausfahrer einer Wäscherei in der Falls Road, der sich in die schöne Tochter eines IRA-Häuptlings aus Ballymurphy verliebt hatte. In seiner letzten Nacht in Ulster parkte er in der Springfield Road und kletterte über die Gartenmauer der Conlins. Der violette Schal hing wie erwartet im Fenster, aber in Elizabeths Zimmer brannte kein Licht. Keller schob lautlos das Fenster hoch, teilte den Gazevorhang und schlüpfte hinein. Im nächsten Augenblick traf ein schwerer Schlag wie von der Seite einer Axt seine Schläfe, und er begann das Bewusstsein zu verlieren. Das Letzte, was er sah, bevor ihm schwarz vor den Augen wurde, war Ronnie Conlins Gesicht.

„Er hat mit mir gesprochen“, sagte Keller. „Er hat mir angekündigt, ich würde sterben.“

Keller wurde gefesselt, geknebelt und mit einer Kapuze über dem Kopf in den Kofferraum eines Wagens gesperrt, der ihn aus den Slums von West Belfast in ein Farmhaus in South Armagh brachte. In der dortigen Scheune wurde er von mehreren Männern misshandelt und an einen Stuhl gefesselt, um verhört und verurteilt zu werden. Vier Angehörige der berüchtigten South Armagh Brigade der IRA sollten als Geschworene fungieren. Eamon Quinn würde Ankläger, Richter und Scharfrichter in einer Person sein. Das Urteil wollte er mit dem Kampfmesser eines ermordeten britischen Soldaten vollstrecken. Quinn, ein genialer Techniker, war der beste Bombenbauer der IRA, aber wenn es darum ging, persönlich zu morden, bevorzugte er das Messer.

„Quinn hat mir erklärt, wenn ich kooperativ sei, würde ich einen schnellen Tod sterben. Andernfalls würde er mich zerstückeln."

„Wie ist's weitergegangen?"

„Ich hatte Glück", sagte Keller. „Sie hatten mich verdammt schlecht gefesselt, und so habe ich *sie* zerstückelt. Das ist so schnell gegangen, dass sie kaum mitbekommen haben, wie's passiert ist."

„Wie viele?"

„Zwei", antwortete Keller. „Dabei habe ich eine Pistole erbeutet, mit der ich die beiden nächsten Kerle erschossen habe."

„Was war mit Quinn?"

„Quinn ist klugerweise sofort abgehauen. Quinn hat überlebt, um ein andermal weiterkämpfen zu können."

Am folgenden Morgen gab die britische Armee bekannt, bei einer Razzia auf einem abgelegenen sicheren Haus der IRA seien vier Mitglieder der South Armagh Brigade getötet worden. In der offiziellen Mitteilung wurde kein entführter SAS-Offizier namens Christopher Keller erwähnt. Auch die dem britischen Geheimdienst gehörende Wäscherei in der Falls Road wurde mit keinem Wort erwähnt. Keller wurde zur Behandlung nach England geflogen; die Wäscherei wurde unauffällig geschlossen. All das war ein schwerer Schlag für die britischen Operationen in Nordirland.

„Und Elizabeth?", fragte Gabriel.

„Sie ist zwei Tage später tot aufgefunden worden. Mit kahl geschorenem Kopf und durchschnittener Kehle."

„Wer hat sie ermordet?"

„Offenbar Quinn", sagte Keller. „Er soll darauf bestanden haben, sie persönlich hinzurichten."

Nach der Entlassung aus dem Lazarett kehrte Keller zur Reha auf den SAS-Stützpunkt in Hereford zurück. Er machte lange, anstrengende Trainingsmärsche in den Brecon Beacons und bildete Rekruten in der Kunst des lautlosen Tötens aus, aber seine Vorgesetzten erkannten, dass Belfast ihn verändert hatte. Als Saddam Hussein im August 1990 Kuwait überfiel, kehrte Keller zu seiner alten Einheit zurück und wurde in den Golfkrieg geschickt. Und am Abend des 28. Januar 1991 wurden sie auf der Suche nach Scud-Abschussvorrichtungen das Opfer eines tragischen Irrtums, als seine Einheit von eigenen Flugzeugen bombardiert und beschossen wurde. Keller war der einzige Überlebende. Er verließ aufgebracht das Gefechtsfeld und gelangte als Araber verkleidet über die irakische Grenze nach Syrien. Von dort aus marschierte er durch die Türkei, Griechenland und Italien, bis er zuletzt nach Korsika gelangte, wo Don Antonio Orsati nur auf ihn gewartet zu haben schien.

„Hast du jemals versucht, ihn aufzuspüren?"

„Quinn?"

Gabriel nickte.

„Der Don hat es mir verboten."

„Aber das hat dich nicht daran gehindert, stimmt's?"

„Sagen wir nur, dass ich seinen weiteren Weg aufmerksam verfolgt habe. Ich wusste, dass er sich nach dem Karfreitagsabkommen der Wahren IRA angeschlossen hatte – und dass er einer der Kerle war, die den Bombenanschlag in Omagh verübt haben."

„Und dann ist er aus Irland geflüchtet?"

„Ich habe mich höflich nach seinem Verbleib erkundigt. Teilweise auch unhöflich."

„Mit Erfolg?"

„Ganz entschieden."

„Aber du hast nie versucht, ihn zu liquidieren?"

„Nein", sagte Keller kopfschüttelnd. „Das hat der Don mir verboten."

„Aber nun bekommst du eine Chance."

„Mit dem Segen des Geheimdiensts Ihrer Majestät." Keller lächelte flüchtig. „Eine Ironie des Schicksals, findest du nicht auch?"

„Wie meinst du das?"

„Quinn hat mich aus dem Spiel geworfen – und jetzt holt er mich zurück." Keller betrachtete Gabriel einige Sekunden lang ernst. „Weißt du bestimmt, dass du in diese Sache verwickelt sein willst?"

„Warum nicht?"

„Weil dies eine persönliche Angelegenheit ist", antwortete Keller. „Und persönliche Dinge werden sehr leicht unangenehm."

„Ich bin nur in persönlichen Angelegenheiten unterwegs."

„Und in blutigen." Die Terrasse lag jetzt ganz im Schatten. Der Wind ließ kleine Wellen über den Rand von Kellers türkisgrünem Swimmingpool schwappen. „Und wenn ich einverstanden bin?", fragte er. „Was dann?"

„Von Graham bekommst du eine neue britische Identität. Auch einen Job." Gabriel machte eine Pause, dann fügte er hinzu: „Falls du daran interessiert bist."

„Einen Job als was?"

„Benütz deine Fantasie."

Keller runzelte die Stirn. „Was tätest du an meiner Stelle?"

„Ich würde sein Angebot annehmen."

„Und dies alles aufgeben?"

„Es ist nicht real, Christopher."

Die Kirchturmuhr drunten im Dorf schlug einmal.

„Was soll ich ihm also sagen?", fragte Keller.

„Dabei kann ich dir nicht helfen, fürchte ich."

„Warum nicht."

„Weil dies eine persönliche Angelegenheit ist", antwortete Gabriel. „Und persönliche Dinge werden leicht sehr unangenehm."

Die Nachtfähre nach Nizza würde um 18 Uhr ablegen. Gabriel ging kurz vor 17.30 Uhr an Bord, trank im Café einen Espresso und trat dann aufs Bootsdeck hinaus, um auf Keller zu warten. Um 17.45 Uhr war der Engländer noch nicht da. Fünf weitere Minuten verstrichen, ohne dass er auftauchte. Dann beobachtete Gabriel, wie ein klappriger Renault Kombi auf den Parkplatz abbog, und zwei Minuten später kam Keller mit einer an seiner breiten Schulter hängenden Reisetasche die Gangway heraufgetrabt. Wenig später standen die beiden nebeneinander an der Reling und beobachteten, wie die Lichter von Ajaccio in der Abenddämmerung zurückblieben. Der sanfte Abendwind trug den Duft der *Macchia* herüber, die mit ihrem dichten Bewuchs aus Steineichen, Ginster, Rosmarin und Lavendel weite Gebiete der Insel bedeckte. Keller atmete die würzige Luft tief ein, bevor er sich eine Zigarette anzündete. Die leichte Brise trieb Gabriel den ersten ausgeatmeten Rauch ins Gesicht.

„Musst du?"

Keller gab keine Antwort.

„Ich dachte schon, du hättest dir die Sache anders überlegt."

„Glaubst du, ich ließe dich allein Jagd auf Quinn machen?"

„Du traust mir nicht zu, ihn zu erledigen?"

„Hab ich das gesagt?"

Keller rauchte eine Zeit lang schweigend.

„Wie hat der Don die Sache aufgenommen?"

„Er hat einen Haufen korsischer Sprichwörter über die Undankbarkeit von Kindern zitiert. Und dann hat er mich gehen lassen."

Als die Lichter der Insel verblassten, roch die Brise nur mehr salzig. Keller griff in seine Jacke, zog einen korsischen Talisman heraus und hielt ihn Gabriel hin.

„Ein Geschenk der *Signadora*."

„Ich glaube nicht an solches Zeug."

„An deiner Stelle würde ich ihn nehmen. Die Alte hat angedeutet, es könnte hässlich werden."

„Wie hässlich?"

Keller gab keine Antwort. Gabriel ließ sich den Talisman geben und hängte ihn sich um den Hals. Hinter ihnen erloschen nacheinander die Lichter der Insel. Und dann war keines mehr zu sehen.

12

DUBLIN

Theoretisch war das Unternehmen, zu dem Gabriel Allon und Christopher Keller am folgenden Tag aufbrachen, ein Gemeinschaftsunternehmen vom Dienst und MI6. Die britische Beteiligung war jedoch so geheim, dass nur Graham Seymour eingeweiht war. Deshalb war es der Dienst, der ihre Reise organisierte, und der Dienst, der den viertürigen Škoda mietete, der auf einem Urlauberparkplatz am Flughafen Dublin für sie bereitstand. Gabriel suchte den Unterboden ab, bevor er sich ans Steuer setzte. Keller stieg vorn links ein und runzelte die Stirn, als er die Beifahrertür schloss.

„Hätten sie uns nicht was Besseres als einen Škoda besorgen können?"

„Dieser Wagen ist in Irland sehr beliebt. Damit fallen wir hier nicht auf."

„Was ist mit Waffen?"

„Sieh im Ablagefach nach."

Keller öffnete es. In dem Fach lagen eine durchgeladene Beretta, ein volles Reservemagazin und ein Schalldämpfer zum Aufschrauben.

„Nur eine?"

„Wir ziehen nicht in den Krieg, Christopher."

„Das glaubst nur du."

Keller schloss das Ablagefach wieder. Gabriel steckte den Zündschlüssel ins Schloss. Der Anlasser surrte. Der Motor hustete, bevor er ansprang.

„Na, bist du weiter von Škoda überzeugt?", fragte Keller.

Gabriel legte den ersten Gang ein. „Okay, wo fangen wir an?"

„Ballyfermot."

„Bally *was*?"

Keller zeigte auf das Ausfahrtsschild und sagte: „Bally dorthin."

Die Republik Irland war einst ein Land fast ohne Kapitalverbrechen gewesen. Bis in die späten Sechzigerjahre hinein hatte die Garda Síochána, die irische Nationalpolizei, nur siebentausend Beamte, und in Dublin gab es lediglich sieben Streifenwagen. Die meisten Straftaten gehörten zum Bereich der Kleinkriminalität: Einbrüche, Taschendiebstähle, einzelne Raubüberfälle. Und wenn es zu Gewaltverbrechen kam, war daran meist Alkohol, Leidenschaft oder eine Kombination aus beidem schuld.

Das änderte sich mit dem Ausbruch der Unruhen jenseits der Grenze in Nordirland. Die Provisional IRA, die für den Kampf gegen die britische Armee Geld und Waffen brauchte, verlegte sich darauf, Banken im Süden auszurauben. Die kleinen Diebe aus den Slums und Sozialsiedlungen Dublins lernten von der Taktik der „Provos" und begannen ebenfalls, kühne bewaffnete Banküberfälle auszuführen. Diesem Doppelangriff von IRA und organisierter Kriminalität konnten die personell schwachen und schlecht ausgerüsteten Gardaí nur wenig entgegensetzen. Um 1970 war Irland keine friedliche Oase mehr. Es war ein Gangsterland geworden, in dem Verbrecher und Revolutionäre straflos operierten.

Im Jahr 1979 beschleunigten zwei unwahrscheinliche Ereignisse, die weit von Irlands Küsten entfernt stattfanden, den Abstieg des Landes in Gesetzlosigkeit und soziales

Chaos. Das erste war die Revolution im Iran. Das zweite war der sowjetische Einmarsch in Afghanistan. Beide führten dazu, dass die Straßen westeuropäischer Großstädte mit billigem Heroin überflutet wurden. Im Jahr 1980 erreichte die Droge die Slums im Süden Dublins. Ein Jahr später verwüstete sie die Ghettos im Norden der Stadt. Leben zerbrachen, Familien wurden zerrissen, und die Zahl der Gewaltverbrechen schnellte nach oben, als verzweifelte Süchtige sich Geld für Drogen zu beschaffen versuchten. Ganze Stadtbezirke wurden zu Horrorvierteln, in denen Junkies sich auf der Straße Spritzen setzten und Dealer Könige waren.

Das Wirtschaftswunder der Neunzigerjahre machte Irland, bis dahin eines der ärmsten Länder Europas, zu einem der reichsten europäischen Staaten, aber mit dem Wohlstand wuchs auch der Drogenhunger, vor allem auf Kokain und Ecstasy. Die alten Gangsterbosse wurden durch Drogenbarone ersetzt, die blutige Kriege um Reviere und Marktanteile führten. Wo irische Gangster früher ihren Willen mit abgesägten Schrotflinten durchgesetzt hatten, rüsteten die neuen Gangland-Krieger sich mit Schnellfeuergewehren und anderen schweren Waffen aus. Auf den Straßen der Sozialsiedlungen begannen von Kugeln durchsiebte Leichen zu liegen. Wie aus einem Bericht der Garda hervorging, kontrollierten im Jahr 2012 schätzungsweise fünfundzwanzig Banden den gesamten Drogenhandel. Mehrere von ihnen hatten lukrative Verbindungen zu ausländischen Verbrecherorganisationen, auch zur Wahren IRA, aufgebaut.

„Ich dachte, die sei gegen Drogen“, sagte Gabriel.

„Das mag dort oben stimmen“, sagte Keller und zeigte nach Norden, „aber hier unten in der Republik sieht’s anders aus. Hier ist die Wahre IRA nur eine Drogenbande wie andere auch. Manchmal handelt sie direkt mit Drogen. Manchmal kassiert sie Schutzgelder. Aber meistens erpresst sie Drogenhändler, die eine Provision abgeben müssen."

„Was macht Liam Walsh?"

„Ein bisschen von allem."

Regen ließ die Scheinwerfer des abendlichen Stoßverkehrs verschwimmen. Er war weniger dicht, als Gabriel erwartet hatte. Das lag vermutlich an der Wirtschaftslage. Irland war schneller und tiefer abgestürzt als die meisten. Sogar die Drogenhändler litten.

„Walsh ist ein in der Wolle gefärbter Republikaner", sagte Keller gerade. „Sein Vater war ebenso bei der IRA und seine Brüder. Nach der großen Spaltung hat er sich auf die Seite der Wahren IRA geschlagen, und als der Krieg dann zu Ende war, ist er nach Dublin runtergekommen, um als Drogenhändler reich zu werden."

„Was verbindet ihn mit Quinn?"

„Omagh." Keller zeigte nach rechts und sagte: „Dort vorn abbiegen."

Gabriel bog auf die Kennelsfort Road ab. Sie war auf beiden Seiten von kleinen einstöckigen Reihenhäusern gesäumt. Nicht eben das irische Wirtschaftswunder, aber natürlich auch kein Slum.

„Das ist Ballyfermot?"

„Palmerstown."

„Wohin jetzt?"

Keller bedeutete Gabriel mit einer Handbewegung, er solle geradeaus weiterfahren. Sie kamen an einem Gewerbegebiet mit niedrigen grauen Lagerhäusern vorbei und fanden sich plötzlich auf der Ballyfermot Road wieder. Kurze Zeit später stießen sie auf eine Reihe trauriger kleiner Geschäfte: ein Billigladen für Haushaltswaren, ein Textil-Discounter, ein Discount-Optiker, ein Schnellimbiss. Auf der Straßenseite gegenüber standen ein Tesco-Supermarkt und ein Wettbüro, in dessen Eingang vier Männer in schwarzen Lederjacken Schutz vor dem Regen suchten. Liam Walsh war der Kleinste von ihnen. Er rauchte eine Zigarette; alle vier rauchten Zigaretten. Gabriel bog auf den Tesco-Parkplatz ab und fuhr in eine Lücke zwischen zwei geparkten Wagen. Von dort aus war der Eingang des Wettbüros gut zu beobachten.

„Vielleicht lässt du den Motor lieber laufen", schlug Keller vor.

„Wozu?"

„Wer weiß, ob er wieder anspringt."

Gabriel stellte den Motor ab und schaltete die Scheinwerfer aus. Regen klatschte an die Frontscheibe. Nach wenigen Sekunden verschwamm Liam Walsh in einem Kaleidoskop aus verschwommenem Licht. Dann tippte Gabriel den Scheibenwischer an, sodass Walsh wieder erschien. Vor dem Wettbüro war ein langer schwarzer Mercedes vorgefahren: der einzige Mercedes auf der Straße, wahrscheinlich der einzige in diesem Wohngebiet. Walsh sprach durch das offene rechte Fenster mit dem Fahrer.

„Er sieht wie eine echte Stütze der Gesellschaft aus", sagte Gabriel ruhig.

„So stellt er sich auch gern dar."

„Warum treibt er sich dann vor einem Wettbüro herum?"

„Die anderen Gangs sollen wissen, dass er sein Revier im Auge behält. Letztes Jahr hat ein Konkurrent versucht, ihn dort zu erschießen. Wenn man genau hinsieht, sind die Einschusslöcher in der Mauer noch zu erkennen."

Der Mercedes fuhr davon. Liam Walsh kehrte unter den Schutz des Vordachs zurück.

„Wer sind seine reizend aussehenden Begleiter?"

„Die beiden links sind seine Leibwächter. Der dritte Mann ist sein Stellvertreter."

„Wahre IRA?"

„Durch und durch."

„Bewaffnet?"

„Todsicher."

„Was machen wir also?"

„Wir warten auf seinen nächsten Zug."

„Hier?"

Keller schüttelte den Kopf. „Sehen sie uns in einem geparkten Wagen sitzen, halten sie uns für Angehörige der Garda oder einer rivalisierenden Bande. Und wenn sie das vermuten, sind wir tot."

„Dann sollten wir vielleicht nicht hier sitzen."

Keller nickte zu dem Schnellimbiss hinüber und stieg aus. Gabriel folgte seinem Beispiel. Dann standen sie nebeneinander am Straßenrand: mit den Händen in den Hosentaschen, gegen den vom Wind gepeitschten Regen nach vorn gebeugt, auf eine Lücke im Verkehr wartend.

„Sie beobachten uns", sagte Keller.

„Ist dir das auch aufgefallen?"

„Schwer zu übersehen."

„Kennt Walsh dein Gesicht?"

„Jetzt kennt er's."

Im Verkehr entstand eine Lücke, die sie nutzten, um die Straße zu überqueren und die Imbissbude zu erreichen. „Vielleicht hältst du lieber den Mund", schlug Keller vor. „In diese Gegend verirren sich nicht oft Besucher aus exotischen Ländern."

„Ich spreche perfektes Englisch."

„Das ist das Problem."

Keller stieß die Tür auf und trat als Erster ein. Vor ihnen lag ein schmaler, länglicher Raum mit rissigem Linoleumboden und schmuddeligen Wänden, die mit Ölfarbe gestrichen waren. Hier roch es nach Frittierfett, Fisch und schwach nach nassem Holz. Hinter der Theke arbeitete ein hübsches rothaariges Mädchen. Gabriel setzte sich so an einen der freien Tische, dass er der Straße den Rücken zukehrte, während Keller an die Theke trat und ihre Bestellung im Dialekt eines Mannes aus dem Süden Dublins aufgab.

„Sehr eindrucksvoll", murmelte Gabriel, als Keller sich zu ihm setzte. „Ich dachte schon, du würdest gleich ‚When Irish Eyes Are Smiling' anstimmen."

„Was die hübsche Kleine betrifft, bin ich ebenso irisch wie sie."

„Klar doch", sagte Gabriel zweifelnd. „Und ich bin Oscar Wilde."

„Du glaubst nicht, dass ich als Ire durchgehe?"

„Vielleicht als einer, der sehr lange Urlaub am Mittelmeer gemacht hat."

„Das ist meine Story."

„Wo warst du?"

„Mallorca", antwortete Keller. „Die Iren – vor allem irische Gangster – lieben Mallorca."

Gabriel sah sich in dem schäbigen Schnellimbiss um. „Warum wohl?"

Die Rothaarige kam an ihren Tisch und stellte ihnen einen Teller Pommes und zwei Styroporbecher mit Tee mit Milch hin. Als sie hinter die Theke zurückging, kamen zwei blasse Männer Mitte zwanzig eilig aus dem Hundewetter herein. Im nächsten Augenblick folgte ihnen eine Frau, die einen nassen Mantel und elegante Stadtschuhe trug. Die beiden Männer setzten sich an den Tisch neben Keller und Gabriel und begannen in einem Dialekt zu sprechen, von dem Gabriel kaum ein Wort verstand. Die Frau nahm an der Rückwand des länglichen Raums Platz. Sie trank nur einen Tee und las in einem eselsohrigen Taschenbuch.

„Was passiert draußen?“, fragte Gabriel.

„Vor dem Wettbüro stehen vier Männer. Einer scheint den Regen allmählich sattzuhaben.“

„Wo wohnt er?“

„Ganz in der Nähe“, antwortete Keller. „Er lebt gern unter Leuten.“

Gabriel kostete einen Schluck Tee und verzog das Gesicht. Keller schob ihm die Pommes hin. „Iss ein paar.“

„Nein.“

„Warum nicht?“

„Ich möchte lange genug leben, um zu sehen, wie meine Kinder zur Welt kommen.“

„Gute Idee.“ Keller grinste, dann fügte er hinzu: „Männer in deinem Alter sollten wirklich auf ihre Ernährung achten.“

„Vorsicht!“

„Wie alt bist du übrigens genau?“

„Weiß ich nicht mehr.“

„Dein Gedächtnis lässt wohl schon nach?“

Gabriel trank noch etwas Tee. Keller aß ein paar Pommes.

„Auf Mallorca sind sie besser“, sagte er.

„Hast du eine Quittung bekommen?“

„Wozu brauche ich eine Quittung?“

„Wie ich höre, sind die Buchhalter beim MI6 sehr pingelig.“

„Das mit dem MI6 ist keineswegs ausgemacht. Ich habe noch keine Entscheidung getroffen.“

„Unsere besten Entscheidungen werden manchmal für uns getroffen.“

„Du redest wie der Don.“ Keller trank einen Schluck Tee. „Stimmt das mit den Buchhaltern wirklich?“

„Ich wollte nur Konversation machen."
„Sind eure streng?"
„Noch viel strenger."
„Aber nicht, wenn's um dich geht."
„Meistens nicht."
„Warum haben sie dir dann nur einen Škoda bewilligt?"
„Der Škoda ist in Ordnung."
„Hoffentlich passt er in den Kofferraum."
„Notfalls knallen wir den Deckel mehrmals kräftig zu."
„Was ist mit dem sicheren Haus?"
„Es ist bestimmt reizend, Christopher."
Keller schien nicht überzeugt zu sein. Er schob den Teller mit Pommes von sich weg.
„Was geht hinter mir vor?", fragte er.
„Zwei Kerle unterhalten sich in einer mir unbekannten Sprache. Eine Frau liest."
„Was liest sie?"
„John Banville, glaube ich."
Keller nickte nachdenklich, ohne die Ballyfermot Road aus den Augen zu lassen.
„Was siehst du?", fragte Gabriel.
„Ein Mann steht weiter vor dem Wettbüro. Drei Kerle steigen in ein Auto."
„Was für ein Auto?"
„Schwarzer Mercedes."
„Besser als ein Škoda."
„Viel."
„Was machen wir also?"
„Wir lassen die Pommes stehen und nehmen unsere Becher mit."
„Wann?"
Keller stand wortlos auf.

13

BALLYFERMOT, DUBLIN

Sie warfen ihre Styroporbecher in einen Abfallbehälter auf dem Tesco-Parkplatz und stiegen in den Škoda. Diesmal fuhr Keller, denn dies war sein Revier. Nachdem er auf die Ballyfermot Road hinausgerollt war, schlängelte er sich durch den Verkehr, bis sie nur noch durch zwei Autos von dem schwarzen Mercedes getrennt waren. Er fuhr lässig, hatte nur die rechte Hand am Lenkrad, während die andere auf dem Wahlhebel des Automatikgetriebes lag. Sein Blick blieb nach vorn gerichtet. Gabriel, der den linken Seitenspiegel gekapert hatte, beobachtete den Verkehr hinter ihnen.

„Nun?“, fragte Keller.

„Du machst deine Sache sehr gut, Christopher. Du wirst mal ein erstklassiger MI6-Agent.“

„Ich habe gefragt, ob wir beschattet werden.“

„Das werden wir nicht.“

Keller nahm die Linke vom Wahlhebel und angelte damit eine Zigarette aus der Hemdtasche. Gabriel tippte auf den gelb-schwarzen Aufkleber an der Sonnenblende und sagte: „Dies ist ein Nichtraucherauto.“

Keller zündete sich die Zigarette trotzdem an. Gabriel öffnete sein Fenster einen Spalt weit, um den Rauch abziehen zu lassen.

„Sie halten“, sagte er.

„Das sehe ich.“

Der Mercedes war auf einen der Schrägparkplätze vor einem Zeitungsgeschäft abgebogen. Einige Sekunden lang stieg niemand aus. Dann stieg Liam Walsh auf der Beifahrerseite aus und betrat den Laden. Keller fuhr etwa fünfzig Meter weiter und hielt vor einem Pizzadienst. Er schaltete die Scheinwerfer aus, ließ aber den Motor laufen.

„Ich denke, er will auf der Heimfahrt ein paar Kleinigkeiten mitnehmen."

„Zum Beispiel?"

„Einen *Herald*", schlug Keller vor.

„Kein Mensch liest mehr Zeitungen, Christopher. Ist dir das entgangen?"

Keller nickte zum Ladeneingang hinüber. „Vielleicht solltest du reingehen und uns ein paar Pizzastücke holen."

„Wie bestelle ich, ohne zu reden?"

„Dir fällt schon was ein."

„Welche Pizza magst du?"

„Geh!", sagte Keller.

Gabriel stieg aus und betrat den Laden. Vor ihm standen drei Kunden an. Gabriel ließ sich von dem warmen Dunst aus Tomaten, Käse und Hefeteig einhüllen. Dann hörte er draußen ein kurzes Hupen, drehte sich um und sah den schwarzen Mercedes die Ballyfermot Road entlang davonrasen. Er lief hinaus und stieg hastig ein. Keller stieß rückwärts aus der Parklücke, legte den ersten Gang ein und gab langsam Gas.

„Hat er was gekauft?", fragte Gabriel.

„Ein paar Zeitungen und eine Schachtel Winstons."

„Wie hat er ausgesehen, als er rausgekommen ist?"

„Nicht wie jemand, der tatsächlich Zeitungen und Zigaretten braucht."

„Vermute ich richtig, dass die Garda ihn regelmäßig beobachtet?"

„Das hoffe ich jedenfalls."

„Was bedeutet, dass er's gewohnt ist, von Zeit zu Zeit von Männern in neutralen Fahrzeugen verfolgt zu werden."

„Ich denke schon."

„Er biegt ab", sagte Gabriel.

„Das sehe ich."

Die schwarze Limousine bog in eine schmale, kaum beleuchtete Straße mit kleinen Einzelhäusern ab. Kein Verkehr, keine Geschäfte, kein Ort, an dem zwei Fremde sich hätten verstecken können. Keller hielt am Randstein und schaltete die Scheinwerfer aus. Hundert Meter weiter bog der Mercedes in eine Einfahrt ab. Seine Scheinwerfer erloschen. Vier Türen wurden geöffnet, vier Männer stiegen aus.

„Casa Walsh?", fragte Gabriel.

Keller nickte.

„Verheiratet?"

„Nicht mehr."

„Freundin?"

„Möglicherweise."

„Wie steht's mit einem Hund?"

„Hast du ein Problem mit Hunden?"

Gabriel gab keine Antwort. Stattdessen beobachtete er, wie die vier Männer zum Haus gingen und durch die Haustür verschwanden.

„Was machen wir jetzt?", fragte er.

„Ich denke, wir könnten mehrere Tage damit verbringen, auf eine bessere Gelegenheit zu warten."

„Oder?"

„Wir schnappen ihn uns jetzt."

„Sie sind zu viert und wir zu zweit."

„Einer", sagte Keller. „Du kommst nicht mit."

„Warum nicht?"

„Weil der zukünftige Direktor des Diensts nicht in diese Sache verwickelt werden darf. Außerdem", sagte Keller und klopfte auf seine ausgebeulte Jacke, „haben wir nur eine Pistole."

„Vier gegen einen“, sagte Gabriel nach kurzer Pause. „Keine sehr guten Chancen.“

„Ich riskiere gern was. Das zeigt mein Werdegang.“

„Wie willst du vorgehen?“

„Genau wie wir's in Nordirland gemacht haben“, antwortete Keller. „Spiele für große Jungen, Spielregeln für große Jungen.“

Keller stieg wortlos aus und schloss die Fahrertür. Gabriel schwang die Beine über die Mittelkonsole, stemmte sich hoch und glitt hinters Lenkrad. Er stellte die Scheibenwischer kurz an und beobachtete, wie Keller mit in den Jackentaschen vergrabenen Händen und wegen des Windes leicht nach vorn gebeugt die Straße entlangstapfte. Er sah auf sein BlackBerry. In Dublin war es 20.27 Uhr, 22.27 Uhr in Jerusalem. Er dachte an seine schöne junge Frau, die allein in ihrem Apartment in der Narkiss Street saß, und seine beiden ungeborenen Kinder unter ihrem Herzen. Und er war hier auf einer trostlosen kleinen Straße in South Dublin: ein Wachposten auf einer weiteren Nachtwache, der darauf wartete, dass ein Freund eine alte Rechnung beglich. Der Regen prasselte an die Frontscheibe, verwandelte die schwach beleuchtete Straße in eine wässrige Traumlandschaft. Gabriel stellte die Scheibenwischer noch mal an und sah Keller durch den gelben Lichtschein einer Natriumdampflampe gehen. Als er sie zum dritten Mal anstellte, war Keller verschwunden.

Das grau verputzte Haus 48 Rossmore Road hatte zur Straße hin ein Fenster mit weißem Rahmen im Erdgeschoss und zwei weitere im ersten Stock. Die enge Einfahrt bot gerade Platz genug für den schwarzen Mercedes. Parallel zu ihr verliefen ein Fußweg mit Gartentor und ein schmaler Rasenstreifen, den eine niedrige Hecke zum Nachbargrundstück hin begrenzte. Es war in jeder Beziehung respektabel – bis auf den Mann, der hier wohnte.

Wie alle Häuser an diesem Ende der Straße hatte die Nummer 48 nach hinten hinaus einen Garten, der an die Sportplätze einer katholischen Knabenschule angrenzte. Der Eingang der Schule lag um die Ecke in der Le Fanu Road. Das Haupttor stand offen; anscheinend fand an diesem Abend in der Aula eine Elternversammlung statt. Keller marschierte ungesehen durchs Tor und überquerte einen Hartplatz mit aufgemalten Linien für alle möglichen Ballspiele. Und plötzlich hatte er das Gefühl, wieder in dem trostlosen Internat in Surrey zu sein, in das seine Eltern ihn als Zehnjährigen verbannt hatten. Er war ein Junge gewesen, von dem viel erwartet wurde – aus guter Familie, ein ausgezeichneter Schüler, ein geborener Anführer. Die älteren Jungen hatten ihn in Ruhe gelassen, weil sie ihn fürchteten. Selbst der Direktor hatte ihm einmal eine Züchtigung erlassen, weil auch er insgeheim Angst vor ihm hatte.

Am Rand des Hartplatzes stand eine Baumreihe, von der Regenwasser tropfte. Keller ging unter dem kahlen Geäst hindurch und über den dunklen Sportplatz weiter. Im Norden wurde er von einer zwei Meter hohen Mauer begrenzt, die mit wildem Wein bewachsen war. Hinter ihr lagen die rückwärtigen Gärten der Häuser an der Rossmore Road. Von der entferntesten Ecke des Sportplatzes aus schritt Keller genau fünfundsiebzig Schritte ab. Dann kletterte er geräuschlos über die Mauer und sprang auf der anderen Seite zu Boden. Als seine Schuhe die nasse Erde berührten, hatte er bereits die Beretta mit Schalldämpfer gezogen und zielte damit auf die Hintertür des Hauses. Im Erdgeschoss brannte Licht; hinter den zugezogenen Vorhängen bewegten sich Schatten. Keller hielt die Pistole mit beiden Händen umklammert, horchte und beobachtete. Spiele für große Jungen, dachte er. Spielregeln für große Jungen.

Um 21.10 Uhr vibrierte Gabriels BlackBerry lautlos. Er hob es ans Ohr, hörte kurz zu und trennte die Verbindung. Der Regen war in wabernden Nebel übergegangen; auf der Rossmore Road waren weder Autos noch Passanten unterwegs. Er fuhr zum Haus Nummer 48, parkte auf der Straße und schaltete die Scheinwerfer aus. Sein BlackBerry vibrierte erneut, aber diesmal meldete er sich nicht. Stattdessen zog er fleischfarbene Latexhandschuhe an, stieg aus und öffnete den Kofferraum. Er nahm den Koffer heraus, den ein Mann von der Station Dublin darin zurückgelassen hatte, und ging damit den Weg entlang. Die Haustür war nur angelehnt; Gabriel trat ein und schloss sie geräuschlos hinter sich. Keller stand mit der Beretta in der Hand in der Diele, in der es nach Kordit und leicht nach Blut roch. Dieser Geruch war Gabriel nur allzu vertraut. Er ging wortlos an Keller vorbei und betrat das Wohnzimmer, in dem noch Pulverdampf hing. Drei Männer hatten jeweils ein sauberes Einschussloch in der Stirnmitte; der vierte Mann hatte eine blutende schiefe Nase und einen gebrochenen Unterkiefer. Gabriel kniete bei ihm nieder und versuchte, seinen Puls zu ertasten. Sobald er ihn gefunden hatte, zog er den Reißverschluss des Koffers auf und machte sich an die Arbeit.

Der Koffer enthielt drei Rollen starkes silbernes Gewebeband, ein Dutzend Kabelbinder als Handfesseln, einen Nylonsack für einen Zweimetermann, eine schwarze Kapuze, einen blau-weißen Jogginganzug, blaue Espadrilles, zwei Garnituren Unterwäsche, eine Erste-Hilfe-Box, Ampullen eines Beruhigungsmittels, Injektionsspritzen, Alkohol zur Desinfektion, Wattebäusche und ein Exemplar des Korans. Der Dienst bezeichnete den Koffer mit Inhalt als mobilen Häftlings-Pack, aber erfahrene Agenten kannten ihn als Reisenecessaire für Terroristen.

Nachdem Gabriel sichergestellt hatte, dass Walsh nicht ersticken würde, fesselte er ihn mit reichlich Gewebeband. Die Kabelbinder ließ er unbenutzt; in Bezug auf Kunst und Fesselungen war er von Natur aus ein Traditionalist. Als er eben mit der Arbeit fertig war, begann der Ire aus seiner Bewusstlosigkeit zu erwachen. Gabriel stellte ihn mit einer Dosis Sedativum ruhig. Danach steckte er Walsh mit Kellers Hilfe in den Nylonsack und zog den Reißverschluss zu.

Weil das Haus keine Anbaugarage hatte, würde ihnen nichts anderes übrig bleiben, als Walsh vor den Augen der Nachbarn durch die Haustür hinauszubringen. Gabriel fand den Mercedesschlüssel in den Taschen eines der Toten. Er fuhr den Wagen auf die Straße hinaus und setzte den Škoda rückwärts bis an die Haustür. Keller trug Walsh allein hinaus und legte ihn in den offenen Kofferraum. Dann stieg er links ein und überließ Gabriel das Steuer. Das war besser so. Aus Erfahrung wusste Gabriel, dass es unklug gewesen wäre, jemanden, der gerade drei Männer erschossen hatte, fahren zu lassen.

„Hast du das Licht ausgemacht?"

Keller nickte.

„Was ist mit den Türen?"

„Alle abgesperrt."

Keller schraubte den Schalldämpfer ab, zog das Magazin der Beretta heraus und legte die drei Teile ins Ablagefach. Gabriel fuhr auf die Straße hinaus und in Richtung Ballyfermot Road davon.

„Wie oft hast du geschossen?", fragte er.

„Dreimal“, antwortete Keller.

„Wie lange dauert’s, bis die Garda die Leichen findet?“

„Die Garda sind nicht die Leute, die uns Sorgen machen sollten.“

Keller schnippte seine Zigarettenkippe in die Nacht hinaus. Im Rückspiegel sah Gabriel auf dem Asphalt Funken stieben.

„Wie fühlst du dich?“, fragte er.

„Als hätte ich Dublin nie verlassen.“

„Das ist das Problem, wenn man sich rächt, Christopher. Danach fühlt man sich nie besser.“

„Stimmt“, sagte Keller. Er zündete sich eine weitere Zigarette an. „Und ich fange gerade erst an.“

14

CLIFDEN, COUNTY GALWAY

Das Cottage stand an der Doonen Road auf einem steil abfallenden Felsvorsprung hoch über dem dunklen Wasser des Salt Lake. Es hatte drei Schlafzimmer, eine große, modern eingerichtete Küche, ein elegantes Esszimmer, eine kleine Bibliothek, die auch als Arbeitszimmer diente, und einen gemauerten Keller. Der Besitzer, ein erfolgreicher Dubliner Anwalt, hatte tausend Euro pro Woche verlangt. Die Hausverwaltung hatte ihm fünfzehnhundert für zwei geboten, und der Anwalt, der das Ferienhaus im Winter kaum vermieten konnte, hatte das Angebot angenommen. Das Geld ging am folgenden Morgen auf seinem Bankkonto ein. Es kam von einer Firma, die sich Taurus Global Entertainment nannte und im schweizerischen Montreux Fernsehfilme produzierte. Der Anwalt wusste nur, dass die beiden Männer, die in seinem Cottage wohnen würden, Führungskräfte der Firma Taurus waren, die nach Irland kommen wollten, um an einem speziellen Projekt zu arbeiten. Zumindest der letzte Teil war wahr.

Von der Doonen Road stand das Cottage ungefähr hundert Meter entfernt. Es gab ein schiefes Aluminiumtor, das mit der Hand geöffnet und geschlossen werden musste, und eine geschotterte steile Zufahrt, die sich zwischen Ginster und Heidekraut hindurchschlängelte. Am höchsten Punkt der Umgebung standen drei windschiefe alte Bäume, die der ständige Wind, der vom Nordatlantik her die schmale Clifden Bay heraufwehte, gebeugt hatte. Dieser Wind war kalt und unerbittlich. Er ließ die Fenster des Ferienhauses klappern, versuchte Dachziegel zu lockern und wehte durch alle Räume, sobald eine Tür nach draußen geöffnet wurde. Die kleine Terrasse war unbewohnbar, ein Niemandsland. Selbst die Möwen blieben nicht lange darauf sitzen.

Die Doonen Road war keine richtige Straße, sondern nur eine befestigte Fahrspur, kaum breit genug für ein einzelnes Auto, mit einem Grasstreifen in der Mitte. Urlauber benutzten sie gelegentlich, aber vor allem diente sie als rückwärtige Zufahrt von Clifden. Nach irischen Maßstäben war Clifden eine junge Kleinstadt: Sie war erst 1814 von dem Großgrundbesitzer und High Sheriff of Galway, John D'Arcy, gegründet worden, der in der gesetzlosen Wildnis von Connemara eine Insel von Recht und Gesetz schaffen wollte. Für sich selbst baute D'Arcy Clifden Castle und für die Bürger eine reizende Kleinstadt mit Straßen und Plätzen und zwei Kirchen, deren Türme meilenweit zu sehen waren. Das Schloss war jetzt eine Ruine, aber die einst durch die Große Hungersnot fast entvölkerte Kleinstadt gehörte gegenwärtig zu den lebhaftesten Orten im Westen Irlands.

Einer der beiden Männer, die das Cottage gemietet hatten, der Kleinere der beiden, wanderte jeden Tag, meist am späten Vormittag, mit einem Rucksack über der Schulter nach Clifden, wobei er zu Jeans eine dunkelgrüne Goretex-Jacke und eine tief in die Stirn gezogene flache Mütze trug. Er kaufte ein paar Sachen im Supermarkt und ein bis zwei Flaschen bei Ferguson Fine Wines, meistens italienische Weine, manchmal auch französische. Hatte er dann seine Einkäufe gemacht, schlenderte er mit der Miene eines Mannes, den wichtige Dinge beschäftigen, die Main Street hinunter. Einmal betrat er die Lavelle Art Gallery, um einen raschen Blick auf ihren Lagerbestand zu werfen. Der Galerist würde sich später erinnern, dass er sich ungewöhnlich gut mit Gemälden ausgekannt hatte. Sein Akzent war schwer bestimmbar. Vielleicht hatte er deutsche Anklänge, vielleicht andere. Das spielte keine Rolle; für die Einheimischen sprach *jeder* Auswärtige mit einem Akzent.

Am vierten Tag schlenderte er zielstrebiger als sonst die Main Street entlang. Er betrat nur ein Geschäft, den Zeitungsladen, in dem er vier Schachteln amerikanische Zigaretten und ein Exemplar des *Independent* kaufte. Auf ihrer Titelseite berichtete die Zeitung, drei Angehörige der Wahren IRA seien in einem Haus im Dubliner Stadtteil Ballyfermot erschossen aufgefunden worden. Ein weiterer Mann sei verschwunden, anscheinend entführt worden. Die Garda fahndete nach ihm – die Wahre IRA bestimmt auch.

„Drogenkrieg", murmelte der Mann hinter der Theke.

„Schrecklich", stimmte der Mann mit dem Akzent zu, den niemand recht einordnen konnte.

Er steckte die Zeitung in seinen Rucksack, in dem er mit gewissem Widerstreben auch die Zigaretten verstaute. Dann wanderte er zu dem Ferienhaus des Dubliner Anwalts zurück, der – wie sich herausgestellt hatte – von den Einheimischen herzlich verabscheut wurde. Der andere Mann, der Blonde mit dem sonnengebräunten Teint, verfolgte gespannt die RTÉ-Mittagsnachrichten.

„Bald ist's so weit", sagte er.

„Wann?"

„Vielleicht heute Nacht."

Während der andere Mann rauchte, ging der kleinere der beiden Männer auf die Terrasse hinaus. Dunkle Sturmwolken jagten die Clifden Bay herauf, und der Wind war schmerzhaft kalt. In diesem scheinbar mit Stahlschrot versetzten Regen konnte es niemand länger als fünf Minuten aushalten. Also ging er wieder hinein: in den bläulichen Qualm und zu der in der Luft liegenden Anspannung. Genieren musste er sich dafür keineswegs. Nicht einmal die Möwen hielten es lange auf dieser Terrasse aus.

In seiner langen Karriere hatte Gabriel das Pech gehabt, sehr vielen Terroristen zu begegnen: palästinensischen Terroristen, ägyptischen Terroristen, saudi-arabischen Terroristen, durch ihren Glauben motivierte Terroristen, durch Verluste motivierte Terroristen, Terroristen aus den erbärmlichsten Slums der arabischen Welt, Terroristen aus den reichsten Industrienationen des Westens. Oft hatte er sich vorgestellt, was diese Männer hätten erreichen können, wenn sie einen anderen Weg gewählt hätten. Viele waren hochintelligent, und in ihrem unversöhnlichen Blick sah er nie entdeckte lebensrettende Medikamente, nie entwickelte Software, nie komponierte Musik, nie geschriebene Gedichte. Bei Liam Walsh erkannte er jedoch kein vergleichbares Potenzial. Der Schulabbrecher Walsh war ein gewissenloser Killer, der keinen anderen Ehrgeiz hatte, als Vermögen und Leben seiner Feinde zu vernichten. Unter diesen Umständen war eine Karriere im Terrorismus, selbst unter den reduzierten Umständen der ewig gestrigen irischen Republikaner, ungefähr das Beste, worauf er hatte hoffen können.

Er kannte jedoch keine Angst und zeichnete sich durch eine natürliche Halsstarrigkeit aus, die es schwierig machte, ihn zu brechen. Die ersten achtundvierzig Stunden verbrachte er in Isolierhaft in dem feuchten Keller: geknebelt, mit verbundenen Augen, durch Ohrenstöpsel taub und mit Gewebeband unbeweglich fixiert. Er bekam kein Essen, nur Wasser, das er ablehnte. Keller führte ihn gelegentlich auf die Toilette, was fast nicht nötig war, weil der Ire nichts zu sich nahm. Musste er mit Walsh reden, sprach er mit dem Akzent eines protestantischen Arbeiters aus East Belfast. Dem Entführten wurde kein Ausweg aus seiner Notlage angeboten, und er verlangte auch keinen. Weil er gesehen hatte, wie drei seiner Leute sekundenschnell erschossen worden waren, schien er sich mit seinem Schicksal abzufinden. Wie der SAS hielten irische Terroristen und Drogenbarone sich an die Spielregeln für große Jungen.

Am Morgen des dritten Tages trank er von Durst gepeinigt ein Glas lauwarmes Wasser. Mittags trank er Tee mit Milch und Zucker, und abends bekam er noch mehr Tee und eine einzelne Scheibe Toast. Bei dieser Gelegenheit sprach Keller erstmals länger mit ihm. „Du steckst echt in der Scheiße, Liam", sagte er in seinem Arbeiterdialekt aus East Belfast. „Und aus der kommst du nur raus, wenn du mir erzählst, was ich wissen will."

„Wer bist du?", fragte Walsh undeutlich, weil sein gebrochener Unterkiefer schmerzte.

„Das hängt ganz von dir ab", antwortete Keller. „Packst du aus, bin ich dein bester Freund. Tust du's nicht, endest du wie deine drei Kumpel."

„Was willst du wissen?"

„Omagh", sagte Keller nur.

Am Morgen des vierten Tages zog Keller die Ohrenstöpsel und den Knebel Walshs heraus und sprach ausführlicher über die Situation, in der der Ire sich jetzt befand. Keller behauptete, er gehöre einer kleinen Gruppe militanter Protestanten an, die Rache für die Opfer des Terrorismus der Republikaner nehmen wolle. Er deutete an, sie habe Verbindungen zur Ulster Volunteer Force, jener loyalistischen paramilitärischen Formation, die auf dem Höhepunkt der Unruhen in Nordirland mindestens fünfhundert Menschen – hauptsächlich Katholiken – ermordet hatte. Die UVF hatte 1994 einem Waffenstillstand zugestimmt, aber in Ulster waren ihre Wandbilder von maskierten Bewaffneten noch immer an vielen Mauern protestantischer Stadtviertel und Kleinstädte zu sehen. „Friedenswillig, kampfbereit." Das hätte man auch von Christopher Keller sagen können.

„Ich suche den Kerl, der die Autobombe gebaut hat", erklärte er Walsh. „Du weißt, welche Bombe ich meine, Liam. Die Bombe, der in Omagh neunundzwanzig Unschuldige zum Opfer gefallen sind. Du warst am bewussten Tag dort. Du hast in seinem Wagen gesessen."

„Ich weiß nicht, wovon du redest."

„Du warst dort, Liam", wiederholte Keller. „Und du hattest Kontakt zu ihm, nachdem die Bewegung zerfallen war. Er ist zu dir nach Dublin gekommen. Du hast dich um ihn gekümmert, bis die Sache zu heiß wurde."

„Das stimmt nicht. Kein Wort davon stimmt."

„Er ist wieder aktiv, Liam. Ich will wissen, wo ich ihn finden kann."

Walsh schwieg sekundenlang. „Und wenn ich's dir sage?", fragte er zuletzt.

„Dann wanderst du für einige Zeit, für lange Zeit hinter Gitter, aber bleibst wenigstens am Leben."

„Bullshit", knurrte Walsh.

„Du interessierst uns nicht, Liam", stellte Keller gelassen fest. „Nur er. Sag uns, wo er zu finden ist, dann lassen wir dich leben. Stell dich dumm, dann erledige ich dich. Aber nicht mit einem netten glatten Kopfschuss. Das wird schmerzhaft, Liam. Sehr schmerzhaft."

An diesem Nachmittag wütete in ganz Connemara ein Sturm. Gabriel saß am Kaminfeuer und las F. Scott Fitzgerald, während Keller mit dem Škoda herumfuhr und im ganzen County auf ungewöhnliche Aktivitäten der Garda achtete. Liam Walsh blieb im Keller in Isolierhaft: gefesselt, geknebelt, blind, taub. Bis zum Abend war er durch Hunger und Durst so geschwächt, dass Keller ihn fast auf die Toilette tragen musste.

„Wie lange noch?", fragte Gabriel beim Abendessen.

„Bald ist's so weit", antwortete Keller.

„Das hast du schon mal gesagt."

Keller äußerte sich nicht dazu.

„Lässt sich die Sache nicht irgendwie beschleunigen? Ich möchte fort sein, wenn die Garda hier an die Haustür hämmert."

„Oder die Wahre IRA", fügte Keller hinzu.

„Nun?"

„Im Augenblick ist er gegen Schmerzen immun."

„Was ist mit Wasser?"

„Wasser ist immer gut."

„Weiß er das?"

„Das weiß er."

„Brauchst du Hilfe?"

„Nein", sagte Keller und stand auf. „Dies ist eine persönliche Sache."

Als Keller gegangen war, ging Gabriel auf die Terrasse hinaus und stand in dem scheinbar mit Stahlschrot versetzten Regen. Fünf Minuten reichten. Selbst ein harter Bursche wie Liam Walsh würde den Regen nicht länger aushalten können.

15

THAMES HOUSE, LONDON

An jedem Freitagabend, meistens um 18 Uhr, manchmal auch etwas später, wenn in London oder sonst wo auf der Welt eine Krise zu bewältigen war, traf Graham Seymour sich auf einen Drink mit Amanda Wallace, der Generaldirektorin des Inlandgeheimdiensts MI5. Das war zweifellos sein unangenehmster Termin der Woche. Wallace war Seymours frühere Vorgesetzte. Sie waren im selben Jahr in den MI5 eingetreten und hatten auf parallelen Bahnen Karriere gemacht: Seymour in der Terrorismusbekämpfung, Wallace in der Spionageabwehr. Zuletzt war es Amanda gewesen, die im Rennen um die Bürosuite des MI5-Chefs gesiegt hatte. Aber dann hatte Graham ganz unerwartet und fast schon gegen Ende seiner Karriere das große Los gezogen. Amanda hasste ihn dafür, denn nun war er der mächtigste Spion Londons. Insgeheim versuchte sie, seine Position zu unterminieren und ihm bei jeder Gelegenheit Knüppel zwischen die Beine zu werfen.

Wie Seymour hatte Amanda Wallace Spionage in ihrer DNA. Ihre Mutter hatte während des Kriegs in der MI5-Registratur gearbeitet, und nach dem Studium in Cambridge war für Amanda nur eine Karriere beim Nachrichtendienst infrage gekommen. Ihre ähnliche Herkunft hätte sie zu Verbündeten machen sollen. Stattdessen hatte Amanda Seymour sofort die Rolle eines Konkurrenten zugewiesen. Er war der gut aussehende Blender, dem der Erfolg zuflog, und sie war die unbeholfene, ziemlich schüchterne junge Frau, die ihn zu Fall bringen würde. Sie kannten sich seit dreißig Jahren und hatten nun die beiden Gipfel der britischen Geheimdienstwelt erklommen – aber trotzdem hatte sich an der grundlegenden Dynamik ihrer Beziehung nicht das Geringste geändert.

Letzten Freitag war Amanda in Vauxhall Cross gewesen, was nach den ungeschriebenen Regeln für ihre Treffen bedeutete, dass diesmal Seymour die Fahrt auf sich nehmen musste. Das empfand er nicht als Last; er kehrte immer gern ins Thames House zurück. Sein Dienstwagen, ein Jaguar XJ in der Langversion, fuhr um 17.55 Uhr in die Tiefgarage ein, und zwei Minuten später setzte Amandas Aufzug ihn in der obersten Etage ab. Auf dem breiten Flur war es still wie auf einer nächtlichen Krankenstation. Seymour vermutete, dass die Führungskräfte sich in einer der beiden Bars des Gebäudes unters Volk mischten. Wie bei jedem Besuch schaute er in seinem alten Dienstzimmer vorbei. Miles Kent, sein Nachfolger als Amandas Stellvertreter, hockte noch vor seinem Computer. Er sah aus, als habe er eine Woche nicht mehr geschlafen.

„Wie ist sie?“, fragte Seymour vorsichtig.

„Fuchsteufelswild. Aber beeil dich lieber“, fügte Kent hinzu. „Die Bienenkönigin darf man nicht warten lassen.“

Seymour ging auf dem Flur zur Bürosuite der Generaldirektorin weiter. Im Vorzimmer empfing ihn ein junger Mann aus Amandas Stab, der ausschließlich aus Männern bestand, und geleitete ihn sofort in ihr geräumiges Büro. Sie stand nachdenklich an einem Fenster mit Blick auf den Westminster-Palast, dem Sitz des britischen Parlaments. Als sie sich jetzt umdrehte, sah sie auf ihre Armbanduhr. Amanda schätzte Pünktlichkeit mehr als jede andere Eigenschaft.

„Graham“, sagte sie ruhig, als lese sie seinen Namen aus den knappen Informationen vor, die ihr Stab vor jeder wichtigen Besprechung für sie zusammenstellte. Dann bedachte sie ihn mit einem fast glaubwürdigen Lächeln, das aussah, als habe sie es vor einem Spiegel eingeübt. „Freut mich, dass du kommen konntest."

Ein Tablett mit allen Zutaten für Drinks stand auf Amandas langem, glänzend poliertem Konferenztisch. Sie mixte einen Gin Tonic für Seymour und für sich selbst einen knochentrockenen Martini mit Cocktailzwiebeln und Oliven. Sie war stolz darauf, einiges vertragen zu können – eine Fähigkeit, die ihrer Ansicht nach für einen Spion unerlässlich war. Das gehörte zu ihren wenigen liebenswerten Eigenschaften.

„Cheers", sagte Seymour, indem er sein Glas kaum merklich hob, aber Amanda lächelte wieder nur. Auf ihrem riesigen Flachbildfernseher liefen ohne Ton die BBC-Nachrichten. Ein leitender Beamter der irischen Polizei Garda Síochána stand vor einem kleinen Haus in Ballyfermot, in dem drei Männer, Drogendealer und Mitglieder der Wahren IRA, ermordet aufgefunden worden waren.

„Ziemlich hässlich", sagte Amanda.

„Offenbar Revierkämpfe", murmelte Seymour über den Rand seines Glases hinweg.

„Das bezweifeln unsere Freunde bei der Garda."

„Was haben sie bisher?"

„So gut wie nichts – und gerade das macht ihnen Sorgen. Nach einem Mord im Gangstermilieu glühen im Allgemeinen die Telefonleitungen, aber das ist diesmal nicht der Fall. Und dazu kommt", fügte sie hinzu, „wie diese drei liquidiert worden sind. Gangster stürmen typischerweise einen Raum und durchsieben mit Schnellfeuerwaffen alles, was sich bewegt. Aber hier ist sehr präzise gearbeitet worden. Drei Schüsse, drei Tote. Die Garda ist davon überzeugt, es mit Profis zu tun zu haben."

„Hat sie einen Verdacht, wo Liam Walsh ist?"

„Sie geht davon aus, dass er irgendwo in der Republik ist, hat aber keine Ahnung, wo er gefangen gehalten wird." Amanda sah Seymour an und zog eine Augenbraue hoch. „Er ist nicht etwa in einem sicheren Haus des MI6 an einen Stuhl gefesselt, Graham?"

„Leider nicht."

Seymour sah auf den Fernsehschirm. Die BBC-Nachrichten waren beim nächsten Thema. Premierminister Jonathan Lancaster war zu Gesprächen mit dem amerikanischen Präsidenten in Washington. Die Gespräche verliefen weniger gut als erhofft. Großbritannien war im Augenblick in Washington nicht sehr *en vogue*, zumindest nicht im Weißen Haus.

„Dein Freund", sagte Amanda kühl.

„Der amerikanische Präsident?"

„Jonathan."

„Deiner auch", antwortete Seymour.

„Mein Verhältnis zum Premierminister ist herzlich", stellte Amanda fest, „aber mit deinem nicht zu vergleichen. Jonathan und du halten wie Pech und Schwefel zusammen."

Seymour merkte, dass Amanda am liebsten noch länger über seine einzigartige Freundschaft mit dem Premierminister gesprochen hätte. Stattdessen schenkte sie ihm Gin Tonic nach, während sie pikanten Klatsch über die Gattin des Botschafters eines der ölreichen Emirate erzählte. Seymour revanchierte sich mit der komischen Story eines Mannes mit britischem Akzent, der versucht hatte, in einem libyschen Waffenbasar schultergestützte Flugabwehrraketen zu kaufen. Nachdem so das Eis gebrochen war, verfielen sie in ein zwangloses Gespräch, wie es nur hohe Geheimdienstler führen konnten. Sie teilten, sie enthüllten, sie empfahlen – und zweimal lachten sie sogar. Tatsächlich schien ihre Rivalität ein paar

Minuten lang nicht mehr zu existieren. Sie sprachen über die Lage im Irak und in Syrien, sie sprachen über China, sie sprachen über die Weltwirtschaft und ihre Auswirkungen auf die Sicherheitslage, und sie sprachen über den US-Präsidenten, den sie für viele Probleme der Welt verantwortlich machten. Zuletzt sprachen sie über die Russen. Das taten sie heutzutage immer.

„Ihre Cyberkrieger", sagte Amanda, „greifen unsere Banken und Versicherungen mit allem an, was sie in ihren hässlichen kleinen Werkzeugkästen haben. Außerdem nehmen sie unsere Ministerien und die Computernetzwerke unserer größten Rüstungsfirmen ins Visier."

„Haben sie's auf etwas Spezielles abgesehen?"

„Tatsächlich", antwortete sie, „scheinen sie nichts Bestimmtes zu suchen. Sie wollen nur möglichst viel Schaden anrichten. Diese Rücksichtslosigkeit ist neu."

„Hat ihre Präsenz hier in London sich verändert?"

„D4 hat eine deutliche Zunahme der Aktivitäten ihrer hiesigen *Residentura* festgestellt. Wir wissen nicht genau, was das bedeutet, aber offenbar haben sie Großes vor."

„Größeres, als eine russische Illegale ins Bett des Premierministers zu schmuggeln?"

Amanda zog die Augenbrauen hoch und fuhr mit einer aufgespießten Olive den Rand ihres Glases entlang. Auf dem Fernsehschirm erschien das Gesicht der Prinzessin. Ihre Familie hatte die Gründung einer Stiftung zur Förderung ihrer Lieblingsprojekte bekannt gegeben. Jonathan Lancaster hatte sich als erster Spender eintragen dürfen.

„Hast du was Neues gehört?", fragte Amanda.

„In Bezug auf die Prinzessin?"

Sie nickte.

„Nichts. Du?"

Sie stellte ihr Glas ab und musterte ihn schweigend. Dann fragte sie: „Warum hast du mir nicht gesagt, dass es Eamon Quinn war?"

Während sie auf seine Antwort wartete, trommelte sie mit den Fingern auf der Armlehne ihres Stuhls – kein gutes Zeichen. Seymour erkannte, dass ihm keine andere Wahl blieb, als ihr die Wahrheit zu sagen. Seine Version der Wahrheit.

„Ich hab's dir nicht erzählt", sagte er zuletzt, „weil ich dich nicht in diese Sache hineinziehen wollte."

„Weil du mir nicht traust?"

„Weil ich nicht wollte, dass irgendein Makel auf dich fällt."

„Weshalb sollte irgendein Makel auf mich fallen? Schließlich hast *du* die Terrorismusabwehr geleitet, als der Anschlag in Omagh passiert ist, Graham, nicht ich."

„Deshalb hast du den Chefposten des Security Service bekommen." Er machte eine Pause, dann fügte er hinzu: „Und nicht ich."

Danach herrschte angespanntes Schweigen. Seymour wäre am liebsten gegangen, aber das konnte er nicht. Diese Sache verlangte irgendeine Lösung.

„Hat Quinn im Auftrag der Wahren IRA gehandelt", fragte Amanda schließlich, „oder hatte er einen anderen Auftraggeber?"

„Das müssten wir in ein paar Stunden wissen."

„Sobald Liam Walsh auspackt?"

Seymour gab keine Antwort.

„Ist das ein offizielles MI6-Unternehmen?"

„Schwarz."

„Deine Spezialität", sagte Amanda sarkastisch. „Ich nehme an, dass du mit den Israelis zusammenarbeitest. Schließlich wollten sie Quinn schon vor Jahren aus dem Verkehr ziehen."

„Und wir hätten ihr Angebot damals annehmen sollen."

„Wie viel weiß Jonathan?"

„Nichts."

Sie fluchte leise, was sie selten tat. „Gut, ich lasse dir weitgehend freie Hand", sagte sie zuletzt. „Nicht um deinetwillen, versteht sich, sondern weil's mir um den Security Service geht. Aber ich erwarte, dass ich rechtzeitig vorgewarnt werde, falls dein Unternehmen auf britischen Boden ausgreift. Und sollte's zum großen Knall kommen, sorge ich dafür, dass dein Hals auf dem Richtblock liegt, nicht meiner." Sie lächelte. „Nur damit wir uns richtig verstehen."

„Ich würde nichts anderes erwarten."

„Also gut." Sie sah auf ihre Uhr. „Ich hab's leider eilig, Graham. Nächste Woche bei dir?"

„Ich freue mich darauf." Seymour stand auf und streckte die Hand aus. „Immer ein Vergnügen, Amanda."

16

CLIFDEN, COUNTY GALWAY

Sie brachten ihn aus dem Keller nach oben und erlaubten ihm erstmals – weiter mit einem Streifen Gewebeband über den Augen –, sich zu duschen. Sie zogen ihm den blau-weißen Jogginganzug an und gaben ihm eine Kleinigkeit zu essen und Tee mit Milch und Zucker zu trinken. Sein Aussehen verbesserte das alles kaum. Mit seinem geschwollenen Gesicht, der blassen Haut und dem ausgezehrten Körper glich er einem aus dem Sarg auferstandenen Leichnam.

Nach dem spärlichen Mahl wiederholte Keller seine Ermahnungen. Der Ire würde gut behandelt werden, solange er Kellers Fragen wahrheitsgemäß und in normaler Lautstärke beantwortete. Falls er jedoch log, ausweichend antwortete, brüllte oder törichterweise zu flüchten versuchte, würde er in den Keller zurückgebracht werden, damit er unter erheblich verschärften Haftbedingungen über sein Verhalten nachdenken konnte. Gabriel sprach nicht, aber Walsh, dessen Gehör durch Blindheit und Angst geschärft war, nahm seine Anwesenheit zweifellos wahr. Gabriel war das nur recht. Er wollte nicht, dass Walsh irrtümlich glaubte, er werde von einem einzelnen Mann gefangen gehalten, auch wenn sein Bewacher einer der gefährlichsten Männer der Welt war.

Keller hatte keine formelle Ausbildung in Vernehmungsmethodik, aber wie alle guten Vernehmer bestand er darauf, dass Walsh sich angewöhnte, alle Fragen wahrheitsgemäß und ohne zu zögern oder auszuweichen zu beantworten. Er begann mit einfachen Fragen, die Antworten lieferten, die sich leicht verifizieren ließen. Geburtsdatum. Geburtsort. Die Namen seiner Eltern und Geschwister. Die Schulen, die er besucht hatte. Seine Anwerbung durch die Irish Republican Army. Walsh sagte aus, er sei am 16. Oktober 1972 in Ballybay, County Monoghan, geboren. Sein Geburtsort war bedeutsam, denn er lag nur zwei Meilen von der Grenze zu Nordirland entfernt, in der notorisch unruhigen Grenzregion. Auch sein Geburtstag war bedeutsam, denn er teilte ihn sich mit Michael Collins, dem irischen Revolutionsführer. Bis zu seinem achtzehnten Geburtstag hatte Walsh katholische Schulen besucht; dann war er zur IRA gegangen. Sein Anwerber hatte nicht versucht, das Leben, für das Walsh sich entschieden hatte, zu glorifizieren. Er würde bei schlechter Bezahlung in ständiger Gefahr leben – immer mit der Aussicht auf eine mehrjährige Haftstrafe. Und die Chancen, dass er eines gewaltsamen Todes sterben würde, waren hoch.

„Und wer hat dich angeworben?“, fragte Keller mit dem Akzent eines Mannes aus Ulster.

„Das darf ich nicht sagen.“

„Jetzt darfst du's.“

„Seamus McNeil“, antwortete Walsh nach kurzem Zögern. „Er war …“

„Ein Mitglied der South Armagh Brigade“, unterbrach Keller ihn. „Er wurde von britischen Soldaten in einem Hinterhalt erschossen und von der IRA mit militärischen Ehren beigesetzt, er ruhe in Frieden.“

„Tatsächlich“, sagte Walsh, „ist er bei einer Schießerei mit dem SAS umgekommen.“

„Schießereien gibt's nur unter Gangstern und Cowboys“, stellte Keller richtig. „Aber du wolltest mir von deiner Ausbildung erzählen.“

Das tat Walsh. Er wurde in ein abgelegenes Ausbildungslager in der Republik geschickt, um an Handfeuerwaffen ausgebildet zu werden und zu lernen, wie man Bomben baute und einsetzte. Er wurde aufgefordert, nicht mehr zu trinken und den Umgang mit Leuten, die nicht der IRA angehörten, zu meiden. Ein halbes Jahr nach seiner Anwerbung wurde er dann einer elitären aktiven IRA-Einheit zugeteilt. Ihr gehörte auch ein Einsatzplaner und Spezialist für Bombenbau namens Eamon Quinn an. Quinn war einige Jahre älter als Walsh und bereits eine Legende. In den Achtzigerjahren war er zur Ausbildung in ein Lager in der libyschen Wüste geschickt worden. Letzten Endes sei es jedoch Quinn gewesen, sagte Walsh, der anstelle der Libyer ausgebildet habe. Tatsächlich war es Quinn gewesen, dem die Libyer die Konstruktion der Bombe verdankten, die Pan-Am-Flug 103 über dem schottischen Lockerbie zum Absturz gebracht hatte.

„Bullshit", sagte Keller.

„Wie du meinst", antwortete Walsh.

„Wer war noch mit ihm in dem Lager?"

„Hauptsächlich PLO-Angehörige und ein paar Jungs aus einer Splittergruppe."

„Welcher?"

„Aus der Volksfront für die Befreiung Palästinas, glaube ich."

„Du kennst dich mit palästinensischen Terrororganisationen aus."

„Wir haben viel mit den Palästinensern gemeinsam."

„Wie das?"

„Wir sind beide von rassistischen Kolonialmächten besetzt."

Keller sah rasch zu Gabriel hinüber, der scheinbar unbeteiligt seine Hände betrachtete. Obwohl Walsh nichts sehen konnte, spürte er offenbar die in dem Raum herrschende Spannung. Draußen rüttelte der Wind an den Türen und

Fenstern des Cottages, als versuche er, sich irgendwo Zutritt zu verschaffen.

„Wo bin ich?", fragte Walsh.

„In der Hölle", antwortete Keller.

„Was muss ich tun, um rauszukommen?"

„Weiterreden."

„Was willst du wissen?"

„Einzelheiten deines ersten Unternehmens."

„Das war 1993."

„In welchem Monat?"

„April."

„Ulster oder Festland?"

„Festland."

„In welcher Stadt?"

„In der einzigen, die zählt."

„London?"

„Ja."

„Bishopsgate?"

Walsh nickte. *Bishopsgate …*

Der Lkw, ein Kipper von Ford Iveco, verschwand im März 1993 in Newcastle-under-Lyme, Staffordshire. Sie fuhren ihn in ein gemietetes Lagerhaus und spritzten ihn dunkelblau um. Dann baute Quinn die Bombe ein, einen eine Tonne schweren Sprengsatz aus Ammoniumnitrat und Flammöl, den er in South Armagh zusammengebaut und nach England geschmuggelt hatte. Am Morgen des 24. April fuhr Walsh den Lkw nach London und stellte ihn vor dem Gebäude 99 Bishopsgate ab, einem Büroturm der britischen Großbank HBSC. Die Detonation ließ über fünfhundert Tonnen Glas zersplittern, brachte eine Kirche zum Einsturz und verursachte den Tod eines Pressefotografen. Die britische Regierung reagierte darauf, indem sie das Londoner Bankenviertel mit einem Sicherheitskordon umgab, der als „Ring aus Stahl" bekannt wurde. Die IRA ließ sich davon jedoch nicht abhalten und kam im Februar 1996 mit einer weiteren von Eamon Quinn entwickelten und gebauten Autobombe nach London zurück. Dieser Anschlag galt dem Bürogebäudekomplex Canary Wharf in den Docklands. Die Detonation war so gewaltig, dass sie noch in fünf Meilen Entfernung Fenster erzittern ließ. Die Premierminister Großbritanniens und Irlands verkündeten rasch die Wiederaufnahme von Friedensgesprächen. Keine eineinhalb Jahre später, im Juli 1997, stimmte die IRA einem Waffenstillstand zu. „Das war", sagte Liam Walsh, „eine beschissene Katastrophe."

„Und als die IRA im Herbst dieses Jahres zerbrochen ist", sagte Keller, „hast du dich McKevitt und Bernadette Sands angeschlossen?"

„Nein", antwortete Walsh. „Ich bin bei Eamon Quinn geblieben."

Von Anfang an, berichtete Walsh, sei die Wahre IRA mit Spitzeln durchsetzt gewesen, die MI5 und Crime and Security, eine etwas zwielichtige Abteilung der Garda Síochána mit unauffälligen Diensträumen am Dubliner Phoenix Park, eingeschleust hatten. Trotzdem gelangen der Gruppe eine Serie von Bombenanschlägen, darunter der vernichtende Anschlag am 1. August 1998 in Banbridge. Die Bombe wog zweihundertfünfzig Kilo und war in einem roten Vauxhall Cavalier versteckt. Die codierten telefonischen Warnungen waren ungenau – kein Ort, keine Uhrzeit. So gab es dreiunddreißig Schwerverletzte, darunter zwei Beamte der Royal Ulster Constabulary. Teile des Vauxhalls wurden in über fünfhundert Metern Entfernung gefunden. Das sei, sagte Walsh, eine Vorschau auf kommende Zugnummern gewesen.

„Omagh", sagte Keller ruhig.

Walsh äußerte sich nicht dazu.

„Du hast zum Einsatzteam gehört?"

Walsh nickte.

„In welchem Wagen?", fragte Keller. „Bombe, Erkundung oder Fluchtfahrzeug?"

„Bombe."

„Fahrer oder Beifahrer?"

„Eigentlich sollte ich fahren, aber das ist im letzten Augenblick geändert worden."

„Wer ist gefahren?"

Walsh zögerte, dann sagte er: „Quinn."

„Warum der Wechsel?"

„Er hat gesagt, er sei nervöser als sonst vor einem Unternehmen. Er hat gesagt, das Fahren würde seine Nerven beruhigen."

„Aber das war nicht der wahre Grund, nicht wahr, Liam? Quinn wollte die Sache selbst in die Hand nehmen. Quinn wollte den Friedensprozess sabotieren."

„Ihn mit einem Kopfschuss erledigen, hat er gesagt."

„Er sollte das Auto mit der Bombe vor dem Gerichtsgebäude parken?"

„Das war der Plan."

„Hat er überhaupt einen Parkplatz gesucht?"

„Nein", sagte Walsh und schüttelte den Kopf. „Er ist gleich zur Lower Market Street weitergefahren und hat vor S. D. Kells geparkt."

„Warum hast du nichts unternommen?"

„Ich hab versucht, ihm die Sache auszureden, aber er hat sich taub gestellt."

„Du hättest dich mehr anstrengen müssen, Liam."

„Du kennst Eamon Quinn offenbar nicht."

„Wo war das Fluchtfahrzeug?“

„Auf dem Parkplatz des Supermarkts.“

„Und als ihr eingestiegen wart?“

„Da haben wir über die Grenze hinweg Meldung erstattet.“

„Die Ziegel sind in der Wand.‘“

Walsh nickte.

„Warum hast du niemandem gesagt, dass die Bombe am falschen Ort war?“

„Hätte ich was gesagt, hätte Quinn mich umgelegt. Außerdem“, fügte Walsh hinzu, „wär’s schon zu spät gewesen.“

„Und als die Bombe detoniert ist?“

„Das war echt scheiße, Mann.“

Die Tode und die Verwüstung riefen auf beiden Seiten der Grenze und in aller Welt Empörung hervor. Die Wahre IRA veröffentlichte eine Entschuldigung und verkündete einen Waffenstillstand, aber der kam zu spät; die Bewegung hatte irreparablen Schaden erlitten. Walsh ließ sich in Dublin nieder, um die Interessen der Wahren IRA im aufblühenden Drogenhandel zu vertreten. Quinn tauchte unter.

„Wo?“

„Spanien.“

„Was hat er dort gemacht?“

„Er hat sich am Strand rumgetrieben, bis er irgendwann kein Geld mehr hatte.“

„Und dann?“

„Er hat einen alten Freund angerufen und ihm erzählt, er wolle wieder ins Spiel einsteigen.“

„Wer war dieser Freund?“

Walsh zögerte, dann sagte er: „Muammar al-Gaddafi.“

17

CLIFDEN, COUNTY GALWAY

Er hatte nicht wirklich Gaddafi angerufen, fügte Walsh rasch hinzu. Sondern einen engen Vertrauten aus dem libyschen Geheimdienst, mit dem Quinn sich während seines Aufenthalts in dem Ausbildungslager für Terroristen in der libyschen Wüste angefreundet hatte. Quinn bat um Schutz, und nachdem der Geheimdienstler sich mit dem Herrscher beraten hatte, erklärte er sich bereit, Quinn ins Land zu lassen. Er wohnte in einer von einer Mauer umgebenen Villa in einem der besseren Viertel von Tripolis und übernahm gelegentlich Aufträge für die libyschen Sicherheitsdienste. Quinn war auch ein häufiger Gast in Gaddafis unterirdischem Bunker, in dem er den Herrscher mit Geschichten aus seinem Kampf gegen die Briten unterhielt. Im Lauf der Zeit lieh Gaddafi ihn an einige seiner weniger ehrbaren regionalen Verbündeten aus. Quinn knüpfte Verbindungen zu praktisch allen Schurken des Kontinents: zu Diktatoren, Kriegsherren, Söldnern, Diamantenschmugglern, islamischen Militanten jeglicher Couleur. Er machte auch die Bekanntschaft eines russischen Waffenhändlers, der Unmengen von Waffen und Munition für jeden Bürgerkrieg, jeden Aufstand im Afrika südlich der Sahara lieferte. Dieser Waffenhändler erklärte sich damit einverstanden, der Wahren IRA einen kleinen Container mit Sturmgewehren AK-47 und Plastiksprengstoff zu schicken. Walsh nahm die Sendung in Dublin in Empfang.

„Kannst du dich an den Namen des Mannes vom libyschen Geheimdienst erinnern?“, fragte Keller.

„Er hat sich Abu Muhammad genannt."

Keller sah zu Gabriel hinüber, der langsam nickte.

„Und der russische Waffenhändler?", fragte Keller.

„Das war Iwan Charkow, der vor ein paar Jahren in Saint-Tropez ermordet wurde."

„Weißt du das bestimmt? War das wirklich Iwan?"

„Wer käme sonst infrage? Iwan hat den Waffenhandel in Afrika kontrolliert und jeden beseitigen lassen, der versucht hat, ihm dort Konkurrenz zu machen."

„Und die Villa in Tripolis? Weißt du, wo sie steht?"

„Im Viertel al-Andalus."

„Die Straße?"

„Via Canova. Nummer siebenundzwanzig", fügte Walsh hinzu. „Aber die Mühe kannst du dir sparen. Quinn hat Libyen schon vor Jahren verlassen."

„Was war passiert?"

„Gaddafi hat beschlossen, seine Beziehungen zum Westen zu verbessern. Er hat seine Rüstungsprojekte eingestellt und den Amerikanern und Europäern erklärt, er wolle normale Beziehungen zu ihnen. Tony Blair hat ihm in einem Zelt außerhalb von Tripolis die Hand geschüttelt. BP durfte in Libyen nach Öl bohren. Du erinnerst dich?"

„Ich erinnere mich, Liam."

Offenbar, sagte Walsh, wusste der britische MI6, dass Quinn heimlich in Tripolis lebte. Sein Generaldirektor forderte Gaddafi auf, nicht länger Schutz zu gewähren, und der Herrscher erklärte sich dazu bereit. Er rief einige seiner Freunde in Afrika an, aber keiner wollte Quinn haben. Dann rief er einen seiner weltweit besten Freunde an, bei dem er Erfolg hatte. Eine Woche später schenkte Gaddafi Quinn ein signiertes Exemplar seines *Grünen Buchs* und setzte ihn in ein Flugzeug.

„Und der Freund, der bereit war, Quinn aufzunehmen?"
„Dreimal darfst du raten", sagte Walsh. „Die beiden ersten Male zählen nicht."

Der Freund war Hugo Chavez, der Präsident Venezuelas, mit Russland, Kuba und den Mullahs in Teheran verbündet, ein Stachel im Fleisch Amerikas. Chavez, der sich als Anführer aller Revolutionäre dieser Welt sah, betrieb auf der Insel Margarita ein nicht sonderlich geheimes Ausbildungslager für Terroristen und linke Rebellen. Er arbeitete mit allen vom Leuchtenden Pfad in Peru bis zu Hamas und Hisbollah zusammen und teilte mit ihnen die tödlichen handwerklichen Tricks, die er in den langen Jahren seiner intellektuellen Auseinandersetzung mit den Briten gelernt hatte. Wie zuvor Gaddafi behandelte Chavez Quinn gut. Der Ire bekam eine Villa am Meer und einen Diplomatenpass, mit dem er die Welt bereisen konnte. Er bekam sogar ein neues Gesicht."
„Wer hat ihn operiert?"
„Gaddafis Arzt."
„Der Brasilianer?"
Walsh nickte. „Er ist nach Caracas geflogen und hat ihn in einem dortigen Krankenhaus operiert. Quinn ist seither völlig verändert. Die alten Fotos sind jetzt wertlos. Sogar ich habe ihn kaum wiedererkannt."
„Du hast ihn besucht, als er in Venezuela war?"
„Zweimal."
„Du warst im Lager?"
„Niemals."
„Warum nicht?"
„Ich hatte keine Besuchserlaubnis für die Insel. Wir haben uns auf dem Festland getroffen."
„Red weiter, Liam!"

Ein Jahr nach Quinns Ankunft in Venezuela besuchte ein hoher Angehöriger des iranischen Geheimdiensts VEVAK unauffällig die Insel. Er kam nicht, um seine Verbündeten von der Hisbollah zu besuchen; er war dort, um mit Quinn zu sprechen. Der VEVAK-Abgesandte blieb eine Woche lang auf Margarita. Und als er nach Teheran zurückflog, kam Quinn mit.

„Wozu?“

„Quinn sollte für die Iraner eine Waffe bauen.“

„Was für eine Art Waffe?“

„Eine Waffe, mit der die Hisbollah im Südlibanon israelische Panzer und Schützenpanzer bekämpfen konnte.“

Keller sah zu Gabriel hinüber, der einen Riss in der Zimmerdecke zu studieren schien. Walsh, der nicht ahnte, wer ihm zuhörte, redete weiter.

„Die Iraner haben Quinn in der Spezialwaffenfabrik Lavisan im Nordosten Teherans arbeiten lassen. Er hat eine Version der Panzerabwehrwaffe gebaut, an der er schon jahrelang getüftelt hatte. Sie erzeugt einen Feuerball, der dreihundert Meter in der Sekunde zurücklegt und angreifende Panzer in Flammen hüllt. Im Sommer 2006 hat die Hisbollah sie gegen die Israelis eingesetzt. Ihre Panzer haben wie Zunder gebrannt. Das war wie der Holocaust.“

Keller beobachtete aus dem Augenwinkel heraus Gabriel, der Liam Walsh jetzt durchdringend anstarrte.

„Und was hat er gemacht, als die Panzerabwehrwaffe serienreif war?“, fragte Keller.

„Er ist in den Libanon gegangen, um direkt mit der Hisbollah zusammenzuarbeiten.“

„Auf welchem Gebiet?“

„Hauptsächlich Sprengfallen auf Straßen.“

„Und dann?“

„Die Iraner haben Quinn in den Jemen entsandt, weil er auf der arabischen Halbinsel mit al-Qaida zusammenarbei ten sollte."

„Ich wusste nicht, dass es Verbindungen zwischen den Iranern und al-Qaida gibt."

„Das weiß doch jeder!"

„Wo ist er jetzt?"

„Keine Ahnung."

„Du lügst, Liam."

„Ich lüge nicht! Ich schwöre, dass ich nicht weiß, wo er ist oder für wen er arbeitet."

„Wann hast du ihn zuletzt gesehen?"

„Vor knapp einem halben Jahr."

„Wo?"

„Spanien."

„Spanien ist ein großes Land, Liam."

„Im Süden, in Sotogrande."

„Das fest in irischer Hand ist."

„Es ist wie Dublin mit voll aufgedrehter Sonne."

„Wo habt ihr euch getroffen?"

„In einem kleinen Hotel am Jachthafen. Sehr ruhig."

„Was wollte er?"

„Ich sollte ein Paket überbringen."

„Was für ein Paket?"

„Geld."

„Für wen war das Geld bestimmt?"

„Seine Tochter."

„Ich wusste gar nicht, dass er verheiratet ist."

„Das weiß kaum jemand."

„Wo lebt die Tochter?"

„Bei ihrer Mutter in Belfast."

„Red weiter, Liam."

Gemeinsam hatten die britischen Geheimdienste tonnenweise Informationen über Eamon Quinns Werdegang und seine Verbrechen gesammelt, aber nirgends in ihren Aktenbergen fand sich der geringste Hinweis auf eine Ehefrau oder ein Kind. Das sei kein Zufall, sagte Walsh. Quinn, der erfahrene Planer, hatte große Anstrengungen unternommen, um die Existenz seiner Familie geheim zu halten. Walsh, der behauptete, an der Hochzeit teilgenommen zu haben, hatte später mitgeholfen, die finanziellen Angelegenheiten der Familie in den Jahren zu regeln, in denen Quinn als Superstar des internationalen Terrorismus im Ausland lebte. Das Paket, das Quinn Walsh in dem spanischen Seebad Sotogrande übergab, enthielt zweihunderttausend Pfund in gebrauchten Scheinen. Das war der höchste Einzelbetrag, den Quinn seinem alten Freund jemals anvertraut hatte.

„Warum so viel Geld?", fragte Keller.

„Er hat gesagt, das würde für längere Zeit die letzte Zahlung sein."

„Hat er gesagt, weshalb?"

„Nein."

„Und du hast nicht gefragt?"

„Das wäre mir schlecht bekommen."

„Und du hast den vollen Betrag abgeliefert?"

„Jedes einzelne Pfund."

„Du hast keine kleine Provision einbehalten? Schließlich hätte Quinn das nicht gemerkt."

„Du kennst Eamon Quinn offenbar nicht."

„Und die beiden sind nie ins Ausland gereist, um sich mit ihm zu treffen?"

„Er hatte Angst, die Briten würden sie beschatten. Außerdem", fügte Walsh hinzu, „hätten sie ihn nicht wiedererkannt. Quinn hatte ein neues Gesicht. Quinn war ein anderer Mensch geworden."

Damit waren sie wieder bei Quinns Aussehen, das durch eine Operation verändert worden war. Gabriel und Keller hatten die von den Franzosen aus Saint-Barthélemy übermittelten Aufnahmen – kurze Sequenzen von Überwachungskameras auf dem Flughafen, ein paar körnige Fotos von Sicherheitskameras über Ladeneingängen –, aber auf keiner war Quinns Gesicht deutlich zu erkennen. Zu sehen waren eigentlich nur die schwarze Mähne und der Bart eines Mannes, den man rasch wieder vergaß. Aber Liam Walsh konnte Quinns Porträt vervollständigen, denn er hatte erst vor einem knappen halben Jahr in einem spanischen Hotelzimmer mit ihm zusammengesessen.

Gabriel hatte schon früher unter schwierigen Bedingungen Phantomzeichnungen angefertigt – aber nie nach Angaben eines Zeugen, dessen Augen verbunden waren. Tatsächlich war er überzeugt, dass das nicht funktionieren würde. Keller erläuterte den geplanten Ablauf. Außer ihm sei ein weiterer Mann anwesend, sagte er, ein Mann, der mit Zeichenblock und Bleistift so gut sei wie mit seinen Fäusten oder einer Pistole. Dieser Mann stamme weder aus Irland noch aus Ulster. Walsh solle ihm Quinns Aussehen beschreiben. Er durfte auf den Zeichenblock des Mannes sehen, ihm aber auf keinen Fall ins Gesicht blicken.

„Was ist, wenn ich's aus Versehen tue?"

„Tu's nicht."

Keller zog das Gewebeband von Walshs Augen ab. Der Ire blinzelte mehrmals. Dann starrte er den Mann an, der ihm mit einem Zeichenblock und einer Schachtel Buntstifte am Tisch gegenübersaß.

„Sie haben gerade gegen die Regeln verstoßen", sagte Gabriel ruhig.

„Wollen Sie wissen, wie er aussieht, oder nicht?“

Gabriel griff nach einem Stift. „Fangen wir mit seinen Augen an.“

„Die sind grün“, antwortete Walsh. „Genau wie Ihre.“

In den folgenden zwei Stunden arbeiteten sie ohne Pause durch. Walsh schilderte, Gabriel zeichnete, Walsh korrigierte, Gabriel verbesserte. Um Mitternacht war das Porträt schließlich fertig. Der brasilianische Chirurg hatte gute Arbeit geleistet. Er hatte Quinn ein Gesicht ohne Charakter, ohne auffällige Merkmale gegeben. Trotzdem war dies ein Gesicht, das Gabriel wiedererkennen würde, wenn der Mann ihm auf der Straße entgegenkam.

Falls Walsh neugierig war, was die Identität des grünäugigen Mannes mit dem Zeichenblock betraf, ließ er sich nichts davon anmerken. Er leistete auch keinen Widerstand, als Keller ihm wieder einen Streifen Gewebeband über die Augen klebte und Gabriel ihm ein Beruhigungsmittel injizierte, um ihn für ein paar Stunden außer Gefecht zu setzen. Sie steckten den Bewusstlosen wieder in den Nylonsack und machten sich daran, alle Gegenstände abzuwischen, die sie in dem Cottage benutzt hatten. Dann hievten sie Walsh in den Kofferraum des Škodas und stiegen vorn ein. Keller fuhr auch dieses Mal. Dies war sein Revier.

Die Straßen waren leer, der Regen fiel schauerartig: mal als Wolkenbruch, als ginge die Welt unter, dann wieder nur als leichter Nieselregen. Keller rauchte eine Zigarette nach der anderen und hörte jede Nachrichtensendung im Radio. Gabriel starrte aus dem Fenster, betrachtete die schwarzen Hügel und vom Wind umtosten Moore und Sümpfe. In Gedanken beschäftigte er sich jedoch nur mit Eamon Quinn. Seit seiner Flucht aus Irland hatte Quinn mit einigen der gefährlichsten

Männer der Welt zusammengearbeitet. Natürlich war es denkbar, dass er aus moralischer oder politischer Überzeugung gehandelt hatte, aber das bezweifelte Gabriel. Seiner Ansicht nach hatte Quinn das alles hinter sich gelassen. Er hatte sich für den Weg entschieden, den Carlos und Abu Nidal vor ihm gegangen waren. Er war ein Söldner-Terrorist, der auf Befehl mächtiger Auftraggeber mordete. Aber wer hatte Quinns Kugel bezahlt? Wer hatte ihn damit beauftragt, eine Prinzessin zu ermorden? Gabriel hatte eine lange Liste potenzieller Verdächtiger zusammengestellt. Aber zunächst kam es darauf an, Quinn aufzuspüren. Liam Walsh hatte genügend mögliche Orte genannt, von denen keiner mehr versprach als ein Haus in West Belfast. Gabriel hätte am liebsten anderswo gesucht, weil Frauen und Kinder für ihn sakrosankt waren. Aber Quinn ließ ihnen keine andere Wahl.

Am Ostrand von Killary Harbor bog Keller auf einen unbefestigten Weg ab und folgte ihm bis zu einer dicht mit Ginster und Heidekraut bewachsenen Senke. Dort hielt er, stellte den Motor ab, schaltete die Scheinwerfer aus und entriegelte den Kofferraumdeckel. Gabriel wollte seine Tür aufstoßen, aber Keller hinderte ihn daran. „Bleib", sagte er nur, bevor er die Fahrertür öffnete und in den Regen ausstieg.

Walsh war inzwischen wieder bei Bewusstsein. Gabriel hörte zu, als Keller ihm auseinandersetzte, wie alles weitergehen würde. Weil Walsh sich als kooperativ erwiesen hatte, würde er hier freigelassen werden. Aber er durfte unter keinen Umständen mit seinen Genossen über sein Verhör sprechen. Und er durfte nicht versuchen, Quinn eine Warnung zukommen zu lassen. Tue er das, sagte Keller, sei er tot.

„Hast du verstanden, Liam?"

Gabriel hörte Walsh irgendetwas Zustimmendes murmeln. Dann ging der Škoda hinten leicht hoch, als Keller dem Iren aus dem Kofferraum half. Der Deckel wurde zugeknallt, und Walsh, der weiter das Gewebeband über den Augen hatte, schlurfte von Keller am Ellbogen gehalten ins Heidekraut. Einige Augenblicke lang waren nur Wind- und Regengeräusche zu hören. Dann sah Gabriel im Rückspiegel zwei von gedämpften Knallen begleitete Lichtblitze.

Kurz danach kam Keller zurück. Er glitt hinters Steuer, ließ den Motor an und stieß auf die Straße zurück. Gabriel starrte aus seinem Fenster, während Nachrichten aus einer unruhigen Welt aus dem Radio kamen. Diesmal verzichtete er darauf, Keller zu fragen, wie er sich fühle. Diese Sache war persönlich. Er schloss die Augen und schlief. Als er aufwachte, war es Tag, und sie überquerten die Grenze nach Nordirland.

18

OMAGH, NORDIRLAND

Die erste Kleinstadt hinter der Grenze war Aughnacloy. Keller tankte in der Nähe einer hübschen Granitkirche und fuhr dann auf der A5 nach Omagh weiter, genau wie Quinn und Walsh es am Nachmittag des 15. August 1998 getan hatten. Es war wenige Minuten nach acht Uhr, als sie die südlichen Außenbezirke der Stadt erreichten; der Regen hatte aufgehört, und eine orangerote Sonne schien hell durch eine Wolkenlücke. Sie stellten den Škoda in der Nähe des Gerichtsgebäudes ab und gingen zu einem Café in der Lower Market Street. Während Keller ein traditionelles irisches Frühstück bestellte, verlangte Gabriel nur Tee und Toast. Er sah sein Spiegelbild in einer Fensterscheibe und erschrak über sein Aussehen. Aber er fand, Keller sehe noch schlimmer aus. Er hatte blutunterlaufene gerötete Augen und hätte sich dringend rasieren müssen. Nichts an seinem Gesichtsausdruck deutete jedoch darauf hin, dass er vor wenigen Stunden im County Mayo an einem mit Ginster und Heidekraut bewachsenen Fleck einen Mann erschossen hatte.

„Wozu sind wir hier?“, fragte Gabriel, während er die ersten Passanten des Tages – hauptsächlich Ladenbesitzer – beobachtete, die zielstrebig auf den noch regennass glänzenden Gehsteigen unterwegs waren.

„Omagh ist ein hübsches Nest.“

„Du warst schon mal hier?“

„Sogar mehrmals.“

„Was hast du hier gemacht?“

„Ich habe mich mit einem Informanten getroffen.“

„IRA?“

„Mehr oder weniger.“

„Wo ist dein Informant jetzt?“

„Friedhof Greenhill.“

„Was ist passiert?“

Keller bildete mit der rechten Hand eine Pistole und setzte sie an seine Schläfe.

„IRA?“, fragte Gabriel.

Keller zuckte mit den Schultern. „Mehr oder weniger.“

Das Essen kam. Keller verschlang sein Frühstück, als habe er tagelang gefastet, aber Gabriel, der wenig Appetit hatte, musste sich fast dazu zwingen, seinen Toast zu essen. Draußen ließen rasch ziehende Wolken mal Sonnenschein durch, mal verdeckten sie ihn wieder. So wechselte die Stimmung ständig zwischen Morgen und Dämmerung. Gabriel stellte sich diese Straße mit Glassplittern und Toten und Verletzten bedeckt vor. Dann sah er zu Keller hinüber und fragte noch mal, wozu sie in Omagh seien.

„Für den Fall, dass du deine Meinung geändert hast.“

„In welchem Punkt?“

Keller starrte die Reste seines Frühstücks an und sagte: „In Bezug auf Liam Walsh.“

Gabriel äußerte sich nicht dazu. Auf der gegenüberliegenden Seite mühte eine einarmige Frau mit Brandnarben im Gesicht sich damit ab, die Tür eines Modegeschäfts aufzuschließen. Gabriel vermutete, dass sie zu den durch den Bombenanschlag Verletzten gehörte. Davon hatte es an jenem Tag über zweihundert gegeben: Männer, Frauen, Teenager und Kleinkinder. Nach jedem Bombenanschlag schienen Politik und Medien sich auf die Toten zu konzentrieren, aber die Verletzten wurden bald vergessen – die mit schweren Verbrennungen, die mit traumatischen Erinnerungen, die so schrecklich waren, dass kein Medikament, keine Therapie sie wieder zur Ruhe kommen lassen konnte. Das waren die Erfolge eines Mannes wie Eamon Quinn, der einen Feuerball dreihundert Meter in der Sekunde zurücklegen lassen konnte.

„Nun?“, fragte Keller.

„Nein“, sagte Gabriel. „Ich habe meine Meinung nicht geändert.“

Ein viertüriger roter Vauxhall hielt vor dem Café am Randstein, und zwei Männer stiegen aus. Gabriel spürte eine plötzliche Hitzewallung, als er den auf der Straße davongehenden Männern nachsah. Dann starrte er den Wagen an, als warte er darauf, dass der Zeitzünder im Ablagefach die Null erreichte.

„Was hättest *du* getan?“, fragte er abrupt.

„In welcher Beziehung?“

„Wenn du am Tag des Anschlags gewusst hättest, wo die Bombe versteckt war?“

„Ich hätte versucht, die Menschen zu warnen.“

„Und wenn die Bombe dicht vor der Detonation gestanden hätte? Hättest du dein Leben riskiert?“

Bevor Keller antworten konnte, legte die Serviererin die Rechnung auf den Tisch. Gabriel zahlte bar, steckte den Beleg ein und folgte Keller auf die Straße hinaus. Das Gerichtsgebäude lag rechts von ihnen. Keller wandte sich stattdessen nach links und führte Gabriel an bunten Ladenfronten und Schaufenstern vorbei zu einem Turm aus blau-grünem Glas, der wie ein Grabstein aus dem Gehsteig ragte. Dies war die genau dort, wo damals die Autobombe detoniert war, errichtete Stele zur Erinnerung an die Opfer des Bombenanschlags. Während um sie herum Passanten vorbeihasteten, blieben Gabriel und Keller einen Augenblick lang schweigend davor stehen. Die meisten Leute wandten den Blick ab. Auf der gegenüberliegenden Straßenseite hob eine Blondine mit Sonnenbrille ihr Smartphone, als wolle sie die Stele fotografieren. Keller kehrte ihr rasch den Rücken zu. Das tat auch Gabriel.

„Was hättest du getan, Christopher?"

„In Bezug auf die Bombe?"

Gabriel nickte.

„Ich hätte getan, was ich konnte, um die Leute in Sicherheit zu bringen."

„Selbst wenn du dabei umgekommen wärst."

„Selbst wenn ich dabei umgekommen wäre."

„Woher weißt du das so bestimmt."

„Weil ich dann nicht mehr mit mir selbst hätte leben können."

Gabriel schwieg einige Sekunden lang. Dann sagte er ruhig: „Du wirst ein guter MI6-Offizier, Christopher."

„MI6-Offiziere erschießen keine Terroristen und lassen sie tot im Heidekraut liegen."

„Nein", sagte Gabriel. „Das tun nur die guten."

Er sah sich vorsichtig um. Die Frau mit dem Smartphone war verschwunden.

Fünfundzwanzig Jahre waren vergangen, seit Christopher Keller zuletzt in Belfast gewesen war, und das Stadtzentrum hatte sich in seiner Abwesenheit gewaltig verändert. Hätte es nicht einige markante Gebäude wie die Oper und das Hotel Europa gegeben, hätte er es vermutlich kaum wiedererkannt. Auf den Straßen patrouillierten keine britischen Soldaten, es gab keine Beobachtungsposten auf den höheren Gebäuden, und auf den Gesichtern der Passanten auf der Great Victoria Street stand keine Angst. Die Geografie der Stadt blieb entlang der alten Glaubensgrenzen strikt geteilt, und in einigen der ärmeren Viertel gab es noch paramilitärische Wandgemälde. Aber ansonsten waren die Spuren des langen und blutigen Kriegs weitgehend getilgt. Belfast warb damit, ein Mekka für Touristen zu sein. Und aus irgendeinem Grund kamen die Touristen tatsächlich.

Zu den Hauptattraktionen der Großstadt gehörte eine lebhafte keltische Musikszene, die erneut aufgeblüht war, als wieder Frieden herrschte. Die meisten Bars und Pubs mit Livemusik gab es in den Straßen in der Umgebung der St. Anne's Cathedral. Das Tommy O'Boyle's lag in der Union Street im Erdgeschoss des viktorianischen Klinkergebäudes einer ehemaligen Fabrik. Es war noch nicht Mittag, und die Tür der Bar war noch abgesperrt. Keller drückte den Klingelknopf der Sprechanlage und kehrte der Überwachungskamera schnell den Rücken zu. Als niemand antwortete, klingelte er erneut.

„Wir haben geschlossen", sagte eine Stimme.

„Ich kann lesen", antwortete Keller mit seinem Belfaster Akzent.

„Was willst du?"

„Billy Conway sprechen."

Sekundenlanges Schweigen, dann: „Der ist beschäftigt."

„Ich bin sicher, dass er für mich Zeit hat."

„Wie heißt du?"

„Michael Connelly."

„Der Name sagt mir nichts."

„Sag ihm, dass ich damals in der Wäscherei Sparkle Clean in der Falls Road gearbeitet habe."

„Die hat schon vor vielen Jahren zugemacht."

„Wir denken daran, sie vielleicht neu zu eröffnen."

Nun herrschte erneut Schweigen, dann sagte die Stimme: „Sei ein guter Junge und lass mich dein Gesicht sehen."

Keller zögerte, bevor er ins Objektiv der Überwachungskamera sah. Zehn Sekunden später wurde die schwere Tür elektrisch entriegelt.

„Komm rein", wies die Stimme ihn an.

„Ich warte lieber hier draußen."

„Wie du willst."

Eine zusammengeknüllte Zeitung wurde von dem kalten Wind, der vom Lagan River heraufkam, sich überschlagend über den im Schatten liegenden Gehsteig geweht. Keller klappte den Jackenkragen hoch. Er dachte an seine Sonnenterrasse mit Blick über sein korsisches Tal. Diese Szenerie erschien ihm jetzt fremdartig, wie ein Ort, den er in seiner Kindheit einmal besucht hatte. Er konnte sich nicht mehr deutlich an den Duft der *Macchia* oder an das Gesicht des Dons erinnern. Er war wieder Christopher Keller. Er war ins Spiel zurückgekehrt.

Keller hörte ein metallisches Rasseln, und als er sich umdrehte, ging die Tür des Tommy O'Boyle's langsam auf. In dem schmalen Spalt stand ein kleiner, magerer Mann Ende fünfzig mit eisgrauen Bartstoppeln im Gesicht und einem weißen Bürstenhaarschnitt. Er machte den Eindruck, als habe er soeben ein Gespenst gesehen. In gewisser Beziehung stimmte das auch.

„Hallo, Billy", sagte Keller jovial. „Freut mich, dich zu sehen."

„Ich dachte, du wärst tot."

„Ich *bin* tot." Keller legte ihm eine Hand auf die Schulter. „Komm, wir machen einen Spaziergang, Billy. Wir müssen miteinander reden."

19

GREAT VICTORIA STREET, BELFAST

Sie mussten irgendwo hingehen, wo niemand sie erkennen würde. Billy Conway schlug einen amerikanischen Donut-Shop in der Great Victoria Street vor; kein IRA-Mann, sagte er, würde jemals einen Fuß in diesen Laden setzen. Er bestellte zwei große Becher Kaffee und stürzte sich auf einen leeren Tisch in der hintersten Ecke neben dem Notausgang. Das war die Belfaster Krankheit: Sitz für den Fall, dass eine Bombe hochgeht, nicht zu nahe an großen Fenstern. Sichere dir für den Fall, dass der Falsche zur Tür reinkommt, immer einen Notausgang. Keller saß mit dem Rücken zum Raum an dem Tisch. Conway beobachtete die anderen Gäste über den Rand seines Bechers hinweg.

„Du hättest erst anrufen sollen", sagte er. „Mich hat fast der Schlag getroffen."

„Wärst du bereit gewesen, mit mir zu reden?"

„Nein", sagte Billy Conway. „Das glaub ich eher nicht."

Keller lächelte. „Ehrlich warst du immer, Billy."

„Zu ehrlich. Ich hab dir geholfen, viele Männer ins Maze zu bringen." Conway machte eine Pause, dann fügte er hinzu: „Auch unter die Erde."

„Das ist alles schon lange her."

„Nicht sehr lange." Conway suchte den Shop erneut nach etwas Verdächtigem ab. „Nachdem du weg warst, haben sie mich ganz schön in die Mangel genommen. Sie haben gesagt, du hättest ihnen meinen Namen in dem Farmhaus drunten in South Armagh verraten."

„Das habe ich nicht getan."

„Ich weiß“, sagte Conway. „Hättest du mich verraten, säße ich jetzt nicht hier, stimmt's?“

„Ausgeschlossen, Billy.“

Conways Blick irrte wieder durch den Raum. Er hatte mitgeholfen, unzähligen Menschen das Leben zu retten und Millionenschäden zu verhindern. Und zum Lohn dafür, dachte Keller, muss er für den Rest seines Lebens auf eine IRA-Kugel warten. Die IRA war wie ein Elefant. Sie vergaß nie etwas. Und sie verzieh ganz bestimmt keinem Spitzel.

„Wie läuft das Geschäft?“, fragte Keller.

„Gut. Bei dir?“

Keller zuckte nichtssagend mit den Schultern.

„In welcher Branche bist du heutzutage, Michael Connelly?“

„Unwichtig.“

„Das ist nicht dein richtiger Name, stimmt's?“

Kellers Gesichtsausdruck gab ihm recht.

„Wo hast du gelernt, so zu reden?“

„Wie denn?“

„Wie einer von uns“, sagte Conway.

„Das ist eine besondere Gabe, denke ich.“

„Du besitzt auch andere Gaben“, sagte Conway. „In dem Farmhaus waren es vier zu eins – und sogar dann war's kein fairer Kampf.“

„Tatsächlich“, sagte Keller, „waren's fünf gegen einen.“

„Wer war der Fünfte?“

„Quinn.“

Danach herrschte kurzes Schweigen.

„Tapfer von dir, dass du nach all diesen Jahren zurückgekommen bist“, sagte Conway zuletzt. „Erwischen sie dich hier in der Stadt, bis du ein toter Mann. Frieden hin oder her.“

Die Tür des Shops ging auf, und mehrere Touristen – Dänen oder Schweden, vermutete Keller – kamen lachend von der Straße herein. Conway runzelte die Stirn und trank einen Schluck Kaffee.

„Die Stadtrundfahrten karren sie in die Viertel, in denen die schlimmsten Gräueltaten passiert sind. Und dann bringen sie sie ins Tommy O'Boyle's, um die Musik zu hören."

„Das ist gut fürs Geschäft."

„Schon möglich." Er musterte Keller forschend. „Bist du deshalb zurückgekommen? Um eine Rundfahrt durch die Unruheviertel zu machen?"

Keller beobachtete, wie die Touristen gleich wieder gingen, als seien sie ins falsche Geschäft geraten. Dann sah er Conway an und fragte: „Wer hat dich vernommen, nachdem ich Belfast verlassen hatte?"

„Das war Quinn."

„Wo hat er's gemacht?"

„Weiß ich nicht genau. Ich kann mich an nicht viel außer dem Messer erinnern. Er hat mir gedroht, mir die Augen rauszuschneiden, wenn ich nicht gestehe, für die Briten spioniert zu haben."

„Was hast du ihm erzählt?"

„Ich hab natürlich alles abgestritten. Vielleicht hab ich auch ein bisschen um mein Leben gebettelt. Das hat ihm anscheinend gefallen. Er war schon immer ein grausamer Dreckskerl."

Keller nickte langsam, als habe Conway damit eine wichtige Erkenntnis ausgesprochen.

„Hast du von Liam Walsh gehört?", fragte Conway.

„Schwer zu vermeiden."

„Wer, glaubst du, steckt dahinter?"

„Die Garda sagt, dass es um Drogen gegangen ist."

„Die Garda“, sagte Conway, „redet absoluten Scheiß.“

„Was weißt du darüber?“

„Ich weiß, dass jemand in Walshs Haus in Dublin marschiert ist und drei harte Kerle umgelegt hat, ohne dabei ins Schwitzen zu kommen.“ Conway machte eine Pause, dann fragte er: „Kommt dir das bekannt vor?“

Keller sagte nichts.

„Wozu bist du zurückgekommen?“

„Quinn.“

„In Belfast wirst du ihn nicht finden.“

„Hast du gewusst, dass er hier eine Frau und eine Tochter hatte?“

„Das hab ich gerüchteweise gehört, aber ich konnte nie einen Namen erfahren.“

„Maggie Donahue.“

Conway starrte nachdenklich die Decke des Raums an. „Klingt logisch.“

„Kennst du sie?“

„Maggie kennt jeder.“

„Arbeitet sie?“

„Gleich hier gegenüber im Europa. Tatsächlich“, fügte Conway mit einem Blick auf seine Uhr hinzu, „dürfte sie jetzt dort sein.“

„Was ist mit der Tochter?“

„Geht in Our Lady of Mercy zur Schule. Muss inzwischen sechzehn sein.“

„Weißt du, wo sie wohnen?“

„In einer Seitenstraße der Crumlin Road in Ardoyne.“

„Ich brauche die Adresse, Billy.“

„Kein Problem.“

20

THE ARDOYNE, WEST BELFAST

Billy Conway brauchte keine halbe Stunde, um festzustellen, dass Maggie Donahue mit ihrem einzigen Kind, einer Tochter namens Catherine – nach Quinns geliebter Mutter benannt –, im Haus 8 Stanford Gardens wohnte. Die Nachbarn wussten nicht, woher dieser Name kam, aber die meisten vermuteten, Maggies abwesender Ehemann, sei er nun tot oder lebendig, sei irgendein IRA-Mann, höchstwahrscheinlich ein Dissident, der die Bestimmungen des Karfreitagsfriedens ablehnte. Auf dem Höhepunkt der Unruhen hatte die Royal Ulster Constabulary dieses Viertel als No-go-Gebiet eingestuft, das für Streifen zu gefährlich war und nicht betreten werden konnte. Auch über ein Jahrzehnt nach Friedensschluss kam es dort noch zu Unruhen und zu Zusammenstößen zwischen Katholiken und Protestanten.

Um etwas zu den Bargeldsendungen ihres Mannes dazuzuverdienen, arbeitete Maggie Donahue als Serviererin in der Lobby Bar des Hotels Europa, das mehr Bombenanschläge erlebt hatte als jedes andere Hotel der Welt. An diesem Nachmittag hatte sie das Pech, einen anspruchsvollen Gast, einen Herrn Johannes Klemp, bedienen zu müssen. Im Hotel war er mit einer Münchner Adresse gemeldet, aber seine Arbeit – die anscheinend mit Innenarchitektur zu tun hatte – brachte es mit sich, dass er häufig reisen musste. Wie die meisten Vielflieger war er nicht leicht zufriedenzustellen. Sein Lunch war anscheinend katastrophal. Sein Salat war zu welk, sein Sandwich war zu kalt, die Milch für seinen Kaffee hatte einen Stich. Noch schlimmer war, dass er anscheinend einen Narren an dem armen Ding gefressen hatte, dessen Job es war, ihn zufriedenzustellen. Maggie empfand seine Versuche, Konversation zu machen, nicht als angenehm. Das taten nur wenige Frauen.

„Langer Tag?“, fragte er, als sie ihm Kaffee nachschenkte.

„Hat gerade erst angefangen.“

Maggie lächelte angestrengt. Sie hatte rabenschwarzes Haar, einen blassen Teint, große blaue Augen und hohe Wangenknochen. Früher war sie hübsch gewesen, aber jetzt hatte ihr Gesicht scharfe Züge bekommen. Belfast hatte sie altern lassen, vermutete er. Oder vielleicht, dachte er, hat Quinn ihr Aussehen ruiniert.

„Sie sind von hier?“, fragte er.

„Jeder ist von hier.“

„Ost oder West?“

„Sie stellen eine Menge Fragen.“

„Ich bin nur neugierig.“

„In Bezug worauf?“

„Belfast“, sagte er.

„Sind Sie deshalb hergekommen? Weil Sie auf die Stadt neugierig sind?“

„Arbeit, fürchte ich. Aber ich habe den Rest des Tages für mich selbst, deshalb wollte ich mir ein bisschen die Stadt ansehen.“

„Warum nehmen Sie sich keinen Fremdenführer? Die kennen sich bestens aus.“

„Lieber schneide ich mir die Pulsadern auf.“

„Ich weiß, wie Ihnen zumute ist.“ Aber ihre Ironie schien von ihm abzuprallen wie ein Steinwurf von einem Schnellzug. „Kann ich sonst noch etwas für Sie tun?“

„Sie können sich den Rest des Tages freinehmen und mir die Stadt zeigen.“

„Geht nicht“, sagte sie nur.

„Bis wann müssen Sie heute arbeiten?"

„Acht."

„Dann komme ich vorher auf einen Drink vorbei und erzähle Ihnen, wie's war."

Sie lächelte trübselig und sagte: „Ich bin hier."

Gabriel zahlte bar und ging auf die Great Victoria Street hinaus, auf der Keller am Steuer des Škodas sitzend auf ihn wartete. Auf dem Rücksitz lag ein in Zellophan verpackter Blumenstrauß mit einem Kärtchen, das sauber mit *MAGGIE DONAHUE* beschriftet war.

„Bis wann muss sie arbeiten?", fragte Keller.

„Sie hat acht Uhr gesagt, aber vielleicht wollte sie mich irreführen."

„Ich hab dir gesagt, dass du nett sein sollst."

„Es liegt nicht in meiner DNA, zu der Frau eines Terroristen nett zu sein."

„Vielleicht weiß sie nicht, was er treibt."

„Woher hatte ihr Mann zweihunderttausend Pfund in gebrauchten Scheinen?"

Keller wusste keine Antwort.

„Was ist mit der Tochter?", fragte Gabriel.

„Sie hat bis drei Uhr Unterricht."

„Und dann?"

„Ein Hockeyspiel gegen die Belfast Model School."

„Protestantisch?"

„Überwiegend."

„Bestimmt interessant."

Keller äußerte sich nicht dazu.

„Was machen wir jetzt?"

„Wir liefern bei Stanford Gardens 8 einen Blumenstrauß ab."

„Und dann?“
„Sehen wir uns drinnen um.“

Sie beschlossen jedoch, als Erstes einen Umweg durch Kellers gewalttätige Vergangenheit zu machen. Da gab es den alten Divis Tower, in dem er als Michael Connelly mit Angehörigen der IRA zusammengelebt hatte, und die ehemalige Wäscherei in der Falls Street, in der ebendieser Michael Connelly die Wäsche von IRA-Angehörigen auf Sprengstoffspuren untersucht hatte. Als sie weiterfuhren, kamen sie zum schmiedeeisernen Tor des Friedhofs Milltown, auf dem Elizabeth Conlin, Kellers heimliche Geliebte, in einem Grab lag, das Eamon Quinn ihr gegraben hatte.

„Bist du jemals dort gewesen?“, fragte Gabriel.

„Zu gefährlich“, sagte Keller kopfschüttelnd. „Die IRA überwacht solche Gräber.“

Von Milltown aus fuhren sie an den Wohnsiedlungen in Ballymurphy vorbei zur Springfield Road. Entlang ihrer Nordseite verlief eine Barrikade, die eine protestantische Enklave gegen ein benachbartes katholisches Viertel abgrenzte. In Belfast erschien die erste dieser sogenannten Friedenslinien im Jahr 1969 als provisorische Lösung gegen das Blutvergießen aus religiösen Gründen. Seither waren sie zu einer Dauereinrichtung geworden, die das Bild der Stadt prägte – tatsächlich waren sie nach dem Karfreitagsabkommen sogar noch zahlreicher, höher und länger geworden. In der Springfield Road war die Barrikade ein etwa zehn Meter hoher durchsichtiger grüner Zaun. Aber am Cupar Way, einem besonderen Unruheherd in Ardoyne, glich sie der Berliner Mauer mit Bandstacheldrahtrollen auf der Krone. Anwohner hatten die Mauer auf beiden Seiten mit Graffiti bedeckt. Auf einem wurde sie mit dem Grenzzaun zwischen Israel und dem Westjordanland verglichen.

„Findest du, dass das nach Frieden aussieht?“, fragte Keller.

„Nein“, antwortete Gabriel. „Es sieht wie zu Hause aus.“

Um halb zwei Uhr bog Keller endlich in die Stratford Gardens ab. Wie die Nachbarhäuser war die Nummer 8 ein zweigeschossiger Klinkerbau mit weißer Haustür und je einem Fenster zur Straße hinaus. In dem mit Unkraut überwucherten kleinen Vorgarten lag eine grüne Mülltonne, die ein Sturm umgeworfen hatte. Keller fuhr langsam daran vorbei, hielt am Randstein und stellte den Motor ab.

„Man fragt sich“, sagte Gabriel, „wieso Quinn eine Luxusvilla in Venezuela dem hier vorgezogen hat.“

„Hast du dir die Haustür angesehen?“

„Einfaches Schloss, nicht besonders gesichert.“

„Wie lange brauchst du, um reinzukommen?“

„Dreißig Sekunden“, sagte Gabriel. „Weniger, wenn ich diese dämlichen Blumen zurücklassen darf.“

„Die Blumen musst du mitnehmen.“

„Ich würde lieber die Pistole mitnehmen.“

„Die behalte ich.“

„Was passiert, wenn ich dort drinnen auf ein paar von Quinns Freunden stoße?“

„Dann gibst du dich als Katholik aus West Belfast aus.“

„Ich weiß nicht, ob sie mir das glauben würden.“

„Das sollten sie lieber“, sagte Keller. „Sonst bist du tot.“

„Noch irgendwelche guten Ratschläge?“

„Fünf Minuten, keine Minute länger.“

Gabriel öffnete seine Tür, stieg aus und ging davon. Keller fluchte halblaut. Die Blumen lagen noch auf dem Rücksitz.

21

THE ARDOYNE, WEST BELFAST

Eine kleine irische Trikolore hing schlaff von einem am Türrahmen festgeschraubten verrosteten Ständer. Wie der Traum von einem vereinigten Irland war sie verblasst und ausgefranst. Gabriel drückte die Klinke hinunter, aber die Haustür war wie erwartet abgeschlossen. Er zog ein flaches Metallwerkzeug aus der Tasche und machte sich daran, den Schließmechanismus mit einer Methode zu überlisten, die er als junger Mann gelernt hatte. Dafür brauchte er nur wenige Sekunden. Als er die Klinke zum zweiten Mal hinunterdrückte, lud sie ihn zum Eintreten ein. Er schritt über die Schwelle und schloss die weiße Tür lautlos hinter sich. Keine Alarmanlage schrillte los, kein Hund schlug an.

Die durch den Schlitz in der Haustür eingeworfene Post lag in der Diele verstreut. Gabriel hob die Briefumschläge, Drucksachen, Magazine und Werbebeilagen auf und blätterte sie rasch durch. Bis auf ein Modemagazin für Teenager, das ihrer Tochter gehörte, waren alle an Maggie Donahue adressiert. Privatbriefe schienen keine dabei zu sein, nur das gewöhnliche kommerzielle Treibgut, das die Briefkästen in aller Welt verstopft. Gabriel steckte eine Kreditkartenabrechnung ein und verstreute den Rest wieder auf dem Fußboden. Dann betrat er das Wohnzimmer.

Es war ein winziger Raum, nur wenige Quadratmeter groß, in dem gerade ein Sofa, ein altmodischer Fernseher und zwei geblümte Sessel Platz hatten. Auf dem Couchtisch lagen ein Stapel alter Magazine, Belfaster Zeitungen und weitere teils ungeöffnete Post. Einer der Briefe war ein Newsletter mit einem Spendenaufruf für das 32 County Sovereignty Movement, den politischen Flügel der Wahren IRA. Gabriel fragte sich, ob die Absender wussten, dass die Empfängerin die heimliche Ehefrau des besten und erfolgreichsten Bombenbauers ihrer Organisation war.

Er steckte den Brief wieder in seinen Umschlag, den er auf den Couchtisch zurücklegte. Die Wände des Wohnzimmers waren kahl bis auf ein farblich intensives Meeresbild in Flohmarktqualität, das über dem Sofa hing. Auf einem der Beistelltische stand ein gerahmtes Foto von Mutter und Kind, das anlässlich der Erstkommunion der Tochter in der Holy Cross Church gemacht worden war. Im Gesicht der Kleinen konnte Gabriel keine Ähnlichkeit mit Quinn entdecken. Zumindest in dieser Hinsicht hatte sie Glück gehabt.

Ein Blick auf seine Armbanduhr zeigte ihm, dass neunzig Sekunden vergangen waren, seit er das Haus betreten hatte. Er öffnete den geschlossenen dünnen Vorhang etwas und sah durch den Spalt auf die Straße hinaus. Draußen fuhr langsam ein mit zwei Männern besetztes Auto vorbei. Die beiden schienen sich angelegentlich für Keller zu interessieren, als sie an dem geparkten Škoda vorbeirollten. Der Wagen fuhr jedoch weiter und verschwand um die nächste Straßenecke. Gabriel sah noch einmal zu dem Škoda hinüber, der weiter unbeleuchtet dastand. Als Nächstes sah er auf sein BlackBerry. Keine warnende SMS, kein versäumter Anruf.

Er ließ den Vorhang zufallen und ging in die Küche hinüber. Auf der Arbeitsplatte stand eine Kaffeetasse mit Lippenstiftspuren; im Ausguss war Geschirr in Wasser mit Spülmittel eingeweicht. Er öffnete den Kühlschrank, der hauptsächlich Fertigprodukte enthielt. Nichts Grünes, kein Obst, kein Bier, nur eine halb ausgetrunkene Flasche billigen italienischen Weißweins von Tesco.

Er schloss die Kühlschranktür und fing an, eine Küchenschublade nach der anderen aufzuziehen und wieder zu schließen. In einer Schublade fand er einen beigen Umschlag mit einigen handschriftlichen Zeilen von Quinn.

Zahl immer nur Kleinbeträge ein, damit sie wie Einnahmen aus Trinkgeldern aussehen … Umarme C. von mir …

Gabriel steckte den Brief in die Tasche mit der Kreditkartenabrechnung und sah auf seine Uhr. Zweieinhalb Minuten. Er verließ die Küche und ging nach oben.

Das Auto kam um 13.37 Uhr zurück. Es rollte wieder langsam an der Nummer 8 vorbei, hielt aber diesmal neben dem Škoda. Keller tat anfangs so, als merke er nichts. Dann öffnete er gleichmütig sein Fenster.

„Was machst du hier?", fragte der Fahrer mit starkem West Belfaster Akzent.

„Warte auf eine Freundin", antwortete Keller mit Dubliner Akzent.

„Wie heißt sie?"

„Maggie Donahue."

„Und du?", fragte der Mann auf dem Beifahrersitz.

„Gerry Campbell."

„Wo bist du her, Gerry Campbell?"

„Dublin."

„Und davor?"

„Derry."

„Seit wann bist du hier?"

„Das geht euch einen Scheiß an."

Keller lächelte nicht mehr. Das taten auch die beiden Kerle in dem anderen Auto nicht. Das Fenster wurde hochgefahren; der Wagen rollte auf der ruhigen Wohnstraße weiter und verschwand zum zweiten Mal um die Ecke. Keller fragte sich, wie lange sie brauchen würden, um festzustellen, dass Maggie Donahue, die heimliche Ehefrau Eamon Quinns, in diesem Augenblick in der Lobby Bar im Hotel Europa arbeitete. Zwei Minuten, schätzte er. Vielleicht weniger. Er zog sein Handy heraus und rief Gabriel an.

„Die Einheimischen werden allmählich unruhig."

„Vielleicht kannst du sie mit den Blumen beruhigen."

Die Verbindung wurde beendet. Keller ließ den Motor an und umklammerte die Beretta mit der rechten Hand. Dann starrte er in den Rückspiegel und wartete darauf, dass das Auto zurückkam.

Oben an der Treppe gab es zwei Türen. Gabriel entschied sich für das rechte Zimmer. Es war etwas größer, aber auch nicht luxuriöser als das linke. Kleidungsstücke lagen auf dem Fußboden und dem ungemachten Bett. Die dunklen Vorhänge waren fest geschlossen; das einzige Licht kam von den roten Ziffern eines Radioweckers, der zehn Minuten vorging. Gabriel zog die Nachttischschublade auf und beleuchtete ihren Inhalt mit seiner kleinen Maglite. Ausgetrocknete Filzschreiber, leere Batterien, ein Umschlag mit mehreren Hundert Pfund in gebrauchten Scheinen, ein weiterer Brief von Quinn. Offenbar wollte er seine Tochter sehen. Wo er sich gegenwärtig aufhielt und wo ein Treffen stattfinden könnte, wurde nicht erwähnt. Trotzdem schien dieser Brief zu beweisen, dass Liam Walsh nicht die Wahrheit gesagt hatte, als er behauptet hatte, Quinn habe keinerlei Kontakt zu seiner Familie mehr gehabt, seit er nach dem Bombenanschlag in Omagh aus Irland geflüchtet sei.

Gabriel steckte den Brief zu den wenigen Beweismitteln, die er bisher gesammelt hatte, und öffnete die Tür des Kleiderschranks. Zu seiner Überraschung hingen darin auch Männersachen. Vielleicht hatte Maggie Donahue sich während der langen Abwesenheit ihres Mannes einen Liebhaber genommen. Möglich war jedoch auch, dass die Sachen Quinn gehörten. Er nahm eine Schurwollhose heraus, hielt sie an seinen Körper und stellte fest, dass sie ihm zu lang gewesen wäre. Seines Wissens war Quinn nicht ganz einen Meter achtzig groß – kein Riese, aber doch deutlich größer als Gabriel. Er durchsuchte die Hosentaschen. In einer fand er drei Münzen, Euros, und eine kleine blau-gelbe Karte. Eine Hälfte war abgerissen, und auf der anderen konnte Gabriel eine vierstellige Zahl – 5846 –, aber sonst nicht viel mehr erkennen. Auf der Rückseite hatte die Karte einen Magnetstreifen.

Er steckte auch die Karte ein, hängte die Hose zurück und ging ins Bad. In dem Spiegelschrank über dem Waschbecken fand er Einwegrasierer, Rasierwasser und ein Deo für Männer. Gabriel ging auf den Treppenabsatz hinaus und betrat das zweite Zimmer. Was Ordnungsliebe betraf, war Quinns Tochter das genaue Gegenteil ihrer Mutter. Ihr Bett war ordentlich gemacht, ihre Sachen hingen ordentlich im Kleiderschrank. Gabriel warf einen Blick in ihre Nachttischschubladen. Er fand weder Drogen noch Zigaretten, nicht den geringsten Hinweis auf ein Leben, das sie vor ihrer Mutter geheim hielt. Und erst recht keinen Hinweis auf Eamon Quinn.

Gabriel sah auf seine Uhr. Die fünf Minuten waren vorbei. Er trat ans Fenster und beobachtete, wie der mit zwei Männern besetzte Wagen langsam die Straße entlangfuhr. Als er verschwunden war, vibrierte sein BlackBerry. Er hob es ans Ohr und hörte Kellers Stimme.

„Die Zeit ist abgelaufen."

„Noch zwei Minuten."

„Wir haben keine zwei Minuten mehr."

Keller legte wortlos auf. Gabriel sah sich um. Er war es gewohnt, die Räume von Profis zu durchsuchen, nicht von

Teenagern. Profis verstanden sich darauf, Dinge zu verstecken, Teenager eher weniger. Sie hielten alle Erwachsenen für Trottel, und ihr übersteigertes Selbstvertrauen war gewöhnlich ihr Verderben.

Gabriel ging an den Kleiderschrank zurück und griff in alle auf dem Schrankboden stehenden Schuhe. Als Nächstes blätterte er die Modemagazine durch, in denen aber nur Bestellkarten und Duftproben steckten. Zuletzt nahm er sich die Bücher in dem kleinen Regal über dem Bett vor. Eines davon war eine Chronik der Unruhen von einem der IRA nahestehenden Autor. Und in diesem schmalen Buch fand er, was er suchte.

Es war ein Foto, das ein Mädchen von ungefähr fünfzehn Jahren und einen Mann mit Panamahut und Sonnenbrille zeigte. Die beiden standen auf einer Straße mit leicht heruntergekommenen alten Gebäuden, vielleicht in Südeuropa, vielleicht in Lateinamerika. Das Mädchen war Catherine Donahue. Und der Mann neben ihr war ihr Vater Eamon Quinn.

Auf der Straße herrschte Stille, als Gabriel aus der Nummer 8 trat. Er schlüpfte durch das Metalltor, ging zu dem Škoda weiter und stieg links ein. Keller schlängelte sich durch die schmalen Straßen im katholischen Ardoyne und kehrte in die Crumlin Road zurück. Dort bog er rasch nach rechts auf die Cambrai Street und gab etwas weniger Gas. An den Laternenpfählen hingen Union Jacks. Sie hatten eine der unsichtbaren Grenzen Belfasts überschritten und befanden sich wieder auf sicherem protestantischen Boden.

„Hast du was gefunden?“, fragte Keller schließlich.

„Ich denke schon.“

„Was denn?“

Gabriel lächelte, dann sagte er: „Quinn.“

22

WARRING STREET, BELFAST

„Das könnte jeder sein“, sagte Keller.

„Stimmt“, antwortete Gabriel. „Aber das ist nicht jeder. Das ist Eamon Quinn.“

Sie waren in Kellers Zimmer im Premiere Inn in der Warring Street. Dieses Hotel lag um die Ecke vom Hotel Europa und war weit weniger luxuriös. Er hatte sich als Adrien LeBlanc eingetragen und mit dem Personal an der Rezeption in französisch gefärbtem Englisch gesprochen. Gabriel hatte bei seinem kurzen Trip durch die Hotelhalle überhaupt kein Wort gesagt.

„Wo stehen die beiden da?“, fragte Keller, der weiter das Foto studierte.

„Gute Frage.“

„An den Gebäuden sind keine Schilder, und Autokennzeichen sind auch keine zu sehen. Als ob er …“

„Er hat diese Stelle sehr sorgfältig gewählt.“

„Vielleicht ist’s Caracas.“

„Oder vielleicht Santiago oder Buenos Aires.“

„Schon mal dort gewesen?“

„Wo?“

„Buenos Aires“, sagte Keller.

„Sogar schon mehrmals.“

„Geschäft oder Vergnügen?“

„Ich mache keine Vergnügungsreisen.“

Keller lächelte und betrachtete nochmals das Foto. „Mich erinnert die Szene ein bisschen an das alte Zentrum von Bogotá.“

„Da muss ich mich auf dich verlassen.“

„Oder vielleicht ist's Madrid."

„Vielleicht."

„Lass mich die abgerissene Karte sehen."

Gabriel gab sie ihm. Keller begutachtete die Vorderseite sorgfältig. Dann drehte er die Kartenhälfte um und fuhr mit dem Zeigefinger über den Magnetstreifen.

„Vor ein paar Jahren", sagte er schließlich, „hat der Don den Auftrag angenommen, einen Gentleman zu liquidieren, der Leuten, die sich nicht gern bestehlen lassen, einen Haufen Geld gestohlen hatte. Der Gentleman war in einer Großstadt wie auf diesem Foto untergetaucht. Es war eine alte Stadt von verblasster Schönheit, eine Stadt mit Hügeln und Straßenbahnen."

„Wer war dieser Gentleman?"

„Das möchte ich lieber nicht sagen."

„Wo hatte er sich versteckt?"

„Dazu komme ich gleich."

Keller studierte erneut die Vorderseite der Karte. „Weil dieser Gentleman kein Auto hatte, war er notwendigerweise ein eifriger Nutzer öffentlicher Verkehrsmittel. Ich habe ihn vor dem Hit eine Woche lang beschattet, was bedeutete, dass auch ich ein eifriger Nutzer öffentlicher Verkehrsmittel sein musste."

„Erkennst du das Ticket, Christopher?"

„Schon möglich."

Keller griff nach Gabriels BlackBerry, das zwischen ihnen auf dem Tisch lag, rief Google auf und tippte eine kurze Suchanfrage ein. Als die Ergebnisse erschienen, klickte er eines an und lächelte befriedigt.

„Gefunden?", fragte Gabriel.

Keller drehte das Smartphone zu ihm hin, sodass er das Display sehen konnte. Der kleine Bildschirm zeigte eine komplette Version des Tickets, das er in Maggie Donahues Haus gefunden hatte.

„Wo kommt es her?“, fragte Gabriel.

„Aus einer Stadt mit Hügeln und Straßenbahnen.“

„Vermute ich richtig, dass du nicht San Francisco meinst?“

„Nein“, sagte Keller. „Lissabon.“

„Das beweist nicht, dass das Foto von dort stammt“, wandte Gabriel nach kurzer Pause ein.

„Einverstanden“, antwortete Keller. „Aber wenn wir beweisen können, dass Catherine Donahue dort war …“

Gabriel sagte nichts.

„Du hast nicht zufällig ihren Pass gesehen, als du im Haus warst?“

„Leider nicht.“

„Dann müssen wir uns was anderes einfallen lassen, das einen Blick in ihren Pass ersetzen kann.“

Gabriel griff nach seinem BlackBerry und schrieb Graham Seymour eine kurze Mail, mit der er Informationen über alle Auslandsreisen von Catherine Donahue, wohnhaft 8 Stratford Gardens, Belfast, Nordirland, anforderte. Eine Stunde später, als die Abenddämmerung über die Stadt herabsank, hatten sie ihre Antwort.

Das britische Foreign and Commonwealth Office stellte den Reisepass am 11. November 2013 aus. Eine Woche später flog sie mit British Airways von Belfast zum Londoner Flughafen Heathrow, auf dem sie eineinhalb Stunden später eine weitere BA-Maschine nach Lissabon nahm. Nach Auskunft der dortigen Meldebehörde blieb sie nur drei Tage in Portugal. Das war ihre erste und bisher einzige Auslandsreise.

„Was alles nicht beweist, dass Quinn damals dort gelebt hat“, stellte Keller fest.

„Wozu sollte er sie ausgerechnet nach Lissabon kommen lassen? Wieso nicht nach Monaco, Cannes oder St. Moritz?"

„Vielleicht musste er sparen."

„Oder vielleicht hat er dort eine Wohnung in einem hübschen Altbau in einem Stadtteil, in dem niemand sich um einen Ausländer kümmert, der unregelmäßig kommt und geht."

„Kennst du solche Viertel?"

„Ich habe mein Leben lang in solchen Vierteln gelebt."

Keller machte eine kurze Pause. „Was nun?", fragte er zuletzt.

„Nun, wir könnten das Foto und mein Phantombild nach Lissabon mitnehmen und die Stadt abklappern."

„Oder?"

„Wir sichern uns die Dienste eines Mannes, der darauf spezialisiert ist, Untergetauchte aufzuspüren."

„Gibt's einen Kandidaten?"

„Nur einen."

Gabriel griff nach seinem BlackBerry und rief Eli Lavon an.

23

BELFAST – LISSABON

Sie beschlossen, nicht auf dem kürzesten Weg nach Lissabon zu reisen. Lieber nicht zu schnell dort eintreffen, sagte Gabriel. Lieber die Reise sorgfältig vorbereiten und auf etwaige Beschatter achten. Jetzt hatten sie Quinn erstmals im Visier. Er war nicht mehr nur ein Gerücht. Er war ein Mann mit seiner Tochter neben sich auf einer Großstadtstraße. Er hatte Fleisch auf den Knochen, Blut in seinen Adern. Er konnte aufgespürt werden. Und dann würden sie ihn von seinen Qualen erlösen.

Sie fuhren nach Dublin, stellten den Wagen am Flughafen ab und nahmen zwei Zimmer im Radisson. Am Morgen frühstückten sie im Hotelrestaurant wie Fremde, bevor sie mit verschiedenen Fluggesellschaften nach Paris flogen: Gabriel mit Aer Lingus, Keller mit Air France. Gabriel kam zuerst an. Er holte den bereitstehenden Citroën aus dem Parkhaus und wartete damit vor dem Ankunftsgebäude, als Keller aus dem Terminal kam.

Sie verbrachten die Nacht in Biarritz, wo Gabriel einmal gemordet hatte, um Vergeltung zu üben, und die folgende Nacht in der spanischen Stadt Vitoria, in der Keller einst auf Befehl von Don Antonio Orsati ein Mitglied der baskischen Untergrundorganisation ETA ermordet hatte. Gabriel spürte, dass Keller allmählich begann, sich von seinem bisherigen Leben zu lösen, dass er sich von Tag zu Tag mehr mit dem Gedanken anfreundete, beim MI6 für Graham Seymour zu arbeiten. Quinn hatte die Ereignisse ausgelöst, die zu Kellers Bruch mit England geführt hatten. Und jetzt, fünfundzwanzig Jahre später, war es Quinn, der Keller wieder heimführte.

Von Vitoria aus fuhren sie nach Madrid und von dort aus nach Badajoz an der portugiesischen Grenze weiter. Keller hatte es eilig, nach Lissabon zu kommen, aber auf Gabriels Drängen holten sie weiter nach Westen aus und genossen die letzten schwachen Sonnenstrahlen der Saison in Estoril. Sie wohnten in getrennten Strandhotels und führten jeder für sich das Leben von Männern ohne Ehefrauen, ohne Kinder, ohne Sorgen oder Verantwortung. Gabriel verbrachte jeden Tag mehrere Stunden damit, sicherzustellen, dass sie nicht beschattet wurden. Er war versucht, Chiara in Jerusalem eine SMS zu schicken, aber er tat es nicht. Er hatte auch keinen Kontakt mit Lavon. Eli Lavon war einer der erfahrensten Menschenjäger der Welt. Als junger Mann hatte er die Mitglieder des Schwarzen Septembers aufgespürt, die 1972 das Münchner Olympiaattentat verübt hatten. Nach seinem Ausscheiden aus dem Dienst hatte er sich selbstständig gemacht und geraubtes jüdisches Eigentum und gelegentlich einen NS-Kriegsverbrecher aufgespürt. Falls es in Lissabon irgendeine Spur von Quinn gab – eine Wohnung, ein Alias, eine zweite Frau, ein weiteres Kind –, würde Lavon sie finden.

Als jedoch weitere zwei Tage verstrichen, ohne dass eine Nachricht kam, begann selbst Gabriel zu zweifeln – nicht an Lavons Fähigkeiten, sondern daran, dass Quinn irgendetwas mit Lissabon zu tun hatte. Vielleicht war Catherine Donahue mit Freundinnen oder auf einer Klassenreise in die portugiesische Hauptstadt geflogen. Vielleicht gehörte die Hose, die in Maggie Donahues Kleiderschrank hing, ebenso einem anderen Mann wie die abgerissene Fahrkarte für die Lissabonner Straßenbahn. Sie würden anderswo nach ihm suchen müssen, sagte er sich: im Iran, im Libanon, im Jemen, in Venezuela oder in einem der vielen anderen Länder, in denen Quinn sein todbringendes Handwerk ausgeübt hatte. Quinn war ein Mann der Unterwelt. Quinn konnte überall sein.

Aber am dritten Morgen ihres Aufenthalts erhielt Gabriel eine kurze, hoffnungsvolle Nachricht von Lavon, der berichtete, der bewusste Mann sei vermutlich ein häufiger Besucher der fraglichen Stadt. Gegen Mittag war Lavon sich seiner Sache sicher, und am Spätnachmittag hatte er eine Adresse ausgegraben. Gabriel rief Keller in seinem Hotel an und forderte ihn auf, sich zur Abfahrt bereitzuhalten. Sie verließen Estoril, wie sie in das Seebad eingefahren waren, unauffällig und unter Vorspiegelung falscher Tatsachen, und nahmen die Strecke nach Lissabon in Angriff.

„Er hat sich Alvarez genannt."

„Portugiesische oder spanische Schreibweise?"

„Je nach Laune."

Eli Lavon lächelte. Sie saßen an einem Tisch im Café A Brasileira in dem Lissabonner Altstadtviertel Chiado. Um 21.30 Uhr war das Café sehr gut besucht. Niemand schien sonderlich auf die beiden Männer mittleren Alters zu achten, die an einem Tisch in der hintersten Ecke über ihre Kaffeetassen gebeugt saßen. Sie unterhielten sich halblaut auf Deutsch, eine von mehreren Sprachen, die sie gemeinsam hatten. Gabriel sprach in dem Berliner Tonfall seiner Mutter, während Elis Deutsch unüberhörbar wienerisch eingefärbt war. Unter seinem verknitterten Tweedsakko trug er eine Strickjacke und einen altmodischen Krawattenschal. Sein schütteres Haar wirkte ungekämmt; seine Gesichtszüge waren unauffällig und leicht zu vergessen. Seine Erscheinung gehörte zu seinen größten Vorteilen: Eli Lavon schien ein Zukurzgekommener zu sein, den das Leben stiefmütterlich behandelt hatte. In

Wirklichkeit war er ein raffinierter Jäger, der einen erfahrenen Geheimdienstagenten oder einen kampferprobten Terroristen auf jeder Straße der Welt beschatten konnte, ohne das geringste Interesse zu erregen.

„Vorname?", fragte Gabriel.

„Manchmal José. Dann wieder Jorge."

„Nationalität?"

„Manchmal Venezolaner, manchmal auch Ekuadorianer." Lavon lächelte. „Erkennst du das System dahinter?"

„Aber er versucht nie, sich als Portugiese auszugeben?"

„Dazu fehlen ihm die Sprachkenntnisse. Sogar sein Spanisch klingt unbeholfen. Er spricht anscheinend mit sehr starkem Akzent."

An der Bar musste jemand eine witzige Bemerkung gemacht haben, denn lautes Gelächter wurde von dem schwarzweiß gefliesten Fußboden zurückgeworfen und verhallte unter der hohen Decke, an der Kronleuchter leicht verschleiertes goldenes Licht gaben. Gabriel sah über Lavons Schulter hinweg und stellte sich vor, Quinn sitze am Nebentisch. Aber das war nicht Quinn, sondern Christopher Keller. Er hielt seine Kaffeetasse in der rechten Hand. Die rechte Hand bedeutete, dass sie clean waren; die linke hätte bedeutet, dass sie beschattet wurden. Gabriel sah wieder Lavon an und fragte nach der Lage von Quinns Wohnung. Lavon neigte den Kopf in Richtung Bairro Alto.

„Wie sieht das Gebäude aus?"

Lavons indifferente Handbewegung besagte, sein Zustand liege irgendwo zwischen annehmbar und unterdurchschnittlich.

„Concierge?"

„Im Bairro Alto?"

„Welcher Stock?"

„Erster."

„Kommen wir dort rein?"

„Mich wundert, dass du das fragst. Die Frage ist", fuhr Lavon fort, „ob wir *reinwollen*?"

„Wollen wir?"

Lavon schüttelte den Kopf. „Hat man mit Glück den Schlupfwinkel eines Mannes wie Eamon Quinn entdeckt, riskiert man nicht alles, indem man mit der Tür ins Haus fällt. Man sichert sich einen festen Beobachtungspunkt und wartet geduldig, bis die Zielperson aufkreuzt."

„Außer es gibt andere Faktoren zu berücksichtigen."

„Zum Beispiel?"

„Die Möglichkeit, dass ein weiterer Sprengsatz detonieren könnte."

„Oder dass jemandes Frau kurz davor ist, Zwillinge auf die Welt zu bringen."

Gabriel runzelte die Stirn, sagte aber nichts.

„Ihr geht's übrigens gut, falls du dich das fragst", ergänzte Lavon.

„Ist sie zornig?"

„Sie ist im achten Monat, und ihr Mann sitzt in einem Café in Lissabon. Wie wird ihr wohl zumute sein?"

„Ist sie sicher?"

„Die Narkiss Street dürftc die sicherste Straße in ganz Jerusalem sein. Uzi lässt das Haus Tag und Nacht von Sicherheitsteams bewachen." Lavon zögerte, bevor er hinzufügte: „Aber alle Leibwächter der Welt sind kein Ersatz für einen Ehemann."

Gabriel äußerte sich nicht dazu.

„Darf ich einen Vorschlag machen?"

„Wenn du musst."

„Fliege für ein paar Tage nach Jerusalem zurück. Dein

Freund und ich können die Wohnung auch ohne dich überwachen. Kreuzt Quinn auf, erfährst du's als Erster."

„Gehe ich nach Jerusalem zurück", antwortete Gabriel, „werde ich nie wieder wegwollen."

„Deshalb habe ich diesen Vorschlag gemacht." Lavon räusperte sich halblaut, als wolle er eine sehr persönliche Mitteilung ankündigen. „Deine Frau möchte, dass du weißt, dass du in einem Monat, vielleicht schon früher, wieder Vater werden wirst. Sie legt großen Wert darauf, dass du bei diesem Ereignis anwesend bist. Sonst kannst du damit rechnen, dass sie dir das Leben zur Hölle macht."

„Hat sie sonst noch was gesagt?"

„Vielleicht hat sie Eamon Quinn erwähnt."

„Tatsächlich?"

„Uzi hat sie offenbar über dieses Unternehmen informiert. Deine Frau hält nichts von Kerlen, die unschuldige Frauen und Kinder in die Luft jagen. Sie möchte, dass du Quinn aufspürst, bevor du heimkommst. Und dann", fügte Lavon hinzu, „möchte sie, dass du ihn erledigst."

Gabriel sah zu Keller hinüber und sagte: „Das wird nicht nötig sein."

„Ja", sagte Lavon. „Glück gehabt."

Gabriel lächelte und trank einen Schluck Kaffee. Lavon griff in sein Sakko und zog einen silbernen USB-Stick heraus, den er auf den Tisch legte und zu Gabriel hinüberschob.

„Auf deinen Wunsch das komplette Dossier des Diensts über Tariq al-Hourani, während der großen arabischen Katastrophe in Palästina geboren, später im Treppenhaus eines Apartmentgebäudes in Manhattan erschossen, kurz bevor die Twin Towers zum Einsturz gebracht wurden." Lavon machte eine Pause. „Du warst damals dort, glaube ich. Irgendwie bin ich nicht dazu eingeladen worden."

Gabriel starrte den USB-Stick schweigend an. Dieses Dossier enthielt Teile, die er nicht wieder würde lesen wollen, denn es war Tariq al-Hourani gewesen, der im Januar 1991 in einer schneereichen Winternacht in Wien eine Sprengladung unter Gabriels Auto angebracht hatte. Die Detonation hatte Gabriels Sohn Dani getötet und seine erste Frau Leah schwer verletzt. Sie lebte jetzt in einer Nervenklinik auf dem Jerusalemer Herzlberg – in schrecklichen Erinnerungen und einem von Brandwunden entstellten Körper gefangen. Bei seinem letzten Besuch hatte Gabriel ihr erzählt, er werde bald wieder Vater werden.

„Ich hätte gedacht", sagte Lavon leise, „dass du sein Dossier auswendig kennst."

„Das tue ich auch", antwortete Gabriel. „Aber ich will meine Erinnerung an einen speziellen Teil seiner Laufbahn auffrischen."

„Welchen?"

„Seine Zeit in Libyen."

„Du vermutest etwas?"

„Schon möglich."

„Willst du mir sonst noch etwas sagen?"

„Ich bin froh, dass du hier bist, Eli."

Lavon rührte seinen Kaffee langsam um. „Damit stehst du leider allein."

Sie verließen das A Brasileira durch die berühmte grüne Tür und traten auf den gepflasterten Platz hinaus, auf dem Fernando Pessoa in Bronze gegossen in alle Ewigkeit sitzt – als Strafe dafür, Portugals berühmtester Dichter und Schriftsteller zu sein. Ein kalter Wind vom Tejo herauf wirbelte durch ein Amphitheater aus eleganten gelben Gebäuden; auf dem Largo Chiado ratterte eine Straßenbahn vorbei. Gabriel stellte sich vor, wie Quinn auf einem Fensterplatz saß, Quinn mit dem chirurgisch veränderten Gesicht und dem erbarmungslosen Herzen, Quinn, der Todesengel. Lavon ging im langsamen Tempo eines Flaneurs den Hügel hinauf. Gabriel hielt mit ihm Schritt, und sie gingen miteinander durch ein Labyrinth aus schwach beleuchteten Straßen, ohne dass Lavon sich jemals hätte orientieren oder auf einem Stadtplan nachsehen müssen. Er erzählte auf Deutsch von einer Entdeckung, die er kürzlich bei Ausgrabungen unter der Jerusalemer Altstadt gemacht hatte. Wenn er nicht für den Dienst arbeitete, war er außerordentlicher Professor für biblische Archäologie an der Hebräischen Universität. Tatsächlich galt Lavon wegen eines spektakulären Fundes, den er unter dem Tempelberg gemacht hatte, als der „israelische Indiana Jones".

Jetzt blieb er plötzlich stehen und fragte: „Weißt du, wo wir sind?"

„Wo denn?"

„Erkennst du die Stelle wieder?" Als Gabriel schwieg, drehte Lavon sich um. „Und jetzt?"

Gabriel machte ebenfalls kehrt. Die Straße hinter ihnen war fast unbeleuchtet. In der Dunkelheit wirkten die Gebäude form- und charakterlos.

„Hier haben sie gestanden." Lavon ging ein paar Schritte übers Pflaster weiter. „Und der Fotograf hier."

„Wer er wohl war?"

„Irgendein Passant, vermute ich."

„Quinn macht nicht den Eindruck eines Mannes, der sich vom nächstbesten Fremden knipsen lässt."

Lavon setzte sich wortlos wieder in Bewegung, schlenderte weiter den Hügel hinauf. Er bog mehrmals links oder rechts ab, bis Gabriel endgültig die Orientierung verlor. Sein einziger Anhaltspunkt blieb der silbrig glänzende Fluss Tejo, der gelegentlich durch Lücken zwischen Gebäuden zu sehen war. Dann machte Lavon halt und nickte zum Eingang eines Apartmentgebäudes hinüber. Es war etwas höher als die hier üblichen Gebäude, vier Geschosse statt drei, und im Erdgeschoss mit Graffiti verunstaltet. Im ersten Stock hing ein Fensterladen schief an nur einer Angel; von dem Balkon daneben schlängelte sich eine blühende Ranke hinunter. Gabriel trat an die Haustür und las die Namen neben den Klingelknöpfen. Das Namensschild von 2B war leer. Er drückte auf den Knopf und hörte die Klingel so deutlich wie durch ein offenes Fenster oder Wände aus Papier. Dann legte er eine Hand auf den Türknopf.

„Weißt du, wie lange ich dafür brauchen würde, hier reinzukommen?"

„Ungefähr fünfzehn Sekunden", antwortete Lavon. „Aber selig sind die, die warten können."

Gabriel sah die leicht abfallende Straße entlang. An der nächsten Ecke gab es ein winziges Restaurant, in dem Keller an einem der Straßentische gelangweilt die Speisekarte studierte. Direkt gegenüber standen zwei würfelförmige Wohngebäude mit nur drei Etagen, und das kanariengelbe nächste Haus hatte wieder vier Geschosse. An der Glasscheibe über der Sprechanlage hing ein von Wind und Wetter verblasster und leicht gewellter Zettel mit der auf Portugiesisch und Englisch verfassten Mitteilung, in diesem Gebäude sei eine Wohnung zu vermieten.

Gabriel riss den Zettel ab und steckte ihn ein. Dann ging er mit Lavon neben sich an Keller vorbei – wortlos und ohne ihn eines Blickes zu würdigen – und in Richtung Fluss weiter. Als er am folgenden Morgen im Café A Brasileira Kaffee trank, rief er die auf dem Zettel angegebene Nummer an. Und nachdem er eine Monatsmiete und die Kaution im Voraus gezahlt hatte, gehörte das Apartment mittags ihm.

24

BAIRRO ALTO, LISSABON

In der Abenddämmerung bezog Gabriel Allon die Wohnung mit der Miene eines Mannes, dem eine Frau den Laufpass gegeben hat. Er brachte nichts mit außer einer abgenutzten Reisetasche, und sein finsteres Gesicht zeigte allen, dass er nicht angesprochen werden wollte. Eli Lavon, der eine Stunde später kam, brachte zwei große Tragetaschen Lebensmittel mit – vielleicht die Zutaten für ein tröstliches Mahl. Christopher Keller kam als Letzter. Er stahl sich wie ein Dieb in der Nacht in das Gebäude und bezog Posten an einem Fenster, als beziehe er ein Versteck im Banditenland South Armagh. Und so begann das lange Warten.

Das Apartment war möbliert. Die kleine Ansammlung von nicht zusammenpassenden Sesseln im Wohnzimmer sah aus wie auf Flohmärkten zusammengekauft; die beiden Schlafzimmer glichen den Zellen asketischer Mönche. Der Bettenmangel spielte keine Rolle, weil immer ein Mann am Fenster Wache hielt. Die meiste Zeit war das Keller. Er hatte lange darauf gewartet, dass Quinn aus der Versenkung auftauchen würde, und wollte nun der Erste sein, der ihn entdeckte. Gabriel hängte sein Phantombild von Quinn wie ein Familienporträt neben das Fenster, und Keller betrachtete es jedes Mal, wenn ein Mann im richtigen Alter und in richtiger Größe – Mitte vierzig, nicht ganz einen Meter achtzig – auf der schmalen Straße vorbeikam.

Bei Sonnenaufgang am dritten Morgen war Keller davon überzeugt, Quinn komme von dem um diese Zeit geschlossenen Restaurant her die Straße herauf. Der Mann habe Quinns

Gesicht, flüsterte er Lavon aufgeregt zu. Und vor allem habe er Quinns Gang. Aber das war nicht Quinn, sondern ein Portugiese, der in einer der nächsten Straßen arbeitete, wie sich später herausstellte. Lavon, der sich auf physische Überwachung verstand wie kein anderer, erklärte ihnen, dieser Irrtum gehöre zu den Gefahren überlanger Wachen. Manchmal sah der Beobachter, was er zu sehen wünschte. Und manchmal stand die Zielperson direkt vor ihm, und der Beobachter war, durch Müdigkeit oder Ehrgeiz geblendet, außerstande, sie auch nur wahrzunehmen.

Weil der Vermieter glaubte, Gabriel bewohne das Apartment allein, ließ sich auch nur Gabriel in der Öffentlichkeit sehen. Er war ein Mann mit angeknackstem Herzen, der zu viel freie Zeit hatte. Er streifte durch die hüglige Oberstadt, fuhr scheinbar ziellos mit der Straßenbahn herum, besuchte das Museu do Chiado und nahm seinen Nachmittagskaffee im Café A Brasileira. Und in einem grünen Park am Tejo übergab ihm ein Kurier des Diensts einen Koffer mit der Ausrüstung für einen Beobachtungsposten: eine Kamera mit Stativ und hochempfindlichem Teleobjektiv für Nachtaufnahmen, ein Parabolmikrofon, zwei abhörsichere Funkgeräte, ein leicht zu versteckender Minisender und ein Notebook mit abhörsicherer Satellitenverbindung zum King Saul Boulevard. Außerdem enthielt der Koffer ein Schreiben des Chefs der Operationsabteilung, der Gabriel sanft dafür tadelte, dass er sich selbst eine sichere Wohnung besorgt hatte, statt die Dienste der Hausverwaltung in Anspruch zu nehmen. Und einen handgeschriebenen Brief von Chiara, den Gabriel zweimal las, bevor er ihn im Waschbecken im Bad verbrannte. Danach war seine Stimmung so düster wie die Asche, die er mit reichlich Wasser wegspülte.

„Mein Angebot gilt weiterhin“, sagte Lavon.

„Welches?"

„Ich bleibe mit Christopher hier. Du fliegst heim zu deiner Frau."

Gabriel blieb bei seiner Antwort, und Lavon sprach dieses Thema nie mehr an – nicht einmal spätnachts, wenn die Tische des kleinen Restaurants an der Ecke zusammengeklappt waren und Nieselregen die stille Straße dunkel färbte. Sie schalteten alles Licht in der Wohnung aus, damit ihre Schatten nicht von draußen sichtbar waren, und im Dunkel schienen die Jahre von ihnen abzufallen. Sie hätten wieder die jungen Männer von zwanzig Jahren sein können, die der Dienst im Herbst 1972 ausgeschickt hatte, um sie die Terroristen jagen zu lassen, die das Münchner Olympiaattentat verübt hatten. Ihr Unternehmen hatte den Decknamen „Zorn Gottes" getragen. Im hebräisch geprägten Lexikon des Teams war Lavon ein *Ajin*, ein Beschatter, und Gabriel ein *Aleph*, ein Vollstrecker, gewesen. Drei Jahre lang hatten sie die Terroristen durch ganz Europa verfolgt, nachts und am helllichten Tag zugeschlagen und in ständiger Angst gelebt, sie könnten verhaftet und als Mörder angeklagt werden. Sie hatten endlose Nächte in schäbigen Zimmern verbracht, hatten Hauseingänge und Männer beobachtet, waren heimlich in das Leben anderer eingedrungen. Stress und Albträume hatten beide kaum noch Schlaf finden lassen. Ein Transistorradio war ihre einzige Verbindung zur realen Welt. Es informierte sie über gewonnene und verlorene Kriege, über einen US-Präsidenten, der unter schimpflichen Umständen zurücktreten musste, und spielte in warmen Sommernächten manchmal Musik für sie – dieselbe Musik, die normale junge Männer von zwanzig Jahren hörten: junge Männer, die nicht von ihrem Land ausgeschickt worden waren, um Vollstrecker zu sein, Racheengel für elf ermordete Juden.

In der kleinen Wohnung im Bairro Alto wurde Schlaflosigkeit bald epidemisch. Sie hatten geplant, sich im Zweistundenrhythmus am Fenster abzulösen, aber als die Tage verstrichen und die allgemeine Schlaflosigkeit sich ausbreitete, gingen die drei Veteranen immer mehr dazu über, den Beobachtungsposten gemeinsam zu bemannen. Alle, die unter ihrem Fenster vorbeigingen, wurden unabhängig von Alter, Geschlecht und Hautfarbe fotografiert. Wer das Zielgebäude betrat, wurde besonders aufmerksam beobachtet; das galt selbst für die Hausbewohner, deren Geheimnisse im Lauf der Zeit offenbar wurden. Das lag in der Natur solcher Langzeitbeobachtungen. In den meisten Fällen waren es die fleischlichen Sünden Unbeteiligter, die peinlich offengelegt wurden.

In dem Apartment gab es einen Fernseher mit einer Satellitenschüssel, deren Empfang gestört war, wenn es regnete oder auch nur mäßiger Wind herrschte. Er diente als ihre Verbindung zur Außenwelt, die mit jedem Tag weniger beherrschbar zu werden schien. Dies war die Welt, die Gabriel in dem Augenblick erben würde, in dem er seinen Amtseid als nächster Direktor des Diensts ablegte. Und sie würde auch Kellers Welt sein, wenn er sich dazu entschloss. Keller war Gabriels letzte Restaurierung. Sein schmutziger Firnis war abgenommen, seine Leinwand unterlegt und retuschiert worden. Er war nicht länger der englische Auftragsmörder. Bald würde er der englische Spion sein.

Wie alle guten Beobachter war Keller von Natur aus sehr geduldig. Am siebten Tag ihrer Überwachung riss sein Geduldsfaden jedoch. Lavon schlug zur Abwechslung einen Spaziergang am Fluss oder eine Autofahrt übers Land vor, aber Keller weigerte sich, das Apartment oder seinen Posten am Fenster zu verlassen. Er fotografierte weiter die unter ihm Vorbeigehenden – die alten Bekannten, die Neulinge, die zufälligen Passanten – und wartete darauf, dass ein Mann Mitte vierzig, knapp unter einem Meter achtzig, vor dem Haus gegenüber aus einem Auto stieg. Lavon hatte den Eindruck, Keller halte auf der Lower Market Street in Omagh Wache, warte darauf, dass ein hinten schwer beladener roter Vauxhall Cavalier am Randstein hielt, damit zwei Männer, Quinn und Walsh, aussteigen konnten. Walsh hatte bereits für seine Sünden gebüßt. Quinn würde als Nächster folgen.

Aber als ein weiterer Tag verging, ohne dass er aufkreuzte, schlug Keller vor, anderswo nach ihm zu fahnden. Südamerika, sagte er, sei der logische Ort. Sie konnten nach Caracas fliegen und dort Türen eintreten, bis sie Quinn fanden. Gabriel schien ernsthaft über seinen Vorschlag nachzudenken. In Wirklichkeit beobachtete er eine Frau von ungefähr dreißig Jahren, die in dem kleinen Restaurant am Ende der Straße saß. Ihre Umhängetasche lag auf dem Stuhl neben ihr: eine geräumige Tasche, groß genug für Toilettenartikel, vielleicht sogar etwas Kleidung. Ihr Reißverschluss war aufgezogen, und die Tasche lag so da, dass ihr Inhalt leicht zugänglich war. Eine Agentin des Diensts hätte ihre Tasche so abgelegt, dachte Gab riel, vor allem, wenn sie eine Pistole enthält.

„Hörst du mir überhaupt zu?“, fragte Keller.

„Natürlich, natürlich“, log Gabriel.

Draußen sank die Abenddämmerung herab, aber die Dreißigerin trug weiter ihre Sonnenbrille. Gabriel richtete das Teleobjektiv auf sie, zoomte ihr Gesicht heran und fotografierte es. Er betrachtete es sorgfältig durch den Kamerasucher. Ein gutes Gesicht, fand er, ein Gesicht, das es verdient hätte, gemalt zu werden. Die Wangenknochen waren hoch, das Kinn war klein und wohlgeformt, der Teint makellos und auffällig blass. Die Sonnenbrille verdeckte ihre Augen, aber Gabriel hätte darauf gewettet, sie seien blau. Ihr schulterlanges Haar war rabenschwarz. Er bezweifelte, dass dieses Schwarz natürlich war.

Als Gabriel sie fotografiert hatte, hatte die Frau die Speisekarte studiert. Jetzt sah sie wieder die Straße entlang. Das war nicht die bevorzugte Aussicht. Die meisten Gäste des Restaurants saßen mit Blick über die Stadt andersherum. Ein Kellner erschien. Gabriel griff zu spät nach dem Parabolmikrofon und richtete es auf den Tisch. Er hörte den Kellner „Thank you" sagen, dann folgten einige Takte laute Tanzmusik: der Klingelton ihres Handys. Sie lehnte das Gespräch mit einem Knopfdruck ab, legte ihr Smartphone in die Umhängetasche zurück und zog einen Lissabonführer heraus. Gabriel hob die Kamera ans Auge und zoomte nicht das Gesicht der Frau heran, sondern den Reiseführer. Sie las *Frommer's Lisbon* auf Englisch. Einige Sekunden später ließ sie ihn sinken und beobachtete wieder die Straße.

„Was interessiert dich so?", fragte Keller.

„Weiß ich nicht genau."

Keller trat ans Fenster und folgte Gabriels Blick. „Hübsch", sagte er.

„Vielleicht."

„Neu oder von hier?"

„Scheint eine Touristin zu sein."

„Weshalb sollte eine hübsche junge Touristin allein essen?"

„Gute Frage."

Der Kellner kam mit einem Glas Weißwein zurück, das er neben den Lissabonführer stellte. Er klappte seinen Bestellblock auf, aber die Schwarzhaarige lehnte anscheinend ab, denn er zog sich zurück, ohne etwas aufzuschreiben. Wenig später kam er mit einem Kassenbon zurück, den er wortlos auf den Tisch legte, bevor er wieder verschwand.

„Was war das?", fragte Keller.

„Die hübsche junge Touristin hat sich die Sache anscheinend anders überlegt.“

„Ich frage mich, warum.“

„Vielleicht hängt es mit dem Anruf zusammen, den sie abgelehnt hat.“

Die Frau griff wieder in ihre Umhängetasche. Sie zog einen einzelnen Geldschein heraus. Sie legte ihn auf den Kassenbon, beschwerte ihn mit dem Weinglas und stand auf.

„Scheint ihr nicht geschmeckt zu haben“, sagte Gabriel.

„Vielleicht hat sie Kopfschmerzen.“

Die Schwarzhaarige griff jetzt nach ihrer Tasche. Sie nahm den Trageriemen über eine Schulter und sah ein letztes Mal die Straße entlang. Dann wandte sie sich ab, ging um die Ecke und verschwand.

„Schade“, meinte Keller.

„Warten wir's ab“, sagte Gabriel.

Er beobachtete, wie der Kellner das Geld kassierte. In Gedanken versuchte er jedoch auszurechnen, wie lange es dauern würde, bis er sie wiedersah. Zwei Minuten, schätzte er; so lange würde sie brauchen, um ihr Ziel über eine Parallelstraße zu erreichen. Er sah auf seine Armbanduhr, und als neunzig Sekunden vergangen waren, hob er die Kamera ans Auge und begann langsam zu zählen. Als er bei zwanzig war, sah er sie mit umgehängter Tasche und aufgesetzter Sonnenbrille aus dem Halbdunkel auftauchen. Sie blieb am Eingang des Zielgebäudes stehen, schloss die Haustür auf und stieß sie auf. Als sie den Eingangsbereich betrat, kam ein Hausbewohner, ein Mann Mitte zwanzig, eben heraus. Er sah sich nach ihr um, aber Gabriel konnte nicht beurteilen, ob er das aus Neugier oder Bewunderung tat. Er fotografierte den Mieter, dann sah er zu den dunklen Fenstern im ersten Stock hinüber. Zehn Sekunden später flammte hinter den Jalousien Licht auf.

25

BAIRRO ALTO, LISSABON

Er sah sie erst am folgenden Morgen um halb neun Uhr wieder, als sie nur mit einem Bademantel bekleidet auf dem Balkon erschien – in Quinns Bademantel, vermutete Gabriel, denn für ihre schlanke Figur war er zu weit. Sie wirkte nachdenklich, während sie eine Zigarette rauchte und die in blassem Morgenlicht unter ihr liegende Straße beobachtete. Weil sie diesmal keine Sonnenbrille trug, konnte er sehen, dass ihre Augen tatsächlich blau waren. Leuchtend blau. Ein Vermeer-Blau. Er machte mehrere Fotos von ihr und schickte sie dem King Saul Boulevard. Dann beobachtete er, wie die Frau sich zurückzog und die Balkontür hinter sich schloss.

In der Wohnung gegenüber brannte noch gut zwanzig Minuten lang Licht. Dann erlosch es, und kurze Zeit später trat sie aus dem Haus auf die Straße. Sie trug ihre Umhängetasche über der rechten Schulter und hatte beide Hände in den Taschen ihres Mantels vergraben. Heute trug sie einen jugendlichen Dufflecoat, nicht mehr die schwarzlederne Rockerjacke vom Vorabend. Sie schritt energisch aus; ihre Stiefelabsätze knallten auf dem Straßenpflaster. Das Geräusch schwoll an, als sie unter dem Fenster des Beobachtungspostens vorbeiging, und verhallte, als sie an dem geschlossenen Restaurant vorbei um die Ecke verschwand.

Der Citroën, den Gabriel in Paris abgeholt hatte, stand in einer Querstraße geparkt. Während Keller ihn holte, folgte Gabriel der Schwarzhaarigen zu Fuß durch eine weitere gepflasterte Gasse mit Cafés und Geschäften. Diese Gasse mündete in einen breiten Boulevard, der wie ein Zufluss des Tejos den Hügel hinabfloss. Die Frau betrat einen Coffee Shop, bestellte an der Theke und setzte sich auf einen der Hocker am Fenster. Gabriel verschwand in dem Café gegenüber und suchte sich ebenfalls einen Fensterplatz. Keller wartete am Randstein, bis ein Polizeibeamter ihn zum Weiterfahren aufforderte. Aber er fuhr nur einmal um den Block und war nach kurzer Zeit wieder da.

Eine Viertelstunde lang blieben ihre Positionen unverändert: die Schwarzhaarige in ihrem Café, Gabriel in seinem, Keller am Steuer des Citroëns. Die Frau starrte auf ihr Smartphone, während sie ihren Kaffee trank, und schien mindestens einmal jemanden anzurufen. Kurz vor halb zehn Uhr steckte sie das Handy in ihre Umhängetasche und trat wieder auf die Straße hinaus. Sie ging ein kleines Stück in Richtung Fluss nach Süden, bevor sie abrupt stehen blieb und ein Taxi anhielt, das in Gegenrichtung unterwegs war. Gabriel stürmte aus dem Café, stieg in den Citroën. Keller wendete auf der Straße und gab Gas.

Dreißig Sekunden vergingen, bevor sie das Taxi wieder in Sicht hatten. Es war im morgendlichen Verkehr nach Norden unterwegs, schlängelte sich rasant zwischen Bussen und Lastwagen, den glänzenden deutschen Luxuslimousinen der Neureichen und den klapprigen Rostlauben der weniger begüterten Lissabonner hindurch. Obwohl Gabriel die Stadt von früheren Besuchen nur flüchtig kannte, wusste er schon bald, wohin das Taxi fuhr. Seine Route zeigte wie eine Kompassnadel auf den Flughafen Lissabon.

Sie durchquerten ein Neubauviertel und wurden vom Verkehrsstrom zu einem großen Kreisel am Rand eines grünen Parks getragen. Von dort ging es in Richtung Nordosten zu einem weiteren Kreisel weiter, der sie auf die Avenida da

República ausspuckte. Gegen Ende der Avenue erschienen die ersten Wegweiser zum Flughafen. Das Taxi folgte ihnen und hielt zuletzt vor dem Abflugsektor des Terminals 1. Die Schwarzhaarige zahlte, stieg aus und verschwand so rasch in dem Gebäude, als fürchte sie, ihren Flug zu verpassen. Gabriel wies Keller an, den Citroën auf einem Kurzzeitparkplatz abzustellen, die Pistole im Kofferraum zurückzulassen und den Autoschlüssel in die Magnetbox über dem linken Hinterrad zu legen. Dann folgte er der Frau ins Terminal.

Sie blieb drinnen kurz stehen, um sich zu orientieren und die in der glitzernden modernen Halle hängende große Abfluganzeige zu studieren. Dann hielt sie auf die Schalter von British Airways zu und schloss sich der kurzen Schlange vor der Abfertigung für die erste Klasse an. Das war ein glücklicher Zufall, denn British Airways bediente von Lissabon aus nur eine einzige Strecke. Flug 501 ging in einer Stunde. Die nächste BA-Maschine würde erst um 19 Uhr starten.

Gabriel zog sein BlackBerry heraus und wies die Reisestelle am King Saul Boulevard per E-Mail an, zwei Tickets erster Klasse für BA-Flug 501 zu buchen – eines für Johannes Klemp, das andere für Adrien LeBlanc. Die Reisestelle bestätigte den Empfang und bat ihn, kurz zu warten. Zwei Minuten später wurden die Reservierungsnummern angezeigt. In der ersten Klasse war nur noch ein Sitz frei gewesen, den die Reisestelle in ihrer unendlichen Weisheit für Gabriel reserviert hatte. Monsieur LeBlanc bekam einen der wenigen noch freien Sitze in der Economy-Klasse. Die lag im hinteren Teil der Maschine, in der Zone mit Kindergeschrei und Toilettengerüchen.

Gabriel schickte eine weitere Nachricht zum King Saul Boulevard, in der er die eilige Bereitstellung eines Wagens am Flughafen Heathrow verlangte. Dann steckte er das Black-

Berry wieder ein und beobachtete, wie die Frau mit ihrem Ticket in der Hand zur Sicherheitskontrolle ging. Keller wartete, bis sie verschwunden war, bevor er sich zu ihm gesellte.

„Wohin fliegen wir?", fragte er.

Gabriel lächelte und sagte: „Nach Hause."

Sie checkten beide einzeln ein: ohne Koffer, sogar ohne Handgepäck. Vor der Sicherheitskontrolle mussten sie die Bordkarten und ihre gefälschten Pässe vorzeigen; die eigentliche Kontrolle war nur eine Formalität. Bis zum Abflug war noch eine Dreiviertelstunde Zeit, die sie in dem nach Parfüm duftenden Bereich der Duty-free-Shops verbrachten, in dem sie einige Zeitungen und Zeitschriften kauften, um nicht mit leeren Händen an Bord gehen zu müssen. Die Schwarzhaarige stand am Gate, als sie es erreichten; sie fixierte mit ihren leuchtend blauen Augen das Display ihres Mobiltelefons. Gabriel wartete hinter ihr sitzend darauf, dass ihr Flug aufgerufen wurde. Die erste Ankündigung erfolgte auf Portugiesisch, die zweite auf Englisch. Die Frau wartete die zweite Durchsage ab, bevor sie aufstand. Sie ließ das Smartphone in ihre Umhängetasche fallen und schlenderte auf der für die erste Klasse reservierten Spur zum Flugsteig. Gabriel folgte ihr mit weitem Abstand. Während er der Ground Hostess seine Bordkarte hinhielt, sah er zu Keller hinüber, der trübselig im Gedränge der Economy-Passagiere stand. Keller kratzte sich mit dem Zeigefinger an der Nase und betrachtete stirnrunzelnd einen greinenden Säugling, der ihn bald quälen würde.

Als Gabriel an Bord kam, saß die Schwarzhaarige bereits auf ihrem Platz und hatte zur Begrüßung ein Glas Champagner serviert bekommen. Sie hatte den Fensterplatz in der zweiten Reihe links. Ihre Umhängetasche war nicht wie eigentlich vorgeschrieben verstaut, sondern stand vor ihren

Füßen. Auf ihren Knien lag ein BA-Magazin, das sie aber noch nicht aufgeschlagen hatte.

Sie achtete nicht auf Gabriel, als er sich an einem übergewichtigen Fluggast vorbeizwängte, um seinen Sitzplatz – den Sitz am Gang in der vierten Reihe rechts – zu erreichen. Eine zu stark geschminkte Stewardess drückte Gabriel ein Glas Champagner in die Hand. Dass der Champagner kostenlos war, hatte seinen Grund: Er schmeckte wie Terpentin mit Kohlensäure. Er stellte das Glas vorsichtig auf der Mittelkonsole ab und nickte seinem Sitznachbarn zu, einem britischen Geschäftsmann mit Yorkshire-Akzent, der laut telefonierte, um eine fehlende Lieferung zu reklamieren.

Gabriel zog sein BlackBerry heraus, schickte eine weitere Nachricht an den King Saul Boulevard und verlangte die Feststellung der Identität einer ungefähr dreißigjährigen Frau, die in diesem Augenblick Sitz 2A auf BA-Flug 501 einnahm. Die Antwort kam fünf Minuten später, als Keller wie ein Häftling, der mit einem Arbeitskommando unterwegs ist, an Gabriel vorbeischlurfte. Die fragliche Passagierin war Anna Huber, 32 Jahre, deutsche Staatsangehörige, letzte bekannte Anschrift: Frankfurt am Main, Lessingstraße 11.

Gabriel schaltete das BlackBerry aus und studierte die Frau auf der anderen Seite des Mittelgangs. Wer bist du?, dachte er. *Und was machst du an Bord dieser Maschine?*

26

FLUGHAFEN HEATHROW, LONDON

Der Flug nach London dauerte zwei Stunden und sechsundvierzig Minuten. Die Frau namens Anna Huber aß unterwegs nichts und trank außer dem Champagner nichts. Eine halbe Stunde vor der Landung nahm sie ihre Umhängetasche auf die Toilette mit und verriegelte die Tür. Gabriel dachte an Quinns Aufenthalt im Jemen, wo er gemeinsam mit al-Qaida eine Bombe entwickelt hatte, die ein Verkehrsflugzeug abstürzen lassen konnte. Vielleicht ist dies das Ende, dachte er. *Vielleicht stürze ich neben einem Geschäftsmann aus Yorkshire angeschnallt auf ein grünes englisches Feld.* Dann öffnete die Toilettentür sich leise quietschend, und die Frau kam heraus. Sie hatte sich ihr schwarzes Haar gebürstet und etwas Rouge aufgelegt, um weniger blass auszusehen. Ihre blauen Augen glitten ohne ein Zeichen des Wiedererkennens über Gabriel hinweg, als sie wieder Platz nahm.

Die Maschine ging unter die tiefe Wolkendecke und setzte mit einem dumpfen Schlag auf, durch den einige Gepäckfächer über den Sitzen aufsprangen. Es war erst kurz nach 13 Uhr, aber draußen schien bereits eine Art Abenddämmerung zu herrschen. Der Geschäftsmann plärrte bald wieder in sein Handy; offenbar war die Krise wegen der fehlenden Lieferung noch nicht gelöst. Gabriel schaltete sein BlackBerry ein und erfuhr, dass vor Terminal 3 ein silbergrauer VW Passat für sie bereitstand. Er bestätigte diese Information kurz, stand dann auf, als die Maschine am Flugsteig angedockt hatte, und reihte sich in die Schlange der Passagiere ein, die darauf wartete, von Bord gehen zu dürfen. Die Frau namens Anna

Huber stand gebeugt und durch ihre große Umhängetasche behindert an ihrem Fensterplatz. Als die Kabinentür geöffnet wurde, ließ Gabriel die Schwarzhaarige vor sich auf den Gang treten. Sie bedankte sich mit einem knappen Nicken – wieder ohne ein Zeichen des Wiedererkennens – und verschwand vor ihm in dem ins Terminal führenden Flugsteig.

Mit ihrem deutschen Pass konnte sie das Vereinigte Königreich auf der Expressspur für EU-Bürger betreten. Gabriel stand direkt hinter ihr, als der britische Einwanderungsbeamte sie nach dem Zweck ihres Besuchs fragte. Ihre Antwort war so leise, dass Gabriel sie nicht verstand, aber sie gefiel dem Beamten offenbar, denn er lächelte freundlich. Für Gabriel gab es keine herzliche Begrüßung dieser Art. Der Uniformierte stempelte seinen Pass mit schlecht verhehlter Aggressivität und gab ihn ohne Blickkontakt zurück.

„Genießen Sie Ihren Aufenthalt", sagte er.

„Danke", sagte Gabriel und ging hinter der Frau her.

Er holte sie auf dem Korridor ein, auf dem die Fluggäste von den Gepäckbändern ins Ankunftsgebäude geleitet wurden. Neben zwei schwarz verschleierten Frauen stand ein einfacher Agent der Londoner Station des Diensts am Geländer. Er hielt ein Blatt Papier mit dem Namen ASHTON hoch und trug einen höchst gelangweilten Gesichtsausdruck zur Schau. Jetzt steckte er das Blatt ein und gesellte sich zu Gabriel, der sich seinen Weg durch die tränenreiche Wiedervereinigung einer Großfamilie bahnte.

„Wo steht der Wagen?"

Der Agent nickte zum Ausgang ganz links hinüber.

„Sie gehen ans Geländer zurück und halten das Schild noch mal hoch. In ein paar Minuten kommt ein zweiter Mann."

Der Agent kehrte um. Draußen warteten Reihen von Taxis und Shuttlebussen im trüben Nachmittagslicht. Die Frau schlängelte sich durch den Verkehr, war offenbar zum Kurzzeitparkhaus unterwegs. Das war ein Szenario, mit dem Gabriel nicht gerechnet hatte. Er zog sein BlackBerry heraus und rief Keller an.

„Wo bist du?"

„Passkontrolle."

„Am Ausgang hält ein Mann ein Schild hoch, auf dem Ashton steht. Er soll dich zum Auto bringen."

Gabriel beendete das Gespräch und folgte der Frau in das Kurzzeitparkhaus. Ihr Wagen stand auf der zweiten Ebene: eine dunkelblaue BMW-Limousine mit britischem Kennzeichen. Sie angelte den Schlüssel aus ihrer Umhängetasche, öffnete die Türen mit der Fernbedienung und setzte sich ans Steuer. Gabriel rief Keller erneut an.

„Wo bist du jetzt?"

„Am Steuer eines silbergrauen Passats."

„Hol mich an der Ausfahrt des Kurzzeitparkhauses ab."

„Leichter gesagt als getan."

„Bist du in zwei Minuten nicht hier, ist sie weg."

Gabriel steckte das BlackBerry ein und versteckte sich hinter einen Betonpfeiler, als der BMW vorbeifuhr. Dann trabte er die Rampe hinunter und erreichte wieder die Straßenebene. Der BMW schob sich aus der Ausfahrt. Er rollte an Gabriels Position vorbei und kam außer Sicht. Gabriel wollte Keller eben zum dritten Mal anrufen, aber dann sah er den heranrasenden silbergrauen Passat, dessen Fahrer kurz die Lichthupe betätigte. Er warf sich mit einem Satz auf den Beifahrersitz, knallte seine Tür zu und winkte Keller weiter. Sie holten den BMW ein, als er auf die M4 nach West London abbog. Keller fuhr langsamer und zündete sich eine Zigarette an. Gabriel öffnete sein Fenster einen Spalt weit und telefonierte mit Graham Seymour.

Der Anruf kam in einer kurzen Pause zwischen einer Besprechung mit seinen engsten Mitarbeitern und dem Besuch des jordanischen Geheimdienstchefs, den Seymour insgeheim verabscheute. Seymour notierte sich die wichtigsten Einzelheiten. Später wünschte er sich, er hätte das nicht getan. Eine Frau namens Anna Huber, deutscher Reisepass, Frankfurter Adresse, war soeben aus Lissabon kommend in London eingetroffen, nachdem sie in Lissabon eine Nacht in einer Wohnung verbracht hatte, die vermutlich Eamon Quinn gehörte. Auf dem Flughafen Heathrow hatte sie sich einen dunkelblauen BMW, britisches Kennzeichen AG62 VDR, aus dem Kurzzeitparkhaus geholt. Jetzt war sie nach London unterwegs; beschattet wurde sie dabei von dem zukünftigen Direktor des israelischen Geheimdiensts und einem SAS-Deserteur, der ein Profikiller geworden war.

Seymour hatte den Anruf an dem Telefon entgegengenommen, das für seine Privatgespräche reserviert war. Gleich daneben stand das Telefon für seine Direktverbindung zu Amanda Wallace im Thames House. Er zögerte einige Sekunden lang, dann hob er den Hörer ans Ohr. Zu wählen brauchte er nicht. Amanda meldete sich sofort.

„Graham“, sagte sie freundlich. „Was kann ich für dich tun?“

„Mein Unternehmen hat jetzt auf britischen Boden ausgegriffen, fürchte ich.“

„In welcher Form?“

„In Form eines Autos, das in das Zentrum Londons unterwegs ist.“

Nachdem Amanda Wallace aufgelegt hatte, fuhr sie mit ihrem privaten Aufzug in die Einsatzzentrale hinunter. Sie ließ sich in den Chefsessel fallen und nahm sofort den Hörer des

Telefons ab, das sie wieder direkt mit Graham Seymour verband.

„Wo sind sie?"

Zehn angespannte Sekunden verstrichen, bevor Seymour antwortete. Der BMW war kurz vor dem großen Kreisverkehr in Hammersmith. Amanda Wallace wies einen der Techniker an, die Bilder der Überwachungskamera auf den großen zentralen Bildschirm zu überspielen. Zwanzig Sekunden später sah sie bei einsetzendem Regen, der das Bild verschwimmen ließ, den dunkelblauen BMW vorbeirasen.

„Was für einen Wagen hat Allon?"

Seymour antwortete, als der Passat drei Fahrzeuge hinter dem BMW durchs Bild flitzte. Amanda befahl den Technikern der Einsatzzentrale, diese beiden Fahrzeuge zu beobachten. Dann telefonierte sie mit dem Chef der Abteilung A4, der geheimen Überwachungs- und Eingreiftruppe des MI5, und wies ihn an, die Fahrzeuge verfolgen zu lassen.

Weitere leitende Mitarbeiter, darunter auch ihr Stellvertreter Miles Kent, strömten jetzt in die Einsatzzentrale. Amanda bat ihn, das Kennzeichen des BMWs überprüfen zu lassen. Die Antwort kam in weniger als einer Minute. Das Kennzeichen AG62 VDR war nicht vergeben. Der Wagen war mit gefälschten Kennzeichen unterwegs.

„Stell fest, ob irgendwo ein dunkelblauer BMW als gestohlen gemeldet ist", fauchte Amanda.

Diese Suche dauerte länger, fast drei Minuten. Ein BMW dieses Baujahrs und dieses Modells war vor vier Tagen in dem Seebad Margate gestohlen worden. Aber er war grau, nicht dunkelblau.

„Sie haben ihn umgespritzt", sagte Amanda. „Stellt fest, wann er in Heathrow abgestellt worden ist, und besorgt mir das Video."

Sie sah auf den zentralen Bildschirm. Der BMW fuhr über die Kreuzung der West Cromwell Road mit der Earl's Court Road. Der Passat war weiterhin drei Fahrzeuge hinter ihm. Gabriel Allon, den Amanda nur flüchtig kannte, war deutlich auf dem Beifahrersitz erkennbar. Ebenso gut war der Mann am Steuer zu sehen.

„Wer fährt das Verfolgerfahrzeug?", fragte sie Graham Seymour.

„Das ist eine lange Geschichte."

„Da bin ich mir sicher."

Der BMW näherte sich dem National History Museum. Die umliegenden Gehsteige waren voller Schulkinder. Amanda umklammerte den Hörer so krampfhaft, dass ihre Fingerknöchel weiß wurden. Als sie weitersprach, klang ihre Stimme jedoch ruhig und selbstsicher.

„Ich bin nicht bereit, noch sehr viel länger untätig zuzusehen, Graham."

„Ich trage jede Entscheidung mit, die du triffst."

„Sehr freundlich von dir." Ihre Stimme klang sarkastisch, fast verächtlich. „Sag Allon, dass er zurückbleiben soll. Wir übernehmen ab hier."

Sie hörte zu, wie Seymour die Anweisung weitergab. Dann hob sie den Hörer eines Telefons ab, das über eine Standleitung mit dem Commissioner des Metropolitan Police Service verbunden war. Der Polizeipräsident meldete sich sofort.

„Auf der Cromwell Road fährt eine dunkelblaue BMW-Limousine nach Osten. UK-Kennzeichen AG62 VDR. Die Kennzeichen sind gefälscht, der Wagen ist ziemlich sicher gestohlen, und die Fahrerin steht in Verbindung mit einem bekannten Terroristen."

„Was empfehlen Sie?"

„Anhalten und verhaften!"

Amanda Wallace starrte auf den Bildschirm. Der BMW war auf der Brompton Road unterwegs, fuhr in Richtung Hyde Park Corner. Und drei Fahrzeuge hinter ihm fuhr in gleichem Tempo der silbergraue Passat.

Am Brompton Square saß ein Londoner Polizeibeamter auf seinem Motorrad. Er nahm keine Notiz von dem BMW, als die Limousine in flottem Tempo an ihm vorbeifuhr. Auch der nachfolgende silbergraue Passat schien ihn nicht zu interessieren. Gabriel hob sein BlackBerry ans Ohr.

„Wie ist die Lage?", fragte er Graham Seymour.

„Amanda hat die Met angewiesen, einzugreifen und die Frau zu verhaften."

„Wo ist die Polizei?"

„Ein Team kommt die Park Lane herunter. Ein zweites ist vom Piccadilly zum Hyde Park Corner unterwegs."

Eine Reihe exklusiver Geschäfte glitt an Gabriels regennassem Fenster vorbei. Eine Galerie, der Ausstellungsraum eines Ladens für Wohnaccessoires, ein Immobilienmakler, ein Straßencafé, in dem Touristen unter einer grünen Markise bei Drinks saßen ... In der Ferne heulte eine Sirene. In Gabriels Ohren klang sie wie ein Kleinkind, das jammernd nach seiner Mutter rief.

Keller bremste plötzlich scharf. Die Ampel vor ihnen zeigte Rot. Zwei Fahrzeuge – ein Taxi und ein Privatwagen – trennten Gabriel und ihn noch von dem BMW. Vor ihnen erstreckte sich die Brompton Road. Rechts voraus ragte die im Zuckerbäckerstil erbaute Fassade des Luxuskaufhauses Harrods auf. Das Sirenengeheul wurde lauter, aber die Polizei war noch nicht in Sicht.

Die Ampel sprang auf Grün um, und die Autoschlange fuhr wieder an. Sie passierten die Montpellier Street mit einer weiteren Reihe von Cafés und Geschäften. Dann wechselte der BMW plötzlich auf die Busspur und hielt vor einer Filiale der HSBC Bank. Die Fahrertür wurde geöffnet; die Frau stieg aus, sperrte ab und ging ruhig davon. Im nächsten Augenblick verschwand sie unter den zahllosen Regenschirmen, die wie sich bewegende Pilze über dem Gehsteig aufragten.

Gabriel starrte erst den am Randstein geparkten dunkelblauen Wagen, dann das Gedränge aus Einheimischen und Touristen auf dem Gehsteig, dann die reich geschmückte Fassade des weltberühmten Kaufhauses auf der gegenüberliegenden Straßenseite an. Zuletzt sah er auf sein BlackBerry hinab, das lautlos in seiner Hand vibrierte. Auf dem Display stand eine nur sechs Worte lange SMS eines unbekannten Absenders.

DIE ZIEGEL SIND IN DER WAND …

27

BROMPTON ROAD, LONDON

Sie sprangen in verzweifelter Hast aus dem Wagen, schwenkten wie übergeschnappt die Arme und brüllten immer wieder das selbe Wort, während die heranheulenden Sirenen lauter wurden. Einige Sekunden lang reagierte niemand. Dann holte Gabriel aus dem Ablagefach das Passats eine Beretta, vor der die Fußgänger ängstlich zurückwichen. Ihre Angst erwies sich als wirksames Mittel. Gabriel scheuchte die Menge von dem BMW weg und half Gestürzten auf die Beine, während Keller sich bemühte, einen Doppeldeckerbus zu räumen. Vor Entsetzen gelähmte Fahrgäste versperrten den vorderen und hinteren Ausgang. Keller riss sie los und schleuderte sie wie Stoffpuppen auf die Fahrbahn.

Autofahrer, die auf der Brompton Road in beiden Richtungen unterwegs waren, hatten angehalten, um den Tumult zu beobachten. Gabriel hämmerte mit den Fäusten auf Frontscheiben und bedeutete den Fahrern, sie sollten weiterfahren, aber das war zwecklos. Der Verkehr war zum Stillstand gekommen. Auf dem Rücksitz eines weißen Ford Focus war ein Zweijähriger mit Lockenkopf in seinem Kindersitz festgeschnallt. Gabriel wollte die Tür aufreißen, aber sie war verriegelt, und die erschrockene Mutter des Kleinen, die Gabriel offenbar für einen Geisteskranken hielt, weigerte sich, sie zu öffnen. „Vorsicht, Bombe!“, schrie er durch die Scheibe. „Weiterfahren!“ Aber die Frau starrte ihn nur verständnislos an, während der Kleine zu weinen begann.

Keller war mit der Räumung des Busses fertig und hämmerte an die wandhohen Fenster der HSBC-Filiale. Gabriel sah nicht mehr den Jungen an, sondern blickte über die Dächer der im Stau stehenden Autos zur anderen Straßenseite hinüber. Vor Harrods hatten sich Gaffer versammelt. Gabriel rannte auf sie zu, brüllte Warnungen und schwenkte seine Pistole, sodass die Menge erschrocken auseinanderstob. Bei der Massenflucht ging eine hochschwangere Frau zu Boden. Im nächsten Augenblick war Gabriel bei ihr und zog sie hoch.

„Können Sie allein gehen?"

„Ich denke schon."

„Beeilung!", verlangte er. „Um Ihres Kindes willen!"

Als er sie in eine Richtung schob, in der sie in Sicherheit sein würde, begann er zu überlegen, wie viel Zeit vergangen sein mochte, seit die SMS auf seinem BlackBerry erschienen war. Zwanzig Sekunden, dachte er, höchstens dreißig. In dieser kurzen Zeitspanne hatte er's geschafft, über hundert Menschen aus dem unmittelbaren Wirkungsbereich der Autobombe zu vertreiben. Aber auf der Straße stauten sich noch immer Autos, darunter auch der weiße Kompaktwagen von Ford.

Aus dem Eingang von Harrods strömten weitere Kunden auf die Straße. Gabriel trieb sie mit der Beretta in der Hand in den Eingangsbereich zurück und forderte sie auf, sich im Inneren des Gebäudes in Sicherheit zu bringen. Als er auf die Straße zurückkam, sah er, dass der Stau sich nicht aufgelöst hatte. Der weiße Ford Focus erschien ihm wie eine weiße Fahne, die eine Kapitulation signalisierte. Die Frau saß weiter von Unschlüssigkeit gelähmt am Steuer, ohne zu ahnen, was bald passieren würde. Auf dem Rücksitz kreischte ihr untröstlicher kleiner Junge.

Die Beretta glitt ihm aus der Hand, und er spurtete plötzlich los und zerteilte die Luft mit den Händen, als versuche er so, schneller voranzukommen. Als er eben nach der Autotür griff, blendete ihn ein grellweißer Lichtblitz, hell wie tausend Sonnen. Er wurde von einem Gluthauch hochgerissen und torkelte hilflos rückwärts in einen Sturm aus Glas und Blut. Eine Kinderhand griff nach ihm; er hielt sie einen Augenblick fest, aber sie entglitt ihm wieder. Dann wurde es um ihn herum dunkel und still, und er nahm gar nichts mehr wahr.

TEIL ZWEI

TOD EINES SPIONS

28

LONDON

Später würde die Metropolitan Police feststellen, dass nur siebenundvierzig Sekunden verstrichen waren – siebenundvierzig Sekunden von dem Augenblick, in dem die Frau den BMW auf der Brompton Road abgestellt hatte, bis zur Detonation des Sprengsatzes in seinem Kofferraum. Er wog zweihundertfünfzig Kilogramm und war – wie bei Quinn nicht anders zu erwarten – hervorragend gebaut.

Dass Quinn der Bombenbauer gewesen war, wusste die Met jedoch nicht gleich. Das kam alles später, nach den Wortgefechten, den angedrohten Rücktritten und Vergeltungsmaßnahmen und dem unvermeidlichen orgiastischen Blutvergießen. Die Met wusste nur, was sie wenige Minuten vor der Katastrophe von MI5-Direktorin Amanda Wallace erfahren hatte. Eine 32-jährige Frau mit deutschem Pass hatte sich aus dem Kurzzeitparkhaus am Terminal 3 in Heathrow einen fast neuen, gestohlenen BMW geholt. Der MI6 hatte von einem ausländischen Geheimagenten – der nicht identifiziert wurde – erfahren, dass die Frau mit einem bekannten internationalen Terroristen und Bombenbauer in Verbindung stand. Amanda Wallace hatte der Met empfohlen, sofort alle erforderlichen Maßnahmen zu ergreifen, um den Wagen anzuhalten und die Fahrerin festzunehmen. Daraufhin hatte der Commissioner Teams des Spezialeinsatzkommandos SCO19 in Marsch gesetzt. Das erste Fahrzeug war im Augenblick der Detonation vor Harrods eingetroffen. Die beiden Beamten gehörten zu den Opfern des Anschlags.

Von dem dunkelblauen BMW blieb nichts übrig als ein

Krater mit zwanzig Metern Durchmesser an der Stelle, wo er gestanden hatte. Ein Stück seines Dachs wurde später über einen halben Kilometer weit entfernt in der Serpentine, dem See im Hyde Park, treibend aufgefunden. Auf der Straße standen Autos und Busse in hellen Flammen; aus einer beschädigten Hauptwasserleitung schoss eine Fontäne, die die abgerissenen Gliedmaßen der Toten und Verletzten sauber wusch. Seltsamerweise erlitten die Gebäude auf der Nordseite der Straße, wo die Detonation stattfand, nur mittlere Schäden. Es war Harrods, das die volle Wirkung der Autobombe zu spüren bekam. Die Detonation riss die Fassade des Kaufhauses weg und legte seine Etagen wie die Stockwerke eines Puppenhauses frei: Bett und Bad, Möbel und Heimtextilien, edler Schmuck und Parfüm, Damenkleidung. Unter Schock stehende Gäste des Georgian Restaurants starrten noch lange auf die verwüstete Brompton Road hinunter. Das berühmte Tearoom war bei wohlhabenden Frauen aus den ölreichen Emiraten am Persischen Golf beliebt. In ihren schwarzen *Hidschābs* sahen sie wie auf einer Überlandleitung sitzende Raben aus.

Die Zahl der Opfer war schwierig festzustellen. Bis zum Einbruch der Dunkelheit wurden zweiundfünfzig Tote gezählt, zu denen über vierhundert Verletzte kamen, von denen viele in Lebensgefahr schwebten. Im Fernsehen äußerten viele Experten sich erstaunt darüber, dass die Zahl der Opfer nicht weit höher lag. Überlebende berichteten von zwei Männern, die sich unmittelbar vor der Detonation verzweifelt bemüht hatten, Menschen aus dem Gefahrenbereich zu scheuchen. Ihre Bemühungen waren auf einem Videofilm dokumentiert, der der BBC zugespielt wurde. Ein bewaffneter Mann trieb Passanten vor sich her, während ein anderer mit Gewalt Fahrgäste aus einem Doppeldeckerbus holte. Die Identität der beiden war unklar. Ihr Wagen war von der Autobombe zerfetzt worden, und keiner der Männer hatte sich gemeldet, zumindest nicht öffentlich. Die Met spielte ihre Rolle herunter; MI5 und Secret Intelligence Service zogen es vor, sie nicht zu kommentieren. Der Videofilm der Überwachungskamera zeigte, dass einer der Männer sich im letzten Augenblick vor der Detonation in Deckung warf, aber der zweite Mann war zuletzt zu sehen, wie er auf einen weißen Ford Focus zurannte, der auf der Brompton Road im Stau feststeckte. Die Insassen dieses Wagens, eine Mutter und ihr kleiner Sohn, verbrannten im Feuerball der Detonation. Auch der Mann galt als tot, obwohl sein Leichnam nie gefunden wurde.

Der anfängliche Schock und Abscheu machten sehr rasch Zorn und intensiver Fahndung nach den Attentätern Platz. Ganz oben auf der Liste der Verdächtigen stand der IS, die extremistische Gruppierung „Islamischer Staat", die durch Terror und Massenhinrichtungen ein islamisches Kalifat geschaffen hatte, das ganze Teile Syriens und des Iraks umfasste. In den Reihen dieser Organisation, die dem Westen den Krieg erklärt hatte, kämpften mehrere Hundert britische Staatsbürger, die ihre kostbaren britischen Pässe behalten hatten. Zweifellos, erklärten die Fernsehexperten, sei der IS entsprechend motiviert und besitze die Fähigkeit, ein Attentat mitten in London zu verüben. Ein IS-Sprecher dementierte jedoch jegliche Beteiligung, was auch mehrere Elemente des als al-Qaida bekannten islamischen Konglomerats des Todes taten. Eine palästinensische Splittergruppe und eine unbekannte Gruppierung, die sich „Märtyrer der beiden heiligen Moscheen" nannte, übernahmen die Verantwortung für den Anschlag. Ihren Anspruch auf Urheberschaft nahm jedoch niemand ernst.

Die Frage nach der Verantwortung für das Attentat hätte nur die Frau beantworten können, die die Autobombe ins Ziel gebracht hatte: Anna Huber, 32, deutsche Staatsangehörige, letzte bekannte Anschrift Frankfurt am Main, Lessingstraße 11. Aber auch achtundvierzig Stunden nach dem Anschlag war ihr Aufenthaltsort unbekannt. Versuche, ihr elektronisch auf die Spur zu kommen, erwiesen sich als zwecklos. Eine Überwachungskamera zeigte, wie sie zu Fuß auf der Brompton Road in Richtung Knightsbridge unterwegs war. Aber als nach der Detonation Rauch, Trümmer und in Panik geratene Menschenmassen die Straße füllten, verloren die Kameras ihre Fährte. Keine Anna Huber hatte das Land mit Zug oder Flugzeug verlassen; keine Anna Huber hatte irgendeine andere europäische Grenze überquert. Eine Spezialeinheit der deutschen Bundespolizei durchsuchte ihr Apartment und fand vier unmöblierte Räume vor, die nicht den geringsten Hinweis auf die ehemalige Bewohnerin gaben. Nachbarn beschrieben sie als ruhig und in sich gekehrt. Einer sagte, sie habe bei einer internationalen Hilfsorganisation gearbeitet und sei in deren Auftrag häufig in Afrika unterwegs gewesen. Ein anderer sagte, sie habe in der Tourismusbranche gearbeitet. Oder vielleicht als Journalistin?

Zuständig für den Schutz des Vereinigten Königreichs vor Terroranschlägen waren hauptsächlich der MI5 und das Vereinte Zentrum für Terrorismusanalyse. Deshalb richtete die öffentliche und politische Empörung über den Anschlag in der Brompton Road sich vor allem gegen Amanda Wallace. Von den Medien wurde sie immer häufiger mit dem Adjektiv „bedrängt“ charakterisiert. Ungenannte Quellen bei der Met klagten darüber, in Bezug auf Informationen über den Anschlag sei der Security Service „weniger als entgegenkommend“ gewesen. Ein leitender Ermittler verglich den Informationsfluss zwischen Thames House und Scotland Yard mit dem Vorrücken eines Gletschers. Später präzisierte er seine Aussage und bezeichnete die Zusammenarbeit zwischen den beiden Organisationen als „nicht existent".

Als Nächstes brachten die Medien wenig schmeichelhafte Berichte über Amandas Führungsstil. Wie man hörte, fürchteten ihre Untergebenen sie; viele Mitarbeiter in leitenden Positionen waren angeblich auf der Suche nach grüneren Weiden anderswo – und das zu einem für Großbritannien denkbar ungünstigen Zeitpunkt. Außerdem wurde Amanda ein schwieriges Verhältnis zu Graham Seymour, ihrem Kollegen beim MI6, nachgesagt. Es hieß, die beiden sprächen kaum miteinander und hätten sich bei einer Krisensitzung beim Premierminister sogar geweigert, einander zur Kenntnis zu nehmen. Ein prominenter ehemaliger Agent sagte, die Beziehungen zwischen den britischen Geheimdiensten seien auf dem tiefsten Stand seit einer Generation. Ein angesehener Journalist, der beim *Guardian* für Sicherheitsfragen zuständig war, schrieb, die britischen Geheimdienste trieben in einem Sturm der Stärke zehn. Und damit hatte er ausnahmsweise recht.

Ab diesem Zeitpunkt versammelte eine Journalistenmeute sich als Leichenwache vor dem Thames House, um Amanda Wallaces Ende abzuwarten. Das dauerte nicht lange – zwei, höchstens drei Tage. Dann machte Amanda der Posse ein Ende. Die Waffe ihrer Wahl war derselbe angesehene Journalist vom *Guardian*, ein Mann, den sie sich seit Jahren sorgfältig herangezogen hatte. Seine Story begann nicht mit dem Terroranschlag in der Brompton Road, sondern mit der Ermordung der Prinzessin und wurde rasch schlimmer. Quinns Name wurde prominent herausgestellt. Ebenso Graham Seymours Name. Dies sei, sagte ein Politikkommentator, das beste Beispiel für einen Rufmord durch der Presse zugespielte Informationen, das er je gesehen habe.

Am späten Vormittag war der Medientross weitergezogen, um eine neue Leichenwache zu beginnen. Diesmal war die Zielperson der Generaldirektor des Secret Intelligence Service Ihrer Majestät. Er gab keine Pressemitteilung heraus und nahm seine Termine ganz normal wahr, bis sein Dienstwagen, ein Jaguar mit getönten Scheiben, um 11.30 Uhr durchs Tor der Downing Street Nr. 10 einfuhr. In der Number Ten blieb er weniger als eine Stunde. Simon Hewitt, der Sprecher des Premierministers, wollte später nicht bestätigen, dass der Spionagechef überhaupt einen Fuß in das Gebäude gesetzt hatte. Kurz nach 14 Uhr wurde beobachtet, wie sein Jaguar in die Tiefgarage am Vauxhall Cross einfuhr, aber wie sich zeigte, saß Graham Seymour nicht darin. Er saß im Laderaum eines neutralen Lieferwagens, der London um diese Zeit schon weit hinter sich gelassen hatte.

29

DARTMOOR, DEVON

Die Straße hatte keinen Namen und erschien auf keiner Landkarte. Vom Flugzeug aus sah sie wie eine Kerbe im Moor aus, vielleicht das Bett eines ausgetrockneten Bachs, der zur Zeit des Baus von Stonehenge noch Wasser geführt hatte. Wo sie abzweigte, stand ein Schild, verwittert und angerostet, mit der Warnung, dies sei eine Privatstraße. Und an ihrem Ende stand ein Tor, das von dezentem Reichtum und unauffälliger Autorität kündete.

Dic Landschaft hinter dem Tor war kahl und eintönig, etwas für Liebhaber. Der Mann, der sich dort ein Cottage hatte bauen lassen, hatte sein Geld als Reeder gemacht. Er hatte das Landhaus seinem einzigen Sohn hinterlassen, und als dieser ohne Erben starb, hatte er das Cottage dem Secret Intelligence Service vermacht, bei dem er fast ein halbes Jahrhundert lang gearbeitet hatte. Er hatte unter verschiedenen Decknamen in vielen entfernten Winkeln des Empires gedient, war aber hauptsächlich als Wormwood bekannt gewesen. Ihm zu Ehren hatte der Geheimdienst dem Landhaus den Namen Wormwood Cottage gegeben.

Das auf einer kleinen Anhöhe stehende Landhaus war aus einheimischem Stein erbaut, der im Lauf der Jahre dunkel verwittert war. Die ehemalige Scheune am jenseitigen Rand des Hofs hinter dem Hauptgebäude enthielt jetzt Büros und Personalunterkünfte. Stand das Wormwood Cottage leer, kümmerte sich nur ein Hausmeister namens Parish um seine Instandhaltung. Aber sobald ein Gast anwesend war – Gäste wurden immer als „Gesellschaft“ bezeichnet –, konnte die

Personalstärke bis auf zehn Männer und Frauen ansteigen. Ein „Befreundeter“ mit nur wenigen Feinden durfte sich meistens frei bewegen. Ein Überläufer aus dem Iran oder Russland wurde dagegen fast wie ein Gefangener behandelt.

Die beiden Männer, die am Abend nach der Detonation der Autobombe auf der Brompton Road eintrafen, waren irgendwo zwischen diesen Kategorien einzuordnen. Sie erschienen mit nur wenigen Minuten Vorwarnung von einem Assistenten des Generaldirektors mit dem Decknamen Davies und einem MI6-Arzt begleitet, der auf die Behandlung von Patienten spezialisiert war, die nicht in ein Krankenhaus eingeliefert werden durften. Der Arzt verbrachte den Rest der Nacht damit, den älteren der beiden Männer wieder zusammenzuflicken. Dabei beobachtete ihn der jüngere Mann mit Argusaugen.

Er war ein Engländer, dieser jüngere Mann, der in einem anderen Land im Asyl gelebt, eine andere Sprache gesprochen hatte. Der Ältere der beiden war die Legende. Zwei Angehörige des Personals hatten ihn nach einem Vorfall im Hyde Park, bei dem es um die Tochter des US-Botschafters gegangen war, schon einmal gepflegt. Er war ein Gentleman, von Natur aus ein Künstler, eher zurückhaltend, ein wenig launisch, aber das waren viele seiner Art. Sie würden über ihn wachen, seine Wunden versorgen und ihn dann weiterschicken. Und keiner von ihnen würde jemals seinen Namen aussprechen, denn für sie existierte er nicht. Er war ein Mann ohne Vergangenheit oder Zukunft. Er war eine leere Seite. Er war tot.

In den ersten achtundvierzig Stunden seines Aufenthalts war er stiller als sonst. Er sprach nur mit dem Arzt, der seine Verletzungen behandelte, und mit dem Engländer. Mit dem Personal sprach er überhaupt nicht, außer dass er ausdruckslos „Danke“ sagte, wenn jemand ihm eine Mahlzeit oder frische Kleidung brachte. Er blieb meist in seinem kleinen Zimmer mit Blick übers öde Moor, begnügte sich mit dem Fernseher und den Londoner Zeitungen als Gesellschaft. Und er brachte nur eine Bitte vor: Er wollte sein BlackBerry haben. Aber Parish, der ständige Hausmeister, setzte ihm geduldig auseinander, Gäste – selbst so prominente Gäste wie er – dürften im Wormwood Cottage und auf dem dazugehörigen Gelände keine privaten Kommunikationsmittel benutzen.

„Ich muss ihre Namen wissen“, sagte der Verletzte, als Parish ihm am dritten Morgen seines Aufenthalts persönlich Tee und Toast servierte.

„Wessen Namen, Sir?“

„Die der Frau und des Jungen. Die Polizei hat ihre Namen noch nicht bekannt gegeben.“

„Ich fürchte, dafür bin ich nicht zuständig, Sir. Ich bin nur der Hausmeister.“

„Beschaffen Sie mir ihre Namen“, verlangte er, und Parish, der es eilig hatte, von ihm wegzukommen, versprach, sein Bestes zu tun.

„Was ist mit meinem BlackBerry?“

„Sorry“, sagte Parish. „Hausregeln.“

Am vierten Tag war er kräftig genug, um sein Zimmer zu verlassen. Mittags saß er im Garten, als der Engländer zu einer Wanderung übers Moor aufbrach; dort saß er noch, als der Engländer in der Abenddämmerung mit zwei erschöpften Personenschützern im Schlepptau zurückkehrte. Der Engländer wanderte jeden Nachmittag und bei jedem Wetter – auch am fünften Tag, als ein Sturm übers Moor heulte. An diesem Nachmittag bestand er sogar darauf, einen mit Steinen beschwerten Rucksack zu tragen. Die beiden Personenschützer waren halb tot, als sie hinter ihm her zurückgestolpert kamen. In ihrer Unterkunft in der umgebauten Scheune sprachen sie abends beinahe ehrfürchtig von diesem Mann mit fast übermenschlicher Kraft und Ausdauer. Einer der beiden, ein ehemaliger SAS-Mann, war davon überzeugt, er sei früher beim Regiment gewesen. Das sehe man an seinem Schritt, sagte er, und an dem scharfen Blick, mit dem er seine Umgebung musterte. Manchmal schien er das Land zu begutachten, als sehe er es zum ersten Mal. Bei anderen Gelegenheiten schien er sich zu fragen, wie er es jemals hatte verlassen können. Die Personenschützer hatten hier schon alle möglichen Typen bewacht – Überläufer, Spione, enttarnte eigene Agenten, Betrüger, die angeblich Geheiminformationen zu verkaufen hatten –, aber dieser Mann war anders. Er war etwas Besonderes. Er war gefährlich. Er hatte eine dunkle Vergangenheit. Und vielleicht eine glänzende Zukunft.

Am sechsten Tag – am Tag des *Guardian*-Artikels, der als der Tag in Erinnerung bleiben würde, an dem die britischen Geheimdienste vor ihrer schlimmsten Zerreißprobe standen – brach der jüngere der beiden Männer zu dem Hügel Glastonbury Tor auf – eine Wanderung von zehn Meilen oder sogar zwanzig, wenn der verdammte Idiot darauf bestand, beide Strecken zu marschieren. Nach fünf Meilen Marsch übers windige Hochland blieb er plötzlich stehen, als wittere er Gefahr, hob ruckartig den Kopf und spähte nach links. So verharrte er unbeweglich, während er das Zielobjekt mit Blicken verfolgte.

Das Objekt war ein neutraler Lieferwagen, der die Straße von Postbridge heraufkam. Er beobachtete, wie er auf die namenlose Privatstraße abbog und in die Hecken hineinschoss wie eine Stahlkugel in einem Flipper. Dann senkte er den Kopf und marschierte mit seinem schweren Rucksack auf dem Rücken in einem Tempo, das den beiden Personenschützern alles abverlangte. Er marschierte, als laufe er vor etwas weg. Er marschierte, als kehre er heim.

Das Tor war offen, als der Lieferwagen das Ende der Straße erreichte. Vor dem Wormwood Cottage stand nur Parish, um ihn zu begrüßen. Ein schlimmer Anblick, fand er, sehen zu müssen, wie der Chef des Secret Intelligence Service Ihrer Majestät aus dem Laderaum eines gewöhnlichen Lieferwagens kroch – *kroch*, erzählte er abends den anderen, wie irgendein Dschihadist, der im Kampf gefangen genommen und auf wer weiß welche Art durch die Mangel gedreht worden war. Parish schüttelte dem Chef respektvoll die Hand, während der Wind Seymours üppige graue Locken zerzauste.

„Wo ist er?", fragte er.

„Welcher, Sir?"

„Unser Freund aus Israel."

„In seinem Zimmer, Sir."

„Und der andere?"

„Dort draußen", sagte Parish und nickte zu dem Hochmoor hinüber.

„Wie lange dauert's, bis er zurückkommt?"

„Schwer zu sagen, Sir. Manchmal weiß ich gar nicht, ob er überhaupt zurückkommt. Ich denke, er ist ein Kerl, der sehr weit marschieren könnte, wenn's ihm einfiele."

Der Chef ließ die Andeutung eines Lächelns sehen.

„Soll ich dem Sicherheitsteam sagen, dass es ihn heimbringen soll, Sir?"

„Danke", sagte Graham Seymour, als er das Cottage betrat. „Darum kümmere ich mich selbst."

30

WORMWOOD COTTAGE, DARTMOOR

In den Wänden des Wormwood Cottage steckte ein hochmodernes Audio- und Video-Überwachungssystem, das jedes Wort und jede Bewegung seiner Gäste aufzeichnen konnte. Graham Seymour wies Parish an, das System auszuschalten und alles Personal außer Miss Coventry, der Köchin, abzuziehen, die ihnen eine Kanne Earl Grey und frisch gebackene Rosinenbrötchen mit Schlagsahne servierte. Sie saßen an dem kleinen Küchentisch, der in einem gemütlichen Erker mit Fenstern auf drei Seiten stand. Auf einem der Stühle lag ein aufgeschlagenes Exemplar des *Guardian*. Seymour betrachtete es mit einer Miene, die so finster wie der Himmel über dem Dartmoor war.

„Wie ich sehe, halten Sie sich auf dem Laufenden."

„Ich hatte nicht viel anderes zu tun."

„Das war zu Ihrem Besten."

„Zu *Ihrem* auch."

Seymour trank einen Schluck Tee, sagte aber nichts.

„Werden Sie überleben?"

„Ich denke schon. Schließlich sind der Premierminister und ich ziemlich enge Freunde."

„Er verdankt Ihnen sein politisches Überleben, von seiner Ehe ganz zu schweigen."

„Tatsächlich waren *Sie* der Mann, der Jonathans politische Karriere gerettet hat. Ich habe Sie dabei nur heimlich unterstützt." Seymour griff nach der Zeitung und runzelte die Stirn, als er die Schlagzeile sah.

„Bemerkenswert zutreffend", sagte Gabriel.

„Kein Wunder. Er hatte eine gute Quelle."

„Sie scheinen das alles ziemlich gut wegzustecken."

„Was bleibt mir anderes übrig? Außerdem war's nicht persönlich gemeint. Es war ein Akt der Notwehr. Amanda wollte sich nicht abschießen lassen."

„Das Ergebnis bleibt trotzdem gleich."

„Ja, leider", bestätigte Seymour finster. „Die britischen Geheimdienste liegen in Trümmern. Und aus der Sicht der Öffentlichkeit ist das allein meine Schuld."

„Komisch, dass sich alles so ergeben hat."

Danach herrschte längere Zeit Schweigen.

„Stehen uns weitere Überraschungen bevor?", fragte Seymour schließlich.

„Ein Leichenfund im County Mayo."

„Liam Walsh?"

Gabriel nickte.

„Er hatte's verdient, nehme ich an."

„Das hatte er."

Seymour spielte mit einem Rosinenbrötchen. „Tut mir leid, dass Sie da reingeraten sind. Ich hätte Sie in Rom lassen sollen, damit Sie die Restaurierung Ihres Caravaggios abschließen können."

„Und ich hätte Ihnen sagen sollen, dass die Frau, die in Lissabon in Quinns Wohnung übernachtet hatte, mit uns nach London geflogen ist."

„Hätte das etwas geändert?"

„Möglicherweise."

„Wir sind keine Polizeibeamten, Gabriel."

„Das heißt?"

„Ich hätte instinktiv wie Sie gehandelt. Ich hätte sie nicht bei der Ankunft verhaften lassen. Ich hätte sie beschattet und gehofft, dass sie mich zu Quinn führt."

Seymour legte die Zeitung auf den Küchenstuhl zurück. „Ich muss zugeben“, sagte er lächelnd, „dass Sie für einen Mann, der die Detonation einer zweihundertfünfzig Kilo schweren Autobombe aus nächster Nähe erlebt hat, erstaunlich gut aussehen. Vielleicht sind Sie wirklich ein Erzengel.“

„Wäre ich einer, hätte ich ein Mittel gefunden, um sie alle zu retten.“

„Trotzdem haben Sie sehr vielen das Leben gerettet – unserer Schätzung nach mindestens hundert Menschen. Und Sie wären ohne einen Kratzer davongekommen, wenn Sie vernünftig genug gewesen wären, im Harrods Schutz zu suchen.“

Gabriel äußerte sich nicht dazu.

„Warum haben Sie's nicht getan?“, fragte Seymour. „Wieso sind Sie auf die Straße zurückgelaufen?“

„Ich habe sie gesehen.“

„Wen?“

„Die Frau und den kleinen Jungen in dem weißen Ford. Ich habe versucht, sie zu warnen, aber sie hat mich nicht verstanden. Sie wollte nicht ...“

„Das war nicht Ihre Schuld“, unterbrach Seymour ihn. „Wissen Sie ihre Namen?“

Seymour starrte aus dem Fenster. Die untergehende Sonne hatte das Moor in Brand gesetzt.

„Die Frau war Charlotte Harris aus Shepherd's Bush.“

„Und der Junge?“

„Er hat Peter geheißen – nach seinem Großvater.“

„Wie alt war er?“

„Fast zweieinhalb Jahre.“ Seymour machte eine Pause, in der er Gabriel nachdenklich betrachtete. „Etwa im gleichen Alter wie Ihr Sohn, nicht wahr?“

„Das ist unwichtig.“

„Natürlich ist's wichtig."

„Dani war ein paar Monate älter."

„Und in seinem Kindersitz angeschnallt, als die Bombe detoniert ist."

„Sind Sie fertig, Graham?"

„Nein." Seymour ließ eine kurze Pause eintreten. „Sie sind kurz davor, wieder Vater zu werden. Und Direktor Ihres Diensts. Väter und Chefs setzen sich nicht zweihundertfünfzig Kilo schweren Autobomben aus."

Draußen berührte die Sonnenscheibe einen Hügelkamm. Das Feuer im Moor verblasste allmählich.

„Wie viel weiß mein Dienst?", fragte Gabriel.

„Er weiß, dass Sie in der Nähe der Autobombe waren, als die detoniert ist."

„Woher?"

„Ihre Frau hat Sie auf dem Video der Überwachungskamera erkannt. Wie Sie sich denken können, liegt ihr viel daran, dass Sie heimkommen. Das will Uzi auch. Er hat gedroht, nach London zu kommen und Sie persönlich zurückzuholen."

„Warum hat er's nicht gemacht?"

„Schamron hat ihn von dieser Idee abgebracht. Er sollte abwarten, bis der Staub sich gesetzt hat."

„Kluger Schachzug."

„Hatten Sie was anderes erwartet?"

„Nicht von Schamron."

Ari Schamron war der zweimalige frühere Generaldirektor des Diensts, der Chef der Chefs, der unsterbliche „Alte". Er hatte den Dienst nach seinen Vorstellungen aufgebaut, ihm seine Sprache gegeben, Gesetzestafeln hinabgereicht, seine Seele eingehaucht. Selbst jetzt noch, in hohem Alter und bei nachlassender Gesundheit, wachte er eifersüchtig über seine

Schöpfung. Schamron hatte erreicht, dass Gabriel bald seinen Freund Uzi als Direktor ablösen würde. Und Schamron war auch schuld daran, dass er sich wie ein Wahnsinniger auf den weißen Ford mit einem in dem Kindersitz angeschnallten kleinen Jungen gestürzt hatte.

„Wo ist mein Handy?“, fragte er.

„In unserem Labor.“

„Macht's euren Technikern Spaß, unsere Software zu analysieren?“

„Unsere ist besser.“

„Dann haben sie vermutlich feststellen können, von wo aus Quinn diese SMS geschickt hat.“

„Das GCHQ glaubt, dass sie von einem Handy in London gesendet worden ist. Die Frage ist allerdings“, fuhr er fort, „woher hatte er Ihre Privatnummer?“

„Vermutlich von den Leuten, in deren Auftrag er mich ermorden soll.“

„Verdächtigen Sie jemanden?“

„Nur einen.“

31

WORMWOOD COTTAGE, DARTMOOR

In der Flurgarderobe hingen Barbour-Jacken, und an der Wand des Umkleideraums standen Gummistiefel aufgereiht. Miss Coventry bestand darauf, dass sie eine Stablampe mitnahmen – im Moor werde es überraschend schnell dunkel, erklärte sie ihnen, und selbst erfahrene Wanderer hätten sich in der wenig gegliederten Landschaft schon verlaufen. Die olivgrüne Stablampe war ein Militärmodell mit einem Strahl wie ein Suchscheinwerfer. Sollten sie sich verlaufen, scherzte Gabriel, während sie Jacken und Gummistiefel anzogen, konnten sie damit ein Verkehrsflugzeug anmorsen.

Als sie das Cottage verließen, war die Sonne nur mehr eine Erinnerung. Orangerote Lichtbänder zogen sich noch tief über den westlichen Horizont, aber am Himmel stand bereits eine schmale Mondsichel, und im Osten leuchteten die ersten kalten Sterne. Gabriel, der sich schwach fühlte, weil seine unzähligen Prellungen schmerzten, nahm zögernd den Fußweg in Angriff, ohne die Stablampe einzuschalten. Seymour, größer und im Augenblick fitter, ging neben ihm her und runzelte hoch konzentriert die Stirn, während Gabriel ihm erklärte, was sich ereignet hatte – und vor allem aus welchem Grund. Ihren Anfang genommen habe die Verschwörung, führte er aus, in einem Haus in einem Birkenwald am Ufer eines zugefrorenen Sees. Gabriel hatte ein unverzeihliches Verbrechen an einem Mann wie ihm selbst verübt – ein gemachter Mann, der von einem rachsüchtigen Dienst beschützt wurde – und war dafür zum Tode verurteilt worden. Aber nicht nur Gabriel; ein weiterer Mann sollte mit ihm sterben. Und ein dritter

Mann, der ebenfalls in die Affäre verwickelt gewesen war, würde ebenfalls bestraft werden. Der Mann würde bloßgestellt, sein Dienst durch den Skandal geschwächt werden.

„Ich?“, fragte Seymour.

„Sie“, bestätigte Gabriel.

Die Verschwörer, fuhr er fort, hatten nichts überstürzt. Sie hatten sehr sorgfältig geplant, wobei ihr politischer Herr und Gebieter ihnen bei jedem Schritt über die Schulter geblickt hatte. Quinn war ihre Waffe. Quinn war ihr perfekter Köder. Die Hintermänner der Verschwörung hatten bisher keinen direkten Kontakt mit dem Bombenleger gehabt, aber ihre Wege mussten sich einige Male gekreuzt haben. Sie hatten ihn in ihre Zentrale eingeladen, wie einen siegreichen Helden behandelt, ihn mit Spielsachen und Geld überhäuft. Und dann hatten sie ihn in die Welt ausgeschickt, um ihn einen Mord verüben zu lassen, der ein ganzes Land erschüttern und der erste Schritt zur Ausführung ihres Plans sein würde.

„Die Prinzessin?“

Gabriel nickte.

„Davon können Sie kein Wort beweisen.“

„Nein“, sagte Gabriel. „Noch nicht.“

Mehrere Tage nach ihrer Ermordung, fuhr er fort, hatten die britischen Geheimdienste noch nichts von Quinns Täterschaft geahnt. Dann war Uzi Navot nach London gekommen, hatte wichtige Informationen einer zuverlässigen iranischen Quelle mitgebracht. Daraufhin war Seymour nach Rom gereist, Gabriel nach Korsika. Mit Keller als Führer hatte er Quinns mörderische Vergangenheit durchleuchtet. Sie fanden eine geheim gehaltene Familie in West Belfast und eine kleine Wohnung in der Oberstadt von Lissabon, in der eine Frau namens Anna Huber, von drei Männern beobachtet, eine einzige Nacht verbracht hatte. Zwei der Männer flogen im selben

Flugzeug wie sie, und der nächste Akt der Verschwörung begann. Ein viertüriger BMW, gestohlen, umgespritzt, mit gefälschten Kennzeichen ausgestattet, stand am Flughafen Heathrow bereit. Die Schwarzhaarige hatte ihn aus dem Parkhaus geholt und in die Brompton Road gefahren. Sie hatte gegenüber von Harrods geparkt, die Bombe scharf gestellt und sich in der Menge verloren, während die beiden Männer sich verzweifelt bemühten, möglichst viele Menschenleben zu retten. Sie wussten, dass eine Autobombe detonieren würde, weil Quinn es ihnen mitgeteilt hatte. Mit dieser kryptischen SMS hatte er sich zu erkennen gegeben. Und seine Auftraggeber beobachteten den Lauf der Ereignisse. Vielleicht, fügte Gabriel hinzu, taten sie das noch immer.

„Glauben Sie, dass mein Dienst unterwandert ist?", fragte Seymour.

„Seit Langem."

Seymour machte eine Pause, sah sich in der Abenddämmerung nach den Lichtern des Wormwood Cottages um. „Sind Sie hier überhaupt sicher?"

„Das möchte ich von Ihnen wissen."

„Parish hat noch meinen Vater gekannt. Er ist absolut zuverlässig. Trotzdem", führte Seymour hinzu, „sollten wir Sie aus Sicherheitsgründen vermutlich verlegen."

„Dafür ist's zu spät, fürchte ich, Graham."

„Wieso?"

„Weil ich schon tot bin."

Seymour starrte Gabriel sekundenlang verständnislos an. Und dann begriff er.

„Ich möchte, dass Sie Uzi auf dem gewöhnlichen Weg verständigen", sagte Gabriel. „Teilen Sie ihm mit, dass ich meinen Verletzungen erlegen bin. Drücken Sie ihm Ihr tief empfundenes Beileid aus. Fordern Sie ihn auf, Schamron zu entsenden, damit er meinen Leichnam abholt. Ohne Schamrons Hilfe komme ich nicht zurecht."

„Wobei?"

„Ich werde Eamon Quinn erledigen", sagte Gabriel kalt. „Und anschließend liquidiere ich den Mann, der für die Kugel gezahlt hat."

„Überlassen Sie Quinn uns."

„Nein", sagte Gabriel. „Quinn gehört mir."

„Sie sind in keiner Verfassung, um Jagd auf irgendjemanden zu machen – erst recht nicht auf einen der gefährlichsten Terroristen der Welt."

„Dann brauche ich wohl jemanden, der meine Koffer trägt. Am besten jemanden vom MI6", fügte Gabriel rasch hinzu. „Jemand, der die britischen Interessen wahrnimmt."

„Denken Sie an einen bestimmten Mann?"

„Ja", antwortete Gabriel. „Aber da gibt's ein kleines Problem."

„Nämlich?"

„Er ist nicht beim MI6."

„Nein", sagte Seymour. „Noch nicht."

Seymour folgte Gabriels Blick, der übers dunkle Moor glitt. Anfangs war nichts zu erkennen. Dann kamen langsam drei Gestalten aus der Dunkelheit. Zwei schienen sich müde dahinzuschleppen, aber der dritte Mann kam mit großen Schritten den Weg entlang, als könne er noch viele Meilen weit marschieren. Er blieb stehen, sah zu ihnen auf und winkte kurz. Dann stand er plötzlich vor ihnen. Er streckte Seymour lächelnd die Hand hin.

„Graham", sagte er freundlich. „Lange nicht mehr gesehen. Bleiben Sie zum Abendessen? Wie ich höre, kocht Miss Coventry ihre berühmte Cottage-Pie."

Dann machte er kehrt und marschierte ins Dunkel davon. Wenige Augenblicke später war er verschwunden.

32

WORMWOOD COTTAGE, DARTMOOR

Graham Seymour blieb an diesem Abend tatsächlich zum Essen da – und sogar noch sehr viel länger. Miss Coventry servierte ihnen die Cottage-Pie und einen guten Bordeaux am Küchentisch und entließ sie dann ins Wohnzimmer, damit sie am Kaminfeuer alten Erinnerungen nachhängen konnten. Gabriel blieb weitgehend ein bloßer Beobachter, ein Zeuge, ein Protokollführer. Keller sprach am meisten. Er erzählte von seinen verdeckten Ermittlungen in Belfast, von Elizabeth Conlins Tod und von Quinn. Und er sprach auch von der Nacht im Januar 1991, als seine Einheit im Westirak von eigenen Flugzeugen vernichtet wurde, und seinem langen Marsch in Don Antonio Orsatis offene Arme. Seymour hörte zu, fast ohne ihn zu unterbrechen, und äußerte auch keine Kritik, selbst als Keller einige der vielen Auftragsmorde schilderte, die er auf Don Antonios Befehl ausgeführt hatte. Seymour war nicht daran interessiert, moralisch zu urteilen. Ihn interessierte nur Keller.

Und so öffnete er eine Flasche des besten Single-Malt-Whiskys, der in Wormwood Cottage vorrätig war, legte im Kamin Holz nach und schlug ein Arrangement vor, das zur Heimkehr Kellers nach England führen würde. Er würde einen Job beim MI6 bekommen – unter einem neuen Namen, mit neuer Identität. Für alle außer seinen engsten Angehörigen und dem SIS würde Christopher Keller tot bleiben. Er würde Aufgaben übernehmen, die zu seinen besonderen Fähigkeiten passten. Auf keinen Fall würde er an einem Schreibtisch in Vauxhall Cross Strategiepapiere ausarbeiten. Dafür hatte der MI6 mehr als genug Analysten.

„Und wenn ich auf der Straße einem alten Kumpel begegne?"

„Dann sagst du ihm, dass er dich verwechselt hat, und gehst weiter."

„Wo würde ich wohnen?"

„Wo du willst, aber jedenfalls in London."

„Was ist mit meiner Villa auf Korsika?"

„Warten wir's ab."

Auf seinem Außenposten am Kaminfeuer gestattete Gabriel sich ein kurzes Lächeln. Das Frage-und-Antwort-Spiel ging weiter.

„Für wen würde ich arbeiten?"

„Mich."

„Was würde ich tun?"

„Was ich für nötig halte."

„Und wenn du nicht mehr da bist?"

„Ich gehe nirgends hin."

„In den Zeitungen steht etwas anderes."

„Wenn du beim MI6 anfängst, wirst du sehr bald lernen, dass die Zeitungen fast immer unrecht haben." Seymour hob sein Glas und begutachtete die Farbe des Whiskys im Licht des Kaminfeuers.

„Was willst du der Personalabteilung erzählen?", fragte Keller.

„So wenig wie möglich."

„Eine herkömmliche Sicherheitsprüfung würde ich nicht überstehen."

„Wohl kaum."

„Was würde aus meinem Geld?"

„Wie viel hast du denn?"

Keller antwortete wahrheitsgemäß. Seymour zog eine Augenbraue hoch.

„Darüber müssten wir mit den Anwälten reden."

„Ich mag keine Anwälte."

„Nun, du kannst es nicht weiter auf Geheimkonten versteckt lassen."

„Warum nicht?"

„Weil MI6-Agenten aus verständlichen Gründen keine haben dürfen."

„Ich wäre kein gewöhnlicher MI-Agent."

„Trotzdem müsstest du dich an die Regeln halten."

„Das habe ich nie getan."

„Ja", sagte Seymour. „Darum bist du jetzt hier."

Und so ging es bis lange nach Mitternacht weiter, bis die Vereinbarung endlich geschlossen war und Seymour wieder mühsam in den Laderaum seines würdelosen neutralen Lieferwagens kroch. Zurück ließ er ein Notebook, das nicht mit der Außenwelt kommunizieren konnte, und einen passwortgesicherten USB-Stick, auf dem zwei Videos gespeichert waren. Das erste war ein Zusammenschnitt von Bildern von Überwachungskameras, die die Fahrt des blauen BMWs zum Flughafen Heathrow dokumentierten. Erstmals ins Visier einer Kamera geraten war der Wagen am Stadtrand von Bristol – mehrere Stunden vor dem Anschlag. Der Fahrer war auf der Autobahn M4 direkt nach London unterwegs. Seine wirkungsvolle Tarnung vor den Überwachungskameras bestand aus Sonnenbrille und Baseballmütze. Unterwegs tankte er einmal und zahlte bar, ohne dabei ein Wort mit der Kassiererin zu sprechen. Auch als er den BMW um 11.31 Uhr – eine halbe Stunde nach dem Start von BA-Flug 501 in Lissabon – im Parkhaus am Terminal 3 des Flughafens abstellte, sprach er mit niemandem. Er nahm eine Reisetasche vom Rücksitz mit, betrat das Terminal und stieg in den Heathrow Express zur Londoner Paddington Station, wo ein Motorrad für ihn bereitstand. Eine Stunde später verließ das Bike auf einer Nebenstraße südlich von Luton den Erfassungsbereich der letzten Überwachungskamera. Das Motorrad war seither verschwunden, und wo der dunkelblaue BMW am Tag des Bombenanschlags losgefahren war, ließ sich nicht mehr feststellen.

Das zweite Video war ausschließlich der Frau gewidmet. Es begann mit ihrem Weg durch den Flughafen Heathrow und endete mit ihrem Untertauchen in dem Chaos, das sie auf der Londoner Brompton Road verursacht hatte. Gabriel ergänzte es um mehrere Minuten Spielzeit aus seinem eigenen Gedächtnis. Es betraf eine Frau, die allein an einem der Straßentische eines Restaurants saß, und eine Frau, die auf einem belebten Boulevard plötzlich ein Taxi anhielt, und eine Frau, die ihn im Flugzeug kurz wie einen Unbekannten angestarrt hatte. Sie ist gut, dachte er, eine würdige Gegnerin. Obwohl sie gewusst hatte, dass gefährliche Männer sie beschatteten, hatte sie keine Sekunde ängstlich oder auch nur besorgt gewirkt. Denkbar war natürlich, dass Quinn sie auf seiner Tour durch die Niederungen des globalen Terrorismus kennengelernt hatte, aber das bezweifelte Gabriel. Sie war ein Profi, eine Elite-Agentin. Sie war ein anderes Kaliber als Quinn, sie hatte Klasse.

Gabriel sah sich das Video noch mal vom Anfang an, beobachtete, wie der BMW auf der Busspur vor der HSBC hielt, und sah die Frau aussteigen und ruhig davongehen. Dann sprangen zwei Männer aus einem silbergrauen Passat – einer mit einer Pistole, der andere nur mit roher Kraft bewaffnet – und fingen an, Menschen von dem BMW abzudrängen. Fünfundvierzig Sekunden später wurde es auf der Straße auffällig still. Dann war ein Mann zu sehen, der wie wild auf einen weißen Ford Focus zurannte. Die Detonation setzte die Kamera außer Gefecht. Sie hätte auch diesen Mann erledigen sollen. Vielleicht hatte Graham Seymour recht. Vielleicht war Gabriel doch ein Erzengel.

Draußen wurde es fast schon hell, als er das Notebook ausschaltete. Beim Frühstück gab er es wie angewiesen dem Hausmeister Parish zurück und legte eine handschriftliche Mitteilung bei, die Graham Seymour in Vauxhall Cross persönlich übergeben werden sollte. Darin bat Gabriel um Erlaubnis, zwei Gespräche führen zu dürfen – eines mit dem prominentesten politischen Journalisten Londons, das andere mit der berühmtesten Überläuferin der Welt. Seymour stimmte in beiden Fällen zu und schickte einen neutralen SIS-Kastenwagen zum Wormwood Cottage hinaus. Am späten Nachmittag war das Fahrzeug in raschem Tempo auf der Küstenstraße der Lizard-Halbinsel in West Cornwall unterwegs. Keller war offenbar nicht allein. Auch der angeblich verstorbene Gabriel Allon kehrte heim.

33

GUNWALLOE COVE, CORNWALL

Erstmals gesehen hatte er es eine Meile vom Land entfernt vom Deck seiner Ketsch aus: das kleine Cottage an der Gunwalloe Cove, das sich wie *Das Zöllnerhäuschen in Pourville* von Monet auf den Klippen erhob. Es stand von purpurroten Grasnelken und rotem Schwingelgras umgeben am Südende der Bucht. Hinter ihm stieg ein kreuz und quer von Hecken durchzogenes Feld an; rechts erstreckte sich die halbmondförmige Bucht, in der ein altes Wrack dicht unter der tückischen Brandung lag. In diesem Augenblick sah Gabriel jedoch nichts davon, denn er hockte wie ein Flüchtling im Laderaum des Kastenwagens. Aber er wusste, dass sie bald ankommen würden; das sagte ihm die Straße. Er kannte jede Kurve und jede Gerade, jede Senke und jedes Schlagloch, das Kläffen jedes Wachhunds und den unverwechselbaren Geruch der Viehweiden. Und als der Wagen nun hinter dem Pub Lamb & Flag scharf rechts abbog, um das letzte Stück zum Strand hinunterzurollen, richtete er sich erwartungsvoll leicht auf. Der Fahrer bremste kurz, vermutlich wegen eines vom Strand heraufkommenden Anglers, bevor er scharf links in eine private Einfahrt abbog. Dann wurde die Hecktür aufgerissen, und ein MI6-Personenschützer begrüßte ihn in seinem eigenen Heim, als sei er ein Fremder, der erstmals kornischen Boden betrat. „Mr. Carlyle!“, rief er, um den Wind zu übertönen. „Willkommen in Gunwalloe. Ich hoffe, Sie hatten eine gute Fahrt, Sir. Um diese Tageszeit kann der Verkehr echt brutal sein.“

Die Luft war frisch und salzig, das Spätnachmittagslicht war schon rötlich gefärbt und setzte die mit Schaumkronen bedeckte See in Flammen. Gabriel blieb einen Augenblick in der Einfahrt stehen und dachte sehnsüchtig an die Zeit zurück, die er hier mit Chiara verbracht hatte, bis der Sicherheitsmann ihn höflich in Richtung Haustür bugsierte – weil er strikten Befehl hatte, Gabriel vor der Welt zu verbergen, die ihn bald für tot halten würde. Als er aufblickte, glaubte er zu sehen, wie Chiara vorwurfsvoll in der Tür stand, mit bis über die Schultern herabfallenden üppigen Locken, die Arme vor ihrem kinderlosen Leib verschränkt. Aber als er die drei Stufen hinaufstieg, löste sie sich vor ihm auf. Er hängte seine Goretex-Jacke automatisch an den Kleiderhaken in der Diele und fuhr mit einer Hand über die flache alte Wildledermütze, die er bei seinen Wanderungen über die Klippen zu tragen pflegte.

Als er sich dann umdrehte, sah er Chiara zum zweiten Mal. Sie hob einen schweren Tontopf aus dem Backofen, und als sie den Deckel abnahm, erfüllte der Duft von Kalbfleisch, Wein und Salbei das Cottage. Neben der Arbeitsplatte lagen Fotos eines gestohlenen Rembrandtporträts verstreut. Gabriel hatte soeben zugestimmt, es für einen Kunsthändler namens Julian Isherwood aufzuspüren, ohne zu ahnen, dass seine Suche ihn mitten ins Herz des iranischen Nuklearprogramms führen würde. Er hatte es geschafft, vier geheime Urananreicherungsanlagen zu entdecken und zu zerstören – ein erstaunlicher Erfolg, der den Iran auf seinem Weg zur Atombombe merklich behindert hatte. Die Iraner sahen Gabriels Erfolg bestimmt nicht im selben schmeichelhaften Licht, sondern trachteten ihm ebenso erbittert nach dem Leben wie der Mann, der Eamon Quinn auf ihn angesetzt hatte.

Die Vision von Chiara verschwand. Er öffnete die Fenstertüren zur Terrasse und glaubte einen Augenblick lang, unter dem Wasser die Kirchenglocken von Lyonesse, der mythischen versunkenen Löwenstadt, läuten zu hören. Ein einziger Angler stand bis über die Knie in der Brandung; der Strand war leer bis auf eine Frau, die an der Brandungslinie durch den Sand ging, und einen Mann in einer Seglerjacke aus Nylon, der ihr mit zwei, drei Metern Abstand folgte. Sie war nach Norden unterwegs, sodass sie Gabriel ihren schlanken Rücken zukehrte. Ein Windstoß vom Meer herauf jagte ihm einen kalten Schauder über den Rücken, und vor seinem inneren Auge sah er sie eine eisige Straße in St. Petersburg entlanggehen. Damals wie heute hatte er sie von oben gesehen; er hatte an der Brüstung einer Kirchenkuppel gestanden. Die Frau hatte gewusst, dass er da war, aber sie hatte nicht zu ihm aufgesehen. Sie war ein Profi, eine Elite-Agentin. Sie war ein anderes Kaliber als Quinn, sie hatte Klasse.

Inzwischen hatte sie das Nordende des Strandes erreicht. Sie machte auf dem Absatz kehrt, und der Mann in der Nylonjacke folgte ihrem Beispiel. Gischtschleier verliehen der Szene etwas Unwirkliches. Die Frau blieb kurz stehen, um zu beobachten, wie der Angler einen Sägebarsch aus dem Meer zog, lachte über etwas, das ihr Begleiter sagte, hob an der Brandungslinie einen Kiesel auf und warf ihn ins Wasser. Als sie weitergehen wollte, machte sie erneut halt, als habe sie etwas Unerwartetes gesehen. Vielleicht war es der Mann, der an der Terrassenbrüstung stand wie jener andere Mann, der in St. Petersburg an der Brüstung einer Kirchenkuppel gestanden hatte. Sie warf einen weiteren Kiesel ins Meer, hielt den Kopf gesenkt und ging weiter. Heute wie damals sah Madeline Hart nicht auf.

Angefangen hatte alles mit einer Liebesaffäre zwischen Premierminister Jonathan Lancaster und einer jungen Frau, die in der Zentrale seiner Partei arbeitete. Aber seine Geliebte war keine gewöhnliche Frau – sie war eine russische Agentin, eine „Schläferin“, die als Kind nach England eingeschleust worden war –, und ihre Affäre war keine gewöhnliche Liebesaffäre. Sie war Teil eines groß angelegten russischen Plans mit dem Ziel, den Premierminister erpressbar zu machen, damit er dem Energiekonzern Wolgatek Öl & Gas, der dem Kreml gehörte, lukrative Bohrrechte in der Nordsee überschrieb. Die Wahrheit hatte Gabriel von dem Mann erfahren, der das Unternehmen geleitet hatte, dem SWR-Offizier Pawel Schirow. Später hatten Gabriel und sein Team aus Agenten des Diensts Madeline Hart aus St. Petersburg geholt und außer Landes geschmuggelt. Der Skandal, den ihr Überlaufen auslöste, gehörte zu den größten, die Großbritannien in diesem Jahrtausend erschüttert hatten. Jonathan Lancaster, persönlich gedemütigt und politisch angeschlagen, kündigte das Nordseeabkommen auf und fror russische Guthaben auf britischen Banken ein. Schätzungen nach hatte der russische Präsident dabei mehrere Milliarden Dollar verloren. Eigentlich ein Wunder, fand Gab riel, dass er so lange gewartet hatte, bevor er sich zu rächen versuchte.

Der KGB hatte die Absicht gehabt, Madeline Hart in ein englisches Mädchen zu verwandeln, und das war ihm durch jahrelanges Training und Manipulation gelungen. Sie sprach kaum Russisch und empfand keine Loyalität für das Land, das sie schon als Kind hatte verlassen müssen. Nach ihrer Rückkehr nach Großbritannien hätte sie am liebsten ihr altes Leben weitergeführt, aber politische Erwägungen und Sicherheitsüberlegungen hatten das unmöglich gemacht. Gabriel hatte ihr sein geliebtes Landhaus in Cornwall zur Verfügung gestellt. Er wusste, dass ihr diese Umgebung gefallen würde.

Sie war unter staatlich verordneten Entbehrungen in einer Sozialwohnung im englischen Basildown aufgewachsen und wünschte sich nichts im Leben mehr als ein Zimmer mit Aussicht.

„Wie haben Sie mich gefunden?", fragte sie, als sie die Stufen zur Terrasse heraufkam. Und dann lächelte sie. Das hatte sie Gabriel an jenem Nachmittag in St. Petersburg auch gefragt. Ihre unverändert blau-grauen Augen waren vor Aufregung leicht geweitet. Jetzt kniff sie sie besorgt zusammen, als sie Gabriels mit Prellungen und blauen Flecken übersätes Gesicht musterte.

„Sie sehen wirklich schlimm aus", sagte sie mit ihrem englischen Akzent. Er war eine Kombination aus Essex und London, aber ohne eine Spur von Moskau. „Was ist passiert?"

„Ich hatte einen Skiunfall."

„Sie kommen mir nicht wie ein Skiläufer vor."

„Es war mein erstes Mal."

Nun folgte ein leicht unbehaglicher Augenblick, als sie ihn bat, in sein eigenes Haus einzutreten. Sie hängte ihren Mantel neben seine Jacke und ging in die Küche voraus, um Tee zu machen. Sie füllte den Wasserkocher, stellte ihn an und nahm eine alte Teedose von Harney & Sons aus dem Regal. Gabriel hatte sie vor endlos langer Zeit bei den Morrisons in Marazion gekauft. Er setzte sich auf seinen Lieblingshocker und sah zu, wie eine andere Frau dort arbeitete, wo sonst Chiara stand. Auf der Theke vor ihm lagen scheinbar ungelesene Londoner Zeitungen. Alle enthielten blutrünstige Berichte über den Bombenanschlag in der Brompton Street und die Auseinandersetzungen zwischen den britischen Geheimdiensten. Er betrachtete Madeline. Die kalte Seeluft hatte ihre blassen Wangen gerötet. Sie wirkte zufrieden, sogar glücklich, ganz anders als die gebrochene Frau, die er in St. Petersburg angetroffen hatte. Plötzlich brachte er's nicht mehr über sich, ihr zu erzählen, sie sei an allem schuld, was passiert sei.

„Ich dachte schon, ich würde Sie nie wiedersehen", sagte sie. „Das letzte Mal ..."

„Ist zu lange her", unterbrach Gabriel sie.

„Wann waren Sie zuletzt in England?"

„Ich war im Sommer hier."

„Privat oder geschäftlich?"

Er zögerte, bevor er antwortete. Nachdem Madeline übergelaufen war, hatte er lange gezögert, ihr auch nur seinen richtigen Namen zu sagen. Überläufer wurden manchmal heimwehkrank.

„Wegen einer geschäftlichen Sache", antwortete er schließlich.

„Erfolgreich, hoffe ich."

Darüber musste er erst nachdenken. „Ja", sagte er dann. „So kann man's sehen."

Madeline hob den Wasserkocher von seiner Kontaktplatte und goss dampfendes Wasser in die bauchige weiße Teekanne, die Chiara in einem kleinen Laden in Penzanze gekauft hatte. Gabriel beobachtete sie dabei und fragte: „Sind Sie hier glücklich, Madeline?"

„Ich lebe in ständiger Angst, dass Sie mich rauswerfen werden."

„Wie kommen Sie auf diese Idee?"

„Ich hatte bisher nie ein eigenes Heim", antwortete sie. „Keine Mutter, keinen Vater, nur den KGB. Ich bin die Frau geworden, die ich werden wollte. Und dann hat man mir auch das weggenommen."

„Sie können so lange hier wohnen, wie Sie wollen."

Sie öffnete den Kühlschrank, nahm eine Milchtüte heraus

und füllte daraus Chiaras Kännchen, das wie ein Bienenstock aussah.

„Warm oder kalt?", fragte sie.

„Kalt."

„Zucker?"

„Um Himmels willen!"

„In der Speisekammer liegt vielleicht noch eine Rolle mit McVitie's-Keksen."

„Danke, ich habe schon gegessen." Gabriel goss etwas Milch in seine Tasse, dann füllte er sie mit Tee auf. „Benehmen meine Nachbarn sich anständig?"

„Sie sind ein bisschen neugierig."

„Tatsächlich?"

„Sie scheinen sie nachhaltig beeindruckt zu haben."

„Das war nicht ich."

„Stimmt", sagte sie. „Das war Giovanni Rossi, der große italienische Restaurator."

„Nicht *so* groß."

„Vera Hobbs behauptet etwas anderes."

„Wie schmecken ihre Teekuchen heutzutage?"

„Fast so gut wie die in dem Café auf Lizard Point."

Sein Lächeln musste verraten haben, wie sehr er das Leben hier vermisste.

„Ich weiß nicht, wie Sie jemals von hier fortgehen konnten", sagte sie.

„Ich auch nicht."

Sie musterte ihn nachdenklich über den Rand ihrer Teetasse hinweg. „Sind Sie schon Direktor Ihres Diensts?"

„Noch nicht."

„Wie lange dauert's noch?"

„Ein paar Monate, vielleicht weniger."

„Werde ich davon in der Zeitung lesen?"

„Wir veröffentlichen jetzt den Namen unseres Direktors – genau wie der MI6."

„Armer Graham", sagte sie und nickte zu den Zeitungen hinüber.

„Ja", sagte Gabriel vage.

„Glauben Sie, dass Jonathan ihn entlässt?"

Es war merkwürdig, sie den Vornamen des Premierministers gebrauchen zu hören. Er fragte sich, wie Madeline ihn in den Nächten in der Downing Street, in denen Diana Lancaster verreist gewesen war, genannt haben mochte.

„Nein", antwortete er nach kurzem Überlegen. „Das glaube ich nicht."

„Graham weiß zu viel."

„Das stimmt natürlich."

„Und Jonathan ist sehr loyal."

„Nur seiner Frau gegenüber nicht."

Diese Bemerkung verletzte sie.

„Tut mir leid, Madeline, ich hätte nicht …"

„Nein, nein, schon gut", sagte sie rasch. „Ich hab's verdient."

Ihre langen, sehnigen Hände waren plötzlich ruhelos. Sie beruhigte sie, indem sie die Teebeutel aus der Kanne zog, einen Schuss heißes Wasser nachgoss und den Deckel wieder aufsetzte.

„Ist alles noch so, wie Sie's in Erinnerung haben?", fragte sie.

„Die Frau hinter der Theke ist anders. Sonst ist alles unverändert."

Sie lächelte unbehaglich, ohne sich dazu zu äußern.

„Haben Sie in meinen Sachen gestöbert?", fragte er.

„Ständig."

„Und was Interessantes gefunden?"

„Leider nicht. Man könnte fast glauben, der Mann, der hier gelebt hat, habe nie existiert."

„Genau wie Madeline Hart."

Er entdeckte Verzweiflung in ihrem Blick. Sie sah sich langsam in dem Raum um, in ihrem Zimmer mit Aussicht.

„Wollen Sie mir nicht erzählen, weshalb Sie so schrecklich aussehen?"

„Ich war in der Brompton Road, als die Autobombe detoniert ist."

„Wieso?"

Gabriel antwortete wahrheitsgemäß.

„Sie waren also der ausländische Geheimdienstler?"

„Ich fürchte, ja."

„Und Sie waren der Mann, der versucht hat, Leute in Sicherheit wegzuscheuchen."

Er sagte nichts.

„Wer war der andere Mann?"

„Das ist nicht wichtig."

„Das sagen Sie immer."

„Nur wenn es wirklich stimmt."

„Und die Frau?", fragte sie.

„Ihrem Pass nach war sie eine ..."

„Ja", unterbrach sie ihn. „Das habe ich in der Zeitung gelesen."

„Haben Sie das Video der Überwachungskamera gesehen?"

„Darauf war nicht viel zu sehen. Eine Frau steigt aus einem Auto, eine Frau geht ruhig weg, eine Detonation verwüstet die Straße."

„Sehr professionell."

„Sehr", bestätigte sie.

„Haben Sie das Standfoto aus Heathrow gesehen?"

„Ziemlich grobkörnig."
„Halten Sie sie für eine Deutsche?"
„Zur Hälfte, würde ich sagen."
„Und die andere Hälfte?"
Madeline starrte übers Meer hinaus.

34

GUNWALLOE COVE, CORNWALL

Insgesamt gab es vier Fotos: die einzelne Aufnahme, die Gabriel von der allein in dem Restaurant Sitzenden gemacht hatte, und drei weitere, auf denen die Frau auf Quinns angerostetem Balkon stand. Er legte sie nebeneinander auf die Theke, auf der er einst die Fotos des gestohlenen Rembrandts für Chiara ausgelegt hatte, und hatte einen Augenblick lang ein schlechtes Gewissen, als Madeline sich über die Fotos beugte, um sie genau zu betrachten.

„Wer hat die gemacht?“

„Das ist nicht wichtig.“

„Sie haben einen guten Blick.“

„Fast so gut wie Giovanni Rossi.“

Sie nahm die erste Aufnahme in die Hand: eine schwarzhaarige Frau mit Sonnenbrille, die allein an einem Tisch auf der Straße saß – und der Aussicht über die Stadt den Rücken zukehrte.

„Der Reißverschluss ihrer Handtasche steht offen.“

„Das ist Ihnen also auch aufgefallen.“

„Jede gewöhnliche Touristin würde ihn aus Angst vor Taschendieben geschlossen halten.“

„Das würde sie.“

Sie legte das Foto auf die Theke zurück und griff nach dem nächsten. Es zeigte eine Frau auf einem Balkon mit schmiedeeisernem Geländer, von dem zu ihren Füßen eine Blütenranke herabhing. Weil die Schwarzhaarige eben eine Zigarette an die Lippen führte, war die Innenseite ihres rechten Unterarms sichtbar. Madeline beugte sich tiefer darüber und runzelte nachdenklich die Stirn.

„Haben Sie das gesehen?“, fragte sie.

„Was?“

Sie hielt das Foto hoch. „Sie hat eine Narbe.“

„Das könnte ein Fehler im Bild sein.“

„Schon möglich, aber es ist keiner. *Sie* hat einen Fehler.“

„Woher wollen Sie das wissen?“

„Weil ich dabei war, als es passiert ist“, sagte Madeline.

„Sie kennen sie?“

„Nein“, sagte sie, während sie das Foto anstarrte. „Aber ich kenne das Mädchen, das sie früher war."

35

GUNWALLOE COVE, CORNWALL

Gabriel hatte die Geschichte erstmals am Ufer eines zugefrorenen russischen Sees aus dem Mund eines Mannes namens Pawel Schirow gehört. Jetzt hörte er sie in einem Cottage am Meer nochmals von der Frau, die Madeline Hart geworden war. Ihren wahren Namen kannte sie nicht; auch über ihre biologischen Eltern wusste sie wenig. Ihr Vater war ein hoher KGB-General gewesen, vielleicht der Chef der allmächtigen Ersten Hauptverwaltung. Ihre Mutter, eine KGB-Schreibkraft von kaum zwanzig Jahren, war bald nach ihrer Geburt gestorben. Eine Überdosis Schlaftabletten mit Wodka sollte ihr Leben beendet haben, hatte Madeline gehört.

Sie war in ein Waisenhaus gekommen. Kein richtiges Waisenhaus, sondern ein KGB-Waisenhaus, in dem sie, wie sie später oft sagte, von Wölfen aufgezogen worden war. Irgendwann – das Datum hatte sie vergessen – hörten ihre Betreuer auf, mit ihr Russisch zu sprechen. Eine Zeit lang wurde sie in völligem Schweigen gehalten, bis die letzten Spuren der russischen Sprache aus ihrer Erinnerung geschwunden waren. Dann kam sie in eine Abteilung, in der nur Englisch gesprochen wurde. Sie sah englische Fernsehprogramme für Kinder und las englische Kinderbücher. Dieser begrenzte Kontakt mit britischer Kultur reichte nicht aus, um ihr ihren Akzent abzugewöhnen. Sie sprach Englisch, so sagte sie selbst, wie eine Nachrichtensprecherin bei Radio Moskau.

Die Einrichtung, in der sie aufwuchs, lag in einer Moskauer Vorstadt unweit der Zentrale der Ersten Hauptverwaltung in Jasenewo, im KGB-Sprachgebrauch die Zentrale Moskau.

Später wurde sie in ein KGB-Ausbildungslager tief im Landesinneren verlegt, das sich in der Nähe einer geschlossenen Stadt befand, die keinen Namen, sondern nur eine Nummer hatte. In diesem Lager gab es eine englische Kleinstadt mit Geschäften entlang der High Street, einem Park, einem Bus, den ein Engländer fuhr, und Reihenhäusern in Klinkerbauweise, in denen die Auszubildenden in Familien zusammenlebten. In einem anderen Teil des weitläufigen Lagers gab es eine amerikanische Kleinstadt mit einem Kino, in dem die neuesten Hollywoodfilme liefen. Und nicht weit von ihr entfernt stand eine deutsche Kleinstadt, die in Zusammenarbeit mit der ostdeutschen Stasi betrieben wurde. Die dortige Verpflegung wurde wöchentlich frisch aus Ostberlin eingeflogen: deutsches Brot, Wurst, Bier, Schinken … Alle waren sich darüber einig, dass die Deutsch sprechenden Auszubildenden es am besten hatten.

Im Allgemeinen blieben die Auszubildenden in ihren separaten Pseudowelten. Madeline lebte mit dem Mann und der Frau zusammen, die später mit ihr nach Großbritannien gehen würden. Sie ging auf eine strenge englische Schule, freute sich auf Tee und Teekuchen in einer kleinen englischen Teestube und spielte in einem englischen Park, der in den meisten Monaten des Jahres tief verschneit war. Aber manchmal durfte sie in der amerikanischen Kleinstadt einen US-Film sehen oder im Biergarten der deutschen Kleinstadt zu Abend essen. Bei einem dieser Ausflüge lernte sie Katerina kennen.

„Sie hat vermutlich nicht in Klein-Amerika gelebt?“, fragte Gabriel.

„Nein“, antwortete Madeline. „Katerina war Deutsche.“

Sie war einige Jahre älter als Madeline, eine Jugendliche an der Schwelle zur Erwachsenen. Und sie war bereits schön, aber noch nicht so schön, wie sie später werden würde. Sie sprach etwas Englisch – die Auszubildenden im deutschen Programm wurden zweisprachig erzogen – und hatte Spaß daran, es mit Madeline zu üben, deren Englisch perfekt war, auch wenn sie mit eigenartigem Akzent sprach. Im Allgemeinen waren Freundschaften zwischen Auszubildenden verschiedener Einrichtungen unerwünscht, aber in diesem Fall machten die Verantwortlichen eine Ausnahme. Katerina litt seit einiger Zeit unter Depressionen. Ihre Ausbilder waren sich nicht sicher, ob sie für das Leben als Illegale im Westen geeignet war.

„Wie ist sie überhaupt ins Programm für Illegale gekommen?", fragte Gabriel.

„Nicht viel anders als ich."

„Ihr Vater war beim KGB?"

„Nein, ihre Mutter."

„Und ihr Vater?"

„Ein westdeutscher Geheimdienstler, auf den sie angesetzt worden war, den sie verführen sollte. Katerina war das Ergebnis dieser Beziehung."

„Warum hat ihre Mutter nicht abgetrieben?"

„Sie wollte das Baby. Man hat es ihr weggenommen. Und dann hat man ihr das Leben genommen."

„Und die Narbe?"

Madeline gab keine Antwort. Stattdessen griff sie nochmals nach dem Foto, auf dem das Mädchen, das sie als Katerina gekannt hatte, auf einem Balkon in Lissabon stand.

„Was hat sie dort gemacht?", fragte sie. „Und warum hat sie die Autobombe auf der Brompton Road gezündet?"

„Sie war in Lissabon, weil ihre Führungsoffiziere wussten, dass wir das Apartment beobachten."

„Und die Bombe?"

„Die war für mich bestimmt."

Sie hob ruckartig den Kopf. „Warum haben sie versucht, Sie zu ermorden?"

Gabriel zögerte, dann sagte er: „Ihretwegen, Madeline."

Danach herrschte kurzes Schweigen.

„Was haben Sie anderes erwartet", meinte sie schließlich, „wenn Sie auf russischem Boden einen KGB-Offizier liquidieren und mir anschließend helfen, in den Westen überzulaufen?"

„Ich dachte, der russische Präsident würde verärgert sein. Aber ich hätte ihm keinen Bombenanschlag auf der Brompton Road zugetraut."

„Sie unterschätzen den russischen Präsidenten."

„Niemals", antwortete Gabriel. „Der russische Präsident und ich kennen uns seit Langem."

„Er hat schon früher versucht, Sie zu ermorden?"

„Ja", sagte Gabriel. „Aber jetzt hat er erstmals Erfolg gehabt."

Ihre graublauen Augen musterten ihn fragend. Dann begriff sie, was er meinte.

„Wann sind Sie gestorben?", fragte sie.

„Vor ein paar Stunden in einem britischen Militärkrankenhaus. Ich habe tapfer gekämpft, aber meine Verletzungen waren zu schwer."

„Wer weiß noch davon?"

„Natürlich mein Dienst, und meiner Frau ist die Todesnachricht schonend überbracht worden."

„Was ist mit der Zentrale Moskau?"

„Wenn sie den Schriftverkehr des MI6 mitlesen, was ich vermute, trinken sie jetzt schon mit Wodka auf mein Hinscheiden. Aber um sicherzugehen, werde ich meinen Tod offiziell bestätigen lassen."

„Kann ich Ihnen irgendwie helfen?"

„Sagen Sie auf meiner Beerdigung etwas Nettes über mich. Und nehmen Sie bei Strandspaziergängen mehr als einen Leibwächter mit."

„Tatsächlich waren es zwei."

„Der Angler?"

„Zum Abendessen gibt es Sägebarsch vom Grill." Sie machte eine Pause, dann fragte sie lächelnd. „Was tun Sie mit Ihrer ganzen Freizeit, nachdem Sie jetzt tot sind?"

„Ich habe vor, die Männer aufzuspüren, die mich ermorden wollten."

Madeline tippte auf eines der Fotos, die Katerina zeigten. „Was ist mit ihr?", fragte sie.

Gabriel antwortete nicht gleich. Dann sagte er: „Sie haben mir noch immer nicht erzählt, woher sie die Narbe hat."

„Die hat sie sich in der Ausbildung zugezogen."

„Bei welcher Art Ausbildung?"

„Lautloses Töten." Sie sah Gabriel an und fügte finster hinzu: „Der KGB fängt früh an."

„Sie?"

„Ich war zu jung", sagte sie und schüttelte den Kopf. „Aber Katerina war älter, und mit ihr hatten sie andere Dinge vor. Eines Tages hat ihr Ausbilder ihr ein Messer in die Hand gedrückt und sie aufgefordert, ihn zu töten. Katerina hat gehorcht. Sie hat immer gehorcht."

„Bitte weiter."

„Auch als er sie schon entwaffnet hatte, hat sie weiter angegriffen. Zuletzt hat sie sich an ihrer eigenen Waffe geschnitten. Nur mit Glück ist sie nicht verblutet." Madeline sah auf das Foto hinab. „Wo sie jetzt wohl ist?"

„Irgendwo in Russland, vermute ich."

„In einer namenlosen Stadt." Madeline gab Gabriel das Foto zurück. „Hoffentlich bleibt sie dort."

Nach seiner Rückkehr ins Wormwood Cottage stieg Gabriel die Treppe zu seinem Zimmer hinauf und ließ sich erschöpft aufs Bett fallen. Er sehnte sich danach, mit seiner Frau zu telefonieren, aber das durfte er nicht wagen. Seine Feinde hörten bestimmt alle Netze nach seiner Stimme ab. Tote telefonierten nicht.

Als er dann endlich einschlief, machten Träume ihn ruhelos. In einem ging er mit einem Holzkasten mit Restaurierungsbedarf durchs Schiff des Wiener Stephansdoms. Am Portal wartete eine junge Deutsche auf ihn, um ihn wie an jenem Abend in ein Gespräch zu verwickeln, aber in seinem Traum war sie Katerina, die aus einer tiefen Wunde im rechten Unterarm blutete. „Kannst du die reparieren?", fragte sie und zeigte ihm ihre Wunde, aber er drängte sich wortlos an ihr vorbei und stapfte durch stille Wiener Gassen zu einem kleinen Platz im alten jüdischen Bezirk. Der Platz war tief verschneit und stand voller Londoner Doppeldeckerbusse. Eine Frau versuchte, den Motor eines viertürigen Mercedes anzulassen, der aber nicht anspringen wollte, weil die Bombe zu viel Strom aus der Batterie saugte. Auf dem Rücksitz war sein Sohn in seinem Kindersitz angeschnallt, aber die Frau am Steuer war nicht Leah. Sie war Madeline Hart. „Wie haben Sie mich gefunden?", fragte sie durchs zersplitterte Glas der Seitenscheibe. Und dann detonierte die Bombe.

Er musste im Schlaf geschrien haben, denn als er aufschrak, stand Keller in der Tür seines Zimmers. Miss Coventry servierte ihnen das Frühstück in der Küche und verabschiedete sie dann in den kalten, nebligen Morgen, als sie zu einer Wanderung übers Moor aufbrachen. Gabriel war noch schwach auf den Beinen, aber Keller nahm Rücksicht auf ihn. Sie legten die erste Meile in mittlerem Tempo zurück, das sie allmählich steigerten, während Gabriel erst von Madeline und dann von Katerina erzählte, die ihre Existenz einer Sexfalle verdankte. Sie würden sie aufspüren, sagte Gabriel. Und sie würden dem Kreml eine Botschaft übermitteln, die keine Übersetzung brauchte.

„Vergiss Quinn nicht", sagte Keller.

„Vielleicht gibt's den gar nicht. Vielleicht war Quinn nur ein Name, eine Vorgeschichte. Vielleicht wollten sie uns damit nur ködern."

„Das glaubst du nicht wirklich, stimmt's?"

„Angedacht habe ich's schon."

„Quinn hat die Prinzessin ermordet."

„Das behauptet jemand vom iranischen Geheimdienst", stellte Gabriel nachdrücklich fest.

„Wann können wir loslegen?"

„Nach meiner Beerdigung."

Bei der Rückkehr ins Wormwood Cottage fand Gabriel am Fußende seines Betts einen Stapel frischer Kleidung vor. Er duschte, zog sich an und stieg wieder in den Laderaum des bereitstehenden Kastenwagens. Diesmal ging die Fahrt nach Osten, zu einem sicheren Haus im Londoner Stadtteil Highgate. Dieses Haus war ihm vertraut; er kannte es von früheren Besuchen. Als er es betrat, warf er seine Jacke über einen Sessel im Wohnzimmer und stieg die Treppe zu dem kleinen Arbeitszimmer im ersten Stock hinauf. Es hatte ein schmales Fenster wie eine Schießscharte mit Blick auf eine Sackgasse mit der Zufahrt zum Haus – eine Aussicht für einen Toten. Eine halbe Stunde verging, in der es draußen dunkel wurde, sodass die Straßenlampen zögernd aufflammten. Dann kam ein grauer Wagen, der anscheinend übermäßig vorsichtig gefahren wurde, den Hügel heraufgekrochen. Er parkte vor dem sicheren Haus, und der Fahrer, ein junger, harmlos aussehender Mann, stieg aus. Auch eine Frau stieg aus – die Frau, die der Welt seinen tragischen Tod mitteilen würde. Er sah auf seine Uhr und lächelte. Sie kam verspätet. Das tat sie immer.

36

HIGHGATE, LONDON

„Niemals!", sagte Samantha Cooke. „Weder jetzt noch später. Nicht in einer Million gottverdammter Jahre!"

„Warum nicht?"

„Soll ich die Gründe aufzählen?"

Sie stand mitten im Wohnzimmer und hatte eine Hand mit nach vorn gedrehter Handfläche erhoben, wie eine Inquisitorin, die auf Antwort wartet. Beim Hereinkommen hatte sie ihre Umhängetasche auf den Sitz eines verblichenen Ohrensessels geworfen, aber ihren durchnässten Mantel noch nicht ausgezogen. Ihr aschblondes Haar war schulterlang, der Blick ihrer blauen Augen von Natur aus nachdenklich forschend. Jetzt musterte sie Gabriels Gesicht ungläubig. Vor einem Jahr hatte er Samantha Cooke und ihrer Zeitung, dem *Telegraph*, eine der größten Exklusivstorys in der Geschichte des britischen Journalismus verschafft – ein Interview mit Madeline Hart, der russischen Spionin, die die heimliche Geliebte des Premierministers gewesen war. Dafür sollte sie sich nun mit einem Gefallen revanchieren: mit einem Exklusivbericht über seinen Tod.

„Erstens", sagte sie jetzt, „wäre das nicht ethisch. Nicht im Entferntesten."

„Ich liebe es, wenn britische Journalisten über Ethik schwadronieren."

„Ich schreibe für kein Revolverblatt. Ich schreibe für eine angesehene Zeitung."

„Genau deshalb brauche ich Sie. Bringt der *Telegraph* diese Story, halten die Leute sie für wahr. Erscheint sie dagegen im …"

„Schon gut, ich verstehe.“ Sie schlüpfte aus ihrem Mantel, warf ihn auf die Umhängetasche. "Ich glaube, ich brauche einen Drink.“

Gabriel nickte zu dem Servierwagen hinüber.

„Trinken Sie einen mit?“

„Für mich ist's um diese Zeit noch ein bisschen zu früh, Samantha.“

„Für mich auch. Ich habe eine Story zu schreiben.“

„Worüber?“

„Über Jonathan Lancasters neuesten Plan zur Konsolidierung des Nationalen Gesundheitsdiensts. Ein wahrhaft fesselnder Stoff.“

„Ich habe eine bessere Story.“

„Das glaube ich.“ Sie griff nach der Flasche Beefeater, zögerte und entschied sich stattdessen für Dewar's: zwei Finger hoch in einem Tumbler aus Kristallglas, Eis und genug Wasser, damit sie weiterhin klar denken konnte. „Wem gehört dieses Haus eigentlich?“

„Es ist seit vielen Jahren in der Familie.“

„Ich wusste gar nicht, dass Sie ein englischer Jude sind.“ Sie nahm eine dekorative Silberschale von einem Beistelltisch und drehte sie um.

„Was suchen Sie?“

„Wanzen.“

„Der Kammerjäger war letzte Woche da.“

„Ich meine Abhöreinrichtungen.“

„Oh.“

Als Nächstes untersuchte sie eine Lampe.

„Sparen Sie sich die Mühe.“

Sie sah zu ihm auf, ohne etwas zu sagen.

„Haben Sie jemals eine Story veröffentlicht, die sich später als falsch erwiesen hat?“

„Nicht absichtlich.“

„Wirklich nicht?“

„Nicht in dieser Größenordnung“, ergänzte sie.

„Ich verstehe.“

„Manchmal“, sagte sie mit dem Whiskyglas an ihren Lippen, „muss man einen unvollständigen Bericht in Druck geben, damit die Zielperson sich verpflichtet fühlt, die Story zu ergänzen.“

„Vernehmer tun das Gleiche.“

„Aber bei mir gibt's kein Waterboarding, und ich reiße niemandem die Fingernägel heraus.“

„Das sollten Sie aber tun. Sie bekämen bessere Storys.“

Sie musste unwillkürlich lächeln. „Weshalb?“, fragte sie. „Warum soll ich Sie im Druck killen?“

„Das darf ich Ihnen nicht sagen, fürchte ich.“

„Aber Sie müssen's mir sagen. Sonst gibt es keine Story.“ Sie hatte recht, das war ihr bewusst. „Sollen wir mit den Grundlagen anfangen? Wann sind Sie gestorben?“

„Gestern Nachmittag.“

„Wo?“

„In einem britischen Militärkrankenhaus.“

„In welchem?“

„Darf ich nicht sagen.“

„Nach langer Krankheit?“

„Tatsächlich bin ich bei einem Bombenanschlag schwer verletzt worden.“

Ihr Lächeln verschwand. Sie stellte ihr Glas sorgfältig auf dem Beistelltisch ab. „Wo hören die Lügen auf, und wo fängt die Wahrheit an?“

„Keine Lügen, Samantha. Täuschung.“

„Wo?“, fragte sie nochmals.

„Ich war der Agent, der den britischen Geheimdienst vor

der Autobombe in der Brompton Road gewarnt hat. Ich war einer der Männer, die versucht haben, möglichst viele Passanten aus ihrem Wirkungsbereich zu scheuchen.“ Nach kurzer Pause fügte er hinzu: „Und ich war die Zielperson.“

„Können Sie das beweisen?“

„Sehen Sie sich das Überwachungsvideo an.“

„Ich hab’s mir angesehen. Das könnte jeder sein.“

„Aber es war nicht jeder, Samantha. Das war Gabriel Allon. Und nun ist er tot.“

Sie leerte ihr Glas und mixte sich einen weiteren Drink: mehr Dewar’s, weniger Wasser.

„Ich müsste meinen Chefredakteur einweihen.“

„Ausgeschlossen!“

„Ihm würde ich mein Leben anvertrauen.“

„Aber wir reden hier nicht von Ihrem Leben. Es geht um meines.“

„Sie besitzen kein Leben mehr, haben Sie das vergessen? Sie sind tot.“

Gabriel starrte die Zimmerdecke an und atmete langsam aus. Er hatte dieses Wortgefecht allmählich satt.

„Tut mir leid, dass ich Sie den weiten Weg hierher habe machen lassen“, sagte er nach kurzer Pause. „Mr. Davies bringt Sie jetzt in die Redaktion zurück. Tun wir einfach so, als hätte dieses Gespräch nie stattgefunden.“

„Aber ich habe noch nicht ausgetrunken.“

„Was ist mit Ihrem Bericht über Jonathan Lancasters Plan zur Rettung des Nationalen Gesundheitsdiensts?“

„Der ist Mist.“

„Der Plan oder der Bericht?“

„Beides.“ Sie trat an den Servierwagen und benutzte die silberne Zange, um einen Eiswürfel aus dem Eiskübel zu holen. „Ich verdanke Ihnen bereits eine ziemlich gute Story, wissen Sie."

„Glauben Sie mir, Samantha, es gibt noch mehr."

„Woher wussten Sie, dass der blaue BMW eine rollende Bombe war?"

„Das darf ich Ihnen noch nicht sagen."

„Wer war die Frau?"

„Sie war nicht Anna Huber. Und sie war nicht aus Deutschland."

„Woher war sie?"

„Etwas weiter aus dem Osten."

Samantha Cooke ließ den Eiswürfel in ihren Drink fallen und legte die Zange nachdenklich auf den Servierwagen zurück. Obwohl sie Gabriel den Rücken zukehrte, spürte er, dass sie heftig mit ihrem journalistischen Gewissen kämpfte.

„Sie ist Russin? Wollen Sie das damit sagen?"

Gabriel gab keine Antwort.

„Ich deute Ihr Schweigen als Bejahung. Die Frage ist allerdings: Wieso würde eine Russin eine Autobombe auf der Brompton Road zurücklassen?"

„Das möchte ich von Ihnen hören."

Sie dachte angelegentlich nach. „Ich glaube, das sollte eine Botschaft an Jonathan Lancaster sein."

„Und ihr Inhalt?"

„Leg dich nicht mit uns an", sagte sie kalt. „Vor allem nicht, wenn's um Geld geht. Für den Kreml wären diese Bohrrechte in der Nordsee viele Milliarden wert gewesen. Und Lancaster hat sie ihm weggeschnappt."

„Tatsächlich war *ich* der Mann, der sie ihm weggeschnappt hat. Deshalb wollen der russische Präsident und seine Schergen meinen Tod."

„Und nun sollen sie glauben, ihr Ziel erreicht zu haben?“

Gabriel nickte.

„Wozu?“

„Weil das meinen Job einfacher macht.“

„Welchen Job?“

Er gab keine Antwort.

„Ich verstehe“, sagte sie ruhig. Sie setzte sich und nahm einen kleinen Schluck von ihrem Whisky. „Wenn jemals bekannt würde, dass ich …“

„Sie wissen, dass auf mich Verlass ist, denke ich.“

„Welche Quelle sollte genannt werden?“

„Britische Geheimdienstkreise.“

„Eine weitere Lüge.“

„Täuschung“, korrigierte er sie gelassen.

„Und wenn ich Ihren Dienst anrufe?“

„Dann bekommen Sie keine Antwort. Aber wenn Sie diese Nummer wählen“, sagte er und gab ihr den Zettel, auf dem er sie notiert hatte, „bestätigt ein wortkarger Gentleman Ihnen mein vorzeitiges Ableben.“

„Hat er einen Namen?“

„Uzi Navot.“

„Der Direktor des Diensts?“

Gabriel nickte. „Rufen Sie ihn einfach an. Aber erwähnen Sie unter keinen Umständen, dass Sie noch vor Kurzem mit dem Verstorbenen geredet haben. Die Zentrale Moskau hört garantiert mit.“

„Ich brauche eine britische Quelle. Eine echte.“

Er gab ihr noch einen Zettel mit einer weiteren Telefonnummer. „Das ist sein privater Anschluss. Missbrauchen Sie das Privileg nicht.“

Sie steckte beide Zettel in ihre Umhängetasche.

„Wie schnell können Sie das alles veröffentlichen?“

„Wenn ich schnell arbeite, kann der Artikel in der morgigen Ausgabe erscheinen."

„Und wann erscheint er auf der Webseite?"

„Gegen Mitternacht."

Danach herrschte kurzes Schweigen. Samantha Cooke hob ihr Glas an die Lippen, trank aber doch nichts. Sie hatte eine lange Nacht vor sich.

„Was passiert, wenn die Welt entdeckt, dass Sie nicht tot sind?", fragte sie.

„Wer sagt, dass sie das tut?"

„Sie wollen nicht tot bleiben, nicht wahr?"

„Das hätte einen großen Vorteil", sagte er.

„Welchen denn?"

„Niemand würde jemals wieder versuchen, mich umzulegen."

Sie stellte ihr Glas auf den Beistelltisch und stand auf. „Gibt's irgendwas Spezielles, das ich über Sie schreiben soll?"

„Schreiben Sie, dass ich mein Land und mein Volk geliebt habe. Und dass ich auch England sehr gernhatte."

Gabriel half ihr in ihren Mantel. Sie nahm ihre Tasche über die Schulter und streckte ihm die Hand hin. „Es war mir ein Vergnügen, Sie beinahe kennengelernt zu haben", sagte sie. „Sie werden mir fehlen, glaube ich."

„Keine Tränen mehr, Samantha."

„Nein", sagte sie. „Wir wollen auf Rache sinnen."

37

WORMWOOD COTTAGE, DARTMOOR

Als Gabriel an diesem Abend ins Wormwood Cottage zurückkehrte, sah er in der Einfahrt eine schwarze Limousine, die wie ein Dienstwagen aussah. In der Küche deckte Miss Coventry den Tisch ab, und im Wohnzimmer saßen sich zwei Männer an einem Schachbrett gegenüber. Beide Spieler rauchten. Die Figuren schienen auf einem Schlachtfeld in Pulverdampfschwaden zu stehen.

„Wer gewinnt?“, fragte Gabriel.

„Wer wohl?“, antwortete Ari Schamron. Er sah zu Keller hinüber und fragte: „Wollen Sie nicht endlich ziehen?“

Keller zog. Schamron seufzte traurig, schlug Kellers zweiten Springer und reihte ihn in sein kleines Kriegsgefangenenlager ein. Die Figuren standen in zwei ordentlichen Reihen neben dem Aschenbecher. Schamron bestand bei den Unglücklichen, die ihm in die Hände fielen, stets auf gewisser Disziplin.

„Iss eine Kleinigkeit“, forderte er Gabriel auf. „Das hier dauert nicht mehr lange.“

Miss Coventry hatte ihm einen Teller Lammfilets mit jungem Gemüse in den Backofen gestellt. Er aß allein am Küchentisch und horchte auf die Geräusche von nebenan. Das Klicken der Schachfiguren und das Zuschnappen von Schamrons altem Zippo-Feuerzeug klangen eigenartig tröstlich. Aus Kellers trübseligem Schweigen schloss er, dass seine Sache schlecht stand. Er wusch den Teller und das Besteck ab, ließ alles an der Luft trocknen und ging ins Wohnzimmer zurück. Schamron wärmte sich die Hände an dem Feuer im offenen

Kamin. Er trug eine frisch gebügelte Kakihose, ein weißes Oxford-Baumwollhemd und seine alte Bomberjacke aus Leder mit einem Riss in der linken Schulter. Der Feuerschein spiegelte sich in den Gläsern seiner hässlichen Nickelbrille.

„Nun?", fragte Gabriel.

„Er hat tapfer gekämpft und doch verloren."

„Wie spielt er?"

„Mutig, geschickt, aber ohne strategischen Weitblick. Er genießt es, den Gegner zu schlagen, ist aber nicht clever genug, um zu erkennen, dass es manchmal klüger ist, einen Feind am Leben zu lassen." Schamron sah zu Gabriel auf und lächelte. „Er ist ein Macher, kein Planer."

Der Alte blickte wieder ins Kaminfeuer. „Hast du sie dir so vorgestellt?"

„Was denn?"

„Deine letzte Nacht auf Erden."

„Ja", sagte Gabriel. „Genauso hab ich sie mir vorgestellt."

„Mit mir in einem sicheren Haus eingesperrt. In einem *britischen* sicheren Haus", fügte Schamron verächtlich hinzu. Er betrachtete Wände und Decke. „Denkst du, dass sie uns abhören?"

„Sie sagen, dass sie's nicht tun."

„Glaubst du ihnen?"

„Ja."

„Das solltest du nicht tun. Tatsächlich", sagte Schamron, „hättest du dich nie an der Fahndung nach Quinn beteiligen sollen. Ich war dagegen, um das hier festzuhalten. Uzi hat anders entschieden."

„Seit wann hörst du auf Uzi?"

Schamron zuckte mit den Schultern, als wolle er andeuten, Gabriel habe eigentlich recht. „In meinem Buch ist das Kästchen neben dem Namen Eamon Quinn seit vielen Jahren leer", sagte er. „Ich wollte, dass dein Freund und du ein Häkchen darin machen, bevor noch ein Flugzeug vom Himmel fällt."

„Das Kästchen ist weiterhin leer."

„Nicht mehr lange." Schamrons Feuerzeug flammte auf. Der süßliche Geruch von türkischem Tabak mischte sich mit dem von Holzrauch.

„Und was ist mit dir?", fragte Gabriel. „Hast du gedacht, dass alles so enden würde?"

„Mit deinem Tod?"

Gabriel nickte.

„Unzählige Male."

„Zum Beispiel in dieser einen Nacht im Leeren Viertel", sagte Gabriel.

„Was ist mit Harwich?"

„Und Moskau?"

„Ja", sagte Schamron. „Moskau bleibt uns immer. Seinetwegen sind wir jetzt hier."

Er rauchte einige Augenblicke lang schweigend. Normalerweise hätte Gabriel ihn ermahnt, damit aufzuhören, aber darauf verzichtete er jetzt. Schamron trauerte. Er war kurz davor, einen Sohn zu verlieren.

„Deine Freundin vom *Telegraph* hat eben mit Uzi telefoniert."

„Wie ist das Gespräch verlaufen?"

„Er hat offenbar sehr lobend über dich gesprochen. Ein überragendes Talent, ein Riesenverlust für unser Land. Israel ist heute Nacht anscheinend weniger sicher." Nach kurzer Pause fügte Schamron hinzu: „Ich glaube, das hat ihm echt Spaß gemacht."

„Welcher Teil?"

„Alles. Schließlich", fuhr der Alte fort, „kannst du nicht sein Nachfolger werden, wenn du tot bist."

Gabriel lächelte.

„Freu dich nicht zu früh", sagte Schamron. „Sobald diese Sache vorbei ist, kehrst du nach Jerusalem heim, wo deine wundersame Wiederauferstehung stattfindet."

„Genau wie ..."

Schamron hob abwehrend eine Hand. Er war in einem Dorf in Galizien aufgewachsen, wo es regelmäßige Pogrome gegeben hatte. Seinen Frieden mit der Christenheit musste er erst noch machen.

„Mich überrascht, dass du nicht mit einem Rückholteam nach England gekommen bist."

„Daran gedacht habe ich allerdings."

„Aber?"

„Es ist entscheidend wichtig, den Russen die Botschaft zu übermitteln, dass sie einen hohen Preis werden zahlen müssen, wenn sie unseren designierten Direktor ermorden. Dass du diese Botschaft überbringen wirst, ist eine Ironie des Schicksals."

„Glaubst du, dass die Russen Ironie verstehen?"

„Tolstoi hat sie verstanden. Aber der Zar versteht nur Gewalt."

„Was ist mit den Iranern?"

Schamron dachte über die Frage nach, bevor er antwortete. „Die haben weniger zu verlieren", sagte er schließlich. „Daher müssen sie vorsichtiger angefasst werden."

Er warf seine Kippe ins Feuer und fingerte die nächste Zigarette aus der zerdrückten Packung.

„Der Mann, den du suchst, ist in Wien. Im Hotel InterContinental. Die Hausverwaltung hat eine Wohnung für Keller und dich. Dort erwarten dich zwei alte Freunde, die du einsetzen kannst, wie du's für richtig hältst."

„Was ist mit Eli?"

„Der hockt weiter in diesem Loch in Lissabon.“

„Er soll schnellstens nach Wien kommen.“

„Soll die Wohnung in Lissabon weiter überwacht werden?“

„Nein“, sagte Gabriel. „Quinn betritt sie nie wieder. Lissabon hat seinen Zweck erfüllt.“

Schamron nickte langsam. „Was deine Kommunikation betrifft“, sagte er, „müssen wir bei der alten Schule bleiben – wie damals beim Zorn Gottes.“

„Es ist schwierig, in der modernen Welt nach alter Schule zu arbeiten.“

„Du verstehst dich darauf, vierhundert Jahre alte Gemälde wieder wie neu aussehen zu lassen. Ich bin sicher, dass dir irgendwas einfallen wird.“ Schamron sah auf seine Armbanduhr. „Ich wollte, du könntest ein letztes Mal mit deiner Frau telefonieren, aber das ist unter den Umständen leider nicht möglich.“

„Wie hat sie die Nachricht von meinem Tod aufgenommen?“

„Tapfer und gefasst.“ Der Alte musterte Gabriel. „Du kannst von Glück sagen. Es gibt nicht viele Frauen, die ihren Mann in den letzten Wochen einer Schwangerschaft in einen Krieg gegen den Kreml ziehen lassen würden.“

„Das gehört zu unserem Deal.“

„Das kann ich mir denken. Ich habe mein Leben meinem Volk und meinem Land gewidmet. Und dabei habe ich mir alle entfremdet, die mir jemals lieb waren.“ Schamron machte eine Pause, dann fügte er hinzu: „Alle außer dir.“

Draußen begann es wieder zu regnen: ein plötzlicher Schauer, von dem große Tropfen auf dem Kaminrost verdampften. Der Alte schien das nicht zu bemerken; er starrte wieder auf seine Uhr. Die Zeit war immer gegen ihn gewesen – jetzt mehr denn je.

„Wie lange noch?“, fragte er.

„Nicht mehr lange“, antwortete Gabriel.

Schamron rauchte schweigend, während Regentropfen sich auf dem rot glühenden Kaminrost opferten.

„Hast du’s dir so vorgestellt?“, fragte er.

„Ganz genau so.“

„Schrecklich, nicht wahr?“

„Was ist schrecklich, Ari?“

„Wenn ein Kind vor dem Vater stirbt. Das stellt die natürliche Ordnung der Dinge auf den Kopf.“ Er schnippte seine Zigarette ins Feuer. „Man kann gar nicht richtig trauern. Man kann nur an Rache denken.“

Wie Gabriel hatte Ari Schamron sich nur beschränkt mit der modernen Welt arrangiert. Ein Smartphone trug er nur widerstrebend in der Tasche, denn er wusste besser als die meisten, in welchem Ausmaß solche Geräte ihren Nutzern schaden, sogar gegen sie eingesetzt werden konnten. Im Augenblick lag es auf Parishs Schreibtisch in einer Schatulle, in der er Gegenstände aufbewahrte, die Gäste des Hauses nicht besitzen durften. Parish genierte sich nicht, zuzugeben, dass er sich nichts aus dem Alten machte. *Wie er rauchte! Gott, diese Qualmerei!* Schlimmer als der junge Engländer, der dauernd übers Moor marschierte. Der Alte stank wie ein Aschenbecher. Sah wie der Tod auf Rädern aus. *Und seine Zähne!* Hatte ein Lächeln wie eine Schlagfalle – und wirkte ungefähr ebenso freundlich.

Ob der Alte hier übernachten wollte, war bisher unklar. Er hatte nicht erkennen lassen, was er vorhatte, und Parish hatte von Vauxhall Cross keine Anweisungen erhalten außer einer seltsamen Aufforderung in Bezug auf die Webseite der Londoner Zeitung *Telegraph*. Ab Mitternacht sollte Parish sie in

Abständen von fünf Minuten aufrufen. Dort würde eine Meldung erscheinen, die für die beiden Israelis von Interesse sein würde. Vauxhall Cross machte sich nicht die Mühe, ihm mitzuteilen, *weshalb* sie interessant sein würde. Offenbar würde sich das von selbst verstehen. Parish sollte die Story ausdrucken und den beiden Männern ohne Kommentar und mit angemessenem Ernst überbringen, was immer das bedeutete. Parish, der fast dreißig Jahre lang in verschiedenen Funktionen beim MI6 gearbeitet hatte, war seltsame Anweisungen aus der Zentrale gewohnt. Seiner Erfahrung nach fielen sie mit wichtigen Unternehmen zusammen.

Und so saß er an diesem Abend noch spät an seinem Schreibtisch, lange nachdem Miss Coventry in ihr trauriges kleines Kaff in Devon heimgefahren war und lange nachdem die Personenschützer, die ganz erledigt waren, nachdem sie den jungen Engländer tagsüber auf einem Gewaltmarsch begleitet hatten, zu Bett gegangen waren. Die Alarmanlage war eingeschaltet, sodass das Wormwood Cottage jetzt nicht mehr von Männern, sondern von Maschinen bewacht wurde. Parish las ein paar Seiten von P. D. James, Gott hab sie selig, und hörte dabei Georg Friedrich Händel im Radio. Aber vor allem horchte er auf den Regen. Eine weitere schlimme Nacht. Wann würde das Wetter endlich umschlagen?

Punkt Mitternacht startete er dann den Browser seines PCs und rief via Google die Seite des Londoner *Telegraph* auf. Berichtet wurde über das übliche Gewäsch: Streit im Unterhaus wegen des Nationalen Gesundheitsdiensts, ein Bombenanschlag in Bagdad und Details aus dem Liebesleben eines Popstars, die Parish abstoßend fand. Aber es gab nichts, was die Gäste aus dem Heiligen Land auch nur im Entferntesten hätte interessieren können. Oh, es gab einen schwachen Hoffnungsschimmer in Bezug auf die Atomverhandlungen mit dem Iran, aber das brauchten sie sich bestimmt nicht von ihm erzählen zu lassen.

Also kehrte er zu P. D. James und Georg Friedrich Händel zurück, bis er fünf Minuten nach Mitternacht auf *neu laden* drückte und denselben Mist sah wie zuvor. Auch um 0.10 Uhr gab es keine Veränderung. Aber als Parish die Webseite um 0.15 Uhr neu lud, erstarrte diese wie ein Eisblock. Obwohl er kein Computerexperte war, wusste er, dass Webseiten bei Änderungen oder durch unerwartet viele Aufrufe manchmal einfach stillstanden. Er wusste auch, dass es zwecklos war, das Laden beschleunigen zu wollen, indem man auf der Tastatur herumhämmerte, deshalb las er noch einige Zeilen des Romans, während die Webseite sich aus ihren digitalen Beschränkungen herauswand.

Punkt 0.17 Uhr war es dann so weit: Die Seite wurde neu aufgebaut und erschien mit einer aus nur drei Wörtern bestehenden Schlagzeile. In riesigen Lettern, so groß wie das Dartmoor. Parish missbrauchte den Namen des Herrn, was er sofort bereute, und klickte auf DRUCKEN. Dann faltete er die Blätter zusammen, steckte sie in seine Jacke und machte sich auf den Weg über den Hof zu dem Cottage. Unterwegs dachte er wieder über die seltsame Anweisung nach, die er von Vauxhall Cross erhalten hatte. *Angemessener Ernst, in der Tat!* Aber wie sollte man einem Mann beibringen, dass er tot war?

38

LONDON – MOSKAU

Die Meldung blieb etwa eine halbe Stunde lang unbeachtet, wurde von den übrigen Medien nicht aufgenommen, vielleicht nicht einmal bemerkt. Dann nahm ein Redakteur beim BBC World Service, der einen Anruf von einem Kollegen beim *Telegraph* erhalten hatte, die Story in die Einuhrnachrichten auf. Radio Israel hörte mit, und binnen Minuten klingelten weltweit Telefone, die Reporter aus ihren Betten holten. Ebenfalls geweckt wurden viele gegenwärtige und frühere Angehörige der wichtigsten Geheim- und Sicherheitsdienste des Landes. Offiziell wollte sich niemand zu der Meldung äußern; inoffiziell hieß es jedoch, sie sei vermutlich wahr. Das Außenministerium sagte lediglich, es prüfe die Meldung; das Büro des Ministerpräsidenten sagte, man hoffe, die Meldung werde sich als falsch erweisen. Aber als Jerusalem an diesem Morgen im ersten Sonnenlicht lag, sendete der Rundfunk ernste Musik. Gabriel Allon, Israels Racheengel, der den Dienst als nächster Direktor hätte leiten sollen, war tot.

In London löste die Nachricht von Allons Tod jedoch weniger Trauer als Kontroversen aus. Er hatte häufig auf britischem Boden operiert, was der Öffentlichkeit glücklicherweise nur zu einem kleinen Teil bekannt war. Bekannt waren seine Unternehmen gegen Zizi al-Bakari, den saudi-arabischen Financier von Terroristen, und Iwan Charkow, den liebsten Waffenhändler des Kremls. Dazu kamen die dramatische Rettung von Elizabeth Halton, der Tochter des US-Botschafters, vor der Westminster Abbey und der Albtraum im Covent Garden. Aber wieso war er dem Wagen mit dem

Sprengsatz bis zur Brompton Road nachgefahren? Und wieso war er auf einen im Stau stehenden weißen Ford zugerannt? Hatte er mit dem MI6 zusammengearbeitet? Oder war er auf eigene Faust nach London gekommen? War der berühmt-berüchtigte israelische Geheimdienst irgendwie an dieser Tragödie schuld? Die britischen Geheimdienste verweigerten ebenso jeglichen Kommentar wie die Metropolitan Police. Premierminister Lancaster, der an diesem Tag eine Problemschule im Londoner East End besuchte, ignorierte die Frage eines Fernsehreporters zu diesem Thema, woraus die übrigen britischen Medien schlossen, die Story sei wahr. Während die Opposition einen parlamentarischen Untersuchungsausschuss forderte, konnte der Iman der radikalsten Londoner Moschee seine Freude kaum bezähmen. Er bezeichnete Allons Tod als „schon lange überfällig und ein willkommenes Geschenk Allahs für das palästinensische Volk und die gesamte islamische Welt". Der Erzbischof von Canterbury kritisierte seine Bemerkungen sanft als „nicht hilfreich".

In Green's Restaurant & Oyster Bar, einem eleganten Lokal in St. James's, in dem die Londoner Kunstszene verkehrte, war die Stimmung entschieden trübseliger. Diese Kunsthändler und Galeristen hatten Gabriel Allon nicht als Geheimdienstmann, sondern als einen der besten Restauratoren seiner Generation gekannt – auch wenn manche von ihnen in seine Unternehmen hineingezogen worden waren, ohne es zu ahnen, und einige wenige sogar bereitwillig seine Komplizen gewesen waren. Julian Isherwood, der bekannte Kunsthändler, der seit undenklich langer Zeit mit Allon zusammengearbeitet hatte, war untröstlich. Selbst der dickliche Oliver Dimbleby, der lasterhafte Händler aus der Bury Street, dem keiner zugetraut hätte, dass er jemals weinen könnte, wurde dabei beobachtet, wie er in ein Glas Montrachet schluchzte, das er von Roddy Hutchinson geschnorrt hatte. Jeremy Crabbe, der Direktor der Abteilung Altmeistergemälde des altehrwürdigen Auktionshauses Bonhams, nannte Allon „einen der wahrhaft Großen". Um sich nicht ausstechen zu lassen, sagte Simon Mendenhall, der permanent sonnengebräunte Chefauktionator von Christie's, die Kunstwelt werde nie mehr wie früher sein. Mendenhall hatte Gabriel Allon nie gesehen und wäre vermutlich außerstande gewesen, ihn bei einer Gegenüberstellung zu erkennen. Und trotzdem hatte er damit unwiderlegbar wahre Worte ausgesprochen, was er sonst nur selten tat.

Auch jenseits des Großen Teichs, in den Vereinigten Staaten, herrschte mancherorts Trauer. Ein ehemaliger Präsident, für den Allon viele Geheimaufträge übernommen hatte, sagte, der israelische Geheimdienstoffizier habe entscheidend dazu beigetragen, die USA vor weiteren Terroranschlägen wie am 11. September 2001 zu schützen. Adrian Carter, seit Langem Direktor des National Clandestine Service der CIA, sprach von „einem Partner, einem Freund, vielleicht dem tapfersten Mann, den ich je gekannt habe". Zoe Reed, Moderatorin bei CNN, versagte die Stimme, als sie die Nachricht von Allons Tod verlesen sollte. Sarah Bancroft, Kuratorin am New Yorker Museum for Modern Art, sagte unerklärlicherweise alle ihre Termine für diesen Tag ab. Einige Stunden später erklärte sie ihrer Sekretärin, sie nehme sich den Rest dieser Woche frei. Mitarbeiter, die sahen, wie sie fluchtartig das Museum verließ, beschrieben sie als völlig verzweifelt.

Dass Gabriel Allon Italien geliebt hatte, war kein Geheimnis, und Italien hatte diese Liebe größtenteils erwidert. Im Vatikan zog Seine Heiligkeit Papst Paul VII. sich nach dem Eintreffen der Todesnachricht in seine Privatkapelle zurück, während Monsignore Luigi Donati, sein einflussreicher Privatsekretär, einige dringende Telefongespräche führte, um festzustellen, ob die Meldung zutraf. Als einen der Ersten rief er General Cesare Ferrari an, den Chef des berühmten Kunstdezernats der Carabinieri. Der General hatte nichts zu berichten. Ähnlich war es bei Francesco Tiepolo, dem Besitzer einer berühmten venezianischen Restaurierungswerkstatt, der Allon unter falschem Namen beschäftigt hatte, damit er mehrere der bedeutendsten Altarbilder der Stadt restaurierte. Allons Frau stammte aus dem alten jüdischen Ghetto Venedigs, und ihr Vater war der Oberrabbiner der Stadt. Donati versuchte ein halbes Dutzend Male, den Rabbiner im Büro oder zu Hause zu erreichen. Als alle seine Anrufe unbeantwortet blieben, blieb dem päpstlichen Privatsekretär nichts anderes übrig, als das Schlimmste anzunehmen.

An mehreren anderen Orten dieser Welt fiel die Reaktion auf Allons Tod ganz anders aus – vor allem in einem schwer bewachten Gebäudekomplex in Jasenewo, einem Vorort im Südwesten Moskaus. Dieser Komplex war einst der Sitz der Ersten Hauptverwaltung des KGB gewesen. Jetzt gehörte er dem russischen Auslandsnachrichtendienst SWR. Trotzdem benutzten die meisten der dort Arbeitenden weiterhin die alte KGB-Bezeichnung für den Komplex: Zentrale Moskau.

In den meisten Teilen des Komplexes lief das Leben an diesem Tag wie gewöhnlich weiter. Aber nicht in Oberst Alexei Rosanows Dienstzimmer im zweiten Stock eines der Gebäude. Er war um drei Uhr morgens in dichtem Schneetreiben in Jasenewo angekommen und hatte den restlichen Morgen damit verbracht, mit dem SWR-Residenten in London, seinem guten Freund Dmitri Uljanin, Kabelnachrichten auszutauschen. Die sogenannten Kabelgramme waren durch neueste SWR-Verschlüsselungstechnik geschützt und wurden über eine abhörsichere Verbindung ausgetauscht. Trotzdem behandelten Rosanow und Uljanin die Angelegenheit, als handle es sich um ein Routineproblem im Zusammenhang mit dem Visumantrag eines britischen Geschäftsmanns. Bis 13 Uhr hatten Uljanin und seine personalstarke Londoner *Residentura* genügend Informationen zusammengetragen, um der Überzeugung zu sein, der *Telegraph*-Bericht sei zutreffend. Rosanow, von Natur aus ein Zyniker, blieb jedoch skeptisch. Kurz nach 14 Uhr griff er impulsiv nach dem Hörer seines abhörsicheren Telefons und wählte Uljanins Londoner Nummer. Sein Freund hatte ermutigende Nachrichten.

„Vor knapp einer Stunde haben wir beobachtet, wie der Alte das große Gebäude an der Themse verlassen hat."

Das große Gebäude an der Themse war die MI6-Zentrale, und der Alte war Ari Schamron. Uljanins Leute hatten ihn seit seiner Ankunft in Großbritannien immer mal wieder beobachtet.

„Wohin war er unterwegs?"

„Er ist nach Heathrow hinausgefahren und an Bord einer El-Al-Maschine nach Tel Aviv gegangen. Und noch etwas, Alexei: Der Abflug der Maschine hat sich um einige Minuten verzögert."

„Weshalb?"

„Die Bodenmannschaft musste noch etwas im Frachtraum verstauen."

„Was war das?"

„Ein Sarg."

Die abhörsichere Verbindung knisterte und knackte zehn Sekunden lang, in denen Alexei Rosanow nicht sprach.

„Weißt du bestimmt, dass sie einen Sarg eingeladen haben?", fragte er zuletzt.

„Alexei, *bitte*."

„Vielleicht war das ein englischer Jude, der im Gelobten Land bestattet werden will.“

„Nein“, sagte Uljanin. „Der Alte hat auf dem Vorfeld stehend zugesehen, wie der Sarg eingeladen wurde.“

Rosanow beendete das Gespräch, zögerte kurz und wählte dann die wichtigste Nummer in ganz Russland. Eine Männerstimme meldete sich. Rosanow erkannte sie sofort. Sie gehörte einem Mann, der im Kreml nur als der Türsteher bekannt war.

„Ich muss Boris sprechen“, sagte Rosanow.

„Der Boss ist den ganzen Nachmittag lang beschäftigt.“

„Die Sache ist wichtig.“

„Unser Verhältnis zu Deutschland auch.“

Rosanow fluchte leise. Er hatte vergessen, dass die deutsche Kanzlerin in Moskau war.

„Ich brauche nur zwei, drei Minuten“, sagte er.

„Zwischen den Arbeitsgesprächen und dem Dinner liegt eine Pause. Vielleicht kann ich Sie da reinquetschen.“

„Sagen Sie ihm, dass ich gute Neuigkeiten habe.“

„Das will ich hoffen“, sagte der Türsteher. „Die Kanzlerin macht ganz schön Druck wegen der Ukraine.“

„Wann soll ich kommen?“

„Siebzehn Uhr“, sagte der Türsteher und legte auf. Alexei Rosanow ließ langsam den Hörer sinken und beobachtete das Schneetreiben in Jasenewo. Er dachte an einen Sarg, der auf dem Flughafen Heathrow von einem auf dem Vorfeld stehenden alten Mann beobachtet in ein israelisches Verkehrsflugzeug geladen wurde, und lächelte seit fast einem Jahr erstmals wieder.

Tatsächlich lag alles auf den Tag genau zehn Monate zurück. Zehn Monate, seit Alexei Rosanow gehört hatte, sein alter

Freund und Kampfgefährte Pawel Schirow sei in einem Birkenwald in der Oblast Twer tot aufgefunden worden: steif gefroren und mit zwei Kugeln im Gehirn. Zehn Monate, seit er zu einem Gespräch mit dem Präsidenten der Russischen Föderation in den Kreml gerufen worden war. Der Boss hatte Rosanow einen Rachefeldzug befohlen. Eine blutige Mordserie war diesmal nicht genug. Der Boss wollte die Feinde Russlands auf eine Weise demütigen, die sie untereinander entzweien und davor zurückschrecken lassen würde, sich noch mal in russische Angelegenheiten einzumischen. Und vor allem wollte der Boss sicherstellen, dass Gabriel Allon niemals die Leitung des israelischen Geheimdiensts übernahm. Der Boss hatte große Pläne. Er wollte Russlands verblassten Glanz aufpolieren, sein einstiges Imperium wiederherstellen. Und Gabriel Allon, ein Geheimagent aus einem Zwergstaat, gehörte zu seinen lästigsten Gegnern.

Rosanow hatte lange und intensiv über seinen Plan nachgedacht, ihn sorgfältig ausgearbeitet und die nötigen Vorbereitungen getroffen. Dann hatte er mit Erlaubnis des Präsidenten der Föderation den Mord befohlen, der das Unternehmen eingeleitet hatte. Graham Seymour, der MI6-Generaldirektor, hatte reagiert, wie von Rosanow erwartet. Das hatte auch Allon getan. Jetzt lag er tot im Frachtraum einer Verkehrsmaschine, die zum Ben Gurion Airport flog. Rosanow vermutete, dass er auf dem Ölberg neben seinem Sohn beigesetzt werden würde. Aber das war ihm ziemlich egal. Ihm war nur wichtig, dass Allon nicht mehr unter den Lebenden war.

Er zog die unterste Schublade seines Schreibtischs auf. Darin lagen eine Flasche, ein Glas und eine Packung Dunhill, seine Lieblingszigaretten, seit er vor dem Zerfall der Sowjetunion – vor der großen Katastrophe, wie Rosanow sie nannte – in London Dienst getan hatte. In den vergangenen zehn Monaten hatte er weder Alkohol noch Tabak angerührt. Jetzt schenkte er sich einen großen Wodka ein und schnippte eine Dunhill aus der Packung. Irgendetwas ließ ihn vor dem Anzünden zögern. Er griff erneut nach dem Telefonhörer, zog dann die Hand zurück und legte eine DVD in sein Computerlaufwerk ein. Die Silberscheibe surrte; auf seinem Monitor erschien die Brompton Road. Rosanow verfolgte noch mal alles von Anfang an. Dann beobachtete er, wie der Mann auf das weiße Auto zustürmte. Als das Bild schlagartig verschwamm, lächelte Alexei Rosanow zum zweiten Mal. „Dummkopf", sagte er leise und riss ein Zündholz an.

Bei der Fahrbereitschaft bestellte Rosanow einen Wagen für 16 Uhr. Weil er in dem albtraumhaften Moskauer Verkehr gegen den Strom unterwegs war, brauchte er für die Fahrt zum Borowitzkaja-Turm des Kremls nur vierzig Minuten. Er betrat den Großen Kremlpalast und fuhr von einem Adjutanten begleitet zum Arbeitszimmer des Präsidenten der Russischen Föderation hinauf. Der Türsteher saß an seinem Schreibtisch im Vorzimmer. Seine säuerliche Miene entsprach dem üblichen Gesichtsausdruck des Präsidenten.

„Sie kommen früh, Alexei."

„Besser als zu spät."

„Nehmen Sie Platz."

Rosanow nahm Platz. Es wurde fünf Uhr, dann sechs Uhr. Erst um halb sieben kam der Türsteher, um ihn zur Audienz zu holen.

„Er hat zwei Minuten Zeit für Sie."

„Mehr als zwei Minuten brauche ich nicht."

Der Türsteher führte Rosanow über einen Marmorkorridor zu einer zweiflügligen goldenen Tür. Ein Wachposten öffnete einen Flügel, und Rosanow trat allein ein. Das Arbeitszimmer des Präsidenten war ein höhlenartiger düsterer Raum mit nur einer Lichtinsel, wo der Boss an seinem Schreibtisch saß. Er blätterte in einer Akte und sah nicht auf, als Rosanow eintrat. Der SWR-Oberst blieb schweigend vor dem Schreibtisch stehen, hielt die Hände wie schützend vor seinen Genitalien übereinandergelegt.

„Nun?“, fragte der Boss endlich. „Ist’s wahr oder nicht?“

„Unser Londoner Resident sagt, dass es wahr ist.“

„Ich frage nicht den Londoner Residenten. Ich frage *dich*.“

„Es ist wahr.“

Der Boss sah auf. „Todsicher?“

Rosanow nickte.

„Sag es laut, Alexei.“

„Er ist tot, Boss.“

Der Boss sah wieder in die Akte. „Wie viel sind wir dem Iren gleich wieder schuldig?“

„Vereinbarungsgemäß“, sagte Rosanow vorsichtig, „stehen ihm nach Abschluss der ersten Phase des Unternehmens zehn Millionen Dollar zu – und nach Abschluss der zweiten Phase weitere zehn Millionen.“

„Wo ist er jetzt?“

„In einem sicheren Haus.“

„*Wo*, Alexei?“

„In Budapest.“

„Und die Frau?“

„Hier in Moskau“, antwortete Rosanow, „wo sie auf weitere Befehle wartet.“

Danach folgte Stille, tiefes Schweigen, Friedhofsstille. Rosanow war erleichtert, als der Boss endlich sprach.

„Ich möchte eine kleine Änderung vornehmen“, sagte er.

„Was für eine?“

„Sag dem Iren, dass er zwanzig Millionen bekommt, sobald *beide* Phasen des Unternehmens abgeschlossen sind."

„Das könnte ein Problem sein."

„Nein, ich erwarte keines."

Der Boss schob die Akte über seinen breiten Schreibtisch. Rosanow schlug sie auf und sah hinein. Der Tod löst alle Probleme, dachte er. Kein Mann, kein Problem.

39

LONDON – WIEN

Aber Gabriel Allon war natürlich nicht tot. Tatsächlich ging er in dem Augenblick, in dem Alexei Rosanow den Kreml betrat, auf dem Londoner Flughafen Heathrow an Bord einer BA-Maschine. Sein Haar war silbergrau gefärbt; seine Augen waren nicht länger grün. In der Innentasche seines Mantels trug er einen abgenutzten britischen Pass und mehrere Kreditkarten auf denselben Namen – ein Geschenk, das Graham Seymour ihm mit ausdrücklicher Genehmigung des Premierministers gemacht hatte. In der ersten Klasse hatte er den Fensterplatz in der dritten Reihe rechts. Als er sich hineinsinken ließ, bot eine Stewardess ihm einen Drink und verschiedene Zeitungen an. Er entschied sich für den *Telegraph* und las Berichte über seinen Tod, während die weitläufigen Klinkersiedlungen im Westen Londons hinter ihm zurückblieben.

Die Flugzeit von Heathrow nach Wien betrug zwei Stunden. Er gab vor zu lesen, er stellte sich schlafend, er aß eine Kleinigkeit von der faden Bordverpflegung, er ging nicht auf den freundlich gemeinten Versuch seines Sitznachbarn ein, ein Gespräch zu beginnen. Anscheinend führten Tote in Flugzeugen keine Gespräche. Und sie besaßen auch keine Mobiltelefone. Als seine Maschine auf dem Flughafen Wien-Schwechat landete, war er in der ersten Klasse der einzige Passagier, der nicht automatisch ein Smartphone herauszog. Ja, fand er, als er seine Reisetasche aus dem Gepäckfach über seinem Sitz holte, der Tod hat auch seine Vorteile.

Im Terminal folgte Gabriel den Wegweisern zur Passkontrolle und blieb zwischendurch mehrmals stehen, um sich zu orientieren, obwohl er den Weg dorthin mit verbundenen Augen hätte finden können. Der junge österreichische Polizeibeamte schien ihn etwas zu aufmerksam zu betrachten.

„Mr. Stewart?", fragte er mit einem Blick in seinen Pass.

„Ja", antwortete Gabriel mit neutralem Akzent.

„Ihr erster Besuch in Österreich?"

„Nein."

„Was führt Sie diesmal nach Wien?"

„Musik."

Der Beamte stempelte seinen Pass ab und gab ihn kommentarlos zurück. Gabriel ging ins Terminal weiter, wo Christopher Keller in der Nähe einer Wechselstube wartete. Er folgte Gabriel auf einen Kurzzeitparkplatz hinaus. Dort stand ein Wagen, ein schiefergrauer Audi A6, für sie bereit.

„Besser als ein Škoda", stellte Keller fest.

Gabriel holte den Schlüssel aus der Magnetbox im hinteren linken Radkasten, dann suchte er den Unterboden nach einem Sprengsatz ab. Danach schloss er auf, warf seine Reisetasche auf den Rücksitz und setzte sich ans Steuer.

„Vielleicht sollte ich fahren", meinte Keller.

„Nein", sagte Gabriel und ließ den Motor an. Dies war sein Revier. Er brauchte weder Stadtplan noch Navi; sein Gedächtnis diente ihm als Führer. Er folgte der Ostautobahn bis zum Donaukanal; dann fuhr er auf der Hauptstraße nach Nordwesten bis zum Stadtpark.

Das Hotel InterContinental stand am Südrand des Parks in der Johannesgasse. Auf den umliegenden Straßen und vor dem Hotel selbst waren auffällig viele Bereitschaftspolizisten unterwegs.

„Wegen der Atomgespräche", sagte der Hoteldiener, der

den Audi parken würde, als Gabriel ausstieg und seine Reisetasche vom Rücksitz nahm.

„Welche Delegation wohnt hier?", fragte er, aber der Hoteldiener setzte ein unechtes Lächeln auf und sagte: „Willkommen im InterConti, Mr. Stewart."

In der Hotelhalle wimmelte es von weiteren Polizeibeamten in Uniform und Zivil, zu denen einige Schlägertypen ohne Krawatte kamen, die wie iranische Sicherheitsleute aussahen. Gabriel und Keller gingen an ihnen vorbei zur Rezeption, checkten ein und fuhren mit dem Aufzug in den vierten Stock hinauf. Keller hatte Zimmer 428, Gabriel Zimmer 409. Er führte seine Schlüsselkarte ein und zögerte dann kurz, bevor er die Klinke herabdrückte. Aus dem Radio auf dem Nachttisch kam leise Mozart. Gabriel schaltete es aus, durchsuchte das Zimmer gründlich und hängte seine Sachen fürs Zimmermädchen ordentlich in den Kleiderschrank. Dann nahm er den Telefonhörer ab und wählte die Vermittlung des Hotels.

„Bitte Herrn Felix Adler."

„Gerne."

Das Telefon klingelte zweimal. Dann meldete sich Eli Lavon.

„In welchem Zimmer sind Sie, Herr Adler?"

„Sieben-zwölf."

Gabriel legte auf und machte sich auf den Weg nach oben.

40

HOTEL INTERCONTINENTAL, WIEN

Eli Lavon hakte die Sicherheitskette aus und zog ihn hastig in sein Zimmer, in dem er nicht allein war. Jaakov Rossman spähte durch einen Spalt zwischen den Vorhängen nach draußen, und auf dem Doppelbett ausgestreckt lag Michail Abramow, der sich gelangweilt die Übertragung eines Fußballspiels aus der englischen Premier League ansah. Keiner der beiden, vor allem Michail nicht, wirkte sonderlich erleichtert darüber, dass Gabriel noch lebte. Michail hätte selbst schon einige Male den Tod finden sollen.

„Gute Nachrichten aus der Heimat", sagte Lavon. „Dein Leichnam ist inzwischen angekommen. Jetzt ist er nach Jerusalem unterwegs."

„Wie weit wollen wir diese Sache treiben?"

„Bis die Russen sie mitbekommen haben."

„Und meine Frau?"

„Sie trauert natürlich, aber sie ist von Freunden umgeben."

Gabriel nahm Michail die Fernbedienung aus der Hand und zappte sich durch die Nachrichtensendungen. Seine fünfzehn Minuten im Rampenlicht waren offenbar vorüber, denn selbst die BBC war inzwischen bei neuen Themen. Etwas länger blieb er bei CNN, dessen Reporter vor der Wiener Zentrale der Internationalen Atomenergie-Organisation stand, in der die Verhandlungen zwischen den Vereinigten Staaten und ihren europäischen Verbündeten auf der einen Seite und der Islamischen Republik Iran auf der anderen stattfanden. Für Israel und die sunnitischen Staaten des Nahen Ostens war es Pech, dass die beiden Seiten kurz vor einer Einigung standen, die den Iran an der Schwelle zu einer Atommacht zurücklassen würde.

„Dein Tod hätte anscheinend zu keinem schlechteren Zeitpunkt kommen können“, sagte Lavon.

„Ich habe mein Bestes getan.“ Gabriel sah sich nach den beiden anderen um. „Das haben wir alle getan.“

„Ja“, bestätigte Lavon. „Aber die Iraner leider ebenfalls.“

Gabriel sah wieder auf den Bildschirm. „Ist unser Freund auch dabei?“

Lavon nickte. „Er sitzt nicht mit am Verhandlungstisch, aber er gehört zu den Leuten, die der iranischen Delegation im Hintergrund zuarbeiten.“

„Haben wir seit seiner Ankunft in Wien schon mal Kontakt mit ihm gehabt?“

„Warum fragst du nicht seinen Führungsoffizier?“

Gabriel sah zu Jaakov Rossman hinüber, der weiter die Straße tief unter ihnen beobachtete. Jaakov hatte kurzes schwarzes Haar und ein pockennarbiges Gesicht. Er hatte den größten Teil seiner Laufbahn damit verbracht, Agenten an den gefährlichsten Orten der Welt zu führen: im Westjordanland, im Gazastreifen, im Libanon, in Syrien und jetzt im Iran. Er belog seine Agenten gewohnheitsmäßig und war sich darüber im Klaren, dass sie ihn manchmal ebenfalls belogen. Manche Lügen konnte man als Bestandteil der getroffenen Abreden akzeptieren – aber nicht die eine, die sein kostbarer iranischer Informant ihm aufgetischt hatte. Sie hatte zu einer Verschwörung mit dem Ziel gehört, den zukünftigen Direktor von Jaakovs Dienst zu ermorden, und dafür würde der Iraner bestraft werden müssen. Aber nicht sofort. Zuvor würde er Gelegenheit bekommen, seine Sünden abzubüßen.

„Ich komme meistens her“, erläuterte Jaakov, „wenn die beiden Seiten miteinander reden. Die Verhandlungsprotokolle der Amerikaner, die wir einsehen dürfen, sind oft unvollständig und wenig zuverlässig. Reza füllt dann die bestehenden Lücken aus."

„Er wird also nicht überrascht sein, von dir zu hören?"

„Durchaus nicht", antwortete Jaakov. „Bestimmt fragt er sich schon, warum ich nicht schon längt Verbindung zu ihm aufgenommen habe."

„Vielleicht denkt er, dass du in Jerusalem für mich *Schiwa* sitzt."

„Hoffentlich!"

„Wo ist seine Familie?"

„Die ist vor ein paar Stunden über die Grenze gekommen."

„Irgendwelche Probleme?"

Jaakov schüttelte den Kopf.

„Und Reza weiß nichts davon?"

Sein Führungsoffizier grinste. „Noch nicht."

Er spähte weiter auf die Straße hinunter. Gabriel wandte sich an Lavon und fragte: „Welches Zimmer hat er?"

Lavon nickte nach nebenan.

„Wie habt ihr das geschafft?"

„Wir haben das Reservierungssystem gehackt und seine Zimmernummer rausgekriegt."

„Wart ihr schon drinnen?"

„Beliebig oft."

Die Computergenies des Diensts hatten eine magische Schlüsselkarte entwickelt, mit der sich weltweit jede elektronisch gesicherte Hotelzimmertür öffnen ließ. Beim ersten Durchziehen wurde der Code analysiert und abgespeichert, beim zweiten Mal öffnete sich das Schloss.

„Und wir haben eine Kleinigkeit darin zurückgelassen."

Lavon beugte sich über ein Notebook und stellte die Lautstärke etwas höher. Aus dem Radio auf dem Nachttisch des benachbarten Zimmers kam Musik von Bach.

„Wie viel hören wir mit?", fragte Gabriel.

„Nur was im Zimmer gesprochen wird. Mit dem Telefon haben wir uns gar nicht erst befasst. Er benutzt es niemals für Gespräche nach draußen."

„Irgendwas Auffälliges?"

„Er redet im Schlaf, und er trinkt heimlich. Aber das ist auch schon alles."

Lavon drehte die Lautstärke wieder zurück. Gabriel sah erneut auf den Fernsehschirm. Diesmal stand der Reporter auf einem Balkon mit Blick über die Altstadt von Jerusalem.

„Wie man hört, wäre er demnächst Vater geworden", sagte Michail.

„Tatsächlich?", fragte Gabriel.

„Zwillinge."

„Was du nicht sagst."

Michail, der den Gelangweilten spielte, schaltete wieder auf Fußball um. Gabriel kehrte in sein Zimmer zurück und wartete darauf, dass das Telefon klingelte.

Der glitzernde Hauptsitz der Internationalen Atomenergie-Organisation erhebt sich jenseits der Donau in dem oft kurz als UNO-City bezeichneten Internationalen Zentrum Wien. Die Gespräche zwischen den Amerikanern und den Iranern gingen dort bis 20 Uhr weiter – bis beide Seiten in seltener Einmütigkeit beschlossen, es werde Zeit, sich zu vertragen. Die US-Verhandlungsführerin trat kurz vor die Medienvertreter, um zu sagen, es habe Fortschritte gegeben. Ihr iranischer Kollege war weniger optimistisch. Er murmelte etwas von amerikanischer Starrköpfigkeit und stieg hinten in seine Limousine ein.

Es war kurz vor 20.30 Uhr, als die iranische Wagenkolonne vor dem Hotel InterContinental vorfuhr. Die Delegation durchquerte die Hotelhalle unter strengen Sicherheitsvorkehrungen und benutzte die zur Verärgerung der übrigen Gäste für sie reservierten Aufzüge. Als einziges Mitglied seiner Delegation wohnte Reza Nazari, ein Offizier des Geheimdiensts VEVAK, der sich als iranischer Diplomat ausgab, im siebten Stock. Er ging den leeren Korridor entlang zu Zimmer 710, zog die Schlüsselkarte durch den Schlitz und trat ein. Das Geräusch der sich schließenden Tür war im Zimmer nebenan zu hören, in dem sich jetzt nur noch Jaakov Rossman aufhielt. Dank des unter dem Bett des Iraners versteckten Senders hörte Jaakov noch weitere Geräusche. Ein Mantel, der über einen Sessel geworfen wurde, polternd abgestreifte Schuhe, ein Anruf beim Zimmerservice, das Rauschen der Toilettenspülung. Jaakov drehte die Lautstärke des Notebooks zurück, nahm den Telefonhörer ab und wählte. Als Reza sich nach dem zweiten Klingeln meldete, erklärte Jaakov ihm auf Englisch, was er wollte.

„Das ist nicht möglich, mein Freund“, sagte Nazari. „Nicht heute Abend.“

„Alles ist möglich, Reza. Besonders heute Abend.“

Der Iraner zögerte, dann fragte er: „Wann?“

„Fünf Minuten.“

„Wo?“

Jaakov setzte dem Iraner auseinander, was er tun sollte, legte den Hörer auf und stellte das Notebook lauter. Ein Mann, der seine Bestellung beim Zimmerservice stornierte, ein Mann, der wieder Schuhe und Mantel anzog, eine Tür, die sich schloss, Schritte auf dem Korridor. Jaakov nahm erneut den Hörer ab und rief Zimmer 409 an. Ein zweimaliges Klingeln, dann die Stimme eines Toten. Der Tote schien mit seiner

Mitteilung zufrieden zu sein. Alles ist möglich, dachte Jaakov, als er auflegte. Besonders heute Abend.

Drei Stockwerke höher stand Gabriel aus seinem Sessel auf und trat ruhig ans Fenster. In Gedanken berechnete er, wie lange es dauern würde, bis der Mann, der sich verschworen hatte, ihn zu ermorden, auf dem hell beleuchteten Vorplatz des Hotels erscheinen würde. Tatsächlich dauerte es nur fünfundvierzig Sekunden, bis er aus der Drehtür gehastet kam. Von oben gesehen war er eine wenig bedrohliche Gestalt, ein Nachtgespenst, ein Nichts von einem Mann. Er ging zur Jakobsgasse weiter, wartete eine Lücke in dem spärlichen Abendverkehr ab und überquerte die Fahrbahn, um in den Stadtpark – ein Rhombus aus Dunkelheit in der sonst so hell beleuchteten Stadt – zu gelangen. Niemand aus der iranischen Delegation folgte ihm, nur ein kleiner Mann, der einen weichen Filzhut trug und im InterConti als Felix Adler eingecheckt hatte.

Gabriel ging ans Telefon und führte zwei Gespräche, eines mit dem Gast in Zimmer 428, das zweite mit der Rezeption, damit sein Wagen vorgefahren wurde. Dann steckte er eine Beretta hinten in seinen Hosenbund, zog eine Lederjacke an und setzte eine flache Schirmmütze auf, die er tief in sein Gesicht zog, das in den letzten Tagen auf allzu vielen Fernsehschirmen zu sehen gewesen war. Der Korridor vor seinem Zimmer war ebenso leer wie der Aufzug, der ihn in die Hotelhalle hinunterbrachte. Er durchquerte sie, ohne von den Polizeibeamten und Sicherheitsleuten beachtet zu werden, und trat in die kalte Nacht hinaus. Der Audi wartete auf der Zufahrt des Hotels; Keller saß bereits am Steuer. Gabriel dirigierte ihn zum Ostrand des Stadtparks, wo sie mit laufendem Motor am Randstein parkten, als Reza Nazari aus dem dunklen Park kam. Ein mit zwei Männern besetzter unbeleuchteter Mercedes wartete auf ihn. Nazari stieg hinten ein, die Scheinwerfer flammten auf, und der Wagen raste davon. Der Iraner ahnte noch nichts, aber er hatte eben den zweitgrößten Fehler seines Lebens begangen.

Gabriel beobachtete, wie die Schlussleuchten des Mercedes auf der eleganten Wiener Straße kleiner wurden. Dann sah er Herrn Adler aus dem Park kommen. Der kleine Mann nahm kurz den Hut ab – das vereinbarte Zeichen, dass der Iraner clean war – und machte sich auf den Rückweg zum Hotel. Herr Adler hatte darum gebeten, für den Rest des Abends freigestellt zu werden. Herr Adler war nie jemand gewesen, der brutale Methoden mochte.

41

NIEDERÖSTERREICH

„Wohin fahren wir?"

„An einen ruhigen Ort."

„Ich kann nicht lange aus dem Hotel wegbleiben."

„Keine Sorge, Reza, wir passen gut auf Sie auf."

Jaakov sah sich lange um. Wien war nur mehr ein gelblicher Lichtschein am Horizont. Vor ihnen lagen das sanft hügelige Ackerland und die Weinberge Niederösterreichs. Michail fuhr einige Stundenkilometer schneller als erlaubt. Er lenkte mit einer Hand und trommelte mit der anderen einen nervösen Rhythmus auf dem Schaltknüppel. Das schien Reza Nazari zu stören.

„Wer ist Ihr Freund?", fragte er Jaakov.

„Sie können ihn Isaak nennen."

„Abrahams Sohn, der arme Junge. Nur gut, dass der Erzengel rechtzeitig erschienen ist. Sonst …" Er brachte den Satz nicht zu Ende, sondern starrte aus seinem Fenster über die dunklen Felder hinaus. „Warum haben wir uns nicht am gewohnten Ort getroffen?"

„Manchmal ist ein Tapetenwechsel angezeigt."

„Weshalb?"

„Haben Sie heute die Nachrichten gesehen?"

„Allon?"

Jaakov nickte.

„Mein Beileid", sagte der Iraner.

„Bitte nicht, Reza."

„Er sollte demnächst Direktor werden, nicht wahr?"

„Davon war gerüchteweise die Rede."

„Damit behält Uzi seinen Job, nehme ich an. Er ist ein guter Mann, Uzi, aber er ist kein Gabriel Allon. Uzi gilt als der Mann, der unsere Anreicherungsanlagen zerstört hat, aber jeder weiß, dass es Allon war, der dafür gesorgt hat, dass wir mit manipulierten Zentrifugen beliefert wurden."

„Welche Zentrifugen meinen Sie?"

Reza Nazari lächelte. Das war ein professionelles Lächeln, vorsichtig, diskret. Er war ein kleiner, schmächtiger Mann mit tief in ihren Höhlen liegenden Augen und einem gepflegten Bärtchen: kein richtiger Geheimagent, sondern ein Bürokrat, ein Mann der Mäßigung – zumindest hatte er sich so vorgestellt, als er vor zwei Jahren bei einem Aufenthalt in Istanbul Verbindung mit dem Dienst aufgenommen hatte. Er hatte behauptet, er wolle seinem Land einen weiteren katastrophalen Krieg ersparen, indem er als Brücke zwischen dem Dienst und progressiven VEKA-Angehörigen wie ihm selbst fungierte. Diese Brücke war nicht billig gewesen. Nazari hatte über eine Million Dollar kassiert. Als Gegenleistung hatte er in stetigem Strom hochwertige Informationen geliefert, die der politischen und militärischen Führung Israels ungeahnte Einblicke in alle Planungen des Irans gegeben hatten. Nazari war so wertvoll, dass der Dienst für den Fall, dass sein Verrat jemals aufgedeckt wurde, eine Fluchtmöglichkeit für seine Familie organisiert hatte. Ohne sein Wissen war der Notausgang an diesem Vormittag aktiviert und seine Familie außer Landes gebracht worden.

„Wir waren Atomwaffen näher, als Sie geahnt haben", sagte Nazari gerade. „Hätte Allon nicht diese vier Anreichungsanlagen in die Luft gejagt, hätten wir sie binnen eines Jahres haben können. Aber wir haben sie wieder aufgebaut und sogar ein paar neue errichtet. Und nun ..."

„Nun seid ihr wieder kurz davor."

Der Iraner nickte. „Aber das scheint Ihre Freunde in Amerika nicht zu stören. Der Präsident will diesen Deal. Als sein Vermächtnis, sagt man."

„Das Vermächtnis des Präsidenten ist dem Dienst egal."

„Aber ihr teilt seine Einschätzung, dass der Iran als Atommacht nicht zu verhindern ist. Uzi ist kein Mann, der eine militärische Konfrontation sucht. Bei Allon wäre das anders gewesen. Er hätte uns ausradiert, wenn er gekonnt hätte." Der Iraner schüttelte langsam den Kopf. „Man fragt sich, warum er in London hinter diesem Wagen hergefahren ist."

„Ja", bestätigte Jaakov. „Das fragt man sich."

Im Scheinwerferlicht erschien ein Straßenschild: TSCHECHISCHE REPUBLIK 42 km. Nazari sah erneut auf seine Uhr.

„Wieso haben wir uns nicht am gewohnten Ort getroffen?"

„Wir haben eine kleine Überraschung für Sie, Reza."

„Welche Art Überraschung?"

„Sie soll Ihnen zeigen, wie sehr wir alles zu würdigen wissen, was sie getan haben."

„Wie weit noch?"

„Nicht mehr weit."

„Ich muss spätestens um Mitternacht wieder im Hotel sein."

In zwei wichtigen Punkten war Jaakov Rossman absolut ehrlich gewesen: Er hatte tatsächlich eine Überraschung für seinen kostbaren Agenten, und sie waren nicht mehr weit von ihrem Bestimmungsort entfernt. Ihr Ziel war ein Landhaus ungefähr fünf Kilometer westlich des Dorfs Eibesthal, ein altes, aber gepflegtes Gebäude zwischen einem Weinberg und einem Feld mit Wintersaat. Gestrichen war es im mediterranen Stil in einem angenehm getönten Weiß; auch seine Fenster waren weiß abgesetzt. Es wirkte in keiner Beziehung bedrohlich, außer vielleicht durch seine einsame Lage. Das Landhaus stand über einen Kilometer vom nächsten Nachbarn entfernt. So musste jeder Hilferuf ungehört bleiben. Selbst der Schussknall einer Waffe ohne Schalldämpfer würde in dem hügligen Gelände verhallen.

Das Landhaus stand etwa fünfzig Meter von der Straße entfernt und wurde durch eine mit Kiefern gesäumte, unbefestigte Zufahrt erreicht. Vor dem Haus stand ein dunkler Audi A6, dessen sich abkühlender Motor unter der noch warmen Motorhaube leise knackte. Michail parkte daneben, stellte den Motor ab und schaltete die Scheinwerfer aus. Jaakov, der mit dem Iraner hinten saß, sah zu Nazari hinüber und lächelte wie ein freundlicher Gastgeber.

„Sie haben heute Abend nichts Dummes dabei, stimmt's, Reza?"

„Was zum Beispiel?"

„Zum Beispiel eine Pistole."

„Keine Pistole", sagte der Iraner. „Nur einen Sprengstoffgürtel."

Jaakovs Lächeln wurde schwächer. „Knöpfen Sie den Mantel auf", verlangte er.

„Wie lange arbeiten wir jetzt schon zusammen?"

„Zwei Jahre", antwortete Jaakov, „aber der heutige Abend ist etwas Besonderes."

„Warum? Wer ist dort drinnen?"

„Machen Sie den Mantel auf, Reza."

Der Iraner tat wie geheißen. Jaakov nahm eine rasche, aber gründliche Leibesvisitation vor. Er fand lediglich eine Geldbörse, ein Smartphone, eine Packung französischer Zigaretten, ein Wegwerffeuerzeug und eine Schlüsselkarte aus dem Hotel InterContinental in Wien. Er stopfte alles in die Tasche in der Rückenlehne des Vordersitzes und nickte dem Fahrer im Rückspiegel zu. Michail stieg aus und öffnete Nazaris Tür. Als die Innenbeleuchtung aufflammte, sah Jaakov auf dem Gesicht des Iraners erstmals mehr als nur leichte Besorgnis.

„Irgendwas nicht in Ordnung, Reza?"

„Sie sind Israeli, ich bin Iraner. Warum sollte ich da nervös sein?"

„Sie sind unsere wichtigste Quelle, Reza. Irgendwer schreibt irgendwann ein Buch über uns."

„Möge es lange nach unserem Tod erscheinen."

Nazari stieg aus und machte sich von Michail begleitet auf den Weg zum Eingang des Landhauses. Das waren nur zwanzig Schritte, die Jaakov jedoch genug Zeit gaben, selbst auszusteigen und seine Pistole aus dem Hüfthalfter zu ziehen. Er steckte die Waffe in die Jackentasche und war einen Schritt hinter seinem Agenten, als dieser die Haustür erreichte. Die Tür ging nach innen auf, als Michail sie mit der flachen Hand aufstieß. Nazari zögerte, aber als Jaakov ihn sanft anstieß, folgte er Michail hinein.

Die altmodische große Diele lag im Halbdunkel, aber aus dem Wohnzimmer drang Licht, und es roch nach Holzrauch. Michail führte den Iraner ins Wohnzimmer, in dessen Kamin ein helles Feuer loderte. Gabriel und Keller standen wie in Gedanken verloren so davor, dass sie der Tür den Rücken zukehrten. Beim Anblick der beiden Männer erstarrte Nazari, dann wollte er zurückweichen. Jaakov packte ihn am linken Arm, Michail am rechten. Gemeinsam hoben sie den Iraner leicht hoch, sodass er den Boden unter den Füßen verlor.

Gabriel und Keller wechselten einen Blick und ein Lächeln, machten einen Scherz auf Kosten des Besuchers. Dann drehte Gabriel sich langsam um, als sei er erst jetzt auf die Unruhe hinter sich aufmerksam geworden. Nazari, dessen tief in ihren

Höhlen liegenden Augen vor Entsetzen geweitet waren, zappelte nach Luft schnappend wie ein Fisch am Angelhaken. Gabriel, der den Kopf mit einer Hand am Kinn leicht schief hielt, betrachtete ihn gelassen.

„Irgendwas nicht in Ordnung, Reza?“, fragte er.

„Sie sind ...“

„Tot?“ Gabriel lächelte. „Sorry, Reza, aber der Anschlag hat leider nicht geklappt.“

Auf dem Couchtisch lag eine Glock Kaliber .45, eine gewaltige Pistole, eine Massenvernichtungswaffe. Gabriel griff danach und wog sie prüfend in der Hand, als interessierten ihn Gewicht und Handlichkeit der Waffe. Dann hielt er sie Keller hin, der abwehrend eine Hand hob, als biete er ihm ein Stück Glut aus dem Kamin an. Dann bewegte Gabriel sich langsam auf Nazari zu und blieb einen Meter vor ihm stehen. Die Pistole hielt er in der rechten Hand. Die Linke schoss blitzschnell nach vorn und packte Nazari an der Kehle. Der Iraner lief sofort purpurrot an.

„Möchten Sie mir etwas sagen?“, fragte Gabriel.

„Ich ... ich ... Es tut mir leid.“

„Mir auch, Reza, mir auch. Aber dafür ist's jetzt zu spät, fürchte ich.“

Gabriel verstärkte seinen Druck, bis er spürte, dass Knorpel fast zu brechen begannen. Dann setzte er die Pistolenmündung auf Nazaris Stirn und drückte ab. Als der Schuss fiel, wandte Keller sich ab und starrte ins Kaminfeuer. Das ist etwas Persönliches, sagte er sich. Und persönliche Sachen gehen oft blutig aus.

42

NIEDERÖSTERREICH

Die Patrone Kaliber .45, mit der Gabriels Pistole geladen war, enthielt kein Geschoss, aber ihre Pulverladung genügte, um einen ohrenbetäubend lauten Schussknall und ein Mündungsfeuer zu erzeugen, das in der Stirnmitte des Iraners eine kleines rundes Brandmal wie das Gebetsmal eines frommen Moslems zurückließ. Und sie genügte, um Nazari wie von einem Blitz gefällt zu Boden gehen zu lassen. Er blieb einige Sekunden lang unbeweglich liegen, schien nicht einmal zu atmen. Dann kniete Jaakov neben ihm nieder und traf sein Gesicht mit einem Handrückenschlag, der ihn ins Bewusstsein zurückbrachte. „Dreckskerl", keuchte Nazari. „Verfluchter Scheißkerl!"

„Bloß nicht ausfallend werden, Reza. Sonst ist der nächste Schuss echt."

Es gibt Männer, die vor Angst zur Bewegungslosigkeit erstarren, und andere, die darauf mit demonstrativ gespielter Tapferkeit reagieren. Reza Nazari entschied sich für die zweite Möglichkeit – vielleicht als Folge seiner Ausbildung, vielleicht aber auch, weil er fürchtete, er habe nichts mehr zu verlieren. Er trat wild nach Gabriel, der dem Tritt mühelos auswich, und klammerte sich dann an Michails Bein, um zu versuchen, ihn zu Fall zu bringen. Ein brutaler Fausthieb zwischen die Schulterblätter genügte, um diesen Angriff zu stoppen. Dann trat Michail beiseite und überließ es Jaakov, die Sache zu Ende zu bringen. Jaakov hatte sich zwei Jahre lang um seinen Agenten gekümmert, hatte ihm außergewöhnlich hohe Honorare gezahlt. Jetzt verpasste er Nazari in zwei

Minuten eine Abreibung, die seinen Verfehlungen angemessen war. Er vermied es jedoch, ihn ins Gesicht zu schlagen, denn der Iraner musste unbedingt vorzeigbar bleiben.

Keller hatte Nazari als Einziger nicht angerührt. Stattdessen stellte er einen Stuhl, einen gewöhnlichen Holzstuhl ohne Armlehnen, vors Feuer. Nazari sackte darauf zusammen und wehrte sich nicht mehr, als Jaakov und Michail ihn mit Gewebeband an den Stuhl fesselten. Während sie seine Beine fixierten, lud Gabriel in aller Ruhe die Pistole nach. Er zeigte Nazari jede Patrone, bevor er sie ins Magazin drückte. Nun gab es keine Platzpatronen mehr. Die Glock war jetzt mit scharfer Munition Kaliber .45 geladen.

„Sie haben die Wahl zwischen zwei einfachen Möglichkeiten", sagte Gabriel, nachdem er das Magazin eingeschoben und die Pistole durchgeladen hatte. „Sie können weiterleben oder ein Märtyrer werden." Er setzte Nazari die Mündung der Glock auf die Stirn. „Was soll's sein, Reza?"

Der Iraner starrte die Hand mit der Pistole schweigend an. Zuletzt sagte er: „Ich möchte leben."

„Kluge Wahl." Gabriel ließ die Pistole sinken. „Aber Ihr Überleben ist nicht umsonst, Reza. Sie müssen einen Wegzoll entrichten."

„Wie viel?"

„Als Erstes erzählen Sie mir, wie Ihre russischen Freunde und Sie sich verschworen haben, mich zu ermorden."

„Und dann?"

„Dann helfen Sie mir, sie aufzuspüren."

„Das würde ich Ihnen nicht raten, Allon."

„Warum nicht?"

„Weil der Mann, der Ihren Tod befohlen hat, viel zu wichtig ist, um ermordet zu werden."

„Wer ist er?"

„Sagen Sie's mir."

„Der SWR-Direktor?"

„Unsinn", wehrte Nazari fast indigniert ab. „Kein SWR-Direktor hätte selbstständig Jagd auf Sie gemacht. Nein, der Befehl ist von ganz oben gekommen."

„Von dem russischen Präsidenten?"

„Natürlich."

„Woher wissen Sie das?"

„Glauben Sie mir, Allon, ich weiß es."

„Das wird Sie vielleicht überraschen, Reza, aber im Augenblick sind Sie der absolut Letzte, dem ich etwas glauben würde."

„Ich kann Ihnen versichern", sagte Nazari, der weiter die Pistole anstarrte, „dass das auf Gegenseitigkeit beruht."

Er verlangte, losgeschnitten und mit einem Mindestmaß an Zuvorkommenheit behandelt zu werden. Gabriel verweigerte ihm beides, erfüllte aber seinen Wunsch nach einem Glas Wasser, damit er trotz seiner Halsschmerzen leichter sprechen konnte. Jaakov hielt seinem Agenten das Glas an die Lippen, während er trank, und tupfte anschließend ein paar Wassertropfen von seinem Jackett. Diese Geste registrierte der Iraner aufmerksam.

„Kann ich eine Zigarette haben?", fragte er.

„Nein", sagte Gabriel knapp.

Nazari lächelte. „Dann stimmt's also: Der große Gabriel Allon kann Tabakrauch nicht leiden." Er sah weiter lächelnd zu Jaakov hinüber. „Ganz im Gegensatz zu meinem Freund hier. Ich erinnere mich gut an unseren ersten Treff in einem Istanbuler Hotelzimmer. Ich habe wirklich befürchtet, der Rauchmelder an der Decke würde auf unseren Zigarettenqualm ansprechen."

Das schien ein guter Zeitpunkt für den Einstieg zu sein, deshalb setzte Gabriel mit seiner Vernehmung dort an: Er begann mit jenem Herbsttag vor zwei Jahren, an dem Reza Nazari zu Gesprächen mit dem türkischen Geheimdienst nach Istanbul gekommen war. In der Mittagspause war er zu einem kleinen Hotel am Bosporus gegangen – zum ersten Treff mit einem Mann, den er nur als „Mr. Taylor" kennen würde. Er erklärte Mr. Taylor, er sei gegen Geld bereit, sein Land zu verraten, und hatte als Beweis für die Qualität seines Materials einen USB-Stick mit hochwertigen Informationen – auch über das iranische Atomprogramm – mitgebracht.

„Waren die Dokumente echt?"

„Natürlich."

„Haben Sie sie entwendet?"

„Das brauchte ich nicht zu tun."

„Wer hat sie Ihnen gegeben?"

„Meine Vorgesetzten im Ministerium für Nachrichtenwesen."

„Sie haben von Anfang an auf beiden Schultern getragen?"

Nazari nickte.

„Wer war Ihr Führungsoffizier?"

„Das möchte ich lieber nicht sagen."

„Und ich möchte Ihnen lieber nicht das Gehirn rausblasen, aber das tue ich, wenn's sein muss."

„Es war Esfahani."

Mohsen Esfahani war der stellvertretende VEVAK-Direktor.

„Welchen Zweck hatte das Unternehmen?", fragte Gabriel.

„Die Auffassung des Diensts von unseren Fähigkeiten und Absichten zu beeinflussen."

„*Taqiyya.*"

„Nennen Sie's meinetwegen, wie Sie wollen, Allon. Wir

Perser haben damit schon sehr früh angefangen. Sogar noch früher als die Juden."

„An Ihrer Stelle würde ich möglichst wenig angeben, Reza. Sonst lasse ich Mr. Taylor noch mal auf Sie los."

Der Iraner verstummte. Gabriel fragte nach den über eine Million Dollar, die der Dienst auf Nazaris Luxemburger Bankkonto eingezahlt hatte.

„Wir haben natürlich angenommen, dass der Dienst das Konto überwacht", antwortete Nazari. „Deshalb sollte ich auf Esfahanis Anweisung etwas von dem Geld verbrauchen. Ich habe davon Geschenke für meine Kinder und ein Perlencollier für meine Frau gekauft."

„Nichts für Esfahani?"

„Eine goldene Armbanduhr, aber er hat mich angewiesen, sie zurückzugeben. Mohsen ist wahrhaft gläubig. Er ist wie Sie, Allon – völlig unbestechlich."

„Woher wollen Sie das über mich wissen?"

„Unser Dossier über Sie ist sehr dick." Nazari machte eine Pause, dann fügte er hinzu: „Fast so dick wie das der Zentrale Moskau. Aber das ist verständlich, denke ich. Soviel wir wissen, haben Sie noch nie einen Fuß auf iranischen Boden gesetzt. In Russland dagegen ..." Er lächelte. „Nun, sagen wir einfach, dass Sie dort eine Menge Feinde haben, Allon."

Zu den vielen Dingen, die der Dienst nicht über seinen iranischen Topagenten gewusst hatte, gehörte die Tatsache, dass er der wichtigste Verbindungsmann des VEVAKs zum russischen SWR war. Das hatte einen sehr einfachen Grund, den Nazari erläuterte: Er hatte an der Universität russische Geschichte studiert, sprach fließend Russisch und war während der russischen Besetzung in Afghanistan im Einsatz gewesen. In Kabul hatte er viele KGB-Offiziere kennengelernt, darunter auch einen jungen Mann, der es vermutlich weit bringen würde. Diese Einschätzung hatte sich als richtig erwiesen – sein alter Freund gehörte jetzt zu den wichtigsten Akteuren in der Zentrale Moskau. Bei regelmäßigen Treffs besprach er mit ihm Themen, die vom iranischen Atomprogramm bis zum syrischen Bürgerkrieg reichten, in dem VEVAK und SWR so unermüdlich zusammengearbeitet hatten, um das Überleben des mit ihnen verbündeten bedrängten Regimes zu sichern.

„Sein Name?", fragte Gabriel.

„Wie Sie benützt er viele Namen", antwortete Nazari. „Aber wenn ich raten sollte, würde ich sagen, dass sein richtiger Name Rosanow ist."

„Vorname?"

„Alexei."

„Personenbeschreibung?"

Der Iraner lieferte eine ziemlich vage Beschreibung eines Mannes, der ungefähr einen Meter achtzig groß war und schütter werdendes aschblondes Haar hatte, das er sich wie der russische Präsident kämmte.

„Alter?"

„Um die fünfzig."

„Sprachen?"

„Er kann jede lernen, die er sich in den Kopf setzt."

„Wie oft treffen Sie sich mit ihm?"

„Alle zwei bis drei Monate, bei Bedarf auch öfter."

„Wo?"

„Manchmal fliege ich nach Moskau. Aber im Allgemeinen treffen wir uns irgendwo in Europa auf neutralem Boden."

„Auf welchem neutralen Boden?"

„Sichere Häuser, Restaurants." Er zuckte mit den Schultern. „Das Übliche."

„Wann war das letzte Mal?“
„Vor einem Monat.“
„Wo?“
„Kopenhagen.“
„Wo in Kopenhagen?“
„In einem Fischrestaurant am Nyhavn.“
„Haben Sie an diesem Abend über Atomwaffen und Syrien gesprochen?“
„Nein“, antwortete Nazari, „auf der Tagesordnung hat nur ein Punkt gestanden.“
„Welcher denn?“
„Sie.“

43

NIEDERÖSTERREICH

Aber damit waren sie vorausgeeilt, denn Kopenhagen war nicht der erste Ort, an dem Reza Nazari und Alexei Rosanow lange und eingehend über Gabriel Allon gesprochen hatten. Tatsächlich hatte sein Name bei vielen ihrer früheren Treffs eine prominente Rolle gespielt – aber nie war dringender oder zorniger über ihn gesprochen worden als vor zehn Monaten bei einem Abendessen in der Zürcher Innenstadt. Der SWR steckte in einer Krise. Pawel Schirows steif gefrorene Leiche war erst vor Kurzem im Oblast Twer aufgefunden worden. Madeline Hart war zu den Briten übergelaufen, und ein russischer Energieversorger, der dem Kreml gehörte, hatte soeben seine Bohrrechte in der Nordsee verloren.

„Und das war alles Ihre Schuld“, behauptete Nazari.

„Wer sagt das?“

„Der einzige Mann, auf den es in Russland ankommt. Das sagt der Boss.“

„Vermute ich richtig, dass der Boss meinen Tod wollte?“

„Nicht nur das“, antwortete Nazari. „Sie sollten so liquidiert werden, dass nicht mal der Schatten eines Verdachts auf Russland fallen würde. Auch die Briten sollten bestraft werden – vor allem Graham Seymour.“

„Deshalb haben die Russen sich für Eamon Quinn entschieden.“

Nazari äußerte sich nicht dazu.

„Ich nehme an, dass Sie ihn zumindest dem Namen nach gekannt haben.“

„Ich betrachte ihn als einen Freund.“

„Weil Sie der Mann waren, der Quinn damals angeheuert hat, damit er Panzerabwehrwaffen für die Hisbollah baut."

Der Iraner nickte.

„Eine Waffe, die einen Feuerball erzeugte, der dreihundert Meter in der Sekunde schnell war."

„Sie war sehr wirkungsvoll, wie die israelische Armee feststellen musste."

Jaakov sprang wütend auf, aber Gabriel hielt ihn zurück und setzte die Vernehmung fort.

„Was wollte Rosanow von Ihnen?"

„Zum damaligen Zeitpunkt nur eine Empfehlung."

„Und Sie waren einverstanden?"

„In Bezug auf Sie", sagte Nazari, „waren unsere Interessen deckungsgleich mit denen der Russen."

Damals, berichtete Nazari weiter, lebte Quinn in Venezuela unter dem Schutz des todkranken Präsidenten Hugo Chavez. Seine Zukunft war ungewiss. Ob Chavez' Nachfolger ihm erlauben würde, weiter in Venezuela zu bleiben oder auch nur einen venezolanischen Reisepass zu besitzen, war keineswegs sicher. Cuba wäre eine Möglichkeit gewesen, aber Quinn hatte kein Interesse daran, sich unter die Fuchtel der Brüder Castro zu begeben. Er brauchte ein neues Land, einen neuen Sponsor.

„Das Timing", sagte Nazari, „hätte nicht besser sein können."

„Wo haben Sie sich mit ihm getroffen?"

„In einem zentral gelegenen Hotel in Caracas."

„War sonst noch jemand dabei?"

„Rosanow hat eine Frau mitgebracht."

Gabriel hielt ein Foto hoch, das Katerina auf Quinns Balkon in Lissabon stehend zeigte. Der Iraner nickte.

„Welche Rolle hat sie bei dem Unternehmen gespielt?"

„Ich war nicht in alle Einzelheiten eingeweiht. Damals war ich nur der Türöffner bei Quinn."

„Wie viel haben die Russen ihm gezahlt?"

„Zehn Millionen Dollar."

„Im Voraus?"

„Nach Durchführung des Auftrags."

„Meine Ermordung?"

Nazari nickte zu Keller hinüber. „Seine auch."

Womit sie wieder bei Kopenhagen waren. An dem schon erwähnten Abend war Alexei Rosanow nervös, aber auch aufgeregt. Die erste Zielperson war bestimmt worden. Jetzt brauchte er nur noch jemanden, der dem israelischen und dem britischen Geheimdienst den Namen Quinn einflüsterte. Er wollte, dass Nazari diese Aufgabe übernahm, aber der Iraner lehnte sofort ab.

„Wieso?"

„Weil ich nichts tun wollte, was meine Position bei Mr. Taylor hätte gefährden können."

„Was hat Sie umgestimmt?"

Nazari gab keine Antwort.

„Wie viel hat er Ihnen gezahlt, Reza?"

„Zwei Millionen Dollar."

„Wo ist das Geld?"

„Er wollte es auf einer Moskauer Bank deponieren, aber ich habe auf einem Schweizer Konto bestanden."

Gabriel fragte nach dem Namen der Bank, der Kontonummer und etwaigen Passwörtern. Nazari rückte die gewünschten Angaben heraus, ohne im Geringsten zu zögern. Seine Genfer Bank war zufällig das Geldhaus, mit dessen Bilanz sich der Dienst vor Kurzem hatte beschäftigen müssen. So würde es nicht schwierig sein, an Nazaris Guthaben heranzukommen.

„Vermute ich richtig, dass Sie das alles Mohsen Esfahani lieber verschwiegen haben?“

„Korrekt“, bestätigte Nazari nach kurzem Zögern. „Mohsen weiß nichts.“

„Und Ihre Frau?“, fragte Gabriel. „Haben Sie der was von dem Geldsegen erzählt?“

„Wie kommen Sie auf diese Frage?“

„Weil ich von Natur aus neugierig bin.“

„Nein“, sagte der Iraner nach erneutem kurzen Zögern. „Meine Frau weiß nichts.“

„Vielleicht sollten Sie's ihr erzählen.“

Gabriel ließ sich von Michail ein Smartphone geben und hielt es Nazari hin. Der Iraner starrte das Mobiltelefon verständnislos an.

„Los, Reza. Rufen Sie sie an.“

„Was haben Sie gemacht?“

„Wir haben den Feuermelder eingeschlagen.“

„Was soll das heißen?“

Diesmal beantwortete Jaakov seine Frage. „Sie erinnern sich an den Notausgang, den wir für Sie und Ihre Familie eingerichtet haben, Reza? Der Notausgang, der nie benutzt werden musste, weil Sie uns von Anfang an getäuscht haben?“

Panik breitete sich wie ein Buschbrand über das Gesicht des Iraners aus.

„Aber davon haben Sie Ihrer Frau seltsamerweise kein Wort gesagt“, fuhr Jaakov fort. „Tatsächlich haben Sie den Notausgang installiert gelassen – für den Fall, dass es für Sie beim VEVAK mal schlechter läuft und Sie einen sicheren Hafen brauchen. Wir mussten nur den Feuermelder einschlagen, damit sie …“

„Wer sind ‚sie?‘“, unterbrach Nazari ihn.

„Ich kann Ihnen nur sagen, wer *sie* nicht sind, Reza, keine Schergen der Islamischen Republik Iran."

Nazaris tief in ihren Höhlen liegenden Augen strahlten gefährliche Ruhe aus. Er sah langsam von Jaakov zu Gabriel hinüber.

„Das war ein Fehler, mein Freund. Ein Mann wie Sie sollte die Gefahren kennen, die darin liegen, wenn unbeteiligte Angehörige zu Zielpersonen werden."

„Das ist einer der Vorteile, die man als Toter genießt, Reza. Ich muss keine Rücksicht mehr auf Schuldgefühle nehmen." Gabriel machte eine Pause, dann fügte er hinzu: „So kann ich klarer denken." Er nahm das Handy wieder an sich. „Die Frage ist nur", fuhr er fort, „habe ich damit erreicht, dass auch Sie klarer denken?"

Nazari wich Gabriels Blick aus und starrte ins Feuer. Seine gefährliche Ruhe war verflogen. Sie war durch Hoffnungslosigkeit und die Einsicht ersetzt worden, dass ihm nichts anderes übrig blieb, als sich auf Gedeih und Verderb einem Todfeind auszuliefern.

„Was wollen Sie von mir?", fragte er schließlich.

„Ich möchte, dass Sie Ihre Familie retten. Und sich selbst."

„Und wie soll ich das tun können?"

„Indem Sie mir helfen, Eamon Quinn und Alexei Rosanow aufzuspüren."

„Das ist unmöglich, Allon!"

„Wer sagt das?"

„Mein Boss."

„Der Boss bin jetzt ich", sagte Gabriel. „Und Sie arbeiten für mich."

Die folgende Stunde verbrachten sie damit, alles noch einmal von Anfang an durchzugehen. Genauer besprochen wurden die Details des Bankkontos in Genf und die näheren Umstände von Nazaris letztem Treff mit Alexei Rosanow in Kopenhagen. Dazu gehörten das genaue Datum, der Name des Restaurants, Zeitpunkt und Art ihres Eintreffens sowie die Namen der Hotels, in denen sie gewohnt hatten.

„Und Ihr nächster Treff?“, fragte Gabriel.

„Wir haben keinen geplant.“

„Von wem geht im Allgemeinen die Initiative aus?“

„Das hängt ganz vom Spielstand ab. Hat Alexei etwas zu besprechen, meldet er sich und schlägt einen Treffpunkt vor. Und wenn ich ihn sprechen muss …“

„Wie nehmen Sie Verbindung zu ihm auf?“

„Auf eine Weise, die weder Ihr Dienst noch die NSA überwachen kann.“

„Sie schicken eine geschwätzige E-Mail an einen scheinbar harmlosen Empfänger?“

„Manchmal“, sagte Nazari, „sind die einfachsten Methoden die besten.“

„Wie lautet Rosanows Mailadresse?“

„Er hat mehrere.“

Nazari sagte vier Adressen auf, die er auswendig wusste. Alle bestanden aus willkürlichen Kombinationen von Zahlen und Buchstaben. Das machte die Gedächtnisleistung des Iraners imponierend.

Unterdessen war es fast 23 Uhr. Die Zeit reichte gerade noch aus, um Nazari zu der von ihm festgesetzten Zeit ins Hotel InterContinental zurückzubringen. Gabriel warnte den Iraner eindringlich vor den Konsequenzen, mit denen er rechnen musste, falls er ihren hastig aufgesetzten Vertrag nicht einhielt. Dann schnitt er ihn vom Stuhl los. Für einen Mann, der eine Tracht Prügel und eine Scheinhinrichtung hinter sich hatte, sah Nazari überraschend gut aus. Das einzige äußerliche Zeichen seiner Qualen war die kleine Brandwunde in der Stirnmitte. „Legen Sie etwas Eis darauf, wenn Sie wieder in Ihrem Zimmer sind“, sagte Jaakov, als er Nazari ins Auto stieß. „Wir wollen, dass Sie bei den morgigen Verhandlungen eine gute Figur machen.“

Sie setzten ihn am Ostrand des Stadtparks ab, und Michail beschattete ihn auf seinem Weg ins InterConti. Die Hotelhalle war menschenleer; Nazari fuhr allein in den siebten Stock hinauf, wo sein verwanztes Zimmer ihn erwartete. Eli Lavon, der im Zimmer nebenan über sein Notebook gebeugt saß, hörte mit, was als Nächstes passierte. Er hörte einen Mann, der sich im Bad heftig übergab und dann hemmungslos schluchzte, als ein Anruf in seinem Haus in Teheran unbeantwortet blieb. Lavon regelte die Lautstärke etwas herunter, um dem Mann ein Minimum an Privatleben zu lassen. Spiele für große Jungen, dachte er, Spielregeln für große Jungen.

44

SPERLINGSBERGE, MOSKAU

Katerina Akulowas Traum lief ab wie immer. Sie ging in der Nähe ihres ehemaligen Ausbildungslagers durch einen Birkenwald, als die Bäume wie ein aufgezogener Vorhang zurückwichen, sodass ein kristallblauer See sichtbar wurde. Auszuziehen brauchte sie sich nicht; in ihren Träumen war sie in jeder Situation unbekleidet. Sie tauchte unter den glatten, stillen Wasserspiegel und schwamm durch die Straßen ihrer nachgebauten deutschen Kleinstadt. Dann wurde das Wasser zu Blut, und sie merkte, dass sie darin ertrank. Während ihr Herz gegen die Rippen hämmerte, strebte sie nach Sauerstoff gierend mit wilden Schwimmstößen auf einen winzigen Lichtpunkt zu. Aber jedes Mal wenn sie die Oberfläche erreichte, drückte eine Hand sie wieder unter Wasser. Eine Frauenhand, glatt und makellos. Obwohl Katerina ihre Berührung nie körperlich spürte, wusste sie, dass dies die Hand ihrer Mutter war.

Dann saß sie aufrecht im Bett und rang keuchend nach Atem, als habe sie minutenlang keine Luft mehr bekommen. Ihr Haar war feucht und strähnig, ihre Hände zitterten vor Angst. Sie griff nach ihren Zigaretten, zündete sich mühsam eine an und inhalierte den Rauch tief. Das Nikotin beruhigte sie wie immer. Sie sah auf die Uhr und stellte fest, dass es fast Mittag war. Irgendwie hatte sie fast zwölf Stunden geschlafen. Draußen war der nächtliche Schneesturm weitergezogen, und an dem blassen Himmel stand tief eine fast weiße Sonne. Moskau schien eine kleine Verschnaufpause von diesem strengen Winter vergönnt zu sein.

Katerina schwang die Füße aus dem Bett, ging nach einem Abstecher ins Bad barfuß in die Küche und ließ sich eine Tasse aus der Kaffeemaschine einlaufen. Sie trank den Cappuccino vor der Maschine stehend und füllte die Tasse sofort wieder nach. Ihr vom SWR gestelltes Smartphone lag auf der Arbeitsplatte. Sie nahm es in die Hand und runzelte die Stirn. Noch immer kein Befehl zur Abreise von Alexei. Aber sie wusste, dass sein Ausbleiben kein Versehen war. Alexei hatte seine Gründe. Die hatte er immer.

Sie warf einen Blick auf den Wetterbericht. Die Temperatur betrug drei Grad, was im winterlichen Moskau eine Seltenheit war, und auch der Nachmittag würde wolkenlos bleiben. Sie hatte lange nichts mehr für ihre Fitness getan, deshalb beschloss sie, bei diesem schönen Wetter zu joggen. Sie nahm ihren Kaffee ins Schlafzimmer mit und zog sich an: zweiteilige Thermo-Unterwäsche, ein winddichter warmer Jogginganzug und neue Laufschuhe – echte amerikanische Nikes, keine der billigen, schäbigen Imitate aus russischen Fabriken. Lieber wäre sie barfuß gelaufen als in russischen Sportschuhen. Als Nächstes stopfte sie ihr Haar unter eine Strickmütze und zog dicke Fingerhandschuhe an. Jetzt lag nur noch ihre Dienstwaffe – eine 9-mm-Makarow – vor ihr, aber sie hasste es, mit der schweren Pistole zu joggen. Außerdem konnte sie sich sehr gut verteidigen, falls irgendein betrunkener Idiot auf die verrückte Idee kam, sie zu belästigen. Im Gorkipark hatte sie einmal einen Grapscher bewusstlos in einem Gebüsch zurückgelassen. Alexei hatte den Job dann für sie erledigt – so hieß es jedenfalls in der Zentrale Moskau. Katerina hatte sich nie die Mühe gemacht, sich nach dem weiteren Schicksal des Mannes zu erkundigen. Er hatte nur bekommen, was er verdient hatte.

Katerina machte einige Minuten lang Dehnübungen, während sie ihre zweite Zigarette rauchte und die dritte Tasse

Kaffee trank. Dann fuhr sie mit dem Aufzug in die Eingangshalle hinunter, ignorierte den Gruß des unrasierten, verkaterten Pförtners und trat auf die Straße hinaus. Die Gehsteige waren schnee- und eisfrei, und sie begann locker nach Westen, in Richtung Mitschurinski-Prospekt zu traben. Dabei kam sie an der Universität vorbei, an der sie vielleicht studiert hätte, wenn sie nicht die Tochter einer KGB-Agentin gewesen wäre, die vergessen hatte, die Pille zu nehmen, als sie auftragsgemäß einen Mann verführte.

Am Fuß des Hügels bog sie nach rechts auf die in sanftem Bogen verlaufende Kossygina-Straße. Auf dem Mittelstreifen verlief zwischen winterlich kahlen Bäumen ein gepflasterter Fußweg. Ihre Beine begannen warm zu werden, und sie spürte, wie sich unter ihrer Jacke die ersten Schweißtropfen bildeten. Sie lief mit längeren Schritten, steigerte allmählich ihr Tempo. Sie kam an einer hübschen grün-weißen Kirche und dem Aussichtspunkt auf den Sperlingsbergen vorbei, wo ein frisch getrautes Paar lächelnd für Aufnahmen mit der Stadt als Hintergrund posierte. Für Moskauer Brautpaare war das eine Tradition, die Katerina nie selbst erleben würde. Sollte sie jemals heiraten, was unwahrscheinlich war, würde der SWR die Eheschließung genehmigen müssen. Und die Hochzeit würde unter Ausschluss der Öffentlichkeit stattfinden – ohne Fotografen, ohne Angehörige. Kein Problem für Katerina, denn sie hatte keine.

Heute wollte sie bis zur Akademie der Wissenschaften laufen, um dann über die Kais entlang der Moskwa zurückzukehren. Aber als sie an dem protzigen Eingang des Hotels Korston vorbeilief, wurde ihr bewusst, dass ihr ein Range Rover mit dunkel getönten Scheiben folgte. Zum ersten Mal hatte sie ihn auf dem Mitschurinski-Prospekt gesehen, dann noch einmal auf dem Aussichtspunkt in den Sperlingsbergen, wo einer der Insassen, ein Mann in einer Lederjacke, vorgegeben hatte, die Aussicht zu bewundern. Jetzt stand das SUV vor dem Korston geparkt, und der Mann in der Lederjacke kam Katerina unter den Bäumen entgegen. Er war deutlich über einen Meter achtzig groß, wog neunzig bis hundert Kilo und bewegte sich mit dem wiegenden Schritt und den pendelnden Armen eines Mannes, der viel Zeit in Fitnessstudios verbringt.

Vor einer potenziellen Gefahr wegzulaufen hätte Katerinas Ausbildung widersprochen, deshalb joggte sie im selben Tempo weiter und sah dabei weiter geradeaus, als nehme sie den Mann nur vage wahr. Seine Hände waren in den Taschen seiner Lederjacke vergraben. Als sie an ihm vorbeilaufen wollte, zog er die rechte Hand heraus und bekam sie am Oberarm zu fassen. Katerina kam sich vor, als habe sie ein stählerner Greifer gepackt. Ihre Füße rutschten aus, und sie wäre gestürzt, wenn die Hand des Unbekannten sie nicht gehalten hätte.

„Loslassen!“, fauchte sie.

„*Njet*“, sagte er kalt.

Sie versuchte sich loszureißen, was mehr eine Warnung als ein richtiger Fluchtversuch war, aber der Mann packte noch fester zu. Ihre folgenden Bewegungen gingen instinktiv und flüssig ineinander über. Sie stampfte kräftig auf den Rist seines linken Fußes und blendete ihn, indem sie ihm zwei steife Finger wie Stilette in die Augen stieß. Als sein harter Griff sich lockerte, drehte sie sich nach innen, riss ein Knie hoch und rammte es ihm in den Schritt. Sie drehte sich wieder nach außen und traf seine Schläfe mit einem brutalen Ellbogenstoß, der ihn zu Boden gehen ließ. Katerina holte eben zu einem Tritt gegen seine ungeschützte Kehle aus, als sie auf dem Weg hinter sich Lachen hörte. Sie legte beide Hände auf die Knie und holte angestrengt keuchend tief Luft, deren Kälte in ihrer Lunge brannte. Kupfriger Blutgeschmack füllte ihren Mund. Sie glaubte das Blut aus ihren Träumen zu schmecken.

„Wieso hast du das gemacht?"

„Ich wollte mich vergewissern, dass du wieder fit für weitere Einsätze bist."

„Ich bin immer fit."

„Das hast du überzeugend bewiesen." Alexei Rosanow schüttelte langsam den Kopf. „Der arme Kerl wird sich nie mehr mit Kondomen abgeben müssen. Und damit hat er noch Glück gehabt."

Die beiden saßen hinten in Rosanows SWR-Dienstwagen, der kurz vor der Kossygina-Straße im Stau stand. Irgendwo weiter vorn musste ein Unfall passiert sein. Die meisten Staus entstanden durch Unfälle.

„Wer war er?", fragte Katerina.

„Der junge Mann, den du fast umgebracht hättest?"

Sie nickte.

„Er hat erst vor Kurzem das Rotbanner-Institut absolviert. Bis heute hatte ich große Hoffnungen auf ihn gesetzt."

„Wozu wolltest du ihn verwenden?"

„Für gewalttätige Einsätze", antwortete Rosanow ohne die geringste Ironie.

Der Wagen rollte mit Schrittgeschwindigkeit weiter. Rosanow holte eine Packung Dunhill aus der Innentasche seines Mantels und zog nachdenklich eine Zigarette heraus.

„Wenn du in deine Wohnung zurückkommst", sagte er nach kurzer Pause, „findest du in der Diele einen gepackten Koffer vor, in dem auch ein Pass und Flugtickets liegen. Du reist morgen in aller Frühe ab."

„Wohin?"

„Als Erstes nach Warschau, um deine Identität zu etablieren. Übermorgen fliegst du nach Rotterdam weiter. Du hast eine Reservierung in einem Hotel in der Nähe des Fährhafens. Auf dem Gästeparkplatz hinter dem Hotel steht ein Auto für dich bereit."

„Was für ein Wagen?"

„Ein Renault. Der Schlüssel ist am gewohnten Ort versteckt. Die Waffen sind hinter der Rücksitzbank versteckt. Wir haben dir einen Mégane besorgt." Rosanow lächelte. „Du magst gern etwas sportlichere Autos, nicht wahr, Katerina?"

„Was ist mit Quinn?", fragte sie.

„Der trifft sich mit dir im Hotel." Rosanow zögerte, dann fügte er hinzu: „Erwarte lieber nicht, dass er guter Laune ist."

„Was ist passiert?"

„Der Präsident hat beschlossen, das mit Quinn vereinbarte Honorar zurückzuhalten, bis er Phase zwei seines Auftrags ausgeführt hat."

„Weshalb sollte der Präsident das tun?"

„Um Quinn zusätzlich zu motivieren", sagte Rosanow. „Unser irischer Freund hat schon häufig bewiesen, dass er zu Alleingängen neigt. Die SMS, die er Allon unbedingt schicken musste, hätte ein perfekt geplantes und durchgeführtes Unternehmen beinahe scheitern lassen."

„Du hättest ihm Allons Nummer niemals geben dürfen."

„Ich konnte nicht anders. Quinn hat sehr detaillierte Forderungen gestellt. Er wollte, dass Allon wusste, dass in dem BMW eine Bombe versteckt war. Und Allon sollte wissen, wer diesen Sprengsatz eingebaut hatte."

Unterdessen hatten sie's geschafft, zum Aussichtspunkt auf den Sperlingsbergen zurückzukommen. Die Jungverheirateten waren fort, waren durch ein neues Paar ersetzt worden. Mit diesem posierte ein Kind, ein Mädchen von sechs oder sieben Jahren, das zu einem weißen Kleid einen Blütenkranz im Haar trug.

„Bildhübsch, die Kleine!", meinte Rosanow.

„Ja", sagte Katerina geistesabwesend.

Der Oberst musterte sie sekundenlang forschend. „Bilde ich mir das nur ein", fragte er zuletzt, „oder hast du Bedenken, in den Einsatz zurückzukehren?"

„Unsinn, Alexei, das bildest du dir nur ein."

„Solltest du nicht imstande sein, deine Aufgaben zu erfüllen, müsste ich's als Erster erfahren."

„Frag deinen frisch Kastrierten, ob ich im Vollbesitz meiner Kräfte bin."

„Ich weiß, dass du ..."

„Das ist kein Problem", unterbrach sie ihn.

„Ich habe gehofft, dass du das sagen würdest."

„Du wusstest, dass ich das sagen würde."

Dann erreichten sie die Ursache des Staus: Zwei Milizionäre nahmen einen Unfall auf, bei dem eine alte Babuschka angefahren und tödlich verletzt worden war. Ihre *Awoska*, ein Einkaufsnetz, lag aufgerissen neben ihr, sodass rotbackige Äpfel über den Asphalt davongekullert waren. Einige wenige Autofahrer hupten aus Protest, aber die meisten schoben sich gleichgültig träge an der Unfallstelle vorbei. Ob jung oder alt, spielte keine Rolle. In Russland waren Menschenleben billig.

„Mein Gott", flüsterte Rosanow betroffen, als sie an der nur notdürftig zugedeckten zerschmetterten Leiche der Alten vorbeifuhren.

„Es sieht dir nicht ähnlich, dass dich der Anblick von ein bisschen Blut so mitnimmt."

„Ich bin nicht wie du, Katerina. Ich morde vom Schreibtisch aus."

„Notfalls täte ich das auch."

Der Oberst lächelte. „Freut mich, dass du dir deinen Sinn für Humor bewahrt hast."

„In dieser Branche muss einer von uns beiden Sinn für Humor haben."

„Ich bin ganz deiner Meinung." Rosanow klappte seinen Aktenkoffer auf und nahm ein Dossier heraus.

„Was hast du da?"

"Der Präsident hat einen weiteren Auftrag für dich, den du vor der Rückkehr nach Russland ausführen sollst."

Katerina ließ sich das Dossier geben und starrte das auf der ersten Seite eingeklebte Foto an. Ob jung oder alt, dachte sie, spielt keine Rolle. *In Russland sind Menschenleben billig. Auch meines.*

45

KOPENHAGEN

„Entschuldigung“, sagte Lars Mortensen, „aber ich habe Ihren Namen nicht verstanden.“

„Merchant“, wiederholte Christopher Keller.

„Sie sind Israeli?“

„Ich fürchte ja.“

„Und Ihr Akzent?“

„In London geboren und aufgewachsen.“

„Ah, ich verstehe.“

Mortensen leitete den kleinen, aber feinen PET, den dänischen Inlandsnachrichten- und Sicherheitsdienst. Der PET gehörte offiziell zur dänischen Staatspolizei und unterstand dem Justizministerium. Seine Zentrale befand sich in einem anonymen Verwaltungsgebäude nördlich des Tivolis, des Kopenhagener Vergnügungs- und Erholungsparks. Mortensens Dienstzimmer lag im obersten Stock. Seine Möbel waren solide, hell und dänisch, was auch auf den Chef zutraf.

„Wie Sie sich vorstellen können“, sagte Mortensen eben, „war die Meldung von Allons Tod ein schrecklicher Schock für mich. Ich habe ihn als Freund betrachtet. Wir haben vor ein paar Jahren bei einem Fall zusammengearbeitet. In einem Ferienhaus in Jütland war etwas schiefgegangen. Ich habe die Sache für ihn in Ordnung gebracht.“

„Ja, ich weiß.“

„Hatten Sie auch mit diesem Fall zu tun?“

„Nein.“

Mortensen tippte mit einem silbernen Füller auf eine aufgeschlagene Akte. „Allon ist mir wie jemand vorgekommen, der verdammt schwierig zu erledigen wäre. Ich kann kaum glauben, dass er tot sein soll."

„Uns geht es nicht anders."

„Und Ihr Ersuchen – es hängt wohl auch mit Allons Tod zusammen?"

„Das möchte ich lieber nicht sagen."

„Und ich könnte gut auf dieses Gespräch verzichten", stellte Mortensen kühl fest. „Aber wenn ein Freund um einen Gefallen bittet, versuche ich, entgegenkommend zu sein."

„Unser Dienst hat einen schweren Verlust erlitten", sagte Keller nach kurzer Pause. „Wie Sie sich denken können, sind wir allein darauf fokussiert."

Diese Antwort hatte wenig Substanz, aber sie genügte dem dänischen Geheimdienstchef. „Wen suchen Sie auf dem Überwachungsvideo?"

„Zwei Männer."

„Wo haben sie sich getroffen?"

„In dem Restaurant Ved Kajen?"

„Am Nyhavn?"

Keller nickte. Mortensen fragte nach Datum und Uhrzeit. Keller nannte Tag und Stunde.

„Und die beiden Männer?"

Keller übergab ein Foto.

„Wer ist das?"

„Reza Nazari."

„Iraner?"

Keller nickte.

„VEVAK?"

„Hundertprozentig."

„Und der andere Mann?"

„Ein SWR-Gangster namens Alexei Rosanow."

„Haben Sie ein Foto von ihm?"

„Nein. Deshalb bin ich hier."

Mortensen legte das Foto bedächtig auf seinen Schreibtisch. „Wir sind ein kleines Land", sagte er nach kurzer Pause. „Ein friedliches Land, wenn man von ein paar Tausend muslimischen Fanatikern absieht. Sie verstehen, was ich damit sagen will?"

„Ich denke schon."

„Ich will keinen Ärger mit dem Persischen Reich. Oder natürlich mit den Russen."

„Keine Sorge, Lars."

Mortensen sah auf seine Armbanduhr. „Das kann ein paar Stunden dauern. In welchem Hotel wohnen Sie?"

„Im Hotel d'Angleterre."

„Wie sind Sie am besten zu erreichen?"

„Hoteltelefon."

„Wie war Ihr Name noch mal?"

„LeBlanc."

„Ich dachte, Sie hätten gesagt, dass Sie Merchant heißen."

„Ja, das stimmt."

Keller verließ die PET-Zentrale und ging zu Fuß zum Tivoli – weit genug, um sich davon zu überzeugen, dass Mortensen ihn gleich von zwei Zweierteams beschatten ließ. Der Himmel über Kopenhagen war granitgrau, und einige Schneeflocken wirbelten durch die Lichtkegel der Straßenlampen. Keller überquerte den Rådhuspladsen und machte einen Schaufensterbummel auf der Strøget, der größten Fußgängerzone der Hauptstadt, bevor er in das luxuriöse Hotel d'Angleterre zurückkehrte. Oben in seinem Zimmer vertrieb er sich eine Stunde lang die Zeit mit den Fernsehnachrichten. Dann rief er die Telefonzentrale des Hotels an und teilte der Telefonistin in französisch gefärbtem Englisch mit, er gehe auf einen Drink in die Champagnerbar Balthasar. Dort saß er eine weitere Stunde lang allein an einem Ecktisch und trank mit kleinen Schlucken ein Glas Mercier Brut. Dies, sagte er sich trübselig, ist ein Vorgeschmack auf dein zukünftiges Leben als MI6-Agent. Der große Gabriel Allon, Gott hab ihn selig, hatte das Leben eines Berufsspions einmal folgendermaßen beschrieben: ständiges Herumreisen und den Verstand lähmende Langeweile, dazwischen Augenblicke schieren Entsetzens.

Kurz nach 19 Uhr kam schließlich eine Bedienung an seinen Tisch und teilte Keller mit, er habe einen Anruf. Er nahm ihn an einem Haustelefon in der Hotelhalle entgegen. Der Anrufer war Lars Mortensen.

„Ich glaube, wir haben das Bild gefunden, das Sie suchen", sagte er. „Draußen wartet ein Wagen auf Sie."

Es war nicht schwierig, die PET-Limousine ausfindig zu machen. Sie war mit zwei Männern besetzt, die ihn auf seinem Rückweg ins Hotel beschattet hatten. Sie fuhren mit Keller durch die Stadt und begleiteten ihn in der PET-Zentrale in einen Vorführraum mit einem riesigen Wandbildschirm. Das Standfoto auf dem Bildschirm zeigte einen Mann, der eine schmale gepflasterte Gasse überquerte. Der Datum- und Zeitcode entsprach den Angaben, die der Iraner bei seiner Vernehmung in Niederösterreich gemacht hatte.

„Nazari?", fragte Lars Mortensen.

Als Keller nickte, rief Mortensen mit einem kurzen Tastenbefehl auf einem Laptop ein weiteres Foto auf. Es zeigte einen großen Mann mit hohen Backenknochen und aschblondem, schütter werdendem Haar. Unverkennbar ein Agent aus der Zentrale Moskau.

„Ist das der Mann, den Sie suchen?"

„Ich denke schon."

„Ich habe einige weitere Fotos und ein paar Videosequenzen, aber diese Aufnahme ist eindeutig die beste.“ Mortensen warf die DVD aus, steckte sie in eine Papierhülle und hielt sie hoch, damit Keller sie sehen konnte. „Mit bester Empfehlung des dänischen Volkes“, sagte er. „Kostenlos.“

„Haben Sie etwas über ihre An- und Abreise in Erfahrung bringen können?“

„Der Iraner ist am folgenden Morgen nach Frankfurt geflogen. Von dort sollte er nach Teheran weiterfliegen.“

„Und der Russe?“

„Daran arbeiten wir noch.“ Mortensen übergab Keller die DVD. „Übrigens haben die beiden für über hundert Euro gespeist. Der Russe hat bar gezahlt.“

„Sie hatten einen speziellen Anlass.“

„Was haben sie gefeiert?“

Keller steckte die DVD wortlos in die Innentasche seines Mantels.

„Ah, ich verstehe“, sagte Mortensen.

Am folgenden Morgen flog Christopher Keller nach London. Er wurde auf dem Flughafen Heathrow von einem MI6-Empfangsteam abgeholt und in ungewöhnlich hohem Tempo zu einem sicheren Haus in der Bishop’s Road gefahren. An dem Küchentisch mit Linoleumdecke saß Graham Seymour, der seinen Chesterfield-Mantel achtlos über eine Stuhllehne geworfen hatte. Er bedeutete Keller mit einer Augenbewegung, Platz zu nehmen. Dann schob er einen Vordruck über den Tisch und legte einen silbernen Kugelschreiber darauf.

„Den musst du unterschreiben.“

„Was ist das?“

„Ein Vertrag für ein neues Handy. Wenn du für uns arbeitest, kannst du dein altes nicht mehr benutzen.“

Keller griff nach dem Vertrag. „Flatrate in alle Netze? Vier Gigabyte Highspeed-Volumen? Solche Sachen?“

„Unterschreib einfach.“

„Mit welchem Namen?“

„Mit deinem richtigen Namen.“

„Wann bekomme ich meinen neuen?“

„Daran arbeiten wir noch.“

„Habe ich dabei etwas zu sagen?“

„Nein.“

„Klingt nicht gerade fair.“

„Unsere Eltern lassen uns nicht entscheiden, wie wir heißen wollen – und der MI6 ebenfalls nicht.“

„Wenn ihr versucht, mich Francis zu nennen, gehe ich nach Korsika zurück.“

Keller kritzelte etwas Unleserliches auf die Unterschriftenzeile des Vertrags. Seymour schob ihm ein neues BlackBerry hin und ratterte ein aus acht Ziffern bestehendes Passwort für die MI6-Verschlüsselung herunter.

„Sag mir die Zahl noch mal“, verlangte er.

Das tat Keller.

„Auf keinen Fall irgendwo notieren“, fügte Seymour warnend hinzu.

„Wozu sollte ich etwas so Dämliches tun?“

Seymour legte Keller ein weiteres Schriftstück hin. „Das ist deine Erlaubnis, mit MI6-Dokumenten umzugehen. Willkommen im Club, Christopher. Jetzt bist du einer von uns.“

Keller zögerte mit schreibbereitem Kugelschreiber.

„Irgendwas nicht in Ordnung?“, fragte Seymour.

„Ich frage mich bloß, ob du wirklich willst, dass ich dies hier unterschreibe.“

„Warum nicht?“

„Sollte sich mir eine Chance bieten, Eamon Quinn zu erledigen ...“

„Dann erwarte ich, dass du sie nutzt.“ Nach kurzer Pause fügte Seymour hinzu: „Genau wie damals in Ulster.“

Keller unterschrieb das Schriftstück. Seymour gab ihm einen USB-Stick.

„Was ist da drauf?“

„Alexei Rosanow.“

„Komisch“, sagte Keller, „auf den Fotos hat er größer ausgesehen.“

Am frühen Nachmittag war Keller rechtzeitig wieder auf dem Flughafen Heathrow, um den BA-Flug nach Wien zu erreichen. Er kam kurz nach 16 Uhr an und nahm ein Taxi zu einer Adresse knapp außerhalb der Ringstraße: zu einem schönen alten Biedermeierhaus mit einem Kaffeehaus im Parterre. Keller klingelte, wurde ins Foyer eingelassen und stieg zu der Wohnung im zweiten Stock hinauf. Die Wohnungstür war nur angelehnt. Drinnen erwartete ihn gespannt ein Toter.

46

WIEN

Die Fotos aus Kopenhagen bewiesen, dass Reza Nazari wie bei seiner Vernehmung behauptet zur angegebenen Zeit mit einem russisch aussehenden Mann zusammengetroffen war. Und das MI6-Dossier bewies, dass der russisch aussehende Mann tatsächlich Oberst Alexei Rosanow war. In den Neunzigerjahren war er als angeblicher Diplomat in London stationiert gewesen. Aus dieser Zeit kannten MI5 und MI6 ihn gut.

„Mit vollem Namen heißt er Alexei Antonowitsch Rosanow." Keller steckte den USB-Stick an Gabriels Notebook, gab das Passwort ein und öffnete die Datei. „Er hat ein halbes Dutzend SWR-Agenten in den Londoner Botschaften westlicher Staaten geführt. Hat auch mehrmals versucht, MI5-Offiziere anzuwerben. MI5 und MI6 haben offen gesagt nie sehr viel von ihm gehalten. Aber nach seiner Rückkehr in die Zentrale Moskau hat Alexei plötzlich Karriere gemacht."

„Weiß man, weshalb?"

„Seinen Aufstieg verdankt er wahrscheinlich seiner Freundschaft mit dem Präsidenten. Alexei gehört zu den Vertrauten des Zaren. Wirklich ein dicker Fisch."

Gabriel scrollte durch das MI5-Dossier, bis er zu einem Foto kam. Es zeigte einen Mann, der bei leichtem Regen auf einer Londoner Straße unterwegs war – auf der Kensington High Street, stand in dem beigefügten Überwachungsbericht. Die Zielperson kam gerade von einem Mittagessen mit einem Diplomaten der kanadischen Botschaft. Das Foto war 1995 gemacht worden. Die Sowjetunion war zerfallen, der Kalte Krieg war vorüber, aber in der Zentrale Moskau hatte sich nicht viel geändert. Auch der neue SWR betrachtete die Vereinigten Staaten, Großbritannien und ihre Verbündeten weiterhin als Todfeinde, und Offiziere wie Alexei Antonowitsch Rosanow hatten den Auftrag, sie mit allen verfügbaren Mitteln auszuspähen. Gabriel verglich die alte Aufnahme mit den neuen Fotos aus Kopenhagen. Der Haaransatz war etwas nach oben gerutscht, das Gesicht etwas fülliger und verlebter, aber die Bilder zeigten offenbar denselben Mann.

„Die Frage ist nur", sagte Keller, „können wir ihn aus der Deckung locken?"

„Nicht nötig", antwortete Gabriel. „Das erledigt Nazari für uns."

„Ein weiteres Treffen?"

Gabriel nickte, aber Keller machte ein zweifelndes Gesicht.

„Irgendwas nicht in Ordnung?"

„Die jetzige Verhandlungsrunde zwischen den USA und dem Iran soll nur noch eine Woche dauern."

„Stimmt", sagte Gabriel und schlug mit der flachen Hand auf sein Exemplar der Londoner *Times*. „Das habe ich heute Morgen in der Zeitung gelesen."

„Und wenn die Verhandlungen vertagt werden", wandte Keller ein, „kehrt Reza bestimmt nach Teheran zurück."

„Außer er hätte anderswo wichtigere Verpflichtungen."

„Ein Treffen mit Alexei Rosanow?"

„Genau."

Im nächsten Augenblick erschien eine Nachricht auf dem PC-Bildschirm. Sie besagte, die iranische Delegation sei soeben ins Hotel InterContinental zurückgekehrt. Als Gabriel den Ton etwas lauter stellte, hörten sie Reza Nazari in seinem Hotelzimmer auf und ab gehen.

„Klingt nicht wie jemand, der glücklich und zufrieden ist", stellte Keller fest.

Gabriel äußerte sich nicht dazu.

„Dazu kommt noch was, das du vielleicht nicht bedacht hast“, sagte Keller nach kurzer Pause. „Alexei Rosanow hat womöglich gar kein Interesse daran, seinen Mitverschwörer zu treffen.“

„Oh, ich glaube, dass Alexei erleichtert sein wird, wenn er auch nur Rezas Stimme hört.“

„Wie willst du das anstellen?“

Gabriel lächelte nur und sagte: „*Taqiyya.*“

Um 19.30 Uhr klingelte das Telefon in Reza Nazaris Hotelzimmer leise. Er hob den Hörer ans Ohr, hörte sich die Anweisungen an und legte auf, ohne ein Wort gesagt zu haben. Sein Mantel lag auf dem Teppichboden, auf den er ihn bei seiner Rückkehr achtlos hatte fallen lassen. Er zog ihn an und fuhr mit einem leeren Aufzug in die Hotelhalle hinunter. Der dort stationierte iranische Sicherheitsbeamte nickte Nazari zu, als dieser an ihm vorbeiging. Er fragte nicht, wozu der hohe VEVAK-Offizier das Hotel allein verließ. Das wagte er nicht.

Reza Nazari überquerte die Straße und verschwand im Stadtpark. Auf dem Uferweg entlang der Wien merkte er, dass ihm jemand folgte. Diesmal war es der wie immer nachlässig gekleidete kleine Mann mit dem leicht zu vergessenden Allerweltsgesicht. Die Limousine wartete an der vertrauten Stelle am Ostrand des Parks. Der Israeli, den Nazari als Mr. Taylor kannte, saß auf dem Rücksitz. Auch diesmal empfing er den Iraner mürrisch, nahm eine gründliche Leibesvisitation vor und nickte dann in den Rückspiegel. Am Steuer des Mercedes saß wieder der auffällig blasse Mann mit den eisblauen Augen. Er ordnete sich in den Abendverkehr ein und beschleunigte zügig.

„Wohin fahren wir?“, fragte Nazari, während elegante Wiener Gebäude an seinem Fenster vorbeiglitten.

„Der Boss möchte unter vier Augen mit Ihnen reden.“

„Worüber?“

„Ihre Zukunft.“

„Ich wusste nicht, dass ich eine habe.“

„Eine sehr erfreuliche, wenn Sie tun, was wir von Ihnen verlangen.“

„Ich darf nicht zu spät zurückkommen.“

„Keine Sorge, Reza. Wir passen gut auf Sie auf.“

47

WIEN

Die Leute sagten, er sei ein Seher, ein Visionär, ein Prophet. Er irrte sich fast nie – und wenn er's dennoch tat, war nur noch nicht genug Zeit vergangen, um die Richtigkeit seiner Ansichten zu beweisen. Er besaß die Macht, Märkte zu lenken, Alarmstufen zu erhöhen, politische Entscheidungen zu beeinflussen. Er war unwiderlegbar, er war unfehlbar. Er war der brennende Dornbusch der Bibel.

Seine Identität war nicht bekannt, und selbst seine Nationalität blieb etwas rätselhaft. Die meisten Leute hielten ihn für einen Australier – der Server seiner Homepage stand dort –, aber viele glaubten, er stamme aus dem Nahen Osten, weil seine Einsichten in die verwickelte politische Lage dieser Region als bei Weitem zu subtil galten, um das Produkt eines Außenstehenden sein zu können. Und wieder andere glaubten, er sei in Wirklichkeit eine Frau. Eine genderspezifische Analyse seines Schreibstils hatte ergeben, dass das zumindest denkbar war.

Obwohl sein Blog einflussreich war, wurde er nicht von den Massen gelesen. Die meisten seiner Leser gehörten zur Wirtschaftselite, waren Führungskräfte privater Sicherheitsfirmen, prominente Politiker und Journalisten, die sich mit Fragen des internationalen Terrorismus und der Krise des Islams und des Nahen Ostens befassten. Es war einer dieser Journalisten, ein angesehener investigativer Reporter einer US-Fernsehgesellschaft, dem die kurze Meldung auffiel, die früh am folgenden Morgen erschien. Der Reporter rief einen seiner Informanten an – einen pensionierten CIA-Agenten mit einem eigenen Blog –, der ihm bestätigte, die Meldung erscheine glaubhaft. Das genügte dem investigativen Reporter, der sofort ein paar Zeilen für seinen Social Media Feed verfasste. Und so entstand eine internationale Krise.

Die Amerikaner waren anfangs skeptisch, die Briten weniger. Tatsächlich sprach ein MI6-Experte für Waffenverbreitung von einem Wirklichkeit gewordenen Albtraumszenario: Fünfzig Kilogramm hoch radioaktiven Materials, das für den Bau einer großen schmutzigen Bombe oder mehrerer kleiner Sprengsätze ausreichte, konnten eine Millionenstadt über viele Jahre hinweg unbewohnbar machen. Das radioaktive Material – seine spezifischen Eigenschaften wurden nicht genannt – war aus einem iranischen Geheimlabor in der Nähe der heiligen Stadt Ghom gestohlen und auf dem Schwarzmarkt an einen Schmuggler mit Verbindung zu islamischen Terroristen in Tschetschenien verkauft worden. Der Verbleib des Tschetschenen und des radioaktiven Materials waren unbekannt, obwohl die Iraner angeblich mit Hochdruck nach ihm und dem Diebesgut fahndeten. Aus nicht recht nachvollziehbaren Gründen hatten sie sich dafür entschieden, ihre russischen Freunde nicht über den Vorfall zu informieren.

Die Iraner prangerten die Meldung als westliche Provokation und zionistische Lüge an. Das darin erwähnte Geheimlabor existiere nicht, sagten sie, und alles im Land gelagerte Nuklearmaterial sei vollständig vorhanden und stehe unter sicherer Bewachung. Trotzdem gab es am Ende dieses Tages in Wien kein anderes Gesprächsthema mehr. Die amerikanische Chefunterhändlerin sagte, unabhängig von ihrem Wahrheitsgehalt zeige diese Meldung, wie wichtig es sei, zu einer Übereinkunft zu gelangen. Ihr iranischer Kollege schien weniger überzeugt zu sein. Er verließ den Konferenzsaal, ohne auf Reporterfragen einzugehen, und stieg mit Reza Nazari an seiner Seite wortlos in seine Limousine.

Die beiden fuhren zur iranischen Botschaft, in der sie bis kurz vor 22 Uhr blieben, bevor sie endlich ins Hotel Inter-Continental zurückkehrten. Reza Nazari hielt sich nur lange genug in seinem Zimmer auf, um Mantel und Aktenkoffer abzulegen, bevor er an die Tür des Nachbarzimmers klopfte. Michail Abramow zog ihn rasch herein. Jaakov Rossman schenkte ihm einen Scotch aus der Minibar ein.

„Der ist verboten", sagte Nazari.

„Nehmen Sie ihn, Reza. Sie haben ihn sich verdient."

Der Iraner akzeptierte das Glas und hob es leicht, als wolle er Jaakov zutrinken. „Glückwunsch", sagte er. „Sie und Ihre Freunde haben heute für ziemlichen Wirbel gesorgt."

„Wie sieht Teheran die Sache?"

„Die Regierung ist wegen des Zeitpunkts zumindest sehr skeptisch. Sie geht davon aus, dass der Dienst die Meldung lanciert hat, um die Verhandlungen zu sabotieren und eine Übereinkunft zu verhindern."

„War auch von Allon die Rede?"

„Wie denn? Allon ist tot."

Jaakov lächelte. „Und die Russen?", fragte er.

„Zutiefst besorgt", berichtete Nazari. „Und das ist noch zurückhaltend ausgedrückt."

„Haben Sie sich erboten, sie zu beruhigen?"

„Das war nicht nötig. Mohsen Esfahani hat mich angewiesen, Kontakt mit Rosanow aufzunehmen und einen Treff zu vereinbaren."

„Wird Alexei einwilligen, sich mit Ihnen zu treffen?"

„Das kann ich nicht garantieren."

„Dann sollten Sie ihm vielleicht etwas Interessanteres anbieten als einen Treff mit tröstlichem Händchenhalten."

Nazari äußerte sich nicht dazu.

„Haben Sie Ihr VEVAK-BlackBerry mitgebracht?“

Der Iraner hielt das Smartphone hoch, damit Jaakov es sehen konnte.

„Schicken Sie Alexei eine Mail. Schreiben Sie ihm, dass Sie mit ihm über die jüngsten Entwicklungen hier in Wien diskutieren wollen. Versichern Sie ihm, dass Russland nicht das Geringste zu befürchten hat.“

Nazari schrieb rasch eine Mail, zeigte den Text Jaakov und drückte dann auf SENDEN.

„Gut gemacht.“ Jaakov deutete auf seinen aufgeklappten Laptop und sagte: „Diesen Text schicken Sie hinterher.“

Der Iraner trat näher an den Tisch heran und las auf dem Monitor:

Meine Regierung belügt Sie, was den Ernst der Lage betrifft.
Wir müssen uns unbedingt sofort treffen.

Nazari tippte die Adresse ein und drückte auf SENDEN.

„Das müsste ihn wachrütteln“, meinte Jaakov.

„Ja“, sagte Nazari. „Ich denke schon.“

48

WIEN

Alexei Rosanow meldete sich weder an diesem ersten Abend, noch reagierte er am folgenden Morgen auf die beiden Mails. Reza Nazari verließ das Hotel um 8.30 Uhr mit der iranischen Delegation und verschwand zwanzig Minuten später im Schwarzen Loch der Nukleargespräche. Zu diesem Zeitpunkt gestattete sich Gabriel, der mit Christopher Keller in der sicheren Wohnung in Wien festsaß, ausführlich darüber nachzudenken, weshalb sein Unternehmen zum Scheitern verurteilt war, bevor es überhaupt richtig angefangen hatte. Natürlich war es möglich, dass Reza Nazari sich in den Stunden unmittelbar nach seiner brutalen Vernehmung seinen VEVAK-Kollegen anvertraut hatte. Möglich war auch, dass er Alexei Rosanow mitgeteilt hatte, der Mann, den er auf so spektakuläre Weise hatte beseitigen wollen, sei quicklebendig und sinne auf Rache. Oder vielleicht gab es keinen Alexei Rosanow. Vielleicht war er nur eine Ausgeburt von Nazaris überreizter Fantasie, ein cleveres Stück *Taqiyya*, mit dem er sich für Gabriel nützlich machen und sein Leben retten wollte.

„Du hast offenbar den Verstand verloren“, sagte Keller.

„Das ist bei Toten normal.“ Gabriel griff nach dem Foto, das Rosanow auf einer gepflasterten Kopenhagener Gasse zeigte. „Vielleicht kommt er nicht. Vielleicht haben seine Vorgesetzten im SWR beschlossen, ihn vorerst auf Eis zu legen. Vielleicht lädt er seinen alten Kumpel Reza zu einer Nacht mit Wodka und Mädchen nach Moskau ein.“

„Dann fliegen wir eben auch nach Moskau. Und erledigen ihn dort.“

Nein, sagte Gabriel und schüttelte langsam den Kopf, nach Moskau würden sie nicht wieder fliegen. Moskau sei ihre Verbotene Stadt. Ihren letzten Besuch hätten sie nur mit viel Glück überlebt. Sie würden nicht wieder hinfliegen, um noch mal aufzutreten.

Um 13 Uhr wurden die Verhandlungen unterbrochen, damit die Delegationen zu Mittag essen konnten. Dieser Vormittag war besonders unproduktiv gewesen, weil beide Seiten noch immer in Panik wegen Gabriels gestohlenem radioaktiven Material waren. Reza Nazari verließ seine Delegation lange genug, um Jaakov Rossman im InterConti anzurufen. Jaakov telefonierte dann mit Keller in der sicheren Wohnung und wiederholte die Mitteilung des Iraners.

„Funkstille in Moskau. Keine Antwort von Alexei."

Unterdessen war es fast 14 Uhr. Der Himmel war voller bleigrauer tiefer Wolken; immer mehr Schneeflocken trieben fast waagrecht an den Fenstern des sicheren Hauses vorbei. Mit Ausnahme von Nazaris Verhör war Gabriel hier gefangen gewesen: vor neugierigen Blicken versteckt, gegen die Erinnerungen, die gleich außerhalb der Tür lauerten, vorerst abgeschirmt. Nun war es Keller, der einen Spaziergang vorschlug. Er half Gabriel in seinen Mantel, wickelte ihm einen Schal um den Hals und zog ihm eine Strickmütze tief in die Stirn. Dann gab er ihm eine Pistole, eine .45 Glock.

„Was soll ich damit machen?"

„Jeden Russen erschießen, der dich nach dem Weg fragt."

„Und wenn ich einem Iraner begegne?"

„Geh", sagte Keller.

Als Gabriel das Haus verließ, war der Wind abgeflaut, sodass der Schnee jetzt still und gleichmäßig fiel und den Gehsteig mit einer dünnen Schicht Puderzucker bedeckte. Er schritt zunächst ohne bestimmtes Ziel aus und machte sich nicht einmal die Mühe, sich zu vergewissern, dass er nicht beschattet wurde. Wien hatte vor vielen Jahren all sein Wissen, alle seine beruflichen Fähigkeiten ad absurdum geführt. Er liebte die Schönheit dieser Stadt; er hasste ihre Geschichte. Er beneidete sie. Er bemitleidete sie.

Das sichere Haus stand im 2. Wiener Gemeindebezirk, der Leopoldstadt. Vor dem Krieg hatten hier so viele Juden gelebt, dass die Wiener ihr den Spottnamen „Mazzesinsel" gegeben hatten. Gabriel überquerte die Ringstraße, gelangte so in den 1. Bezirk und blieb kurz vor dem Café Central stehen, in dem er einst einem gewissen Erich Radeck begegnet war, einem ehemaligen SS-Führer, der von Adolf Eichmann den Auftrag erhalten hatte, die Spuren des Holocausts zu tilgen. Dann ging er das kurze Stück Weg zu Radecks stattlicher alter Villa weiter, aus dem ein Team von Agenten des Diensts den Kriegsverbrecher entführt hatte: die erste Etappe seiner langen Reise, die in einem israelischen Gefängnis enden würde. Gabriel stand allein vor dem schmiedeeisernen Gartentor, während Schnee seine Schultern überzuckerte. Die graue Fassade des Hauses war rissig und renovierungsbedürftig, und die Vorhänge hinter den schmutzigen Fenstern wirkten fadenscheinig. Offenbar wollte niemand im Haus des Mörders wohnen. Vielleicht, dachte Gabriel, gab es doch noch Hoffnung für sie alle.

Von Radecks verfallender Villa aus ging er durch das jüdische Viertel zum Stadttempel, der Hauptsynagoge von Wien. Vor zwei Jahren hatten Michail Abramow und er auf der schmalen Seidenstettengasse vor dem Eingang der Synagoge ein Team von Terroristen der Hisbollah erschossen, die am Sabbatabend ein Massaker hatten anrichten wollen. Dem Rest der Welt war weisgemacht worden, zwei Männer aus dem Einsatzkommando Cobra, einer Eliteeinheit der österreichischen Polizei, hätten die Terroristen erschossen. An der Außenwand der Synagoge war sogar eine Plakette angebracht, die ihre Tapferkeit würdigte. Als Gabriel den Text las, musste er unwillkürlich lächeln. So soll's auch sein, dachte er. Als Agent und als Restaurator verfolgte er dasselbe Ziel – so unauffällig wie möglich arbeiten. Er wollte kommen und gehen, ohne gesehen zu werden, wollte möglichst keine Spuren hinterlassen. Das hatte nicht immer geklappt. Und nun war er tot.

Vom Stadttempel aus ging Gabriel zu dem nicht weit entfernten Gebäude weiter, in dem einst die Organisation für Ansprüche und Ermittlungen wegen Kriegsschäden, ein Suchdienst für jüdische Vermögenswerte, untergebracht gewesen war. Der Mann, der sie geleitet hatte, ein gewisser Eli Lavon, war vor einigen Jahren aus Wien geflüchtet, nachdem ein Bombenanschlag zwei seiner Assistentinnen getötet und sein Büro verwüstet hatte. Als Gabriel weiterging, wurde er darauf aufmerksam, dass Lavon ihm folgte. Er blieb stehen und wies Lavon mit einer kaum merklichen Kopfbewegung an, zu ihm aufzuschließen. Der Beschatter wirkte verlegen. Er mochte es nicht, von der Zielperson entdeckt zu werden, selbst wenn die Zielperson ein Jugendfreund war.

„Was machst du hier?", fragte Gabriel ihn auf Deutsch.

„Ich habe ein unglaubliches Gerücht gehört", antwortete Lavon ebenfalls auf Deutsch. „Der zukünftige Direktor des Diensts soll in Wien ohne Leibwächter unterwegs sein."

„Wo hast du so was gehört?"

„Keller hat's mir erzählt. Ich beschatte dich, seit du das sichere Haus verlassen hast."

„Ja, ich weiß."

„Nein, das weißt du nicht", widersprach Lavon lächelnd. „Du solltest wirklich vorsichtiger sein, weißt du. Du hast jetzt eine Menge zu verlieren."

Der Schnee dämpfte ihre Schritte, als sie auf der ruhigen

Straße weitergingen, bis sie einen kleinen Platz erreichten. Gabriels Herz hämmerte gegen seine Rippen, und seine Beine wurden plötzlich bleischwer. Er wollte weitergehen, aber die in ihm aufsteigenden Erinnerungen zwangen ihn dazu, haltzumachen. Er erinnerte sich daran, wie er mit den Gurten des Kindersitzes seines Sohns gekämpft hatte, wie der Kuss seiner Frau schwach nach dem Wein geschmeckt hatte, den sie getrunken hatte. Er glaubte zu hören, wie der Motor nicht gleich ansprang, weil der Zünder des Sprengsatzes zu viel Batteriestrom verbrauchte. Und er versuchte zu spät, sie zu warnen, damit sie den Zündschlüssel nicht erneut nach rechts drehte. Dann war seine Welt in einem grellweißen Lichtblitz untergegangen. Er dachte an Chiara und hoffte sekundenlang, Alexei Rosanow werde nicht anbeißen. Lavon schien zu wissen, was Gabriel dachte. Das tat er meistens.

„Mein Angebot gilt weiterhin“, sagte er ruhig.

„Welches Angebot meinst du?“

„Überlass Alexei uns“, antwortete Lavon. „Für dich wird’s Zeit heimzukehren.“

Gabriel ging langsam weiter und machte genau dort halt, wo sein Mercedes zu einem geschwärzten Skelett ausgebrannt war. Trotz seiner relativ kleinen Größe war der Sprengsatz ungewöhnlich wirkungsvoll gewesen, sodass der demolierte Wagen sofort in hellen Flammen gestanden hatte.

„Hast du schon Gelegenheit gehabt, dir Quinns Akte anzusehen?“, fragte er.

„Interessante Lektüre“, antwortete Lavon.

„Quinn war in den Achtzigerjahren in Ras al-Helal. Du erinnerst dich an Ras al-Helal, nicht wahr, Eli? Ich meine das Ausbildungslager im Osten Libyens, fast am Meer. Dort sind auch Palästinenser ausgebildet worden.“ Gabriel sah sich über die Schulter um. „Tariq war dort.“

Lavon äußerte sich nicht dazu. Gabriel starrte das schneebedeckte Pflaster an. „Er ist fünfundachtzig hingekommen. Oder war's sechsundachtzig? Seine Sprengsätze hatten oft versagt, waren berüchtigt unzuverlässig gewesen. Probleme mit dem Zündmechanismus, mit Zündern und Zeitzündern. Aber nach seinem Aufenthalt in Libyen ..."

Gabriel brachte den Satz nicht zu Ende.

„Es war ein Blutbad", sagte Lavon.

Gabriel schwieg einen Augenblick lang. „Glaubst du, dass sie sich gekannt haben?", fragte er zuletzt.

„Quinn und Tariq?"

„Ja, Eli."

„Ich kann mir nichts anderes vorstellen."

„Vielleicht war es Quinn, der Tariq geholfen hat, die technischen Probleme zu lösen." Gabriel machte eine Pause, dann fügte er hinzu: „Vielleicht hat Quinn die Bombe konstruiert, der meine Familie zum Opfer gefallen ist."

„Mit Tariq bist du längst quitt."

Gabriel sah zu Lavon hinüber, aber Lavon hörte nicht mehr zu. Er starrte aufs Display seines BlackBerrys.

„Was gibt's Neues?", fragte Gabriel.

„Alexei Rosanow scheint sich nun doch mit Nazari treffen zu wollen."

„Wann?"

„Übermorgen."

„Wo?"

Lavon hielt ihm das BlackBerry hin. Gabriel sah mit zusammengekniffenen Augen auf das Display, dann hob er sein Gesicht dem fallenden Schnee entgegen. Ist er nicht schön?, dachte er. *Der Schnee erteilt Wien Absolution von seinen Sünden. Auf Wien fällt Schnee, während es auf Tel Aviv Raketen regnet.*

49

ROTTERDAM

Es war wenige Minuten nach elf Uhr, als Katerina Akulowa aus dem Rotterdamer Hauptbahnhof trat. Sie stieg ins erste Taxi der Schlange und wies den Fahrer in ziemlich gutem Holländisch an, sie zum Hotel Nordzee zu fahren. Die Straße, in der es stand, war eher eine Wohn- als eine Geschäftsstraße, und das Hotel wirkte wie ein leicht vernachlässigtes Cottage am Strand, das jetzt lohnender genutzt wurde. Die junge Niederländerin an der Rezeption schien überrascht zu sein, sie zu sehen.

„Gertrud Berger", sagte Katerina. „Mein Freund ist gestern angekommen. Mr. McGinnis."

Die Frau sah stirnrunzelnd auf ihren Bildschirm. „Tatsächlich", sagte sie, „ist Ihr Zimmer leer."

„Wissen Sie das bestimmt?"

Die Angestellte bedachte sie mit dem freundlichen Lächeln, mit dem sie die dümmsten Fragen quittierte. „Aber der Herr hat heute Morgen etwas für Sie dagelassen." Sie übergab Katerina einen Briefumschlag, der in der linken oberen Ecke die Hoteladresse trug.

„Erinnern Sie sich, wann er ihn abgegeben hat?"

„Kurz nach neun Uhr, denke ich."

„Wissen Sie noch, wie er ausgesehen hat?"

Die junge Frau beschrieb einen etwa einen Meter fünfundsiebzig großen schwarzhaarigen Mann mit dunklen Augen.

„Ein Ire?"

„Schwer zu sagen. Sein Akzent ließ sich unmöglich bestimmen."

Katerina legte ihre Kreditkarte auf die Theke. „Ich brauche das Zimmer nur für ein paar Stunden."

Die Angestellte zog die Karte durch ihr Lesegerät, dann gab sie Katerina den Zimmerschlüssel. „Brauchen Sie Hilfe mit Ihrem Koffer?"

„Danke, ich komme allein zurecht."

Katerina stieg die Treppe in den ersten Stock hinauf. Ihr Zimmer lag am Ende eines Korridors, auf dessen geblümter Tapete Drucke von bukolischen Kanalszenen und holländischen Landschaften hingen. Weil hier keine Überwachungskameras zu sehen waren, fuhr sie mit einer Hand über den Türrahmen, bevor sie den Schlüssel ins Schloss steckte. Sie ließ ihren Koffer am Bettende stehen, während sie als Erstes das Zimmer nach versteckten Kameras und Wanzen absuchte. Die Luft roch nach Limonen und Tabakrauch – ein unverwechselbar männliches Aroma.

Sie öffnete das Fenster im Bad, um den Geruch abziehen zu lassen, kam ins Zimmer zurück und griff nach dem Umschlag, den die Angestellte an der Rezeption bekommen hatte. Sie überzeugte sich davon, dass er noch sicher zugeklebt war, und riss ihn dann auf. Der Umschlag enthielt nur ein einziges Blatt Papier, das zweimal gefaltet war. Der kurze Text in Druckbuchstaben erläuterte den Grund für Quinns Abwesenheit. „Dreckskerl", flüsterte Katerina. Dann verbrannte sie die Mitteilung im Waschbecken im Bad.

Alexei Rosanow hatte Katerina angewiesen, von unterwegs keine Verbindung zur Zentrale Moskau aufzunehmen. Durch die Mitteilung änderte sich jedoch alles. Aus ihr erfuhr Katerina, dass Quinn nicht mit ihr reisen, sondern sich am nächsten Etappenziel, einem kleinen Hotel an der Küste der englischen Grafschaft Norfolk, mit ihr treffen würde. Nach den strikten SWR-Vorschriften musste Katerina dazu das Einverständnis ihres Führungsoffiziers einholen. Und das konnte sie nur, indem sie einen Kontakt riskierte.

Sie angelte ihr Handy aus ihrer Umhängetasche und schrieb eine kurze E-Mail an eine deutsche Mailadresse. Diese dem SWR gehörende Adresse verschlüsselte ihre Nachricht automatisch und leitete sie auf verschlungenen Wegen über mehrere Server an die Zentrale Moskau weiter. Nur zehn Minuten später war Alexeis Antwort da. Sie war vage formuliert, aber trotzdem unmissverständlich. Katerina sollte Quinns Spiel mitspielen – zumindest vorläufig.

Unterdessen war es kurz nach Mittag. Katerina legte sich aufs Bett und schlief mit Unterbrechungen bis 15.30 Uhr. Dann checkte sie aus dem Hotel aus und nahm ein Taxi zum Terminal der Reederei P&O Ferries. *The Pride of Rotterdam*, eine 215 Meter lange Autofähre, die 250 Fahrzeuge und über tausend Passagiere befördern konnte, wurde eben beladen. Für Katerina hatte der SWR auf den Namen Gertrud Berger eine Erste-Klasse-Kabine gebucht. Sie ließ ihren Koffer in der Kabine, sperrte ab und ging nach oben in eine der Bars. Dort drängten sich bereits Passagiere, von denen viele auf der Suche nach fröhlicher Gesellschaft waren, die ihnen helfen sollte, die zehn einsame Stunden lange nächtliche Überfahrt besser zu ertragen. Katerina fand einen Tisch an Backbord und bestellte sich ein Glas Wein.

Es dauerte nicht lange, bis die Männer an der Bar die attraktive junge Frau bemerkten, die nur mit ihrem Handy beschäftigt allein an einem Tisch saß. Schließlich kam einer von ihnen mit zwei Gläsern in den Händen an ihren Tisch und fragte auf Englisch, ob er ihr Gesellschaft leisten dürfe. Sein Akzent verriet ihr, dass ein Deutscher vor ihr stand. Er war Mitte vierzig, hatte schütter werdendes Haar und war gut gekleidet. Irgendein Instinkt sagte ihr, dass er vielleicht einem der europäischen Geheimdienste angehörte. Trotzdem hielt sie es für besser, ihn bei einem Glas Wein abzuklopfen, statt ihm die kalte Schulter zu zeigen. Sie akzeptierte das Glas Wein und forderte ihn mit einem Nicken auf, Platz zu nehmen.

Wie sich zeigte, war er Vertriebsleiter einer Bremer Firma, die hochwertige Werkzeugmaschinen herstellte – kein aufregender Job, sagte er, aber ein sicherer Arbeitsplatz. Die Firma lieferte anscheinend viel in den Norden Englands, was seine Anwesenheit auf der Fähre Rotterdam-Hull erklärte. Er benutzte lieber die Fähre als das Flugzeug, weil sie ihm eine dringend benötigte Auszeit von seiner Ehe verschaffte, deren Zustand – wenig überraschend – keineswegs optimal war. In ihrem tadellosen Deutsch flirtete Katerina zwei Stunden lang mit ihm, wobei sie gelegentlich sogar Themen wie die Deflation in der Eurozone oder die griechische Schuldenkrise ansprach. Der Geschäftsmann war offensichtlich hingerissen. Die große Enttäuschung kam jedoch, als sie sich freundlich, aber bestimmt weigerte, auf einen Drink in seine Kabine mitzukommen.

„An Ihrer Stelle wäre ich vorsichtig“, sagte er, als er seine Niederlage eingestehend langsam aufstand. „Sie scheinen einen heimlichen Verehrer zu haben.“

„Wen?“

Er nickte zur anderen Seite der Bar hinüber, wo ein Mann allein an einem Tisch saß. „Er beobachtet Sie, seit ich mich zu Ihnen gesetzt habe.“

„Wirklich?“

„Kennen Sie ihn?“

„Nein“, sagte sie. „Nie gesehen.“

Der Deutsche ging davon, um anderswo Anschluss zu finden. Katerina stand auf und ging aufs leere Bootsdeck hinaus, um eine Zigarette zu rauchen. Eine halbe Minute später gesellte Quinn sich zu ihr.

„Wer ist dein Freund?“, fragte er.

„Ein Verkäufer mit großen Hoffnungen.“

„Bestimmt nicht mehr als das?“

„Garantiert nicht.“ Sie wandte sich ihm zu, musterte ihn von Kopf bis Fuß. Quinn trug einen grauen Geschäftsanzug, einen beigen Trenchcoat und eine schwarze Hornbrille, die seine Gesichtsform wirkungsvoll veränderte. Die Verwandlung war bemerkenswert. Selbst Katerina erkannte ihn kaum wieder. Kein Wunder, dass es ihm gelungen war, so viele Jahre lang zu überleben.

„Warum warst du nicht im Hotel?“, fragte sie.

„Du bist ein cleveres Mädchen. Sag's mir also.“

Sie wandte sich wieder der Reling zu. „Du warst nicht da“, sagte sie nach kurzem Nachdenken, „weil du Angst hattest, Alexei würde dich ermorden lassen.“

„Und wieso sollte ich das befürchten?“

„Weil er sich weigert, das dir zustehende Honorar zu zahlen. Und du vermutest, dass der zweite Teil des Unternehmens in Wirklichkeit eine Verschwörung zu dem Zweck ist, dich zu beseitigen, damit niemand eine Verbindung zwischen dir und dem SWR herstellen kann.“

„Stimmt das?“

„Red keinen Unsinn!“

Quinn betrachtete sie nachdenklich von oben bis unten. „Bist du bewaffnet?“, fragte er dann.

„Nein.“

„Was dagegen, wenn ich mich selbst davon überzeuge?“

Bevor sie antworten konnte, zog er sie in scheinbar liebevoller Umarmung an sich und ließ eine Hand über ihren Körper gleiten. Er brauchte nur wenige Sekunden, um die unter ihrem weiten Pullover hinten im Hosenbund steckende Makarow zu entdecken. Er zog sie heraus und steckte sie ein. Dann öffnete er ihre Umhängetasche, angelte das Smartphone heraus und rief ihre E-Mails auf.

„Du vergeudest deine Zeit."

„Wann hattest du zuletzt Kontakt mit Alexei?"

„Mittags."

„Welche Anweisungen hast du bekommen?"

„Weitermachen."

„Wer war der Mann, der in der Bar an deinen Tisch gekommen ist?"

„Ich habe dir gesagt, dass er ..."

„Ist er beim SWR?"

„Du bist paranoid!"

„Stimmt", sagte Quinn. „Deshalb lebe ich noch."

Er warf einen Blick auf das Smartphone, dann lächelte er und hielt es ihr hin. Als sie danach greifen wollte, ließ er es aus dem Handgelenk heraus über die Reling segeln.

„Mistkerl!", sagte Katerina.

„Jeder hat sein Kreuz zu tragen", sagte Quinn.

Quinns Kabine lag auf demselben Deck wie Katerinas, nur einige Türen weiter in Richtung Bug. Er drängte sie hinein, schloss ab und leerte sofort ihre Handtasche auf seinem Bett aus. Sie enthielt nichts auf den ersten Blick Elektronisches, nur eine Geldbörse mit Kreditkarten, ihren deutschen Pass und einige Make-up-Artikel. Und einen Schalldämpfer für die Makarow. Quinn steckte ihn ein, dann forderte er Katerina auf, sich auszuziehen.

„Nicht im Traum", sagte sie.

„Tu nicht so, als hätte ich dich nicht schon ..."

„Ich habe nur mit dir geschlafen, weil Alexei es mir befohlen hat."

„Mir hat er das Gleiche befohlen. Los, zieh dich aus!"

Als Katerina keine Anstalten dazu machte, schraubte Quinn den Schalldämpfer auf die Makarow und zielte mit der Pistole in ihr Gesicht. „Fangen wir mit dem Mantel an, okay?"

Sie zögerte kurz, bevor sie den Mantel auszog und Quinn gab. Er durchsuchte die Taschen und tastete den Saum ab, ohne jedoch mehr zu finden als ihre Zigaretten und ihr Feuerzeug. Das Feuerzeug war groß genug, um einen Minipeilsender enthalten zu können. Quinn steckte es ein, um es später zu entsorgen.

„Jetzt Pullover und Jeans."

Katerina zögerte erneut. Dann zog sie ihren Pullover über den Kopf und schlängelte sich aus den Jeans. Quinn durchsuchte beide Kleidungsstücke, dann nickte er ihr zu, sie solle fortfahren.

„Du spielst ein sehr gefährliches Spiel, Quinn."

„Sehr", bestätigte er.

„Was versuchst du zu erreichen?"

„Das ist ganz einfach: Ich will mein Geld. Und du wirst dafür sorgen, dass ich's bekomme."

Während Quinn ihr in die Augen starrte, zeichnete sein Zeigefinger die Kurve ihrer Brust nach. Ihre Brustspitze richtete sich unter dieser Berührung sofort auf. Aber ihr Gesichtsausdruck blieb abwehrend.

„Was hast du erwartet, als du dich bereit erklärt hast, für den SWR zu arbeiten?"

„Ich habe erwartet, dass Alexei Wort halten würde."

„Wie naiv von dir!"

„Wir hatten einen Deal. Eure Seite hat mir Versprechungen gemacht."

„Wenn man mit Russen zu tun hat“, sagte sie, „bedeuten Versprechungen nichts.“

„Das ist mir jetzt auch klar“, sagte Quinn mit einem Blick zu der Makarow hinüber.

„Und wenn du das Geld bekommst? Wohin gehst du damit?“

„Ich finde einen Ort. Ich finde immer einen.“

„Nicht einmal die Iraner würden dich jetzt noch haben wollen.“

„Dann gehe ich in den Libanon zurück. Oder nach Syrien.“ Er machte eine Pause, dann fügte er hinzu: „Oder ich versuch's mit der Heimat.“

„Irland?“, fragte sie. „Dein Krieg ist aus, Quinn. Du hast nur noch den SWR.“

„Ja“, stimmte er zu und streifte einen BH-Träger von Katerinas Schulter. „Und der SWR hat dir befohlen, mich umzulegen.“

Katerina sagte nichts.

„Du leugnest es nicht?“

Sie verschränkte die Arme vor der Brust. „Was nun?“

„Ich werde einen schlichten Tauschhandel vorschlagen. Zwanzig Millionen für eine der wertvollsten SWR-Agentinnen. Ich bin zuversichtlich, dass Alexei letztlich zahlt.“

„Und wo willst du mich gefangen halten, während du mit dem SWR verhandelst?“

„An einem Ort, an dem Alexei und seine Schergen dich niemals finden werden. Und falls du dich das fragst“, fuhr er fort, „sind alle Vorbereitungen für deine Reise und deine unbestimmt lange Festsetzung längst getroffen.“ Er lächelte zufrieden. „Alexei hat anscheinend vergessen, dass ich solche Unternehmen schon mehrmals durchgeführt habe.“

Quinn bot Katerina ihren Pullover an, den sie jedoch zurückwies. Stattdessen griff sie hinter ihren Rücken, löste den BH-Verschluss und ließ den Büstenhalter zu Boden fallen. Sie ist vollkommen, dachte Quinn – perfekt bis auf die Narbe an der Innenseite ihres rechten Handgelenks. Er zog das Magazin aus der Pistole und machte das Licht aus.

50

WIEN – HAMBURG

Alexei Rosanows Nachricht hätte nicht knapper sein können. Ein Restaurant, eine Stadt, Tag und Uhrzeit. Das Restaurant war Die Bank, Bar, Brasserie und Restaurant in der Hamburger Innenstadt. Stattfinden sollte das Treffen um 21 Uhr am Donnerstagabend. Das bedeutete, dass Gabriel nur achtundvierzig Stunden Zeit blieben, um das Unternehmen zu planen und alle technischen Voraussetzungen dafür zu schaffen. Er begann mit der Arbeit, sobald er mit Lavon in das sichere Haus in Wien zurückgekehrt war; bis Mitternacht hatten sie die für ein Unternehmen dieser Größenordnung benötigten Unterkünfte, Fahrzeuge, Waffen und abhörsicheren Kommunikationsmittel organisiert. Nicht gelingen wollte ihnen nur die Reservierung eines zweiten Tischs in dem Restaurant. Der Russe schien den letzten am Donnerstag noch freien Tisch ergattert zu haben. Keller schlug vor, sich ins Reservierungssystem einzuhacken und ein paar Reservierungen zu löschen, aber Gabriel überstimmte ihn. Er kannte Die Bank gut. Dort gab es eine lebhafte große Bar, an der zwei Agenten einige Stunden verbringen konnten, ohne aufzufallen.

Nicht nur der Dienst traf seine Vorbereitungen. Auch der VEVAK, Verteidiger der Islamischen Revolution und Erzfeind Israels und des Westens, bereitete sich auf den Treff vor. Für Reza Nazari buchte die Reisestelle des Geheimdiensts einen Flug mit Austrian Airlines: Flug 171 mit Start um 17.30 Uhr in Wien und Landung um 19.10 Uhr in Hamburg. Gabriel hätte einen etwas früheren Flug vorgezogen, aber Nazaris spätes Eintreffen bedeutete auch, dass Russen und Iranern weniger Zeit für irgendwelchen Unfug blieb. Die vom VEVAK ausgesuchte Unterkunft – ein Billighotel in Flughafennähe – stellte jedoch ein Problem dar. Gabriel forderte Nazari auf, sich stattdessen im Marriott in der Innenstadt einzuquartieren. Es stand nicht weit von dem Restaurant entfernt; außerdem waren dort bereits mehrere Angehörige des israelischen Teams gebucht. Nazari verlangte ein Upgrade, mit dem Teheran sofort einverstanden war – womit nach Gabriels Aussage das erste gemeinsame Unternehmen von Dienst und VEVAK perfekt war. Reza Nazari fand seine Feststellung nicht witzig. Als er an diesem Abend zur letzten Besprechung in Jaakovs Zimmer im InterContinental kam, schwitzte er vor Nervosität. Gabriel begann damit, dass er dem Iraner einen goldenen Füller überreichte.

„Ein Zeichen Ihrer Anerkennung?", fragte Nazari.

„Eigentlich sollte es eine Krawattenklammer sein, aber ihr Iraner tragt keine Krawatten."

„Ihr Israelis seid auch nicht scharf darauf." Nazari untersuchte den Füller genau. „Wie groß ist die Reichweite?"

„Das geht Sie nichts an."

„Batterielebensdauer?"

„Vierundzwanzig Stunden, aber übertreiben Sie's nicht. Drehen Sie die Kappe nach rechts, um den Sender einzuschalten. Sollte die Übermittlung im Lauf des Abends abbrechen, setze ich voraus, dass Sie ihn absichtlich ausgeschaltet haben. Und das wäre schlecht für Ihre Gesundheit."

Nazari gab keine Antwort.

„Lassen Sie den Füller in der Brusttasche Ihres Jacketts stecken", wies Gabriel ihn an. „Das Mikrofon ist empfindlich, also können Sie aufrecht sitzen. Wenn Sie plötzlich versuchen, auf Alexeis Schoß zu rutschen, könnte er auf falsche Ideen kommen."

Nazari steckte den Füller ein. „Was noch?“

„Wir müssen Ihr Skript für den Abend durchgehen.“

„Skript?“

„Ich habe keine Lust, Alexei Rosanow zu vernehmen. Das müssen Sie für mich übernehmen. Höflich, versteht sich.“

„Worauf haben Sie's abgesehen?“

„Quinn“, sagte Gabriel.

Nazari äußerte sich nicht dazu. Gabriel hielt einen Ausdruck hoch.

„Merken Sie sich die Fragen, machen Sie sie zu Ihren eigenen. Aber achten Sie darauf, locker zu bleiben. Wenn Sie wie ein Staatsanwalt klingen, wird Alexei misstrauisch.“

Gabriel hielt Nazari die Fragen hin. „Das Blatt verbrennen Sie, wenn Sie heute Abend damit fertig sind. Sollten Sie eine Auffrischung brauchen, ist auf dem Flug nach Hamburg genug Zeit dafür.“

„Danke, nicht nötig. Ich bin ein Profi, Allon – genau wie Sie.“

Nazari ließ sich die Liste geben.

„In welcher Sprache werden Sie miteinander sprechen?“, fragte Gabriel.

„Der Tisch ist auf den Namen ‚Alexei Romanow‘ reserviert, also sprechen wir vermutlich Russisch.“

„Kein Augenzwinkern, keine kleinen Handzeichen“, sagte Gabriel. „Und versuchen Sie nicht, ihm etwas unter dem Tisch zuzustecken. Wir beobachten Sie die ganze Zeit. Geben Sie mir keinen Grund, Sie zu erledigen. Dafür wäre nicht viel nötig.“

„Was passiert nach dem Essen?“

„Das hängt davon ab, wie gut Sie Ihren Auftrag ausführen.“

„Sie erledigen ihn, ja?“

„An Ihrer Stelle würde ich mir um mich selbst Sorgen machen."

„Das tue ich." Nazari machte eine kurze Pause. „Liquidieren Sie Alexei morgen Abend in Hamburg", sagte er dann, „so vermuten die Russen, dass ich daran beteiligt war. Und ermorden *mich*."

„Dann schlage ich vor, dass Sie sich in Teheran in einem sicheren Haus einigeln und nie wieder rauskommen." Gabriel lächelte. „Versuchen Sie, das Positive zu sehen, Reza. Sie dürfen Ihre Familie und Ihr Leben behalten – von den zwei Millionen in Blutgeld, die der SWR auf Ihr Genfer Bankkonto überwiesen hat, ganz zu schweigen. Ich würde sagen, dass Sie insgesamt recht gut abgeschnitten haben."

Gabriel stand auf. Nazari erhob sich ebenfalls und streckte ihm die Hand hin, aber Gabriel starrte sie nur verächtlich an.

„Seien Sie ein guter Junge und machen Sie Ihre Hausaufgabe. Versagen Sie morgen Abend in Hamburg, blase ich Ihnen persönlich das Gehirn raus." Gabriel ergriff Nazaris Hand und drückte zu, dass die Knochen knackten. „Willkommen in der neuen Weltordnung, Reza."

In dieser letzten Nacht in Wien schlief Reza Nazari nicht gut, was keine Überraschung war, aber das galt auch für Gabriel. Er verbrachte sie in dem sicheren Haus im 2. Bezirk, in Gesellschaft von Christopher Keller und Eli Lavon. In Gedanken war er wieder in Lissabon: bei dem schäbigen kleinen Apartment in der Oberstadt, den von Quinns Balkon herabhängenden Ranken, der attraktiven Frau von ungefähr dreißig Jahren, der er bis zur Londoner Brompton Road gefolgt war. Lissabon war eine eigens für ihn aufgeführte meisterhafte Performance gewesen, auf die Gabriel mit einem eigenen Lügenmärchen geantwortet hatte, in dem es um den Tod eines legendären Spions und angeblich gestohlenes radioaktives Material ging. Der letzte Akt würde morgen Abend in Hamburg über die Bühne gehen – mit Reza Nazari als Star. Damit übertrug Gabriel einem Todfeind große Verantwortung, aber ihm blieb keine andere Wahl. Nazari war der Weg, der zu Alexei Rosanow führte, dem Freund und Verbündeten des russischen Präsidenten, dem Beschützer Eamon Quinns. Des Mannes, der einen Feuerball auf dreihundert Meter in der Sekunde beschleunigen konnte. Dem Mann, der mit Tariq al-Hourani in einem libyschen Ausbildungslager für Terroristen gewesen war. Nein, dachte Gabriel, während er in leichten Schneefall hinausblickte, heute Nacht werde ich nicht schlafen.

Gesellschaft leistete ihm nur sein Notebook. Er las nochmals das britische Dossier über Alexei Rosanow und sah sich erneut die Fotos aus Kopenhagen an. Der Russe war an jenem Abend ein paar Minuten zu spät gekommen, wie er's nach Nazaris Aussage immer tat. Zwei SWR-Personenschützer waren ihm unauffällig in das Restaurant gefolgt, und ein dritter Mann war draußen im Auto geblieben. Der Wagen war eigens zu diesem Zweck gekauft worden: eine große Mercedes-Limousine mit dänischem Kennzeichen. Der Fahrer hatte in einer ruhigen Seitenstraße gewartet, bis Alexei Rosanow ihn nach dem Essen mit einem kurzen Anruf angefordert hatte. Dann hatte der Russe das Restaurant allein verlassen, um die Illusion aufrechtzuerhalten, er sei ein Mann, der nicht Tag und Nacht von Personenschützern umgeben sei.

Am folgenden Morgen wurde es in Wien erst spät hell, und der Tag begann so grau, wie der vorige aufgehört hatte. Gabriel und Keller verließen das sichere Haus kurz nach acht Uhr und fuhren mit einem Taxi zum Flughafen. Für den Morgenflug nach Hamburg checkten sie einzeln ein; nach der Landung fuhren sie mit getrennten Taxis zu einem Treffpunkt in der Mönckebergstraße, der großen Hamburger Einkaufsstraße. Von dort aus gingen sie in die Neustadt hinüber, wobei Gabriel aus irgendeinem Winkel seines Gedächtnisses die Information hervorkramte, Hamburg besitze mehr Brücken und Kanäle als Amsterdam und Venedig zusammen.

„Was ist mit St. Petersburg?", fragte Keller.

„Keine Ahnung", sagte Gabriel angespannt lächelnd.

Die Einkaufsstraße Hohe Bleichen führte vom Hotel Marriott bis fast zum Axel-Springer-Platz. Sie war teils Bond Street, teils Rodeo Drive; sie verkörperte das moderne Deutschland in seinem wohlhabenden Bestzustand. An ihrem Nordende residierte Ralph Lauren in einem Gebäude im Zuckerbäckerstil. Prada und Dibbern-Porzellan standen etwas weiter südlich Schulter an Schulter. Und neben dem Luxusschuhmacher Ludwig Reiter stand Die Bank, der Marmortempel, den die Elite der Hamburger Banken- und Geschäftswelt so liebte. An ihrer Fassade hingen rote Fahnen mit dem verschlungen ornamentalen Logo des Restaurants. Bildhauerisch bearbeitete Marmorsäulen trugen die Decke der ehemaligen Schalterhalle.

Inzwischen war es kurz nach 13 Uhr, und das laufende Gefecht der Lunch Hour befand sich auf seinem hektischen Höhepunkt. Gabriel ging allein hinein und fand einen Platz an der mit goldenen Kreditkarten verkleideten Bar. Er zwang sich dazu, ein Glas Rosé zu trinken, während er sich wieder mit den Sichtachsen im Inneren des Restaurants vertraut machte. Dann zahlte er in bar und ging wieder auf die Straße hinaus. Sie war schmal und wies nur eine Handvoll Parkplätze aus. Der Verkehr floss von Norden nach Süden. Genau gegenüber dem Restaurant lag ein winziger dreieckiger Platz, auf dem Keller auf dem Rand eines Pflanzkübels aus Beton hockte. Gabriel setzte sich neben ihn.

„Nun?“, fragte er.

„Klasse Gegend“, antwortete Keller.

„Wofür?“

„Was man nur will.“ Keller sah die Straße entlang. „Alle diese exklusiven Geschäfte schließen um acht Uhr abends. Um neun Uhr ist's hier sehr ruhig. Um elf herrscht Totenstille.“ Er sah zu Gabriel hinüber und sagte: „Das sollte kein Witz sein.“

Gabriel schwieg.

„Vom Ausgang ist man mit fünf Schritten am Kantstein“, sagte Keller. „Ich könnte ihn von hier aus umlegen und fort sein, bevor sein Körper das Pflaster berührt.“

„Das könnte ich auch“, antwortete Gabriel. „Aber vielleicht sollte ich erst noch ein paar Kleinigkeiten mit ihm besprechen.“

„Quinn?“

Gabriel stand wortlos auf und führte Keller durch die Innenstadt nach Süden zur Kirche St. Michaelis. Im Schatten ihres hohen Turms lag ein grüner Park, der von halbhohen Apartmentgebäuden umgeben war. Sie betraten eines davon, einen modernen Bau mit einem Atrium aus getöntem Glas, und fuhren mit dem Aufzug in den dritten Stock hinauf. Als Gabriel leicht an die Tür von 3D klopfte, machte ihnen ein großer, gelehrt wirkender Mann namens Jossi Gawisch auf. Am Esstisch saßen Rimona Stern und Dina Sarid vor aufgeklappten Laptops, und im Wohnzimmer standen Oded und Mordechai, zwei Allrounder, vor dem riesigen Hamburger Stadtplan an der Wand. Dina sah auf und lächelte, aber ansonsten reagierte niemand auf Gabriels Ankunft. Er legte den Mantel ab und trat ans Fenster. Die Turmuhr des Michels zeigte 14.10 Uhr an. Es ist gut, wieder daheim zu sein, dachte er. *Es ist gut, am Leben zu sein.*

51

PICCADILLY, LONDON

In London war es 13.10 Uhr, und Juri Wolkow war einige Minuten zu spät dran. Offiziell bekleidete Wolkow einen untergeordneten Posten in der Konsularabteilung der russischen Botschaft. In Wirklichkeit war er leitender Agent der Londoner SWR-Residentur, der zweite Mann hinter Dmitri Uljanin, dem Residenten. Die britischen Geheimdienste wussten, was er wirklich war, und er wurde regelmäßig vom MI5 überwacht. Heute hatte er fast eine Stunde lang gebraucht, um ein zweiköpfiges A4-Team – einen Mann und eine Frau, die sich als Ehepaar ausgaben – abzuschütteln. Aber als er sich jetzt durch die Menschenmassen auf dem Piccadilly schlängelte, war er davon überzeugt, die Beschatter endlich abgeschüttelt zu haben.

Der Russe überquerte die Regent Street und verschwand in der U-Bahnstation Piccadilly Circus, die von den Piccadilly und Bakerloo Lines angefahren wurde. Wolkow zog eine Prepaidkarte durch den Scanner und fuhr mit der Rolltreppe zum Bahnsteig der Bakerloo Line hinunter. Und dort entdeckte er den Informanten, einen hageren kleinen Mann mit Stirnglatze und fliehendem Kinn, der zu einem Anzug von der Stange einen altmodischen Regenmantel trug. Ein Mann von der Art, um die junge Frauen in der U-Bahn instinktiv einen Bogen machten. Und das aus gutem Grund, dachte Wolkow, denn junge Mädchen waren sein Laster. Der SWR hatte eines für ihn gefunden, eine Dreizehnjährige aus irgendeinem erbärmlichen Nest in Sibirien, und es ihm auf einem Silbertablett serviert. Und nun gehörte er ihnen. Auch wenn er in der riesigen Geheimdienstmaschinerie nur ein Rädchen war, liefen wichtige Dinge über seinen Schreibtisch. Er hatte auf einem sofortigen Treff bestanden, was vermutlich bedeutete, dass er wichtiges Material weiterzugeben hatte.

Die Zuganzeige über dem Bahnsteig blinkte, um die Einfahrt der nach Norden fahrenden U-Bahn anzukündigen. Der Mann in dem Regenmantel trat etwas näher an die Bahnsteigkante, und zehn Schritte links von ihm folgte Wolkow seinem Beispiel. Beide Männer starrten geradeaus, ohne einander zur Kenntnis zu nehmen, als die U-Bahn einfuhr und einen Menschenschwarm entließ. Dann stiegen beide Männer durch getrennte Türen in den selben Wagen. Der Mann in dem Regenmantel setzte sich, aber Wolkow blieb stehen. Er arbeitete sich bis auf eineinhalb Meter heran, was eine gute Entfernung für eine abhörsichere Übertragung war, und hielt sich an einer Deckenschlaufe fest. Als die U-Bahn ruckelnd anfuhr, zog der Mann im Regenmantel ein Smartphone heraus, berührte den Monitor mehrmals mit dem Daumen und steckte das Handy wieder ein. Zehn Sekunden später vibrierte der Empfänger in Wolkows Brusttasche dreimal lautlos, um eine erfolgreiche Übertragung anzuzeigen. Und das war schon alles. Keine toten Briefkästen, kein heimlichen Treffs, sondern eine völlig sichere Übertragung. Selbst wenn MI5 jetzt das Smartphone des Spions beschlagnahmt hätte, wäre diese Übertragung nicht nachweisbar gewesen.

Die U-Bahn fuhr in die Station Regent's Park ein, spuckte weitere Fahrgäste aus, nahm neue auf und fuhr ruckelnd wieder an. Zwei Minuten später hielt sie in der Baker Street, wo der Mann in dem Regenmantel ausstieg. Juri Wolkow fuhr bis zum Bahnhof Paddington weiter. Von dort aus war es nicht mehr weit zur russischen Botschaft.

Das Gebäude stand am Nordrand der Kensington Palace

Gardens hinter einer von Polizeibeamten bewachten Absperrung. Wolkow betrat die Botschaft, ging in die Residentur hinunter und verschwand in dem abhörsicheren Nachrichtenraum. Dort zog er das Gerät aus der Innentasche seines Mantels. Es war ungefähr acht mal zwölf Zentimeter groß, hatte die Abmessungen einer externen Festplatte. Er verband es mit einem Computer und gab das erforderliche Passwort ein. Daraufhin begann das Gerät leise surrend, die gespeicherten Informationen zu übertragen. Fünfzehn Sekunden vergingen, während das Material entschlüsselt wurde. Dann erschien es als Klartext auf dem Bildschirm. „Mein Gott!", war alles, was Wolkow sagte. Dann druckte er den Text aus und machte sich auf die Suche nach Dmitri Uljanin.

Uljanin saß in seinem Dienstzimmer am Schreibtisch und telefonierte, als Wolkow ohne zu klopfen hereinplatzte und ihm den Ausdruck hinknallte. Der Resident starrte den Text einen Augenblick lang ungläubig an, bevor er geistesabwesend auflegte.

„Ich dachte, du hättest Schamron am Vauxhall Cross gesehen."

„Das habe ich."

„Was ist mit dem Sarg, den sie in die El-Al-Maschine geladen haben?"

„Der muss leer gewesen sein."

Uljanin schlug mit der Faust auf den Schreibtisch, sodass etwas Tee aus seinem Glas schwappte. Er hielt den Ausdruck hoch und fragte: „Weißt du, was passiert, wenn diese Meldung in Moskau eingeht?"

„Alexei Rosanow wird verdammt wütend sein."

„Alexei Antonowitsch macht mir keine Sorgen." Uljanin schob den Ausdruck wieder Wolkow hin. „Leite das hier sofort nach Jasenewo weiter. Das war Alexeis Unternehmen, nicht meines. Also soll *er* sich gefälligst um die Schadensbegrenzung kümmern."

Wolkow ging in den Nachrichtenraum zurück und setzte ein Kabelgramm auf. Er legte den Entwurf dem Residenten vor, der ihn genehmigen musste, und nach kurzer Diskussion war es Uljanin selbst, der auf den Knopf drückte, der die automatisch verschlüsselte Nachricht zur Zentrale Moskau schickte. Er kehrte an seinen Schreibtisch zurück, während Wolkow auf eine Empfangsbestätigung für das Kabelgramm wartete. Diesmal dauerte es fast eine Viertelstunde, bis sie eintraf.

„Was hat er gesagt?", fragte Uljanin, als Wolkow wieder in sein Dienstzimmer kam.

„Nichts."

„Was soll das heißen?"

„Alexei Antonowitsch ist nicht in Moskau."

„Wo ist er?"

„Auf dem Flug nach Hamburg."

„Wieso fliegt er nach Hamburg?"

„Zu einem Treffen. Offenbar wegen einer wichtigen Sache."

„Dann können wir nur hoffen, dass er seine Mails bald liest, denn Gabriel Allon hat seinen angeblichen Tod bestimmt nicht umsonst inszeniert." Uljanin betrachtete nochmals die teefleckigen Papiere auf dem Schreibtisch und schüttelte langsam den Kopf. „Das passiert, wenn man einen Iren losschickt, um ihn die Arbeit eines Russen tun zu lassen."

52

FLEETWOOD, ENGLAND

Quinn öffnete langsam ein Auge, dann das andere. Er sah seinen nackten Arm, der über den Brüsten einer Frau lag, und seine Hand, die den Griff einer Makarow-Pistole so umklammerte, dass der Zeigefinger am Abzugsbügel lag. Der Raum lag im Halbdunkel; ein offenes Fenster ließ würzige salzhaltige Meeresluft ein. In der kurzen Übergangszeit zwischen Schlaf und Wachen hatte Quinn Mühe, sich darüber klar zu werden, wo er sich befand. War er in seiner Villa auf der Insel Margarita? Oder vielleicht wieder in Ras al-Helal, dem fast am Meer liegenden libyschen Ausbildungslager für Terroristen? An seine Zeit in diesem Lager dachte er gern zurück. Dort hatte er einen Freund gewonnen, sich mit einem palästinensischen Bombenbauer angefreundet. Quinn hatte ihm geholfen, ein für seine Konstruktion typisches einfaches Problem in den Griff zu bekommen. Zum Dank dafür hatte der Palästinenser ihm eine teure Schweizer Armbanduhr geschenkt, die Jassir Arafat persönlich bezahlt hatte. Auf dem Boden der Uhr hatte er eingravieren lassen: SCHLUSS MIT VERSAGENDEN ZEITZÜNDERN …

Quinn hob das linke Handgelenk mit der Armbanduhr vors Gesicht und stellte fest, dass es 16.30 Uhr war. Durchs offene Fenster kamen die Stimmen zweier Männer, die sich in dem für Lancashire typischen Dialekt unterhielten. Er war nicht auf der Insel Margarita oder in dem Ausbildungslager an der libyschen Küste. Er war im englischen Fleetwood, in einem Hotel an der Esplanade, und die unter seinem Arm schlafende Frau war Katerina. Dies war keine liebevolle Umarmung. Quinn hatte sie eng an sich gedrückt, um etwas dringend benötigten Schlaf zu bekommen. Er hatte gute sechs Stunden geschlafen – mehr als genug, um die nächste Phase des Unternehmens durchstehen zu können.

Quinn hob den Arm und glitt lautlos vom Bett, um Katerina nicht zu wecken. Auf dem kleinen Tisch am Fenster standen ein Wasserkocher, Geschirr und alles andere, was zur Zubereitung von Tee oder Kaffee nötig war. Quinn stellte den Wasserkocher an, hängte einen Teebeutel in eine Aluminiumkanne und sah aus dem Fenster. Der Renault stand unten auf der Straße geparkt. Die Reisetasche mit den Waffen stand weiter im Kofferraum. Quinn hatte es für besser gehalten, die Tasche im Auto zu lassen, statt sie ins Hotel mitzunehmen. So befanden sich weniger Schusswaffen in Reichweite der besten SWR-Attentäterin.

Quinn nahm die Makarow ins Bad mit, duschte rasch und ließ dabei den Duschvorhang offen, damit er Katerina im Zimmer nebenan beobachten konnte. Als er aus dem Bad kam, schlief sie noch immer. Er bereitete den Tee zu und goss ihn in zwei Tassen, eine mit Milch, eine mit Zucker. Dann weckte er Katerina und stellte ihr den Tee mit Zucker hin.

„Zieh dich an“, forderte er sie kalt auf. „Es wird Zeit, die Zentrale Moskau wissen zu lassen, dass du noch lebst.“

Katerina blieb lange unter der Dusche und machte sich außergewöhnlich sorgfältig zurecht, bevor sie sich anzog. Dann schlüpfte sie in ihre Lederjacke und folgte Quinn in die Hotelhalle hinunter. Hinter dem Fenster der altmodischen kleinen Rezeption saß eine Frau von ungefähr sechzig Jahren mit einem Stickrahmen. Quinn steckte den Kopf durchs Fenster und fragte nach einem Internetcafé.

„Lord Street. Gegenüber dem Fish & Chips.“

Der Weg dorthin, den sie schweigend zurücklegten, dauerte fünf Minuten. Die Lord Street war lang und gerade, auf beiden Seiten von Läden gesäumt. Das Schnellrestaurant für Fish & Chips stand ungefähr in der Mitte; das Internetcafé lag wie versprochen genau gegenüber. Quinn kaufte eine halbe Computerstunde und führte Katerina zu einem Terminal in der hintersten Ecke. Sie gab die Mailadresse ein, die Mitteilungen automatisch an den SWR weiterleitete, und sah dann fragend zu Quinn auf.

„Schreib Alexei, dass dein Handy auf dem Boden der Nordsee liegt und du dich in meiner Gewalt befindest. Er soll die zwanzig Millionen Dollar auf mein Züricher Bankkonto überweisen. Sonst streiche ich die zweite Phase des Unternehmens und behalte dich als Pfand, bis ich mein ganzes Honorar bekommen habe."

Katerina begann zu tippen.

„Auf Englisch", verlangte Quinn.

„Das passt nicht zu meiner Legende."

„Mir egal."

Katerina löschte den angefangenen Satz und schrieb nun auf Englisch. Sie schaffte es, Quinns Forderungen so nüchtern auszudrücken, als handle es sich um eine gewöhnliche Meinungsverschiedenheit zwischen zwei Firmen, die an dem selben Projekt arbeiteten.

„Klasse", sagte Quinn. „Jetzt senden."

Sie klickte das Wort SENDEN an und löschte die Mail sofort aus dem Ordner für gesendete Nachrichten.

„Wie lange dauert's, bis sie antworten?"

„Nicht lange", antwortete Katerina. „Aber willst du nicht an die Theke gehen und uns etwas zu trinken holen, damit wir nicht wie zwei Profikiller aussehen, die auf Befehle aus der Zentrale warten?"

Quinn drückte ihr einen Fünfer in die Hand. „Mit Milch, ohne Zucker."

Katerina stand auf und ging an die Theke. Quinn stützte das Kinn in die Hände und starrte auf den Bildschirm.

Ihre dreißig bezahlten Minuten am Computer verstrichen, ohne dass eine Antwort aus Moskau gekommen wäre. Quinn schickte Katerina an die Theke, um sie zusätzliche Zeit buchen zu lassen, und nach einer weiteren Viertelstunde ging endlich eine E-Mail für sie ein. Der Text war deutsch geschrieben. Katerinas Miene verfinsterte sich, als sie ihn las.

„Was steht darin?", fragte Quinn.

„Dass wir ein Problem haben."

„Welches?"

„Sie leben noch."

„Wer?"

„Allon und der Engländer." Sie wandte sich vom Bildschirm ab und betrachtete Quinn ernst. „Die Meldung über Allons Tod war eine Lüge. Moskau glaubt, dass die beiden Jagd auf uns machen."

Quinn merkte, dass er vor Zorn rot anlief. „Ist Alexei bereit, mir mein Honorar zu überweisen?"

„Du hast anscheinend nicht richtig zugehört. Du hast deinen Vertrag nicht erfüllt, folglich gibt es kein Geld. Alexei besteht darauf, dass du mich sofort abreisen lässt. Sonst musst du dich für den Rest deines Lebens vor Leuten wie mir verstecken."

„Was ist mit der zweiten Phase des Unternehmens?"

„Es gibt kein Unternehmen, Quinn. Nicht mehr. Alexei hat uns angewiesen, es abzubrechen."

Quinn starrte einen Augenblick lang die Mail auf dem Bildschirm an. „Schreib Alexei, dass ich nicht vergeblich gearbeitet haben will", sagte er zuletzt. „Schreib ihm, dass wir jetzt zur zweiten Phase übergehen. Dazu soll er den Ort bestätigen."

„Das wird er nicht tun."

„Schreib's ihm", knurrte Quinn mit zusammengebissenen Zähnen.

Katerina schrieb eine zweite E-Mail, wieder auf Englisch. Diesmal war die Antwort nach nur zehn Minuten da. Sie bestand lediglich aus einer Adresse. Katerina kopierte sie in eine Suchmaschine und drückte die ENTER-Taste. Quinn lächelte zufrieden.

53

THAMES HOUSE, LONDON

Von allen MI5-Mitarbeitern im Thames House konnte nur Miles Kent unangemeldet in Amanda Wallaces schwer befestigtes Dienstzimmer vordringen. An diesem Abend betrat er es kurz vor 18.30 Uhr, als sie sich auf ein langes Wochenende auf dem Lande mit ihrem Ehemann Charles vorbereitete, einem reichen Eton-Absolventen, der sein Geld mit Finanzgeschäften in der City verdiente. Amanda liebte Charles und schien nicht zu ahnen, dass er eine heiße Affäre mit seiner viel jüngeren Sekretärin hatte. Kent hatte schon oft überlegt, ob er Amanda auf die Affäre aufmerksam machen sollte – schließlich stellte sie ein potenzielles Sicherheitsrisiko dar –, aber er war zu dem Schluss gelangt, für ihn könne das katas trophale Folgen haben. Amanda konnte brutal rachsüchtig sein, vor allem Leuten gegenüber, die sie als Gefährdung ihrer Position empfand. Charles hatte wegen seiner Indiskretion wenig zu befürchten, aber Kent konnte es passieren, dass er auf dem Höhepunkt seiner Karriere in die Wildnis geschickt wurde. Und was dann? Er würde bei einem privaten Sicherheitsdienst anheuern müssen – dem letzten Zufluchtsort für abgehalfterte Spione und Geheimdienstleute.

„Ich hoffe, du hältst mich nicht lange auf, Miles. Charles ist unterwegs, um mich abzuholen."

„Ich will's versuchen", sagte Kent und ließ sich in einen der Besuchersessel vor Amandas Schreibtisch sinken.

„Was hast du für mich?"

„Juri Wolkow."

„Was ist mit ihm?"

„Er war heute Nachmittag ziemlich fleißig."

„In welcher Beziehung?"

„Er hat die Botschaft mittags zu Fuß verlassen. Ein A4-Team hat ihn ungefähr eine Stunde lang beschattet. Und dann hat es ihn aus den Augen verloren."

„Er hat es abgehängt? Meinst du das?"

„Das kommt vor, Amanda."

„In letzter Zeit zu häufig." Sie legte einige Dossiers, die sie übers Wochenende durcharbeiten wollte, in ihren Aktenkoffer. „Wo hat das Team ihn zuletzt gesehen?"

„Oxford Street. Danach ist es hierher zurückgekommen und hat den Nachmittag damit verbracht, Wolkows Bewegungen aus Aufnahmen von Überwachungskameras zu rekonstruieren."

„Und?"

„Er ist über den Piccadilly geschlendert, um sich zu vergewissern, dass er clean war. Danach ist er in der Station Piccadilly Circus verschwunden und in eine U-Bahn gestiegen."

„Piccadilly oder Bakerloo?"

„Bakerloo. Er ist bis Paddington gefahren und zu Fuß in die Botschaft zurückgekehrt."

„Hat er sich mit jemandem getroffen?"

„Nein."

„Jemanden umgebracht?"

„Nicht dass wir wüssten", antwortete Kent lächelnd.

„Was hat er in der U-Bahn gemacht?"

„Er hat einfach nur dagestanden."

Amanda legte ein weiteres Dossier in ihren Aktenkoffer. „Juri Wolkow hat nur einen Spaziergang gemacht, denke ich, Miles."

„Russische Spione gehen nicht einfach so spazieren. Sie sind unterwegs, um zu spionieren. Das ist ihr Beruf."

„Wo ist er jetzt?"

„Wieder in der Botschaft."

„Irgendwas Außergewöhnliches?"

„Das GCHQ hat kurz nach seiner Rückkehr schlagartig ansteigenden Nachrichtenverkehr mitgehört, den es bisher nicht hat entschlüsseln können."

„Und du hältst diese Abfolge für verdächtig?"

„Allerdings!" Miles Kent schwieg einen Augenblick. „Ich habe ein schlechtes Gefühl bei dieser Sache, Amanda."

„Mit schlechten Gefühlen ist nichts anzufangen, Miles. Ich brauche belastbare Beweise."

„Dasselbe schlechte Gefühl hatte ich vor dem Bombenanschlag in der Brompton Road."

Amanda schloss ihren Aktenkoffer und setzte sich hinter den Schreibtisch. „Was schlägst du vor?"

„Ich mache mir Sorgen wegen der U-Bahnfahrt."

„Ich dachte, du hättest gesagt, er habe mit niemandem Kontakt aufgenommen?"

„Es hat keinen körperlichen Kontakt, auch kein Gespräch gegeben, aber das beweist nichts. Ich möchte deine Erlaubnis, alle Personen zu identifizieren, die in seinem Wagen unterwegs waren."

„Dafür haben wir nicht genug Leute, Miles. Nicht ausgerechnet jetzt."

„Was ist, wenn uns nichts anderes übrig bleibt?"

Amanda dachte angelegentlich nach. „Also gut", sagte sie dann. „Aber die Hauptarbeit muss D4 übernehmen. Ich kann nicht zulassen, dass du dafür Leute aus anderen Abteilungen abziehst."

„Einverstanden."

„Was noch?"

„Es wäre vielleicht eine gute Idee, wenn du bald mal mit

unseren Freunden dort drüben reden würdest“, sagte Kent, indem er zur weißen Fassade von Vauxhall Cross auf dem anderen Themseufer hinübernickte. „Wir wollen nicht wieder überrumpelt werden.“

Kent stand auf und verließ ihr Büro. Amanda griff nach dem Telefonhörer und drückte die Kurzwahltaste für das Handy ihres Mannes, der sich aber nicht meldete. Sie hinterließ eine knappe Mitteilung, dass sie sich eine Stunde verspäten werde, und nahm dann den Hörer des Telefons ab, das direkt mit Vauxhall Cross verbunden war.

„Ich weiß, dass heute erst Donnerstag ist, aber ich frage mich, ob ich dich mit einem Drink locken könnte.“

„Schierling?“, fragte Graham Seymour.

„Gin“, sagte Amanda.

„Bei dir oder bei mir?“

54

LORD STREET, FLEETWOOD

Quinn und Katerina verließen das Internetcafé in der Lord Street und machten sich auf den Rückweg in ihr Hotel. Quinn schlenderte entspannt an den Schaufenstern vorbei, aber Katerina war ruhelos und nervös. Ihr Blick suchte ständig die Straße ab, und als zwei Jugendliche, die laut miteinander redeten, sie überholten, grub sie ihre Fingernägel schmerzhaft in Quinns Bizeps.

„Fürchtest du dich vor irgendwem?“, fragte Quinn.

„Genau gesagt vor zwei Leuten: Gabriel Allon und Christopher Keller.“ Sie musterte ihn aus dem Augenwinkel heraus. „Das war eine verdammt teure SMS, die du Allon geschickt hast. Von Alexei hast du keinen Cent mehr zu erwarten.“

„Außer ich erfülle meinen Vertrag.“

„Wie willst du das anstellen?“

„Indem ich Allon und Keller umlege, versteht sich.“

Katerinas Feuerzeug flammte auf. „Bei solchen Männern hast du nur einen Versuch“, sagte sie und atmete Zigarettenrauch in die kühle Abendluft aus. „Danach findest du sie nie wieder.“

„Ich brauche sie nicht zu finden.“

„Wie willst du sie dann erledigen?“

„Indem ich sie ködere.“

„Womit?“

„Mit der letzten Zielperson“, sagte Quinn.

Katerina starrte ihn an. „Du bist verrückt“, sagte sie. „Allein schaffst du das niemals.“

„Ich bin nicht allein. Du wirst mir helfen.“

„Ich habe kein Interesse daran, dir zu helfen."

„Dir bleibt kaum eine andere Wahl, fürchte ich."

Sie erreichten ihr Hotel. Katerina ließ ihre Zigarette in den Rinnstein fallen und folgte Quinn hinein. Die Grauhaarige saß noch immer mit ihrem Stickrahmen hinter dem Empfangsschalter. Quinn teilte ihr mit, dass sie in wenigen Minuten abreisen würden.

„So bald?", fragte sie.

„Sorry", sagte Quinn, „aber etwas hat sich ergeben."

55

HAMBURG

Im selben Augenblick setzte Flug 171 von Austrian Airlines aus Wien kommend in Hamburg auf und rollte zum Gate weiter. Ohne dass die Fluggesellschaft davon wusste, waren unter den Passagieren ein iranischer Geheimagent und sein israelischer Führungsoffizier. Die beiden Männer saßen mehrere Reihen voneinander entfernt und versuchten nicht, auf dem Flug miteinander zu sprechen. Sie wechselten auch kein Wort, als sie durchs Terminal zur Passkontrolle gingen. Dort warteten sie in derselben Schlange und durften nach flüchtiger Kontrolle ihrer Papiere nach Deutschland einreisen. In dem sicheren Haus in Hamburg wertete Gabriel das als ersten kleinen Sieg. Für Iraner waren Grenzkontrollen immer schwierig zu überwinden, auch wenn sie mit Diplomatenpässen reisten.

Die VEVAK-Reisestelle hatte über das iranische Generalkonsulat dafür gesorgt, dass für Reza Nazari ein Leihwagen bereitstand. Er holte ihn bei einem Autoverleih im Erdgeschoss des Terminals ab und fuhr direkt ins Hotel Marriott in der Innenstadt. Dort traf er kurz nach 20 Uhr ein, checkte ein, fuhr in sein Zimmer hinauf und hängte als Erstes den Anhänger *Do Not Disturb* außen über die Türklinke. Zwei Minuten später wurde an seine Tür geklopft. Er machte auf und ließ Jaakov Rossman eintreten.

„Irgendwelche letzten Fragen?", erkundigte er sich.

„Keine Fragen", sagte Nazari. „Nur eine Bitte."

„Bitten können Sie meinetwegen. Aber in Ihrer Lage haben Sie keine Forderungen zu stellen, Reza."

Nazari rang sich ein schwaches Lächeln ab. „Alexei ruft mich vor jedem Treff kurz an. Nehme ich nicht ab, kommt er nicht. So einfach ist das."

„Warum haben Sie das nicht schon früher erwähnt?"

„Ich muss es übersehen haben."

„Sie lügen!"

„Wie Sie meinen."

Der Iraner lächelte noch immer. Jaakov starrte wütend die Zimmerdecke an.

„Wie viel kostet es mich, Sie dazu zu bringen, den Hörer abzunehmen?", fragte er dann.

„Ich möchte die Stimme meiner Frau hören."

„Das ist nicht möglich. Nicht jetzt."

„Alles ist möglich, Mr. Taylor. Vor allem heute Abend."

Bis zu diesem Augenblick war Reza Nazari ein Modellgefangener gewesen. Trotzdem hatte Gabriel damit gerechnet, dass er sich zuletzt noch einmal aufbäumen würde. Nur im Film, hatte Schamron immer gesagt, akzeptierte der zum Tode Verurteilte die Schlinge ohne Widerrede – und nur die Strategen in Lageräumen glaubten, unter Zwang Handelnde verzichteten vor ihrem endgültigen Verrat auf ein letztes Ultimatum. Nazari hätte alle möglichen Forderungen stellen können. In den Augen derer, die sein Schicksal in den Händen hielten, adelte es ihn ein wenig, dass er nur darauf bestand, mit seiner Frau zu reden. Tatsächlich rettete ihm das vielleicht sogar das Leben.

Die Vorbereitungen für einen notfalls erforderlichen Kontakt zwischen Nazari und seiner Frau waren kurz nach seiner ersten Vernehmung in Niederösterreich getroffen worden. Jaakov brauchte nur eine Nummer in Tel Aviv anzurufen, damit der Anruf abhörsicher in die Villa in der Osttürkei weitergeleitet wurde, in der ein Team des Diensts Nazaris Frau und seine Kinder bewachte. Das Gespräch würde am King Saul Boulevard aufgezeichnet und von einem Muttersprachler auf Unregelmäßigkeiten überprüft werden. Die einzige Gefahr bestand darin, dass die Russen oder die Iraner dieses Gespräch vielleicht mithörten.

Mit Gabriels Erlaubnis wählte Jaakov um 20.05 Uhr die Nummer. Um 20.10 Uhr war Nazaris Frau am Apparat, und am King Saul Boulevard hörte der Dolmetscher mit. Jaakov hielt Nazari den mit einer Hand bedeckten Hörer hin.

„Keine Tränen, kein rührseliger Abschied. Sie erkundigen sich nur, wie's ihr geht, und tun Ihr Bestes, ganz normal zu sprechen."

Nazari hob den Hörer ans Ohr. „Tala, Liebste", sagte er und schloss vor Erleichterung die Augen. „Wie schön, deine Stimme zu hören!"

Das Gespräch dauerte etwas über fünf Minuten und damit länger, als Gabriel eigentlich recht gewesen wäre. Weil er keine Direktübertragung nach Hamburg hatte riskieren wollen, musste er im Anschluss daran weitere Minuten warten, um zu erfahren, dass alles problemlos geklappt hatte. Vor seinem Fenster zeigte die Turmuhr der St.-Michaelis-Kirche 20.20 Uhr an. Mit einigen Befehlen auf der Tastatur seines Notebooks brachte Gabriel sein Team in Stellung. Die erste Krise dieses Abends war glücklich überstanden. Nun brauchte er nur noch Oberst Alexei Rosanow.

56

HAMBURG-NEUSTADT

Zwischen dem Hotel Marriott und dem Restaurant Die Bank lagen etwa hundertzwanzig Meter auf ruhigen Gehsteigen – ein Spaziergang von ungefähr drei Minuten, vielleicht auch nur zwei Minuten, wenn man einen Tisch reserviert hatte und spät dran war. Die Gäste, die das Marriott um 20.37 Uhr verließen, hatten es nicht besonders eilig, denn wie vielen Hamburgern war es ihnen an diesem Abend nicht gelungen, einen der begehrten Tische zu bekommen. Die beiden hießen Jossi Gawisch und Rimona Stern, hatten allerdings im Hotel unter Decknamen eingecheckt. Jossi war ein leitender Analyst der Abteilung Recherche des Diensts, der ein Gespür für dramatische Auftritte besaß und sich bei vielen Auslandseinsätzen bewährt hatte. Rimona leitete die Abteilung des Diensts, die das iranische Atomprogramm überwachte. In dieser Funktion war sie die Hauptempfängerin von Reza Nazaris irreführenden Informationen gewesen. Sie hatte den iranischen Spion nie kennengelernt und freute sich nicht darauf, heute mit ihm in einem Raum zu sein. Tatsächlich hatte sie früher an diesem Abend vorgeschlagen, Nazari in einem Fichtensarg nach Teheran zurückzuschicken. Ihr Zorn hatte Gabriel nicht überrascht. Rimona war Ari Schamrons Nichte, die wie ihr berühmter Onkel Verrat nicht auf die leichte Schulter nahm – vor allem den von Iranern nicht.

Ausbildung und Erfahrung hatten eine ausgezeichnete Analystin aus ihr gemacht, aber wie Jossi besaß sie auch ein natürliches Talent für Agenteneinsätze. Auf ihrem Weg die elegante Straße entlang schien ihr eine Handtasche im Prada-Schaufenster ins Auge zu fallen. Sie blieb kurz davor stehen, während ein Auto an ihnen vorbeifuhr und Jossi, der den gelangweilten Ehemann spielte, demonstrativ auf seine Armbanduhr sah. Es war 20.41 Uhr, als sie den imposanten Eingang des Restaurants erreichten. Als der Maître d'hôtel ihnen erklärte, er habe leider keinen Tisch für sie, setzten sie sich an die Bar, um auf eine Absage zu warten. Rimona saß so, dass sie den Eingang beobachten konnte; Jossi behielt den Speisesaal im Auge. Aus der Brusttasche seines Sakkos zog er einen goldenen Füller, der genau dem Füller entsprach, den Gabriel Reza Nazari mitgegeben hatte. Jossi drehte die Kappe nach rechts und steckte den Füller wieder in die Tasche. Zwei Minuten später erschien auf dem Display seines abhörsicheren Smartphones eine SMS. Der Sender arbeitete, das Signal war laut und klar. Jossi hielt eine Bedienung an und bestellte Drinks. Es war 20.44 Uhr.

Auf den Straßen rund um Die Bank gingen die Mitglieder von Gabriels Team unauffällig in Stellung. In der Poststraße parkte Dina Sarid mit einem Golf vor einem Vodafone-Shop ein. Neben ihr auf dem Beifahrersitz saß Mordechai, und auf dem Rücksitz machte Oded Atemübungen, damit sein hämmernder Puls sich beruhigte. Fünfzig Meter weiter saß Michail Abramow auf einem geparkten Motorrad und beobachtete die Passanten sichtlich gelangweilt. Neben ihm saß Keller auf einem eigenen Motorrad und sah aufs Display seines Smartphones. Eine SMS teilte ihm mit, der Mann der Stunde habe sich noch nicht gezeigt.

Es war 20.48 Uhr.

Um 20.50 Uhr hatte Alexei Rosanow sich noch immer nicht bei Reza Nazari gemeldet. Gabriel stand am Fenster des sicheren Hauses und beobachtete weitere zwei Minuten lang, in denen kein Anruf kam, die Turmuhr der St.-Michaelis-Kirche. Eli Lavon stand neben ihm: ohne Worte tröstend, ein Mittrauernder am Grab eines alten Freundes.

„Du musst ihn losschicken, Gabriel. Sonst kommt er zu spät hin."

„Was ist, wenn er erst ins Restaurant kommen soll, wenn Alexei sich gemeldet hat?"

„Wir lassen ihn irgendeine Ausrede erfinden."

„Aber vielleicht nimmt Alexei sie ihm nicht ab." Gabriel machte eine Pause, dann fügte er hinzu: „Oder vielleicht kommt er gar nicht."

„Du siehst Gespenster."

„Vor zwei Wochen ist dicht vor mir eine Autobombe hochgegangen. Da darf ich Gespenster sehen."

Eine weitere Minute verstrich ohne Anruf. Gabriel trat an den Laptop, schrieb eine Nachricht und drückte auf SENDEN. Dann kehrte er ans Fenster zurück, blieb neben seinem ältesten Freund stehen.

„Hast du dir schon überlegt, was du tun wirst?", fragte Lavon.

„In welcher Beziehung?"

„Alexei."

„Ich werde ihm Gelegenheit geben, meinen Leichenschein zu unterschreiben."

„Und wenn er's tut?"

Gabriel wandte sich von der Turmuhr ab und sah Lavon an. „Er soll mein Gesicht als Letztes auf dieser Welt sehen."

„Direktoren liquidieren keine KGB-Offiziere."

„Er heißt jetzt SWR, Eli. Und noch bin ich nicht Direktor."

„Geben Sie mir Ihr Handy", verlangte Jaakov.

„Wozu?"

„Her mit dem verdammten Ding! Wir haben keine Zeit zu verlieren!“

Reza Nazari gab ihm sein Smartphone. Jaakov nahm die SIM-Karte heraus, legte sie in ein identisches Handy ein und hielt es ihm hin. Nazari zögerte, bevor er danach griff.

„Ein Sprengsatz?“, fragte er.

„Ihr Telefon für heute Abend.“

„Sollte ich annehmen, dass es manipuliert ist?“

„Auf jede erdenkliche Weise.“

Nazari steckte das Smartphone ein. „Was passiert nach dem Abendessen?“

„Weiß ich nicht genau“, sagte Jaakov, „aber Sie sollten das Restaurant nicht gemeinsam mit ihm verlassen. Ich hole Sie vor dem Eingang ab, sobald Alexei weg ist.“

„Weg?“

Jaakov äußerte sich nicht dazu. Reza Nazari zog seinen Mantel an und fuhr in die Hotelhalle hinunter.

Es war 20.57 Uhr.

Weil das Marriott ein Haus einer amerikanischen Hotelkette war, war der Platz davor mit Edelstahlpfosten und hässlichen Betonblumentrögen vor Terroranschlägen mit Autobomben gesichert. Unter Jaakovs wachsamem Blick schlängelte Reza Nazari, Diener des größten staatlichen Sponsors des internationalen Terrorismus, sich durch diese Sperren und erreichte die Straße. Um diese Zeit war der Verkehr schwach, und die Gehsteige waren menschenleer. In den Schaufenstern gab es nichts, was Nazari hätte aufhalten können, aber er schien die beiden Männer auf Motorrädern auf dem dreieckigen kleinen Platz gegenüber dem Eingang des Restaurants wahrzunehmen. Er betrat Die Bank um Punkt 21 Uhr und wandte sich an den Maître d’hôtel. „Romanow“, sagte der Iraner, und der andere ließ einen manikürten Zeigefinger über die Liste mit Tischreservierungen gleiten. „Ah, ja, da haben wir ihn. Romanow."

Nazari legte den Mantel ab und wurde in den Speisesaal mit hoher Decke geleitet. Auf dem Weg an der Bar vorbei fiel ihm eine Frau mit rotblonden Locken auf, die ihn beobachtete. Der Mann auf dem Barhocker neben ihr tippte etwas in sein Smartphone – er meldet, dass ich sicher angekommen bin, vermutete der Iraner. Der reservierte Ecktisch stand unter einem beunruhigenden Schwarz-Weiß-Foto eines kahlköpfigen Mannes mit irrem Blick. Nazari setzte sich so, dass er das Restaurant überblicken konnte. Das würde Alexei nicht gefallen, aber in seiner Lage waren ihm Alexeis Gefühle herzlich egal. Er dachte nur an seine Frau, seine Kinder und die Liste mit den Fragen, die Allon beantwortet haben wollte. Ein Ober schenkte ihm ein Glas Wasser ein; ein Sommelier kam mit der Weinkarte. Um 21.07 Uhr vibrierte dann das Smartphone an seinem Herzen in einem Rhythmus, der ihm nicht vertraut war. Auch die angezeigte Nummer kannte er nicht. Trotzdem nahm er den Anruf entgegen.

„Wo sind Sie?", fragte eine Stimme auf Russisch.

„Im Restaurant", antwortete Nazari ebenfalls auf Russisch. Dann fragte er: „Wo sind *Sie*?"

„Ich habe ein paar Minuten Verspätung. Aber ich bin schon in der Nähe."

„Soll ich Ihnen einen Drink bestellen?"

„Nein, wir müssen eine kleine Änderung vornehmen."

„Wie klein?"

Rosanow erklärte ihm, was er zu tun habe. Dann sagte er: „In zwei Minuten. Haben Sie verstanden?"

Die Verbindung riss ab, bevor Nazari antworten konnte.

Er wählte rasch die Nummer des Mannes, den er als Mr. Taylor kannte.

„Haben Sie das gehört?"

„Jedes Wort."

„Was soll ich also tun?"

„An Ihrer Stelle, Reza, würde ich in zwei Minuten draußen vor dem Restaurant stehen."

„Aber …"

„In zwei Minuten, Reza. Sonst ist unser Deal hinfällig."

Die Limousine war ein Mercedes S-Klasse mit Hamburger Kennzeichen, schwarz wie ein Leichenwagen. Sie bog auf die Hohe Bleichen ab, als Reza Nazari aufstand, rollte dann langsam an den geschlossenen Luxusgeschäften vorbei und hielt schließlich vor dem Restaurant. Ein Mann vom Parkdienst erschien, aber der Beifahrer schickte ihn mit einer unwilligen Handbewegung weg. Der Fahrer umklammerte das Lenkrad mit beiden Händen, als halte ihm jemand eine Pistole an die Schläfe, und hinten saß ein Mann, der sichtlich angespannt sein Smartphone ans Ohr gedrückt hielt. Von seinem Beobachtungsposten auf der anderen Straßenseite aus konnte Keller ihn deutlich sehen. Breites Gesicht, hohe Wangenknochen, aschblondes, etwas schütter werdendes Haar. Eindeutig ein Typ aus der Zentrale Moskau.

„Er ist's", meldete Keller über Funk. „Sag Reza, dass er im Restaurant bleiben soll. Lass ihn uns gleich hier umlegen, damit Schluss ist."

„Nein!", knurrte Gabriel.

„Warum nicht?"

„Weil ich wissen will, warum er seinen Plan umgeworfen hat. Und ich will Quinn."

Das Funkgerät knackte, als Gabriel die Sprechtaste losließ.

Dann öffnete sich die Tür des Restaurants, und Reza Nazari trat auf den Gehsteig. Keller runzelte die Stirn. Auch die besten Pläne können schiefgehen, dachte er.

Alexei Rosanow telefonierte noch, als Nazari hinten bei ihm einstieg. Als der Wagen vorwärtsschoss, sah er zu dem kleinen dreieckigen Platz hinüber, auf dem zwei Männer auf ihren Motorrädern saßen. Sie machten keine Anstalten, dem Mercedes zu folgen – zumindest keine, die Nazari erkennen konnte. Als die Limousine in hohem Tempo um eine Ecke bog, hielt der Iraner sich an der Armstütze fest. Er sah zu Alexei Rosanow hinüber, der eben sein Telefongespräch beendete.

„Was zum Teufel ist passiert?“, fragte Nazari.

„Ich dachte, Sie sollten lieber nicht in einem Hamburger Restaurant sitzen.“

„Warum nicht?“

„Weil wir ein Problem haben, Reza. Ein großes Problem.“

57

HAMBURG

„Was soll das heißen, er lebt noch?“

„Das soll heißen“, antwortete Alexei Rosanow nachdrücklich, „dass Gabriel Allon gesund und munter ist.“

„Sein Tod hat in den Zeitungen gestanden. Der Dienst hat ihn bestätigt.“

„Die Zeitungen wissen nichts. Und der Dienst“, fügte Rosanow hinzu, „hat offenbar gelogen.“

„Haben Ihre Leute ihn gesehen?“

„Nein.“

„Seine Stimme gehört?“

Rosanow schüttelte den Kopf.

„Woher wissen Sie's dann?“

„Aus zuverlässiger Quelle. Wir haben erfahren, dass Allon die Detonation der Autobombe mit nur leichten Verletzungen überlebt hat und vom MI6 in ein sicheres Haus gebracht worden ist.“

„Und wo ist er jetzt?“

„Das weiß unser Informant nicht.“

„Wann haben Sie das erfahren?“

„Wenige Minuten nach meiner Landung in Hamburg. Moskau hat mich angewiesen, unser Treffen abzusagen.“

„Weshalb?“

„Weil es nur einen Grund dafür geben kann, dass Gabriel Allon seinen eigenen Tod inszeniert hat.“

„Er will uns liquidieren?“

Der Russe gab keine Antwort.

„Sie sind echt besorgt, Alexei, nicht wahr?“

„Fragen Sie Iwan Charkow, ob ich wegen Gabriel Allons bekannter Rachsucht besorgt sein sollte." Rosanow sah sich kurz um. „Ich bin heute Abend nur hergekommen, weil der Kreml wegen der Möglichkeit, den Tschetschenen könnte radioaktives Material in die Hände fallen, nervös ist."

„Dazu hat der Kreml auch allen Grund."

„Dann ist's also wahr?"

„Absolut."

„Ich bin erleichtert, Reza."

„Wieso sollten Sie erleichtert darüber sein, dass die Tschetschenen eine schmutzige Bombe bauen können?"

„Weil der zeitliche Ablauf dieser Sache ziemlich interessant war, finden Sie nicht auch?" Der Oberst starrte aus seinem Fenster. „Erst täuscht Allon den eigenen Tod vor. Dann verschwinden fünfzig Kilo hoch radioaktiver Abfälle aus einem iranischen Labor." Er machte eine Pause, dann fügte er hinzu: „Und nun sind wir beide hier in Hamburg."

„Worauf wollen Sie hinaus, Alexei?"

„Weder SWR noch FSB haben den geringsten Hinweis darauf entdeckt, dass iranischer Atommüll in die Hände von Tschetschenen gelangt sein könnte. Wäre Ihre E-Mail nicht gewesen, wäre ich nicht hier."

„Diese E-Mail habe ich Ihnen geschrieben, weil die Berichte zutreffend waren."

„Oder vielleicht weil Allon sie Ihnen diktiert hat."

Diesmal starrte Nazari aus dem Fenster. „Sie fangen an, mich nervös zu machen, Alexei."

„Das war meine Absicht." Der Russe schwieg einen Augenblick lang. „Sie sind der Einzige, der Allon meinen Namen hätte geben können, Reza."

„Sie vergessen Quinn."

Rosanow zündete sich nachdenklich eine Dunhill an, als überlege er seinen nächsten Schachzug.

„Wo ist er?", fragte Nazari.

„Quinn?"

Der Iraner nickte.

„Wie kommen Sie auf diese Frage?"

„Er war unser Mann."

„Das stimmt, Reza. Aber jetzt gehört er uns. Und wo er sich aufhält, geht Sie nichts an."

Nazari griff in sein Jackett, um seine Zigaretten herauszuholen, aber Rosanow hielt sein Handgelenk mit überraschender Kraft fest.

„Was machen Sie?", fragte der Russe.

„Ich wollte auch eine Zigarette."

„Sie haben nicht zufällig eine Pistole mitgebracht, Reza?"

„Natürlich nicht."

„Das hätten Sie aber tun sollen." Rosanow lächelte kalt. „Noch ein Fehler Ihrerseits."

Der nach Westen fahrende Mercedes war auf der Feldstraße unterwegs, einer belebten Verbindungsstraße zwischen den Stadtteilen Neustadt und St. Pauli. Zwei Männer auf Motorrädern folgten ihm, aber auch zwei Autos mit je drei erfahrenen Agenten des israelischen Geheimdiensts. Keiner von ihnen wusste, was zwischen Alexei Rosanow und Reza Nazari vorging. Nur Eli Lavon und Gabriel, die in der sicheren Wohnung über einen Laptop gebeugt saßen, hörten die spannungsgeladene Konfrontation mit. Der Füller in Nazaris Jackett spielte keine Rolle mehr – dazu war seine Sendeleistung viel zu gering –, aber das Smartphone des Iraners übertrug weiterhin jedes Wort.

Im Augenblick waren keine Stimmen zu hören, nie ein gutes Zeichen. Keiner der Männer sprach. Keiner schien auch nur zu atmen. Gabriel versuchte, sich die Szene in dem Mercedes vorzustellen. Zwei Männer vorn, zwei Männer hinten, einer davon eine Geisel. Vielleicht hatte Alexei eine Pistole gezogen. Oder vielleicht, dachte Gabriel, hatte der Russe darauf verzichten können. Vielleicht hatte Nazari, durch tagelange Angst zermürbt, sich bereits schuldig bekannt.

Gabriel beobachtete den grün blinkenden Lichtpunkt auf seinem Monitor und fragte: „Was macht Alexei gerade?"

„Da fallen mir mehrere Möglichkeiten ein", antwortete Lavon. „Aber leider keine guten."

„Wieso gibt es keine Ausweichmanöver? Und keinen Versuch, etwaige Beschatter abzuschütteln?"

„Vielleicht ist Alexei nicht völlig davon überzeugt."

„Wovon überzeugt?"

„Dass du imstande warst, ihn so rasch aufzuspüren."

„Er unterschätzt mich? Meinst du das, Eli?"

„Schwer zu glauben, aber ..."

Lavon verstummte, als Rosanows Stimme aus den Lautsprechern kam. Er sprach Russisch.

„Was sagt er?"

„Er gibt dem Fahrer Anweisungen."

„Wohin sind sie unterwegs?"

„Unklar. Aber vermutlich zu einem Ort, an dem sie ihn richtig in die Mangel nehmen können."

„Verdammt, ich würde gern ihre Fragen hören."

„Könnte hässlich werden." Lavon machte eine Pause, dann fügte er hinzu: „Sogar tödlich."

Gabriel verfolgte, wie der grün blinkende Lichtpunkt über den Bildschirm wanderte. Binnen Sekunden wurden zwei weitere Lichtpunkte sichtbar. Der eine war Michail, der andere Keller.

„Morde sind immer sauberer als Entführungen", stellte Lavon ruhig fest.

„Ja, Eli, das weiß ich."

„Warum bringen wir's dann nicht hier und jetzt zu Ende?"

„Weil ich meine Liste um eine Frage erweitert habe."

„Nämlich?"

„Ich will wissen, wer den Russen verraten hat, dass ich noch lebe."

Die Lichtpunkte, die Michail und Keller darstellten, schlossen auf. Der schwarze Mercedes fuhr im selben Tempo weiter wie bisher.

„Wir wollen hoffen, dass es keine Kollateralschäden gibt", sagte Lavon.

Ja, dachte Gabriel, als er jetzt Schüsse hörte. Das wollen wir hoffen.

In Hamburg gibt es Stadtteile, in denen die Deutschen sich hinter drögen englischen Fassaden verstecken. Der Ort, an dem der Mercedes schließlich zum Stehen kam, war einer davon: ein dreieckiger Anger, klein und mit Gras bewachsen, auf einer Seite durch die Straße und auf den beiden anderen durch Reihenhäuser in Klinkerbauweise begrenzt, die aussahen, als tränken ihre Bewohner Tee und sähen dabei die *News at Ten* der BBC. Um dorthin zu gelangen, musste der Wagen erst steuerlos über zwei für den Gegenverkehr bestimmte Fahrspuren schleudern. Dann knickte er einen Lampenmasten und demolierte eine kleine Werbetafel, bevor er gegen eine junge Ulme prallte und zum Stehen kam. Die Anwohner würden später viel Aufwand treiben, um den Baum zu retten – leider vergebens.

Die beiden Männer auf den Vordersitzen waren längst tot, als der schleudernde Wagen zum Stehen kam. Sie starben jedoch nicht bei dem Aufprall, sondern von den Kugeln, die ihnen aus nächster Nähe in den Kopf geschossen wurden, als der Mercedes noch rollte. Augenzeugen berichteten von zwei Männern auf Motorrädern, einer groß und schlaksig, der andere kräftiger gebaut. Jeder der beiden gab nur zwei Schüsse ab, die so perfekt synchronisiert waren, dass die Schussgeräusche fast aus einer Pistole zu kommen schienen. Später bestätigte ein Überwachungsvideo die Zeugenaussagen. Ein Hamburger Kriminalbeamter sprach von dem schönsten Auftragsmord, den er je gesehen habe – eine reichlich geschmacklose Äußerung, die ihm einen strengen Tadel seines Vorgesetzten eintrug. Leichen auf deutschem Boden seien nie schön, sagte der Vorgesetzte. Vor allem tote Russen nicht. Dass es sich um Schlägertypen aus der Zentrale Moskau handelte, spielte dabei keine Rolle. Es war trotzdem empörend.

Die beiden Motorradfahrer rasten davon und wurden nie mehr gesehen. Ebenso wenig gelang es der Polizei, den VW Passat aufzuspüren, der nur wenige Sekunden nach dem Aufprall neben dem Mercedes hielt. Ein stämmiger, muskulöser Mann stieg aus dem Fond und riss die hintere rechte Tür des Unfallwagens auf, als sei sie aus Pappmaschee. Ein Augenzeuge sprach von einer kurzen, aber heftigen tätlichen Auseinandersetzung, die andere Zeugen jedoch nicht bestätigen konnten. Unabhängig davon hatte der große, slawisch aussehende Mann beim Aussteigen blutende Verletzungen und war sichtlich benommen. Wie er in den Passat gelangte, war wieder umstritten. Einige Zeugen behaupteten, er sei freiwillig eingestiegen. Andere sagten aus, er habe einsteigen müssen, weil der stämmige Mann ihm in diesem Augenblick den Arm gebrochen habe. Der ganze Vorgang dauerte nur zehn Sekunden. Dann fuhr der Passat mit dem slawisch aussehenden Pechvogel davon. Der schon erwähnte Hamburger Kriminalbeamte fand die Arbeitsweise des stämmigen Mannes ziemlich grob, war aber trotzdem beeindruckt. Herumballern könne jeder Dummkopf, erklärte er Kollegen, aber nur ein echter Profi könne sich einen Typen aus der Zentrale Moskau schnappen, wie man einen Apfel vom Baum pflückt.

Somit blieb nur der vierte Mann übrig, der hinter dem unglücklichen Fahrer des Mercedes gesessen hatte. Alle Zeugen waren sich darüber einig, er sei ohne fremde Hilfe aus dem Unfallwagen gestiegen, und alle stimmten darin überein, er sei bestimmt kein Russe gewesen – möglicherweise ein Araber, vielleicht ein Türke, aber kein Russe. Völlig ausgeschlossen! Einige Sekunden lang schien er nicht recht zu wissen, wo er war und was er als Nächstes tun sollte. Dann wurde er auf einen pockennarbigen Mann aufmerksam, der ihm durchs offene Fenster eines weiteren Autos zuwinkte. Während er dankbar darauf zustolperte, rief er wieder und wieder dasselbe Wort. Dieses Wort lautete „Tala“. Darüber waren sich die Zeugen völlig einig.

58

HAMBURG

Für das Verlassen eines sicheren Hauses oder einer sicheren Wohnung des Diensts gelten strenge Vorschriften, strikt einzuhaltende Regeln und Rituale. Sie gleichen in Stein gehauenen göttlichen Geboten. Sie sind unbedingt zu beachten, selbst wenn zwei Russen tot in einem schrottreifen Mercedes sitzen. Und sogar wenn die Zielperson eines Unternehmens gefesselt und geknebelt im Kofferraum eines Fluchtfahrzeugs liegt. Eli Lavon und Gabriel waren jetzt mit der zeremoniellen Reinigung des Apartments beschäftigt: lautlos und automatisch, aber mit der Hingabe von Zeloten. Wie ihrer Feinde waren sie wahre Gläubige.

Gegen 21.30 Uhr sperrten sie ab und gingen auf die Straße hinunter. Dort folgte ein weiteres Ritual: die genaue Untersuchung ihres Wagens auf einen etwa angebrachten Sprengsatz. Als nichts Verdächtiges zu sehen war, stiegen sie ein. Gabriel ließ vernünftigerweise Lavon fahren. Eli war von Natur aus ein Überwachungskünstler, kein Stuntman am Steuer, aber seine umsichtige Fahrweise war zu diesem Zeitpunkt ein operativer Vorteil.

Von Hamburg aus fuhren sie nach Süden zu der Gemeinde Döhle am Rand der Lüneburger Heide. Jenseits des Dorfs stand ein dichtes Wäldchen, das nur über einen unbefestigten Weg zu erreichen war, an dessen Einmündung ein Schild mit der Aufschrift PRIVAT stand. Dieses Wäldchen und drei Ausweichorte hatte Michail am Vortag ausgekundschaftet. Das Wäldchen war verlassen, sodass keiner der Ausweichorte gebraucht wurde. Lavon schaltete die Scheinwerfer aus und folgte mit Standlicht der Fahrspur in das Wäldchen. Die Bäume waren eine Mischung aus Nadel- und Laubbäumen. Gabriel wären Birken lieber gewesen, aber Birkenwälder gab es im Westen Deutschlands nicht häufig. Nur im Osten.

Fünfzig, sechzig Meter weiter zeigte das Standlicht ihnen einen Volkswagen Passat, der auf einer kleinen Lichtung stand. Michail lehnte mit verschränkten Armen an der Fahrertür; neben ihm stand Keller und rauchte eine Zigarette. Vor ihren Füßen lag Alexei Rosanow. Sein Mund war mit Gewebeband zugeklebt, seine Hände mit demselben silbernen Band gefesselt. Allerdings waren die Fesseln überflüssig, denn der SWR-Oberst war kaum bei Bewusstsein.

„Hat er etwas gesagt?"

„Er hatte nicht viel Gelegenheit dazu", antwortete Keller.

„Hat er dein Gesicht gesehen?"

„Ich denke schon, aber ich bezweifle, dass er sich daran erinnern wird."

„Sieh zu, dass du ihn wach bekommst. Ich muss mit ihm reden."

Keller holte eine Literflasche aus dem Kofferraum und kippte Rosanow Mineralwasser ins Gesicht, bis der Russe sich bewegte.

„Stellt ihn auf die Füße", verlangte Gabriel.

„Ich glaube nicht, dass er stehen kann."

„Los jetzt!"

Keller und Michail packten je einen Arm und zogen Rosanow hoch. Tatsächlich konnte der Russe sich nicht lange in der Senkrechten halten. Sie zogen ihn erneut hoch, hielten ihn aber diesmal weiter an den Armen fest. Der Kopf sackte ihm herunter; sein Kinn lag auf der Brust. Er war größer, als er auf den Überwachungsfotos gewirkt hatte, und schwerer – ein Hundertkilomann, dessen einst straffe Muskeln Fett angesetzt hatten. Sein gut geplantes Unternehmen war gut ausgeführt worden, aber Gabriels Unternehmen war besser gewesen. Er zog seine Glock aus dem Hosenbund und benutzte den Lauf dazu, Rosanows Kinn anzuheben. Es dauerte einige Sekunden, bis die fast zugeschwollenen Augen des Russen sein Gesicht erfassten. Dabei ließ er keinerlei Angst erkennen und sich auch nicht anmerken, ob er jemanden erkannte. Er ist gut, dachte Gabriel, als er dem Russen das Gewebeband vom Mund riss.

„Sie scheinen nicht sehr überrascht zu sein, mich zu sehen, Alexei."

„Kennen wir uns?", murmelte der Russe.

Gabriel lächelte humorlos. „Nein", sagte er nach kurzer Pause, „ich hatte bisher noch nicht das Vergnügen. Aber ich kenne Ihre Arbeit gut. Sogar sehr gut – in allen Einzelheiten. Es gibt nur noch ein paar Details, die Sie mir erklären werden."

„Was bieten Sie mir dafür, Allon?"

„Nichts."

„Dann bekommen Sie auch nichts."

Gabriel zielte mit der Pistole auf Rosanows rechten Fuß und drückte ab. Der Schussknall hallte durch das Wäldchen. Das taten auch die Schreie des Russen.

„Begreifen Sie allmählich, wie ernst Ihre Lage ist, Alexei?"

Rosanow konnte im Augenblick nicht sprechen, deshalb übernahm Gabriel das für ihn.

„Sie und Ihre Leute haben die Autobombe auf der Londoner Brompton Road gezündet. Sie war für meinen Freund und mich bestimmt, hat aber zweiundfünfzig Unbeteiligte in den Tod gerissen. Sie haben Charlotte Harris aus Shepherd's Bush ermordet. Sie haben ihren Sohn ermordet, der nach seinem Großvater Peter hieß. Deretwegen sind Sie heute Nacht hier." Gabriel zielte mit der Pistole in Rosanows Gesicht. „Worauf plädieren Sie, Alexei?"

„Das war Eamon Quinns Autobombe", keuchte der Russe. „Nicht *unsere*."

„Sie haben ihn dafür bezahlt, Alexei. Und Sie haben ihm Katerina als Helferin mitgegeben."

Rosanow hob ruckartig den Kopf und starrte Gabriel mit vor Schmerzen trüben Augen an.

„Wo ist Quinn?", fragte Gabriel.

„Das weiß ich nicht."

„Wo?", fragte Gabriel noch mal.

„Ich sage Ihnen die Wahrheit, Allon. Ich weiß es wirklich nicht."

Gabriel zielte auf Rosanows linken Fuß und drückte erneut ab.

„Jesus! Bitte aufhören!"

Der Russe schrie nicht mehr vor Schmerzen. Er weinte jetzt wie ein Kind – wie die verkrüppelten Überlebenden einer von Quinns Autobomben, dachte Gabriel. Quinn, der einen Feuerball dreihundert Meter in der Sekunde schnell machen konnte. Quinn, der in einem libyschen Ausbildungslager mit dem palästinensischen Terroristen Tariq al-Hourani zusammen gewesen war.

Glaubst du, dass die beiden sich gekannt haben?

Ich kann's mir nicht anders vorstellen.

„Fangen wir mit etwas Einfachem an", sagte Gabriel ruhig. „Woher hatten Sie meine Handynummer?"

„Die haben wir uns beschafft, als Sie in Omagh waren", sagte der Russe. „An dem Denkmal. Eine Frau ist Ihnen gefolgt. Sie hat so getan, als fotografiere sie Sie."

„Ich erinnere mich an sie."

„Sie hat über Funk Ihr BlackBerry ausspioniert. Die

Dateien haben wir nie entschlüsseln können, aber Ihre Mobilfunknummer haben wir seit damals."

„Und Sie haben sie Quinn gegeben."

„Ja."

„Also hat Quinn mir in London diese SMS geschickt."

„‚Die Ziegel sind in der Wand.'"

„Wo war er damals?"

„Auf der Brompton Road – in sicherer Entfernung."

„Wieso haben Sie ihn die SMS schicken lassen?"

„Sie sollten wissen, dass er den Anschlag verübt hatte."

„Professioneller Stolz?"

„Es hatte etwas mit einem Mann namens Tariq zu tun, glaube ich."

Gabriel hatte das Gefühl, sein Herz setze einen Schlag aus. „Tariq al-Hourani?"

„Ja, genau der. Der Palästinenser."

„Was ist mit Tariq?"

„Quinn wollte eine alte Schuld begleichen."

„Indem er mich beseitigt?"

Rosanow nickte. „Die beiden waren anscheinend eng befreundet."

Das muss stimmen, dachte Gabriel. Sonst wüsste Alexei Rosanow nichts von Tariq.

„Weiß Quinn, dass ich noch lebe?"

„Das hat er heute erfahren."

„Sie *wissen* also, wo er ist?"

Rosanow gab keine Antwort. Gabriel drückte ihm die Pistolenmündung in die Kniekehle.

„Wo ist er, Alexei?"

„Wieder in England."

„Wo in England?"

„Das weiß ich nicht."

Gabriel bohrte die Pistolenmündung schmerzhaft in Rosanows Kniekehle.

„Ich schwöre Ihnen, Allon, ich weiß nicht, wo er ist!"

„Wieso ist er wieder in England?"

„Wegen der zweiten Phase des Unternehmens."

„Wo soll die steigen?"

„Guy's Hospital in London."

„Wann?"

„Fünfzehn Uhr."

„Und die Zielperson?"

„Der Premierminister. Quinn und Katerina wollen Jonathan Lancaster morgen Nachmittag in London ermorden."

59

LÜNEBURGER HEIDE

Der Russe wurde zusehends schwächer, verlor Blut, verlor seinen Lebenswillen. Trotzdem ließ Gabriel nicht locker, sondern ging mit ihm Schritt für Schritt, Vereinbarung für Vereinbarung, Verrat für Verrat durch – von dem blutigen Beginn des Unternehmens in der Karibik bis zu der E-Mail, die an diesem Abend in der Zentrale Moskau eingegangen war. Diese E-Mail war aus einem Internetcafé geschickt worden, weil das abhörsichere SWR-Smartphone, das Katerina Akulowa gehört hatte, sein letztes wässriges Signal gesendet hatte, als es in der Nordsee versunken war. Quinn, sagte Rosanow, habe die Sache in die eigene Hand genommen. Quinn lasse sich nicht mehr von der Zentrale Moskau führen. Quinn sei außer Kontrolle.

„Von wo aus wurde diese E-Mail geschickt?"

„Wir haben sie nicht bis zu ihrem Ursprung zurückverfolgen können."

Gabriel stampfte mit voller Kraft auf Rosanows zerschmetterten rechten Fuß. Als der Russe wieder sprechen konnte, sagte er, die E-Mail sei aus einem Internetcafé in der Kleinstadt Fleetwood gekommen.

„Haben die beiden ein Auto?", fragte Gabriel.

„Ja, einen Renault."

„Modell?"

„Einen Scénic, glaube ich."

„Was für eine Art Anschlag ist geplant?"

„Wir reden über Eamon Quinn. Was glauben Sie?"

„Eine Autobombe?"

„Die sind seine Spezialität."
„Personen- oder Lastwagen?"
„Van."
„Wo steht er?"
„In einer Garage in East London."
„Wo in East London?"

Rosanow murmelte eine Adresse in der Thames Road in Barking, bevor ihm das Kinn vor Erschöpfung auf die Brust sank. Gabriel machte Michail und Keller ein Zeichen, ihn loszulassen. Als sie das taten, fiel der Russe wie ein gefällter Baum nach vorn und blieb auf dem feuchten Waldboden liegen. Gabriel wälzte ihn auf den Rücken und zielte mit der Glock auf sein Gesicht.

„Worauf warten Sie noch?", fragte Rosanow.

Gabriel starrte den Russen den Pistolenlauf entlang an, ohne ein Wort zu sagen.

„Vielleicht stimmt es, was die Leute über Sie sagen."

„Was denn?"

„Dass Sie zu alt sind. Dass Sie nicht mehr die Nerven für dieses Geschäft haben."

Gabriel lächelte. „Sie müssen mir noch eine Frage beantworten, Alexei."

„Ich habe Ihnen alles gesagt, was ich weiß."

„Aber nicht, wie Sie entdeckt haben, dass ich noch lebe."

„Wir haben eine Nachricht abgefangen."

„Was für eine Art Nachricht?"

„Telefongespräch", behauptete Rosanow. „Wir haben Ihre Stimme erkannt ..."

Gabriel zielte auf Rosanows Knie und drückte ab. Der Russe wand sich vor Schmerzen.

„Wir ... hatten ... eine ... Quelle."

„Wo?"

„Bei … im … Dienst."

Gabriel drückte erneut ab, traf das Knie zum zweiten Mal. „Sagen Sie mir lieber die Wahrheit, Alexei. Sonst muss ich meine ganze Munition damit vergeuden, aus Ihrem Knie Brei zu machen."

„Quelle", flüsterte Rosanow.

„Ja, ich weiß. Sie hatten eine Quelle. Aber wer war das?"

„Er arbeitet …"

„Wo arbeitet er, Alexei?"

„M16."

„In welcher Abteilung?"

„Personal und …"

„Personal und Sicherheit?"

„Ja."

„Sein Name, Alexei. Sagen Sie mir seinen Namen!"

„Ich kann nicht …"

„Sagen Sie mir, wer er ist, Alexei. Sagen Sie's mir, damit ich die Schmerzen beenden kann."

TEIL DREI

BANDITENLAND

60

VAUXHALL CROSS, LONDON

Knapp eine Stunde nach Alexei Rosanows Tod erhielt Graham die erste Meldung seines neuesten verdeckt arbeitenden Agenten. Er warnte vor dem geplanten Attentat auf Premierminister Jonathan Lancaster – und vor einem russischen Spion im MI6. Wie Seymour später sagte, sei das ein vielversprechender Beginn einer Geheimdienstkarriere gewesen.

Unter den Umständen hielt Seymour es für angebracht, eine Privatmaschine zu schicken. Das Flugzeug holte Gabriel und Keller auf dem Pariser Flughafen Le Bourget ab und brachte sie zum London City Airport in den Docklands. Von dort aus brachte ein MI6-Dienstwagen sie in rascher Fahrt nach Vauxhall Cross, wo Graham Seymour sie mit einem Telefonhörer am Ohr in einem fensterlosen Raum im obersten Stock erwartete. Er legte auf, als Gabriel und Keller eintraten, und musterte sie sekundenlang mit ausdruckslosen grauen Augen.

„Gibt es eine Aufzeichnung?“, fragte er dann.

Gabriel zog sein BlackBerry heraus, suchte die entsprechende Stelle und drückte auf PLAY.

„Wieso ist er wieder in England?“

„Wegen der zweiten Phase des Unternehmens.“

„Wo soll die steigen?“

„Guy’s Hospital in London.“

„Wann?“

„Fünfzehn Uhr.“

„Und die Zielperson?“

„Der Premierminister. Quinn und Katerina wollen Jonathan Lancaster morgen Nachmittag in London ermorden.“

Gabriel drückte auf PAUSE.

„Alexei Rosanow?“

Gabriel nickte.

„Vielleicht sollten Sie alles von Anfang an abspielen.“

„Nein, wir sollten mit dem Ende anfangen, denke ich.“

Gabriel suchte eine andere Stelle und drückte nochmals auf PLAY.

„Sein Name, Alexei. Sagen Sie mir seinen Namen.“

„Grrrrr …“

„Sorry, Alexei, aber das habe ich nicht verstanden.“

„Grimes …“

„Ist das sein Nachname?“

„Ja.“

„Und sein Vorname, Alexei? Sagen Sie mir seinen Vornamen!“

„Arthur.“

„Arthur Grimes – heißt er so?“

„Ja.“

„Arthur Grimes von der Abteilung Personal und Sicherheit des MI6 ist ein Agent des russischen Geheimdiensts?“

„Ja.“

Als Nächstes war etwas zu hören, das wie ein Schussknall klang. Gabriel drückte wieder auf PAUSE. Seymour schloss kurz die Augen.

Um neun Uhr an diesem Morgen stürmte ein Team der Abteilung A1A des MI5 das Lagerhaus 22 Thames Road in Barking, East London. Es fand dort weder ein Auto noch irgendeinen Hinweis darauf, dass hier ein Sprengsatz zusammengebaut worden war. Zur selben Zeit suchte ein weiteres MI5-Team das Internetcafé in der Lord Street in Fleetwood auf. Ein glücklicher Zufall wollte es, dass einer der Angestellten, der auch am Vorabend Dienst gehabt hatte, sich an einen Mann und eine Frau erinnerte, auf die Quinns und Katerinas Personenbeschreibungen passten. Der Mitarbeiter wusste auch noch, welchen Rechner das Paar benutzt hatte. Das MI5-Team beschlagnahmte ihn und brachte ihn an Bord eines Hubschraubers der Royal Navy. Bis spätestens Mittag sollte er in London eintreffen. Amanda Wallace bestand darauf, das Elektroniklabor des MI5 solle den Computer untersuchen. Dem hatte Graham Seymour aus politischen Erwägungen zugestimmt.

„Wo ist Grimes?“, fragte Gabriel.

„Er hat vor ein paar Minuten das Gebäude betreten. Ein Team ist jetzt dabei, seine Wohnung auf den Kopf zu stellen. Das ist nicht ganz einfach. Grimes ist der direkte Vorgesetzte dieser Leute.“

„Wie viel weiß er dienstlich?“

„Er ist an der Auswahl jetziger und künftiger MI6-Offiziere beteiligt." Seymour sah zu Keller hinüber. „Tatsächlich habe ich erst vor ein paar Tagen mit ihm über ein Spezialprojekt gesprochen, das demnächst anlaufen soll.“

„Über mich?“, fragte Keller.

Seymour nickte. „Grimes geht auch Verstößen gegen Geheimhaltungsvorschriften nach und kann weitere russische Maulwürfe oder Spione geschützt haben. Arbeitet er wirklich für den SWR, wäre das der größte Skandal bei westlichen Geheimdiensten seit Aldrich Ames.“

„Genau deshalb haben Sie Amanda Wallace das alles verschwiegen.“

Seymour äußerte sich nicht dazu.

„Hat Grimes gewusst, dass Keller und ich im Wormwood Cottage waren?“

„Im Allgemeinen hat er nichts mit sicheren Häusern zu

tun, aber er erfährt natürlich, ob wir wichtige Gäste haben. Jedenfalls", fügte Seymour hinzu, „werden wir in einigen Minuten wissen, ob er Rosanows Quelle war."

„Wie?"

„Das erzählt uns Juri Wolkow."

„Wer ist Wolkow?"

„Der Stellvertreter des Residenten in der russischen Botschaft. Nach Überzeugung der Kollegen von MI5 hat er sich gestern Nachmittag in der U-Bahn mit einem Informanten getroffen. Einer meiner Leute sieht sich drüben im Thames House jede Menge Überwachungsfilme an. Ich rechne damit, dass wir bald …"

Das Telefon unterbrach ihn. Seymour nahm den Hörer ab, meldete sich und hörte einige Sekunden lang schweigend zu. Dann legte er auf und wählte sofort eine Nummer.

„Nicht mehr aus den Augen lassen. Keine Sekunde! Geht er auf die Toilette, geht einer von euch mit."

Seymour ließ den Hörer sinken, sah Gabriel und Keller an.

„Ich hätte in den Ruhestand gehen sollen, als ich Gelegenheit dazu hatte."

„Das wäre ein großer Fehler gewesen", sagte Keller.

„Warum?"

„Weil Sie das um die Chance gebracht hätte, Quinn zu erledigen."

„Ich weiß nicht, ob ich eine weitere Chance will. Schließlich", fügte Seymour hinzu, „habe ich bisher nicht sehr gut gegen ihn abgeschnitten. Tatsächlich steht es zwei zu null für ihn."

Danach herrschte bedrücktes Schweigen. Seymour und Keller starrten das Telefon an, Gabriel die Wanduhr.

„Wie lange wollen Sie noch warten, Graham?"

„Bevor ich was tue?"

„Bevor Sie mich in aller Ruhe mit Arthur Grimes reden lassen."

„Kommt nicht infrage! In der ersten Zeit darf niemand auch nur in seine Nähe kommen", fügte Seymour hinzu. „Es kann Monate dauern, bis wir so weit sind, dass wir anfangen können, ihn zu vernehmen."

„Wir haben nicht monatelang Zeit, Graham, sondern nur bis fünfzehn Uhr."

„In dem Lagerhaus in Barking ist keine Bombe gefunden worden."

„Keine sehr ermutigende Nachricht."

Seymour sah auf die Uhr. „Wir geben dem MI5-Labor bis vierzehn Uhr Zeit, die E-Mails zu finden. Hat es bis dahin keinen Erfolg, knöpfen wir uns Grimes vor."

„Was wollen Sie ihn fragen?"

„Ich werde mit der U-Bahnfahrt mit Juri Wolkow anfangen."

„Und wissen Sie, was er Ihnen antworten wird?"

„Nein."

„Juri wer?"

„Sie sind ein fatalistischer Dreckskerl."

„Ich weiß", sagte Gabriel. „Das bewahrt mich vor späteren Enttäuschungen."

61

BRISTOL

Um neun Uhr an diesem Morgen brachte BBC Radio 4 die erste Meldung über den Vorfall in Hamburg. Der Bericht war kurz und bruchstückhaft. Zwei Männer erschossen, zwei weitere verschwunden. Die Ermordeten waren Russen; die Nationalität der beiden anderen war noch ungeklärt. Berlin war angeblich zutiefst besorgt. Und der Kreml schäumte offenbar. Aber das tat er heutzutage fast ständig.

Quinn und Katerina hörten die Meldung, als sie nördlich von Birmingham auf der Autobahn M5 unterwegs waren. Eine Stunde später hörten sie einen aktualisierten Bericht, als sie im Cribbs Causeway Retail Park in Bristol vor dem Marks & Spencer parkten. Die Zehnuhrfassung enthielt eine einzige neue Information: Nach Mitteilung der Hamburger Polizei hatten die beiden Mordopfer Diplomatenpässe gehabt. Katerina schaltete das Radio aus, als ein außenpolitisch versierter BBC-Journalist zu erklären begann, wieso der Vorfall eine ernste Krise auslösen könne.

„Jetzt wissen wir, warum Allon seinen eigenen Tod inszeniert hat", sagte sie.

„Was hatte Alexei gestern Abend in Hamburg zu suchen?"

„Vielleicht ist er hingelockt worden."

„Von wem?"

„Natürlich von Allon. Ich wette, dass er jetzt dabei ist, Alexei zu verhören. Oder vielleicht ist Alexei schon tot. In beiden Fällen müssen wir annehmen, dass Allon weiß, wo wir sind. Und das bedeutet, dass wir England sofort verlassen müssen."

Quinn äußerte sich nicht dazu.

„Was ist, wenn ich beweisen kann, dass Alexei in dem Unfallwagen war?", fragte Katerina.

„Durch eine weitere Mail nach Moskau?"

Katerina nickte.

„Ausgeschlossen!"

Sie sah sich auf dem Parkplatz um. „Wer weiß, vielleicht beschatten sie uns schon jetzt."

„Das tun sie nicht."

„Weißt du das bestimmt?"

„Ich kämpfe schon lange gegen sie, Katerina. Das weiß ich bestimmt."

Sie schien nicht überzeugt zu sein. „Ich bin keine Dschihadistin, Eamon. Ich bin nicht hergekommen, um hier zu sterben. Hilf mir, England zu verlassen. Wir wenden uns an die Zentrale und vereinbaren eine Prämie für meine sichere Rückkehr."

„Genau das habe ich vor", sagte Quinn. „Aber wir müssen erst noch etwas erledigen."

Katerina beobachtete zwei Frauen, die zum Haupteingang von Marks & Spencer unterwegs waren.

„Was tun wir hier?", fragte sie.

„Wir müssen ein paar Sachen einkaufen."

„Und dann?"

„Dann machen wir eine kleine Wanderung."

62

10 DOWNING STREET

Graham Seymour verließ Vauxhall Cross kurz nach Mittag, um Premierminister Jonathan Lancaster in seinem Amtssitz 10 Downing Street zu unterrichten. Er teilte ihm mit, Eamon Quinn sei höchstwahrscheinlich wieder in England und plane einen weiteren Anschlag – vielleicht auf das Guy's Hospital während des Besuchs des Premierministers, vielleicht auf ein anderes Ziel. Mehr würden sie wissen, erläuterte Seymour, sobald MI5 den in Fleetwood beschlagnahmten Computer ausgewertet habe. Arthur Grimes und sein heimliches Treffen mit Juri Wolkow von der russischen Botschaft wurden mit keinem Wort erwähnt. Seymour hielt es für besser, schlimme Nachrichten in kleinen Dosen zu verabreichen.

„Du hast Amanda knapp verpasst", sagte der Premierminister. „Sie hat mir geraten, meinen Besuch im Guy's Hospital abzusagen. Außerdem hat sie vorgeschlagen, dass ich mich hier einigeln soll, bis Quinn geschnappt ist."

„Amanda ist eine kluge Frau."

„Wenn sie deiner Meinung ist." Der Premierminister lächelte. „Freut mich, dass ihr so nett zusammenspielt." Er machte eine Pause, dann fragte er: „Ihr spielt doch *zusammen*, nicht wahr, Graham?"

„Ja, Premierminister."

„Dann gebe ich dir dieselbe Antwort wie ihr", fuhr Lancaster fort. „Ich denke nicht daran, wegen irgendeines IRA-Terroristen meinen Terminplan zu ändern."

„Mit der IRA hat das nichts zu tun. Dies ist eine rein geschäftliche Angelegenheit."

„Umso mehr Grund, bei meiner Linie zu bleiben." Der Premierminister stand auf und begleitete Seymour zur Tür. „Noch etwas, Graham."

„Ja, Premierminister?"

„Ich wünsche keine Verhaftungen."

„Entschuldigung?"

„Du hast gehört, was ich gesagt habe. Keine Verhaftungen." Er legte Seymour eine Hand auf die Schulter. „Weißt du, Graham, Rache ist manchmal Balsam für die Seele."

„Ich will keine Rache, Premierminister."

„Dann schlage ich vor, dass du jemanden findest, der Rache sucht, und ihn mit Eamon Quinn zusammenbringst."

„Dafür habe ich genau den richtigen Mann, denke ich. Sogar zwei Männer."

Seymours Limousine wartete auf der Downing Street vor der berühmten schwarzen Tür. Sie brachte ihn zum Vauxhall Cross zurück, wo er Gabriel und Keller in dem fensterlosen Raum im obersten Stockwerk antraf. Die beiden schienen in seiner Abwesenheit keinen Muskel bewegt zu haben.

„Wie war er?", fragte Gabriel.

„Unnachgiebig bis zur Halsstarrigkeit."

„Wann verlässt seine Autokolonne die Downing Street?"

„Viertel vor drei."

Gabriel sah auf die Wanduhr, die 13.55 Uhr anzeigte.

„Ich weiß, dass wir zwei Uhr gesagt haben, Graham, aber…"

„Wir warten bis zwei Uhr."

Die drei Männer saßen bewegungslos da, während die letzten fünf Minuten verstrichen. Um Punkt 14 Uhr rief Seymour Amanda Wallace im Thames House jenseits des Flusses an und erkundigte sich nach dem Stand der Auswertung des beschlagnahmten Computers.

„Sie sind dicht dran“, sagte Amanda.

„Wie dicht?“

„Innerhalb der nächsten Stunde.“

„Das reicht nicht.“

„Was soll ich also tun?“

„Ruf mich bitte sofort an, wenn du etwas hast.“ Seymour legte auf und sah zu Gabriel hinüber. „Vielleicht wär’s besser, wenn Sie jetzt nicht dabei wären.“

„Schon möglich“, sagte Gabriel, „aber das möchte ich um nichts in der Welt versäumen.“

Seymour nahm wieder den Hörer ab und wählte.

„Arthur“, sagte er jovial, „hier ist Graham. Freut mich, dass ich Sie erwischt habe.“

Sieben Stockwerke unter Graham Seymours Füßen legte ein Mann in einem grauen Glaskasten langsam den Hörer auf. Wie bei allen Glaskästen in der Vauxhall Street stand an seiner Tür kein Name, sondern nur eine durch einen Schrägstrich gegliederte Ziffernfolge. Dass Graham Seymour ihn mit seinem Namen angesprochen hatte, war ungewöhnlich, denn die meisten Leute in Vauxhall Cross benutzten der Einfachheit halber die Bezeichnung seiner Dienststelle: Personal. *Bitten Sie Personal zu mir. Vorsicht, hier kommt Personal!* Dieser Name war eine Beleidigung, eine Kränkung. Er begegnete Ressentiments, wurde sogar gehasst. Aber vor allem wurde er gefürchtet. Er deckte die Geheimnisse anderer auf, führte Buch über ihre Unzulänglichkeiten und Lügen. Er wusste von ihren Affären, ihren finanziellen Problemen, ihrer Schwäche für Alkohol. Es lag in seiner Macht, Karrieren zu beenden – oder zu retten, wenn ihm danach war. Er war Richter, Geschworenenbank und Scharfrichter zugleich: ein Gott in einem grauen Glaskasten. Und trotzdem gab es auch in seinem Leben ein Geheimnis. Irgendwie hatten die Russen es herausbekommen. Sie hatten ihm ein junges Mädchen, eine Lolita, zugeführt und ihn dafür seines letzten Quäntchens Würde beraubt.

Hier ist Graham. Freut mich, dass ich Sie erwischt habe.

Interessante Wortwahl, fand Grimes. Vielleicht ein freudscher Versprecher, aber er vermutete etwas anderes. Dass Seymour ihn nur einen Tag nach seinem U-Bahntreff mit Wolkow zu sich rief, konnte nichts Gutes bedeuten. Das war eine riskante Begegnung, eine Verzweiflungstat gewesen. Und er schien sich dabei exponiert zu haben.

Freut mich, dass ich Sie erwischt habe.

Sein Jackett hing an dem Wandhaken neben einem großformatigen Foto seiner Familie, dem letzten vor der Scheidung. Draußen auf dem Korridor flirtete Nick Rowe mit einer hübschen jungen Frau aus der Registratur – Rowe, der schon den ganzen Tag in seiner Nähe herumlungerte. Grimes ging wortlos an den beiden vorbei zu den Aufzügen. Als er den Rufknopf drückte, war sofort eine Kabine da. Auch das konnte eigentlich kein Zufall sein.

Der Aufzug hob ihn so sanft in die Höhe, dass Grimes keine Bewegung spürte. Als die Tür zur Seite glitt, sah er Ed Marlow, ebenfalls aus seiner Abteilung, im Vorraum stehen. „Arthur!", plärrte er, als sei Grimes plötzlich schwerhörig geworden. „Kann ich dich später zu einem Drink einladen? Ich hätte ein paar Kleinigkeiten zu besprechen."

Ohne eine Antwort abzuwarten, zwängte Marlow sich in die Kabine, deren Tür hinter ihm zuging, und war fort. Grimes trat aus dem Vorraum ins blendend helle Licht des Atriums. Dies war die Walhalla der Spionage, das Gelobte Land. Der Raum, in dem Graham Seymour wartete, lag rechts. Links befand sich die Tür zur Dachterrasse. Grimes wandte sich nach links und trat ins Freie. Die kalte Luft traf ihn wie ein Schlag ins Gesicht. Unter ihm strömte die Themse vorbei: dunkel, bleigrau und irgendwie beruhigend. Grimes atmete tief durch und sammelte sich mit bewusster Anstrengung. Er hatte den großen Vorteil, ihre Methoden zu kennen. Sein Glaskasten war in Ordnung. Ebenso seine Wohnung, seine Bankkonten, seine Computer. Außer einer U-Bahnfahrt mit Juri Wolkow konnten sie ihm nichts nachweisen. Er brauchte niemanden zu fürchten. Er war über jeden Tadel erhaben. Er war Personal.

Im nächsten Augenblick hörte er ein Geräusch hinter sich, als werde eine Tür geöffnet und wieder geschlossen. Als er sich langsam umdrehte, stand Graham Seymour hinter ihm auf der Terrasse. Der Wind zerzauste seine graue Mähne, und er lächelte – dieses verdammte Lächeln, dachte Grimes, das ihm geholfen hat, Karriere zu machen, während bessere Männer weiter in den Kesselräumen von MI6 schuften mussten. Seymour war nicht allein. Hinter ihm stand ein kleinerer Mann mit auffällig grünen Augen und angegrauten Schläfen. Grimes erkannte ihn sofort und spürte sein Herz hämmern.

„Arthur“, sagte Seymour mit derselben aufgesetzten Jovialität wie zuvor am Telefon. „Was machen Sie hier draußen? Wir haben alle drinnen auf Sie gewartet.“

„Sorry, Graham. Ich habe nicht sehr oft Gelegenheit, hier oben zu sein.“

Grimes lächelte seinerseits, aber sein Lächeln war nicht mit dem Seymours zu vergleichen. Ein schuldbewusstes Zähnefletschen, dachte er. Dann wandte er sich ab, wieder dem Fluss zu ... und spurtete im nächsten Augenblick los. Eine Hand griff vergeblich nach ihm, als er sich übers Geländer warf. Während seines Sturzes auf die nächsttiefere Terrasse glaubte er zu fliegen. Dann kam der Natursteinboden ihm entgegengerast, und er schlug mit dem dumpfen Aufprall einer zerplatzenden überreifen Frucht auf.

Sein Sturz aus einer Höhe von mehreren Stockwerken genügte, um einen Mann zu töten – aber nicht sofort. Einige Augenblicke lang nahm er noch vertraute Gesichter wahr, die sich über ihn beugten. Gesichter aus Akten, Gesichter von MI6-Mitarbeitern, mit deren Leben er willkürlich verfahren war. Aber obwohl er schrecklich litt, nannte ihn niemand bei seinem richtigen Namen. Personal sei von der Dachterrasse gefallen, sagten sie. Personal sei tot.

63

CORNWALL

In dem Marks & Spencer in Bristol kauften Quinn und Katerina zwei Paar Trekkingstiefel, zwei Regenjacken, zwei Rucksäcke, ein Fernglas, Leki-Trekkingstöcke, eine Karte und einen Wanderführer für Cornwall und Devon. Sie verstauten die Tragetaschen im Kofferraum des Renaults und fuhren nach Westen zu der kornischen Kleinstadt Helston. Dort lag die Royal Naval Air Station Culdrose, der größte Hubschrauberstützpunkt Europas. Quinn spürte, wie seine Magennerven sich verkrampften, als sie an dem mit Stacheldrahtrollen gesicherten hohen Maschendrahtzaun des Stützpunkts entlangfuhren. Als dann ein Westland Sea King im Tiefflug über die Straße raste, fühlte er sich jäh ins Banditenland South Armagh zurückversetzt. Aber der damalige Krieg war zu Ende, das wusste er. Sein heutiger Krieg fand hier statt.

Drei Meilen südlich des Stützpunkts lag das Dorf Mullion. Quinn folgte den Wegweisern zum Old Inn und fand einen Parkplatz direkt gegenüber vor dem Beachshop Atlantic Forge. Sie zogen ihre Trekkingstiefel und Regenjacken an; dann steckte er Karte, Fernglas und Wanderführer in einen Rucksack. Den zweiten Rucksack mit den Waffen ließ er im Kofferraum und nahm nur die Makarow mit. Katerina war unbewaffnet.

„Als was geben wir uns aus?“, fragte sie, als sie den Reißverschluss ihrer Jacke hochzog.

„Urlauber.“

„Im Winter?“

„Ich hatte schon immer eine Vorliebe für Seebäder im Winter."

„Wo übernachten wir?"

„Such dir was aus."

„Wie wär's mit dem Gondolphin Arms in Marazion?"

Quinn grinste. „Hey, du bist verdammt gut."

„Besser als du."

„Traust du dir zu, mit Londoner Akzent zu sprechen?"

Katerina zögerte, dann sagte sie: „Ja, ich denke, das kann ich."

„Du bist eine Bankerin aus London. Und ich bin dein panamaischer Boyfriend."

„Wie schön für mich!"

Sie verließen das Dorf auf der Polhu Road: Quinn am Rand des Asphaltbands, Katerina auf dem sicheren Bankett. Nach einer halben Meile erreichten sie eine Lücke in der die Straße begleitenden Hecke; dort wies ein kleines Schild ihnen den Weg. Sie gingen über einen Weiderost und überquerten ein Feld, um zum South West Coast Path zu gelangen. Als sie diesem Weitwanderweg auf den Klippen nach Norden folgten, passierten sie nacheinander Poldhu Beach, den Mullion Golf Club und die alte Kirche St. Winwaloe. Nachdem sie die Kirche kurz besichtigt hatten, weil das ihrer Tarnung diente, wanderten sie weiter nach Norden zur Gunwalloe Cove. Auf den Klippen am Südende der Bucht stand das Cottage allein in einem Naturgarten mit Grasnelken und Schwingelgras. In der Einfahrt waren zwei Autos geparkt.

„Das ist sein Haus", sagte Quinn.

Er ließ den Rucksack von den Schultern gleiten, holte sein neues Fernglas heraus und suchte damit die Klippen ab, als bewundere er die Aussicht. Dann nahm er das Cottage direkt ins Visier. Eines der Autos war unbesetzt, aber in dem anderen saßen zwei Männer. Quinn suchte die Fenster des kleinen Hauses ab. Die Jalousien waren heruntergelassen.

„Wir haben Gesellschaft", sagte Katerina plötzlich.

„Ich sehe ihn", sagte Quinn und setzte das Fernglas ab.

„Was machen wir jetzt?"

„Wir wandern weiter."

Quinn verstaute das Fernglas im Rucksack, den er wieder auf den Rücken nahm. Dann wanderten Katerina und er in der bisherigen Richtung weiter. Auf den Klippen kam ihnen ein Mann entgegen, der noch knapp hundert Meter entfernt war. Kein gewöhnlicher Wanderer, dachte Quinn. Kontrollierte Bewegungen, leichtfüßig, mit einer Pistole unter seiner dunkelblauen Barbourjacke. Ein ehemaliger Soldat, vielleicht sogar vom SAS. Quinn spürte, wie seine im Hosenbund steckende Makarow gegen sein Rückgrat drückte. Er wünschte sich, sie wäre leichter zugänglich, aber das ließ sich nicht mehr unauffällig ändern.

„Los, fang zu reden an", murmelte Quinn.

„Worüber?"

„Wie schön das letzte Wochenende bei Bill und Mary war und wie sehr du dir wünschst, du könntest dir ein Haus auf dem Land leisten. Vielleicht ein hübsches Cottage in den Cotswolds."

„Ich hasse die Cotswolds."

Trotzdem erzählte Katerina glühend begeistert von Bill und Mary und ihrer Farm bei Chipping Camden. Und dass Bill ein bisschen aufdringlich wurde, wenn er trank, und dass Mary heimlich in ihren gut aussehenden Kollegen Thomas verliebt war, den Katerina bisher für schwul gehalten hatte. Dann war der ehemalige Soldat herangekommen. Quinn blieb hinter Katerina zurück, damit der andere vorbeigehen konnte. Sie ging etwas langsamer und wünschte dem Wanderer einen guten Morgen, aber Quinn sah zu Boden und sagte nichts.

„Hast du gemerkt, wie er uns gemustert hat?", fragte Katerina, als sie wieder allein waren.

„Weitergehen", wies Quinn sie an. „Und sieh dich um Himmels willen nicht um."

Nun hatten sie das Cottage vor sich. Der Wanderweg führte über den Feldrain dahinter vorbei. Wegen eines kleinen Höhenunterschieds konnte Quinn unauffällig einen Blick über die schützende Hecke werfen und kurz die Gesichter der beiden Männer sehen. Katerina äußerte sich ziemlich kritisch über Mary, und Quinn nickte langsam, als finde er ihre Bemerkungen ungewöhnlich scharfsinnig. Etwa fünfzig Meter von dem Cottage entfernt machte er halt und sah in die Bucht hinunter. Ein Angler warf bis zu den Knien in der starken Brandung stehend seine Leine aus. Hinter ihm ging eine Frau von einem Mann gefolgt, der die gleiche blaue Barbourjacke wie der Exsoldat auf den Klippen trug, über den schmalen goldgelben Sandstrand. Die Frau entfernte sich von ihnen: langsam, ziellos wie eine Gefangene beim täglichen Hofgang. Quinn wartete, bis sie umkehrte, bevor er sein Fernglas an die Augen hob. Dann hielt er es Katerina hin.

„Ich brauche es nicht", sagte sie.

„Ist sie das?"

Katerina starrte die Frau an, die der Brandungslinie folgend auf sie zukam.

„Ja", sagte sie zuletzt. „Das ist sie."

64

GUY'S HOSPITAL, LONDON

In den ersten Minuten nach Arthur Grimes' Selbstmord appellierte Graham Seymour nochmals an Jonathan Lancaster, auf seinen geplanten Besuch des Guy's Hospitals zu verzichten. Der Premierminister wollte nichts davon wissen, war aber damit einverstanden, zwei zusätzliche Personenschützer mitzunehmen. Zwei Männer, die seine Meinung teilten, Rache sei gut für den Seelenfrieden. Zwei Männer, die Eamon Quinns Tod wollten. Der Kommandeur von SO1, der Abteilung der Metropolitan Police, die den Premierminister und seine Familie beschützte, war verständlicherweise über den Vorschlag entsetzt, seine Abteilung durch zwei Außenstehende zu „verstärken", von denen einer ein ausländischer Geheimagent und der andere ein Söldner mit zweifelhafter Vergangenheit war. Trotzdem bekamen sie von ihm Funkgeräte und Dienstausweise, mit denen sie Zutritt zu allen Bereichen des Krankenhauses hatten. Außerdem bekam jeder eine Glock 17, eine 9-mm-Pistole. Das war ein eklatanter Verstoß gegen die geltenden Sicherheitsvorschriften, aber der Premierminister hatte es persönlich angeordnet.

Weil Gabriel und Keller keine Zeit mehr hatten, in die Downing Street zu fahren, holte ein BMW der Met Police sie in Vauxhall Cross ab und raste mit ihnen die Kennington Lane in Richtung Southwark hinunter. Das historische Guy's Hospital, eines der höchsten Gebäude Londons, ragt unweit der London Bridge aus dem Straßengewirr an der Themse auf. Das Polizeifahrzeug setzte sie vor dem als The Shard bekannten futuristischen Wolkenkratzer ab. Dieses Straßenstück, auf dem ohnehin Parkverbot herrschte, war wegen der unmittelbar bevorstehenden Ankunft des Premierministers für jeglichen Verkehr gesperrt. In der Weston Street parkten jedoch mehrere Fahrzeuge, darunter ein weißer Kastenwagen, der offenbar schwer beladen war. Auf Gabriels Anweisung hatte die Met Police den Besitzer ausfindig gemacht. Er war ein kleiner Handwerker, ein ehemaliger Bootsmann der Royal Navy, der in einem Gebäude in der Nähe eine Wohnung renovierte. Sein Lieferwagen war mit Fliesen beladen.

Die letzte an dem Komplex vorbeiführende Straße hieß Snowfields: eine schmale Durchgangsstraße ohne Parkplätze, auf der an diesem Tag nur Streifenwagen unterwegs waren. Gabriel und Keller folgten ihr zum Tor 3, dem Haupteingang des Krankenhauses, und passierten einen Sicherheitskordon. Auf dem Vorplatz wartete der Gesundheitsminister mit einem Team, das der National Health Service entsandt hatte, und einer großen Abordnung des Krankenhauspersonals, viele in weißen Kitteln oder OP-Kleidung. Gabriel schritt ihre Reihen schweigend ab, suchte das Gesicht, das er in dem Cottage im County Galway gezeichnet hatte, und hielt Ausschau nach der Frau, die er erstmals auf einer wenig belebten Straße in Lissabon gesehen hatte. Dann rief er Graham Seymour in der Einsatzzentrale in Vauxhall Cross an.

„Wann trifft der Premierminister ein?"

„Zwei Minuten."

„Was ist mit dem Computer aus Fleetwood?"

„Kann nicht mehr lange dauern."

„Das hat es vor einer Stunde auch schon geheißen."

„Ich melde mich, sobald ich etwas erfahre."

Am anderen Ende wurde aufgelegt. Gabriel steckte sein BlackBerry ein und starrte das Tor 3 an. Keine eineinhalb Minuten später erschienen zwei Polizisten auf Motorrädern, die einen Jaguar in Sonderanfertigung eskortierten. Jonathan Lancaster stieg energiegeladen aus und begann sofort, Hände zu schütteln.

„Muss er das wirklich tun?“, fragte Keller.

„Das ist angeboren, fürchte ich.“

„Hoffentlich ist Quinn nicht irgendwo in der Nähe. Sonst kann heute das letzte Mal sein.“

Der Premierminister schüttelte die letzte ihm hingestreckte Hand. Dann sah er zu Gabriel und Keller hinüber, nickte knapp und verschwand in dem Gebäude. Es war Punkt 15 Uhr.

65

GUNWALLOE COVE, CORNWALL

In genau dem Augenblick, in dem Jonathan Lancaster im Guy's Hospital verschwand, begann es in der Londoner Innenstadt zu regnen, aber im Herzen von West Cornwall schien die schon tief stehende Sonne noch durch Löcher in der fast geschlossenen Wolkendecke. Das klare Wetter war ein operativer Vorteil, weil es Katerina einen Grund dafür lieferte, in Gunwalloe Cove zum Strand hinunterzugehen. Sie war dort um 14.50 Uhr angekommen, nachdem sie Quinn fünf Minuten vorher bei der Kirche St. Winsloe abgesetzt hatte. Der Renault war jetzt auf dem Parkplatz über der Bucht abgestellt, und der Rucksack über Katerinas Schulter enthielt ein Prepaid-Handy von Samsung und eine Maschinenpistole, eine tschechische Samopal 62 Skorpion mit aufgeschraubtem Schalldämpfer ACC Evolution-9.

Die Skorpion hat dir schon immer gefallen, nicht wahr, Katerina?

Auf der Fahrt von St. Winsloe zu der Bucht hatte sie kurz mit dem Gedanken gespielt, aus England zu flüchten und Quinn seinem Schicksal zu überlassen. Stattdessen hatte sie sich dafür entschieden, zu bleiben und ihren Auftrag zu Ende zu führen. Sie war sich praktisch sicher, dass Alexei tot war. Trotzdem wusste sie, dass es unklug gewesen wäre, nach Russland zurückzukehren, ohne ihren Auftrag ausgeführt zu haben. Schließlich hatte der Zar ihn erteilt, nicht Alexei Rosanow. Katerina wusste recht gut, dass man den Zaren nicht enttäuschen durfte.

Sie sah auf ihre Armbanduhr. Es war 15.03 Uhr. Quinn

würde jetzt zu dem Cottage unterwegs sein. Vielleicht würde einer der Personenschützer ihm entgegengehen, wie der Exsoldat es an diesem Morgen getan hatte. Dann würde Quinn ihn erschießen, sodass die Zielperson nur noch von drei Männern beschützt wurde – von den beiden Leibwächtern außerhalb des Cottages und dem Angler hier unten am Strand. Seine Funktion stand für Katerina außer Zweifel. Unter seiner Jacke konnte sie die Umrisse einer Pistole sehen – und die des kleinen Funkgeräts, das er vorhin benutzt hatte, um seinen Kollegen die Strandbesucherin zu melden. Zweifellos würde aus seinem Funkgerät schon bald irgendeine Art Notruf kommen. Oder vielleicht blieb den anderen keine Zeit mehr für einen über Funk abgesetzten Notruf. So oder so war auch das Schicksal dieses Mannes besiegelt: Er sah seinen letzten Sonnenuntergang.

Er zog einen Fisch aus dem Meer, warf ihn in einen mit Wasser gefüllten gelben Plastikeimer am Strand und steckte einen neuen Köder an den Angelhaken. Nachdem er Katerina freundlich zugenickt hatte, watete er wieder in die Brandung hinaus und warf seine Angel aus. Katerina lächelte, als sie den Reißverschluss ihres Rucksacks aufzog, sodass der Kolben der Skorpion sichtbar wurde. Die MP war auf Dauerfeuer eingestellt, was bedeutete, dass sie zwanzig Schuss in weniger als einer Sekunde abgeben konnte – und das bei minimalem Hochschlag. Quinn war ebenso bewaffnet.

Im nächsten Augenblick vibrierte ihr Samsung-Smartphone, und auf dem Display erschien eine SMS: DIE ZIEGEL SIND IN DER WAND … Er kann's nicht lassen, dachte sie verärgert. Er muss den Briten mitteilen, dass er's wieder mal war. Sie ließ das Handy in ihren Rucksack fallen, umfasste den Griff der Skorpion mit der Rechten und beobachtete den Angler weiterhin scharf. Plötzlich hob er ruckartig den Kopf und starrte nach links zu dem Haus auf den Klippen hinauf. Als er sich zu spät herumwarf, sah er Katerina mit der schussbereiten Skorpion im Anschlag auf sich zukommen.

Zwanzig Schuss in weniger als einer Sekunde, nur minimaler Hochschlag …

Die nächsten Wellen, die sich am Strand brachen, waren vom Blut des toten MI6-Personenschützers gerötet. Katerina ersetzte in aller Ruhe das leer geschossene Magazin der Skorpion und begann den steilen Anstieg zum Parkplatz hinauf. Dort stand nur der Renault. Sie setzte sich ans Steuer, ließ den Motor an und fuhr auf leicht abfallender Straße zum Cottage weiter.

66

THAMES HOUSE, LONDON

Auf den ersten Blick wirkten die E-Mails unverfänglich, aber der erfahrene MI5-Auswerter vermutete, sie seien raffiniert harmlos formuliert. Auch die Absenderadressen erschienen ihm verdächtig. Er zeigte die Ausdrucke seinem Vorgesetzten, der sie seinerseits Miles Kent vorlegte. Kent interessierte vor allem die in der letzten Mail genannte Adresse. Weil sie ihm bekannt vorkam, suchte er sie in einer MI5-Datenbank – und entdeckte eine alarmierende Übereinstimmung. Als Nächstes betrat er den Lageraum, in dem Amanda Wallace den Besuch des Premierministers im Guy's Hospital verfolgte. Kent legte ihr den Ausdruck hin. Amanda las ihn stirnrunzelnd.

„Was soll ich damit?", fragte sie verständnislos.

„Sieh dir die Adresse genau an."

Das tat Amanda. „Ist das nicht das Cottage, in dem Allon gelebt hat?"

Kent nickte.

„Wer wohnt jetzt dort?"

„Das solltest du Graham Seymour fragen, denke ich."

Amanda griff nach dem Telefonhörer.

Fünf Sekunden später nahm Graham Seymour in einem anderen Lageraum jenseits der Themse den Hörer ab.

„Hast du etwas für mich?"

„Ein Problem."

„Was ist passiert?"

„Wohnt im Augenblick jemand in Allons Cottage in Cornwall?"

Seymour zögerte, dann sagte er: „Tut mir leid, Amanda, aber darüber kann ich nicht sprechen."

„O Gott", flüsterte Amanda betroffen. „Ich habe gefürchtet, dass du das sagen würdest."

Weil das Cottage offiziell als sicheres Haus von Seymours MI6 galt, gab es dort kein Telefon. Der gegenwärtigen Bewohnerin war auch kein Handy zur Verfügung gestellt worden, damit sie ihren Feinden nicht etwa durch eine unbedachte Äußerung während eines Telefongesprächs ihren Aufenthaltsort verriet. Alle Versuche, ihre Personenschützer zu erreichen, schlugen fehl. Ihre Handys klingelten, ohne dass sich jemand meldete. Auch ihre Sprechfunkgeräte reagierten auf keinen Anruf.

Ein anderer Anruf wurde jedoch sofort beantwortet – als Graham Seymour um 15.17 Uhr die Nummer von Gabriels BlackBerry wählte. Gabriel saß im Guy's Hospital in dem Vortragssaal, in dem der Premierminister seinem fachkundigen Publikum erläuterte, wie seine Regierung das sakrosankte, aber marode staatliche Gesundheitssystem kurieren wollte. Seymour verfolgte die Veranstaltung auf dem riesigen Bildschirm in seinem Lageraum. Jetzt sprach er ruhiger, als er angesichts der Umstände für möglich gehalten hätte.

„Die Zielperson war nicht der Premierminister, fürchte ich. In Battersea steht ein Hubschrauber für Keller und Sie bereit. Die Met Police bringt Sie schnellstens hin."

Die Verbindung brach ab. Seymour legte den Hörer auf und beobachtete auf den Bildschirmen, wie zwei Männer aus dem Saal stürmten.

67

WEST CORNWALL

Madeline Hart hörte keine Schüsse, nur das laute Krachen zersplitternden Holzes. Und dann sah sie den Mann, der mit einer hässlich aussehenden Maschinenpistole in den Händen durch die aufgesprengte Haustür des Cottages hereinstürmte. Seine Faust hatte ihr Sonnengeflecht getroffen – ein brutaler Schlag, nach dem sie nicht mehr sprechen, kaum noch atmen konnte –, und während sie sich auf dem Fußboden wand, hatte er ihr den Mund mit Gewebeband zugeklebt, sie mit Kabelbindern gefesselt und ihr eine Kapuze aus schwarzem Samt über den Kopf gezogen. Trotzdem nahm sie die Anwesenheit eines zweiten Eindringlings wahr, kleiner als der erste Mann, mit leichterem Schritt. Gemeinsam rissen sie die Keuchende hoch und schleiften sie durch ihr Zimmer mit Aussicht. Draußen klingelte ein Handy, aber niemand meldete sich – vermutlich gehörte es einem ihrer Leibwächter. Die Eindringlinge zwangen sie dazu, sich im Kofferraum eines Autos zusammenzurollen, und knallten den Deckel mit der schrecklichen Endgültigkeit eines Sargdeckels zu. Dann knirschten Reifen über Kies, und sie bildete sich ein, die Wellen zu hören, die sich unten am Strand brachen. Dann blieb die See hinter ihr zurück, und sie hörte nur noch das Abrollgeräusch von Reifen auf Asphalt. Und Stimmen. Zwei Stimmen, ein Mann und eine Frau. Der Mann stammte ziemlich sicher aus Irland, aber der vielfältig zusammengesetzte Akzent der Frau verriet ihr Heimatland nicht. Madeline wusste nur eines bestimmt: Diese Stimme hatte sie schon einmal gehört.

In welche Richtung sie fuhren, konnte sie unmöglich feststellen; sie spürte nur, dass die Straße von mittlerer Qualität war. Eine B Road, sagte sie sich. Aber viel war damit nicht anzufangen: Ihre Kenntnisse der Geografie Cornwalls waren durch die Tatsache begrenzt, dass sie in Gabriels Cottage praktisch wie eine Gefangene gelebt hatte. Ja, ihre Bewacher waren gelegentlich mit ihr zum Lizard Point gefahren, wo es in dem Café auf den Klippen Tee und Teekuchen gab, aber meistens hatte sie sich mit Strandwanderungen in der Gunwalloe Cove begnügen müssen. Aus der Londoner MI6-Zentrale war regelmäßig ein Mann nach Cornwall gekommen, um sie über ihre Sicherheitslage zu informieren – oder um ihr die Leviten zu lesen, wie er es ausdrückte. Indem sie übergelaufen sei, sagte er, habe sie den Kreml in große Verlegenheit gebracht. Es sei nur eine Frage der Zeit, wann die Russen versuchten, die Situation zu bereinigen.

Offenbar war die Zeit jetzt gekommen. Madeline vermutete, es gebe einen Zusammenhang zwischen ihrer Entführung und dem versuchten Attentat auf Gabriel. Der Mann mit dem irischen Akzent war zweifellos Eamon Quinn. *Und die Frau?* Madeline horchte auf das Reifengeräusch und die seltsame Mischung aus deutschen, englischen und russischen Akzenten. Dann schloss sie die Augen und erinnerte sich an zwei Mädchen, die im Park eines englischen Bilderbuchdorfs auf einer Bank saßen. Zwei Mädchen, die ihren Müttern geraubt und von Wölfen aufgezogen worden waren. Zwei Mädchen, die eines Tages in die Welt hinausgeschickt werden würden, um für ein Land zu spionieren, das sie beide kaum kannten. Nun schien die Zentrale Moskau eines der Mädchen entsandt zu haben, um das andere liquidieren zu lassen. So grausam konnten nur Russen sein.

Madeline konnte schlecht schätzen, wie rasch die Zeit verstrich, aber sie vermutete, dass ungefähr zwanzig Minuten vergangen waren, als der Wagen hielt. Der Motor wurde abgestellt, der Kofferraumdeckel ging auf, und zwei Händepaare hoben sie heraus – ein männliches und ein erkennbar weibliches. Die Luft war frisch und salzhaltig, der Boden unter ihren Füßen steinig und schlecht begehbar. Sie konnte leichten Wellenschlag und hoch über sich das Kreischen von Möwen hören. Als sie sich dem Wasser näherten, sprang ein Schiffsdiesel an, und sie roch für kurze Zeit Auspuffgase. Die Entführer platschten mit ihr in knietiefes Wasser und hievten sie mithilfe der Besatzung an Bord eines Fischerboots. Im nächsten Augenblick schob der Rudergänger den Leistungshebel nach vorn, wendete und steuerte auf See hinaus. Madeline, die weiter blind, stumm und gefesselt war, horchte auf das Rauschen der Schiffsschraube unter dem Heck. Du wirst sterben, schien es zu sagen. *Du bist bereits tot.*

68

GUNWALLOE COVE, CORNWALL

Der in Battersea bereitstehende Westland Sea King war ein von zwei Propellerturbinen Rolls-Royce Gnome angetriebener Hubschrauber mit vier Mann Besatzung. Er trug Gabriel und Keller mit 210 Stundenkilometern – nur wenig unter seiner Höchstgeschwindigkeit – quer über Südengland hinweg. Kurz vor 18 Uhr erreichten sie Plymouth, und wenige Minuten später entdeckte Gabriel den Leuchtturm Lizard Point. Der Pilot wollte in Culdrose landen, aber Gabriel überredete ihn dazu, gleich nach Gunwalloe weiterzufliegen. Als sie über das Cottage flogen, waren in der Einfahrt und auf der Straße vom Lamb and Flag herüber die blauen Blinklichter von Streifenwagen zu sehen. Und am Strand standen Scheinwerfer, die einen Tatort ausleuchteten. Gabriel wurde fast übel. Sein geliebtes kornisches Refugium, der Ort, an dem er nach einigen seiner schwierigsten Unternehmen Frieden und Erholung gefunden hatte, war nun ein Schauplatz von Morden.

Der Hubschrauber setzte Gabriel und Keller am Nordende der Bucht ab. Die beiden spurteten die Brandungslinie entlang und machten bei den Scheinwerfern halt, die den Tatort ausleuchteten. In ihrem gleißend hellen Licht lag die Leiche eines Mannes, dessen Brust ein halbes Dutzend Einschusslöcher aufwies. Das enge Trefferbild ließ auf einen gut ausgebildeten Killer schließen. Oder vielleicht, dachte Gabriel, war der Schütze eine Frau gewesen. Er sah zu den vier Männern auf, die ihn umstanden. Zwei von ihnen trugen die Uniform der Devon and Cornwall Police. Die beiden anderen waren Kriminalbeamte von der Major Crime Branch. Gabriel fragte sich, wie lange sie schon hier waren. Jedenfalls lange genug, um große Abschnitte der Bucht wie ein Fußballstadion bei Nacht auszuleuchten.

„Brauchen Sie die Halogenstrahler wirklich?"

„Wer will das wissen?", lautete die Gegenfrage eines der Kriminalbeamten.

„MI6", sagte Keller ruhig. Damit identifizierte er sich zum ersten Mal als Angehöriger Ihrer Majestät Geheimdienst, und die Wirkung auf seine vier Zuhörer trat sofort ein.

„Ich muss einen Ausweis sehen", sagte der Kriminalbeamte störrisch.

Keller zeigte auf den großen Hubschrauber am Nordende der Bucht und sagte: „*Der* ist mein Ausweis. Tun Sie jetzt, was der Mann sagt. Schalten Sie die verdammten Scheinwerfer bis auf einen aus."

Einer der Uniformierten schaltete die Halogenscheinwerfer aus.

„Und jetzt sagen Sie den Streifenwagen, dass sie die Blinkleuchten abstellen sollen."

Der Kriminalbeamte gab die Anweisung über Funk weiter. Ein Blick zu seinem Cottage hinauf zeigte Gabriel, dass die blauen Lichter erloschen. Er wandte sich wieder dem vor ihm liegenden Toten zu.

„Wo haben Sie ihn aufgefunden?"

„Sind Sie auch vom MI6?", fragte der Kriminalbeamte.

„Beantworten Sie seine Frage", blaffte Keller.

„Hier am Wasser."

„Er hat geangelt?", fragte Gabriel.

„Woher wissen Sie das?"

„Ich habe nur geraten."

Der Kriminalbeamte drehte sich um und deutete auf die Klippen. „Der Täter hat dort drüben gestanden. Wir haben zwanzig Patronenhülsen gefunden." Er betrachtete wieder die Leiche. „Fast alle Schüsse haben getroffen. Er war vermutlich tot, bevor er ins Wasser gefallen ist."

„Gibt es Zeugen?"

„Bisher haben sich keine gemeldet."

„Was ist mit den Fußabdrücken bei den Patronenhülsen?"

Der Kriminalbeamte zuckte mit den Schultern. „Der Täter hat Trekkingstiefel getragen."

„Welche Größe?"

„Klein."

„Hat dort eine Frau gestanden?"

„Schon möglich."

Gabriel wandte sich wortlos ab und stieg von Keller gefolgt den Fußweg zum Cottage hinauf. Sie betraten das Haus durch die auf die Terrasse hinausführenden Fenstertüren. Gabriels Wohnzimmer war in einen provisorischen Befehlsstand verwandelt worden. Die zerschossene und eingetretene Haustür hing schief an einer Angel und gab den Blick auf zwei weitere Leichen in der Einfahrt frei. Ein hochgewachsener Kriminalbeamter trat ihnen entgegen und stellte sich als Detective Inspector Frazier vor. Gabriel schüttelte die hingestreckte Hand, ohne jedoch seinen Namen zu nennen. Das tat auch Keller nicht.

„Wer von Ihnen ist vom MI6?", fragte der DI.

Gabriel nickte zu Keller hinüber.

„Und Sie?", fragte der Kriminalbeamte ihn.

„Ein Freund unseres Diensts", sagte Keller.

Wie wenig der Kriminalbeamte von Irregulären hielt, stand auf seiner Stirn geschrieben. „Bisher haben wir vier Tote aufgefunden", sagte er. „Einen unten am Strand, zwei in der Einfahrt dieses Hauses und einen auf dem Küstenwanderweg. Er hat zwei Treffer in Kopf und Brust abbekommen. Hatte keine

Chance, seine Pistole zu ziehen. Die Männer in der Einfahrt sind wie ihr Kollege drunten am Strand jeweils mehrfach getroffen worden."

„Und die Frau, die hier wohnt?", fragte Gabriel.

„Sie ist verschwunden."

Der Kriminalbeamte trat an Gabriels Staffelei, an die er eine Karte von West Cornwall gehängt hatte. „Zwei Zeugen ist ein Renault aufgefallen, der heute Nachmittag kurz nach drei Uhr mit überhöhter Geschwindigkeit durchs Dorf gefahren ist. Er war nach Norden unterwegs. Wir haben hier, hier und hier Straßensperren errichtet", fügte er hinzu und tippte auf drei Punkte der Landkarte. „Den Fahrer konnten die Zeugen nicht erkennen, aber beide haben ausgesagt, neben ihm habe eine Frau gesessen."

„Die Zeugen haben recht", bestätigte Gabriel.

Der Kriminalbeamte wandte sich von der Landkarte ab. „Wer ist sie?"

„Eine Agentin des russischen Geheimdiensts."

„Und der Fahrer des Wagens?"

„Früher war er der beste Bombenbauer der IRA, was bedeutet, dass Ihre Straßensperren Zeitverschwendung sind. Sie müssen Ihre Kräfte an der Westküste konzentrieren. Und Sie sollten den Kofferraum jedes Wagens kontrollieren lassen, der heute Abend auf eine Fähre nach Irland rollt."

„Hat dieser IRA-Mann einen Namen?"

„Eamon Quinn."

„Und die Russin?"

„Die heißt Katerina. Aber sie gibt sich wahrscheinlich als Deutsche aus. Lassen Sie sich nicht von ihrem Aussehen täuschen", fügte Gabriel warnend hinzu. „Den Wachposten am Strand hat sie mit einem Feuerstoß aus einer Maschinenpistole erledigt."

„Und die Frau, die sie entführt haben?“

„Wer sie ist, spielt keine Rolle. Sie ist die mit der Kapuze über dem Kopf.“

Der DI studierte wieder die Landkarte. „Wissen Sie, wie lang die kornische Küste ist?“

„Über sechshundertfünfzig Kilometer“, antwortete Gabriel, „mit unzähligen kleinen Buchten. Daher war sie ein Schmugglerparadies.“

„Können Sie mir sonst noch etwas erzählen?“

„In der Speisekammer steht eine Dose Tee“, sagte Gabriel. „Und auch eine Packung McVitie's-Kekse.“

69

GUNWALLOE COVE, CORNWALL

Gegen acht Uhr abends brachten sie den Toten im Licht von Stablampen vom Strand herauf, legten ihn zu den anderen in der Einfahrt und bedeckten auch ihn mit einer Plane. Dort blieben die Toten nicht mehr lange; binnen einer Stunde kamen vier Leichenwagen, um sie zur gerichtsmedizinischen Untersuchung in Exeter abzutransportieren. Dort würde ein erfahrener Gerichtsmediziner das Offenkundige feststellen: dass die vier Geheimagenten an mehrfachen schweren Schussverletzungen gestorben waren.

Oder vielleicht, dachte Gabriel, würde der Gerichtsmediziner sie nie zu Gesicht bekommen. Vielleicht würde es Graham Seymour und Amanda Wallace gelingen, das ganze blutige Chaos unter den Teppich zu kehren. Quinn hatte es geschafft, die britischen Geheimdienste in einen weiteren Skandal zu verwickeln – in einen Skandal, der sich hätte vermeiden lassen, wenn das MI5-Computerlabor die relevanten E-Mails eine halbe Stunde früher entdeckt hätte. Gabriel fühlte sich irgendwie mitverantwortlich. Nichts von alledem wäre passiert, sagte er sich, hatte er in der St. Petersburger Eremitage nicht einer schönen jungen Frau ein Exemplar des Romans *Zimmer mit Aussicht* in den Schoß gelegt.

Ich glaube, dieses Buch gehört Ihnen …

Vorwürfe konnte er sich später immer noch machen. Im Augenblick war es Gabriels einzige Sorge, Madeline zu finden. Die Devon and Cornwall Police überwachte in ihrem Bereich alle Strände und Buchten, in denen ein kleines Boot anlegen konnte. Außerdem hatte Graham Seymour die Küstenwache inoffiziell gebeten, ihre Patrouillen vor der Südwestküste zu verstärken. Lauter vernünftige Maßnahmen, fand Gabriel, die aber vermutlich etwas zu spät kamen. Quinn war fort. Und Madeline ebenfalls. Aber wieso hatte er sie entführt? Wieso hatte er sie nicht zwischen ihren Personenschützern tot zurückgelassen: als Warnung für andere russische Spione, die vielleicht mit dem Gedanken spielten, ihrem Beispiel zu folgen und überzulaufen?

Gabriel konnte es nicht ertragen, in dem Cottage zu sein – nicht mit den Polizeibeamten, die überall Unordnung hinterließen, nicht mit den Einschusslöchern in der Haustür, nicht mit den Erinnerungen, die ihn hier überfielen –, deshalb saßen Keller und er in ihre Jacken gehüllt draußen auf der Terrasse. Gabriel beobachtete die Lichter eines an der Kimm vorbeiziehenden großen Frachters und fragte sich, ob Madeline an Bord war. Keller rauchte eine Zigarette und starrte auf den Sea King hinunter. Niemand störte ihr Schweigen, bis ein Kriminalbeamter ihnen kurz nach 22 Uhr mitteilte, bei West Pentire an der kornischen Nordküste sei oberhalb einer einsamen Bucht ein Renault Scénic aufgefunden worden. Das Fahrzeug sei bis auf eine Plastiktüte von Marks & Spencer leer gewesen.

„In der liegt nicht zufällig ein Kassenzettel?“, fragte Gabriel.

„Leider nicht, Sir.“ Der Kriminalbeamte schwieg einige Sekunden lang. „Der DI hat sich im Innenministerium erkundigt“, sagte er dann. „Ich weiß jetzt, wer Sie sind.“

„Dann entschuldigen Sie hoffentlich, wie wir anfangs mit Ihnen gesprochen haben.“

„Sie brauchen sich nicht zu entschuldigen. Aber vielleicht wollen Sie noch ein paar Wertsachen aus dem Haus in Sicherheit bringen. MI6 schickt offenbar ein Team, das hier sauber machen soll.“

„Es soll meine Staffelei vorsichtig behandeln“, sagte Gabriel. „Für mich hat sie Erinnerungswert.“

Der Kriminalbeamte zog sich zurück, ließ Gabriel und Keller allein. Die Lichter des Frachters waren im Dunkel der Nacht verschwunden.

„Wohin hat er sie deiner Meinung nach verschleppt?“, fragte Keller.

„An irgendeinen Ort, an dem er sich sicher fühlt. Wo er das Umfeld und die Akteure kennt.“ Gabriel musterte Keller mit hochgezogenen Augenbrauen. „Kennst du einen Ort, auf den das zutrifft?“

„Leider nur einen.“

„Banditenland?“

Keller nickte. „Und wenn er's schafft, sie dorthin zu bringen, hat er einen gewaltigen Heimvorteil.“

„Wir haben auch einen Vorteil, Christopher.“

„Welchen?“

„Nummer acht Stratford Gardens.“

Keller starrte wieder den Hubschrauber an. „Und wenn Quinn es darauf anlegt, uns dorthin zu locken?“

„Um eine zweite Chance zu bekommen, uns zu erledigen?“

„Ja.“

„Macht das einen Unterschied?“

„Nein“, sagte Keller. „Aber das ist vielleicht nichts, in das du verwickelt werden möchtest. Schließlich ...“

Keller brachte den Satz nicht zu Ende, weil klar war, dass Gabriel nicht mehr zuhörte. Er hatte sein BlackBerry aus der Tasche gezogen und war im Begriff, Graham Seymour in Vauxhall Cross anzurufen. Ihr Gespräch war kurz, etwa zwei Minuten, nicht mehr. Dann steckte Gabriel sein Handy wieder ein und deutete zum Strand hinunter, wo Sekunden später die Propellerturbinen des Sea King pfeifend wieder anliefen. Er stand auf und folgte Keller langsam auf dem Fußweg zur Bucht hinunter. Das Cottage sah er zum letzten Mal, wie er's erstmals gesehen hatte: aus einer Meile Entfernung von See aus. Er wusste, dass er nie mehr einen Fuß in sein Haus auf den Klippen setzen würde. Quinn hatte es so nachhaltig zerstört, wie er Tariq geholfen hatte, Leah und Dani zu ermorden. Jetzt ist die Sache persönlich, dachte er. Und sie wird unschön enden.

70

COUNTY DOWN, NORDIRLAND

Im selben Augenblick lief das kommerzielle Fischerboot *Catherine May*, eine Vigilante 33, mit sechsundzwanzig Knoten durch den St.-Georgs-Kanal. Am Ruder stand Jack Delaney, ein ehemaliges IRA-Mitglied, das auf Waffen- und Sprengstoffschmuggel spezialisiert gewesen war. Delaneys jüngerer Bruder hockte auf den Stufen des Niedergangs und rauchte eine Zigarette. Um drei Uhr morgens standen sie ge nau östlich von Dublin, und um fünf Uhr erreichten sie Carlinford Lough, eine von einer Gletscherzunge geformte schmale Bucht, die die Grenze zwischen der Republik Irland und Ulster bildet. Der alte Fischereihafen Ardglass lag ungefähr zwanzig Meilen nördlicher. Quinn wartete, bis er das erste Aufblitzen des Leuchtturms Ardglass sah, bevor er sein Smartphone einschaltete. Er schrieb eine kurze SMS, die er nur widerstrebend unverschlüsselt abschickte. Zehn Sekunden später war bereits die Antwort da.

„Scheiße“, sagte Quinn.

„Problem?“, fragte Jack Delaney.

„Ardglass ist zu heiß, dort können wir nicht anlegen.“

„Was ist mit Kilkeel?“

Der Fischereihafen Kilkeel lag dreißig Meilen weiter südlich. Die mehrheitlich protestantische Kleinstadt war überwiegend loyalistisch eingestellt. Quinn schlug sie in einer zweiten SMS vor. Als Sekunden später die Antwort einging, sah er Jack Delaney an und schüttelte den Kopf.

„Was schlägt er sonst vor?“

„Er sagt, dass es auf der Shore Road ruhig ist.“

„Wo?"

„Gleich nördlich der Burg."

„Keiner meiner Lieblingsorte."

„Kannst du vor Sonnenaufgang dort anlegen und wieder weg sein?"

„Kein Problem."

Jack Delaney gab Gas und nahm Kurs auf die Südspitze der Halbinsel Ards. Quinn warf einen Blick in die Kabine im Vorschiff und sah Madeline gefesselt und mit aufgesetzter Kapuze in der Backbordkoje liegen. Sie hatte während der Überfahrt keinen Laut hören lassen. Katerina, die mehrmals die Toilette aufgesucht hatte, um sich zu übergeben, rauchte am Tisch in der Kombüse eine Zigarette.

„Wie geht's dir?", fragte Quinn.

„Interessiert dich das wirklich?"

„Eigentlich nicht."

Sie nickte zu dem achteraus zurückbleibenden Leuchtturm Ardglass hinüber. „Wollten wir nicht dort an Land gehen?"

„Kleine Änderung im Plan", sagte Quinn.

„Polizei?"

Quinn nickte.

„Was hast du anderes erwartet?"

„Mach dich fertig", sagte er. „Wir müssen ins Schlauchboot umsteigen."

„Freu mich schon drauf."

Quinn ging wieder nach oben und blieb an Deck stehen. Das Wetter war klar und kalt, und am Nachthimmel glitzerten Myriaden von Sternen. Die Küste nördlich von Ardglass bestand hauptsächlich aus Farmland, auf dem nur vereinzelt Cottages mit Meerblick standen. Quinn suchte sie mit seinem Fernglas ab, aber nachts waren kaum Einzelheiten zu erkennen. Sie tuckerten an Guns Island vorbei, einem unbewohnten grünen Maulwurfshaufen zweihundert Meter vor dem Dorf Ballyhornan, und umrundeten wenige Minuten später die Felsspitze, hinter der der Strangford Lough begann. Bojen bezeichneten die nach Norden führende Fahrtrinne. In einzelnen Häusern entlang der Shore Road brannte schon Licht, sodass Quinn die Silhouette von Kilclief Castle erkennen konnte. Dann sah er etwas weiter nördlich drei Lichtblitze und schickte eine SMS, die aus einem einzigen Fragezeichen bestand. Die Antwort lautete, die Haustür stehe weit offen.

Quinn machte das Schlauchboot klar und kehrte ins Ruderhaus zurück. Er zeigte auf die Stelle, wo er die Lichtblitze gesehen hatte, und wies Jack Delaney an, darauf zuzuhalten. Dann ging er wieder in die Kabine im Vorschiff und zog Madeline die schwarze Kapuze vom Kopf. Im Halbdunkel funkelte ihn ein Augenpaar an.

„Wir fahren an Land", sagte Quinn. „Benimm dich, okay? Sonst kriegst du eine Kugel in den Kopf. Alles klar?"

Die Augen erwiderten seinen Blick kalt. Sie hat keine Angst, dachte Quinn, sie ist nur wütend. Er musste sich eingestehen, dass ihm ihr Mut imponierte. Er zog ihr die Kapuze wieder über den Kopf und führte Madeline nach oben.

Connor Delaney brachte sie schnell und auf dem kürzesten Weg an Land. Quinn stieg in knietiefem Wasser aus. Dann hob er Madeline mit Katerinas Hilfe aus dem Schlauchboot und marschierte mit ihr zu dem am Straßenrand parkenden Wagen. Das Fahrzeug war ein dunkelgrauer Peugeot 504. Sein Kofferraum stand offen. Quinn zwang Madeline dazu, sich darin zusammenzurollen, und knallte den Deckel zu. Dann stiegen Katerina und er ein: Katerina vorn links, Quinn auf dem Rücksitz, sodass er mit seiner Makarow auf ihr Rückgrat zielen konnte. Am Steuer saß Billy Conway, der zu einer Seemannsjacke eine schwarze Wollmütze trug. „Willkommen daheim", sagte er. Dann ließ er den Motor an und fuhr auf die Straße hinaus.

Sie fuhren nach Westen in Richtung Downpatrick. Quinn drehte instinktiv das Gesicht zur Seite, als ihnen ein Streifenwagen des PSNI mit Blinklicht und Sirene entgegenkam.

„Wohin die wohl so früh an einem herrlichen Sonntagmorgen unterwegs sind?"

„So ist's überall in den sechs Counties." Bill Conway sah in den Innenspiegel. „Deinetwegen, nehm ich an."

„Das dürfte stimmen."

„Wer ist die Frau im Kofferraum?"

Quinn zögerte, dann antwortete er wahrheitsgemäß.

„Diese Russin, die mit dem Premierminister geschlafen hat?"

„Genau die."

„Jesus, Eamon." Billy Conway fuhr einige Minuten lang schweigend. „Du hast nie gesagt, dass du eine Geisel mitbringst."

„Die Umstände haben sich geändert."

„In welcher Beziehung?"

Quinn gab keine Antwort.

„Was hast du mit ihr vor?"

„Ich will sie als Pfand behalten."

„Wo?"

„Wo niemand sie findet."

„South Armagh?"

Quinn schwieg.

„Wir sollten sie vorwarnen, dass wir kommen."

„Nein", sagte Quinn. „Kein Telefon."

„Wir können nicht einfach bei ihnen aufkreuzen."

„Doch, das können wir."

„Wieso?"

„Weil ich Eamon Quinn bin."

Ein weiterer PSNI-Streifenwagen kam ihnen aus Downpatrick entgegengerast. Quinn hielt seinen Kopf tief gesenkt. Billy Conway umklammerte das Lenkrad mit beiden Händen.

„Wozu hast du diese Frau mitgebracht, Eamon?"

„Peanuts", antwortete Quinn.

„Wozu?"

„Fahr einfach zu, Billy. Den Rest erzähl ich dir, wenn wir im Banditenland sind."

71

THE ARDOYNE, WEST BELFAST

Der Sea King landete auf JHFS Aldergrove, dem Stützpunkt des Joint Helicopter Command neben dem Flughafen Belfast. Amanda Wallace vom MI5 hatte dafür gesorgt, dass ein Wagen bereitstand: ein fünf Jahre alter Ford Escort mit verblasstem blauen Lack und fast hunderttausend Überwachungsmeilen auf dem Tacho. Und sie stellte ein sicheres MI5-Haus in einem protestantischen Gebiet von West Belfast zur Verfügung. Zwei Mitarbeiter der T Branch, der MI5-Abteilung Terrorismusbekämpfung, warteten dort, als Gabriel und Keller kurz nach Mitternacht ankamen. Sie kannten Keller weder mit Namen noch vom Sehen, aber Gabriels Identität war schwieriger zu tarnen. Die vier verbrachten eine schlaflose Nacht, während sie die Suche nach dem Schiff überwachten, mit dem Madeline Hart aus einer einsamen Bucht im Norden Cornwalls entführt worden war. Um sechs Uhr morgens stand fest, dass es nicht zu finden war – zumindest nicht mit Madeline an Bord. Die britische Öffentlichkeit wusste jedoch nichts von ihrer Entführung. Sie wusste auch nicht, dass ein leitender SIS Mitarbeiter sich in Vauxhall Cross von der Dachterrasse in den Tod gestürzt hatte. Der Aufmacher der BBC-Morgennachrichten *Breakfast* war der umstrittene Plan des Premierministers zur Reform des staatlichen Gesundheitswesens. Die ersten Reaktionen waren überwiegend ablehnend.

Kurz nach 6.30 Uhr verließen Gabriel und Keller das sichere Haus und stiegen in den Ford. Die folgende halbe Stunde verbrachten sie damit, kreuz und quer durch den Norden und Osten der Stadt zu fahren, um sich zu vergewissern, dass sie nicht vom MI5 oder anderen britischen Geheimdiensten beschattet wurden. Gegen sieben Uhr bogen sie auf die Crumlin Road ab und fuhren ins katholische Ardoyne hinein. Keller parkte an einem Ende von Stratford Gardens und stellte den Motor ab. Hinter einigen Reihenhausfenstern brannte Licht, aber die Straße war noch menschenleer.

„Wie lange dauert's, bis deine Freunde aufkreuzen?", fragte Gabriel.

„Es ist noch früh", antwortete Keller vage.

„Das klingt nicht ermutigend."

„Wir sind hier in West Belfast. Da ist's schwierig, optimistisch zu sein."

Einige Minuten lang blieb es in Stratford Gardens ruhig. Keller suchte die Straße nach etwas Verdächtigem ab, aber Gabriel hatte nur Augen für die Haustür der Nummer 8. Als sie sich um 7.45 Uhr öffnete, erschienen Maggie und Catherine Donahue: die Tochter und die Ehefrau eines Mannes, der einen Feuerball dreihundert Meter in der Sekunde zurücklegen lassen konnte. Die Ehefrau und die Tochter eines Mannes, der Tariq al-Hourani geholfen hatte, seine Probleme mit Zeitzündern und Zündkapseln zu lösen. Catherine Donahue trug unter einem grauen Mantel Hockey-Spielkleidung. Ihre Mutter trug einen Jogginganzug und Laufschuhe. Die beiden gingen durch das eiserne Gittertor des Vorgartens und wandten sich nach rechts, in Richtung Ardoyne Road.

„Wo ist ihr Spiel?", fragte Gabriel.

„Lisburn. Der Bus geht um halb neun."

„Findet sie nicht allein hin?"

„Ihr Schulweg zu Our Lady of Mercy führt durch ein Protestantenviertel. Da kann man leicht angepöbelt werden."

„Oder sie versuchen zu flüchten."

„In dieser Aufmachung?"

„Fahr ihnen nach", sagte Gabriel nur.

„Was ist, wenn meine Freunde aufkreuzen?"

„Keine Angst, ich komme schon zurecht."

Gabriel stieg aus, ohne ein weiteres Wort zu sagen. Das Eisentor der Nummer 8 quietschte durchdringend, als er es aufstieß, aber die Haustür ließ sich geräuschlos öffnen. Als er über die Schwelle trat, zog er rasch eine Pistole hinten aus dem Hosenbund – die Glock 17, die er vom SOI, das den Premierminister schützte, erhalten hatte. Im Wohnzimmer lief zu seiner Überraschung der Fernseher; Gabriel ließ ihn eingeschaltet und schlich mit schussbereit gehaltener Waffe die Treppe hinauf. Beide Schlafzimmer waren unaufgeräumt, aber leer. Er ging wieder nach unten und betrat die Küche. Im Ausguss stand Frühstücksgeschirr, und auf der Arbeitsplatte stand eine Thermoskanne mit Tee. Gabriel nahm einen Becher aus dem Schrank, schenkte sich Tee ein und setzte sich an den Küchentisch, um zu warten.

Maggie Donahue brauchte eine Viertelstunde, um ihre Tochter bis zum Tor der Mädchenschule Our Lady of Mercy zu begleiten. Auf dem Rückweg kam es zu einem Zwischenfall, als zwei Protestantinnen aus der Wohnsiedlung Glenbryn sie auf der Ardoyne Street aufhielten, weil sie es als Katholikin wagte, eine Straße der Loyalisten zu benutzen. Deshalb war ihr Gesicht bei ihrer Rückkehr vor Zorn gerötet. Sie steckte den Schlüssel ins Schloss, sperrte auf und warf die Tür so heftig zu, dass die Fenster im Erdgeschoss klirrten. Im Fernsehen klagte ein Farmer über den niedrigen Milchpreis. Sie schaltete das Gerät aus, bevor sie in die Küche ging, um das Geschirr abzuspülen. Sie brauchte eine halbe Sekunde, um zu begreifen, dass an ihrem Küchentisch ein Unbekannter saß und Tee trank.

„Jesus!", kreischte sie erschrocken.

Gabriel runzelte nur die Stirn, als missbillige er Leute, die den Namen des Gottessohns missbrauchten.

„Wer sind Sie?", fragte Maggie Donahue.

„Das wollte ich gerade *Sie* fragen", antwortete Gabriel gelassen.

Sein Akzent verwirrte sie. Dann war ihr anzusehen, dass sie ihn erkannte.

„Sie sind der Mann, der ..."

„Ja", unterbrach er sie, „der bin ich."

„Was machen Sie in meinem Haus?"

„Seit meinem letzten Besuch vermisse ich etwas. Aber vielleicht können Sie mir helfen, es zu finden."

„Was denn?"

„Ihren Mann."

Sie zog ihr Handy aus einer Tasche ihres Jogginganzugs und begann zu wählen. Gabriel zielte mit der Pistole auf ihre Hand.

„Stopp!", sagte er.

Sie erstarrte.

„Geben Sie mir bitte das Telefon."

Sie legte es ihm wortlos hin. Gabriel sah auf das Display. Die Nummer, die sie hatte anrufen wollen, war acht Ziffern lang.

„Die Notrufnummer des Police Service of Northern Irland ist eins-null-null, nicht wahr?"

Sie äußerte sich nicht dazu.

„Wen wollten Sie also anrufen?" Als Gabriel wieder keine Antwort bekam, steckte er das Smartphone ein.

„He, das gehört mir!", protestierte sie.

„Jetzt nicht mehr."

„Was zum Teufel wollen Sie?"

„Als Erstes möchte ich, dass Sie sich hinsetzen", sagte Gabriel.

Maggie Donahue funkelte ihn weniger ängstlich als verächtlich an. Sie stammt aus Ardoyne, dachte Gabriel. Sie ist nicht leicht einzuschüchtern.

„Setzen Sie sich", wiederholte er, und sie gehorchte widerstrebend.

„Wie sind Sie hier reingekommen?", fragte sie.

„Die Haustür war nicht abgesperrt."

„Bockmist."

Gabriel legte ein Foto auf den Tisch und drehte es um, damit sie es gut sehen konnte. Es zeigte ihre Tochter, die mit Eamon Quinn auf einer Lissabonner Straße stand.

„Woher haben Sie dieses Foto?", fragte sie.

Gabriel sah stumm zur Decke auf.

„Aus Catherines Zimmer?"

Er nickte.

„Was haben Sie dort gemacht?"

„Ich habe versucht, Ihren Mann daran zu hindern, einen weiteren Massenmord zu verüben."

„Ich habe keinen Mann." Sie machte eine Pause, dann fügte sie hinzu: „Nicht mehr."

„Dies ist Ihr Mann", sagte Gabriel und tippte mit der Pistolenmündung auf das Foto. „Er heißt Eamon Quinn. Er hat die Bombenanschläge in Bishopsgate und am Canary Wharf verübt. Und die in Omagh und in der Brompton Road. Sachen von ihm hängen in Ihrem Kleiderschrank. Ich habe auch sein Geld gefunden. Folglich werden Sie den Rest Ihres Lebens hinter Gittern verbringen, wenn Sie mir nicht sagen, was ich wissen will."

Sie starrte das Foto noch einige Sekunden lang schweigend an. Auf ihrem Gesicht stand jetzt noch etwas anderes, dachte Gabriel. Er sah ihr an, dass sie sich schämte.

„Er ist nicht mein Ehemann“, sagte sie zuletzt. „Mein Mann ist seit über zehn Jahren tot.“

„Weshalb steht Ihre Tochter dann mit Eamon Quinn auf einer Lissabonner Straße?“

„Das darf ich Ihnen nicht sagen.“

„Warum nicht?“

„Weil er mich umbringt, wenn ich's tue.“

„Quinn?“

„Nein“, sagte sie und schüttelte den Kopf. „Billy Conway.“

72

CROSSMAGLEN, COUNTY ARMAGH

Die Farm knapp westlich von Crossmaglen war seit Generationen im Besitz des Clans Fagan. Jimmy Fagan, der jetzige Besitzer, hatte sich nie viel aus Landwirtschaft gemacht und Ende der Achtzigerjahre in Newry eine Fabrik eröffnet, die für die florierende Bauindustrie von South Armagh Türen und Fenster aus Aluminium herstellte. Im Hauptberuf war er jedoch irischer Republikaner. Als Veteran der berüchtigten South Armagh Brigade der IRA hatte er an einigen der blutigsten Anschläge und Hinterhalte des Konflikts teilgenommen – auch an dem Überfall auf eine britische Patrouille bei Warrenpoint, bei dem achtzehn britische Soldaten umgekommen waren. Insgesamt war die South Armagh Brigade für den Tod von 123 britischen Soldaten und 42 Beamten der Royal Ulster Constabulary verantwortlich. Für Soldaten war dieses Gebiet mit kleinen Farmen und sanften Hügeln für einige Zeit das gefährlichste Gebiet der Welt gewesen – so gefährlich, dass die British Army die Straßen der IRA überlassen musste und ganz auf Hubschrauber als Transportmittel setzte. Dann begann die South Armagh Brigade jedoch, auch Hubschrauber anzugreifen. Vier wurden abgeschossen, darunter ein Westland Lynx, der bei Crossmaglen getroffen wurde. Jimmy Fagan hatte den Granatwerfer bedient, den Eamon Quinn konstruiert und gebaut hatte.

Auf dem Höhepunkt der Unruhen hatte mitten in Crossmaglen ein militärischer Beobachtungsturm gestanden. Jetzt war der Turm längst abgerissen, und in der Dorfmitte lag ein Park mit einem schmucklosen Denkmal für gefallene IRA-

Freiwillige. Quinn ließ sich von Billy Conway vor dem Hotel am Cross Square absetzen; von dort aus ging er zu Fuß zur Emerald Bar in der Newry Street weiter. Über ihrem Eingang wehte die Fahne der Crossmaglen Rangers. Fußball schien Rebellion als liebstes Freizeitvergnügen der Einheimischen abgelöst zu haben.

Als Quinn die Bar betrat, wandten sich ihm sofort mehrere Köpfe zu. Der Krieg war längst vorüber, aber in Crossmaglen wurden Fremde noch immer so misstrauisch beäugt wie früher. Quinn kannte mehrere der anwesenden Männer, die ihn ihrerseits jedoch nicht zu erkennen schienen. Er bestellte an der Bar ein Guinness und ging damit an den Tisch, an dem Jimmy Fagan mit zwei weiteren Ehemaligen der South Armagh Brigade saß. Fagan, der sein grau meliertes Haar militärisch kurz geschnitten trug, musterte den Fremden argwöhnisch. Aber auch er schien Quinn nicht zu erkennen.

„Was kann ich für Sie tun, Freund?“, erkundigte Fagan sich schließlich.

„Darf ich mich zu Ihnen setzen?“

Fagan nickte zu einem freien Tisch an der Rückwand des Raums hinüber und ließ so erkennen, er halte ihn für besser geeignet.

„Aber ich würde lieber bei Ihnen sitzen.“

„Verpiss dich, Freund“, sagte Fagan ruhig. „Sonst passiert dir was.“

Quinn setzte sich zu ihnen. Der Mann links von ihm packte ihn am Arm.

„Keine Aufregung“, murmelte Quinn. Er sah Fagan ins Gesicht und sagte: „Ich bin’s, Jimmy – Eamon.“

Fagan starrte prüfend in Quinns Gesicht. Dabei erkannte er, dass der Fremde an seinem Tisch die Wahrheit sagte. „Jesus“, sagte er leise. „Was führt dich hierher?“

„Geschäfte."

„Das könnte erklären, warum die RUC plötzlich so nervös ist."

„Sie nennt sich jetzt PSNI, Jimmy. Hast du das nicht mitgekriegt?"

„Das Karfreitagsabkommen hat viele Sünden vergeben", sagte Fagan nach kurzer Pause, „aber nicht deine. Für uns alle wär's besser, wenn du dein Bier austrinken und verschwinden würdest."

„Geht nicht, Jimmy."

„Wieso nicht?"

„Geschäfte."

Quinn trank den Schaum von seinem Guinness ab und sah sich in dem Raum um. Der Geruch von Bohnerwachs und Bier und die gedämpft im hiesigen Dialekt sprechenden Stimmen gaben ihm nach all den Jahren auf der Flucht, in denen er seine Dienste an den Meistbietenden verkauft hatte, das Gefühl, endlich wieder daheim zu sein.

„Was führt dich hierher?", wiederholte Fagan.

„Ich habe mich gefragt, ob ich dich für etwas Action begeistern könnte."

„Was wäre für mich drin?"

„Geld."

„Keine Bomben mehr, Eamon."

„Nein", sagte Quinn. „Keine Bomben."

„Was für eine Art Job ist's sonst?"

„Hinterhalt", antwortete Quinn. „Wie in der guten alten Zeit."

„Wer ist die Zielperson?"

„Der Mann, der damals entkommen ist."

„Keller?"

Quinn nickte. Jimmy Fagan grinste.

Die Farm war achtzig Hektar groß – oder knapp hundert, je nachdem, welchen Angehörigen des Fagan-Clans man fragte. Hier gab es hauptsächlich grüne Weideflächen, die durch niedrige Steinmauern, von denen einige älter als die hiesige protestantische Bevölkerung sein sollten, in kleinere Parzellen unterteilt wurden. Die Republik Irland lag gleich hinter der nächsten Hügelkette. Auf keiner der nach drüben führenden Straßen gab es auch nur sporadische Grenzkontrollen.

Auf der höchsten Erhebung der Farm stand das einstöckige Klinkerhaus, in dem der Witwer Fagan mit seinen beiden Söhnen lebte, die wie er Veteranen der IRA und der revisionistischen Wahren IRA waren. Auf der Farm gab es eine mit Aluminiumblech verkleidete Scheune und einen geheimen Lagerraum, in dem Fagan während des Kriegs Waffen und Sprengstoff versteckt hatte. Dort war im Winter 1989 der damals fast zwei Jahrzehnte jüngere Christopher Keller von Eamon Quinn brutal verhört worden. Jetzt nahmen Madeline und Katerina seinen Platz ein. Quinn hatte ihnen genügend Essen, Wasser und Decken für einen kalten Dezembernachmittag dagelassen und die Tür mit zwei schweren Vorhängeschlössern gesichert. Dann ging er mit Billy Conway auf dem unbefestigten Weg zum Haupthaus zurück. Conway, der seine Hände in den Jackentaschen vergraben hatte, starrte mürrisch zu Boden. Er wirkte nervös. Aber das war er meistens.

„Wie viel Zeit bleibt uns?“, fragte er.

„Wahrscheinlich ist er bereits hier“, antwortete Quinn. „Allon auch.“

„Bestimmt auf der Suche nach mir.“

„Das können wir nur hoffen."

„Und wenn Keller mich sprechen will? Was dann?“

„Du spielst ein doppeltes Spiel, Billy, wie du's schon immer getan hast. Erzähl ihm, dass er seine Zeit vergeudet, wenn er mich im Norden aufspüren will. Sag ihm, dass du gerüchteweise gehört hast, dass ich unten in der Republik bin."

„Was passiert, wenn er mir nicht glaubt?"

„Warum sollte er dir nicht glauben, Billy?" Quinn legte Conway eine Hand auf die Schulter und lächelte aufmunternd. „Du warst doch sein bester Agent."

73

THE ARDOYNE, WEST BELFAST

Keller parkte direkt vor dem Haus und hastete über den kurzen Plattenweg zur Haustür. Sie schwang bei der leisesten Berührung nach innen auf, und er folgte dem Klang der Stimmen in die Küche. Dort saßen Maggie Donahue und Gabriel am Tisch, beide mit einen Becher Tee vor sich. Zwischen ihnen lagen etwas Herrenkleidung, ein paar Toilettenartikel, ein dicker Packen gebrauchter Geldscheine, ein Foto und eine Glock 17, die nur knapp außerhalb Maggie Donahues Reichweite lag. Sie selbst saß steif aufgerichtet da, umfasste mit einem Arm schützend ihren Oberkörper und hatte in der erhobenen anderen Hand eine Zigarette. Keller erriet, dass sie vor wenigen Minuten geweint hatte. Jetzt lag auf ihren harten Zügen wieder eine Belfaster Maske aus Zurückhaltung und Misstrauen. Gabriel wirkte undurchdringlich: ein Priester mit Pistole und Lederjacke. Kellers Anwesenheit schien er sekundenlang nicht wahrzunehmen. Dann sah er auf und lächelte. „Ah, Mr. Merchant“, sagte er freundlich. „Wie schön, dass Sie uns Gesellschaft leisten. Ich möchte Sie mit unserer neuen Freundin Maggie Donahue bekannt machen. Maggie hat mir eben erzählt, wie Billy Conway sie gezwungen hat, diese Sachen in ihrem Haus aufzubewahren.“ Er machte eine Pause, dann fügte er hinzu: „Maggie wird uns helfen, Eamon Quinn aufzuspüren.“

74

CROSSMAGLEN, COUNTY ARMAGH

Die Wellblechscheune mitten auf der Farm war zehn mal zwanzig Meter groß und zu einem Drittel mit Heuballen und zu einem Drittel mit schrottreifen Landmaschinen vollgestellt. Die Segmente waren nach Jimmy Fagans genauen Angaben in seiner Fabrik in Newry hergestellt und vor Ort montiert worden. Das Schiebetor war ungewöhnlich schwer und stabil, und in den leicht erhöhten Boden war eine gut getarnte Falltür eingebaut, die zu einem der größten Waffen- und Sprengstofflager in Nordirland führte. Von alledem wusste Madeline Hart nichts. Sie wusste nur, dass sie nicht allein war – das sagten ihr Tabakgeruch und der Geruch von billigem Hotelshampoo. Irgendwann zog jemand ihr die schwarze Kapuze vom Kopf und löste vorsichtig das Gewebeband ab, das ihren Mund bedeckte. Trotzdem wusste sie nicht, wo sie war, denn die Dunkelheit blieb absolut. Sie blieb einige Augenblicke lang schweigend sitzen – den Rücken an einen Heuballen gelehnt, die Beine vor sich ausgestreckt –, bevor sie fragte: „Wer ist da?"

Ein Feuerzeug flammte auf, ein Gesicht beugte sich über die Flamme.

„Du", flüsterte Madeline.

Die Flamme erlosch, das Dunkel kehrte zurück. Dann sprach eine Stimme sie auf Russisch an.

„Tut mir leid", sagte Madeline, „aber ich verstehe dich nicht."

„Ich habe gesagt, dass du bestimmt durstig bist."

„Schrecklich", antwortete Madeline.

Eine Mineralwasserflasche wurde zischend geöffnet. Madeline drückte die Lippen an den Kunststoffrand und trank lange und gierig.

„Vielen …“

Sie verstummte, weil sie nicht in die hilflose Dankbarkeit einer Gefangenen gegenüber einer Bewacherin verfallen wollte. Dann wurde ihr jedoch klar, dass Katerina ebenfalls gefangen war.

„Lass mich noch mal dein Gesicht sehen.“

Das Feuerzeug flammte erneut auf.

„Ich sehe dich nicht deutlich genug“, sagte Madeline.

Katerina brachte ihr Gesicht näher an die Flamme heran. „Wie sehe ich aus?“

„Genau wie in Lissabon.“

„Woher weißt du, dass ich in Lissabon war?“

„Einer meiner Freunde hat dich aus der Wohnung gegenüber beobachtet. Er hat dich auch fotografiert.“

„Allon?“

Madeline gab keine Antwort.

„Dass du ihm damals begegnet bist, war dein Unglück. Sonst würdest du noch heute wie eine Prinzessin in St. Petersburg leben. Stattdessen bist du hier.“

„Wo ist *hier*?“

„Das weiß ich selbst nicht genau.“ Katerina steckte sich eine Zigarette zwischen die Lippen, dann bot sie Madeline die Packung an. „Zigarette?“

„Gott, nein.“

„Du warst immer das brave Mädchen, nicht wahr?“ Katerina zündete sich ihre Zigarette an und ließ die Flamme wieder erlöschen.

„Bitte“, sagte Madeline. „Ich habe das Dunkel so lange ertragen müssen.“

Katerina ließ das Feuerzeug wieder aufflammen.

„Mach einen Rundgang", verlangte Madeline. „Lass mich sehen, wo wir sind."

Katerina tat wie geheißen und blieb dann an dem Schiebetor stehen.

„Sieh zu, ob es sich öffnen lässt."

„Von innen geht das nicht."

„Versuch's trotzdem."

Katerina stemmte sich gegen das Tor, das sich keinen Millimeter bewegte. „Noch irgendwelche cleveren Ideen?"

„Wir könnten natürlich das Heu in Brand stecken …"

„Im jetzigen Stadium", sagte Katerina, „würde er uns mit Vergnügen verbrennen lassen, fürchte ich."

„Wer?"

„Eamon Quinn."

„Der Ire?"

Katerina nickte.

„Was hat er vor?"

„Als Erstes will er Gabriel Allon und Christopher Keller ermorden. Danach will er von der Zentrale Moskau zwanzig Millionen Dollar für meine Freilassung fordern."

„Zahlt sie denn?"

„Vielleicht." Katerina machte eine Pause, dann fügte sie hinzu: „Vor allem, wenn es dich als Dreingabe gibt."

Die kleine Propanflamme erlosch. Katerina setzte sich auf den Scheunenboden.

„Wie soll ich dich nennen?", fragte sie.

„Natürlich Madeline."

„Das ist nicht dein richtiger Name."

„Ich habe nur diesen."

„Nein, das stimmt nicht. Im Lager haben wir dich Natalja genannt. Weißt du das nicht mehr?"

„Natalja?"

„Ja", sagte Katerina. „Die kleine Natalja, Tochter eines KGB-Generals. So hübsch. Und dieser englische Akzent, den sie dir antrainiert haben. Du warst wie eine Puppe." Sie schwieg sekundenlang. „Ich habe dich bewundert. Du warst alles, was ich dort hatte."

„Warum hast du mich dann entführt?"

„Tatsächlich sollte ich dich liquidieren. Quinn übrigens auch."

„Warum hast du's nicht getan?"

„Quinn hat den Plan umgestoßen."

„Aber du hättest mich ermordet, wenn du Gelegenheit dazu gehabt hättest?"

„Ich wollte's nicht", antwortete Katerina nach kurzer Pause. „Aber ich glaube, ich hätte's getan."

„Weshalb?"

„Lieber ich als sonst wer. Außerdem", fügte sie hinzu, „hast du dein Land verraten. Du bist übergelaufen."

„Es war nicht mein Land. Ich habe dort nicht hingehört."

„Und hier, Natalja? Gehörst du hierher?"

„Ich heiße Madeline." Sie schwieg einen Augenblick. „Was passiert, wenn ich nach Russland zurückgehe?"

„Wahrscheinlich wirst du mehrere Monate lang durch die Mangel gedreht, bis sie alles an Informationen aus dir rausgequetscht haben."

„Und dann?"

„*Wysschaja mera.*"

„Die Höchststrafe?"

„Ich dachte, du könntest kein Russisch."

„Diesen Ausdruck habe ich von einem Freund gehört."

„Wo ist dein Freund jetzt?"

„Er findet mich bestimmt."

„Und dann legt Quinn ihn um." Katerina ließ wieder ihr Feuerzeug aufflammen. „Bist du hungrig?"

„Ausgehungert."

„Ich glaube, sie haben uns ein paar Fleischpasteten hingestellt."

„Ich *liebe* Fleischpasteten."

„Gott, du bist so englisch!" Katerina wickelte eine der Pasteten aus und drückte sie Madeline vorsichtig in die Hände.

„Ich könnte besser essen, wenn du das Gewebeband wegschneiden würdest."

Katerina rauchte nachdenklich im Dunkel sitzend. „An wie viel erinnerst du dich?", fragte sie.

„In Bezug auf das Lager?"

„Ja."

„An nichts", sagte Madeline. „Und an alles."

„Ich habe keine Fotos aus meiner Kindheit."

„Ich auch nicht."

„Weißt du noch, wie ich damals ausgesehen habe?"

„Du warst schön", sagte Madeline. „Ich wollte immer wie du sein."

„Echt komisch", meinte Katerina, „denn ich wollte immer wie du sein."

„Ich war ein lästiges kleines Kind."

„Aber du warst ein braves Mädchen, Natalja. Und ich war etwas ganz anderes."

Katerina sagte nichts mehr. Madeline hob ihre gefesselten Hände und versuchte, noch etwas von der Fleischpastete zu essen.

„Willst du mir nicht bitte das Gewebeband wegschneiden?", fragte sie.

„Ich tät's gern, aber das darf ich nicht."

„Warum nicht?"

„Weil du ein braves Mädchen bist", sagte sie und drückte ihre Zigarette auf dem Scheunenboden aus. „Und mir nur in die Quere kommen würdest."

75

UNION STREET, BELFAST

Wenige Minuten nach Mittag betrat Billy Conway das Tommy O'Boyle's in der Union Street. Der Barkeeper, ein ehemaliger IRA-Kämpfer namens Rory Gallagher, polierte hinter der Theke Gläser.

„Ich wollte schon eine Suchmannschaft losschicken", sagte er.

„Lange Nacht", antwortete Conway. „Länger als erwartet."

„Probleme?"

„Komplikationen."

„Dabei wird's nicht bleiben."

„Was soll das heißen?"

Gallagher sah zur Treppe hinüber. „Du hast Besuch."

Keller hatte die Füße auf Billy Conways Schreibtisch, als die Bürotür knarrend aufging. Conway stand bewegungslos auf der Schwelle. Er sah aus, als habe er ein Gespenst gesehen. In gewisser Weise, dachte Keller, trifft das auch zu.

„Hallo, Billy. Freut mich, dich wiederzusehen."

„Ich dachte, du …"

„Du dachtest, ich sei tot?"

Conway sagte nichts. Keller stand auf.

„Komm, wir machen einen Spaziergang, Billy. Wir müssen miteinander reden."

Christopher Kellers Rückkehr nach Nordirland war Anlass für eines der größten Treffen ehemaliger Angehöriger der

South Armagh Brigade der provisorischen IRA seit der Unterzeichnung des Karfreitagsabkommens. Insgesamt zwölf Mitglieder der Einheit waren in diesem Augenblick mit Eamon Quinn und Jimmy Fagan in der Küche des Farmhauses bei Crossmaglen versammelt. Acht der Anwesenden hatten lange Haftstrafen in den H-Blocks des Hochsicherheitsgefängnisses Maze verbüßt und waren erst nach Abschluss des Friedensabkommens entlassen worden. Vier weitere – darunter auch Frank Maguire, dessen Bruder Seamus im Jahr 1989 in Crossmaglen durch Kellers Hand umgekommen war – hatten mit Quinn der Wahren IRA angehört.

Wie immer bei solchen Besprechungen war die Luft blau von Zigarettenrauch. Auf dem Küchentisch ausgebreitet lag eine verblasste, an den Rändern ausgefranste amtliche topografische Karte von South Armagh. Genau diese Karte hatte Fagan zur Planung des Massakers von Warrenpoint verwendet. Tatsächlich waren noch einige der ursprünglichen Pfeile und Anmerkungen zu erkennen. Neben der Landkarte lag ein Handy, das um 12.16 Uhr vibrierte. Eingegangen war eine SMS von Rory Gallagher. Quinn grinste befriedigt. Keller und Allon würden bald hierher unterwegs sein.

Keller und Billy Conway machten tatsächlich einen Spaziergang, aber nur bis zur York Lane. Das war eine ruhige Straße ohne Geschäfte oder Restaurants, nur mit einer Kirche an einem Ende und den Klinkerbauten einer alten Fabrik am anderen. Gabriel parkte an einer Stelle, die von keiner Überwachungskamera erfasst wurde. Keller stieß Billy Conway auf den Beifahrersitz, bevor er selbst hinten einstieg. Gabriel, der weiter nach vorn sah, ließ ohne Hast den Motor an.

„Wo ist Eamon Quinn?“, fragte er Billy Conway.

„Quinn hab ich seit fünfundzwanzig Jahren nicht mehr gesehen."

„Falsche Antwort."

Gabriel brach Conway mit einem blitzschnellen Handkantenschlag die Nase. Dann legte er den ersten Gang ein und fuhr an.

Der Ford Escort, den Gabriel und Keller benutzten, sendete ständig seine GPS-Position, was Amanda Wallace im Gespräch mit den beiden zu erwähnen vergessen hatte. Deshalb hatte ihr MI5 den Wagen den ganzen Vormittag verfolgt, als er von Aldergrove zu dem sicheren Haus und von dort aus nach Stratford Gardens und der York Lane weiterfuhr. Außerdem verfolgte der MI5 den Escort mithilfe der unzähligen Belfaster Überwachungskameras, die ein engmaschiges Netz bildeten. Eine Kamera in der Frederick Street lieferte ein deutliches Bild von dem Mann auf dem Beifahrersitz, der starkes Nasenbluten zu haben schien. Ein MI5-Techniker vergrößerte die Aufnahme und sendete sie ins Thames House, wo sie auf einem Großbildschirm erschien. Dasselbe Bild sah Graham Seymour drüben in Vauxhall Cross.

„Erkennst du ihn?", fragte Amanda Wallace.

„Unsere letzte Begegnung liegt lange zurück", antwortete Seymour, „aber ich glaube, dass das Billy Conway ist."

„*Der* Billy Conway?"

„Höchstpersönlich."

„Er hat für uns gearbeitet, nicht wahr?"

„Nein", antwortete Seymour. „Er war mein Spitzel. Und Keller hat mir geholfen, ihn zu führen."

„Warum blutet er dann jetzt?"

„Vielleicht war er nie unser Mann, Amanda. Vielleicht hat er von Anfang an für Quinn gearbeitet."

Seymour beobachtete, wie der Escort in Richtung Norden auf die Autobahn M2 einfuhr. Das ist das Wunderbare an unserer Branche, sagte er sich. *Unsere Fehler kehren unweigerlich zurück, um uns zu verfolgen. Und irgendwann sind alle Schulden fällig.*

76

CREGGAN FOREST, COUNTY ANTRIM

Sie stellten Billy Conway keine weiteren Fragen, und er hatte keine an sie. Auf der Fahrt nach Norden, nach Larne, blutete seine gebrochene Nase weiter heftig, aber als sie Glenarm erreichten, hatte er schwarze Krusten aus geronnenem Blut um die Nasenlöcher. Keller dirigierte Gabriel auf der Carnlough Road landeinwärts und dann in nördlicher Richtung nach Killycarn. Sie blieben darauf, bis der Asphalt endete und sie ihren Namen verlor. Dann folgten sie ihr noch etwas weiter, bis die letzte Farm hinter ihnen lag und ein Wald – der Creggan Forest – vor ihnen aufragte. Keller ließ Gabriel anhalten und den Motor abstellen. Dann wandte er sich an Billy Conway.

„Erinnerst du dich an diese Stelle, Billy? In der guten alten Zeit haben wir uns immer hier getroffen, wenn du mir was Wichtiges zu erzählen hattest. Wir sind mit meinem alten Granada hier raufgefahren und haben ein paar Biere getrunken und uns das Übungsschießen drüben bei der Creggan Lodge angehört. Weißt du noch, Billy?"

Keller sprach jetzt mit einem West Belfaster Akzent: Falls Road mit deutlichen Anklängen an Ballymurphy. Billy Conway sagte nichts. Er starrte blicklos ins Leere. Ein Tausendmeterblick, fand Gabriel. Der Blick eines Toten.

„Wir haben immer gut für dich gesorgt, nicht wahr, Billy? Wir haben dich gut bezahlt. Wir haben dich beschützt. Aber du hast keinen Schutz gebraucht, nicht wahr, Billy? Weil du die ganze Zeit für die IRA gearbeitet hast. Speziell für Eamon Quinn. Du bist ein Verräter, Billy. Ein mieser Scheißkerl von einem Verräter!" Keller setzte Conway die Mündung seiner

Pistole an den Hinterkopf. „Willst du nicht alles abstreiten, Billy?"

„Das ist schon lange her."

„Nicht sehr lange", widersprach Keller. „Hast du das an dem Tag, an dem wir in Belfast unsere Freundschaft erneuert haben, nicht selbst gesagt? An dem Tag, an dem du Maggie Donahue für mich aufgespürt hast. An dem Tag, als du mich verraten hast." Keller presste ihm die Pistolenmündung ins Genick. „Willst du das nicht abstreiten, Billy?"

Billy Conway schwieg.

„Du warst immer ehrlich, Billy."

„Du hättest nie zurückkommen sollen."

„Quinn hat uns praktisch keine andere Wahl gelassen. Quinn hat mich hergelockt. Und du hast dafür gesorgt, dass ich finde, was ich finden sollte. Eine Ehefrau, eine Tochter. Einen Haufen Geld. Eine abgerissene Straßenbahnkarte. Eine fotografierte Straßenszene aus Lissabon. Maggie Donahue wollte nichts damit zu schaffen haben. Sie hatte genug damit zu tun, allein für sich und ihre Tochter zu sorgen. Aber du hast sie erpresst und zum Mitmachen gezwungen. Du hast ihr gedroht, sie zu ermorden, wenn sie zur Polizei ginge. Ihre Tochter natürlich auch. Und sie hat dir geglaubt, Billy, weil sie weiß, was Verräter in West Belfast zu erwarten haben." Keller drückte den Pistolenlauf an Billy Conways Wange. „Los, bestreit es, Billy."

„Was willst du?"

„Du sollst schwören, dass du Maggie Donahue und ihre Tochter nie mehr belästigen wirst."

„Das schwöre ich."

„Kluger Junge, Billy. Und jetzt steig aus."

Conway blieb sitzen. Keller schlug ihm die Pistole auf seine gebrochene Nase.

„Du sollst aussteigen!"

Conway tastete nach dem Türgriff und stieg schwankend aus. Keller blieb hinter ihm. „Komm, wir machen einen Spaziergang", sagte er. „Und unterwegs kannst du mir erzählen, wo ich Eamon Quinn finde."

„Ich weiß nicht, wo er ist."

„Natürlich weißt du das, Billy. Du weißt alles."

Keller stieß Conway auf den Fußweg und blieb dicht hinter ihm. Aus dem Creggan Forest kam der laute Knall der Schrotflinte eines Jägers. Conway erstarrte. Keller rammte ihm die Glock 17 in den Rücken, damit er weiterging.

„Wie ist Quinn aus England rausgekommen?"

„Mit den Delaneys."

„Jack und Connor?"

„Aye."

„Er war nicht allein, nicht wahr, Billy?"

„Er hatte zwei Frauen bei sich."

„Wo haben die Delaneys sie abgesetzt?"

„Shore Road, in der Nähe der Burg."

„Du warst dabei?"

„Ich hab sie abgeholt."

„Was für ein Auto hattest du?"

„Peugeot."

„Gestohlen, geliehen oder gemietet?"

„Gestohlen. Gefälschte Kennzeichen."

„Quinns Lieblingsmasche."

Zwei weitere Schrotschüsse, diesmal etwas näher. Von einem Feld flogen drei, vier Fasane auf. Schlaue Vögel, dachte Keller.

„Wo ist er, Billy? Wo ist Quinn?"

„In South Armagh", sagte Conway nach kurzem Zögern.

„Wo dort?"

„Crossmaglen."

„Jimmy Fagans Farm?"

Conway nickte. „Wo wir dich damals hingebracht haben. Quinn sagt, dass er dich dieses Mal wegen deiner Sünden kreuzigen wird."

„Wir?", fragte Keller scharf.

Danach herrschte Schweigen.

„Du warst dabei, Billy?"

„Anfangs", gestand Conway. „Die beiden Frauen sind in dem geheimen Lagerraum unter der Scheune, in dem Quinn dich an einen Stuhl gefesselt hat."

„Das weißt du bestimmt?"

„Ich hab sie selbst dort eingesperrt."

Sie erreichten den Waldrand. Billy Conway machte schwankend halt.

„Dreh dich um, Billy. Ich habe noch eine Frage."

Billy Conway blieb lange unbeweglich stehen. Dann drehte er sich langsam nach Keller um.

„Was willst du wissen?", fragte er.

„Ich will einen Namen, Billy – den Namen des Mannes, der Eamon Quinn verraten hat, dass ich in ein Mädchen aus Ballymurphy verliebt war."

„Ich weiß nicht, wer das war."

„Natürlich weißt du das, Billy. Du weißt alles."

Conway äußerte sich nicht dazu.

„Ich will seinen Namen", wiederholte Keller und zielte dabei auf Conways Gesicht. „Los, raus damit!"

Conway hob sein Gesicht dem grauen Himmel entgegen und sagte seinen eigenen Namen. Keller sah rot und spürte, dass seine Knie nachzugeben begannen. Die Pistole hielt ihn noch etwas länger im Gleichgewicht. Er konnte sich nicht daran erinnern, abgedrückt zu haben, sondern hörte nur den Schussknall und sah rötlichen Blutnebel. Er kniete neben Billy Conway, bis er bestimmt wusste, dass er tot war. Dann rappelte er sich mühsam auf und ging zum Auto zurück.

77

RANDALSTOWN, COUNTRY ANTRIM

In den Außenbezirken von Randalstown vibrierte Kellers Diensthandy. Er zog es aus der Tasche, warf einen Blick aufs Display und runzelte die Stirn.

„Graham Seymour."

„Was will er?"

„Er fragt sich, warum Billy Conway nicht mehr bei uns im Auto sitzt."

„Sie beobachten uns."

„Offenbar."

„Was willst du antworten?"

„Weiß ich nicht. Mit solchen Sachen kenne ich mich noch nicht aus." Keller hielt das Smartphone hoch und fragte: „Glaubst du, dass dieses Ding uns überwacht?"

„Schon möglich."

„Vielleicht sollte ich's aus dem Fenster werfen."

„Dann zieht der MI6 es dir vom Gehalt ab. Außerdem", fügte Gabriel hinzu, „können wir's im Banditenland vielleicht brauchen."

Keller legte das Handy in die Mittelkonsole.

„Wie ist's dort?", fragte Gabriel.

„Im Banditenland?"

„In Crossmaglen."

„Eine Kleinstadt von der Art, über die heutzutage Balladen geschrieben werden." Keller starrte eine Zeit lang aus dem Fenster, bevor er fortfuhr. „South Armagh hat während des Kriegs ganz unter Kontrolle der Provos gestanden, war de facto ein IRA-Staat, und Crossmaglen war seine Heilige

Stadt.“ Er nickte Gabriel zu, dann fügte er an: „Sein Jerusalem. Die IRA musste dort nie eine Zellenstruktur aufbauen. Sie hat als Bataillon operiert, als *Freiwilligenarmee*. Die Farmer haben tagsüber ihre Felder bestellt und nachts Jagd auf britische Soldaten gemacht. Wir sind vor jeder Streifenfahrt belehrt worden, dass hinter jedem Ginsterbusch, jedem Steinhaufen eine Sprengfalle oder ein Heckenschütze lauern konnte. Ganz South Armagh war eine Schießbude. Und wir waren die beweglichen Ziele.“

„Bitte weiter.“

„Für uns hieß Crossmaglen immer nur XMG“, berichtete Keller. „Mitten in der Stadt hatten wir den Wachtturm Golf Five Zero. Der Dienst dort war echt lebensgefährlich. Die Unterkünfte im Turm waren fensterlos und stark gepanzert. Man ist sich vorgekommen, als täte man Dienst auf einem U-Boot. Als ich damals von Jimmy Fagans Farm geflüchtet bin, hab ich nicht mal versucht, nach XMG zu gelangen. Ich wusste, dass ich nie ankommen würde. Statt dessen bin ich nach Norden, nach Newtownhamilton marschiert, das bei uns NTH war.“ Keller grinste, als er hinzufügte: „Wir haben im Scherz behauptet, das solle ‚No Terrorists Here‘ bedeuten.“

„Erinnerst du dich an Fagans Farm?“

„Die vergesse ich im Leben nicht“, sagte Keller. „Sie liegt an der Castleblayney Road. Einige seiner Felder sind direkt an der Grenze. Während des Kriegs ist dort eine wichtige Schmugglerroute zwischen der South Armagh Brigade und IRA-Elementen in der Republik verlaufen.“

„Und die Scheune mit dem Lagerraum?“

„Die steht in einer Ecke einer großen Weidefläche, ist mit Steinwällen gesichert und wird von Hunden bewacht. Kommt der PSNI auch nur in die Nähe der Farm, werden Fagan und Quinn sofort gewarnt.“

„Und du vermutest, dass Madeline dort ist?“

Keller äußerte sich nicht dazu.

„Was ist, wenn Conway wieder gelogen hat? Oder wenn Quinn sie bereits fortgeschafft hat?“

„Das hat er nicht getan.“

„Woher willst du das wissen?“

„Weil das seine Art ist“, sagte Keller. „Für uns stellt sich jetzt die Frage, ob wir unseren Freunden in Vauxhall Cross und im Thames House erzählen wollen, was wir wissen.“

„Vielleicht haben wir's gerade getan“, meinte Gabriel mit einem Blick auf Kellers Diensthandy.

Sie fuhren unter einer Brücke mit Überwachungskameras hindurch, die den Verkehr auf der M22 kontrollierten. Keller zog eine Zigarette aus dem Päckchen in seiner Hemdtasche und drehte sie zwischen Daumen und Zeigefinger, ohne sie schon anzuzünden.

„Wir können South Armagh unmöglich betreten, ohne von jemandem entdeckt zu werden.“

„Dann benützen wir eben den Hintereingang.“

„Wir haben weder Nachtsichtgeräte noch Schalldämpfer.“

„Oder Funkgeräte“, fügte Gabriel hinzu.

„Wie viel Munition haben wir noch?“

„Ein volles Magazin und eine Patrone als Reserve.“

„Ich habe nur noch einen Schuss“, sagte Keller.

„Schade.“

Kellers Diensthandy vibrierte erneut.

„Was will er?“, fragte Gabriel.

„Er fragt sich, wohin wir fahren.“

„Dann werden wir anscheinend doch nicht belauscht.“

„Was soll ich antworten?“

„Er ist dein Boss, nicht meiner.“

Keller sendete eine SMS und legte das Mobiltelefon in die Konsole zurück.

„Was hast du geschrieben?"

„Dass wir potenziell wichtigen Hinweisen nachgehen."

„Du wirst mal ein guter MI6-Offizier, Christopher."

„MI6-Offiziere sind nicht so leichtsinnig, in South Armagh ohne Rückendeckung zu operieren." Keller machte eine Pause, dann fügte er hinzu. „Das sollte auch niemand tun, der kurz davor steht, Chef des israelischen Geheimdiensts zu werden – von den Zwillingen, die seine Frau erwartet, ganz zu schweigen."

Vor ihnen verengte sich die Autobahn zu einer gewöhnlichen Fernstraße. Es war kurz nach 14.30 Uhr. In nur eineinhalb Stunden würde die Sonne untergehen. Keller zündete sich die Zigarette an und grinste, als Gabriel automatisch sein Fenster einen Spalt weit öffnete, um den Rauch abziehen zu lassen.

„Du weißt hoffentlich", sagte Keller, „dass nichts von alledem passiert wäre, wenn du Graham Seymour zum Teufel geschickt hättest, als er dich in Rom besucht hat. Du würdest weiter an deinem Caravaggio arbeiten, und ich säße bei einem Glas Wein auf meiner korsischen Terrasse."

„Noch irgendwelche Perlen der Weisheit, Christopher?"

„Nur eine Frage."

„Welche?"

„Wer ist Tariq al-Hourani?"

In London erschien das selbe Videobild auf Großbildschirmen in den Lageräumen in Vauxhall Cross und im Thames House: ein blau blinkender Lichtpunkt, der in Ulster auf der A6 nach Westen unterwegs war. Als der Punkt Castledawson erreichte, bog er in Richtung Cookstown nach Süden ab. Graham Seymour schickte Keller eine dritte SMS, aber diesmal kam keine Antwort – eine Tatsache, die er Amanda Wallace drüben im Thames House widerstrebend mitteilte.

„Wohin sind sie deiner Meinung nach unterwegs?“, fragte Amanda.

„Wenn ich raten sollte, würde ich auf den Ort tippen, an dem alles angefangen hat.“

„Du meinst das Banditenland?“

„Genauer gesagt: Jimmy Fagans Farm.“

„Dort dürfen sie nicht allein hin.“

„Ich glaube nicht, dass wir viel tun können, um sie daran zu hindern.“

„Dann lass wenigstens Kellers Handy aktivieren, damit wir hören können, was sie sagen.“

Seymour nickte einem der Techniker zu und gab die Anweisung. Im nächsten Augenblick hörte er, wie Gabriel erläuterte, wie Eamon Quinn in einem libyschen Ausbildungslager für Terroristen einen gewissen Tariq al-Hourani kennengelernt hatte. Nein, dachte Seymour. Jetzt hält sie keiner mehr auf.

78

CROSSMAGLEN, SOUTH ARMAGH

In Cookstown machten sie nur lange genug halt, um eine topografische Karte, eine Dose schwarze Schuhcreme und zwei Tranchiermesser zu kaufen, bevor sie in den Sonnenuntergang hinein nach Omagh weiterfuhren. Als sie dann nach Süden abbogen, begann es leicht zu regnen, sodass Keller die Scheibenwischer eingeschaltet lassen musste, bis sie Castleblayney auf der irischen Seite der Grenze erreichten. Gleich hinter dem Ort lag der Lough Muckno. Keller folgte einer schmalen Straße, die um das Südufer des Sees herum und in ein mit kleinen Farmhäusern gesprenkeltes Tal führte. Jedes dieser Häuser war ein potenzieller Stolperdraht. Auch wenn es hier keine richtige Grenze gab, waren sie jetzt im Banditenland.

Kurze Zeit später bog Keller auf einen Feldweg durch dichtes Schlehdorngebüsch am Ufer des Clarebane River ab, schaltete die Scheinwerfer aus und stellte den Motor ab. Sein MI6-Handy lag in der Mittelkonsole und zeigte weitere ungelesene SMS aus Vauxhall Cross an. Gabriel griff danach, drückte es Keller in die Hand. „Vielleicht wird's Zeit, dass wir Graham wissen lassen, wo wir sind."

„Ich denke, dass er das längst weiß."

Keller wählte Seymours Londoner Nummer. Seymour meldete sich fast augenblicklich.

„Wird allmählich Zeit!", knurrte er.

„Siehst du, wo wir sind?"

„Meiner Schätzung nach weniger als einen Kilometer von der Grenze entfernt."

„Glaubst du, dass du etwas Feuerschutz für uns organisieren kannst?“

„Daran arbeiten wir bereits.“

„Ich hab dir noch nicht gesagt, was wir brauchen.“

„Doch, das hast du. Und noch was“, fuhr Seymour fort. „Ich brauche eine Rechnung für die beiden Messer. Und Belege für die Landkarte und die Schuhcreme.“

Gegen 14 Uhr zweifelte Eamon Quinn nicht mehr daran, dass Billy Conway in ernsten Schwierigkeiten steckte. Und um 16 Uhr stand für ihn fest, dass Billy Conway sich in britischer Haft befand oder – was wahrscheinlicher war – mit einer Kugel im Kopf in irgendeinem einsamen Gebiet der Provinz lag. Bestimmt hatte er keinen leichten Tod gehabt. Und bevor er erlöst worden war, würde er zwei Dinge verraten haben: Madeline Harts jetzigen Aufenthaltsort und die Wahrheit über seine Rolle bei dem Mord an Elizabeth Conlin vor fünfundzwanzig Jahren. Quinn glaubte zu wissen, wie sein Gegner von damals reagieren würde. Keller war ein ehemaliger SAS-Offizier, der ein sehr erfolgreicher Berufskiller geworden war. Er würde auf Jimmy Fagans Farm zurückkehren. Und Quinn würde ihn dort erwarten.

Kurz nach 16.30 Uhr, als die Sonne hinter den Hügeln im Westen versank, teilte Quinn zwölf Männer zur Bewachung der achtzig Hektar großen Farm des Clans Fagan ein. Zwölf Veteranen der legendären South Armagh Brigade. Zwölf erfahrene Heckenschützen, an deren Händen viel britisches Blut klebte. Zwölf Männer, die ebenso scharf darauf waren, Keller zu erledigen, wie es Quinn war. Außerdem schickte Jimmy Fagan weitere acht Mann los, um sie verschiedene Orte in South Armagh überwachen zu lassen – zum Beispiel Francis McShane, der jetzt am Steuer eines

Wagens saß, der in Sichtweite der PSNI-Station Crossmaglen geparkt war.

Quinn und Fagan saßen in der Küche des Farmhauses, rauchten und warteten. Quinns Makarow lag mit aufgeschraubtem Schalldämpfer auf dem Küchentisch. Daneben lagen sein Smartphone und eine zerfledderte alte Landkarte des Gebiets, das einst die gefährlichsten fünfhundert Quadratkilometer der Welt umfasst hatte. Quinns Blick glitt von Ost nach West über sie hinweg: JONESBOROUGH, FORKHILL, SILVERBRIDHE, CROSSMAGLEN … Orte des Ruhms, dachte er. Orte des Todes. Heute Nacht würde er ein weiteres Kapitel der Legende schreiben.

Quinn sah auf seine Uhr – die Armbanduhr, die ein Mann namens Tariq al-Hourani ihm in einem Ausbildungslager am Mittelmeer geschenkt hatte. Es war 19.13 Uhr. Er nahm die Uhr ab und las die auf dem Boden eingravierte Widmung.

Kein Versagen mehr …

Nachdem Gabriel und Keller ihre Gesichter mit Schuhcreme geschwärzt hatten, brachen sie auf und marschierten den Clarebane River entlang – Keller voraus, Gabriel drei Schritte hinter ihm. Wolken verdeckten den Mond und die Sterne, und leichter Regen übertönte das Geräusch ihrer Schritte. Keller glitt wie Wasser übers Land – mühelos, geräuschlos –, und der Stadtguerilla Gabriel tat sein Bestes, um die Bewegungen seines Freundes zu imitieren. Keller hielt seine Pistole mit ausgestreckten Armen in beiden Händen schussbereit; Gabriel hinter ihm hielt seine Glock 17 dagegen nach rechts unten gerichtet.

Nach fünfminütigem Fußmarsch machte Keller halt und deutete mit der Pistolenmündung einen Strich vor seinen Füßen an. Damit wollte er zeigen, dass sie die Grenze zwischen der Republik Irland und Ulster erreicht hatten. Er wandte sich nach Norden und führte Gabriel über kleine Weideflächen, die durch Feldsteinmauern oder Schlehdornhecken voneinander getrennt waren. Die Grenze lag wenige Meter rechts von ihnen. Früher hätten hier mit Soldaten der Grenadier Guards oder Hussars bemannte Wachttürme gestanden, aber heute ragten am Horizont nur noch Scheunen und Getreidesilos auf. Keller, der blutbefleckte Überlebende der schmutzigsten Kämpfe in South Armagh, bewegte sich jetzt langsamer, trat so vorsichtig auf, als fürchte er, das Gelände vor ihnen sei vermint, und schlüpfte so wachsam durch jede Hecke, als könnte auf der anderen Seite sein Mörder stehen.

Nachdem sie auf diese mühsame Weise ungefähr einen Kilometer zurückgelegt hatten, führte Keller Gabriel auf felsigem Untergrund zwischen zwei Teichen hindurch. Vor ihnen ragte ein Waldstreifen auf, hinter dem Jimmy Fagans Farm in Nordirland lag. Keller schlich von Baum zu Baum weiter, dann erstarrte er plötzlich. Kaum zehn Meter von ihnen entfernt stand – in der Dunkelheit nur schemenhaft erkennbar – ein Wachposten mit schussbereit gehaltenem AK-47. Das Sturmgewehr war mit einem dicken Kohlefaser-Schalldämpfer ausgerüstet, der auch den Lauf umschloss: eine hochgefährliche Waffe für einen hochgefährlichen Angreifer. Keller griff vorsichtig nach seinem Diensthandy und schickte Graham Seymour eine zuvor geschriebene SMS. Dann zog er das gekaufte Messer aus der Innentasche seiner Barbourjacke und wartete.

Weil es sich um eine innerenglische Angelegenheit handelte, überließ Graham Seymour den tatsächlichen Anruf Amanda Wallace, der MI5-Direktorin. Als sie die PSNI-Station in Crossmaglen um 19.27 Uhr alarmierte, rollten binnen einer

Minute mehrere Streifenwagen mit Blinklicht und Sirene auf die Newry Street hinaus. Ab 19.30 Uhr wurde Jimmy Fagan mit SMS-Meldungen seiner Späher überflutet.

„Wie viele Wagen?", fragte Quinn.

„Fünf bis sechs, einer davon mit einem Sondereinsatzteam."

„Wohin sind sie unterwegs"

„Die Dundalk Road entlang."

„Falsche Richtung", stellte Quinn fest.

„Total falsch."

Auf Fagans Smartphone ging die nächste SMS ein.

„Was wird gemeldet?"

„Sie biegen rechts auf die Foxfield ab."

„Weiter falsch."

„Was bedeutet das deiner Meinung nach?"

„Es bedeutet, dass du deine Jungs anweisen solltest, besonders aufmerksam zu sein, Jimmy."

„Warum?"

Quinn lächelte. „Weil *sie* hier sind."

Um 19.31 Uhr nahm der zehn Meter von Christopher Keller entfernt im Dunkel stehende Wachposten die rechte Hand von dem AK-47, um sein Smartphone aus der Tasche zu ziehen. Als das Display kurz aufleuchtete, konnte Keller im Widerschein das Gesicht des Mannes sehen, der nicht mehr lange zu leben hatte. Er war in Kellers Alter, hatte Kellers Größe und Körperbau. Vielleicht ein Farmer. Vielleicht ein Lkw-Fahrer oder Gelegenheitsarbeiter. In einem früheren Leben war er Kellers Feind gewesen. Nun war er es wieder.

Wie alle Veteranen der South Armagh Brigade kannte der zehn Meter von Keller entfernt stehende Mann jeden Quadratmeter seiner mit Blut getränkten Heimat. Er kannte jeden Graben, jedes Brombeergestrüpp, jedes ehemalige Waffenversteck, jeden für eine Sprengfalle geeigneten Ort. Und er kannte auch den Unterschied zwischen dem Geräusch, das ein Tier machte, und dem, mit dem ein Mann sich bewegte. Aber als er zu spät von seinem Handy aufsah, stürmte Keller bereits mit einem Messer in einer Hand und seiner Pistole in der anderen auf ihn zu. Keller rannte ihn um, warf sich auf den Liegenden, schnitt ihm die Kehle durch und hielt den Mann fest, bis seine kraftlos werdenden Hände das Mobiltelefon und das AK-47 losließen. Keller schnappte sich das Sturmgewehr, Gabriel das Smartphone. Dann bewegten sie sich lautlos über das Feld, auf die mit Aluminiumblech verkleidete zehn mal zwanzig Meter große Scheune zu, in der Keller vor fünfundzwanzig Jahren hätte sterben sollen.

„Haben sich alle gemeldet?“, fragte Quinn.

„Alle außer Brendan Magill.“

„Wo steht er?“

„Am Westrand der Farm, praktisch auf der Grenze.“

„Versuch's noch mal.“

Jimmy Fagan schickte Magill eine persönliche SMS. Als eineinhalb Minuten lang keine Antwort kam, nickte Quinn bedächtig.

„Sieht so aus, als hätten wir sie gefunden“, sagte er.

„Was nun?“

„Erschießt die Geisel. Und bringt mir Keller und Allon lebendig her.“

Fagan schrieb die SMS und drückte auf SENDEN. Quinn ging mit der Makarow hinaus, um sich das Feuerwerk anzusehen.

Dreißig Meter von der Stelle entfernt, an der Brendan Magill tot lag, stand eine in Nord-Süd-Richtung verlaufende niedrige Steinmauer. Gabriel ging dahinter in Deckung, als ein 7,62-mm-Geschoss ihn so knapp verfehlte, dass er den Luftzug am rechten Ohr spürte. Während zwei, drei weitere Schüsse die Mauer trafen, Funken stieben ließen und als Querschläger davonsurrten, warf Keller sich neben ihm zu Boden. Die Schüsse wurden aus einer Waffe mit Schalldämpfer abgegeben, sodass Gabriel nur eine vage Vorstellung davon hatte, aus welcher Richtung sie kamen. Er schob seinen Kopf über die Mauerkrone, um vielleicht das Mündungsfeuer zu entdecken, aber ein weiterer Feuerstoß ließ ihn sofort wieder abtauchen. Keller kroch jetzt am Fuß der Mauer entlang nach Norden. Gabriel folgte ihm, machte aber sofort halt, als Keller plötzlich mit dem erbeuteten AK-47 das Feuer eröffnete. Ein Schrei in einiger Entfernung bewies, dass Kellers Schüsse getroffen hatten, aber im nächsten Augenblick wurden sie mit einem Geschosshagel aus verschiedenen Richtungen überschüttet. Neben Keller liegend machte Gabriel sich mit der Glock in der rechten und dem Smartphone des Toten in der anderen Hand so klein wie möglich. Erst nach einigen Sekunden merkte er, dass das Handy vibrierte, weil es eine SMS empfangen hatte. Die Nachricht kam offenbar von Eamon Quinn. Sie war ein Befehl: ERSCHIESST DIE GEISEL …

79

CROSSMAGLEN, SOUTH ARMAGH

In dem Haufen aus defekten oder zerlegten landwirtschaftlichen Geräten in Jimmy Fagans Scheune hatte Katerina eine Sichel gefunden – schmutzig und verrostet, ein Museumsstück, vielleicht die letzte Sichel in ganz Irland. Sie hielt den Griff mit beiden Händen umklammert, während sie nach draußen horchte, wo rennende Schritte näher kamen. Zwei Männer, vermutete sie, vielleicht drei. Katerina stellte sich neben das Schiebetor. Madeline blieb am anderen Ende des Raums sitzend zurück: gefesselt, mit aufgesetzter schwarzer Kapuze, an den Heuballen lehnend. Die Hereinstürmenden würden als Erstes nur sie wahrnehmen.

Das Vorhängeschloss wurde aufgesperrt, der Riegel zurückgezogen. Das Schiebetor öffnete sich und ließ den Lauf einer Waffe sehen. Katerina erkannte das Gewehr an seinen Umrissen: ein AK-47 mit Schalldämpfer. Diese Waffe kannte sie gut. Damit hatte sie im Lager ihre Schießausbildung begonnen. *Das bewährte AK-47! Befreier der Unterdrückten!* Der Gewehrlauf zeigte schräg nach oben, sodass Katerina warten musste, bis der Schütze ihn senkte, um auf Madeline zu zielen. Dann hob sie die Sichel und schwang sie mit aller Kraft, die noch in ihrem Körper steckte.

Zweihundert Meter von der Scheune entfernt zeigte Gabriel am Fuß der Natursteinmauer am Westrand von Jimmy Fagans Besitz liegend Christopher Keller die eben eingegangene SMS. Keller richtete sich etwas auf, spähte über die Mauer und entdeckte Mündungsfeuer, das aus dem offenen Scheunentor kam. Vier Lichtblitze, vier Schüsse, mehr als genug, um zwei Leben auszulöschen. Ein Feuerstoß aus einem AK-47 zwang ihn wieder in Deckung. Sein Blick war wild, als er Gabriel vorn an der Jacke packte und anbrüllte: „Du bleibst hier!“

Keller sprang auf, setzte mit einer Flanke über die Mauer und verschwand. Gabriel blieb noch einige Sekunden liegen, während weitere Schüsse die Steinmauer trafen, die ihm Deckung bot. Dann war er plötzlich auf den Beinen und rannte tief gebückt über die Weide. Rannte auf ein Auto auf einem verschneiten Platz in Wien zu. Rannte dem Tod entgegen.

Durch die Wucht des Schlages, mit dem Katerina den Hals des Mannes mit dem AK-47 traf, wurde ihm fast der Kopf vom Leib getrennt. Trotzdem konnte er noch einen Schuss abgeben, bevor sie ihm das Gewehr aus den Händen riss – einen Schuss, der nur eine Handbreit neben Madelines Kopf in den Strohballen ging. Katerina stieß den Sterbenden beiseite und erledigte den Mann hinter ihm mit zwei Schüssen in die Brust. Der vierte Schuss galt dem fast Enthaupteten, der sich vor ihren Füßen wand. Im Jargon des SWR war das ein Sicherheitsschuss. Aber er war auch ein Gnadenschuss.

Sobald nicht mehr geschossen wurde, riss Madeline sich die schwarze Kapuze vom Kopf. Ihre Hände waren noch immer vor dem Körper gefesselt. Katerina schnitt sie los und half ihr aufzustehen. Draußen tobte ein erbitterter Kampf. Von ihrem leicht erhöhten zentralen Beobachtungspunkt aus waren die feindlichen Linien durch Mündungsfeuer und die weißen Bahnen von Leuchtspurmunition deutlich zu erkennen. Zwei Gestalten arbeiteten sich von Westen her trotz schwerem Abwehrfeuer sprungweise in Richtung Scheune vor. Ein weiterer Mann stand unbeweglich auf der Veranda des etwas weiter entfernten Farmhauses und verfolgte das Schauspiel, als sei es zu seiner privaten Belustigung inszeniert. Katerina vermutete, dass die beiden aus Westen kommenden Männer Gabriel Allon und Christopher Keller waren. Und der Mann auf der Veranda war Quinn.

Katerina drückte Madeline zu Boden. Dann ließ sie sich auf ein Knie nieder und gab vier Schüsse auf einen von Quinns Männern ab. Aus seiner Position kamen sofort keine Leuchtspurgeschosse mehr. Vier weitere Schüsse eliminierten einen zweiten Mann aus Quinns Team, und ein gut gezielter Einzelschuss setzte einen dritten außer Gefecht. Quinn war längst kein leidenschaftsloser Beobachter mehr. Katerina schoss mehrmals auf ihn, trieb ihn ins Farmhaus zurück. Dann sah sie sich nach Madeline um, aber Madeline war fort.

Sie stolperte über das leicht abfallende Gelände auf Keller und Allon zu: erschöpft und taumelnd wie eine zum Leben erwachte Stoffpuppe. Katerina rief ihr nach, sie solle sich hinwerfen, aber ihre Aufforderung verhallte; Todesangst und die Wirkung der Schwerkraft hatten Madeline fest im Griff. Katerina drehte sich nach Quinn um, und in diesem Augenblick traf sie der Schuss. Ein perfekter Treffer, genau ins Brustbein, ein glatter Durchschuss. Katerina spürte den Einschlag kaum, hatte auch keine Schmerzen. Sie sank mit schlaff herabhängenden Armen und zum Nachthimmel erhobenen Gesicht auf die Knie. Als sie nach vorn auf die feuchte Erde von South Armagh fiel, glaubte sie, in einem See aus Blut zu ertrinken. Eine Hand versuchte, sie wieder an die Oberfläche zu ziehen. Aber dann ließ die Hand sie los, und sie war tot.

Die Schießerei hörte in dem Augenblick auf, in dem Madeline entkräftet in Gabriels Arme sank. Keller ließ das leer geschossene AK-47 fallen und spurtete nur mit seiner Glock bewaffnet über die Weide auf das Farmhaus zu. Die rückwärtige Hauswand wies Einschusslöcher auf, und aus der zersplitterten Verandatür wehte ein Vorhang. Keller blieb einen Augenblick an die Mauer gepresst stehen, horchte auf Geräusche im Haus und war dann mit in beiden Händen gehaltener Pistole mit einem Satz über die Schwelle. Er wollte schon auf Jimmy Fagan schießen, drückte dann aber doch nicht ab, als er seinen leblos starren Blick und das saubere Einschussloch genau in der Stirnmitte bemerkte. Keller durchsuchte rasch das Haus, aber Quinn war nirgends zu finden. Quinn war klugerweise vom Kampfplatz geflüchtet. Quinn, dachte Keller, würde ein andermal sterben.

TEIL VIER

NACH HAUSE

80

SOUTH ARMAGH – LONDON

Dies war die Art Nacht, über die einst Balladen geschrieben worden wären. Acht Männer tot auf den grünen Hügeln von South Armagh, sechs durch Schüsse, zwei durch das Schwert. Ihre Namen bildeten eine Ehrenliste der berüchtigtsten Einheit der IRA: Maguire, Magill, Callahan, O'Donnell, Ryan, Kelly, Collins, Fagan … Acht Männer tot auf den grünen Hügeln von South Armagh, sechs durch Schüsse, zwei durch das Schwert.

In der Zeit unmittelbar danach gab es jedoch keine Balladen, nur bohrende Fragen. Zu den Tatsachen, die nie genau erklärt wurden, gehörte beispielsweise die Frage, wer die Polizei alarmiert hatte – und was er gemeldet hatte. Nicht einmal der PSNI-Chef konnte auf Journalistenfragen ein Diensttagebuch vorlegen, in dem Zeitpunkt oder Urheber des Notrufs vermerkt waren. Über die Motive für das Blutbad in Crossmaglen konnte auch er nur spekulieren. Die wahrscheinlichste Erklärung, vermutete er, sei der Ausbruch einer lange schwelenden Rivalität zwischen konkurrierenden Dissidentengruppen innerhalb der Wahren IRA – allerdings sei auch nicht auszuschließen, dass der Drogenschmuggel eine Rolle gespielt habe. Er sprach sogar von einem möglichen Zusammenhang zwischen dem Massaker in Crossmaglen und dem weiterhin ungeklärten Verschwinden von Liam Walsh, einem Großdealer mit guten Verbindungen zur Wahren IRA. Und obwohl er das nicht wusste, hatte der Polizeichef in diesem Punkt unbestreitbar völlig recht.

Bei der breiten Öffentlichkeit kamen seine Theorien über

die Ursache des Massakers einigermaßen gut an – nicht jedoch in South Armagh mit seinen eng verwobenen Clans. In den Bars, in denen die Männer tranken, und den schwarzen Kästen, in denen sie ihre Sünden beichteten, war längst alles bekannt. Die Tode hatten nichts mit Fehden oder Drogen zu tun, sondern waren allein Quinns Schuld. Die Einheimischen wussten auch andere Dinge, von denen der Polizeichef in seiner Pressekonferenz kein Wort gesagt hatte. Sie wussten, dass in dieser Nacht auch zwei Frauen auf Jimmy Fagans Farm gewesen waren. Und ein ehemaliger SAS-Offizier namens Christopher Keller. Eine der Frauen war tödlich getroffen worden – mit einem einzigen Schuss aus fast hundert Metern Entfernung von Quinn persönlich. Danach war Quinn spurlos verschwunden. Sie würden ihn aufspüren und ihm die Kugel verpassen, die er schon lange verdient hatte, die sie ihm nach dem Anschlag in Omagh hätten verpassen sollen. Und danach würden sie Keller aufspüren und ebenfalls erledigen.

Das alles behielten sie für sich, wie sie's meistens taten, und kümmerten sich um ihre eigenen Belange. An dem IRA-Ehrenmal auf dem Cross Square wurden acht neue Namen angebracht; auf dem Friedhof St. Patrick wurden acht Gräber ausgehoben. Bei der Beerdigung sprach der Geistliche von Wiederauferstehung, aber anschließend wurde in den dunklen Winkeln der Emerald Bar nur von Rache gesprochen. Acht Männer tot auf den grünen Hügeln von South Armagh, sechs durch Schüsse, zwei durch das Schwert. Dies alles war Quinns Schuld. Und Quinn würde dafür büßen.

Am selben Tag gab Graham Seymour, Generaldirektor Ihrer Majestät Geheimdienst, in London bekannt, in einem abgelegenen Strandhaus in West Cornwall seien vier MI6-Personenschützer ermordet worden. Außerdem, sagte er, habe ein Mitarbeiter der Personalabteilung von MI6 Selbstmord verübt, indem er sich von einer Dachterrasse gestürzt habe. Seymour wollte nicht sagen, ob die beiden Ereignisse zusammenhingen, aber aus der gleichzeitigen Bekanntgabe schlossen die Medien auf einen Zusammenhang. Dies war einer der schwärzesten Tage in der stolzen Geschichte des Diensts, und seine Folgen überdeckten bald, was sich jenseits der Irischen See ereignete. Die britischen Medien nahmen kaum Kenntnis davon, dass die Leiche eines Belfaster Pub-Besitzers namens Billy Conway an einem Waldrand im County Antrim aufgefunden wurde – oder dass drei Tage später ein Wanderer im County Majo jenseits der Grenze auf die schon in Verwesung übergegangene Leiche von Liam Walsh stieß. In beiden Toten wurden 9-mm-Geschosse gefunden, aber die ballistische Untersuchung ergab, dass sie aus verschiedenen Waffen stammten. Die Garda Síochána und der PSNI gingen bei ihren Ermittlungen von separaten Fällen aus. Ein Zusammenhang ließ sich nie feststellen.

Auch in Deutschland hatte die Polizei einen beunruhigenden Fund gemacht: eine weitere Leiche, ein weiteres 9-mm-Geschoss. Der Ermordete war ein Mann, der später als ein russischer Geheimdienstoffizier namens Alexei Rosanow identifiziert werden würde. Wer den Schuss abgegeben hatte, war völlig unklar. Vermutlich stand er in Verbindung mit dem Agententeam, das den Fahrer und den Leibwächter des Russen in Hamburg erschossen hatte. Zu den verstörenden Umständen des Falls gehörte, dass jemand dem Toten seinen russischen Reisepass in den Mund gestopft hatte. Und allen Berichten nach war die Nachricht angekommen. Das Bundesamt für Verfassungsschutz entdeckte eine starke Zunahme russischer Aktivitäten. Seine britischen Kollegen vom MI5 registrierten ähnliche Veränderungen in London. In Moskau machte der Kremlchef keinen Hehl aus seinen Gefühlen. Der russische Präsident schwor, die Mörder Alexei Rosanows würden die „höchstmögliche Strafe“ erhalten. Kenner der russischen Geheimdienste wussten, was diese Ankündigung bedeutete. Wahrscheinlich würde bald irgendwo ein weiterer Toter aufgefunden werden.

Gab es jedoch einen Zusammenhang zwischen den Ereignissen in Deutschland, Großbritannien und den zweiunddreißig Counties von Irland und Nordirland? Einen noch unentdeckten Stern, den sie auf genau abgezirkelten Bahnen umkreisten? Einige weniger bedeutende Medien spekulierten darüber, und so dauerte es nicht lange, bis ein angesehenes Blatt zu demselben Schluss kam. Das Hamburger Nachrichtenmagazin *Der Spiegel*, seit jeher für investigativen Journalismus bekannt, stellte eine Verbindung zwischen Israel und dem Mord an Alexei Rosanow und seinem Sicherheitsteam her – eine Verbindung, die das Amt des israelischen Ministerpräsidenten, das Geheimdienstangelegenheiten nur selten kommentierte, kategorisch dementierte. Wenig später vermutete die *Irish Times*, Liam Walsh sei von Briten entführt und ermordet worden, während das staatliche Fernsehen RTÉ sich mit Walshs angeblicher Rolle bei dem Bombenanschlag in Omagh im August 1998 befasste. Dann brachte die *Daily Mail* die auf Gerüchten basierende Exklusivmeldung, der MI6-Mitarbeiter, der Selbstmord verübt hatte, habe für die Russen spioniert.

Das britische Außenministerium dementierte diese Meldung kategorisch, aber die Glaubhaftigkeit des Dementis wurde in Zweifel gezogen, als Premierminister Jonathan Lancaster zwei Tage später drakonische wirtschaftliche und diplomatische Sanktionen gegen Russland und die Kabale aus früheren KGB-Offizieren verkündete, die im Kreml herrschten. Als Grund dafür gab er „inakzeptables Verhalten von

Russen auf britischem Boden und anderswo“ an. Zu den Sanktionen gehörte das Einfrieren der Londoner Bankguthaben einiger kremlhöriger Oligarchen, die außerdem mit Einreiseverboten belegt wurden. Mit großem Trara verkündete der russische Präsident entsprechende Vergeltungsmaßnahmen. Die Kurse russischer Aktien brachen ein, und der Rubel sank im Verhältnis zu den wichtigsten Währungen auf neue Rekordtiefstände.

Aber wieso hatte der britische Premierminister so unerbittlich reagiert? Und wieso gerade jetzt? Presse und Fernsehen fanden seine ursprüngliche Erklärung wenig überzeugend. Dahinter stecke bestimmt mehr, sagten sie, als nur schlechtes russisches Benehmen. Schließlich benahmen die Russen sich seit Jahren schlecht. Und deshalb recherchierten die Journalisten, die Leitartikler kommentierten, und die Analysten im Fernsehen spekulierten und stellten Theorien auf, manche plausibel, manche eher weniger. Einige wenige streiften dicht an der Wahrheit vorbei, aber niemandem gelang es, den dünnen, teilweise ausradierten Bleistiftstrich zu finden, der einen Mord am Ufer eines zugefrorenen russischen Sees mit der Ermordung einer Prinzessin und dem Blutbad auf den grünen Hügeln von South Armagh verband. Auch gelang es niemandem, diese scheinbar singulären Ereignisse mit dem legendären israelischen Geheimagenten zu verknüpfen, der bei der Detonation einer Autobombe auf der Londoner Brompton Road den Tod gefunden hatte.

Aber er war natürlich nicht tot. Tatsächlich hätten die britischen Medien ihn in den hektischen achtundvierzig Stunden nach dem Blutbad in Crossmaglen mit etwas Glück in London entdecken können. Er bewegte sich rasch und musste seine Zeit genau einteilen, weil ihn zu Hause dringende Geschäfte erwarteten. Er klärte in Vauxhall Cross einige noch ausstehende Fragen und machte jenseits des Flusses im Thames House wieder gutes Wetter. Er traf sich mit dem Stationsleiter des Diensts in der israelischen Botschaft zu einem Arbeitsessen und erschien am folgenden Vormittag unangemeldet in einer Galerie in St. James's, um einem guten alten Freund zu zeigen, dass er sehr wohl noch lebte. Sein alter Freund war erleichtert, ihn zu sehen, aber auch verärgert, weil er wie so viele andere getäuscht worden war. Nachträglich sah auch Gabriel ein, dass er unsensibel gehandelt hatte.

Von St. James's aus fuhr er zu einem aus Klinkersteinen erbauten viktorianischen Landhaus in Herfordshire, das früher als Ausbildungszentrum für zukünftige MI6-Mitarbeiter gedient hatte. Jetzt war Madeline Hart seine einzige Bewohnerin. Gabriel ging im nebelverhangenen Park des Landhauses mit ihr spazieren, wobei ihnen ein Team von Personenschützern folgte. Es bestand aus vier Männern – genau wie das Team, das Quinn und Katerina in Cornwall erschossen hatten.

„Gehst du jemals wieder zurück?", fragte Madeline.

„Nach Cornwall?"

Sie nickte langsam.

„Nein", antwortete Gabriel. „Eher nicht."

„Das tut mir leid", sagte sie. „Ich scheine alles verdorben zu haben. Nichts von alledem wäre passiert, wenn du mich in St. Petersburg zurückgelassen hättest."

„Für Schuldzuweisungen wäre der russische Präsident der richtige Adressat", meinte Gabriel. „Er hat deiner Jugendfreundin den Auftrag erteilt, dich zu beseitigen."

„Wo ist ihre Leiche?"

„Graham Seymour hat angeboten, sie dem SWR-Residenten in London zu überlassen."

„Und?"

„Den SWR scheint sie nicht zu interessieren. Er behauptet, sie nicht zu kennen."

„Wo wird sie enden?"

„In einem anonymen Armengrab."

„Ein typisch russisches Ende", sagte Madeline melancholisch.

„Lieber sie als du."

„Sie hat mir das Leben gerettet." Madeline sah Gabriel an und fügte hinzu: „Deines übrigens auch."

Am frühen Nachmittag verabschiedete er sich von Madeline und fuhr nach Highgate, um eine noch ausstehende Schuld bei einer der prominentesten Londoner Journalistinnen zu begleichen. Dieses Exklusivinterview war einige Minuten nach 17 Uhr beendet. Spätestens um 22.30 Uhr musste er am Flughafen Heathrow sein, um seinen Heimflug anzutreten. Er hastete durch den kleinen Vorgarten und stieg hinten in seinen von der Botschaft gestellten Wagen. Er hatte noch eine letzte Aufgabe vor sich. Eine letzte Restaurierung.

81

VICTORIA ROAD, SOUTH KENSINGTON

Sie hielten vor einem gepflegten kleinen Haus mit einem schmiedeeisernen Gartentor und einer eleganten Sandsteintreppe, die zu der weißen Haustür hinaufführte. In dem winzigen Vorgarten blühten Topfpflanzen, und im Wohnzimmer brannte Licht. Die Vorhänge standen einen Spalt weit offen, sodass Gabriel einen Mann – Dr. Robert Keller – aufrecht in einem Ohrensessel sitzen sehen konnte. Er las eine Zeitung. Um welches Blatt es sich handelte, konnte Gabriel nicht erkennen, weil Regen an die Scheiben des Wagens klatschte und sein Inneres blau von Tabakrauch war. Keller rauchte ununterbrochen, seit Gabriel ihn an einer Straßenecke in Holborn, wo er vorläufig lebte, abgeholt hatte. Jetzt starrte er sein Elternhaus an, als sei es Gegenstand einer besonders sorgfältigen Observierung. Gabriel fiel plötzlich auf, dass er Keller noch nie so nervös wie jetzt erlebt hatte.

„Er ist alt", sagte sein Freund schließlich. „Älter, als ich ihn mir vorgestellt habe."

„Du warst eben sehr lange fort."

„Dann macht's vermutlich keinen Unterschied, wenn wir noch ein paar Minuten sitzen bleiben."

„Lass dir so viel Zeit, wie du brauchst."

„Wann geht dein Flug?"

„Das ist nicht wichtig."

Gabriel warf einen diskreten Blick auf seine Uhr.

„Das hab ich gesehen", sagte Keller.

In dem Wohnzimmer auf der anderen Straßenseite stellte eine ältere Frau eine Teetasse auf das Tischchen neben dem

Zeitungsleser. Keller wandte sich ab, aber Gabriel konnte nicht erkennen, ob er beschämt oder schmerzlich berührt war.

„Was macht sie jetzt?“, fragte Keller.

„Sie sieht aus dem Fenster.“

„Hat sie uns erkannt?“

„Das glaube ich nicht.“

„Ist sie weg?“

„Ja.“

Keller sah wieder auf.

„Welchen Tee trinkt er?“, fragte Gabriel.

„Eine Spezialmischung aus einem kleinen Teeladen in der New Bond Street.“

„Vielleicht solltest du ihm dabei Gesellschaft leisten.“

„Lass mir noch etwas Zeit.“ Keller drückte seine Zigarette aus und zündete sich sofort eine neue an.

„Musst du?“

„In diesem Augenblick“, sagte Keller, „muss ich ganz entschieden.“

Gabriel öffnete das Fenster einen Spalt weit, um den Rauch abziehen zu lassen. Der Nachtwind blies Regentropfen gegen sein Gesicht.

„Was willst du zu ihnen sagen?“

„Ich habe gehofft, du hättest einen Vorschlag.“

„Du könntest mit der Wahrheit anfangen.“

„Sie sind alt“, sagte Keller. „Die Wahrheit könnte sie umbringen.“

„Dann musst du sie eben in kleinen Dosen verabreichen.“

„Wie eine Medizin“, sagte Keller. Er starrte weiter das Haus an. „Mein Vater wollte, dass ich Arzt werde. Wusstest du das?“

„Du hast’s mal erwähnt, glaube ich.“

„Kannst du dir mich als Arzt vorstellen?“

„Nein“, sagte Gabriel. „Das kann ich nicht.“

„So deutlich hättest du’s nicht zu sagen brauchen.“

Gabriel horchte wieder auf den Regen, der aufs Autodach trommelte.

„Was ist, wenn sie mich nicht zurückhaben wollen?“, fragte Keller nach kurzer Pause. „Was ist, wenn sie mich aus dem Haus weisen?“

„Hast du davor Angst?“

„Ja.“

„Sie sind deine Eltern, Christopher.“

„Man merkt, dass du kein Engländer bist.“ Keller wischte die beschlagene Scheibe ab, um ein Guckloch zu haben. „Seit ich wieder in diesem gottverlassenen Land bin, regnet es ständig.“

„Auf Korsika regnet es auch.“

„Nicht wie hier.“

„Hast du dir schon überlegt, wo du wohnen willst?“

„Irgendwo in ihrer Nähe“, antwortete Keller. „Leider werden sie weiter so tun müssen, als sei ich tot. Das gehört zu meinem Deal mit dem MI6.“

„Wann trittst du deinen Dienst an?“

„Morgen.“

„Hast du schon einen Auftrag?“

„Quinn aufspüren.“ Keller sah zu Gabriel hinüber und sagte: „Ich wäre für jede Unterstützung durch euren Dienst dankbar. Aber in Zukunft muss ich mich natürlich an MI6-Vorschriften halten.“

„Zu schade.“

Kellers Mutter erschien noch mal am Fenster.

„Wonach hält sie Ausschau?“, fragte er.

„Keine Ahnung“, sagte Gabriel.

„Glaubst du, dass sie stolz sein wird?"

„Worauf?"

„Auf die Tatsache, dass ich jetzt beim MI6 arbeite."

„Bestimmt ist sie das."

Keller streckte eine Hand nach dem Türgriff aus, dann ließ er sie wieder sinken. „Kann ich noch einen Augenblick sitzen bleiben?"

„Lass dir so viel Zeit, wie du brauchst."

„Wann geht dein Flug?"

„Den kann ich notfalls verschieben lassen."

Keller lächelte trübselig. „Die Zusammenarbeit mit dir wird mir fehlen."

„Wer sagt, dass sie aufhören muss?"

„Du wirst bald Direktor. Und Direktoren geben sich nicht mit unteren Chargen wie mir ab." Keller legte eine Hand auf den Türgriff und nickte zu dem beleuchteten Fenster hinüber. „Diesen Blick kenne ich", sagte er.

„Welchen Blick?"

„Den Blick meiner Mutter. So hat sie immer Ausschau nach mir gehalten, wenn ich mich verspätet hatte."

„Du bist spät dran, Christopher."

Keller wandte sich ihm ruckartig zu. „Was hast du getan?"

„Geh jetzt", sagte Gabriel und drückte ihm die Hand. „Du hast sie lange genug warten lassen."

Keller stieg aus und hastete über die regennasse Straße. Er brauchte einen Augenblick, um das schmiedeeiserne Tor zu öffnen, dann war er mit zwei Sätzen oben an der Treppe, als eben die Haustür aufging. Seine Eltern standen in der Diele, klammerten sich Halt suchend aneinander, wollten ihren Augen anscheinend nicht trauen. Keller legte einen Finger auf die Lippen und schloss sie in seine starken Arme, bevor er rasch die Haustür hinter sich zumachte. Zum letzten Mal sah Gabriel ihn, als er am Wohnzimmerfenster vorbeiging. Dann wurde die Jalousie herabgelassen, und Keller blieb verschwunden.

82

NARKISS STREET, JERUSALEM

Am selben Abend kollabierte ein Waffenstillstand zwischen Israel und der Hamas, und im Gazastreifen herrschte wieder Krieg. Als die El-Al-Maschine mit Gabriel an Bord zur Landung in Tel Aviv ansetzte, waren am südlichen Horizont aufsteigende Leuchtkugeln und Leuchtspurgeschosse zu sehen. Eine Hamas-Rakete kam dem Ben Gurion Airport gefährlich nahe, wurde aber von einem israelischen Raketenabwehrsystem abgeschossen. Im Terminal wirkte alles normal bis auf eine Gruppe christlicher Pauschalreisender, die sich wie gebannt vor einem Fernseher zusammendrängte. Niemand beachtete den verstorbenen zukünftigen Direktor des israelischen Geheimdiensts, als er mit einer Reisetasche über der Schulter das Terminal durchquerte. An der Passkontrolle ging er an der langen Warteschlange vorbei und schlüpfte durch die Tür für aus dem Ausland zurückkehrende Mitarbeiter des Diensts. In dem Warteraum dahinter tranken vier Personenschützer Kaffee. Sie begleiteten Gabriel durch einen hell beleuchteten Korridor zu einer speziell gesicherten Tür, hinter der in der Dunkelheit vor Tagesanbruch zwei amerikanische SUVs mit laufenden Motoren warteten. Gabriel stieg hinten in den ersten Wagen ein. Als die gepanzerte Tür zugeknallt wurde, knackten seine Ohren.

Auf Uzi Navots Veranlassung lag auf dem Sitz neben ihm ein Exemplar des täglichen Geheimdienst-Lageberichts. Gabriel schlug ihn auf, als die beiden Wagen auf der Autobahn, die sich von der Küstenebene aus durch die Schlucht Bab al-Wad schlängelte, nach Jerusalem hinauffuhren. Der Bericht las sich wie ein Horrorkatalog aus einer aus den Fugen geratenen Welt. Der Arabische Frühling hatte sich in eine Arabische Kalamität verwandelt. Der radikale Islam kontrollierte jetzt ein Gebiet, das von Afghanistan bis Nigeria reichte – ein Erfolg, den nicht einmal Bin Laden für möglich gehalten hätte. Das hätte komisch sein können, wenn es nicht so gefährlich und so völlig vorhersehbar gewesen wäre. Auf fahrlässige Weise, für die es in der modernen Staatskunst keinen Präzedenzfall gab, hatte der US-Präsident zugelassen, dass die alte Ordnung gestürzt wurde, ohne eine brauchbare Alternative zu haben, die das entstehende Machtvakuum ausfüllen konnte. Und aus irgendeinem Grund hatte er beschlossen, Israel in genau diesem Augenblick den Wölfen zum Fraß vorzuwerfen. Uzi kann von Glück sagen, dachte Gabriel, als er das Dossier zuklappte. Uzi hatte es geschafft, einen Dammbruch zu verhindern. Nun würde Gabriel die Arche bauen müssen, denn die Flut kam und war durch nichts mehr aufzuhalten.

Als sie die Außenbezirke von Jerusalem erreichten, begannen die Sterne zu verblassen, und über Ostjerusalem wurde der Himmel allmählich heller. Auf der Jaffa Road setzte der morgendliche Berufsverkehr ein, aber die Narkiss Street schlief noch im Schutz mehrerer Teams, die der Dienst abgestellt hatte. Eli Lavon hatte nicht übertrieben, als er Gabriel die Sicherheitsmaßnahmen geschildert hatte. An beiden Enden der Straße und vor dem Eingang des kleinen Apartmentgebäudes mit der Hausnummer 16 hielten Teams Wache. Als Gabriel das Haus betrat, merkte er, dass er keinen Wohnungsschlüssel in der Tasche hatte. Aber das machte nichts, denn Chiara hatte die Tür nicht abgesperrt. Er stellte seine Reisetasche in der Diele ab. Als er sah, wie ordentlich das Wohnzimmer aufgeräumt war, griff er wieder nach der Tasche und durchquerte die Diele.

Die Tür des zweiten Schlafzimmers stand einen Spalt weit offen. Gabriel stieß sie ganz auf und sah hinein. Dies war früher sein Arbeitszimmer gewesen. Jetzt standen hier zwei Kinderbetten, eines in Blau, das andere in Rosa. Über den Teppich marschierten Giraffen und Elefanten. Dicke Wattebauschwolken zogen über die Wände. Gabriel hatte sekundenlang ein schlechtes Gewissen, weil Chiara das während seiner Abwesenheit allein hatte schaffen müssen. Als er mit einer Hand über die Auflage des Wickeltischs fuhr, stieg eine Erinnerung in ihm auf. Er dachte an den 18. April 1988 zurück, an dem er von der Ermordung Abu Dschihads aus Tunis zurückgekehrt war und Dani mit hohem Fieber vorgefunden hatte. In jener Nacht hatte er sein krankes Kind in den Armen gehalten, während vor seinem inneren Auge unaufhörlich grausige Bilder von Feuer und Tod standen. Drei Jahre später war Dani tot gewesen.

Offenbar hatte das etwas mit einem Mann namens Tariq zu tun …

Gabriel schloss die Tür und betrat das Elternschlafzimmer, in dem sein lebensgroßes Porträt von Leah, das er nach dem Unternehmen Zorn Gottes gemalt hatte, an der Wand hing. Darunter schlief Chiara. Er stellte die Reisetasche ab, zog sich lautlos aus und schlüpfte neben ihr unter die Decke. Sie lag unbeweglich, schien nichts von seiner Anwesenheit zu ahnen. Dann fragte sie plötzlich: „Hat es dir gefallen, Darling?"

„Das Kinderzimmer?"

„Ja."

„Es ist sehr hübsch, Chiara. Ich wollte nur, du hättest mich die Wolken malen lassen."

„Das wollte ich auch", antwortete sie. „Aber ich hatte solche Angst, es könnte wahr sein."

„Wie meinst du das?"

Chiara sagte nichts mehr. Gabriel schloss die Augen und schlief zum ersten Mal seit drei Tagen.

Als er endlich aufwachte, war es später Nachmittag, und die Schatten fielen lang und dünn übers Bett. Er stellte die Füße auf den Boden, schlenderte dem Kaffeeduft nach und gelangte so ins Wohnzimmer. Chiara sah sich den Krieg im Fernsehen an. Gerade hatte eine israelische Bombe eine palästinensische Schule getroffen, die voller Frauen und kleiner Kinder gewesen war – zumindest behauptete das die Hamas.

„Musst du dir das ansehen?"

Chiara regelte die Lautstärke herunter. Sie trug eine lose sitzende Seidenhose, goldene Sandalen und eine Umstandsbluse, die elegant über ihre vergrößerten Brüste und ihren Babybauch fiel. Ihr Gesicht war unverändert. Sie war höchstens noch strahlender schön, als Gabriel sie in Erinnerung hatte. Plötzlich bedauerte er heftig, einen Monat gemeinsamer Zeit mit ihr verloren zu haben.

„In der Thermoskanne ist Kaffee."

Gabriel goss sich eine Tasse ein und fragte Chiara, wie sie sich fühle.

„Als ob ich gleich platzen müsste."

„Wann ist's so weit?"

„Der Arzt sagt, dass sie jeden Augenblick kommen können."

„Irgendwelche Komplikationen?"

„Ich habe relativ wenig Fruchtwasser, und ein Kind ist etwas kleiner als das andere."

„Welches?"

„Das Mädchen. Mit dem Jungen ist alles in Ordnung." Sie sah stirnrunzelnd zu ihm auf. „Wir sollten uns wirklich bald Namen für sie überlegen, Darling."

„Ja, ich weiß."

„Am besten noch vor ihrer Geburt."

„Wahrscheinlich hast du recht."

„Moshe ist ein schöner Name."

„Ja."

„Jaakov hab ich schon immer gern gehabt."

„Ich auch. Er ist ein erstklassiger Mann. Aber es gibt einen bestimmten Iraner, der froh sein wird, ihn nie mehr sehen zu müssen."

„Reza Nazari?"

Gabriel sah von seinem Kaffee auf. „Woher weißt du seinen Namen?"

„Ich bin in deiner Abwesenheit über alles auf dem Laufenden gehalten worden."

„Von wem?"

„Dreimal darfst du raten." Chiara lächelte. „Übrigens kommen sie zum Abendessen."

„Muss das unbedingt heute sein? Ich bin eben erst heimgekommen."

„Warum erklärst du ihm nicht, dass du zu müde bist? Dafür hat er bestimmt Verständnis."

„Nein, da wär's leichter", sagte Gabriel müde, „die Hamas dazu zu überreden, ihre Raketenangriffe einzustellen."

Bei Sonnenuntergang duschte Gabriel und zog sich an. Dann fuhr er – diesmal mit einer aus drei Wagen bestehenden Kolonne – zum Jehuda Market, auf dem er von seinen Personenschützern begleitet fürs Abendessen einkaufte. Chiara hatte ihm eine Liste mitgegeben, die er zerknüllt in seiner Jackentasche ließ. Stattdessen kaufte er spontan ein, wie er's am liebsten tat, und gab dabei jedem Einfall, jeder Laune nach: Nüsse, getrocknetes Obst, Hummus, Mutabbal, Brot, israelische Salate, auch mit Feta, vorgekochten Reis mit Fleischbällchen und mehrere Flaschen Wein aus Galiläa und von den Golanhöhen. Einige wenige Leute sahen sich nach ihm um, als er vorbeiging, aber ansonsten blieb sein Rundgang durch den Suk weitgehend unbemerkt.

Als Gabriels Wagenkolonne in die Narkiss Street zurückkam, parkte vor dem Haus ein großer Peugeot. Oben traf er Gilah Schamron und Chiara von Einkaufstüten mit Babysachen umgeben im Wohnzimmer an. Schamron hatte sich bereits auf den Balkon zurückgezogen, um zu rauchen. Gabriel richtete die Salate auf Tellern an, die er auf der Arbeitsplatte zu einem Büfett arrangierte. Dann schob er den Reis in den vorgewärmten Backofen, schenkte zwei Gläser von seinem liebsten einheimischen Sauvignon Blanc ein und ging damit auf den Balkon. In der Dunkelheit war ein kalter Wind aufgekommen. Der beißende Geruch von Schamrons türkischen Zigaretten mischte sich mit dem würzigen Duft des großen Eukalyptusbaums, der vor dem Haus stand. Eine eigenartig beruhigende Mischung, fand Gabriel. Er gab Schamron ein Glas Wein und setzte sich ihm gegenüber.

„Zukünftige Direktoren des Diensts“, sagte Schamron in milde tadelndem Tonfall, „gehen nicht auf dem Mahane Jehuda Market einkaufen.“

„Das tun sie, wenn ihre Frau die Größe eines Zeppelins hat.“

„Solche Gedanken würde ich an deiner Stelle für mich behalten.“ Schamron lächelte und hob sein Glas, um Gabriel zuzutrinken. „Willkommen daheim, mein Sohn.“

Gabriel trank einen Schluck Wein, ohne etwas zu sagen. Er beobachtete den Himmel im Süden, wartete auf den Feuerschweif einer Rakete, das Aufblitzen nach dem Treffer der Iron-Dome-Abwehrraketen. *Willkommen daheim …*

„Ich war heute Morgen zum Kaffee beim Ministerpräsidenten“, fuhr Schamron fort. „Er lässt dich herzlich grüßen. Und er möchte wissen, wann du vereidigt werden willst.“

„Weiß er nicht, dass ich tot bin?“

„Netter Versuch.“

„Ich werde etwas Zeit für meine Kinder brauchen, Ari.“

„Wie viel Zeit?“

„Wenn sie gesund sind“, meinte Gabriel nachdenklich, „müsste ein Vierteljahr reichen.“

„Ein Vierteljahr ist eine verdammt lange Zeit ohne einen Direktor.“

„Wir sind nicht ohne Direktor. Wir haben Uzi.“

Schamron drückte irritiert seine Zigarette aus. „Du willst ihn tatsächlich behalten?“

„Notfalls mit Gewalt.“

„Wie sollen wir ihn nennen?“

„Wir nennen ihn einfach Uzi. Das ist ein ziemlich cooler Name.“

Gabriel sah auf die jungen Personenschützer hinunter, die in kleinen Gruppen auf der Straße zusammenstanden. Ohne sie würde er niemals mehr in der Öffentlichkeit erscheinen können. Auch seine Frau und seine Kinder nicht. Schamron wollte sich die nächste Zigarette anzünden, beherrschte sich aber vorerst noch.

„Ich glaube nicht, dass der Ministerpräsident von deinem dreimonatigen Vaterschaftsurlaub begeistert sein wird. Tatsächlich“, fuhr der Alte fort, „hat er sich gefragt, ob du wohl einen diplomatischen Auftrag für ihn übernehmen könntest.“

„Wo?“

„Washington“, sagte Schamron. „Unsere Beziehungen zu den Amerikanern könnten eine kleine Restaurierung vertragen. Du bist immer gut mit ihnen ausgekommen. Sogar der Präsident scheint dich zu mögen.“

„So weit würde ich nicht gehen.“

„Übernimmst du den Auftrag?“

„Manche Gemälde sind irreparabel beschädigt, Ari. Das gilt auch für manche Beziehungen.“

„Wenn du Direktor bist, wirst du die Amerikaner noch brauchen.“

„Du hast mir immer geraten, auf Abstand von ihnen zu achten.“

„Die Welt hat sich verändert, mein Sohn.“

„Ja, das stimmt“, sagte Gabriel. „Der amerikanische Präsident schreibt Liebesbriefe an die Ajatollahs. Und wir …“ Er zuckte gleichmütig mit den Schultern, ohne seinen Satz zu Ende zu bringen.

„US-Präsidenten kommen und gehen, aber wir Spione bleiben.“

„Perser übrigens auch“, bemerkte Gabriel.

„Wenigstens braucht der Dienst sich nicht mehr mit Reza Nazaris *Taqiyya* herumzuärgern. Nebenbei gesagt“, fügte Schamron hinzu, „habe ich ihn nie leiden können.“

„Warum hast du das nicht gesagt?“

„Ich hab’s gesagt.“ Schamron zündete sich endlich die Zigarette an. „Er ist übrigens wieder in Teheran. Wenn er klug ist, bleibt er dort. Sonst legen ihn die Russen um.“ Schamron lächelte zufrieden. „Durch dein Unternehmen hast du Misstrauen zwischen zwei unserer größten Feinde gesät.“

„Möge es wachsen und gedeihen.“

„Wann folgt der nächste Paukenschlag?“

„Ihr Artikel erscheint in der Sonntagsausgabe.“

„Die Russen werden natürlich alles leugnen.“

„Aber kein Mensch wird ihnen glauben“, sagte Gabriel. „Und sie werden es sich zweimal überlegen, ob sie noch mal versuchen, mich zu beseitigen.“

„Du unterschätzt sie."

„Niemals."

Danach herrschte kurzes Schweigen zwischen ihnen. Gabriel horchte auf den Nachtwind, der die Zweige des Eukalyptusbaums bewegte, und auf Chiaras sanfte Stimme, die aus dem Wohnzimmer zu hören war. Sein Aufenthalt in South Armagh schien bereits endlos lange zurückzuliegen. Selbst Quinn rangierte nicht mehr im Vordergrund seines Bewusstseins. Quinn, der einen Feuerball auf dreihundert Meter in der Sekunde beschleunigen konnte. Quinn, der in einem libyschen Ausbildungslager einen Palästinenser namens Tariq al-Hourani kennengelernt hatte.

„Ist alles so, wie du's dir vorgestellt hattest?", fragte Schamron halblaut.

„Meine Heimkehr?" Gabriel sah wieder nach Süden und wartete auf den nächsten Lichtblitz am Nachthimmel. „Ja", sagte er nach kurzer Pause. „Alles ist genau so, wie ich's mir vorgestellt habe."

83

NARKISS STREET, JERUSALEM

Wie bei den meisten wichtigen Ereignissen in seinem Leben bereitete Gabriel sich auf die Geburt seiner Kinder wie ein Geheimdienstunternehmen vor. Er plante den Fluchtweg, entwarf einen Plan B und bildete dann Reserven für die vorgesehenen Reserven. Sein Plan war ein Muster an Präzision und Timing und hatte außer dem Star der Show nur wenige bewegliche Teile. Schamron begutachtete ihn ebenso gründlich wie Uzi Navot und der Rest von Gabriels berühmtem Team. Ausnahmslos alle bezeichneten ihn als Meisterwerk.

Allerdings hatte Gabriel sonst nicht viel zu tun. Erstmals seit Jahren hatte er keine Arbeit – und auch keine in Aussicht. Er hatte es geschafft, seinen Dienstantritt um drei Monate hinauszuschieben; andererseits gab es kein Gemälde zu restaurieren. Chiara war jetzt sein einziges Projekt. Das Abendessen mit den Schamrons sollte ihr letzter öffentlicher Auftritt gewesen sein. Sie fühlte sich zu unwohl, um Besuch zu empfangen, und fand selbst kurze Telefongespräche ermüdend. Gabriel umsorgte sie wie ein aufmerksamer Ober, der eifrig jedes leere Glas nachfüllte und jederzeit bereit war, eine nicht zufriedenstellende Mahlzeit in die Küche zurückzuschicken. Sein Benehmen war ebenso untadelig, wie er mustergültig auf alle ihre körperlichen und emotionalen Bedürfnisse einging. Auch wenn Chiara nichts darüber sagte, hatte sogar sie diese Perfektion nach kurzer Zeit gründlich satt.

Wegen ihres Alters und der früher erlittenen Fehlgeburt galt Chiaras Zustand als Risikoschwangerschaft. Deshalb bestand ihr Gynäkologe darauf, sie alle paar Tage mit Ultraschall zu untersuchen. In Gabriels Abwesenheit war sie dazu mit ihren Leibwächtern und gelegentlich von Gilah Schamron begleitet ins Hadassah Medical Center gefahren. Jetzt begleitete Gabriel sie mit dem ganzen Pomp seiner dienstlichen Wagenkolonne. Im Untersuchungszimmer hielt er neben Chiara Wache, während der Arzt den Sondenkopf über ihren von dem Gel glänzenden Bauch führte. Im Frühstadium ihrer Schwangerschaft waren die beiden Embryonen bei Ultraschalluntersuchungen deutlich zu unterscheiden gewesen. Jetzt war es schwierig, genau zu sagen, wo ein Kind aufhörte und das andere begann, aber manchmal wurde ein Gesicht oder eine Hand so deutlich sichtbar, dass Gabriels Herz unwillkürlich schneller schlug. Die geisterhaft verschwommenen Abbilder erinnerten ihn an Röntgenaufnahmen von Untermalungen bei Gemälden. Der schwindende Vorrat an Fruchtwasser zeichnete sich als schwarze Inseln ab.

„Wie lange hat sie noch?", fragte Gabriel mit dem Ernst eines Mannes, der es gewohnt war, Gespräche in sicheren Häusern oder über abhörsichere Telefone zu führen.

„Drei Tage", antwortete der Arzt. „Höchstens vier."

„Möglicherweise auch früher?"

„*Möglich* ist alles", sagte der Arzt, „auch dass die Wehen heute auf der Heimfahrt einsetzen. Aber es ist nicht wahrscheinlich. Das Fruchtwasser ist bestimmt längst absorbiert, bevor die Wehen einsetzen."

„Was dann?"

„Am sichersten wäre ein Kaiserschnitt."

Der Gynäkologe schien sein Unbehagen zu spüren. „Keine Sorge, Ihre Frau ist hier in besten Händen." Dann fügte er lächelnd hinzu: „Ich bin froh, dass Sie doch nicht tot sind. Wir brauchen Sie. Und Ihre Kinder brauchen Sie auch."

Die Untersuchungen im Krankenhaus waren die einzige

Abwechslung von den monoton langen Stunden der Bettruhe und des Wartens. Gabriel, den die Untätigkeit ruhelos machte, sehnte sich nach einem Projekt. Chiara erlaubte ihm, ihren Koffer fürs Krankenhaus zu packen, womit er immerhin fünf Minuten beschäftigt war. Danach machte Gabriel sich auf die Suche nach einer sinnvollen Tätigkeit. Sie führte ihn ins Kinderzimmer, in dem er lange nachdenklich vor Chiaras Wolken stand: mit einer Hand am Kinn, den Kopf leicht zur Seite geneigt.

„Hättest du schrecklich viel dagegen", fragte er Chiara, „wenn ich sie etwas retuschiere?"

„Was gefällt dir an ihnen nicht?"

„Sie sind schön", sagte er etwas zu hastig.

„Aber?"

„Vielleicht ein bisschen kindlich."

„Sie sind für Kinder."

„Das habe ich nicht gemeint."

Chiara erteilte ihm widerstrebend den Auftrag – jedoch unter der Bedingung, dass er ungiftige Farben verwendete und binnen vierundzwanzig Stunden mit der Arbeit fertig war. Gabriel hastete mit seinen Personenschützern im Schlepp ins nächste Farbengeschäft und kam wenig später mit dem erforderlichen Material zurück. Mit einer Schaumstoffwalze – ein Werkzeug, mit dem er noch nie gearbeitet hatte – überdeckte er Chiaras Wattebauschwolken mit einer Schicht hellblauer Farbe. Sie blieb zu nass, als dass er schon abends hätte weiterarbeiten können; deshalb stand er am folgenden Morgen früh auf und bedeckte die Wand mit leuchtenden Wolken in Tizians Manier. Als Letztes malte er einen Engel, einen kleinen Jungen, der über den Rand der höchsten Wolke ins Kinderzimmer hinabsah. Dieser Engel war Veroneses Altargemälde *Thronende Muttergottes und Kind mit Heiligen* entliehen.

Mit Tränen in den Augen und zitternder Hand verlieh Gabriel ihm die Züge Danis, wie sein Sohn an seinem Todestag ausgesehen hatte. Zuletzt signierte und datierte er das Wandgemälde, das damit fertig war.

Später an diesem Tag erschien der Londoner *Sunday Telegraph* mit einem Exklusivbericht über die Verwicklung des russischen Geheimdiensts in die Ermordung der Prinzessin, den Bombenanschlag in der Brompton Road, den Mord an vier MI6-Personenschützern in West Cornwall und das Blutbad im nordirischen Crossmaglen. Alle diese Unternehmen, berichtete das Blatt, seien Vergeltungsmaßnahmen für den Widerruf lukrativer russischer Bohrrechte in der Nordsee und das Überlaufen von Madeline Hart, jener russischen „Schläferin", die kurz das Bett von Premierminister Lancaster geteilt hatte. Der russische Präsident habe Alexei Rosanow, dem vor Kurzem tot in Deutschland aufgefundenen SWR-Offizier, diese Maßnahmen persönlich befohlen. Sein Hauptagent sei Eamon Quinn gewesen: der Bomber von Omagh, der sich heutzutage weltweit als Söldner verdingte. Quinn war untergetaucht und wurde mit internationalem Haftbefehl gesucht.

Die Reaktion auf diesen Exklusivbericht kam rasch und nachdrücklich. Premierminister Lancaster verurteilte das Handeln des Kremls als „barbarisch" – eine Einschätzung, die jenseits des Atlantiks in Washington geteilt wurde, wo Politiker beider großen Parteien den Ausschluss Russlands aus den G8 und anderen Wirtschaftsklubs des Westens forderten. In Moskau verurteilte ein Kremlsprecher den Bericht des *Telegraph* als primitive antirussische Propaganda und forderte die Journalistin Samantha Cooke auf, ihre angeblichen Quellen zu nennen – eine Forderung, der sie sich in zahlreichen Fernsehinterviews nachzukommen weigerte. Eingeweihte deuteten jedoch an, bestimmt habe der israelische Geheimdienst sie bei den Recherchen unterstützt. Schließlich, so führten sie aus, sei dem russischen Unternehmen ihre lebende Legende zum Opfer gefallen. Wenn jemand sich an den Russen rächen wollte, dann seien das die Israelis.

In Israel wollte sich keine amtliche Stelle zu dem Bericht äußern – nicht das Amt des Ministerpräsidenten, nicht das Außenministerium und erst recht nicht der King Saul Boulevard, wo alle Anrufe von außerhalb unbeantwortet blieben. Einige Wellen schlug jedoch ein geschwätziger kleiner Blog, der behauptete, der legendäre israelische Geheimagent, der bei dem Bombenanschlag in der Londoner Brompton Road umgekommen sein sollte, sei vor Kurzem gesund und munter auf dem Mahane Jehuda Market gesehen worden. Der nicht namentlich genannte Sprecher eines anonymen israelischen Ministeriums tat den Blog als „Schwachsinn“ ab.

Hätten seine Nachbarn in der Narkiss Street nicht darin gewetteifert, ihn zu beschützen, hätten sie etwas ganz anderes erzählen können. Das hätte auch das Personal im Hadassah Medical Center gekonnt – oder die beiden Rabbis, die an diesem Tag spätnachmittags beobachteten, wie er einen Stein auf ein Grab auf dem Ölberg legte. Sie versuchten nicht, mit ihm zu sprechen, denn sie sahen, dass er trauerte. Er verließ den Friedhof in der Abenddämmerung und fuhr quer durch Jerusalem zum Herzlberg hinüber. Dort gab es eine Frau, die erfahren musste, dass er noch lebte, auch wenn sie keine Erinnerung an ihn haben würde, sobald er wieder gegangen war.

84

HERZLBERG, JERUSALEM

Auf der Fahrt den Ölberg hinunter begann leichter Schnee auf Gottes geteilte Stadt auf einem Hügel zu fallen. Er bedeckte die kleine kreisförmige Auffahrt vor der Psychiatrischen Klinik auf dem Herzlberg und zeichnete die Äste der Steinkiefer in dem von einer Mauer umgebenen Garten nach. In der Klinik beobachtete Leah den fallenden Schnee ausdruckslos durch ein Fenster des Gemeinschaftsraums. Sie saß im Rollstuhl, ließ ihre verkrümmten, verbrannten Hände im Schoß ruhen. Ihr Haar, einst lang und dunkel wie Chiaras, war jetzt praktisch kurz geschnitten und grau meliert. Ihr Arzt, ein rabbinerhafter Mann mit rundem Gesicht und eigenartig mehrfarbigem Bart, hatte die übrigen Patienten hinausbringen lassen. Dass Gabriel noch lebte, schien ihn nicht sonderlich zu überraschen. Er betreute Leah nun schon seit über einem Jahrzehnt und wusste Dinge über die Legende, von denen andere nichts ahnten.

„Sie hätten mich warnen sollen, dass alles nur eine Kriegslist war", sagte der Arzt. „Dann hätten wir versucht, sie besser abzuschirmen. Wie Sie sich vorstellen können, hat Ihr Tod ziemliches Aufsehen erregt."

„Dafür hat die Zeit nicht gereicht."

„Sie hatten bestimmt gute Gründe", sagte der Arzt vorwurfsvoll.

„Allerdings." Gabriel ließ einige Sekunden verstreichen, um ihrem Gespräch etwas Schärfe zu nehmen. „Ich weiß nie, wie viel sie versteht."

„Sie weiß mehr, als Sie ahnen. Hinter uns liegen ein paar schlimme Tage."

„Und jetzt?“

„Ihr geht’s besser, aber Sie müssen behutsam mit ihr umgehen.“ Er schüttelte Gabriel die Hand. „Lassen Sie sich reichlich Zeit. Ich bin in meinem Büro, falls Sie etwas brauchen.“

Als der Arzt gegangen war, bewegte Gabriel sich fast lautlos über den Natursteinboden des Gemeinschaftsraums. Neben Leah war ein Stuhl gestellt worden. Sie beobachtete weiter den leichten Schneefall. Aber in welcher Stadt schneite es? War sie in diesem Augenblick in Jerusalem? Oder war sie in der Vergangenheit gefangen? Sie litt an einer besonders schweren Kombination aus psychotischer Depression und posttraumatischem Stress-Syndrom. In ihrer vagen Erinnerung fehlte das Zeitgefühl. Gabriel wusste nie, welche Leah er antreffen würde. Manchmal war sie die erstaunlich begabte junge Malerin, in die er sich auf der Jerusalemer Kunst- und Designakademie Bezalel verliebt hatte. Im nächsten Augenblick konnte sie die reife Mutter eines schönen Jungen sein, die darauf bestanden hatte, ihren Mann auf einer Geschäftsreise nach Wien zu begleiten.

Einige Minuten lang beoachtete sie weiter den leichten Schneefall, fast ohne zu blinzeln. Vielleicht war sie sich seiner Anwesenheit nicht bewusst. Oder vielleicht wollte sie ihn dafür bestrafen, dass er sie in dem Glauben gelassen hatte, er sei tot. Zuletzt wandte sie sich ihm zu und musterte ihn forschend, als suche sie in den vollgestopften Speichern ihrer Erinnerung einen bestimmten Gegenstand, den sie verlegt hatte.

„Gabriel?“, fragte sie.

„Ja, Leah.“

„Bist du wirklich da, Liebster? Oder habe ich Halluzinationen?“

„Ich bin wirklich da.“

„Wo sind wir?“

„Jerusalem.“

Sie drehte den Kopf zur Seite und beobachtete den sanft fallenden Schnee. „Ist er nicht schön?“

„Ja, Leah.“

„Der Schnee erteilt Wien Absolution von seinen Sünden“, sagte sie nach kurzer Pause. „Auf Wien fällt Schnee, während es auf Tel Aviv Raketen regnet.“ Sie sah wieder Gabriel an. „Ich höre sie nachts“, sagte sie.

„Wie bitte?“

„Die Raketen.“

„Hier bist du sicher, Leah.“

„Ich will mit meiner Mutter reden. Ich will den Klang ihrer Stimme hören.“

„Wir rufen sie später an.“

„Sieh bitte nach, ob Dani richtig angeschnallt ist. Die Straßen sind glatt.“

„Alles in Ordnung, Leah.“

Sie sah auf seine Hände hinab und bemerkte winzige Farbspuren. Das schien sie in die Gegenwart zurückzuholen. „Du hast gearbeitet?“, fragte sie.

„Ein bisschen.“

„An einem wichtigen Projekt?“

Er schluckte schwer, dann sagte er: „An einem Kinderzimmer, Leah.“

„Für deine Kinder?“

Er nickte.

„Sind sie schon geboren?“

„Bald“, sagte er.

„Ein Junge und ein Mädchen?“

„Ja, Leah.“

„Wie wollt ihr das Mädchen nennen?“

„Es soll Irene heißen."

„Irene ist der Name deiner Mutter."

„Ja, das stimmt."

„Sie ist tot, deine Mutter?"

„Seit vielen Jahren."

„Und der Junge? Wie wollt ihr ihn nennen?"

Gabriel zögerte, dann sagte er: „Der Junge soll Raphael heißen."

„Ah, der Engel der Heilung." Sie fragte lächelnd: „Bist du geheilt, Gabriel?"

„Nicht ganz."

„Ich auch nicht."

Sie sah zu dem Fernseher auf, wirkte leicht verwirrt. Gabriel hielt ihre Hand. Wegen des Narbengewebes fühlte sie sich kalt und fest an. Sie glich einem Stück unbemalter Leinwand. Er sehnte sich danach, es zu retuschieren, aber das konnte er nicht. Leah war das einzige Objekt der Welt, das er nicht restaurieren konnte.

„Bist du tot?", fragte sie plötzlich.

„Nein, Leah, ich bin hier bei dir."

„Im Fernsehen hat's geheißen, du seist in London umgekommen."

„Das mussten wir behaupten."

„Warum?"

„Das ist nicht wichtig."

„Das sagst du immer, Liebster."

„Tue ich das?"

„Nur wenn's wirklich wichtig ist." Leah musterte ihn forschend. „Wo warst du?"

„Ich habe den Mann gesucht, der Tariq geholfen hat, die Bombe zu bauen."

„Hast du ihn gefunden?"

„Beinahe."

Sie drückte ihm aufmunternd die Hand. „Alles liegt schon lange zurück, Gabriel. Und es würde nichts ändern. Ich würde bleiben, wie ich bin. Und du wärst weiter mit einer anderen Frau verheiratet."

Gabriel konnte ihren vorwurfsvolle Blick nicht länger ertragen, daher sah er lieber in den Schnee hinaus. Sekunden später folgte sie seinem Beispiel.

„Du lässt sie mich sehen, nicht wahr, Gabriel?"

„Sobald ich kann."

„Und du bist ihnen ein guter Vater – vor allem dem Jungen?"

„Natürlich."

Ihre Augen weiteten sich jäh. „Ich will die Stimme meiner Mutter hören."

„Ich auch."

„Sieh bitte nach, ob Dani richtig angeschnallt ist."

„Das tue ich", versprach Gabriel. „Die Straßen sind glatt."

Auf der Rückfahrt zur Narkiss Street bekam Gabriel eine SMS von Chiara, die wissen wollte, wann sie mit seiner Ankunft rechnen könne. Er sparte sich die Antwort, weil er schon fast vor dem Haus war. Dann hastete er über den Gehsteig und durch den Vorgarten, hinterließ im frisch gefallenen Schnee verräterische Schuhabdrücke Größe 42 und lief die Treppe zu seiner Wohnung hinauf. Als Erstes sah er in der Diele den Klinikkoffer stehen, den er so sorgfältig gepackt hatte. Chiara saß in Umstandskleid und Mantel auf dem Sofa und sang leise vor sich hin, während sie in einem Hochglanzmagazin blätterte.

„Warum hast du mich nicht gleich angerufen?", fragte Gabriel vorwurfsvoll.

„Ich dachte, das wäre eine nette Überraschung."
„Ich hasse Überraschungen!"
„Ja, ich weiß." Sie lächelte unschuldig.
„Was ist passiert?"
„Mir war heute Nachmittag nicht gut, also habe ich den Arzt angerufen. Er findet, wir sollten die Sache hinter uns bringen."
„Wann?"
„Heute Abend, Darling. Wir müssen gleich ins Krankenhaus fahren."
Gabriel stand wie zu Stein erstarrt da.
„Dies ist die Szene, in der du mir aufstehen hilfst", sagte Chiara.
„Ja, natürlich."
„Und vergiss den Koffer nicht."
„Warte … was?"
„Den Klinikkoffer, Darling. Im Krankenhaus brauche ich meine Sachen."
„Ja, im Krankenhaus."
Während er Chiara die Treppe hinunter und über den Gehsteig geleitete, machte er sich Vorwürfe, weil er vergessen hatte, in seiner Planung Eventualitäten wie Schneefall zu berücksichtigen. Auf dem Rücksitz des SUVs lehnte sie den Kopf an seine Schulter und schloss die Augen, um sich auszuruhen. Gabriel atmete den zarten Vanilleduft ihres Haars ein und beobachtete die draußen vorbeiwirbelnden Schneeflocken. Sie waren das Schönste, was er je gesehen hatte.

85

BUENOS AIRES

Es war nicht so, als hätten sie in jenem Frühjahr nichts Besseres zu tun gehabt. Schließlich konnte selbst den unaufmerksamsten Beobachtern – den historisch Hirntoten, wie Graham Seymour sie oft nannte, wenn er finster gestimmt war – nicht entgehen, dass die Welt kurz davor war, gefährlich taumelnd außer Kontrolle zu geraten. Seymour, der mit seinen Ressourcen haushalten musste, setzte lediglich einen Agenten darauf an. Das spielte keine Rolle; ein Agent reichte völlig aus. Er gab dem Mann einen Aktenkoffer voller Geld und ließ ihm operativ weitgehend freie Hand. Der Aktenkoffer kam aus einem Geschäft in der Jermyn Street. Das Geld kam aus Amerika, denn in den Niederungen der Geheimdienste blieb der Dollar die Universalwährung.

In diesem Frühjahr reiste er unter vielen Namen, aber niemals unter seinem eigenen. Tatsächlich hatte er in diesem Stadium seines Lebens und seiner Laufbahn gar keinen richtigen Namen. Seine Eltern, mit denen er seit Kurzem wiedervereinigt war, benutzten seinen Taufnamen. Dienstlich war er dagegen nur unter seiner zehnstelligen Personenkennziffer bekannt. Sein Apartment in Chelsea gehörte offiziell einer Spedition, die aber nicht existierte. Er hatte nur einmal darin übernachtet.

Seine Suche führte ihn an viele gefährliche Orte, was aber folgenlos blieb, weil er selbst ein gefährlicher Mann war. Er verbrachte mehrere Tage in Dublin, dem gefährlichen Schnittpunkt von Drogenhandel und Rebellion, und flog dann kurz nach Lissabon, weil es denkbar war, dass die Zielperson mehr als nur flüchtige Verbindungen dorthin hatte. Ein übles Gerücht führte ihn in ein gottverlassenes Nest in Weißrussland, eine abgefangene E-Mail nach Istanbul. Dort traf er mit einem Informanten zusammen, der behauptete, er habe die Zielperson in einem vom IS kontrollierten Gebiet Syriens gesehen. Nachdem London widerstrebend eingewilligt hatte, überschritt er die Grenze zu Fuß und erreichte als Araber verkleidet das Haus, in dem der Gesuchte wohnen sollte. Das Haus war jedoch leer bis auf ein paar Drahtstücke und ein vergessenes Notizbuch mit Schaltplänen für Autobomben. Er steckte das Notizbuch ein und kehrte in die Türkei zurück. Unterwegs sah er unglaublich brutale Szenen, die er nicht so bald würde vergessen können.

Ende Februar sah man ihn in Mexico City, wo er durch Bestechung auf eine Fähre nach Panama gesetzt wurde. Dort verbrachte er eine Woche damit, ein unbewohntes Apartment an der Playa Farallón zu überwachen. Einer Eingebung folgend flog er nach Rio de Janeiro, wo ein Schönheitschirurg mit zweifelhafter Klientel eingestand, vor Kurzem das Aussehen der Zielperson verändert zu haben. Nach Auskunft des Arztes hatte der Patient angegeben, er lebe in Bogotá, aber in der kolumbianischen Hauptstadt konnte er nur eine verzweifelte Frau aufspüren, die behauptete, von dem Gesuchten schwanger zu sein, was stimmen konnte oder nicht. Die Frau riet ihm, sich in Buenos Aires umzusehen, was er auch tat. Und dort wurde an einem kühlen Nachmittag Mitte April eine alte Schuld fällig.

Er arbeitete als Koch in der Brasserie Petanque, einem Restaurant in dem südlichen Barrio San Telmo. Seine Wohnung lag gleich um die Ecke – im zweiten Stock eines Gebäudes, das wie vom Pariser Boulevard Saint-Germain dorthin versetzt aussah. In dem Café auf der gegenüberliegenden Straßenseite trank Keller an einem der Tische auf dem Gehsteig einen Kaffee. Er trug einen Panamahut und hatte seine Sonnenbrille aufgesetzt; sein gesund glänzendes Haar wirkte vorzeitig ergraut. Er schien ein Literaturmagazin in spanischer Sprache zu lesen. Aber er tat nur so.

Keller ließ vierzig Pesos auf dem Tisch liegen, überquerte die Straße und betrat das Foyer des Apartmenthauses. Eine getigerte Katze strich um seine Füße, während er den Namen auf dem Briefkasten von Apartment 209 las. Oben im zweiten Stock fand er die Wohnungstür abgesperrt vor. Aber auch das hielt ihn nicht lange auf: Der Hausmeister hatte ihm für fünfhundert Dollar einen Nachschlüssel verkauft.

Er zog seine Pistole, bevor er über die Schwelle trat. Das Apartment war klein und spärlich möbliert. Auf dem Nachttisch stand ein Kurzwellenempfänger vor einem Stapel Bücher. Die Bücher waren dick, schwer und gelehrt. Das Radio mit CD-Player war von einer Qualität, die kaum mehr hergestellt wurde. Keller schaltete es ein und drehte den Ton leiser. Von der eingelegten CD kam „My Funny Valentine" von Miles Davis. Er lächelte befriedigt. Hier war er richtig.

Keller schaltete das Gerät aus, dann zog er den Vorhang von Quinns letztem Fenster zur Außenwelt einen Spalt weit auf. Und dort blieb er mit der Disziplin eines Spezialisten für Beschattung für den Rest des Nachmittags stehen. Erst am Spätnachmittag erschien ein Mann in dem Café und setzte sich an den gleichen Tisch wie zuvor Keller. Er trank argentinisches Bier und war wie ein Einheimischer gekleidet. Trotzdem merkte man ihm an, dass er kein geborener Argentinier war. Keller hob ein kleines Fernrohr, ein Monokular, ans Auge. Der Brasilianer hatte gut gearbeitet, fand er. Der Mann dort unten war bis zur Unkenntlichkeit verändert. Verräterisch war nur die Art und Weise, wie er das Messer gebrauchte, als er ein Steak serviert bekam. Quinn war ein talentierter Bombenbauer, aber am besten hatte er immer mit dem Messer gearbeitet.

Mit dem Monokular am Auge blieb Keller an dem Vorhangspalt stehen und beobachtete und wartete, während Quinn unten die letzte Mahlzeit seines Lebens zu sich nahm. Als er fertig war, bezahlte er bei dem Cafébesitzer, stand auf und kam über die Straße. Keller steckte das Monokular wieder ein und baute sich mit der Pistole in ausgestreckten Händen in der kleinen Diele auf. Wenig später hörte er Schritte auf dem Flur und das metallische Geräusch eines ins Schloss gesteckten Schlüssels. Quinn bekam Kellers Gesicht nicht zu sehen und spürte auch nichts von den beiden Kugeln – eine für Elizabeth Conlin, die andere für Dani Allon –, die seinem Leben ein Ende setzten. Zumindest das bedauerte Keller.

ANMERKUNG DES VERFASSERS

Der englische Spion ist ein Unterhaltungsroman und sollte als solcher gelesen werden. Die in diesem Werk vorkommenden Namen, Personen, Orte und Ereignisse sind das Produkt der Fantasie des Autors oder von ihm fiktionalisiert worden. Jede Ähnlichkeit mit lebenden oder verstorbenen Personen, Firmen, Unternehmen, Ereignissen oder Schauplätzen wäre rein zufällig.

Am Südende der Anglerbucht Gunwalloe Cove steht tatsächlich ein hübsches Cottage, das den Verfasser schon immer an Monets *Zöllnerhäuschen bei Pourville* erinnert hat, aber meines Wissens haben weder Gabriel Allon noch Madeline Hart jemals darin gewohnt. Leser sollten Gabriel auch nicht im Haus Nr. 16 Narkiss Street suchen, denn im Augenblick haben Chiara und er alle Hände voll zu tun. Wie aus Jerusalem berichtet wird, sind Mutter und Kinder wohlauf. Wie es dem Vater geht, steht auf einem anderen Blatt. Mehr darüber in dem nächsten Band dieser Reihe.

Besucher des nordenglischen Städtchens Fleetwood werden vergeblich Ausschau nach einem Internetcafé gegenüber der Frittenbude halten. In Gunwalloe gibt es keinen Pub, der Lamb and Flag heißt – und in Crossmaglen keine Emerald Bar, dafür aber mehrere mit ähnlichen Namen. Bei der Leitung des Restaurants Le Piment auf der Insel Saint-Barthélemy muss ich mich dafür entschuldigen, dass ich in ihre kleine, aber wunderbar kreative Küche einen IRA-Bombenbauer eingeschmuggelt habe. Weitere Entschuldigungen gehen an das Restaurant Die Bank in Hamburg, das Hotel InterContinental in Wien und vor allem das Kempinski Hotel Bristol in Berlin. In Zimmer 518 muss es schlimm ausgesehen haben.

Zu Protokoll geben möchte ich, dass ich recht gut weiß, dass die Zentrale des israelischen Geheimdiensts nicht mehr am King Saul Boulevard in Tel Aviv liegt. Mein fiktiver Dienst residiert weiter dort, zum Teil auch, weil der Straßenname mir besser gefällt als die jetzige Adresse, die hier nicht im Druck erscheinen soll. Außerdem bin ich oft gefragt worden, ob Don Antonio Orsati auf einem realen Vorbild basiert. Das ist nicht der Fall. Der Don, sein korsisches Tal und sein einzigartiges Unternehmen sind Erfindungen des Verfassers.

Der englische Spion ist der vierte Gabriel-Allon-Roman, in dem der beste Berufskiller des Dons auftritt: Christopher Keller, früher Elitesoldat und SAS-Offizier. Der Roman endet dort, wo Kellers Story begonnen hat, auf den gefährlichen grünen Hügeln von South Armagh. In der schlimmsten Periode des langen, blutigen Kriegs um Nordirland war dieses Gebiet für jeden, der die Uniform eines Soldaten oder Polizeibeamten trug, tatsächlich das gefährlichste Gebiet der Welt. Die höchsten Verluste gab es am 27. August 1979, als bei Warrenpoint durch zwei Sprengfallen achtzehn britische Soldaten umkamen. Dieser Anschlag ereignete sich nur wenige Stunden, nachdem Lord Mountbatten, pensionierter britischer Großadmiral und Onkel von Prinz Philip, dem Gatten von Königin Elisabeth II., durch eine auf seinem Boot versteckte IRA-Bombe ermordet worden war – ein Vorfall, der Anlass zu den ersten Kapiteln von *Der englische Spion* gegeben hat. Um meine fiktive Prinzessin mit Leben zu erfüllen, habe ich natürlich viel aus dem Leben von Diana, Prinzessin von Wales, entlehnt, aber ich wollte keineswegs andeuten, Diana sei einem Mord zum Opfer gefallen. Ihr Tod war nicht das Ergebnis einer internationalen Verschwörung, sondern sie starb in einem Pariser Straßentunnel, weil ihr Wagen von einem Betrunkenen gefahren wurde.

Der lange Kampf der Republik Irland gegen den illegalen Drogenhandel ist sehr gut dokumentiert. Weniger bekannt ist jedoch die Rolle, die Teile der Wahren IRA, der 1997 gegründeten Terrororganisation aus Dissidenten, beim Drogenschmuggel spielen. Diese Gruppierung, der mehrere ehemalige Mitglieder der South Armagh Brigade der IRA angehörten, verübte im Frühjahr und Sommer 1998, als Nordirland zögernd den Weg zum Frieden eingeschlagen hatte, eine Serie vernichtender Bombenanschläge. Der tödlichste war ein Anschlag in der Kleinstadt Omagh am 15. August, bei dem es neunundzwanzig Tote und über zweihundert Verletzte gab. Die spezifischen Einzelheiten des Anschlags sind zutreffend dargestellt, aber ich habe mir bei der Schilderung der Aktionen meines fiktiven britischen Chefspions Graham Seymour einige dichterische Freiheiten erlaubt. Eamon Quinn und Liam Walsh waren an jenem Tag nicht in dem Wagen mit der Autobombe, weil sie Erfindungen des Verfassers sind.

Während ich dies hier schreibe, sind die wahren Attentäter noch immer nicht offiziell identifiziert. Allein sie wissen, weshalb sie den Wagen mit der Autobombe an der falschen Stelle der Lower Market Street abgestellt haben. Und allein sie wissen, weshalb sie zugelassen haben, dass an die Medien und die Royal Ulster Constabulary falsche Warnungen hinausgingen, wodurch die Voraussetzungen für katastrophal hohe Opferzahlen erst geschaffen wurden. Polizei und Inlandsgeheimdienste in Irland und Großbritannien kennen bestimmt ihre Namen. Trotzdem ist siebzehn Jahre nach dem Bombenanschlag noch niemand wegen des größten Massenmords in der britischen oder irischen Geschichte verurteilt worden. Im Juni 2009 verurteilte ein Richter in Nordirland vier Männer – Michael McKevitt, Liam Campbell, Colm Murphy und Seamus Daly – zu einer Zahlung von eineinhalb

Millionen Pfund an die Hinterbliebenen des Bombenanschlags in Omagh. Aber bis heute ist noch kein Geld geflossen. Im April 2014 wurde Seamus Daly in South Armagh verhaftet, wo er unbehelligt gelebt hatte, und wegen 24-fachen Mordes angeklagt. Nimmt man frühere Fälle als Beispiel, ist eine Verurteilung wenig wahrscheinlich. Im Jahr 2002 verurteilte der irische Sonder-Strafgerichtshof Colm Murphy wegen Verschwörung zu einem gemeinsamen Anschlag, aber das Urteil wurde im Berufungsverfahren aufgehoben. Murphys Neffe wurde im Jahr 2006 in Nordirland vor Gericht gestellt – und freigesprochen.

In der Zeit nach dem Karfreitagsabkommen stellten die britischen Sicherheitsbehörden fest, dass erfahrene IRA-Bombenbauer ihr Fachwissen auf dem freien Markt verkauften. Zu den Staaten, in denen ehemalige IRA-Terroristen ihr Gewerbe ausübten, gehörte die Islamische Republik Iran. Der Historiker Gordon Thomas schreibt in *Secret Wars*, seiner Geschichte des MI6, im Jahr 2006 sei eine Delegation aus IRA-Terroristen heimlich nach Teheran gereist, um dem Iran zu helfen, für die Hisbollah, seinen libanesischen Schützling, eine Waffe zur Panzerabwehr zu entwickeln – eine Waffe, deren Feuerball bis zu dreihundert Meter pro Sekunde schnell war. Die Hisbollah setzte sie gegen israelische Panzer und gepanzerte Fahrzeuge ein, aber auch britische Soldaten im Irak wurden Opfer von mit IRA-Technologie verübten Anschlägen. Im Jahr 2005 starben acht britische Soldaten in Basra durch eine raffinierte Sprengfalle, die mit den von der IRA in South Armagh verwendeten identisch war. Terrorismusbekämpfer vermuteten, die Baupläne dafür könnten über die PLO, mit der die IRA seit Langem in Verbindung stand, in den Irak gelangt sein. Beide Organisationen standen unter dem Patronat des libyschen Diktators Muammar al-Gaddafi und wurden in seinen berüchtigten Wüstenlagern ausgebildet, in denen sie sich Wissen und Ressourcen teilten. Libyen lieferte buchstäblich allen Plastiksprengstoff Semtex, den die IRA während des Kriegs um Nordirland einsetzte.

Aber Libyen war nicht der einzige staatliche Sponsor der IRA. Auch der KGB unterstützte die Terroristen in erheblichem Umfang, um zu versuchen, Großbritannien zu destabilisieren und so die transatlantische Allianz zu schwächen. In dem Vierteljahrhundert seit dem Zusammenbruch der Sowjetunion hat sich viel verändert, aber Zwietracht im westlichen Bündnis zu säen gehört weiter zu den Hauptzielen Russlands unter Wladimir Putin. Tatsächlich sähe Putin nichts lieber als den völligen Zerfall der NATO, um das einstige russische Reich neu erschaffen zu können, ohne dass der Westen sich störend einmischt. Unter seiner Führung unterstützt Russland wieder insgeheim extreme politische Parteien, die in Europa zur äußersten Linken oder Rechten zählen. In Bezug auf die Politik seiner Freunde scheint Putin nicht wählerisch zu sein, solange sie Gegner der USA sind und die Welt ungefähr so sehen wie er. Ansonsten macht Putin nicht wirklich eigene Politik. Er ist ein Kleptokrat, der außer zynischer Machtausübung keine andere Philosophie besitzt.

Mit Russland musste es Gabriel Allon erstmals in *Das Moskau-Komplott* aufnehmen, das im Oktober 2011 erschien, als Moskau in Öleinnahmen schwamm und Kremlkritiker auf offener Straße ermordet wurden. Leider erwies der Roman sich als vorausschauend. Man braucht sich nur anzusehen, wie der Kreml sich in letzter Zeit verhält. Er unterstützt das mörderische Regime in Syrien. Er hat sich bereit erklärt, dem Iran moderne Luftabwehrraketen zu liefern. Die Krim und die Ostukraine stehen unter russischer Kontrolle. Russische Bomber mit Atomwaffen fliegen gefährlich nahe an NATO-

Staaten heran. Tatsächlich machten vor Kurzem zwei russische Bomber mit ausgeschalteten Transpondern einen Sightseeing-Flug den Ärmelkanal entlang und legten damit den Luftverkehr stundenlang lahm. Während der Westen seine Militärausgaben kürzt, modernisiert die Rote Armee rasant. Putin hat offen vom Einsatz taktischer Atomwaffen zur Verteidigung seiner Eroberungen gesprochen.

Der britische Außenminister Philip Hammond ist zu Recht besorgt darüber, was er sieht. Im März 2015 bezeichnete er Russland als „größte einzelne Gefahr" für die Sicherheit Großbritanniens. Einen Monat später äußerte US-Präsident Obama jedoch eine scharf abweichende Meinung, indem er Russland als „Regionalmacht" abtat, die nicht aus Stärke, sondern aus Schwäche handele. So wird angedeutet, durch seinen Einmarsch in der Ukraine und die Besetzung der Krim *verliere* Wladimir Putin tatsächlich. Wäre dem bloß so. Putin siegt, was bedeutet, dass die Ukraine nur ein Vorgriff auf kommende Ereignisse ist.

DANKSAGUNG

Zu großem Dank verpflichtet bin ich meiner Frau Jamie Grangel, die geduldig zuhörte, als ich die Windungen und Wendungen von *Der englische Spion* ausarbeitete und den Papierstapel, den ich euphemistisch als erste Fassung bezeichnete, fachgerecht um hundert Seiten kürzte. Ohne ihre stetige Unterstützung und Liebe zum Detail wäre mein Manuskript nie fristgerecht fertig geworden. Auch meine Kinder Lily und Nicholas waren während des Schriftstellerjahrs ein ständiger Quell der Inspiration. Ich bewundere ihre Erfolge.

Louis Toscano, mein lieber Freund und langjähriger Lektor, nahm zahlreiche große und kleine Verbesserungen an dem Roman vor. Kathy Crosby, meine scharfsichtige persönliche Korrektorin, sorgte dafür, dass der Text frei von Tippfehlern und Grammatikfehlern war. Für etwaige Fehler, die den beiden entgangen sind, bin ich, nicht sie verantwortlich.

Natürlich hätte dieses Buch nicht erscheinen können ohne die Unterstützung durch mein Team bei HarperCollins, aber ich sage das trotzdem, weil es das Beste der Branche ist. Mein besonderer Dank gilt Jonathan Burnham, Brian Murray, Michael Morrison, Jennifer Barth, Josh Marwell, Tina Andreadis, Leslie Cohen, Leah Wasielewski, Robert Bilardello, Mark Ferguson, Kathy Schneider, Brenda Segel, Carolyn Bodkin, Doug Jones, Katie Ostrowka, Erin Wicks, Shawn Nicholls, Amy Baker, Mary Sasso, David Koral und Leah Carlson-Stanisic. Herzlichen Dank auch meinen Rechtsanwälten Michael Gendler und Linda Rappaport für ihre Unterstützung und klugen Ratschläge.

Bei der Arbeit an diesem Manuskript habe ich Hunderte von Büchern, Zeitungs- und Zeitschriftenartikel und Webseiten konsultiert, weit mehr als ich hier aufzählen kann, aber es wäre nachlässig, nicht das außerordentliche Wissen und die Berichterstattung von Martin Dillon, Peter Taylor, Ken Connor, Mark Urban, John Mooney und Michael O'Toole sowie Toby Harnden, Autor der grundlegenden Studie über die South Armagh Brigade, zu erwähnen.

Schließlich hätte dieses Buch wie die vorigen vierzehn Gabriel-Allon-Romane nicht ohne David Bulls Unterstützung geschrieben werden können. Im Gegensatz zu dem fiktiven Gabriel Allon ist David tatsächlich einer der besten Restauratoren der Welt, und ich schätze mich glücklich, ihn als Freund zu haben. Würde die Welt von Männern wie David regiert, könnte mein Held ein sehr geruhsames Leben führen. Vielleicht hätte er dann sogar Gelegenheit gehabt, den Caravaggio zu restaurieren. Und er hätte zweifellos David um Rat gefragt, bevor er ihn auch nur angerührt hätte.